Zum Buch:

Adrian von Bitterstedt, ein junger Benediktinermönch, Doktor der Theologie und ausgewiesener Kenner des Altgriechischen, ist im Auftrag namhafter Gelehrter der Universität Wien unterwegs nach Ennswalden. Er soll in den kommenden Wochen antike Schriften studieren, die im dortigen Benediktinerstift aufbewahrt werden. Angeblich gibt es Hinweise auf eine apokryphe Schrift des Neuen Testaments, ein Fünftes Evangelium, das er unbedingt beschaffen soll, damit es dem Vatikan übergeben werden kann. So lautet zumindest die offizielle Version seines Auftrags in dem Empfehlungsschreiben, das Adrian dem Abt des Klosters, Florian I., überbringt. Doch seine wahre Mission ist eine andere. Entsandt von seinem Mentor Albert von Kanten, der einer Bewegung angehört, die der Amtskirche den Kampf angesagt hat, forscht er insgeheim nach dem verschollenen »Testament des Athanasius«, welches die Kirche in ihren Grundfesten erschüttern könnte. Niemand in Ennswalden ahnt, dass auch der junge Mönch nicht ist, was er zu sein scheint ...

Zum Autor:

Peter Orontes kam in Venezuela zur Welt. Er wuchs als Sohn eines Ungarn und einer Ostpreußin am Bodensee auf, studierte Grafikdesign und war nach mehreren Jobs in Werbeagenturen und Marketingabteilungen über dreißig Jahre als freier Kommunikationsdesigner tätig. Seit vielen Jahren arbeitet er als freier Autor und lebt mit seiner Familie in der Nähe von Augsburg. 2017 erhielt er für seinen historischen Roman »Tochter der Inquisition« den Literaturpreis GOLDENER HOMER in der Sparte Historischer Krimi/Thriller.

Lieferbare Titel:

Peter Orontes – Die Siegel des Todes

Peter Orontes

DIE MÖNCHIN

HISTORISCHER ROMAN

HarperCollins

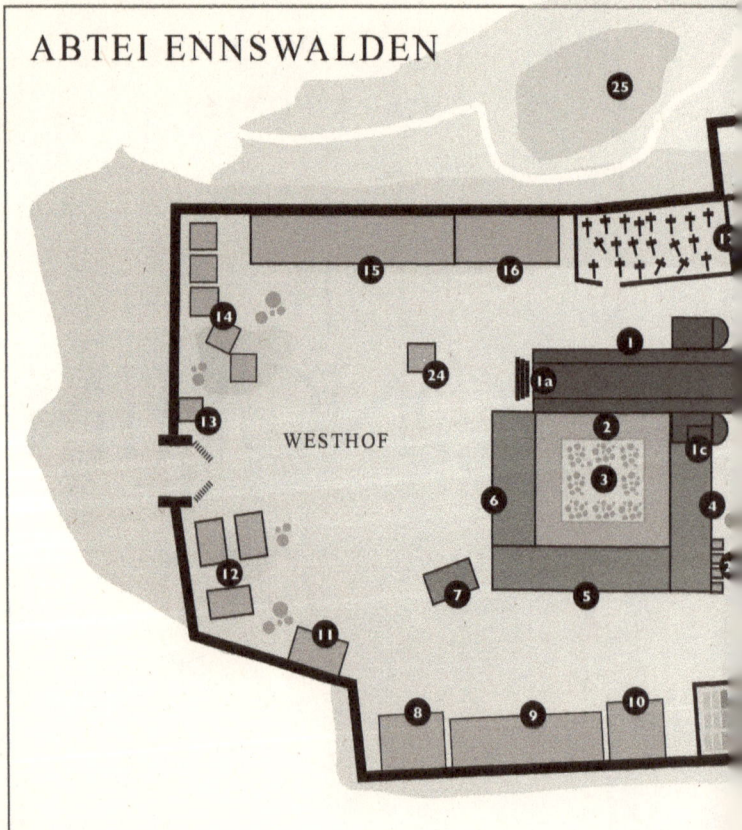

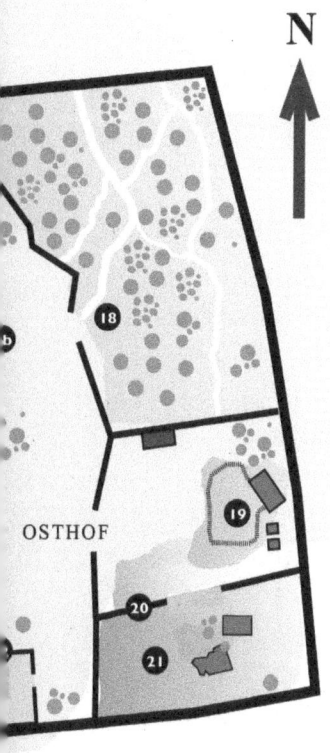

N

1 **Klosterkirche**
   (3-schiffig)
1a **Hauptportal**
1b **Chorapsis**
   Chorbereich,
   darunter Krypta und
   Ossarium
1c **Seitenkapelle**
2 **Kreuzgang**
   Nord-, Ost-, Süd- und
   Westgalerie
3 **Kreuzganghof**
4 **Konventgebäude/Ostflügel**
   Erdgeschoss:
   Kapitelsaal, Vorhalle,
   weitere Räume
   1. Obergeschoss:
   Dormitorium der
   Mönche
   2. Obergeschoss:
   Einzelzellen privilegierter
   Mönche, weitere Räume
5 **Konventgebäude/Südflügel**
   Erdgeschoss:
   Küche, Vorratsraum
   Refektorium, Badhaus,
   Wärmestube
   1. Obergeschoss:
   Skirptorium der Mönche,
   Lagerräume für Pergamente, Schreibutensilien
   und mehr
   2. Obergeschoss:
   Bibliothek,
   Schreibstube Adrianas

6 **Konventgebäude/Westflügel**
   Erdgeschoss:
   Vorhalle, Dormitorium
   der Novizen, Innere
   Schule, diverse Räumlichkeiten
   Obergeschoss:
   Gästebereich für durchreisende Mönche und
   Geistliche
7 **Haus des Abtes**
8 **Hospitarium**
   (Gästehaus)
9 **Wirtschaftsgebäude**
   mit **Weinkeller**
10 **Infirmarium, Apotheke**
11 **Äußere Schule**
12 **Pferdeställe**
13 **Pförtnerhäuschen**
14 **Diverse Werkstätten**
15 **Wirtschaftsgebäude,**
   Kornspeicher, Scheune
16 **Wohnbereich der**
   Konversen und Knechte
17 **Friedhof**
18 **Klostergarten**
19 **Schweine- und Hühnerställe**
20 **Judasmauer**
   (vormals »Innere Südostmauer«)
21 **Blutacker**
   Schuppen, Stallruine
22 **Gemüse- und Kräutergarten**
23 **Latrinen**
24 **Glockenturm**
25 **Klosterteich (Fischteich)**
   (außerhalb der Klostermauer gelegen)

OSTHOF

E N N S

PERSONENVERZEICHNIS

Handelnde Personen innerhalb der Abtei

Adriana von Bronnen alias Adrian von Bitterstedt – Denkt das Undenkbare, wagt das Unfassbare und begibt sich auf die Suche nach einer tödlichen Wahrheit

Guillermo von Toledo – Mönch aus dem Kloster Sant Pere de Rodes; unterstützt Adriana bei ihrer Suche

Florian I. Tampek – Abt

Bruder Hartwig – Subprior

Bruder Bertram – Sekretär des Abtes

Bruder Markward – Armarius

Bruder Valentin – Vestiarius

Bruder Nathanael – Botanicus

Bruder Matthias – Kellermeister

Bruder Ortolph – Sakristan

Bruder Firmin – Pförtner

Bruder Cosmas – Vertreter des Pförtners

Bruder Rochus – Ältestes Mitglied des Konvents

Bruder Manfred – Imker und Fischereimeister

Bruder Gottschalk – Cellerar

Bruder Konrad – Hospitarius

Bruder Erasmus – Konversenmeister

Bruder Ansgar – Gehilfe in der Bibliothek und im Skriptorium

Bruder Notker – Leiter der Äußeren Schule

Handelnde Personen außerhalb der Abtei

Bruder Gallus – Eremit; lebt auf der Wolfsklause inmitten seiner Wölfe

Adelheid, die Nonne – Lebt in einem Inklusorium auf dem Kapellenberg

Albert von Kanten – Professor an der Universität zu Wien, Mentor und väterlicher Freund Adriana von Bronnens, Antitrinitarier und ambitionierter Gegner der Amtskirche

Im Roman erwähnte historische Persönlichkeiten mit Bezug zur Handlung Ende 14./Anfang 15. Jh.

Jan Hus – Böhmischer Reformator

John Wyclif – Englischer Philosoph und Kirchenkritiker

Nikolaus von Dinkelsbühl – Rektor der Universität Wien

Heinrich von Olmütz – Dominikanerpater und Inquisitor

Im Roman erwähnte historische Persönlichkeiten mit Bezug zur Handlung 4. Jh., Konzil zu Nicäa

Konstantin der Große – Kaiser des Römischen Reiches

Arius – Prebyter aus Alexandria

Athanasius – Erzdiakon von Alexandria

Alexander von Alexandria – Bischof, Patriarch

Eustathios von Antiochia – Bischof, Patriarch

Makarios von Jerusalem – Bischof, Patriarch

Ossius von Cordoba – Bischof

Eusebius von Nikomedia – Bischof

Paphnutius von Ägypten – Bischof

Nikolaus von Myra – Bischof

KLOSTERÄMTER IN ENNSWALDEN

Abt – Vorsteher des Klosters, ausgestattet mit umfassenden Machtbefugnissen

Prior – Vertreter des Abtes (kommt in *Die Mönchin* nicht vor, da er sich auf einer längeren Reise befindet)

Subprior – Vertreter des Priors und damit der Dritte in der Klosterhierarchie

Cellerar – »Geschäftsführer« des Klosters, verantwortlich für sämtliche wirtschaftlichen Belange

Camerarius – Gehilfe des Cellerars

Hospitarius – Zuständig für die Gäste und die Herberge

Vestiarius – Zuständig für Kleidung, Schuhe und Bettwäsche

Armarius – Bibliothekar des Klosters

Botanicus – Zuständig für Heilpflanzen und Arzneien (in Ennswalden auch als Apothecarius tätig)

Sakristan – Verantwortlich für die liturgischen Geräte und Kleider, aber auch für den Reliquienschrein, so vorhanden

Kellermeister – In Ennswalden zuständig für den Weinkeller

Konversenmeister – Zuständig für die Laienbrüder und Knechte

Pförtner – Verantwortlich für die Hauptpforte (Schließen, Öffnen); achtet darauf, wer das Kloster betritt oder verlässt

TAGESZEITEINTEILUNG IN EINEM MITTELALTERLICHEN KLOSTER

(Sommer)

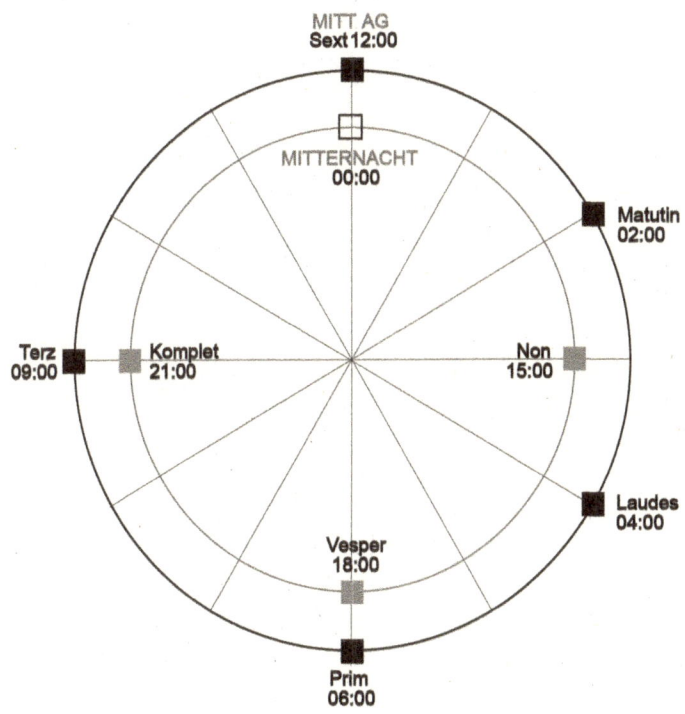

Gebetszeiten (Horen)

Matutin; *erster Gottesdienst des neuen Tages*
= frühmorgens, ca. 2:00 Uhr

Laudes; *Morgengebet bei Beginn der Morgendämmerung*
= morgens zwischen 4:00 und 4:30 Uhr

Prim; *erste Tagesstunde (nach Sonnenaufgang)*
= gegen 6:00 Uhr

Terz; *dritte Tagesstunde*
= gegen 9:00 Uhr

Sext; *sechste Tagesstunde*
= gegen 12:00 Uhr

Non; *neunte Tagesstunde*
= gegen 15:00 Uhr

Vesper; *Abendgebet*
= gegen 18:00 bis 19:00 Uhr

Komplet; *Nachtgebet*
= gegen 20:30 bis 21:00 Uhr

INHALT

Prolog 15
Tag 1 – Die Ankunft 29
Tag 2 – »Bruder Totenschädel« 33
Tag 3 – Nachtgedanken 41
Tag 4 – Bruder Gallus 51
Tag 5 – Der Verräter 68
Tag 6 – Schimären der Vergangenheit 81
Tag 8 – Der Gruß der Weißen Spinne 93
Tag 9 – Blutacker 115
Tag 11 – Bruder Matthias 139
Tag 12 – Tod im Weinkeller 145
Tag 14 – Der Eindringling 181
Tag 17 – Guillermo von Toledo 190
Tag 19 – Sechs Namen 203
Tag 20 – Die Wolfsklause 214
Tag 21 – Neue Bedrohung 234
Tag 22 – Der Bote der Angst 241
Tag 23 – Im Netz der weißen Spinne 246
Tag 24 – In der alten Grangie 279
Tag 25 – In der Krypta 307
Tag 26 – Düstere Ahnungen 335
Tag 27 – Verhängnisvolle Kunde 344
Tag 28 – Das Phantom im Glockenturm 351
Tag 29 – Ein verräterisches Palimpsest 381
Tag 30 – Entlarvt 393
Tag 31 – Aufbruch 462

PROLOG

Juli Anno Domini 1385
Herzogtum Steiermark
Ennstaler Alpen, Buchauer Sattel

Totenstille!

Ein seltsames Wort. Bis zu diesem Augenblick hatte der kleine Junge nie so richtig verstanden, was die Erwachsenen meinten, wenn sie dieses Wort gebrauchten. Er hatte es hin und wieder gehört, aber damit nie etwas anfangen können. Totenstille, so wusste er nun, ist die Stille, die von den Toten ausgeht. Die Stille, die nie endet.

Zögerlich zunächst, dann immer schneller ausschreitend, trat der Junge auf die einsame vom Mond beschienene und von glitzernder Nässe und absolutem Schweigen erfüllte Lichtung.

Die Lichtung, auf der Vater und Mutter lagen. Tot. Und Johann und Heiner und Lutz, die Bediensteten seines Vaters. Tot. Auch der freundliche Mönch lag dort. Tot. Der Mönch, der ihm, Stunden bevor die bösen Männer gekommen waren, noch eine spannende Geschichte erzählt hatte. Die Geschichte von Kain und Abel. Der böse Kain, so der Mönch, hatte seinen Bruder Abel getötet, obwohl Abel ein guter Mensch gewesen war. Und Gott hatte es zugelassen. Er hatte es nicht verhindert, er hatte Kain nur gewarnt. So hatte es der Mönch erzählt. Auf seine Frage, warum Gott denn zugelassen habe, dass der böse Kain den guten Abel umbrachte, hatte der Mönch keine Antwort gewusst. In der Bibel würde sie stehen, die Geschichte von Kain und Abel, hatte er gesagt. Und da stehe viel, was man nicht verstehen könne.

Ob Gott die bösen Männer, die seine Eltern und den netten Mönch getötet hatten, wohl auch gewarnt hatte, bevor sie gekommen waren?

Langsam ging der Junge weiter. Drei, vier Schritte nur, dann blieb er wieder stehen. Erneut wurde ihm bewusst, wie alleine er war, völlig verlassen. Nachdem sie vorübergehend versiegt waren, liefen wieder Tränen über seine kindlichen Wangen, und ein Schluchzen schüttelte seinen mageren Körper. Wenn wenigstens Hildegard bei ihm gewesen wäre. Seine ältere Schwester. Bis zum Einbruch der Dunkelheit hatte er mit ihr noch Verstecken gespielt. Stunden später, mitten in der Nacht, waren sie von einem Gewitter aus dem Schlaf gerissen worden. Die gesamte Reisegruppe hatte, eng beieinander kauernd, unter einem notdürftig aus Planen und Decken errichteten Unterschlupf Schutz gesucht. Doch kaum war das Unwetter vorbei, waren mehrere mit Messern und Knüppeln bewaffnete Männer auf die Lichtung gestürmt und hatten die Erwachsenen niedergemacht. Ihm und Hildegard war gerade noch rechtzeitig die Flucht in den Wald gelungen, doch in dem ganzen schrecklichen Durcheinander hatten sie sich aus den Augen verloren.

Hildegard. Wo war sie jetzt? Hatte sie sich, als das Furchtbare geschah, auch hinter einem Baumstamm versteckt? So wie er? Wenn ja, hatte sie das, was er beobachtet hatte, auch gesehen? Hatte sie mitbekommen, was die Männer mit seinem Vater und dem netten Mönch gemacht hatten? Was sie mit seiner Mutter gemacht hatten? Wie sie sich, als sie mit der Mutter fertig waren, mit dem Wagen samt den Pferden, die seinem Vater gehört hatten, einfach auf und davon gemacht hatten?

Wenn doch all das Grässliche, das er gesehen hatte, nur ein böser Traum gewesen wäre.

Aber es war kein Traum. Sonst wären seine Eltern und der freundliche Mönch nicht tot, Hildegard nicht verschwunden und er nicht allein.

Ängstlich sah sich der Junge um. Er schniefte. Wischte sich mit dem Ärmel über das tränennasse Gesicht. Noch immer war alles still. Abgesehen von dem Geräusch stetig fallender Tropfen, die in den Bäumen hingen. Sie zeugten von den Regenfluten, die vor Stunden vom Himmel gestürzt waren und die Lichtung fast ertränkt hatten. Ansonsten: Stille. Totenstille. Kein Lüftchen wehte. Nicht ein einziger Vogel zwitscherte. Kein Knacken im Wald, das verraten hätte, dass sich irgendwo etwas Lebendiges bewegte. Der Fuchs, die Maus, die Eidechse, das Reh, alle schliefen sie noch. Nicht einmal der Ruf eines Käuzchens war zu vernehmen.

Erneut sah sich der Junge um. Verzweifelt. Hildegard, wo bist du?

Er legte den Kopf in den Nacken und sah zum Himmel. Ganz weit dort oben, irgendwo hinter den blinkenden Sternen, die vor seinen mit Tränen gefüllten Augen zu unscharfen Flecken verschwammen, waren jetzt Vater und Mutter. Wenn man tot ist, kommt man in den Himmel, so hatten die Erwachsenen es ihm immer erzählt. Vorausgesetzt, man sei ein guter Mensch gewesen. So wie Abel. Schlechte Menschen kämen in die Hölle, wo das ewige Feuer brennt. So wie Kain. Ob er auch in der Hölle war? Und Abel – war er wirklich im Himmel? Bestimmt! Vielleicht unterhielten sich Vater und Mutter gerade mit ihm. Jetzt, da sie doch auch im Himmel waren. Eigentlich hatte er nie begriffen, was die Erwachsenen mit »in den Himmel kommen« meinten. Wie konnte jemand im Himmel sein, wenn sein Körper noch auf der Erde war?

Zögernd einen Fuß vor den anderen setzend, schritt der kleine Junge weiter auf die leblos am Boden liegenden Körper zu. Dunkle Schemen, die den Eindruck erweckten, als lägen große, flache Steine auf der mit Büschen, Gras und Flechten bestandenen Lichtung.

Dann aber blieb er stehen. Nein, er würde Vater und Mutter nicht mehr sehen wollen. Auch nicht den Mönch, der ihm die Geschichte von Kain und Abel erzählt hatte. Und auch die anderen nicht. Der Junge machte einen großen Bogen um die Toten und lief zu dem Erdloch, das der kräftige Regenguss bis zum Rand mit Wasser gefüllt hatte. Ob er seine Puppe noch finden würde? Die hölzerne Puppe, die er auf der Flucht vor den bösen Männern vor lauter Angst in das Wasserloch geworfen hatte.

Ja, da war sie. Inmitten vereinzelter Blätter, die auf der Wasseroberfläche schwammen, dümpelte die hölzerne Puppe träge vor sich hin. Der Junge ging am Rand des Wasserlochs in die Hocke und betrachtete sie im Licht des Mondes. Sein Glanz war blasser geworden; nicht mehr lange, und die Dämmerung würde heraufziehen. Und mit ihr das erste Licht des neuen Tages.

Doch noch spiegelte er sich fahl und rund auf der schwarzen Wasseroberfläche. Ganz versunken war der Junge in den Anblick der Puppe und der blassgelben Scheibe, die den Anschein erweckte, als wäre sie vom Himmel gefallen.

Plötzlich erhob sich ein Windstoß. In den Wipfeln rund um

die Lichtung rauschte es. Eine Bö belebte die dunkle Oberfläche des Tümpels, und ein Kräuseln zerhackte den Abglanz der wuchtigen Himmelsscheibe in unzählige glitzernde Splitter. Langsam begann sich die Puppe zu drehen. Ein kleiner Zweig klatschte in das Wasserloch; winzige Fontänen spritzten, und unzählige Tröpfchen netzten das Gesicht der Puppe. Die Nässe verlieh den toten Augen Glanz, und dem Jungen schien, als erwachte die Puppe zum Leben.

Eine weitere Bö fuhr heran. Schneller drehte sich die Puppe, wippte auf und nieder, während Tropfen gleich Tränen über die holzgemaserten Wangen rannen.

Meine Puppe weint, dachte der Junge, ich muss sie trösten.

Er sah sich nach einem Stöckchen um, mit dem er die Puppe zu sich an den Rand des Wasserlochs herziehen könnte.

Augenblicke später drückte er sie an sich, herzte und küsste sie.

Dann erhob er sich und lief einfach los.

Viele Jahre später
Herzogtum Österreich
Das Ennstal bei Steyr

»Herr, bitte gib, dass sie es ist«, murmelte der Mann leise. Er fror. Bibbernd zog er die Schultern hoch und verwünschte die schneidende Kälte, die zunehmend in seine Knochen kroch.

Angestrengt sah er zu dem schroffen Felsen empor, der sich wie der Finger eines Riesen aus dem Waldberg erhob. Dessen Kuppe war von einer kleinen Kapelle gekrönt, die nur über einen steilen Pfad zu erreichen war. Sie gehörte zu der nicht weit entfernten, an der Enns gelegenen Benediktinerabtei, die sich dort, wo der Fluss einen engen Bogen beschrieb, an dessen Ufer schmiegte.

»Gib, dass sie es ist, Herr! Bitte!«, wiederholte der Mann seine Worte von vorhin noch eine Spur flehentlicher; nach wie vor musterte er den Felsen, auf dem sich die Kapelle befand, mit scharfem Blick.

Sein Interesse galt jedoch nicht der winzigen Kapelle, sondern dem seltsamen Anbau, der sich daran anschloss und der auf eine menschliche Behausung schließen ließ. Zum wiederholten Male rief er sich die Begegnung mit den beiden Männern in Erinnerung, die ihn veranlasst hatte, hierherzukommen und seit Stunden auf diesen Punkt zu starren. Es war der Vorsehung zuzuschreiben, dass sie seinen Weg gekreuzt hatten, das war sicher. Kein bloßer Zufall, sondern ein mahnender Wink des Schicksals, das ihn aufforderte, die heilige Pflicht, die ihm die Gerechtigkeit auferlegte, endlich zu erfüllen. Gerade mal zwei Tage waren vergangen seit jener Bemerkung, die ihn hatte aufhorchen lassen. Aufgeschnappt hatte er sie in seiner Unterkunft, im Gasthaus *Zum Eber* in der nahen Stadt, wo er in aller Ruhe seinen Würzwein zu trinken gedacht hatte. Er hatte die beiden Fuhrleute am Nebentisch zuerst gar nicht bemerkt. Erst als sie begannen, sich lautstark über eine Inkluse zu unterhalten, eine Einsiedlerin, die ganz in der Nähe in einer Zelle eingemauert lebte, wurde er auf sie aufmerksam. Und als der Ältere der beiden dann auch noch ihre Hände erwähnte, war es vorbei gewesen mit seiner Ruhe. Beschworen die Worte des Mannes doch schlagartig ein Bild aus seiner Vergangenheit herauf – schaurig hässlich, aber auch vertraut und liebenswert zugleich. Eine Ahnung wallte in ihm hoch, gepaart mit einem Gefühl von Hitze, das er immer dann verspürte, wenn höchste Anspannung an ihm zerrte. Unwillkürlich, ohne dass er etwas dagegen tun konnte, fingen seine Hände an zu zittern, was ihn gut die Hälfte des Würzweins verschütten ließ.

Dann mit einem Mal waren die beiden gegangen. Noch bevor er sich von seinem Schreck erholen und sie nach weiteren Einzelheiten fragen konnte. Worauf ihm nichts anderes übrig blieb, als sich in einem Zustand höchster Erregung in seine Kammer zurückzuziehen und sein Lager aufzusuchen. Doch in dieser Nacht floh ihn der Schlaf. Quälend langsam nur waren die dunklen Stunden dahingeschlichen, begleitet von wilden Träumen und ständigen Schweißausbrüchen.

Als am nächsten Morgen die Sonnenstrahlen ein Einsehen mit ihm hatten und seinen Albträumen ein Ende setzten, beschloss er, weitere Erkundigungen über die Inkluse einzuziehen. Also heftete er sich an die Fersen der unterschiedlichsten Leute. Was sie ihm erzählten, ließ seine Ahnung fast zur Gewissheit werden. Doch da ein »fast« noch keine Gewissheit ist, beschloss er, sich diese dadurch zu verschaffen, dass er sich höchstpersönlich vom Aussehen der Hände überzeugte …

Erneut sah er zum Inklusorium hinauf, jenem seltsamen Gebilde aus Felsgestein, Fachwerk und Mauern, innerhalb dessen Adelheid, die Einsiedlerin, ihr kärgliches Dasein zum Lob des HERRN fristete. Noch musste er warten. Noch drängte sich eine ganze Anzahl Leute vor dem Sprechfenster der Nonne. Trotz des Windes und der Kälte und der Graupelschauer, die ab und an vom Himmel rieselten, was um diese Jahreszeit – immerhin stand der Juni vor der Tür – nicht unbedingt zu erwarten war.

»Geht's dir nich' gut, Bruder Habenichts, brauchste Hilfe?«

Die heisere Frage des alten Mannes, der, vom Berg herabkommend, vor ihm stehen geblieben war, klang besorgt und kameradschaftlich zugleich. Kein Wunder; das Äußere des Alten glich dem seinen fast aufs Haar. Doch im Gegensatz zu ihm, der sich nur in Lumpen gehüllt hatte, um den Bettler zu mimen, gehörte der Fragesteller definitiv zur Zunft der Schnorrer und Besitzlosen.

»Nein, nein, mach dir keine Sorgen, mir geht's gut, Alter. 'n bisschen kalt, aber das macht nix. Is' ganz schön viel los da oben, was?« Er rieb sich die klammen Finger.

Der Mann grinste und entblößte ein paar schwarze Zahnstummel. »Na ja, zugegeben, es dauert 'n bisschen, bis man drankommt. Aber dafür is' sie heute ganz schön spendabel. Hier, sieh mal!« Seine Rechte fuhr flink unter den durchlöcherten Umhang. Als er sie wieder hervorzog, förderte er zwei runzlige Äpfel und einen trockenen Brotkanten zutage.

»Hm, tatsächlich«, entgegnete »Bruder Habenichts« anerkennend und gab sich den Anschein, als wäre er beeindruckt. »Vielleicht hat sie für mich ja auch noch was übrig.« Er wusste, dass Einsiedlerinnen ihre Aufgabe unter anderem darin sahen, Notleidende mit kleinen Gaben zu unterstützen; Dinge, die sie selbst bekamen, um damit entweder ihre eigenen Bedürfnisse zu befriedigen oder diese an andere Notleidende weiterzugeben. Und da eine Inkluse durch ihr Gelübde ein äußerst spartanisches Leben zu führen verpflichtet war, blieb des Öfteren nicht gerade wenig übrig, was sie als Almosen verteilen konnte.

»Ob sie noch was für dich übrig hat? Na ja, übrig vielleicht schon, aber ob du's bekommst, ich weiß nich.« Der Alte zuckte skeptisch die Schultern.

»Wieso? Glaubst du, dass ihr meine Nase nich' gefallen könnte?«

Wieder grinste der Alte. »Nee, das nich'. Aber es ist bald Zeit für die Vesper. Dann muss sie beten und so, du weißt schon. Sie hält sich streng an die Regel, und wenn noch jemand vor ihrem Fenster wartet, dann schickt sie ihn einfach weg und sagt ihm, dass er morgen wiederkommen soll.« Der Alte blickte zum Felsen hoch. »Da, sag ich's doch! Sie kommen alle runter. Alle, die heut nich' drangekommen sind. Sieh doch nur!« Jetzt deutete er mit der Rechten auf eine kleine Gruppe von Leuten, die im Gänsemarsch den steilen Pfad zum Fuß des Berges heruntergeschritten.

»Verdammt, du hast recht. Da werde ich mich wohl sputen müssen.« Seine Stimme klang nun ungeduldig. »Also dann, leb wohl. Ich muss nach oben, vielleicht spricht sie ja doch noch mit mir«, verabschiedete er sich hastig und stapfte ohne ein weiteres Wort in Richtung Inklusorium davon.

»Na, das würde mich aber wundern«, hörte er den Bettler noch murmeln.

Während er mit federnden Schritten den vom Regen der vorangegangenen Tage matschig gewordenen Pfad hinaufschritt, bestätigte ihm eine Gruppe entgegenkommender Frauen, was der Bettler bereits vermutet hatte: Die Sprechzeit der Inkluse war tatsächlich zu Ende. Dennoch wollte er es auf einen Versuch ankommen lassen und schritt weiter, was die Frauen mit einem spöttischen Achselzucken quittierten. Noch einen weiteren Tag der Ungewissheit würde er nur schwer ertragen können.

Als er auf dem Plateau ankam, rieselte erneut ein Graupelschauer vom Himmel; Windböen peitschten ihm die harten Körner gleich spitzen Nadeln ins Gesicht und rissen seinen Atem, der in Form weißer Schleier in die kalte Luft entwich, in tausend Fetzen.

Langsam umrundete er die schulterhohe Mauer, die das seltsame Bauwerk, das an die Kapelle anschloss, umgab. Das also war das winzige Reich der Inkluse Adelheid. Der Mann wusste, dass es nur noch ganz wenige von ihrer Sorte gab. Bestimmt war auch sie, weiß gekleidet und ein großes Holzkreuz tragend, einst im Rahmen einer feierlichen Zeremonie durch die kleine Pforte in die Behausung getreten, um diese ihr ganzes Leben lang nicht mehr zu verlassen. So zumindest dürfte sie es dem HERRN gelobt haben. Und zum Zeichen, dass sie willens war, sich fortan an dieses Versprechen zu halten, war die Pforte hinter ihr für alle Zeiten zugemauert worden.

Ein Schauer jagte über seinen Rücken, als er daran dachte.

Er trat durch einen Einlass in der Mauer und entdeckte in dem Anbau eine mit einem hölzernen Laden verschlossene Fensteröffnung. Das musste das Sprechfenster sein, das die Inkluse mit der Außenwelt verband. An diesem Fenster empfing sie ihre Besucher, und hier wurden ihr die für die Bedürfnisse des täglichen Lebens notwendigen Dinge hineingereicht. Er wusste, dass es auch auf der gegenüberliegenden Seite des Inklusoriums ein Fenster geben musste, das sich zum Innenraum der Kapelle hin öffnete, damit sie regelmäßig die Beichte und das Abendmahl empfangen konnte.

Entschlossen trat er an das Sprechfenster heran und spürte, wie trotz der empfindlichen Kälte mit einem Mal wieder jenes Gefühl der Hitze in ihm hochwallte.

Ob sie wohl den Laden nochmals öffnen würde?

Er hob die Rechte – ein kurzes Zögern, während die Hitze in ihm stärker wurde –, dann klopfte er vernehmlich gegen das Holz. Gleichzeitig krampfte sich die Linke, die er unter dem löchrigen Umhang verborgen hielt, um einen Gegenstand – den einzigen, den er aus seiner Vergangenheit gerettet hatte und auch das Einzige, was ihn mit dem Bild aus jenen fernen, weit zurückliegenden Tagen noch verband.

Außer der Erinnerung natürlich.

Und den Träumen, die ihn hin und wieder heimsuchten, um sie in ihm wachzuhalten.

»Lasst das Klopfen! Ich öffne nicht. Ihr kommt zur Unzeit. Diese Stunde gehört dem HERRN.« Die dunkle Stimme hinter dem Fensterladen klang sanft, aber abweisend.

»Verzeiht, ehrwürdige Meisterin, aber ich habe einen langen Weg hinter mich gebracht, nur um Euch zu sehen. Ich bitte Euch, öffnet«, bat der Scheinbettler mit heiserer Stimme.

»Nur um mich zu sehen, seid Ihr gekommen? Einen triftigeren Grund könnt Ihr nicht nennen? Nun, dann sage ich es umso deutlicher: Geht und kommt morgen wieder!«

»Bitte, ehrwürdige Mutter, es ist wichtig. Ich werde es Euch erklären. Aber ich kann es nur, wenn Ihr mir öffnet. Es geht ...«

»Wollt Ihr den HERRN erzürnen?«, unterbrach ihn die Stimme hinter dem hölzernen Laden; sie klang jetzt schroff und ungehalten. »Ein jegliches hat seine Zeit. So steht es im Buch *Ecclesiastes*. Jetzt ist die Zeit des Gebets. Und nun geht endlich!«

Der Mann schloss erschöpft die Augen und lehnte seine Stirn an das Holz des Ladens. »Ich möchte weder den HERRN erzürnen noch Euch, ehrwürdige Meisterin«, sagte er geradezu flehentlich. »Ich möchte nur einen Augenblick Eure Hände sehen. Die Hände ... denen eine hölzerne Puppe ... ihre Seele verdankt.« Beim letzten Teil des Satzes versagte ihm schier die Stimme.

Schweigen antwortete ihm. Nichts schien sich hinter dem Laden zu regen.

Der Mann spürte, wie sein Herz schneller zu schlagen begann; gleich darauf verriet ein metallenes Schürfen, dass ein eiserner Riegel beiseitegeschoben wurde. Knarrend öffnete sich ein Flügel des Fensterladens, und der Besucher sah in das dämmrige, nur von einer Kerze spärlich erhellte Innere der Zelle Adelheids. Erst beim zweiten Hinsehen bemerkte er die Nonne, die seitlich des Fensters saß. Ein dunkler Schleier verhüllte das Gesicht der in das Habit der Benediktinerinnen gekleideten Frau.

»Wer seid Ihr? Was faselt Ihr von einer hölzernen Puppe?« Die Inkluse bemühte sich, ihre Stimme kühl und beherrscht klingen zu lassen, doch das Vibrieren, das darin lag, strafte die zur Schau gestellte Gelassenheit Lügen.

Der Mann überging die Frage.

»Bitte ... ehrwürdige Mutter, wenn Ihr mir ... Eure Hände zeigen würdet?«, flüsterte er nur.

Kurz zögerte Adelheid, dann legte sie beide Hände auf das verwitterte Fensterbrett, das vor Nässe glänzte.

Außer einem scharfen Atemlaut, der seine Lungen verließ, verriet nichts die Erregung des Mannes. In andächtigem Schweigen starrte er auf die Hände wie auf eine übernatürliche Offenbarung. Kein Zweifel, sie waren es. Hildegards Hände, die sich anscheinend schon seit Jahren, aus welchem Grund auch immer, Adelheid nannte. Hände allerdings, die manch anderer kaum also solche zu bezeichnen gewagt hätte. Beide Arme der Inkluse endeten jeweils in einem monströsen, von borstigen Haaren besetzten Fleischklumpen. Aus jedem ragten wie zum Hohn vier feingliedrige Finger. Mochten andere diese Hände auch als hässlich und verkrüppelt ansehen, für ihn waren sie der Inbegriff der Liebe und der Zärtlichkeit. Fürsorglich hatten sie ihn umhegt, als er noch ein kleiner

Junge gewesen war. Immer wenn die über alles geliebte Mutter sich nicht um ihn kümmern konnte, waren diese Hände eingesprungen, hatten ihn liebkost und ihm das Essen zubereitet. Und wenn die Zeit nahte, da es ans Schlafen ging, hatten diese hässlichen, wunderbaren Hände sich um die seinen geschlossen, und das Mädchen, dem sie gehörten, hatte mit ihm zur Nacht gebetet. Danach hatte sie ihn behutsam zugedeckt, und er war eingeschlafen.

Auch die Puppe hatte sie für ihn geschnitzt. Die Puppe mit dem Lächeln auf den holzgemaserten Zügen. Im Alter von drei Jahren hatte er sie geschenkt bekommen. Von da an begleitete ihn dieses hölzerne Lächeln Tag für Tag, Monat um Monat, Jahreszeit um Jahreszeit, eine kurze glückliche Kindheit hindurch. War er guter Dinge, lächelte auch die Puppe fröhlich, weinte er, war ihr Lächeln traurig. So war es die ganze Zeit über gewesen.

Bis zu jener grauenvollen Nacht ...

Der Mann hob den Kopf, Tränen rannen über sein Gesicht.

»Mein Gott, du lebst«, flüsterte er. »Und ich dachte, du seist tot.« In einer impulsiven Geste ergriff er die verkrüppelte Hand der Inkluse und küsste sie voller Zärtlichkeit.

Mit einem unartikulierten Laut des Erschreckens und einem kräftigen Ruck befreite sich die Nonne aus dem Griff ihres Besuchers.

»Wer bist ... Wer seid Ihr?«, stieß sie hervor.

Abermals überging der Mann ihre Frage. Stattdessen zog er einen Gegenstand aus seinem Umhang und legte ihn behutsam auf das Fensterbrett – eine hölzerne Puppe, die mit starrem Lächeln und toten Augen in die Dämmernis der kargen Zelle blickte.

Ein Schrei entfuhr der Nonne. Hatte sie bis jetzt fast bewegungslos dagesessen, ließ der Anblick der Puppe sie von ihrem Hocker geradezu hochschnellen. Das verhüllte Haupt fuhr ruckartig nach vorne, beugte sich tief über das Fensterbrett, während die acht Finger ihrer verkrüppelten Hände sich zitternd um die Puppe schlossen.

»Oh, mein Gott, oh, ihr Heiligen, nein, das kann nicht sein«, flüsterte sie. Dann hob sie den Kopf, und trotz des dunklen Schleiers, der ihr Gesicht verbarg, wusste der Mann, der vor ihr stand, dass eine einzige große Frage in ihren Augen brannte.

Er nickte. »Doch, Hildegard, ich bin es. Und ich bin gekommen, dir zu erzählen, wie es mir in jener furchtbaren Nacht erging …«

Noch bevor er weitersprechen konnte, packte die Inkluse zu. Mit eisernem Griff schloss sich die verkrüppelte Hand um das linke Handgelenk ihres Besuchers, so fest, dass der Mann schmerzhaft das Gesicht verzog.

»Du brauchst es mir nicht zu erzählen, ich weiß es längst«, stieß Adelheid hervor.

»Du … Du weißt es?«

»Ja. Und ich wusste auch, dass du irgendwann kommen würdest. Du weißt, welche Aufgabe dich nun erwartet?«

Der Mann schluckte. »Ich … Ich weiß es. Aber ich möchte … dass du es mir sagst. Bitte, sag es mir!« Seine Stimme zitterte.

Ohne den Schleier zu lüften, führte die Inkluse die Hand des Mannes an ihre Lippen. »›Mein ist die Rache, spricht der Herr‹«, raunte sie voller Inbrunst. »Sei du sein Werkzeug!«

DIE ANKUNFT

TAG 1
Dienstag, 9. Juni Anno Domini 1405
Herzogtum Österreich
Benediktinerkloster Ennswalden

Kapitel 1

Nach Vesper

Es war einer jener Junitage, die den würzigen Duft des frühen Sommers verströmten und, erfüllt mit mildem Licht und angenehmer Wärme, das Herz jedes Reisenden höherschlagen ließen. In der an der Enns gelegenen Abtei zu Ennswalden harrte man seit Tagen eines hochgelehrten Besuchers. Adrian von Bitterstedt, ein junger Benediktiner, *doctor* der Theologie und ein ausgewiesener Kenner des Altgriechischen, würde im Laufe dieser Woche eintreffen, so hatte die Botschaft gelautet. Aus Wien kommend, sollte er im Auftrag der dortigen Universität, allem voran der theologischen Fakultät, die kommenden Wochen zu einem Studium alter Schriften nutzen. Man sei auf Hinweise gestoßen, die nahelegten, dass im Bibliotheksbestand des Klosters ein fünftes Evangelium verborgen sei, eine apokryphe Schrift des Neuen Testaments, das den allerheiligsten Glauben verunglimpfe. Fiele es den

Feinden der Kirche in die Hände, könnte es die Grundfesten des Christentums erschüttern.

Eine verantwortungsvolle Aufgabe, die der junge Gelehrte wahrzunehmen gedachte und die der Abt gebeten wurde, nach Kräften zu unterstützen, hülfe sie doch in erhabener Weise, die Autorität der allein seligmachenden Kirche zu bewahren. Allerdings, so die Anweisung an Abt Florian, solle dieser gegenüber dem Konvent Verschwiegenheit an den Tag legen. Offiziell werde der Mönch aus Wien nicht nach einem blasphemischen fünften Evangelium, sondern nach Schriften forschen, die die »Erhabenheit des allerheiligsten katholischen Glaubens aufs Wunderbarste erstrahlen« ließen. Auch sei dem Gelehrten aus Wien nicht gestattet, den Inhalt der blasphemischen Schrift anderen zugänglich zu machen. Die Beschäftigung damit sei nur ihm selbst und dem Gehilfen gestattet, der ihm zur Seite stehen und in wenigen Tagen ebenfalls im Kloster eintreffen werde. Adrian von Bitterstedt sei unter Eid verpflichtet, sich eng an diese Vorgaben zu halten. So zumindest stand es in dem Brief, der den Besuch des Benediktiners ankündigte und mit dem Siegel der Universität zu Wien und einer honorablen Unterschrift versehen war: der des Nikolaus von Dinkelsbühl, Rektor der Universität, Mitglied des Domkapitels, Vertreter der Universität beim Heiligen Stuhl, Berater Herzog Albrechts V. von Habsburg und unerbittlicher Feind jeder häretischen Stimme, die sich gegen die Heilige Mutter Kirche erhob.

»Brav, mein Starker, bist ein feiner Kerl. Hast uns gut hierhergebracht.«

Der Rappe ließ ein leises Schnauben hören und nickte ein paarmal mit dem Kopf – fast als hätte er verstanden, was die sanfte, dunkle Stimme soeben gesagt hatte.

Die gepflegte Hand mit den feingliedrigen Fingern, die seinen Hals klopfte, entsprach ganz der hohen, schlanken Mönchsgestalt, die das Tier ritt. Schon früh am Morgen, kurz nach Prim, hatte der Reiter den letzten Teil seiner Reise angetreten, nachdem er die Nacht in einer Herberge bei Sandberg verbracht hatte. Nur zwei kürzere Pausen hatte er seitdem eingelegt. Mittlerweile auf einem Hügelkamm angekommen, hielt er inne und blickte nachdenklich auf die vom rosigen Dunst des frühen Abends umhüllten Mauern der Abtei zu Ennswalden. Am Ufer der Enns gelegen, in deren trägen Fluten sich das zarte Rosa spiegelte, bot das im Tal gelegene Kloster einen friedlichen und zugleich entrückten Anblick, der so gar nicht zu der Mission passen wollte, die er dort zu erfüllen hatte.

Was, wenn diese misslang? Der Blick des Reiters verschattete sich. Dann aber huschte ein entschlossenes Lächeln über seine Züge und verscheuchte den Hauch des Zweifels, der einen kurzen Moment in den dunklen Augen aufgeglommen war.

»Komm, packen wir's an«, murmelte er zuversichtlich und lenkte den Rappen den Hügel hinab.

Nur wenig später langte er bei der Klosterpforte an und sprang aus dem Sattel.

In einem der beiden Torflügel öffnete sich eine winzige Luke. »*Deus tecum*, Bruder. Adrian von Bitterstedt aus Wien, wenn ich nicht irre, nicht wahr?«, grüßte ein feistes, aber freundliches Vollmondgesicht, das Bruder Firmin, dem Pförtner, gehörte.

Ein Lächeln antwortete ihm. Das Lächeln einer in das Habit eines Benediktiners gekleideten Frau von neunundzwanzig Jahren.

»*Et cum spiritu tuo*, Bruder«, erwiderte Adriana von Bronnen, legte die Rechte auf die Brust und verneigte sich.

Gleich darauf schwang der rechte der beiden Flügel auf und die in die Rolle eines Mönchs geschlüpfte Frau erschauerte leicht, bevor sie sich unwiderruflich anschickte, das wohl gefährlichste Abenteuer ihres Lebens zu bestehen.

»BRUDER TOTENSCHÄDEL«

TAG 2
MITTWOCH, 10. JUNI ANNO DOMINI 1405

Kapitel 2
Nach Prim

»*Clamat nobis scriptura divina, fratres dicens: ›Omnis qui se exaltat humiliabitur et qui se humiliat exaltabitur‹.* – Laut ruft uns, Brüder, die Heilige Schrift zu: ›Wer sich selbst erhöht, wird erniedrigt, wer sich aber selbst erniedrigt, wird erhöht werden.‹«

Der Mönch, der an diesem sonnigen Morgen zu Beginn der Kapitelversammlung mit der Lesung aus der *Regula Benedicti* beauftragt war, trachtete offenbar danach, seine Aufgabe so schnell wie möglich hinter sich zu bringen. Seine Stimme klang monoton; das Tempo, das er vorlegte, und die Tatsache, dass sein Blick des Öfteren gelangweilt zur Decke schweifte, ließ den Schluss zu, dass er den Text – es handelte sich um Kapitel sieben der Regel, betitelt »Die Demut« – schon so oft vorgetragen hatte, dass er ihn auswendig kannte.

Über Adrianas Züge huschte den Bruchteil eines Augenblicks ein spöttisches Lächeln. Vor zwei Tagen, auf dem Weg hierher, war sie einem Mönch aus dem Stift Melk begegnet, der sie davon in Kenntnis gesetzt hatte, dass es mit der klösterlichen Disziplin im Kloster zu Ennswalden nicht gerade zum Besten stehe. Florian I. Tampek, Abt des Klosters, lasse die Zügel in einem Maß schleifen, das schon fast skandalös anmuten müsse, hatte er ihr empört berichtet. Anscheinend hatte er nicht übertrieben. Nicht nur die gleichgültige Art, mit der sich der Vorleser seiner offenbar als lästig empfundenen Pflicht zu entledigen suchte, auch andere Seltsamkeiten schienen den abfälligen Kommentar des Melkers zu bestätigen.

Adriana musterte verstohlen die Runde der versammelten Mönche, die, wie sie selbst, auf steinernen Bänken längs der Wände des lang gestreckten Saales saßen. Offensichtlich folgten sie der Vorlesung mit dem gleichen Desinteresse, welches auch der Vorleser an den Tag legte. Die Hände im Schoß gefaltet und die Augen geschlossen, zogen die Worte an ihnen vorbei wie eine warme, einschläfernde Brise. Allerdings gab es auch solche, die ungeniert gähnten, zwei tuschelten gar miteinander, während ein weiterer, der im Schatten einer Säule saß – Adriana glaubte, ihren Augen nicht zu trauen –, irgendetwas aus den Tiefen seiner Kutte hervorkramte, es sich in den Mund schob und genüsslich darauf herumkaute.

Allein der Abt und ein anderer Mönch – der Subprior, wie sie später erfuhr, beide saßen nebeneinander auf Stühlen an der Stirnwand des Saales – schienen jene kontemplative Konzentration zu verraten, welche die geistige Versenkung in die Trinität ermöglicht und zur wahren Einheit mit ihr führt.

»*Quae Dominus iam in operarium suum mundum a vitis et peccatis Spiritu Sancto dignabitur demonstrare.* – Dies wird der HERR an seinem Arbeiter, der von Fehlern und Sünden rein wird, schon jetzt gütig durch den Heiligen Geist erweisen.«

Der letzte Vers des siebten Kapitels der *Regula* verklang; erleichtert verließ der Vorleser den Platz hinter dem Lesepult, um in den Kreis seiner auf den Steinbänken sitzenden Mitbrüder zurückzukehren. Auch aus deren Mienen sprach Erleichterung.

Nun war die Reihe an Abt Florian, die morgendliche Versammlung weiterzuführen. Er erhob sich; ein nur mittelgroßer, dafür aber mehr als wohlbeleibter Mittvierziger, dessen äußere Erscheinung – wären Kutte und Tonsur nicht gewesen – eher an einen Bauern denn an ein geistliches Oberhaupt erinnerte. Kurz gestutztes schwarzes Haupthaar rahmte die frisch rasierte Tonsur, während ungewöhnlich buschige Augenbrauen, die wie Gestrüpp aus der Stirn zu ragen schienen, über einem wässrig blauen Augenpaar wucherten. Eingebettet in ein feistwangiges bartloses Gesicht, schweiften sie Aufmerksamkeit heischend in die versammelte Runde.

»Bevor wir mit unserer Versammlung fortfahren, darf ich dem Kapitel unseren hochverehrten Gast vorstellen, der die nächsten Wochen bei uns weilen wird«, hob der Abt mit dünner Stimme an und heftete seinen Blick wohlwollend auf Adriana. »Bruder Adrian von Bitterstedt, Benediktiner wie wir, seines Zeichens *doctor* der Theologie und ein profunder Kenner der griechischen Sprache, ist zu uns gekommen. Allerdings nicht um Mitglied unseres Konvents zu werden, sondern in seiner Eigenschaft als Gelehrter. Er wird im Auftrag seiner bischöflichen Eminenz, des geschätzten Bischofs zu Passau Georg von Hohenlohe, sowie seiner Magnifizenz Nikolaus von Dinkelsbühl, Rektor der Universität zu Wien, Mitglied des Domkapitels zu St. Stephan und Berater unseres allergnädigsten Herzogs Albrecht, die alten Schriften, die bei uns lagern, in Augenschein nehmen und katalogisieren. Außerdem besitzt er Hinweise auf gewisse Dokumente, die verschollen sind, Schriften, die sich im Bestand unseres Klosters befinden sollen und welche die Erhabenheit unseres allerheiligsten katholischen Glaubens aufs Wunderbarste erstrahlen lassen könnten. Wir wissen diese Ehre zu schätzen. Seid herzlich willkommen, Bruder, in unserer Mitte.«

Der Abt nickte mit dem Kopf in Adrianas Richtung, die nun aufstand, um die freundlichen Willkommensworte zu erwidern. Sie legte die Hand auf die Brust und neigte grüßend das Haupt.

»Habt herzlichen Dank, Eure Erhabenheit«, entgegnete sie mit der ihr eigenen angenehmen Stimme, die an dunklen Samt erinnerte. »Auch ich weiß die Ehre zu schätzen, innerhalb der Mauern Eurer Abtei in den von Euch erwähnten Schriften nach dem forschen zu dürfen, was der Schreiber des Buches *Proverbia* kostbarer als denn Gold und Silber bezeichnet: die wahre Erkenntnis Gottes. Ich danke Euch für die Gastfreundschaft. Möge der HERR sie Euch vergelten.«

Adriana ließ sich nieder, hoffend, dass das mulmige Gefühl, das in ihr hochkroch, sich nicht in ihrer Miene spiegelte. Denn waren auch die Augen der meisten Anwesenden mit verständlicher Neugier auf sie gerichtet, glaubte sie doch, in dem einen oder anderen Blick unverhohlene Lüsternheit zu entdecken. Zwar war sie sicher, dass die anwesenden Mönche unter der Kutte, die sie trug, niemals den Körper einer Frau vermuteten. Andererseits wusste sie nur zu gut, dass auch ein junger Mann, so er ein hübsches Gesicht und eine anmutige Gestalt besaß, bei dem einen oder anderen seiner Geschlechtsgenossen sündhafte Triebe zu wecken vermochte. Sie beschloss, auf der Hut zu sein.

»Kommen wir nun zu einer Angelegenheit, die uns schon seit einiger Zeit Sorgen bereitet«, fuhr Abt Florian fort.

Er entrollte ein Pergament, an dem ein schweres Siegel hing, und runzelte die Stirn. »Ihr wisst, verehrte Brüder, dass wir unseren Landesherrn schon mehrfach darum baten, uns von der Bürde der uneingeschränkten Gastpflicht zu befreien – wenigstens während der Jagdzeiten. Dies Ersuchen wurde gestellt in Anbetracht der Ritter und anderer edler Herren sowie der landesfürstlichen Jäger, die besonders während der herbstlichen Jagden glauben, die Gastpflicht unserer Abtei in schamloser Weise ausnutzen zu dürfen. Damit lastet eine schwere Bürde auf unserem Kloster. Denn es sind ja nicht nur die Herren, die bewirtet werden wollen, sondern auch die Jagdgehilfen und die Knechte und die Tiere. In dem Schreiben, dass wir dem Herzog sandten, erinnerten wir daran, dass der Vorgänger seiner Durchlaucht Albrechts IV., Albrecht III., Anno Domini 1380 schon einmal eine für das Kloster günstige Entscheidung traf; der HERR möge seiner dafür gedenken. Inzwischen ist die Antwort eingetroffen.« Seine Stimme war immer dünner geworden.

Nun warf der Abt einen kurzen Blick auf das Pergament in seinen Händen und legte eine Pause ein.

»Unser allergnädigster Herzog ...«, dem Abt versagte fast die Stimme, »hat die Gastpflicht ... unseres Klosters ... leider bestätigt.« Er ließ einen tiefen Seufzer hören.

Empörtes Gemurmel erhob sich. Die Entscheidung des Landesherrn war offenbar ein schwerer Schlag für den Konvent.

Der Abt hob beide Arme. »Silentium, bewahrt die Ruhe, Brüder«, beendete er das erregte Raunen. Dann fuhr er fort: »Ich habe mich entschlossen, um oberhirtliche Hilfe bei seiner Eminenz, unserem Bischof in Passau, nachzusuchen. Ich werde Bruder Engelbert, unseren Prior, zu ihm senden, sobald er von seiner Wienreise heimgekehrt ist. Sollte Bruder Engelbert allerdings nichts ausrichten können«, der Abt legte eine erneute Pause ein, »nun ... Ich brauche Euch nicht zu sagen, was dies bedeuten würde. Der Gewinn, den die Abtei erwirtschaftet, dürfte beträchtlich schmaler ausfallen. Die geplanten baulichen Maßnahmen, etwa eine neue Wärmestube, ein neues Badhaus sowie die neuen Bänke für das Refektorium oder die längst erforderliche Neuausstattung der Zellen und des Dormitoriums müssten wohl noch eine Weile warten. Ich hoffe, wenigstens die ... hrrmm«, der Abt ließ ein Räuspern hören und sandte einen verlegenen Blick zu Adriana, »die kleinen Veränderungen der Speiseregel zur Stärkung des Leibes ... und der Seele ... aufrechterhalten zu können; ist doch der Leib die Wohnstatt des Geistes, mittels dessen wir den HERRN loben und preisen. ›*Mens sana in corpore sano* – In einem gesunden Körper wohnt ein gesunder Geist‹, ruft uns die Schrift zu. Also suchen wir dem Ratschlag des Höchsten zu folgen, indem wir dem Leib geben, was er benötigt, um seiner erhabenen Aufgabe gerecht zu werden.«

Wieder sandte der Abt einen Blick zu Adriana, die sich Mühe geben musste, ernst zu bleiben. Sie wusste sehr wohl, dass der letzte Teil seiner Ansprache indirekt an sie gerichtet war. Die Worte sollten sie auf das vorbereiten, was sie spätestens zur Sext im Refektorium zu sehen bekommen würde – einen reich gedeckten Tisch, der so ganz im Gegensatz stand zu dem bescheidenen Mahl, mit dem sich die Jünger des Heiligen Benedikt gemäß der Regel normalerweise zu begnügen hatten. Der Mönch aus Melk hatte sie davon unterrichtet, dass sich die Tafel des Speisesaals in Ennswalden nicht selten bog unter der Last eines überreichen Angebots an Speisen. Des Öfteren werde sogar an ganz normalen Tagen das Fleisch von Vierfüßlern gereicht, und dies nicht nur den Gästen oder den Schwachen und Kranken, wie es die Regel vorschrieb. Nein, der gesamte Konvent huldige der Völlerei, so der empörte Benediktiner aus Melk. Allerdings hatte sich Adriana nicht des Eindrucks erwehren können, dass in seinen Worten ein beträchtliches Maß an Neid mitschwang. Doch dass der Abt den aus dem Zusammenhang gerissenen Satz des römischen Schriftstellers Juvenal vom gesunden Körper, in dem ein gesunder Geist wohne, als eine Empfehlung der Heiligen Schrift ausgab, setzte dem Ganzen die Krone auf; mit der Bibelfestigkeit des Mannes war es anscheinend nicht weit her.

»Das Wort hat nun Bruder Hartwig, der Subprior. Er wird die Versammlung weiterführen und die notwendigen Arbeitszuteilungen vornehmen. Bruder Cellerar«, er wandte sich an einen Mönch mittleren Alters, »vergiss nicht, den neu angekommenen Laienbrüdern und Knechten die notwendigen Anweisungen zu erteilen. In den nächsten Tagen werden einige Tagelöhner dazukommen.« An Adriana gewandt, fuhr er fort: »Es war mir eine Ehre, Bruder Adrian, Euch dem versammelten Kapitel vorzustellen. Der weitere Verlauf der Versammlung würde Euch nur langweilen. Ich weiß, dass Ihr voller Begierde darauf wartet, Eure Arbeit beginnen zu können. Bruder Markward, unser Armarius, und ich werden Euch nun die Bibliothek und das Skriptorium zeigen. Wenn Ihr uns folgen wollt.«

Adriana sah sich aus ihren Gedanken jäh herausgerissen und erhob sich. Als sie den Mönch bemerkte, der an die Seite des Abtes getreten war, erschrak sie. Er war einer derjenigen, die sie während ihrer Dankesrede mit unverhohlen lüsternen

Blicken gemustert hatte. Seine Gestalt bildete einen geradezu diametralen Gegensatz zu der des Abtes. Groß und hager, hatte ihn die Natur mit einem beängstigend mageren, hohlwangigen Gesicht ausgestattet, das unwillkürlich an einen mit Haut überzogenen Totenschädel erinnerte. Dominiert wurde dieses seltsame Antlitz von einer mächtigen Nase, die dem Schnabel eines Geiers glich und den darunter befindlichen schmallippigen Mund lediglich ein Schattendasein fristen ließ. In tiefen Höhlen verborgen, lauerte ein intensiv grünes Augenpaar, dem ein Blick entströmte, in dem eine alles verzehrende Leidenschaft lag, die umso bedrohlicher wirkte, je länger man ihm ausgesetzt war.

Adriana fröstelte. Dieser »Bruder Totenschädel« also war der Bibliothekar, mit dem sie in den folgenden Wochen zusammenarbeiten musste?

Sie beschloss erneut, auf der Hut zu sein.

Nachtgedanken

TAG 3
Donnerstag, 11. Juni Anno Domini 1405

Kapitel 3
Matutin

Bleich und schwer hing der Mond am schwarzblauen Nachthimmel und tauchte Adrianas Zelle in weiches Licht. Sie war im Westflügel des den Kreuzgang umschließenden Gebäudekomplexes untergebracht. Genauer gesagt in einer Zelle im zweiten Obergeschoss des Gästetraktes, der von Klerikern und Mönchen, die auf der Durchreise waren, bewohnt wurde. Das Fenster öffnete sich zum Kreuzgang hin. Die Mehrheit der Angehörigen des Ennswaldener Konvents verbrachte die Nacht im Ostflügel des zur Klausur gehörenden Klosterbereichs. Dort befand sich im ersten Obergeschoss der gemeinsame Schlafsaal, das Dormitorium. Nur wenige besaßen das Privileg, eigene Zellen in dem darüber gelegenen Stockwerk zu bewohnen.

Die Hände hinter dem Kopf verschränkt, ruhte Adriana auf der frisch hergerichteten Bettstatt und starrte durch das vergitterte Fenster hindurch zum bestirnten Himmel.

Wie in Wien, dachte sie und erinnerte sich an die unzähligen Nächte, die sie mit Vorliebe für ihre Studien genutzt hatte. Wie oft hatte der Mond ihr dabei zugesehen, wenn sie, am Fenster vor ihrem Schreibtisch sitzend, im Licht einer Öllampe über Büchern und Schriften grübelte und schrieb.

Der Mond, dein Freund, ging es ihr durch den Kopf, der Gedanke ließ sie versonnen lächeln. Oh ja, der Mensch brauchte Freunde. Freunde, auf die man sich verlassen konnte und die mit einem durch dick und dünn gingen. Ein Gefühl von Wärme breitete sich in ihr aus, als sie daran dachte, dass sie das Glück hatte, solche Freunde zu haben. Albert von Kanten, einer der Professoren an der Universität zu Wien, ein scharfsinniger Theologe und exzellenter Kenner alter Sprachen, war einer von ihnen, vielleicht der beste und großzügigste von allen. Ihm hatte sie ein Privileg zu verdanken, das, wenn überhaupt, nur wenigen Frauen vergönnt war: Wissen. Doch ihn würde sie erst in einigen Wochen wiedersehen, ein Gedanke, der sie mit Wehmut erfüllte. Über die vielen Jahre hinweg war er ihr Mentor gewesen und schließlich so etwas wie ein zweiter Vater für sie geworden.

Weit davon entfernt, eine Frau nach gängigem Maßstab zu beurteilen, war er schon immer ein Mann mit außergewöhnlichem Weitblick gewesen. Die Vorstellungen jener Kirchenlehrer, die das Weib als minderbemittelt und unter dem Manne stehend betrachteten, hatte er stets weit von sich gewiesen. Und so war es nur folgerichtig, dass er Adriana seinerzeit geholfen hatte, die kühne Idee zu verwirklichen, in die Identität eines jungen Burschen zu schlüpfen, um das Studium der sieben freien Künste an der artistischen Fakultät der Universität zu Wien aufnehmen zu können. Anfangs noch als gut bezahlter Privatlehrer vom Vater Adrianas engagiert – die von Bronnens stammten aus einem gut betuchten alteingesessenen Adelsgeschlecht und waren erfolgreiche

Kaufleute –, hatte er schnell ihren scharfen Verstand erkannt und nach Kräften gefördert. Vor allem das Studium des Altgriechischen, das sie weiterhin privatim bei Albert absolvierte, hatte sie fasziniert; ihre Fortschritte auf diesem Gebiet waren atemberaubend gewesen.

Dann aber hatte ihr Leben eine schicksalhafte Wendung genommen. Ihr Vater, Harald von Bronnen, wurde Opfer der intriganten Machenschaften seines Vetters Richard, der dem Hof zu Wien nahestand und in Harald einen Konkurrenten um den Posten eines kaiserlichen Beraters witterte. Enge Beziehungen Richards zu hohen klerikalen Kreisen hatten dazu geführt, dass Harald von Bronnen wegen angeblicher ketzerischer Umtriebe von einem Inquisitionstribunal zu einer langjährigen Kerkerhaft verurteilt wurde. Nur zwei Monate nach seiner Verurteilung war er im Kerker verstorben. Man munkelte, er habe seinem Leben mit einem Schierlingsgebräu selbst ein Ende gesetzt.

Es war die bis dahin verstörendste Erfahrung in Adrianas Leben, die mit dem Tod des Vaters zur Vollwaise geworden war. Ihre Mutter war Jahre zuvor nach der Geburt von Zwillingen im Kindbett gestorben, die Zwillinge nur eine Woche später. In die tiefe Trauer Adrianas über den Verlust des Vaters mischte sich von Anfang an abgrundtiefer Hass auf die Inquisition. Von einem Tag auf den anderen völlig auf sich allein gestellt, hatte sie damals mit dem Gedanken gespielt, sich ebenfalls das Leben zu nehmen. Albert von Kanten war es rechtzeitig gelungen, sie davon abzuhalten. Bei ihm fand sie schließlich dauerhaft Halt und Zuflucht. Er nahm sie in seinen Haushalt auf, förderte sie weiter nach Kräften und gewährte ihr eine Anstellung als private Gehilfin. Niemand ahnte, dass viele Vorlesungen, die er an der Universität hielt, aus Adrianas Feder stammten oder zumindest in Teilen von ihr vorbereitet wurden.

Und noch etwas gab es, was sie ihm verdankte. Ein klares Verständnis über die wahre Natur Gottes. Ein Verständnis allerdings, welches die Kirche als zutiefst häretisch einstufen musste. Es gab keine Dreiheit in der Gottheit; Gott war nur einer, Christus, sein eingeborener Sohn, hatte einen Anfang, war eine Schöpfung des Vaters und damit nicht, wie der Vater selbst, von Ewigkeit zu Ewigkeit und ihm somit keineswegs gleich.

Vor zwei Jahren war es gewesen, als Albert sie in seine diesbezüglichen Ansichten eingeweiht hatte. An einem kalten Februarabend, als sie zu vorgerückter Stunde vor dem wärmenden Kaminfeuer in seinem Studierzimmer saßen und beim Schein einer Öllampe ein Problem der Übersetzung aus dem Griechischen diskutierten – den ersten Vers aus dem Johannesevangelium. Er hatte in der vor ihm liegenden Bibel geblättert und noch einen anderen Vers zitiert. Sie erinnerte sich noch gut an das Gespräch, das dann folgte.

»›... der Vater ist größer als ich‹. Weißt du, was diese Worte unseres Herrn Jesus Christus in Wirklichkeit bedeuten, meine Tochter?«, fragte er sie, um gleich darauf selbst die Antwort zu geben. »Unsere Kirche hat eine große Lüge zur Wahrheit erklärt.«

Entsetzt, ja zu Tode erschrocken sah sie ihn an.

»Die Kirche ... lügt?«

Albert nickte. »Ja, das tut sie. Indem sie Dinge lehrt, die von der Wahrheit so weit entfernt sind wie der Mond von der Erde!«

»Wie meint Ihr das?«

»So, wie ich es sage. Wenn Christus sagt: ›Der Vater ist größer als ich‹, wie kann er, der Sohn, dem Vater dann gleich sein? Oder nimm ein anderes Beispiel aus dem Evangelium des Matthäus: ›Von dem Tag aber und von der Stunde weiß niemand, auch die Engel im Himmel nicht, auch der Sohn nicht, sondern allein der Vater.‹ Warum weiß der Sohn es nicht, wenn er mit dem Vater doch wesensgleich ist, wie es das Dogma von der Trinität uns weismachen will?«

»Ihr … Ihr glaubt also, dass die Lehre von der *trinitas* eine Lüge ist? Mein Gott!«

»Nun, entweder lügt die Schrift oder die Kirche, meine Tochter. Denk an den ersten Teil deines Studiums zurück. Was hast du da gelernt?«

»Im *trivium*?«

»Im *trivium*.« Er nickte. »Logik und Dialektik standen auf dem Lehrplan. Was sagt dir die Logik? Kann beides stimmen? Wenn der Sohn sagt, der Vater wisse mehr als er; wenn er sagt, dass der Vater größer sei als er – wie kann es dann sein, dass die Kirche behauptet, dass Vater und Sohn wesensgleich und eine Person seien? Wer also hat recht? Die Kirche? Die Heilige Schrift? Oder etwa beide?«

»Darüber … habe ich noch nie nachgedacht.«

»Aber wenn du es tust, wozu drängt dich die Logik?«

Adriana spürte, wie die Diskussion mit Albert ihr zunehmend Unbehagen bereitete, zugleich fühlte sie sich auf seltsame Weise erregt – ihr war, als ob sich tief in ihrem Inneren ein Schleier, der über etwas Großem, Erhabenem lag, zu heben begann. Ein Schleier, der dieses Große, Erhabene bis zu diesem Zeitpunkt diffus und konturlos hatte erscheinen lassen. Und doch – war das, was sie hier gerade erörterten, nicht Häresie?

Albert bemerkte ihre Unsicherheit. Er beugte sich über den Tisch und legte sanft seine Hand auf ihren Unterarm.

»Weise den Gedanken nicht von dir, meine Tochter, sosehr er dich auch momentan erschreckt«, bat er leise. »Denk darüber nach und erkenne die Wahrheit. Und sei gewiss, sie wird dich frei machen.«

»Frei machen? Wovon?«

»Von der Vorstellung einer mythischen und geheimnisvollen Dreifaltigkeit, die nichts mit dem Gott zu tun hat, wie die Heilige Schrift ihn uns offenbart. Der Vater, wie ihn der Sohn offenbarte, als er auf der Erde weilte, ist kein geheimnisvoller Gott, der sich hinter einer dreigeteilten Maske verbirgt. Wie sollten wir Vertrauen zu ihm fassen, wenn er uns nicht offen und unverhüllt sein wahres Antlitz zeigte?«

Es war dieser Moment, an den sie sich den Rest ihres Lebens erinnern sollte, ein lichterfüllter Augenblick des Erkennens, in dem der Schleier in ihr zerriss – und doch gab es da etwas in ihr, das sich gegen dieses Erkennen sträubte.

»Aber wie kann es sein, dass die Kirche etwas lehrt, was nicht der Wahrheit entspricht? Sie, die Hüterin des wahren Glaubens! Damit wäre sie doch selbst ein Hort der Häresie.«

Albert nickte. »Ich merke, es fällt dir schwer, dies zu akzeptieren, meine Tochter, auch mir ging es so. Ich habe lange gebraucht, um zu begreifen. Aber je mehr ich forsche, je intensiver ich das Studium alter Dokumente vorantrieb, desto mehr verdichtete sich in mir die Erkenntnis, dass vieles von dem, was die Kirche lehrt, nicht das ist, was wir in den heiligen Schriften finden.«

»Ihr sprecht vom Studium alter Dokumente? Was meint Ihr damit?«

Er ging zu einer Truhe, die unter dem Fenster stand, klappte den Deckel zurück und holte mehrere beschriebene Pergamentbögen hervor, die er auf dem Tisch ausbreitete.

»Das hier ist die Abschrift eines Schreibens Papst Nikolaus IV. aus dem Jahr 1291. Es fußt auf einem Auszug aus dem *Liber Extra*, der Dekretalensammlung von Gregor IX., und enthält einen Hinweis auf die *Passagini*, eine von der Kirche als Häretiker angesehene Gruppierung, von der wir nicht viel wissen. Unter anderem vertraten sie die Ansicht, dass es keine biblischen Beweise für eine Trinität gibt. Ich war überrascht, davon zu erfahren, denn ich dachte, dass die letzten Zweifel an diesem Dogma schon vor vielen Jahrhunderten verstummt seien. Was ich las, gab den Anstoß, mich eingehend mit dem Konzil zu Nizäa Anno Domini 325 zu beschäftigen; mit dem Streit zwischen dem Presbyter Arius auf der einen und Alexander, dem Patriarchen von Alexandria, auf der anderen Seite. Dessen Begleiter, der Erzdiakon Athanasius von Alexandria, tat sich durch besonderen Eifer gegen Arius hervor und erwies sich im Verlauf des Konzils als Hauptverfechter der Lehre, gemäß der Jesus Christus als Sohn Gottes und *logos* mit Gottvater wesensgleich sei. Arius vertrat die Ansicht, dass es keine Wesensgleichheit zwischen dem Vater und dem Sohn geben könne, für ihn war der Sohn nur wesensähnlich. Beachte den Unterschied, meine Tochter!«

»Mit anderen Worten: Sind der Vater und der Sohn eine Person, oder sind sie getrennt voneinander als zwei Personen anzusehen?«

»Du sagst es.«

»Wie ging der Streit aus? Und wer fällte die Entscheidung?«

»Wer die Entscheidung fällte? Man mag es nicht glauben, ein Heide!«, schnaubte Albert, seine Stimme zitterte vor Empörung.

»Ein Heide?«

»Konstantin, der römische Kaiser und Pontifex maximus, der zum Konzil geladen hatte, weil er fürchtete, dass der Streit der Christen dem Reich schaden könnte. Er entschied zugunsten des Athanasius. Auf diesem Konzil, meine Tochter«, er hob den Finger, »wurde die Saat für die ketzerischste aller Lehren gelegt – die Lehre von der Wesensgleichheit Gottes, des Vaters, und Jesu, des Sohnes, die Grundlage für das spätere Dogma der Dreifaltigkeit. Danach dominierten abwechselnd die Lehre des Arius, dann wieder die des Athanasius die Kirche. Bis schließlich auf dem Konzil zu Konstantinopel Anno Domini 381 das Glaubensbekenntnis beschlossen wurde, wie es heute noch in der Kirche zu finden ist. Zugleich wurde festgeschrieben, dass auch der Heilige Geist eine Person und dem Sohn und dem Vater ebenbürtig sei und nicht, wie die Heilige Schrift es lehrt, die Kraft Gottes, und so fügte man dem häretischen Gedanken einen weiteren hinzu.«

»Verzeiht, das ist ... Das ist ... ein bisschen viel auf einmal. Zuerst sagt Ihr, Christus sei nicht wesensgleich mit dem Vater, er sei nicht Gott, dann sagt Ihr, dass auch der Heilige Geist keine Person, sondern lediglich Gottes Kraft sei – ich ... ich ...« Sie verstummte. Der helle Lichtschein, der ihr Inneres einen kurzen Moment erfüllt hatte, schien erloschen.

Albert sah sie eine Weile nur schweigend an. Er wirkte aufgewühlt. Mit einem Ruck erhob er sich vom Stuhl, ging zum Fenster und öffnete es. Ein schneidend kalter Lufthauch strömte herein und ließ das Feuer im Kamin unruhig flackern. Der Wind hatte sich gelegt, es schneite; Wege, Gassen und Dächer glitzerten weiß im bläulichen Schimmer der Nacht. Er atmete mehrere Male tief durch, schloss das Fenster und setzte sich wieder.

»Manchmal muss man das Undenkbare denken, um der

Wahrheit auf den Grund zu kommen, auch wenn es ein Wagnis ist, meine Tochter«, fuhr er schließlich fort. »Sich aufzulehnen gegen das Festgefügte, das scheinbar Unerschütterliche, kann Bollwerke zum Wanken bringen. Fische, die gegen den Strom schwimmen, tun sich schwer, das ist wahr, aber sie haben einen Vorteil: Sie gelangen zur Quelle.«

Es war dieser letzte Satz, der Adriana faszinierte; weshalb, vermochte sie zunächst nicht zu sagen.

Helles Glockengeläut und das verhaltene Klatschen Dutzender Sandalen drangen durch das zum Kreuzgang gelegene Fenster und rissen Adriana aus ihren Gedanken. Sie drehte sich zum Fenster und stellte sich auf die Zehenspitzen. Durch das Gitter blickte sie auf das vom Mondlicht erhellte, von offenen Arkadengängen umschlossene Kreuzgangsgeviert hinab. Kurz darauf sah sie, wie dunkle Schatten den Wandelgang entlangschritten. Die Mönche gingen zur Kirche, die im Norden an den Kreuzgang anschloss.

Bald danach erhob sich der erste der von feierlichem Ernst getragenen Choräle, ein Vielklang von Stimmen, der zu einer einzigen, die dreieinige Gottheit lobenden Hymne anschwoll, das Kircheninnere verließ und sich mit dem Dunkel der Nacht und dem Licht des Mondes verwob.

Ein kalter Hauch drang in die Zelle und ließ Adriana erschauern. Mit einem Mal schoss eine Welle kalter Angst in ihr hoch. Erste Zweifel nagten an ihr. Hatte sie sich überschätzt, als sie sich erboten hatte, die Mission in Ennswalden zu übernehmen? Fehlte es ihr an der nötigen Demut? War das, was zu tun sie im Begriff stand, tatsächlich im Sinne des HERRN und dem aufrichtigen Interesse an der Wiederherstellung der unverfälschten Lehre geschuldet? Oder nur der maßlosen Eitelkeit eines ehrgeizigen Egos?

Adriana seufzte, sie beschloss, endlich zu schlafen. Fröstelnd faltete sie eine Decke aus grober Wolle auseinander, legte sich nieder und wickelte sich hinein. Bald würde die Dämmerung heraufziehen, helles Tageslicht würde folgen und Kälte und Düsternis aus der Zelle vertreiben.

Und, so Gott es wollte, auch die Zweifel und das Bangen aus ihrer Seele.

BRUDER GALLUS

TAG 4
Freitag, 12. Juni Anno Domini 1405

Kapitel 4
Nach Komplet

Seit Beginn der Dämmerung rastete der Mönch nun schon am Ufer der Enns und fasste sich in Geduld. Sein Habit – braune Kutte, weißes Zingulum – wies ihn als Angehörigen des Franziskanerordens aus. Am Fuß einer Felsbarriere, die schroff in die Höhe wuchs, saß er auf einem Baumstumpf neben einer Trauerweide, kaute nachdenklich auf einem Schilfstängel herum und warf hin und wieder Steinchen in die gemächlich dahinströmenden Fluten. In regelmäßigen Abständen nahmen seine scharfen Augen den baufälligen Turm in den Blick, der sich etwa eine halbe Wegstunde entfernt auf einer bewaldeten Anhöhe erhob. Schwarz und abweisend, fast drohend stach seine Kontur in den immer dunkler werdenden Abendhimmel. Das marode Gemäuer dort oben war sein eigentliches Ziel.

»Na, mein Alter, was meinst du – ob du den steilen Pfad da hoch durch den Wald noch hinbekommst?«

Der in die Jahre gekommene Schimmelhengst, den der

Mönch an der Trauerweide festgemacht hatte, nickte mit dem Kopf und schnaubte.

»Dann ist es ja gut.« Der Mann lachte leise, liebevoll strich er dem Tier über die Nüstern.

Er legte den Kopf in den Nacken und sah nach oben. Als er hier angekommen war, stand der Mond nur als verwaschener heller Fleck am Himmel. Inzwischen hatte er sich zu einer respektablen runden Scheibe gemausert, die silbern glänzte. Sein kaltes Leuchten würde zunehmen, je weiter der Abend in Richtung Mitternacht voranschritt. Gut so, dachte der Mönch und nickte zufrieden. Das Licht würde ausreichen, um das, was zu tun war, problemlos verrichten zu können. Kein Fackelschein würde sein Kommen dem, der dort oben sein Dasein fristete, verraten. Er würde ihn überraschen.

Das Knurren seines Magens erinnerte den Franziskaner daran, dass er seit den frühen Morgenstunden nichts mehr gegessen hatte. Er erhob sich, öffnete die Satteltasche und entnahm ihr einen Kanten Brot sowie ein Stück Speck, die er genüsslich verspeiste. Um seinen Durst zu stillen, ließ er sich am Flussufer nieder und schöpfte mit der hohlen Hand Wasser, das er in gierigen Schlucken trank. Solcherart gestärkt, machte er sich auf den Weg zu seinem Ziel.

Der Pfad durch den Wald zur Anhöhe hinauf gestaltete sich schwieriger als gedacht. Er war durch ein heftiges Gewitter, das sich am Morgen über der Gegend ausgetobt hatte, teilweise morastig geworden. Auch vom Sturm heruntergeschlagene Äste und Blattwerk sowie armdicke, rutschige Wurzeln erschwerten das Vorwärtskommen. Wie die Tentakel eines Meeresungeheuers versperrten sie den matschigen Weg. Anfangs noch trug das Pferd seinen Reiter ein kurzes Stück, aber dann, als der Pfad steiler und beschwerlicher wurde, stieg er ab und ging, den Schimmel hinter sich herführend, zu Fuß weiter.

Als er die Steigung größtenteils überwunden hatte und sich der Kuppe der Anhöhe näherte, atmete der Franziskaner auf. Zwischen den Stämmen hindurchsehend, bemerkte er, dass sie nahezu baumfrei war: ein weitläufiges, flaches Areal, teils mit niedrigem Strauchwerk, Flechten und hohem Gras bestanden, hie und da trat nackter Fels zutage. Haufen von Steintrümmern kündeten davon, dass hier einst eine befestigte Anlage existiert hatte, die schon vor Jahrzehnten aufgegeben worden und dem Zahn der Zeit zum Opfer gefallen war. Lediglich der hoch aufragende zinnenbewehrte Turm hatte dem Zerfall bis zu einem gewissen Grad getrotzt, wenngleich auch sein Gemäuer einen maroden Eindruck erweckte. Auch wenn er von hier aus noch längst nicht alles im Blick hatte, wusste der Mönch, dass ein breiter, tiefer Graben um den Turm herumführte. Bei dem Gedanken, was er beherbergte, rann ihm ein Schauer über den Rücken.

Vorsichtig schritt er weiter und hatte bald den Rand des Waldes erreicht, dessen dicht an dicht stehende Bäume ihm bis jetzt vollkommenen Sichtschutz gewährt hatten. Im hellen Licht des Mondes präsentierten sich ihm weitere Einzelheiten. Der Graben, der kreisförmig um den Turm lief. Der schmale, zweigeteilte Steg, der über ihn hinwegführte und über den man das Areal erreichte, auf dem der Turm stand. Die toten Augen gleichenden schwarzen Löcher im oberen Bereich des Gemäuers. Und die aus dicken Bohlen grob zusammengehauene Tür im Sockelbereich, die verriet, dass hier jemand hauste, den er gleich anzutreffen hoffte: Bruder Gallus, der Eremit mit dem hölzernen Bein. Der »Gebieter der

Wölfe« oder der »Herr der Wolfsklause«, wie ihn die Bewohner der umliegenden Höfe auch nannten.

»Du wartest hier, mein Bester«, flüsterte der Mönch dem Hengst ins Ohr und schlang den Zügel um einen Ast. »Ich bin bald wieder bei dir.« Gerade wollte er die Lichtung betreten, als ein lang gezogenes, durch Mark und Bein dringendes Aufheulen erklang. Das Pferd reagierte mit panischem Wiehern und stieg hoch. Zu Tode erschrocken, versuchte der Mönch den Hengst zu beruhigen, als dem ersten Aufheulen auch schon ein zweites, drittes und viertes folgte. Dann brach die Hölle los. Ein infernalisches Gejaule aus gut einem Dutzend Wolfskehlen zerriss die nächtliche Stille und hallte schaurig über die Lichtung.

Die Wölfe im Graben – schlugen sie seinetwegen an? Hatten sie seine Witterung aufgenommen und die des Pferdes?

»Verflucht! Ruhig, Alter, bleib ruhig! Die Bestien tun dir nichts, sie sind im Graben, da können sie nicht raus«, versuchte der Franziskaner den Hengst weiter zu beruhigen. Ihm schlug das Herz bis zum Hals. Nicht so sehr aus Angst vor den Wölfen als vielmehr aus Sorge, dass der, dem sein Besuch galt, alarmiert von dem höllischen Geheule gleich auftauchen könnte. Ihn im Schlaf zu überraschen, würde er in diesem Fall wohl vergessen können. Was sein Vorhaben mehr als erschweren würde.

»Ruhe, ihr Bastarde, wollt ihr wohl still sein!«, donnerte plötzlich eine dunkle Stimme über die Lichtung, als hätte schon der Gedanke genügt, ihn herbeizurufen.

Entsetzt fuhr der Mönch herum. Die Bohlentür am Eingang zum Turm stand weit auf. Mit zwei Fackeln bewaffnet, war Bruder Gallus aus dem Turm in die vom Wolfsgeheul durchdrungene Nacht getreten. Suchend sah er sich um.

Das Heulen der Wölfe verebbte vorübergehend, dann hob es erneut an.

»Ich sagte: Ruhe! Seid still!«, schrie der Eremit und schleuderte eine Fackel in den Graben. Sofort erstarb der Lärm, außer einigen leisen Jaullauten und gelegentlichem Knurren war nichts mehr zu hören.

Die verbliebene Fackel in der Hand, stapfte der Eremit humpelnd über den Steg und blieb an seinem Ende stehen. Aufmerksam glitt sein Blick umher, suchte den Waldrand ab und heftete sich schließlich auf die Stelle, wo sich der Mönch und sein Pferd zwischen den Bäumen versteckt hielten.

Ein Schauer lief dem Franziskaner über den Rücken. Hatte ihn der Mann ausfindig gemacht? Hatte er das panische Wiehern des Hengstes vernommen? Zwar war es dem Mönch gelungen, ihn zu beruhigen, doch die Flanken zitterten immer noch, und auch das Augenrollen verriet die ängstliche Erregung des Tieres. Der Franziskaner sah an sich hinunter. Sein Blick streifte das weiße Zingulum, das er um die Kutte gebunden hatte. Es leuchtete regelrecht im Licht des Mondes. Hatte es ihn verraten?

Das Pferd schnaubte, tänzelte nervös.

»Ruhig, Alter, ganz ruhig, dir geschieht nichts«, beschwor der Mönch den Schimmel flüsternd und drückte seine rechte Wange an die des Tieres.

Just in diesem Moment heulte einer der Wölfe im Graben erneut auf. Der Hengst wieherte, abermals stieg er hoch.

»Verdammt!«, zischte der Mönch. Er sah, wie Bruder Gallus, zögernd zunächst, dann immer schneller mit entschlossenen Schritten auf den Waldrand zuhumpelte. Auf die Stelle, an der er sich versteckt hielt. Die hölzerne Beinprothese schien ihn fast nicht zu behindern.

Es galt! Wenn er seine Mission nicht verloren geben wollte, musste er jetzt reagieren. Seine Hand fuhr unter die Kutte, er spürte den Griff des langen Messers, das er darunter verbarg, und fühlte sich gleich sicherer. Entschlossen trat er hinter den Bäumen hervor.

Schlagartig blieb der Eremit stehen: eine hohe Gestalt, gekleidet in eine zerschlissene, aus grobem Sackleinen gefertigte Kukulle, deren Kapuze ihm schlaff von der Schulter hing. Was den Blick des Franziskaners aber magisch anzog, war ein Schlüssel, der dem Eremiten an einer Schnur um den Hals baumelte. Etwa zehn Schritte trennten die beiden Männer voneinander. Silbernes Mondlicht fiel auf Bruder Gallus' Antlitz, dessen Gesichtszüge hinter einem dichten grauen Bart verschwanden. Das tief in den Höhlen liegende Augenpaar war nicht auszumachen, dennoch vermeinte der Franziskaner, seinen Blick fast körperlich auf sich ruhen zu fühlen.

Der Eremit trat näher. Der Mönch bemerkte, wie seine Linke unter die Kutte griff und dort verharrte. Ob auch er nach einer Waffe tastete?

»Wer seid Ihr? Was sucht Ihr hier? Noch dazu zu dieser Zeit?«, fuhr Bruder Gallus ihn mit tiefer Stimme an.

Dem Franziskaner klopfte das Herz bis zum Halse. Er beugte kurz das Haupt, fasste sich mit der rechten Hand an die linke Brustseite und verbeugte sich. Die übliche Form der Respekterweisung, wenn zwei Personen geistlichen Standes sich begegneten.

»*Deus tecum*, Bruder«, grüßte er und versuchte so viel Demut wie nur möglich in seine Stimme zu legen. »Verzeiht den ungewöhnlich späten Besuch, es lag nicht in meiner Absicht, Euch zu erschrecken. Ich diene dem HERRN wie Ihr«, fuhr er fort. Fieberhaft suchte er nach einem Grund, der seine Anwesenheit erklären könnte, während er gleichzeitig auf den hin und her baumelnden Schlüssel schielte.

»Ich will eine überzeugende Antwort, keine Entschuldigung! Was suchst du hier – *Bruder*?«, drängte der Eremit seinen nächtlichen Besucher. Der bemerkte sehr wohl, dass in dem »Bruder« ein höhnischer Beiklang mitschwang.

Eine kühne Idee blitzte in seinem Kopf auf. Ob die Rechnung, die er gerade in Gedanken anstellte, aufgehen würde?

»Ich will es dir gerne erklären. Entscheide dann selbst, ob ich die Frage zu deiner Zufriedenheit beantwortet habe.«

Der Eremit merkte auf, was sich an einer ruckartigen Bewegung seines Kopfes zeigte. »Nur zu«, knurrte er.

»Ich soll dir ... Grüße bestellen.«

Sein Gegenüber reagierte nicht sofort, schien verblüfft.

»Sooo? Und von wem?«, fragte er schließlich gedehnt.

»Von jemandem, der mir vergangene Nacht im Traum erschien«, zischte der Franziskaner.

»Was ... Was faselst du da? Willst du mich narren?«, knurrte Gallus und trat einen Schritt auf seinen nächtlichen Besucher zu.

»Keineswegs, du kennst ihn. Er trug ein seltsames Mal auf seiner blutigen Stirn. Man hatte es ihm eingeritzt. Seltsame Zeichen in einer fremden Schrift. Er sagte, er komme aus Oybin. Erinnerst du dich an ihn?« In der Stimme des Franziskaners verband sich Hohn mit unverhohlenem Hass.

Der Einsiedler stand wie vom Donner gerührt. Seine Lippen bewegten sich stumm. Die Hand mit der Fackel sank nach unten, seine aufrechte Haltung erschlaffte, es war, als fiele er in sich zusammen.

Es konnte keinen besseren Augenblick geben. Der Franziskanermönch sprang nach vorne, riss die Rechte mit dem

Messer aus der Kutte und stieß zu. Der Einsiedler ließ die Fackel fallen und griff sich röchelnd an den Hals, in dem ein tiefer Schnitt klaffte. Für die Dauer weniger Wimpernschläge blieb er noch schwankend stehen, dann brach er in die Knie und schlug mit einem dumpfen Geräusch auf den Boden.

Überrascht, wie schnell ihm das, was er geplant hatte, gelungen war, blickte der Mönch heftig atmend auf den Leichnam zu seinen Füßen, als ihn das infernalische Aufheulen aus dem Dutzend Wolfskehlen erneut erschauern ließ. Spürten die Tiere, was geschehen war, und beklagten sich nun auf die ihnen eigene Weise über den Tod ihres Herrn? Oder witterten sie das Blut, das sich um den Hals des Toten in einer breiten Lache ausgebreitet hatte?

Der Mönch ging in die Hocke und streifte dem Toten die Schnur über den Kopf. Fest schloss sich seine Faust um den Schlüssel, während er sich aufrichtete und umsah. Die Pechfackel. Sie lag am Boden, brannte aber immer noch; schwarzer Rauch kräuselte um die Flamme. Er hob sie auf. Die Fackel in der Linken, den Schlüssel in der Rechten, hastete er mit weit ausgreifenden Schritten und jagendem Puls über den Steg zum Turm hinüber, ungeachtet des höllischen Lärms, den die Wölfe im Graben veranstalteten.

Die Bohlentür stand weit offen. Schwarz gähnte ihm der Eingang entgegen. Angespannt leuchtete er in die Öffnung hinein. Ob er das, was der Schlüssel versprach, auch finden würde? An der bröckelnden Mauerwand entdeckte er mehrere Kienspäne in eisernen Haltern. Er entzündete sie mit der Fackel, gleich darauf leuchtete heller Feuerschein das Innere des Raums bis in den hinteren Bereich aus. Er war nicht groß und spartanisch eingerichtet. Wie es sich ziemt für einen Einsiedler, der sein Leben dem HERRN geweiht hat, dachte der Mönch ironisch.

Es dauerte nicht lange, bis er in einer Ecke unter mehreren Lagen halb vermodertem, durchlöchertem Sackleinen eine eiserne Truhe mit einem rostigen Schloss entdeckte, neben der er in die Hocke ging. Er klemmte die Fackel in einen Mauerspalt, um beide Hände frei zu haben. Als er den Schlüssel ins Schloss stecken wollte, zitterten seine Finger vor Aufregung so stark, dass es mehrere Versuche brauchte, bis er es endlich geschafft hatte und sich der Schlüssel knirschend im Schloss drehte. Er klappte den Deckel zurück und fand eine zum Schutz gegen Feuchtigkeit in Wachstuch eingeschlagene und mit einer Hanfschnur umwickelte Rolle. Rasch zog er das Messer hervor, das er in sein Zingulum gesteckt hatte, durchschnitt die Schnur und wickelte das Wachstuch ab.

Was er sah, ließ sein Herz buchstäblich hüpfen. Im Schein der Fackel präsentierten sich ihm einige wenige eng beschriebene ineinander gerollte Pergamentbögen. Als er sie entrollte und das Geschriebene überflog, wusste er, dass er gefunden hatte, was er suchte. Schnell ließ er die Bögen sich wieder zusammenrollen, wickelte sie in das Wachstuch ein, band die Schnur darum und zurrte sie fest. Ließ das, was er gefunden hatte, unter seiner Kutte verschwinden, zog sein Zingulum fester, damit es nicht herausfallen konnte, und sah zu, dass er den Turm verließ.

Auf der anderen Seite des Stegs angekommen, erinnerte ihn der Leichnam des Einsiedlers daran, dass es noch etwas zu tun gab. Niemand sollte wissen, wie er wirklich zu Tode gekommen war.

Er packte den Toten bei den Füßen und schleifte ihn zum Rand des Grabens. Unter dem Aufjaulen der Wölfe, die eng beieinanderstanden und ihn aus gelb leuchtenden Augen anglühten, stieß er ihn hinab. Doch er war nicht auf die furchtbaren Geräusche vorbereitet gewesen, die, kaum dass der Körper auf dem Grund des Grabens aufgeschlagen war, zu ihm heraufdrangen. Entsetzen schüttelte ihn, und er stürzte wie von Furien gehetzt zum Waldrand zurück, wo sein Schimmel auf ihn wartete. Hastig schob er das Dokumentenpaket in seine Satteltasche. So schnell er es vermochte, stolperte, schlingerte, rutschte er, das Pferd am Zügel, den steilen, schlammigen Pfad hinunter, stürzte ein paarmal, rappelte sich wieder auf und beruhigte sich nicht, bevor das Gefälle wieder sanfter wurde. Erst jetzt schwang er sich, schlammbespritzt wie er war, wieder in den Sattel.

An der Stelle des Flussufers angekommen, von wo er aufgebrochen war, hielt er an und blickte zurück. Auf der baumlosen Anhöhe ragte das marode Gemäuer des Wolfsturms in den mondbeschienenen Nachthimmel, als wäre nichts geschehen.

Mit einem Mal drang ein fernes, lang gezogenes Heulen an das Ohr des Franziskaners.

Gänsehaut kroch ihm über den Rücken bis in den Nacken hinauf.

»Komm, Alter, weiter!«, murmelte er und gab dem Hengst die Fersen.

Kapitel 5
Vor Mitternacht

Ein anstrengender Tag lag hinter Adriana. Bis zum Anbruch der Dunkelheit hatte sie in der Bibliothek gearbeitet, hatte Regale, Truhen und Schränke inspiziert und sich das Prinzip erklären lassen, nach dem alles geordnet war – besser gesagt: geordnet hätte sein sollen –, um sich einen ungefähren Überblick über den Schriftbestand zu verschaffen. Rechtschaffen müde hatte sie sich spätabends auf ihre Zelle zurückgezogen.

Doch auch in dieser Nacht hoffte sie umsonst auf einen erholsamen Schlaf. Stattdessen kreisten ihre Gedanken immer wieder um den Tag, an dem Albert von Kanten ihr jenen spektakulären Fund präsentiert hatte, der sie hierher nach Ennswalden geführt und sie das gefährlichste Wagnis ihres Lebens hatte eingehen lassen.

Vor einem Jahr war es gewesen. Etwa ein Jahr nach jener denkwürdigen Februarnacht, in der Albert sie zum ersten Mal mit seiner Kritik an der Trinitätslehre konfrontiert hatte. Eines Tages war er in der Bibliothek der Universität zu Wien auf die Notizen eines gelehrten Mönchs aus dem Kloster Oybin, eines gewissen Bruder Anselmus, gestoßen, in dem dieser seine Sicht des Trinitätsdogmas dargelegte, die mit Alberts These vollkommen übereinstimmte. Wie die Notizen nach Wien gelangt waren, mochte der Himmel wissen. Jedenfalls enthielten sie Hinweise auf ein fast tausend Jahre altes Dokument, das angeblich in irgendeiner verstaubten Kammer des Klosters zu Ennswalden vor sich hindämmere. Eine auf griechisch verfasste Handschrift, »Testament« genannt, die das Dogma von der Wesensgleichheit des Vaters und des Sohnes angeblich als blasphemisch bloßstellte. Das Brisante an diesem »Testament«: Es sei von dem Erzdiakon Athanasius von Alexandria verfasst worden. Jenem Athanasius, dem es gelungen war, die Lehre von der Wesens*gleichheit* der beiden Gottesnaturen auf dem von Kaiser Konstantin geleiteten Konzil gegen den Widerstand des Arius und seiner Gesinnungsgenossen zu etablieren, die von einer Wesens*ähnlichkeit* sprachen.

Außerdem enthielten die Notizen des Mönchs einen Hinweis darauf, dass er sich nach Ennswalden aufmachen werde, um nach diesem Dokument zu forschen. Die Notizen endeten mit einer Art Tagebucheintrag:

Möge der alleinige ewige Gott, der Schöpfer aller Dinge und Vater seines einzig gezeugten Sohnes, unseres Herrn Jesus Christ, mit mir sein. Morgen werde ich aufbrechen.

Dahinter folgte ein kalendarischer Eintrag: *Ioannis Baptista, A. D. 1385.* Unterzeichnet war die Notiz mit einer Art Signatur, einer Zeichnung, die jedoch nur noch rudimentär vorhanden war. Mit etwas Fantasie ließen sich noch zwei diagonal gegenüberliegende Quadrate ausmachen, die an den Ecken zusammenstießen. Die rechte obere Ecke des unteren Quadrats stieß an die linke untere Ecke des oberen. Beide Quadrate trugen Spuren einer Zeichnung oder Schrift; der Rest war verwischt, Genaueres war nicht mehr zu erkennen.

»Und Ihr glaubt, dass dieses ›Testament‹, nach dem er forschte, tatsächlich existiert?«, hatte Adriana Albert gefragt.

»Ich bin davon überzeugt. Wenn es gelänge, diese Handschrift zu finden und den Inhalt für jedermann zugänglich zu machen, könnten wir dieser Irrlehre den Todesstoß versetzen und die Macht einer Kirche brechen, die längst zur Verräterin an der wahren Lehre unseres HERRN geworden ist. Der Weg für Reformen, zu einer wirklichen Erneuerung, wäre frei.«

»Hm, *Ioannis Baptista*, der Tag Johannes des Täufers. Der Mönch brach am Tag nach dem 24. Juni zu seiner Reise auf.«
»Richtig.«
»Was, wenn es diesem Bruder Anselmus tatsächlich gelang, das Dokument an sich zu bringen, dann würde man in Ennswalden vergeblich danach suchen.«
»Dann müsste es irgendwo anders aufgetaucht sein. Doch darauf gibt es keinen Hinweis. Eine Anfrage in Oybin ergab, dass dieser Bruder Anselmus zwar an jenem Tag zu seiner Reise aufbrach, aber nie wieder zurückkehrte. Er gilt seitdem als verschollen. Ich denke, es wäre durchaus sinnvoll, in Ennswalden Nachforschungen über ihn und dieses Dokument anzustellen. Natürlich mit aller gebotenen Vorsicht und absolut diskret.«
Lange hatte er hin und her gegrübelt, wie man es bewerkstelligen könnte, an die antike Handschrift zu gelangen, vorausgesetzt, sie existierte, und so war schließlich ein ausgefuchster Plan in ihrem Mentor gereift. Man würde seitens der Universität das offizielle Ersuchen stellen, den Schriftbestand in Ennswalden vor Ort sichten und katalogisieren zu dürfen. Mittels einer gewagten List war es ihm gelungen, Nikolaus von Dinkelsbühl, Domprobst zu St. Stephan und Rektor der Universität zu Wien, ins Boot zu holen. Es gebe Hinweise auf ein fünftes Evangelium, das irgendwo im Kloster zu Ennswalden versteckt sei, hatte er ihm gegenüber behauptet. Einer sehr alten apokryphen Schrift des Neuen Testaments, die den einzig wahren Glauben, wie ihn die Kirche verteidige, aufs Schändlichste verunglimpfe. Man müsse ihrer habhaft werden, um Schaden von der Heiligen Mutter Kirche fernzuhalten. Indem Albert den Dinkelsbühler derart aufs Eis führte, betrieb er natürlich ein gefährliches Spiel – beabsichtigte er

insgeheim doch gerade das Gegenteil dessen zu erreichen, was er angeblich zu verhindern suchte.

Dass für diese Aufgabe nur jemand infrage kam, der neben Latein auch das Altgriechische beherrschte, war sonnenklar. Nach dem Willen Alberts sollte Adrian von Bitterstedt diese Aufgabe wahrnehmen. Er gehörte ebenso wie Adriana von Bronnen zu jener Handvoll ausgesuchter Leute, die Albert von Kantens Thesen teilten. Auch er hatte Theologie studiert; im Griechischen war er ebenso sattelfest wie Adriana. Ohne zu zögern, hatte er sich bereit erklärt, die nicht gerade einfache Mission erfüllen zu wollen.

Dann aber geriet das Vorhaben von einem Tag auf den anderen in Gefahr. Kurz bevor er zu seiner Mission aufbrechen sollte, stürzte der Bitterstedter vom Pferd und verletzte sich schwer. So schwer, dass er Albert in einem Brief mitteilen musste, dass er sich außerstande sehe, jemals wieder weite Reisen anzutreten, geschweige denn eine solch heikle Mission erfüllen zu können, wie sie in Ennswalden anstand.

An diesem Punkt ihrer gedanklichen Rekapitulation angelangt, erhob sich Adriana von ihrem Lager und setzte sich auf die Bettkante. Sie erinnerte sich noch gut des Tages, an dem Albert mit ihr über den Inhalt des Briefes gesprochen und die Mission für gescheitert erklärt hatte.

Doch sie hatte ihm widersprochen. »Schlimm, das mit Bitterstedt. Aber Euer Plan muss deswegen nicht zwangsläufig scheitern.«

»So? Und wie willst du ihn, bitte schön, gelingen lassen?« Seine Stimme klang bitter.

»Indem ein anderer nach Ennswalden geht.«

»Ach, indem ein anderer nach Ennswalden geht. Natürlich! Es gibt ja so viele in unseren Reihen, die des Altgriechischen mächtig sind und sich einer solchen Mission annehmen könnten, nicht wahr?«

»Aber warum seid Ihr so sarkastisch. Manches, was möglich ist, erschließt sich einem nicht unbedingt auf den ersten Blick.«

»Du sprichst in Rätseln, Adriana. Was meinst du?«

Sie sah ihn lange an, bevor sie antwortete.

»Lasst mich nach Ennswalden gehen, Albert. Lasst mich in die Rolle Bitterstedts schlüpfen. Glaubt mir, als Mönch gebe ich eine mindestens ebenso gute Figur ab wie seinerzeit als Studiosus der *artes liberales*.«

Zuerst starrte er sie ungläubig an, dann sprang er erregt vom Stuhl auf. »Das kann nicht dein Ernst sein, meine Tochter. Eine Frau, gehüllt in die Kutte eines Benediktinermönchs, dringt in ein Männerkloster ein! Das ist nicht mehr kühn, das ist selbstmörderischer Wahnsinn! Weißt du, was dir blüht, wenn man deine wirkliche Identität entdeckt?«

»Ich weiß es sehr wohl, Albert. Allein – glaubt Ihr nicht, dass ich durchaus Übung darin besitze, mich als Mann auszugeben? Ist mir das Männliche nicht längst zur zweiten Natur geworden?« Dabei lächelte sie verschmitzt.

Er musterte sie daraufhin lange und intensiv von oben bis unten; Handbreit für Handbreit tastete er ihren Körper mit seinen durchdringenden Blicken geradezu ab. Jeden anderen Mann hätte sie dafür verabscheut. Nicht Albert. Er hatte sie schon einmal so angesehen; vor vielen Jahren, als sie mit gestutztem Haar und in Burschenkleidung gehüllt vor ihm gestanden hatte, bevor sie Tage später mit ihren Kommilitonen die erste Vorlesung an der Universität besucht hatte. Damals hatte er, nach der gründlichen Inspektion ihrer äußerlichen Erscheinung, befriedigt genickt und sie mit einem amüsierten Lächeln in den Alltag eines Studiosus der *artes liberales* entlassen. Nie war jemand hinter das Geheimnis ihrer wahren Identität gekommen. So hatte sie selbstbewusst, fast keck auch die nächsten Stufen ihrer Ausbildung erklommen. Dank Alberts Beziehungen hatte sie sogar an der Universität zu Wien als »Adrian von Bronnen« den Titel eines *doctoris* erworben.

Diesmal aber erfüllte tiefe Skepsis seinen Blick.

»Seht mich nicht so kritisch an, Albert. Es wird gelingen. Glaubt mir, mit gestutztem Haar, einer Tonsur und unter Zuhilfenahme einiger anderer Verwandlungskünste gebe ich einen perfekten Benediktiner ab. Das Habit tut ein Übriges; es verbirgt gewisse Formen, die mich verraten könnten.« So hatte sie ihn mit beschwörender Stimme zu überzeugen versucht.

Doch es bedurfte weiteren zähen Ringens, bevor er sich Wochen später endlich dazu entschloss, seinen Segen zu dem riskanten Unternehmen zu geben. Allerdings nicht, ohne eine Bedingung daran zu knüpfen.

»Ich will, dass dir jemand zur Seite steht. Guillermo von Toledo, ein Mönch aus dem Kloster Sant Pere de Rodes. Es liegt im Norden der spanischen Grafschaft Ampurien, das zur Krone Aragon gehört.«

»Guillermo von Toledo? Warum jemand, der von so weither kommt?«

»Zum einen: Es gibt nicht sehr viele, die unsere Bewegung unterstützen. Guillermo ist einer der unsrigen, ein Benediktiner, der jedoch nur noch nach außen hin seinem Gelübde folgt; innerlich hat er längst mit dem Antichristen gebrochen. Er beherrscht das Altgriechische in Wort und Schrift und verfügt über außerordentlichen Scharfsinn. Zum anderen: Es steht zu vermuten, dass das Dokument, das wir in Ennswalden suchen, ursprünglich aus dem Kloster stammt, dessen Konvent Guillermo angehört, das Kloster Sant Pere de Rodes. Ich kenne seinen Abt von früher, ein umgänglicher Mensch mit einer Schwäche für reich illustrierte Bücher. Ich werde ihn bitten, uns Guillermo für die Arbeit in Ennswalden zur Verfügung zu stellen.«

Als Adriana an jenem kalten Apriltag aus dem Arbeitszimmer Albert von Kantens trat, hatte sie den Eindruck, von ihm mit einem zwiespältigen Gefühl entlassen worden zu sein. Einerseits froh darüber, jemanden nach Ennswalden entsenden zu können, der über die entsprechenden Fähigkeiten verfügte, eine solch schwierige Aufgabe mit der nötigen Umsicht wahrzunehmen, hatten andererseits tiefe Furchen auf seiner Stirn davon gekündet, dass er sich um ihre Sicherheit ernsthaft sorgte.

Und als sie sich schließlich von ihrem geliebten Mentor verabschiedete, um sich auf den Weg nach Ennswalden zu machen, verriet ein verdächtiger Glanz in seinen Augen, dass er sie nicht nur als loyale Mitstreiterin schätzte – längst schon war sie so etwas wie eine Tochter für ihn geworden.

DER VERRÄTER

TAG 5
SAMSTAG, 13. JUNI ANNO DOMINI 1405

Kapitel 6
Vor Terz

»Pass doch gefälligst auf, du Tölpel!«

Die keifende Stimme, die Adriana aus dem Fenster der Äußeren Schule auf den Hof hinausschallen hörte, war die Bruder Notkers, des Schulleiters.

Das klatschende Geräusch, das dem Keifen folgte, ließ den Schluss zu, dass der Unachtsame, dem die ärgerliche Aufforderung galt, soeben eine gewaltige Maulschelle empfangen hatte. Bruder Notker war an Jahren schon ziemlich fortgeschritten und dafür bekannt, dass ihm schnell die Hand ausrutschte.

»Aber Meister, ich wollte doch nur …«

Klatsch! Eine zweite Maulschelle beendete den ohnehin nur zaghaften Protest.

»Du wagst es auch noch, Ausreden zu gebrauchen?«, rügte die keifende Stimme. »Für die zerbrochene Tafel wird dein Vater fünf Brote zusätzlich backen müssen. Und für die unverschämte Widerrede ein weiteres dazu.«

Das Schweigen, das dem harten Urteilsspruch des Lehrers folgte, ließ vermuten, dass der Widersprüchler jede weitere Gegenrede als vergeblich ansah.

Obwohl sie ihn nicht kannte, empfand Adriana spontan Mitleid mit dem Gescholtenen. Sie war von einem Ausritt zurückgekehrt und hatte soeben ihr Pferd zu einem der Ställe gebracht; jetzt schritt sie mit weit ausgreifenden Schritten an der Äußeren Schule vorbei über den Westhof. Jedem Sprössling männlichen Geschlechts aus der Umgebung stand es zu, das Angebot der Schule zu nutzen, vorausgesetzt, seine Eltern waren willens und in der Lage, das Schulgeld zu bezahlen. Adriana wusste, dass es üblich war, den Lohn für die Lehrer teilweise in Form von Naturalien zu begleichen. Der Bursche, der seinem Vater – wahrscheinlich war dieser Bäcker – eröffnen musste, dass zu den zusätzlichen Brotrationen nun noch sechs weitere fällig waren, dauerte sie. Wahrscheinlich würde er zu Hause eine weitere Tracht Prügel einstecken müssen.

Den fünften Tag war sie nun schon hier. Wie jeden Tag herrschte auch heute geschäftiges Treiben hinter den Klostermauern. Laienbrüder und diverse Bedienstete eilten an Adriana vorbei. In einiger Entfernung stapfte Bruder Konrad, der schwergewichtige Hospitarius, über den Hof; einige neu angekommene vornehme Gäste zu Pferd folgten ihm. Aus den Werkstätten drangen Hämmern, Sägen und andere Geräusche handwerklicher Betriebsamkeit an Adrianas Ohr. Schreiner, Wagner, Fassmacher, Schmiede und andere gingen hier ihrer Arbeit nach. Nicht weit entfernt bemerkte sie einen mächtigen vierrädrigen Karren, der von zwei Ochsen gezogen wurde. Die Ladung unter einer Plane verborgen, ächzte er schürfend und kreischend über den teils sandigen, teils steinigen Boden, wobei die mächtigen Zugtiere dem Bauern, der sie führte, nur widerwillig folgen wollten.

Adriana näherte sich dem Westflügel des den Kreuzgang umschließenden Gebäudekomplexes, der zum Klausurbereich gehörte und nur von den zum Konvent gehörenden Mönchen betreten werden durfte. Oder von Personen, die wie sie ausdrücklich vom Abt dazu ermächtigt waren. Wie immer freute sie sich auf die bevorstehende Arbeit, auch wenn wiederholt der Zweifel an ihr nagte, ob sie das Testament des Athanasius bald in Händen halten würde, vorausgesetzt, es gab die Schrift überhaupt.

»Oh, unser hübscher gelehrter Mönch«, erklang auf einmal eine Stimme in Adrianas Rücken, deren widerlich süßen Tonfall sie nur allzu gut kannte. »Ihr seid wieder auf dem Weg zur Arbeit, Bruder? Wenn Ihr mich braucht, lasst es mich wissen. Niemandem helfe ich so gern wie Euch.« Erschrocken war sie herumgefahren und sah sich Bruder Markward, dem Armarius, gegenüber. Seit sie ihn das erste Mal gesehen hatte, nannte sie ihn in Gedanken nur den »Totenschädel«. Eigentlich zählte er zu den Mönchen, denen sie am liebsten aus dem Weg gegangen wäre, sprachen doch die zweideutigen Komplimente und die lüsternen Blicke, mit denen er sie musterte, eine eindeutige Sprache. Doch der Bibliothekar war so etwas wie ein Bindeglied zwischen ihr und der griechischen Handschrift, was es geraten erscheinen ließ, es sich mit ihm nicht zu verderben.

Abscheu kroch in Adriana hoch, dennoch zwang sie sich zu einem Lächeln. »Ich weiß Euer Angebot sehr zu schätzen, Bruder, ich werde zu gegebener Zeit darauf zurückkommen.«

»Oh, davon bin ich überzeugt. Insbesondere wenn es Euch nicht endlich bald gelingt, das Testament eines gewissen

Athanasius zu finden, nicht wahr?«, entgegnete der Bibliothekar mit süffisantem Grinsen. Der Hohn in seiner Stimme war nicht zu überhören.

Der unerwartete Tritt eines Pferdes hätte Adriana nicht ärger treffen können.

»Das ... das Testament des Athanasius? Was meint Ihr?«, fragte sie, darum bemüht, sich ihre Überraschung nicht anmerken zu lassen.

Das mokante Lächeln des Bibliothekars wurde breiter und entblößte eine Reihe großer gelber Zähne. Der Totenschädel lächelt, dachte Adriana voll verhaltenem Grimm.

»Aber lieber Bruder Adrian. Ich bitte Euch. Warum diese Verstellung? Vielleicht sollten wir uns im Skriptorium darüber unterhalten. Wir zwei ganz allein. In dem Nebenraum, in dem die frischen Pergamente lagern. Dort sind wir ungestört. Es ist der bessere Platz für derlei wichtige Gespräche, findet Ihr nicht? Ich schlage vor, kurz vor Sext.«

Kapitel 7
Zwischen Terz und Sext

Bereits vom ersten Tag an hatte man für »Bruder Adrian« im Südflügel des Konventsgebäudes, im zweiten Obergeschoss, einen speziell abgeschirmten Studier- und Schreibplatz neben der Bibliothek eingerichtet. Hier konnte er ungestört und ohne neugierige Blicke befürchten zu müssen, seiner Arbeit nachgehen. Der Raum verfügte sogar über den Luxus eines nach Norden hin gelegenen Fensters mit Butzenglasscheiben. Für die Ausstattung waren aus dem im ersten Obergeschoss befindlichen Skriptorium Mobiliar sowie Schreibmaterial und andere Utensilien herbeigeschafft worden.

Gut zwei Stunden vor dem Termin mit dem Armarius verließ Adriana ihren Arbeitsplatz in der Absicht, außerhalb der Klostermauern ein wenig die Enns entlangzuflanieren, um frische Luft zu schnappen. Vielleicht würde sie so ihre Kopfschmerzen loswerden, die sie seit den frühen Morgenstunden plagten.

Bevor sie aufbrach, schloss sie einen Moment die Tür ab, holte einen metallenen Spiegel aus dem Kästchen, das sie in einem der Regale aufbewahrte, und unterzog das, was ihr entgegenblickte, einer kritischen Prüfung. Ein blasses ovales Gesicht, müde Augen unter regelmäßig geschwungenen Brauen, in denen sich der Kopfschmerz spiegelte, darunter dunkle Ringe, die von einer unruhig verbrachten Nacht zeugten. Und von den Zweifeln, die immer noch an ihr nagten. Das kalte Wasser, mit dem sie sich in der Frühe gewaschen hatte, hatte längst nicht vermocht, alle diesbezüglichen Spuren zu beseitigen. Blieb zu hoffen, dass ein Spaziergang entlang des Ennsufers die gewünschte Erleichterung brachte.

Als sie in die Abtei zurückkehrte, fiel ihr ein Auflauf ins Auge, der sich in der Nähe der Pforte um einen korpulenten Mönch gebildet hatte. Heftig gestikulierend redeten die Versammelten aufeinander ein. Im Näherkommen bemerkte sie, dass es sich bei dem Mönch um Bruder Cosmas handelte, der hin und wieder den Pförtner, Bruder Firmin, vertrat. Noch war sie zu weit entfernt, sodass sie nur einzelne Gesprächsfetzen der erregt geführten Unterhaltung mitbekam.

»... Gleichgewicht verloren ... Graben gestürzt ...«, hörte sie jemanden sagen.

»… Opfer seiner Leidenschaft …«
»… Wölfe … ihn hergefallen …«
»… ein schlimmer Tod … hat er nun davon …«
Adriana trat zu der Gruppe.
»Oh, *doctor*, Ihr?«, sprach Bruder Cosmas sie an. »Habt Ihr schon gehört?«
»Was sollte ich gehört haben?«
»Bruder Gallus – er wurde das Opfer seiner Wölfe.«
»Wer ist Bruder Gallus?«
Der Mönch und die anderen Umstehenden sahen sie erstaunt an.
»Na, der Eremit, der Einsiedler in der Wolfsklause.«
Offenbar war ihr die Verwirrung im Blick abzulesen, denn der Mönch sah sich veranlasst, sie umgehend aufzuklären.
Bruder Gallus, so erfuhr sie, gehörte bis vor zwanzig Jahren zum Konvent des Klosters, entschloss sich dann aber mit dem Segen des zuständigen Bischofs, auf einer bewaldeten Anhöhe nahe der Enns eine Einsiedelei zu gründen. Er könne dem HERRN besser in der Einsamkeit der Wälder dienen, so sein Credo. Also erkor er sich eine alte Ruine als Behausung, einen halb verfallenen Turm, in dem er sich, wie es sich für einen Eremiten gehörte, spartanisch einrichtete. Wolfsklause habe er seine Einsiedelei genannt, so Bruder Cosmas. Im Laufe der Zeit hätten sich unter den Bewohnern der umliegenden Gehöfte noch andere Begriffe eingebürgert wie Wolfsturm und Wolfshöhe. Neben dem regelmäßigen Gebet – die Horen habe der Eremit immer akribisch eingehalten – widmete er sich dem Sammeln von Kräutern, die er zu Tinkturen und Pulvern verarbeitete, und dem Waidwerk. Seitdem habe er dem Infirmarius so manch wirkungsvolle Kräuterarznei und

der Klosterküche verschiedentlich leckeren Braten zukommen lassen. Dort oben in seiner Klause habe er auch ausgiebig seiner Leidenschaft für Wölfe frönen können. Im Laufe der Jahre habe er immer wieder mal einige der Tiere mithilfe von Fallen gefangen und dann in dem tiefen Graben, der um den Turm führe, ausgesetzt. Er habe sogar versucht, sie zu zähmen. Sie hätten das Gelände richtiggehend bewacht. Nur wenige Menschen hätten gewagt, sich dem baufälligen Gemäuer weiter als bis auf einen Steinwurf zu nähern. Der für die Gegend zuständige Abdecker zählte zu ihnen. Er habe die Wölfe regelmäßig mit Nahrung in Form von Tierkadavern und Schlachtabfällen, die er bei den Metzgern abholte, versorgt.

»Die Wölfe wurden mit dem Fleisch verendeter Tiere und Schlachtabfällen gefüttert?«, hakte Adriana nach.

»So ist es.«

»Manchmal wurden sogar menschliche Leichname an sie verfüttert«, ergänzte einer der Umstehenden wichtigtuerisch, ein Bauer, der heute Morgen einige Säcke Getreide beim Kornspeicher abgeliefert hatte. Adriana hatte ihn bemerkt, als sie an den Wirtschaftsgebäuden vorbeigekommen war. Jetzt schaute sie den Mann entsetzt an.

»Aber nur ganz selten. Hin und wieder die Leichen von hingerichteten Verbrechern.« Der Mönch warf dem Bauern einen ärgerlichen Blick zu.

»Nicht nur! Hat man nicht vor zwei Jahren einen Ketzer ausgegraben und seine sterblichen Überreste den Wölfen zum Fraß hingeworfen?«, widersprach der Bauer.

Adriana erschauerte. Ob man die Wölfe auch mit ihren sterblichen Überresten füttern würde, so sie das Pech hatte, als Ketzerin entlarvt zu werden?

»Wann wurde das Unglück entdeckt?«, wollte sie wissen. »Und von wem?«

»Heute in aller Frühe hat der Knochenpeter auf der Wolfshöhe vorbeigeschaut«, fuhr Bruder Cosmas fort. »Und da ...«

»Knochenpeter?«, unterbrach Adriana seinen Redefluss.

»Ja. So nennt man den Abdecker. Peter heißt er, Peter Meurer. Wir nennen ihn Knochenpeter. Wegen des Gewerbes, dem er nachgeht.«

»Erzählt weiter. Er war also heute Morgen bei dem Einsiedler, um Kadaver und Schlachtabfälle loszuwerden?«

»Ja. Aber er hat ihn nicht angetroffen. Dann hat er in den Wolfsgraben hinuntergeschaut und ... und, na ja, da hat er ihn entdeckt. Besser gesagt das, was von ihm noch übrig war: ein Teil des Schädels, eine Strähne grauen Haares, seine hölzerne Beinprothese und ein paar frisch abgenagte Knochen – sagt zumindest der Knochenpeter.«

»Wie konnte das passieren – ich meine, wie konnte er das Opfer der von ihm gehaltenen Tiere werden?«

Der Mönch zuckte die Schulter. »Wahrscheinlich ein Unfall. Eine Unachtsamkeit oder dergleichen. Ein Tritt daneben, er stürzt in den Graben, und das war's. Wie sagt der Prediger Salomo? ›Denn es geht dem Menschen wie dem Viehe. Wie dies stirbt, so stirbt auch er, und sie haben alle einen Odem, und der Mensch hat nichts voraus vor dem Vieh‹.«

Eine reichlich pietätlose Art, die Schrift zu zitieren, angesichts des qualvollen Todes eines Menschen, der bei lebendigem Leib von Wölfen gefressen wird, dachte Adriana bei sich.

»Dieser Graben – sagtet Ihr nicht, er laufe um den Turm herum? Wie kam Bruder Gallus dann in den Turm? Hat der HERR immer, wenn er hinein- oder hinauswollte, ein Wunder gewirkt und den Rachen der Wölfe verschlossen?« Kaum war ihr der Satz über die Lippen gerutscht, bereute sie ihn auch schon.

»Nein, natürlich nicht«, Bruder Cosmas wirkte etwas verschnupft. »Es gibt einen zweigeteilten Steg, der darüber hinwegführt. Gallus hat die Konstruktion selbst angelegt. Die erste Hälfte endet auf zwei Stützpfeilern mitten über dem Graben. Die zweite Hälfte, die zu seiner Behausung im Turm führt, lässt sich einziehen wie eine Zugbrücke.«

»Er hat eine regelrechte Festung aus seiner Wolfsklause gemacht?«

Der Pförtner nickte. »Eine treffende Bezeichnung.«

»Wie kam er eigentlich dazu, sich ausgerechnet mit Wölfen zu beschäftigen?«

»Sein Vater war herzoglicher Jäger. Einmal, da war Gallus noch ein Kind, hatte er einen Wolfswelpen mit nach Hause gebracht, dessen sich der Junge annahm. Von da an faszinierten ihn diese Tiere. Viele Jahre später, als er Mönch und Mitglied des Konvents unseres Klosters wurde, ging er regelmäßig in den Wald, um sie zu beobachten. Er hatte keine Angst, er redete sogar mit ihnen. Und das Eigenartige: Sie haben ihn verstanden. Der HERR hatte ihm eine besondere Gabe zuteilwerden lassen, wie seinerzeit dem Heiligen Franziskus. Bruder Gallus liebte seine Wölfe.« Der letzte Satz des Mönchs hatte einen fast ehrfürchtigen Beiklang.

Die Wölfe ihn wohl auch; vor lauter Liebe haben sie ihn aufgefressen, dachte Adriana in einem Anflug von Sarkasmus. Und sie fragte sich, während sie zum Skriptorium hinüberging, um den Armarius zu treffen, auf welche Seltsamkeiten sie in den kommenden Tagen wohl noch stoßen würde.

Obwohl sie überpünktlich war, erwartete sie der Mönch bereits im Nebenraum des Skriptoriums.

»Schön, Euch zu sehen, *doctor*. Ich hoffe, Ihr seid wohlauf?«

»Lasst das Süßholzraspeln und kommt zur Sache«, forderte sie ihn kühl auf.

»Nichts lieber als das«, antwortete er höhnisch. »Habt Ihr Eure Gedanken bezüglich dieses Dokuments – Ihr wisst schon, ich spreche vom Testament des Athanasius – nicht diesem Pergament anvertraut?«

Zum Hohn in der Stimme des Mönchs gesellte sich ein nicht zu überhörender Triumph. Er zog einen zusammengefalteten Pergamentstreifen aus seiner Kutte, öffnete ihn und begann die wenigen darauf notierten Worte vorzulesen: »›*Trinitatis erroribus ... Testamentum Athanasii ... Graecae scripturae*‹.«

Der Armarius ließ das Pergament sinken. »Nur wenige Worte, gewiss, aber sie sind recht eindeutig, nicht wahr? Ich frage mich allerdings, was ein Dokument, das im Dogma der Heiligen Dreifaltigkeit einen Fehler erkennen will, mit Schriften zu tun haben soll, die die ›Erhabenheit des allerheiligsten katholischen Glaubens aufs Wunderbarste erstrahlen lassen‹. Sagtet Ihr nicht, dass dies das Ziel Eurer Forschungen sei, verehrter *doctor*?«

Adriana erbleichte. Der Armarius war in den Besitz einer Notiz gelangt, die sie erst wenige Tage zuvor verfasst hatte. Offenbar war der Pergamentstreifen, der als Einmerker dienen sollte, aus Versehen in einen der Dokumentenstapel geraten, die sie den Bibliothekar in einem besonderen Raum aufzubewahren gebeten hatte. Sie schalt sich insgeheim eine Närrin; wie hatte sie nur so unvorsichtig sein können.

Noch während sie fieberhaft überlegte, was Bruder Markward mit seinen Anspielungen beabsichtigte, spann dieser das Gespräch weiter. »Nun, wie ich sehe, seid Ihr nicht wenig überrascht, um nicht zu sagen entsetzt, habe ich nicht recht?«, fuhr er in einem Ton fort, der verriet, dass er seinen Triumph weidlich auskostete.

Trotz des inneren Aufruhrs gelang es Adriana, ein überlegenes Lächeln in ihre Miene zu zwingen. »Nun, ich gebe zu, dass ich etwas überrascht bin, aber warum sollte ich entsetzt sein?« Sie sah ihn herausfordernd an. »Etwa weil ich im Auftrag der Kirche nach einer Schrift suche, die geeignet ist, Feuer an die Grundfesten des Christentums zu legen?« Das Lächeln in ihrem Gesicht erstarb, sie merkte, dass sie in Rage geriet und ihr Gesicht zu glühen begann. Sie hob die Hand und deutete mit dem Zeigefinger auf den Mönch. »Wisst eines: Die Kirche kann sich nur dann ihrer Gegner erwehren, wenn sie sie kennt. Insofern solltet Ihr nicht an meiner Mission zweifeln, sondern sie unterstützen, wenn Ihr schon glaubt, sie herausgefunden zu haben, meint Ihr nicht auch?«

Der höhnische Ausdruck im Gesicht des Armarius hatte einer gewissen Verblüffung Platz gemacht. Aber auch unverhohlener Begierde. Adriana erschauerte. Dann aber ärgerte sie sich über sich selbst. Ihr wurde bewusst, dass gerade ihre scharfe Erwiderung es war, die das Blut des Mönchs so in Wallung brachte.

»Nun, wenn das so ist... Dann will ich der Kirche meine Hilfe nicht verwehren.« Der Armarius leckte sich die Lippen. Seine ansonsten schnarrende Stimme klang auf einmal spröde und heiser vor Erregung.

Adriana hätte am liebsten das Weite gesucht, doch die Antwort des Mönchs hielt sie davon ab. »Das heißt: Ihr könnt mir bei der Suche helfen?«, überwand sie sich zu fragen.

Schweigen antwortete ihr. Und ein unverschämt brennender Blick, der ihr regelrecht die Kutte vom Leib zu fetzen schien.

»Wollt Ihr nicht antworten?«, fuhr Adriana ihn scharf an. »Ich habe Euch etwas gefragt.«

Bruder Markward zuckte zusammen. Von einem Augenblick zum anderen verschwand der lüsterne Ausdruck in seiner Miene. »Ja... gewiss. Aber niemand darf wissen, dass ich es tue. Es ... Es könnte ... mein Verderben sein, versteht Ihr?« Mit einem Mal lag so etwas wie Furcht in seiner Stimme.

»Euer Verderben?« Adriana war verblüfft. In dem Empfehlungsschreiben, das sie dem Abt überreicht hatte, war ausdrücklich darum gebeten worden, »Bruder Adrian« jedwede Hilfe zu gewähren – und nun das!

»Ja«, bestätigte der Mönch mit heiserer Stimme und nickte heftig. Gehetzt sah sich nach allen Seiten um, als fürchtete er ein unbefugtes Ohr. Dann trat er unvermittelt nah an Adriana heran, packte sie beim Arm und sah sie mit flackerndem Blick an. »Hört zu! Ihr müsst eines wissen. Nicht jeder hier ist Euch wohlgesinnt«, fuhr er verschwörerisch murmelnd fort. »Im Gegenteil: Es gibt den einen oder anderen, der Euch zum Teufel wünscht. Aber kommt heute Nacht eine Stunde vor Matutin zur alten Buche im Kräutergarten. Dort erfahrt Ihr mehr.«

So unvermittelt, wie der Bibliothekar ihren Arm gepackt hatte, so jäh ließ er ihn auch wieder fahren. Im Nu glitt über seine Miene wieder das schmierig devote Lächeln von vorhin. Die Hand auf die Brust gelegt, verließ er den Raum mit einem leise gemurmelten »*Pax tecum*, Bruder«.

Zutiefst verstört über das eigenartige Verhalten des Mönchs, blickte Adriana ihm hinterher. *Nicht jeder hier ist Euch wohlgesinnt*, hallten seine Worte in ihr nach. Vorausgesetzt, die

Aussage des Armarius entsprach der Wahrheit, was war der Grund, weshalb er ihr diesen Umstand offenbarte? Vor allem: *Wer* war ihr nicht wohlgesinnt?

Sie würde es herausbekommen! »Eine Stunde vor Matutin bei der alten Buche im Klostergarten«, wiederholte sie leise murmelnd den Treffpunkt, den der Mönch genannt hatte. Sie ging zu ihrem Schreibpult und machte sich an die Arbeit.

SCHIMÄREN DER VERGANGENHEIT

TAG 6
SONNTAG, 14. JUNI ANNO DOMINI 1405

Kapitel 8
Vor Matutin

Pünktlich eine Stunde nach Mitternacht verließ Adriana ihre Zelle mit einer Blendlaterne in der Rechten. Sollte ihr wider Erwarten jemand begegnen – noch war Schlafenszeit –, brauchte sie sich nicht zu sorgen. Der gesamte Konvent wusste, dass sie die Erlaubnis besaß, sich innerhalb der Klostermauern völlig frei zu bewegen. In der vergangenen Woche war sie des Öfteren noch spät abends in der Bibliothek beschäftigt gewesen. Tatsächlich entsprach es ihren früheren Gewohnheiten, auch des Nachts ihre Studien zu betreiben. Da sie von der Beachtung der täglichen Horen freigestellt war, störte sich auch niemand daran. Hinzu kam, dass unter Abt Florian Sitte und Disziplin ohnehin recht kurz kamen, sodass auch der eine oder andere Bruder des Nachts auf den Beinen sein konnte, ohne eine allzu empfindliche Strafe zu riskieren; Hauptsache, man war zu den Horen anwesend.

Adriana stieg die beiden Treppen zur Vorhalle im Erdgeschoss hinab und öffnete die Tür, die auf den Westhof hinausführte. Quietschend bewegte sie sich in den rostigen Angeln.

Sie trat ins Freie. Dunkelheit empfing sie, sie sah sich vorsichtig um. Es war kühl und sehr windig geworden. Als sie den Blick nach oben richtete, bemerkte sie, dass sich, von Osten kommend, eine gewaltige Wolkenbank vor den sternenübersäten Himmel geschoben hatte. Windböen zerrten daran, rissen schwarze Fetzen aus ihr heraus und jagten sie an der bleichen Scheibe des Mondes vorbei. Es würde Regen geben.

Adriana wandte sich nach rechts, hastete mit wehender Kutte den Hof entlang, bog erneut rechts ab, eilte, den Friedhof zur Linken, die Kirche zur Rechten, in östlicher Richtung weiter und hatte gleich darauf den von einer schulterhohen Mauer umgebenen Klostergarten erreicht. Man betrat ihn durch eine schmale Pforte mit einem schmiedeeisernen Tor, das weit offen stand. Adriana ging hindurch und hörte Kies unter ihren Schritten knirschen. Die weitläufige Gartenanlage war von einem Netz schmaler, sorgfältig mit Kies bestreuter Wege durchzogen und verfügte über einen reichhaltigen Baumbestand, darunter eine ganze Reihe von Obstbäumen.

Adriana hielt kurz inne, um sich zu orientieren.

Angespannt musterte sie die dunkle, vom Wind gepeitschte Silhouette, die sich ihrem Blick bot: ein Gewirr aus Büschen, Sträuchern und Gräsern, das sich unruhig im Licht des Mondes bewegte. Schnell hatte sie die knorrige Buche ausgemacht, deren dunkle Krone wie eine mächtige schwarze Haube gegen den nächtlichen Himmel abstach. Rasch erreichte sie den Baum, als auch schon die ersten schweren Tropfen fielen.

Den Rücken an den Stamm der Buche gelehnt, wartete sie,

die Blendlaterne zu ihren Füßen. Es war sehr kühl, sie fröstelte; eng an den Leib gedrückt, hielt sie die Arme in den weiten Ärmeln der Kutte verborgen.

Der Armarius, wo blieb er? Adriana versuchte das Dunkel mit ihren Blicken zu durchdringen. Inzwischen hatten weitere Wolken den nächtlichen Himmel erobert und das Licht des Mondes gänzlich gelöscht. Aus den vereinzelt schweren Tropfen war strömender Regen geworden. Glücklicherweise war sie durch das dichte Laubwerk der Buche geschützt, sodass sie trocken blieb.

Da nahm Adriana ein schwaches Leuchten wahr, einen unregelmäßig zitternden Schein, der stetig näher kam. Ihr Puls beschleunigte sich. Unwillkürlich suchte ihre Hand das Messer, das sie unter der Kutte verborgen hielt. Als sich ihre Finger um den Griff schlossen, fühlte sie sich sicherer.

Gleich darauf tauchte der Armarius auf: eine schwarze in Kutte und Kapuze gehüllte Gestalt, an deren Seite ein kleines Licht hin- und herschwang.

»*Pax tecum*, Bruder«, grüßte er und hängte die Blendlaterne an einen Ast, der in Haupteshöhe aus dem Stamm ragte. Der Lichtschein genügte Adriana, um das unter der Kapuze verborgene Gesicht des Mönchs zu erkennen. Es zeigte – wie konnte es anders sein – jenes widerliche Grinsen, das sie nur allzu gut kannte.

»Im Gegensatz zu mir seid Ihr sehr pünktlich, mein hübscher Bruder«, fuhr der Mönch fort. »Aber wie Ihr seht, bestraft der Himmel selbst so geringfügige Sünden wie Unpünktlichkeit. Dieser verdammte Regen, ich bin klitschnass«, fügte er unchristlich fluchend hinzu.

»Je eher Ihr zur Sache kommt, desto schneller könnt Ihr Euer Gewand wieder trocknen«, entgegnete Adriana kühl.

»Ich sehe schon, Ihr scheint nicht gerade auf eine längere Konversation mit mir erpicht zu sein«, erwiderte der Armarius spöttisch. »Doch Ihr habt recht. Angesichts dieses Sauwetters ziemt es sich in der Tat, so schnell wie möglich wieder einen trockenen Ort aufzusuchen. Was also die ›Sache‹ angeht, steht eines wohl fest: Ihr wollt an ein bestimmtes Dokument heran, ich kann es Euch beschaffen. Allerdings gibt es da ein ... sagen wir ... *factum diaboli*, das sowohl für mich wie auch für Euch recht unangenehme Folgen haben könnte.«

Der Mönch hielt kurz inne und maß sein Gegenüber mit abschätzend herausforderndem Blick.

Adriana blitzte ihn an. »Ihr habt behauptet, dass man mir und meiner Mission nicht wohlgesinnt sei und mich zum Teufel wünsche. Bemerkt habe ich allerdings bisher noch nichts davon.«

»Noch nicht. Noch besteht für die, die Euch zum Teufel wünschen, kein Grund dazu, es wirklich zu tun.«

»Hört gefälligst auf, in Rätseln zu sprechen, oder ich muss annehmen, dass Ihr Euch nur wichtigmachen wollt«, fuhr Adriana den Bibliothekar an.

Der Kopf des Armarius zuckte nach vorne wie der einer Schlange. »Hört zu, mein hübsches Mönchlein«, knurrte er heiser. »Es gibt keinen Grund, was ich Euch sage zu bezweifeln. In diesem Kloster sind eine ganze Reihe wissender Augenpaare auf Euch gerichtet, die genau beobachten, was Ihr tut. Sie gehören Männern, die befürchten, dass Euch Eure Forschungen zu einem brisanten Dokument führen, das man unbedingt vor Euch verbergen möchte. Männer, die von einem Inquisitor beauftragt wurden, über das Versteck zu wachen, in dem diese Handschrift ruht. Seid sicher, sie behalten jeden Eurer Schritte im Auge.«

»Diese *Wächter* wurden von einem Inquisitor beauftragt?«, vergewisserte sich Adriana. Was sie soeben gehört hatte, löste ein regelrechtes Alarmgeläut in ihrem Kopf aus und brachte ihre tiefe Abneigung gegen den Armarius vorübergehend zum Schweigen.

»So ist es«, antwortete der Mönch mit gewohnt schmierigem Lächeln.

»Wenn ich Euch glauben soll, müsst Ihr Euch schon näher erklären.«

Obwohl es tiefste Nacht war und der Ort, an dem sie sich aufhielten, vor unwillkommenen Mithörern sicher schien, sah sich Bruder Markward gehetzt nach allen Seiten um.

Erst als er sich vergewissert hatte, dass wirklich niemand in der Nähe war, fuhr er wispernd fort: »Ihr müsst wissen: Vor über zwanzig Jahren wurde hier bei uns eine altgriechische Handschrift entdeckt. Der damalige Abt meldete den Fund nach Passau. Im Jahr darauf kam Heinrich von Olmütz, der zum Inquisitor bestellt worden war, in unsere Gegend, um sich der häretischen Umtriebe jener Waldenserbrut anzunehmen, die in der Gegend ihr Unwesen trieb. Da er des Griechischen mächtig war, prüfte er bei dieser Gelegenheit auch das aus mehreren Seiten bestehende Dokument, das man auf dem Dachboden über der Bibliothek gefunden hatte. Es trug den Titel ›Testament des Athanasius‹, und es stellte sich heraus, dass es aus einem katalanischen Kloster stammte und vor vielen Jahrzehnten, aus welchen Gründen auch immer, hierher zu uns geschafft wurde.«

»Aus einem katalanischen Kloster? Woran erkannte der Inquisitor das?«

»Anhand der Signaturen, mit denen die einzelnen Blätter versehen waren.«

»Erzählt weiter! Was geschah mit der Handschrift?«

»Der Inquisitor ordnete an, sie wasserdicht zu versiegeln und in ein sicheres Versteck zu bringen, das geheim gehalten werden müsse. Er hatte vor, sie später gut bewacht nach Rom schaffen zu lassen. Er war der Meinung, nur dort sei sie gut aufgehoben.«

Bruder Markward hielt inne und sah sich abermals nach allen Richtungen um; es war offensichtlich, dass ihm nicht wohl in seiner Haut war, und unwillkürlich fragte sich Adriana, woher die plötzliche Gesprächsbereitschaft des Mönchs rühren mochte.

Sie nutzte die entstandene Pause, um nachzuhaken. »Ihr sagtet, der Inquisitor wollte das Dokument nach Rom schaffen lassen?«

»Ja«, bekräftigte der Armarius. »Bei einem Gespräch mit dem damaligen Abt, bei dem ich zugegen war, behauptete er, darin etwas entdeckt zu haben, was für die Kirche außerordentlich schädlich sein könne. Rom sei der einzige Ort, an dem es vor unbefugten Blicken sicher sei.«

»Hat er sich dem Abt gegenüber konkret zum Inhalt der Handschrift geäußert?«

»Nein. Er hat nur angedeutet, dass sie etwas Schädliches für die Kirche enthalte – was Ihr mir ja bestätigt habt, nicht wahr?« Der Armarius konnte sich ein hämisches Grinsen auch diesmal nicht verkneifen.

Adriana ging darüber hinweg. »Er hat ihm also nicht gesagt, um was konkret es sich dabei handelt?«

Der Armarius schüttelte den Kopf. »Nein! Auch wo er die Handschrift versteckt hielt, hat er ihm verschwiegen.«

»Was geschah weiter?«

»Nachdem er jene Männer, von denen ich sprach, beauftragt hatte, brach der Inquisitor zu einer mehrwöchigen Reise auf. Vorher jedoch erteilte er ihnen genaue Anweisungen. Er verpflichtete sie zum Schweigen und dazu, ihre Identität vor jedermann geheim zu gehalten. Sie sollten eine Art geheime Bruderschaft bilden. Um sich mit ihnen austauschen und ihnen Anweisungen geben zu können, benannte er sie mit Decknamen. Zusätzlich bestellte er einen Vertrauten, der sowohl das Versteck regelmäßig inspizieren als auch die Männer überwachen sollte, und zwar anonym.«

»Anonym? Das heißt, niemand von den Männern, die er beauftragte, kannte die Identität dieses Anonymus?«

»So ist es!«

»Ihr sagtet, der Inquisitor wollte das Dokument nach Rom schaffen lassen. Das geschah aber wohl nicht. Warum?«

»Er kehrte schwer krank von seiner Reise zurück und verstarb bald darauf, ohne sich weiter um seine Pläne kümmern zu können.«

»Was geschah nach seinem Tod mit der Handschrift? Was ist mit den Männern, denen er sie anvertraut hatte? Mussten sie nicht irgendwann ihre wahre Identität und auch das Versteck preisgeben?«

Der Mönch sah sie aus zusammengekniffenen Augen an. »Wie kommt Ihr auf diesen Gedanken?«

»Nun, Ihr wollt mir doch nicht ernsthaft weismachen, dass die geheimnisvolle Maskerade dieser Männer nach dem Tod des Inquisitors weiterging? Und dass die Schrift noch dort ruht, wohin sie vor zwanzig Jahren geschafft wurde, und außer diesen Männern und diesem anonymen Aufpasser noch immer niemand weiß, wo sie sich befindet?«

Der Armarius schüttelte den Kopf. »Ihr täuscht Euch, wenn Ihr glaubt, dass dieses Geheimnis jemals gelüftet wurde.«

»Mit anderen Worten: Das Testament des Athanasius hat sein Versteck nie verlassen?«

Der Armarius zögerte einen Augenblick, bevor er die Frage verneinte. »Nie!«

Er lügt, und das ziemlich dreist, schoss es Adriana durch den Kopf, die den Mann genau beobachtet hatte.

»Diese Männer, die damals im Dienst des Inquisitors standen – weilen sie alle noch unter uns?«

»Alle. Bis auf einen, der auf mysteriöse Weise ums Leben kam.«

»Die *Augenpaare*, von denen Ihr behauptet, sie seien auf mich gerichtet, gehören ihnen?«

Erneut breitete sich ein widerliches Lächeln auf der Miene des Mönchs aus. »Das war nicht schwer zu erraten«, höhnte er.

»Wenn ich Euer Verhalten richtig deute, habt Ihr einerseits keine Skrupel, mir bei der Beschaffung des Dokuments behilflich zu sein. Andererseits fürchtet Ihr Euch. Ist das nicht ein Widerspruch?«

»Glaubt mir, ich habe einen Weg gefunden, der mich zuversichtlich sein lässt, dass mein Vorhaben gelingt. Aber ich muss natürlich vorsichtig agieren.«

Adriana sandte einen durchdringenden Blick in die Augen des Mönchs. »Wie kommt es, dass Ihr über all das Bescheid wisst? Seid Ihr etwa einer dieser Männer?« Sie machte eine kurze Pause. »Oder gar der Anonymus höchstpersönlich?«

Jetzt huschte ein skeletthaftes Grinsen über das Totenkopfgesicht des Armarius. »Nun, wenn es so wäre, dann wäre ich bestimmt dazu prädestiniert, Euch zu helfen, nicht wahr?«, erwiderte er sibyllinisch.

»Wenn es so wäre, sicherlich. Allein, was sollte Euch dazu veranlassen, mir zu helfen, wo Ihr Euch dazu noch in eine gewisse Gefahr begebt, wenn Ihr es tut? Im Übrigen frage ich mich, wie sich wohl Euer Abt und der Rest des Konvents verhalten würden, wenn ich sie über unsere kleine Plauderei in Kenntnis setzte«, parierte Adriana das Verhalten des Mönchs, das sie immer mehr anzuwidern begann.

Das Raubvogelgesicht des Armarius zuckte nach vorne. »Das will ich Euch sagen, Ihr neunmalkluger *doctor*«, zischte er. »Die, die von dem Ganzen bisher nichts wussten, würden Euch ohnehin nicht glauben. Die wenigen, die es wissen, würden mir die Kehle durchschneiden – und Euch dazu. Wenn Ihr also wollt, dass ich Euch helfe, an das Testament des Athanasius heranzukommen, dann vertraut mir. Wenn nicht, behaltet das, was ich Euch gesagt habe, besser für Euch – so Euch Euer Leben lieb ist.«

Adriana trat unwillkürlich einen Schritt zurück. Der jähe Wandel in Gebaren und Stimme des Armarius überraschte sie.

»Gesetzt den Fall, ich nähme Eure Hilfe in Anspruch: Was verlangt Ihr dafür?«, fragte sie den Mönch kühl. »Ich nehme nicht an, dass allein das Bewusstsein, der Kirche zu dienen, Euch Lohn genug ist«, fügte sie ironisch hinzu.

»Eine kluge Schlussfolgerung. Ich sehe, Ihr tragt die Würde eines *doctoris* zu Recht, Bruder. Wie heißt es so schön: Eine Hand wäscht die andere. Aber lasst uns zur Sache kommen. Ich gehe davon aus, dass man dort, wo Ihr herkommt, den hohen Wert der Schrift, nach der Ihr forscht, zu schätzen weiß. Wo sie doch geeignet ist, ›Feuer an die Grundfesten des Christentums‹ zu legen. Und sie nach Eurem eigenen Bekunden Inhalte enthält, die der wahren Erkenntnis des HERRN abträglich sind – jener Erkenntnis, die es zu schützen gilt und die kostbarer als Gold und Silber ist.«

Der Mönch hielt kurz inne und sah sie prüfend an, bevor er fortfuhr: »Glaubt Ihr nicht, dass ein wenig von Letzterem ein großer Ansporn für mich sein könnte, Euch bei dieser ehrenvollen Aufgabe zu unterstützen? Zumal ich dafür ja auch noch Kopf und Kragen riskiere!«

Adriana glaubte, nicht recht gehört zu haben. Der Mönch hatte einst das Gelübde der Armut abgelegt, nun trat er es dreist mit Füßen.

»Mit anderen Worten: Ihr seht in dieser Handschrift eine Ware, die Ihr feilbieten könnt«, erwiderte sie trocken, nachdem sich ihre anfängliche Verblüffung etwas gelegt hatte. »Nun gut, nennt mir den Preis.«

Jetzt war die Reihe an dem Mönch, Überraschung zu zeigen. Dass der gelehrte Bruder vor ihm ohne Weiteres sein Ansinnen zu akzeptieren schien, verwirrte ihn anscheinend.

Dann aber glitt das gewohnt verschlagene Grinsen über seine Züge. »Ihr seid also einverstanden. Dann sind wir ab jetzt Verbündete. Glaubt mir, es wird sich für Euch lohnen. Was den Preis angeht, erlaubt, dass ich mir noch ein wenig Gedanken darüber mache. In ... sagen wir ... drei Tagen stehe ich Euch wieder zur Verfügung. Dann besprechen wir alles Weitere. Doch jetzt ist es an der Zeit, dass wir uns trennen; bald wird die Glocke zur Matutin läuten.«

Bruder Markward griff nach der Laterne, die er an den Ast gehängt hatte.

»Halt! Eine Frage noch, bevor Ihr geht, Bruder Armarius! Vor zwanzig Jahren kam ein Mönch aus Oybin, ein gewisser Bruder Anselmus, nach Ennswalden, der sich ebenfalls für das Testament des Athanasius interessierte. Er kehrte nie zurück. Wisst Ihr etwas über ihn?«

Der Armarius erstarrte. Die Laterne in seiner Hand begann zu zittern.

»Wenn Euch Euer Leben lieb ist, fragt nie wieder nach ihm!«, zischte er. »Habt Ihr verstanden? Nie wieder! Hört auf, die Schimären der Vergangenheit heraufzubeschwören!« Dann hastete er ohne ein weiteres Wort davon.

Kapitel 9
Kurz vor Laudes

Dunstschleier waberten über die dunklen Fluten der Enns.

Leises Plätschern drang durch die Nacht, als ein Kahn an einer Stelle des Ufers anlegte, die mit hohen Binsen bestanden war. Ein barfüßiger, nur in Hemd und Beinlinge gehüllter Mann entstieg dem Nachen, glitt in das kniehohe Gewässer, zog den Kahn ein Stück weit aufs Land und sah sich um. Ein gutes Versteck, dachte der Mann und lächelte, bevor er das Boot sorgfältig am Ufer festmachte.

Mit einem Bündel auf dem Rücken und einem zusammengebunden Paar Stiefel, das an einer Schnur über seiner Schulter baumelte, verließ er Augenblicke später das Versteck, watete noch einige Schritte durchs Wasser und erklomm die sanft ansteigende Uferböschung.

Oben angekommen, hielt er inne und schaute sich prüfend nach allen Seiten um. Dann glitt sein Blick nach Westen und heftete sich auf eine unregelmäßig ausgebildete massige Silhouette, die vor dem dunklen Hintergrund der schwindenden

Nacht schwarz abstach – die Abtei an der Enns. Bald würden die blassen Schwaden um ihn herum sich verdichten und sowohl um die Flussauen als auch um das Kloster ein dickes weißes Tuch weben.

Wie in ein Leichentuch, dachte der Mann mit grimmigem Lächeln und schritt zielbewusst weiter.

DER GRUSS DER WEISSEN SPINNE

TAG 8
DIENSTAG, 16. JUNI ANNO DOMINI 1405

Kapitel 10
Um Prim herum

Es war am achten Tag des Aufenthalts Adrianas in Ennswalden, dem zweiten nach ihrem nächtlichen Treffen mit dem Armarius, als das Böse im Kloster Einzug hielt. So zumindest würden es später die Annalen vermelden.

Um Prim herum schwamm die Abtei im Nebel wie ein Kanten Brot in einer Schüssel Dickmilch. Nur wer sich ihr bis auf einen halben Steinwurf näherte, konnte an diesem Morgen schemenhaft die Umfassungsmauer sowie die Dächer der verschiedenen Gebäude und den sich darüber erhebenden Turm der Klosterkirche wahrnehmen, deren graue Konturen im zähen Weiß zerflossen. Gedämpft drang dunkler Gesang aus der Kirche; die Mönche zelebrierten den Schlussteil des Primgottesdienstes. Auch anderswo innerhalb der Klostermauern, in den Werkstätten, den Ställen, den Wirtschaftsgebäuden, erwachte das Leben. Bedienstete, Laienbrüder und Knechte eilten als graue, verschwommene Wesen über den mit weißen Schwaden gefüllten Hof; tausend vertraute

Geräusche, die von emsiger Tätigkeit zeugten, erfüllten zunehmend die Abtei.

Knarrend öffnete sich das Portal der Klosterkirche, um die Mönche, wie jeden Tag nach der Prim, in den Arbeitstag zu entlassen. In Kürze stand die Kapitelversammlung an, die Zusammenkunft, auf der die unterschiedlichsten Dinge besprochen wurden, die den Tagesablauf in der Abtei regeln halfen: Sakrales und Profanes, Disziplinarisches und Ökonomisches. Und so ging man gemessenen Schrittes jetzt schon zum Kapitelsaal hinüber; es schadete nicht, schon vor der Zeit an Ort und Stelle zu sein; Pünktlichkeit zierte nicht nur Könige, sondern auch die Kutten tragenden Jünger des Benedikt von Nursia. Alles verlief gemäß der gewohnten Ordnung.

Bruder Markward, der Armarius, schien es an diesem Morgen eilig zu haben, was ihm etwas von der ihm eigenen Würde raubte, mit der er sonst einherschritt. Sein Ziel war jedoch nicht der Kapitelsaal; dort würde er hoffentlich noch pünktlich genug erscheinen. Zuerst galt es eine andere Angelegenheit zu erledigen. Ein zusammengefaltetes Pergament in der Rechten, eilte der Mönch über den hinter der Kirche befindlichen Osthof auf eine Mauer zu, die an die lang gezogene Mauer des Klostergartens anschloss und bis hinunter zur südlichen Umfassungsmauer reichte. Er durchschritt den darin befindlichen Torbogen und gelangte auf das Areal, das die Schweine- und Hühnerställe beherbergte. Es wurde im Süden von einer weiteren Mauer begrenzt, die östlich an die Umfassungsmauer und westlich an die Verlängerung der Gartenmauer grenzte und einen kleinen Hof umschloss. Ein abgelegener, nur noch selten aufgesuchter Winkel der Klosteranlage, der einen halb verfallenen Stall und einen uralten, vor sich hin modernden Holzschuppen barg. Ein Durchgang in der Mauer, auch dieser überwölbt von einem Torbogen, erlaubte den einzigen Zutritt zu dem verlassenen Gelände.

Beim Durchgang angekommen, verhielt Bruder Markward seinen Schritt, blickte sich um und horchte. Nichts zu sehen, niemand war ihm gefolgt. Die Geräusche geschäftigen Treibens klangen weit entfernt, fast hatte es den Anschein, als ob der Nebel jeden Laut erstickte.

Eine Schwindelattacke befiel den Armarius. Er lehnte sich mit dem Rücken an die Mauer und versuchte seinen fliegenden Atem zu beruhigen. Furcht krallte sich um sein Herz, und trotz der Kühle des Morgens tropfte Schweiß von seiner Stirn. Hatte er die Gefahr unterschätzt, die mit seinem Verrat einherging? Natürlich wusste er, dass er schuldig geworden war, als er dem gelehrten Mönch angeboten hatte, ihm zu helfen. Doch er war sicher, dass dieser sein Schweigen bewahrt hatte und ihr geheimes Stelldichein von niemandem beobachtet worden war. Niemand von denen, die das Geheimnis um das Versteck der alten Handschrift mit ihm teilte, konnte etwas von seinem Plan wissen. Insofern gab ihm die Botschaft, die er gestern vorgefunden und die ihm eine schlaflose Nacht bereitet hatte, ein Rätsel auf.

Zum x-ten Mal warf er einen Blick auf den Brief, den er in seinen zitternden Händen hielt. Einer der neu angekommenen Tagelöhner hatte ihm das Schreiben gestern in die Hand gedrückt. Beiläufig, im Vorbeigehen, völlig überraschend, ohne dass er ihn nach dem Grund für das seltsame Verhalten hätte fragen können. Doch daran, dass das Schreiben an ihn gerichtet war, konnte nicht der geringste Zweifel bestehen. Der Name in der Anrede ließ keinen anderen Schluss zu. Der Name, der wie ein Fluch auf seiner Vergangenheit lastete und den er längst vom Mühlstein der Zeit zermalmt geglaubt hatte. Welch einem Irrtum er doch damit erlegen war! Welch ein Wahnsinn zu hoffen, dass man seinem früheren Leben entrinnen konnte!

Sein Blick richtete sich auf den Inhalt:

Die Schatten der Vergangenheit ziehen herauf, Ossius. Dir droht Gefahr. Komm heute kurz nach der Prim zu dem alten Schuppen auf dem Blutacker. Ich werde dich dort erwarten. Ich werde dir sagen, wie du dein Leben retten kannst. Du wirst niemandem von diesem Brief erzählen. Tust du es doch, hast du dein Leben verwirkt! Darum: Verbrenne die Botschaft, sobald du sie gelesen hast. Wenn du kommst, wirst du beim Schuppen ein kleines Feuer brennen sehen. Es grüßt Die Weiße Spinne

Er ließ das Pergament sinken und hob den Blick. Von nun an würde alles anders werden. Entsetzlich anders. Nicht im Traum hätte er das für möglich gehalten.

Die Spinne war zurückgekehrt. Und sie befahl ihn zu sich.

Der Armarius bekreuzigte sich. Ihn fror. »Jesus, Maria«, murmelte er mit zitternder Stimme, faltete den Brief wieder zusammen und verbarg ihn in den Tiefen seiner Kutte. Er verschwand im Schatten des Durchgangs, um gleich darauf in den verwahrlosten, von der Mauer umgebenen Hof zu treten, der sich vor ihm auftat. Aus irgendeinem unerfindlichen Grund schien der Nebel hier nicht so dicht zu sein wie anderswo an diesem Morgen. Mal mehr, mal weniger durchsichtige Schwaden waberten über den gottverlassenen Grund, auf dem Gestrüpp, Unkraut und hohes Gras wucherten; überall lagen Steintrümmer herum. Ein diffuser, unruhig flackernder Lichtschein zwischen einigen Trümmerstücken bestätigte, was der Verfasser des Briefes angekündigt hatte.

Dort brannte ein Feuer. Er lief darauf zu und warf den Brief in die Flammen.

Vorsichtig spähte er umher. Durch die Nebelschwaden richtete sich sein Blick auf das zerfallene Gemäuer des ausgedienten Stalls – und den Bretterschuppen direkt daneben, der sein eigentliches Ziel bildete. Die Tür stand weit auf; als dunkles Viereck gähnte ihm der Eingang entgegen.

Die Spinne – dort erwartete sie ihn.

Tu es nicht! Geh nicht hinein! Flieh!, schrie eine Stimme in ihm.

Zu spät. Vor dem dunklen Viereck erschien eine Gestalt. Sie hob die Rechte und winkte ihm zu.

Gegen seinen Willen und magisch angezogen von ihrem Anblick, ging Bruder Markward mit rasendem Herzen und schleppenden Schritten auf sie zu.

Kapitel 11
Um Terz

Um Terz herum näherte sich Bruder Konrad, der Hospitarius, dem Haus für vornehme Gäste. Beim Haupteingang angekommen, stutzte er plötzlich. Sein Blick war auf einen Pergamentstreifen gefallen, der in Augenhöhe auf der Eingangstür prangte. Erstaunt musterte er das Blatt. Seine Verwunderung wuchs in dem Maße, wie er die seltsame Botschaft registrierte, die darauf zu lesen war.

»*Ex chao surgit manus ultrix et rota vitae stat.* – Aus dem Chaos erhebt sich die rächende Hand, und das Rad des Lebens steht still«, las der Mönch murmelnd die ersten drei

Zeilen. Die vierte enthielt zwei nicht weniger rätselhafte Sätze in lateinischer Sprache:

Parati estote. Instrumentum Dei – Seid bereit. Das Werkzeug des Herrn.

Den Schluss der Botschaft bildete eine Zeile mit seltsamen Schriftzeichen: *ὁμοούσιος*.

Ratlos schüttelte der in die Jahre gekommene Hospitarius den Kopf. Er sah sich nach allen Seiten um und erblickte einen Laienbruder, der an der Tür des Nachbargebäudes mit dem Auswechseln eines Schlosses beschäftigt war.

Stirnrunzelnd ging er auf ihn zu.

»Sag, Bruder Dietram, hast du gesehen, wer diese Botschaft dort angebracht hat?« Der Hospitarius deutete mit der Rechten auf das seltsame Pergament, das vor dem dunklen Hintergrund der Tür hell abstach.

Bruder Dietram hob den Kopf. »Was sagtet Ihr, Vater?«, rief er und legte die Hand ans Ohr.

»Ach ja, ich vergesse immer, dass du schwerhörig bist«, murmelte Konrad seufzend und trat ganz nah an den Mann heran. »Ich fragte dich, ob du weißt, wer das Blatt dort hingeheftet hat«, rief er laut in das Ohr des Konversen. »Dieses Pergament dort an der Tür?«, setzte er mit Nachdruck hinzu.

»Es brennt eine Tür? Wo?« Vor Schreck ließ er sein Werkzeug fallen.

Ergeben hob der Hospitarius den Blick zum Himmel. »Schon gut«, seufzte er und winkte ab. Er ging die wenigen Schritte zum Portal des Gästehauses zurück und nahm das Pergament von der Tür. Beiläufig registrierte er, dass es an nur zwei Stellen mit Leim befestigt gewesen war. Sorgsam rollte er es zusammen und steckte es in den Gürtel. Vielleicht konnte sich der Novizenmeister einen Reim darauf machen; wer außer einem Novizen, dem der Schalk im Nacken saß, konnte sich wohl zu einem solchen Streich bereitgefunden haben?

Kapitel 12
Sext

Noch vor Sext kehrte Adriana von einem Ausritt ins Kloster zurück. Frühmorgens schon war sie in die nahe Stadt aufgebrochen, um sich bei einem Pergamenter danach zu erkundigen, wie man den ursprünglichen Text alter Palimpseste, die abgeschabt und überschrieben worden waren, wieder sichtbar machen könnte.

Soeben hatte sie ihr Pferd einem Stallburschen übergeben und strebte nun inmitten anderer Mönche zum Refektorium hinüber, um die Hauptmahlzeit des Tages einzunehmen. Dabei glaubte sie eine eigenartige Aufgeregtheit wahrzunehmen, die sich sowohl in den Mienen der Männer wie auch in den erregten Worten, die sie miteinander wechselten, spiegelte. Sie beeilte sich, zu Bruder Bertram zu kommen. Er stand dem Cellerar zur Seite als Camerarius, der die Vorräte verwaltete, und diente dem Abt gelegentlich als Sekretär. Der bescheidene Mönch fiel zwar durch eine gewisse Zurückhaltung auf, besaß aber nichtsdestotrotz ein überaus freundliches und hilfsbereites Wesen. Sie hatten dasselbe Alter und waren sich in den vergangenen Tagen bei verschiedenen Gesprächen nähergekommen, sodass das förmliche »Ihr« dem vertrauteren »Du« gewichen war.

»Du weißt es also noch gar nicht?«, antwortete Bruder Bertram auf ihre diesbezügliche Frage. Er schien höchst erstaunt.

»Was meint du? Was sollte ich denn wissen?«

»Bruder Markward, der Armarius, ist verschwunden. Schon bei der Kapitelversammlung war er nicht zugegen. Beim Gottesdienst zur Terz ebenso wenig. Der Abt ließ nach ihm suchen, aber man fand ihn nicht. Es scheint, als hätte ihn der Erdboden verschluckt.«

Adriana sah stirnrunzelnd zu Boden. Zwar war sie erst kurze Zeit im Kloster, doch mittlerweile wusste sie, dass bei aller Nachlässigkeit, mit der man in Ennswalden die *Regula Benedicti* behandelte, es selten vorkam, dass ein Mitglied des Konvents den Gottesdiensten oder anderen Zusammenkünften unentschuldigt fernblieb.

»Er ist zwar ein seltsamer Mensch, aber bislang immer ein Muster an Pünktlichkeit gewesen. Seit ich hier bin, war er auch nicht ein einziges Mal krank«, setzte Bruder Bertram hinzu.

Ein Muster an Pünktlichkeit vielleicht, aber gewiss keines an Keuschheit, schoss es Adriana durch den Kopf. Sie war beunruhigt. Was der Armarius ihr in jener Nacht offenbart hatte, war, wenn es den Tatsachen entsprach, höchst brisant. Hing sein Verschwinden etwa damit zusammen? Eines schien sicher: Fände jemand heraus, was er vorhatte, konnte dies durchaus sein Leben in Gefahr bringen.

Und wahrscheinlich nicht nur seines!

»Du sagtest, man habe überall nach ihm gesucht?«, hakte sie nach.

Der junge Mönch nickte. »Ja. Gleich nach dem Kapitel heute Morgen hat der ehrwürdige Vater nach ihm suchen lassen. Hin und wieder, musst du wissen, kommt es vor, dass einer der älteren Mönche von einem Schwächeanfall überrascht wird und deswegen zu den Horen nicht erscheint. Erst letztes Jahr fand man Bruder Thomas, der als Kopist im Skriptorium arbeitete, zu Füßen seines Schreibpultes liegend. Der Schlag hatte ihn getroffen; als man ihn entdeckte, lebte er nicht mehr.«

Ganz im Gegensatz zu sonst war an diesem Mittag das gelegentliche Tuscheln im Refektorium einem erregten Gemurmel gewichen – ein weiteres Zeichen, das von dem groben Verfall der Sitten in der Abtei zeugte, gebot die Regel Benedikt von Nursias doch absolutes Schweigen während des Mahls. Der Grund hierfür war unschwer auszumachen – die Blicke der um den Tisch versammelten Mönche wurden geradezu magisch von einem unbesetzten Platz auf der Bank angezogen. Bruder Markward, der Armarius, war wieder nicht erschienen. Gänzlich zum Scheitern verurteilt schien angesichts der mit Unruhe erfüllten Atmosphäre der Trost der Heiligen Schrift zu sein, vorgetragen von Bruder Ferdinand, der an diesem Tag die Kanzel erklommen hatte, um während der Mahlzeit als Vorleser zu amten. Selbst der Subprior, der heute den Vorsitz im Refektorium übernommen hatte – Abt Florian nahm seine Mahlzeit im Abthaus ein –, beteiligte sich mit sorgenvoller Miene an den mit leisem Raunen geäußerten Vermutungen. Obwohl von ihren Tischnachbarn aufgefordert, ihre Version zum mysteriösen Verschwinden des Bibliothekars zum Besten zu geben, ging Adriana nicht darauf ein. Irgendwann werde er schon wiederauftauchen, und alles werde sich in Wohlgefallen auflösen, meinte sie, was ganz im Gegensatz zu der sorgenvollen Unruhe stand, die sie im Inneren empfand. Noch ahnte sie nicht, wie furchtbar sich diese bestätigen sollte.

Kapitel 13
Komplet

Der Tag nahm Abschied.

Obwohl Adriana von der Teilnahme an den Horen freigestellt war, hatte sie ausnahmsweise beschlossen, sich an diesem Abend mit den Mönchen im Chorgestühl zur Komplet zu versammeln. Ein unbestimmtes Gefühl nahenden Unheils erhob sich wie eine warnende Stimme in ihr und mahnte sie, die Gemeinschaft des Konvents zu suchen. Was das Rätsel um des Armarius Verschwinden anging, wurde sie das Gefühl nicht los, dass sich noch heute Entscheidendes ereignen würde.

»*Invocante me exaudi me Deus iustitiae meae in tribulatione dilatasti mihi miserere mei et exaudi orationem meam* – Erhöre mich, wenn ich rufe, Gott meiner Gerechtigkeit, der du mich tröstest in Angst; sei mir gnädig und erhöre mein Gebet!«

Soeben hatte der Abt mit der Rezitation des vierten Psalms begonnen. Auch wenn Adriana nur formell, gewissermaßen zur Tarnung, mitmachte, sträubte sich alles in ihr gegen den klösterlichen Ritus, galt er doch, wie sie glaubte, einem Wesen, das nichts mit dem EINEN Gott gemein hatte, wie er sich ihrer Meinung nach in der Heiligen Schrift offenbarte.

Jahre des Studiums bei Albert von Kanten hatten sie außerdem zu der Ansicht gelangen lassen, dass die in den Kirchen verwendeten Bilder, Schreine und Riten von einem wahren Christenmenschen niemals gutgeheißen werden konnten. Auch diesbezüglich hatte sich Albert stets auf die Heilige Schrift bezogen. Nicht von ungefähr verband ihn einiges mit Professor Jan Hus, Dekan der philosophischen Fakultät und Professor für Theologie und Philosophie an der Universität zu Prag, mit dem er insgeheim einen regen Briefwechsel pflegte und der ähnlich dachte. Hus war ein Bewunderer Wyclifs, dessen Ansicht über die Heilige Schrift auch Albert tief beeindruckte. Was Albert seinem Prager Kollegen allerdings nicht offenbarte, war seine antitrinitarische Überzeugung. Denn am Dogma der Dreifaltigkeit rüttelte Hus nicht im Entferntesten.

Adrianas Blick streifte die mit Statuen verzierten Säulen des Chorraums und den Altar, vor dem mehrere Kerzen brannten. Sie fröstelte. Lehnten nicht auch die Lollarden, Wyclifs Nachfolger, diese Dinge ab? Und hatten nicht bereits Hunderte von Jahren zuvor der Erzbischof von Lyon, Agobard, und nach ihm Berengar von Tours ähnlich gedacht? Der eine, indem er an Bildnissen sowie der Verehrung von Heiligen und Engeln Anstoß nahm? Der andere, indem er die Vorstellung, beim Konsekrieren der Messe verwandle sich das Brot in den Leib des HERRN und der Wein in sein Blut, als nicht in der Schrift verankert ansah?

»... *longitudine dierum implebo illum et ost* ...«

Jäh erstarb der Gesang der Mönche, noch ehe der letzte Vers des neunzigsten Psalms gesungen war. Ein lauter Knall war in die Andacht geplatzt. Aller Augen fuhren zum Eingang, dorthin, wo das unheilige Geräusch seinen Ursprung hatte, das den Ablauf der Komplet auf so unerhörte Weise störte.

Die Tür vom Kreuzgang zum Chorraum war mit solcher Heftigkeit aufgestoßen worden, dass sie krachend gegen die Mauer geschlagen war. Eine Ungeheuerlichkeit, war der Chor doch den zum Konvent gehörenden Mönchen vorbehalten. Schon dass jemand, der nicht zu ihnen gehörte, in den Klausurbereich eingedrungen war, bedeutete eine Despektierlichkeit ohnegleichen!

»Ehrwürdiger Vater ... ehrwürdiger Vater! Ich habe ihn gefunden, ehrwürdiger Vater!«

Ein Stallknecht rannte in Richtung Chorgestühl und fuchtelte wild mit den Armen. Der ganze Konvent erstarrte; Abt und Subprior wechselten einen Blick, in dem sich kaltes Entsetzen spiegelte. Mit wehender Kutte und laut klatschenden Sandalen eilte der Abt dem Knecht entgegen, der sich händeringend vor ihm auf die Knie warf.

»Du hast ihn also gefunden?«, fragte der Abt mit tonloser Stimme. »Wo?« Dass es sich nur um den vermissten Armarius handeln konnte, schien für ihn sonnenklar zu sein, ebenso, dass ihm etwas Furchtbares zugestoßen sein musste.

»Bruder Markward, der Armarius. Er ... Er liegt drüben im ... im Schuppen auf dem Blutacker hinter der Judasmauer«, entgegnete der Knecht mit bebender Stimme. »Er ist ... tot. Man hat ihm ...« Ihm versagte die Stimme, stattdessen machte er eine nicht misszuverstehende Geste, indem er sich mit der flachen Hand über die Kehle strich.

Entsetztes Rufen breitete sich im Chorgestühl aus; mit der gewohnten Routine, mit der die Gottesdienste in Ennswalden absolviert wurden, war es vorbei.

Abt Florian fuhr herum.

»Silentium! Bewahrt Ruhe!«, fuhr er die Versammlung der Mönche laut an. »Bruder Hartwig, Bruder Gottschalk und

Bruder Konrad werden jetzt mit mir kommen. Bruder Bertram, du wirst die Komplet zu Ende bringen«, ordnete er an. »Betet für den Bruder Armarius.« Da fiel sein Blick auf Adriana. »Ach ja, Bruder Adrian … Würdet Ihr mir die Güte erweisen, ebenfalls mit mir zu kommen? Euer geübter Verstand könnte uns von Nutzen sein bei der Untersuchung dieser … entsetzlichen … Angelegenheit.«

»Aber ja doch, wie Ihr wünscht, Eure Erhabenheit«, murmelte Adriana und verließ augenblicklich ihren Platz im Chorgestühl.

»Nun denn, lasst uns hinübergehen«, sagte der Abt.

Zuerst aber wandte er sich an den Knecht. »Wie ist dein Name?«

»Isidor, ehrwürdiger Vater Abt.«

»Gut, Isidor. Ich danke dir. Geh und hole noch zwei andere. Du wirst uns den Fundort … Du wirst uns zu Bruder Markward führen. Ach ja, und bring Lampen mit, es wird bald dunkel werden!«, befahl er ihm.

Noch war die Sonne nicht gänzlich hinter dem Horizont verschwunden, als sich die fünf Mönche, geführt von Isidor und zwei weiteren Knechten, anschickten, zum Blutacker hinüberzuschreiten, der hinter der sogenannten Judasmauer lag.

Während sie den hinter der Kirche gelegenen Osthof querten, klärte Bruder Gottschalk, der Cellerar, Adriana darüber auf, wie die seltsamen Bezeichnungen zustande gekommen waren.

»Ihr müsst wissen, dass die Namen sich von einem furchtbaren Verbrechen herleiten, das vor vielen Jahren hier im Kloster geschah«, erklärte er leicht geheimnisvoll. »Die Geliebte des damaligen Sakristans hatte – stellt Euch diesen

Frevel vor – Hostien an Juden verkauft, die von denselben entweiht wurden, indem sie sie mit einem Dolch durchstießen. Bald darauf wurden die Frevler erwischt und sämtlich mit dem Tode bestraft. Der Sakristan kam nicht darüber hinweg und richtete sich selbst, indem er sich auf dem Gelände hinter der inneren Südostmauer an einer Eiche erhängte. So wie Judas, der den HERRN verriet, es tat. Seitdem heißt die innere Südostmauer Judasmauer und das Gelände dahinter nennen wir den Blutacker. Wir Mönche meiden das Areal, wir glauben«, der Cellerar sah sich verschwörerisch um, bevor er weitersprach, »es ist verflucht.«

»Verflucht? Tatsächlich?«, meinte Adriana trocken. Mehr als dieser Umstand beschäftigte sie die Frage, wie ein Sakristan dazu kam, eine Geliebte sein Eigen zu nennen. Doch sie verkniff es sich, danach zu fragen. »Gibt es also auch hier die Erzählung von den angeblich hostienschändenden Juden, die sich so gut dazu eignet, Übergriffe auf sie zu rechtfertigen?«, konnte sie sich stattdessen nicht enthalten noch anzumerken.

Je näher sie dem Ziel kamen, desto heftiger spürte sie ihr Herz schlagen. Als sie die Judasmauer schließlich erreicht und die darin befindliche, von einem Torbogen überwölbte Pforte durchschritten hatten, wurde ihr bewusst, dass der Name für das verlassene Gelände, das sie nun erblickte, nicht treffender hätte sein können. Vor ihr breitete sich ein völlig verwilderter, teils mit hohem Gras bewachsener Hof aus, der im Zwielicht der beginnenden Dämmerung einen eigenartig morbiden Anblick bot. Eine Buche nah der Umfassungsmauer sowie diverse Büsche und Gesträuch warfen lange Schatten. Ebenso wie einige Steintrümmer; dunkelgraue unförmige Klötze, die, von am Boden entlangkriechenden Wicken gierig umschlungen, verstreut auf dem Gelände herumlagen. Weiter hinten erhob sich der tote Stamm einer alten Eiche, deren dürre Äste wie die verkrüppelten Finger einer Gichthand in den zunehmend dunkler werdenden Himmel ragten. Rechts des Baumskelettes befanden sich ein paar Mauerreste und ein Haufen zerborstener Ziegel, die von der ehemaligen Existenz eines alten Stalles kündeten, direkt daneben zeichnete sich der Umriss eines hölzernen Schuppens ab, auf den Isidor zielstrebig zusteuerte.

Es quietschte und knarrte fürchterlich, als der Knecht die schwere, aus Brettern und Bohlen zusammengenagelte Tür aufzog. Adriana hatte das Gefühl, als ob das Geräusch über ihren Rücken scheuerte und ein Frösteln darüber jagte.

Nacheinander traten alle in den teilweise verfallenen, aber recht geräumigen Schuppen, in dem bereits ziemliches Dunkel herrschte. Durch Ritzen in der Bretterwand und mehrere breite Lücken in dem maroden, aus Holzschindeln bestehenden Dach fiel spärlich das schwindende Licht des Tages.

Ein Öllicht in der Rechten, stieg Isidor über ein heilloses Durcheinander aus herumliegenden Brettern, Balken und anderem Gerümpel hinweg. Der Abt und die anderen Mönche hatten Mühe, ihm durch das sperrige Chaos zu folgen. Den Schluss bildeten die beiden anderen Knechte, die ebenfalls Lampen trugen.

Fast am Ende des lang gestreckten Schuppens angekommen, hielt Isidor inne. »Hier, ehrwürdiger Vater, seht selbst«, flüsterte er kaum hörbar. Den zitternden Arm weit nach vorne gestreckt, tanzte sein Öllicht über ein mächtiges Wagenrad am Boden.

Auf dem Rücken, den Kopf zur Seite geneigt, lag der Armarius unter dem Rad auf einer alten zerborstenen Steinplatte inmitten einer riesigen Blutlache. Augen und Mund waren weit aufgerissen, in seinem Hals klaffte eine lange, breite Wunde. In die Stirn eingeritzt – ein entsetzlicher Anblick – waren seltsame Schriftzeichen zu sehen. Der hin und her zitternde Schatten, den das baumelnde Öllicht über die Leiche warf, verlieh dem Anblick etwas grauenhaft Gespenstisches.

Unwillkürlich entfuhr den um den Leichnam Versammelten ein gemeinschaftlicher Ausruf des Schreckens.

»Bei allen Heiligen, wer hat das getan?«, flüsterte der Abt und bekreuzigte sich. »Jemanden bestialisch ermorden und seltsame Zeichen auf seiner Stirn einzuritzen – die Paraphernalien des Teufels?«

»Vielleicht der, der dieses hier an die Tür des Gästehauses geheftet hat?«, antwortete unvermittelt eine zitternde Stimme.

Erstaunt richteten sich aller Augen auf Bruder Konrad, den Hospitarius, der mit fahrigen Händen ein Pergament unter seiner Kutte hervorzog und es entrollte.

»Ich ... Ich fand es heute Morgen.« Er atmete schwer. »Wie gesagt, es ... Es hing an der Tür zum Hospitium. Ich ... Ich weiß nicht, wer es dort hingeheftet hat.« Er reichte das Pergament an den Abt weiter, der es überrascht entgegennahm.

»*Ex chao surgit manus ultrix et rota vitae stat. Parati estote. Instrumentum Dei*«, las er murmelnd und betrachtete nachdenklich den Zusatz mit den seltsamen Schriftzeichen, die auch in die Stirn des Opfers eingeritzt worden waren: ὁμοούσιος. »Aus dem Chaos erhebt sich die rächende Hand, und das Rad des Lebens steht still. – Seid bereit. Das Werkzeug Gottes«, wiederholte er die lateinischen Sätze auf Deutsch. Mit den fremden Schriftzeichen hingegen konnte er nichts anfangen.

Er hob den Blick und sah den Hospitarius stirnrunzelnd an. »Das fandest du heute Morgen?«, fragte er unwillig. »Und du weißt nicht, von wem es stammt? Warum bist du damit nicht gleich zu mir gekommen?«

»Verzeiht, ehrwürdiger Vater, aber ich dachte, das Ganze sei ein dummer Scherz.« Bruder Konrad zog schuldbewusst den Kopf ein. »Ich wollte es zuerst dem Novizenmeister zeigen, weil ich glaubte, dass es von einem der Novizen stammen könnte, aber ich habe es dann vergessen.«

»Könnt Ihr Euch einen Reim darauf machen, Bruder Adrian?«

Der Abt reichte das Pergament Adriana. Sie bat einen der Knechte herbei und musterte das seltsame Schriftstück eingehend im hellen Licht der Lampe. Als sie die Schriftzeichen am Ende bemerkte, fühlte sie ihr Herz schneller schlagen. Schlagartig kehrte die Erinnerung an jene kalte Februarnacht zurück, in der Albert ihr die Argumente nahegebracht hatte, die die Grundlage seiner gegen die Trinitätslehre gerichteten Überzeugung bildeten.

Er hatte ein griechisches Wort auf einen Pergamentbogen geschrieben, dasselbe Wort, das der Mörder des Armarius in dessen Stirn geritzt hatte: *ὁμοούσιος*, und sie aufgefordert, es zu lesen und zu übersetzen.

»*Homoousios* – wesensgleich«, hatte sie erwidert.

Dann hatte Albert ein weiteres Wort auf den Bogen geschrieben: *ὁμοιούσιος*. »Und nun lies dieses und erkläre mir den Unterschied!«

»*Homoiousios* – wesensähnlich.« Dann hatte sie ergänzt: »Den Unterschied macht das Iota hinter dem Omikron.«

»So ist es. Um diesen winzigen und dennoch alles entscheidenden Unterschied ging es bei dem Konzil zu Nizäa. Ist der

Sohn als wesensgleich mit dem Vater anzusehen, oder ist er ihm nur wesensähnlich?«

Adriana hob den Blick. »Das ist Griechisch, ehrwürdiger Vater«, wandte sie sich mit belegter Stimme an den Abt und spürte ein mulmiges Gefühl in ihr hochsteigen. War das etwa eine an sie gerichtete verschlüsselte Botschaft? Eine Bekräftigung, ein Credo im Sinne von: Die Lehre der Trinität ist unantastbar. Hüte dich, nach dem Testament des Athanasius zu forschen! Immerhin war der Armarius, der ihr versprochen hatte, das Dokument zu besorgen, jetzt tot. Von wem also stammte die Botschaft? Wer konnte wissen, dass sie …?

Adriana musterte verstohlen die Mönche, die im Halbkreis um sie herumstanden. Dunkle Gestalten, die im zuckenden Schein der Fackeln alle gleich aussahen. War der Verfasser der Botschaft unter ihnen?

»Nun?«, unterbrach der Abt ihre Gedankengänge. Er wirkte ungeduldig.

»›Aus dem Chaos erhebt sich die rächende Hand, und das Rad des Lebens steht still‹. Diese Formulierung könnte ein Hinweis darauf sein, an welchem Ort der Mörder uns sein Opfer präsentieren würde, ehrwürdiger Vater. Seht Euch hier um. Das vollkommene Chaos. Und dann dieses Wagenrad. Mit der ›rächenden Hand‹ will der Täter uns sagen, dass er aus Rache tötete. Das Sprichwort auf Latein stellt offenbar eine Botschaft an das Opfer dar. ›*Parati estote* – Seid bereit‹. Vermutlich sieht er sich als Vollstrecker Gottes, wie der zweite Satz offenbart: ›*Instrumentum Dei* – Das Instrument Gottes‹.«

»Der HERR sei uns gnädig«, flüsterte der Abt. »Und dieses griechische Gekritzel? Was bedeutet das?«

Es kostete sie Überwindung, ihm das Wort zu übersetzen.

»Es lautet *homoousios*, Eure Erhabenheit. Übersetzt bedeutet es: wesensgleich.«

»Wesensgleich«, wiederholte der Abt und schüttelte den Kopf. »Seltsam! Und was will er uns damit sagen?«

»Wenn Ihr es nicht wisst, wie sollte ich es wissen, hochwürdigster Abt«, entgegnete sie.

Abt Florian runzelte unwillig die Stirn. Dann nickte er. »Ihr habt recht. Noch ist es ein Mysterium. Aber wir werden nach dem Mörder suchen.« Die Schwurfinger seiner Rechten fuhren wütend nach oben. »Und, bei Gott, wir werden ihn finden. Das schwöre ich.«

Adriana nahm dem Knecht die Lampe aus der Hand und ging in die Hocke, um sich des Armarius sterbliche Überreste genauer anzusehen. Dabei versuchte sie die Beklemmung zu unterdrücken, die sowohl der gebrochene Blick des Toten als auch der penetrante Blutgeruch in ihr auslösen wollten.

Dann aber stutzte sie. Unter Bruder Markwards Haupt schien etwas zu liegen, was dort eindeutig nicht hingehörte. Gleich darauf hielt sie ein blutverschmiertes, mit einer dünnen Schnur zusammengebundenes Leinensäckchen in den Händen.

»Hier, seht! Noch etwas Seltsames!«, sagte sie in sprödem Ton und präsentierte dem Abt das Fundstück, das dieser mit distanzierter Abscheu beäugte.

»Wollt Ihr es öffnen?«

Erschrocken fuhr der Abt zurück. »Gott bewahre! Ich? Nein! Wenn Ihr es tun wolltet, wäre ich Euch sehr verbunden.«

Unter den gleichermaßen entsetzten wie neugierigen Blicken der Umstehenden öffnete Adriana das Säckchen – und zog den abgetrennten Arm einer hölzernen Puppe heraus.

»Ist das alles?«, presste der Abt mit heiserer Stimme hervor. Adriana nickte. »Ja.«

»Seltsam. Wer tut so etwas und warum?«

Adriana sah ihn nachdenklich an. »Das kann ich Euch auch nicht sagen. Hatte der Armarius Feinde, Eure Erhabenheit?«

Noch während der Abt sie indigniert musterte, wurde Adriana bewusst, dass sie soeben eine Frage gestellt hatte, die ihr eigentlich nicht zustand. Gleichzeitig schien ihr, als ob Bruder Hartwig, der Subprior, plötzlich zusammengezuckt wäre.

»Verzeiht meine Frage, hochwürdigster Abt; ich möchte nicht indiskret sein, aber bevor wir hierherkamen, batet Ihr mich, ich möge mich zur Verfügung stellen, um einen Beitrag zur Aufklärung dieser entsetzlichen Angelegenheit zu leisten.« Während Adriana sich um eine Erklärung bemühte, warf sie aus den Augenwinkeln einen Blick auf den Subprior, der einen Schritt zurückgetreten war und zu Boden sah, als wollte er sich außer Reichweite des Lichtscheins bringen, den die Öllampen verbreiteten. Er hielt die Hand vor den Mund und tat so, als müsste er husten.

»Schon gut.« Im nachdenklich lauernden Blick des Abtes lag eine gewisse Gerissenheit. »Ich würde mich mit Euch gerne unter vier Augen beraten.«

Sie traten zur Seite, weg von der Gruppe der anderen, die um den Leichnam herumstanden.

»Was haltet Ihr davon, verehrter Bruder Adrian, Euch der Aufklärung dieser Sache anzunehmen?«, flüsterte er. »Ihr würdet mir damit einen außerordentlich großen Gefallen erweisen. Ich halte viel von Euren Fähigkeiten.«

Auf Adrianas Gesicht zeichnete sich maßlose Verblüffung ab. »Meint Ihr das im Ernst? Ist das nicht Sache des Stadtrichters oder des landesherrlichen Pflegers zu Steyr?«

Der Abt sah sie mit zusammengekniffenem Mund an. »Glaubt mir, Bruder, es gibt Gründe, warum ich Euch darum bitte. Wenn Ihr die Güte haben würdet, mich morgen gleich nach der Prim im Abthaus aufzusuchen. Dort lässt sich die Angelegenheit umfassend und mit der nötigen Ruhe besprechen.«

»Wie Ihr es wünscht, Eure Erhabenheit«, murmelte Adriana und verbeugte sich.

»Bruder Hartwig«, wandte sich der Abt an den Subprior, der mit verkniffenem Mund dastand, »kümmere dich heute noch in angemessener Weise um den Leichnam unseres Bruders. Er soll vorläufig in der Seitenkapelle aufgebahrt werden. Und nun lasst uns gehen.«

In dieser Nacht floh Adriana der Schlaf. Die Ereignisse des Tages waberten in ihrer Seele, und tausend Fragen kreisten ihr im Kopf herum. Der Armarius: Hatte er seinen Tod selbst heraufbeschworen, indem er ihr in jener regengeschwängerten Nacht vor zwei Tagen die Existenz eines Verstecks offenbart hatte? Wenn ja, drohte ihr zweifelsohne ebenfalls Gefahr. Vor wem aber hatte sie sich dann in Acht zu nehmen? Wer, außer dem Armarius, besaß noch Kenntnis von dem Ort, an dem jene alte in Griechisch verfasste Handschrift ruhte, die ein Inquisitor namens Heinrich von Olmütz vor mehr als zwanzig Jahren verstecken ließ?

Der Subprior, Bruder Hartwig!

Wie von der Tarantel gestochen, fuhr Adriana von ihrer Bettstatt hoch. Hatte er sich im Schuppen, als sie um des Armarius Leiche herumstanden, nicht äußerst seltsam benommen? Als sie dem Abt die Frage gestellt hatte, ob er Feinde besitze – eine Frage, die er ihr nicht beantwortet hatte –, war er da nicht hastig aus dem Schein der Lampe herausgetreten, eine spontane Reaktion, wie sie nur der zeigt, der fürchtet, sich durch äußerliche Regungen zu verraten? Wenn es so war – was verbarg er?

Welche Rolle spielte der Abt selbst in dem ganzen rätselhaften Geschehen? Spielte er überhaupt eine Rolle? *Glaubt mir, Bruder, es gibt Gründe, warum ich Euch darum bitte*, hatte er ihr versichert, als er sie aufforderte, sich der Ermittlungen anzunehmen, die eigentlich in die Hände des Stadtrichters zu Steyr gehörten. Eines war klar: Der Bitte des Abtes stattzugeben, bedeutete, in ein dunkles Labyrinth voller Ungewissheit und Gefahren einzudringen. Schon allein der Gedanke daran ließ sie schaudern. Andererseits: Sollte sie seinem Wunsch nicht allein schon deswegen entsprechen, weil die Untersuchungen die Möglichkeit boten, an jenes dubiose Versteck heranzukommen, das vielleicht das Testament des Athanasius barg?

Sie würde sehen. Schlaf endlich, ermahnte sie sich.

BLUTACKER

TAG 9
Mittwoch, 17. Juni Anno Domini 1405

Kapitel 14
Vor Matutin

Mitternacht war längst vorüber, doch an Schlaf war nicht zu denken. Adriana erhob sich vom Lager und trat ans Fenster. Draußen herrschte völlige Stille, alles schlief. Aufgrund der außergewöhnlichen Umstände hatte der Abt angeordnet, die nächste Hore, die Matutin, ausfallen zu lassen, der nächste Gottesdienst stand erst zu Laudes an. Einsam und verlassen präsentierte sich der von den Arkaden des Kreuzgangs umgebene nachtgrüne Innenhof Adrianas Blick. Die hellen Säulen glänzten matt im Licht des abnehmenden Mondes.

Da, was war das? Für die Dauer eines Wimpernschlags glaubte Adriana einen sich bewegenden Schatten im Kreuzgang wahrgenommen zu haben. Direkt neben einer der mondbeschienenen Säulen der Ostgalerie. Dann erneut eine Bewegung. Ein Mönch schälte sich aus dem Schatten des Wandelgangs. Geduckt, den Kopf zwischen die Schultern gezogen, die Hände vor dem Unterleib verschränkt, wirkte er äußerst angespannt. Er blieb stehen, sah sich hastig nach allen

Seiten um und – war es Einbildung, oder verweilte sein Blick tatsächlich auf ihrem Zellenfenster?

Unvermittelt trat Adriana einen Schritt zurück. Gänsehaut kroch ihr über den Rücken, sie spürte, wie sich die Härchen auf ihren Armen aufstellten und ihr Puls sich beschleunigte.

Schlagartig schossen ihr die Worte des getöteten Armarius durch den Kopf. *In diesem Kloster sind eine ganze Reihe wissender Augenpaare auf Euch gerichtet, die genau beobachten, was Ihr tut.* Und wie in den vergangenen Nächten schwappte erneut eine Welle des Zweifelns und ein Gefühl des Verlorenseins über sie hinweg.

»Allmächtiger Gott im Himmel, steh mir bei«, stieß sie mit bebender Stimme hervor.

Mit gebührendem Abstand zum Fenster beobachtete Adriana den Mönch, in den plötzlich Bewegung kam. Er schürzte die Kutte – ziemlich hastig, wie ihr schien –, betrat den Kreuzganggarten und verschwand hinter einigen Büschen. Als er kurz darauf wieder auftauchte, war von der Anspannung, die Adriana an ihm glaubte beobachtet zu haben, nichts mehr zu sehen. An seiner Kutte herumnestelnd bewegte er sich ohne jede Hast auf den Kreuzgang zu und verschwand schließlich im Dunkel.

Da fiel es Adriana wie Schuppen von den Augen, und sie lachte erleichtert auf. Der Mönch hatte sein kleines Geschäft hinter den Büschen verrichtet. Es war einfacher, als die Latrinen aufzusuchen, die an den Ostflügel des Konventsgebäudes anschlossen, in dem das Dormitorium untergebracht war. Bruder Bertram hatte ihr bei einer Gelegenheit mit mokantem Unterton erzählt, dass insbesondere die älteren Mönche bevorzugt den Kreuzganggarten des Nachts »bewässerten«.

Adriana beschloss, es noch mal mit Schlafen zu versuchen – ein vergebliches Unterfangen, die Ereignisse der vergangenen Stunden holten sie immer wieder ein und ließen sie einfach nicht zur Ruhe kommen.
Er soll vorläufig in der Seitenkapelle aufgebahrt werden.
Es waren vor allem diese Worte des Abtes, die regelrecht in ihr rumorten. Der Gedanke, der ihr jählings durch den Kopf schoss, ließ sie erschauern – ein äußerst gewagter Gedanke. Doch je mehr sie ihn zu verscheuchen suchte, desto mehr verfestigte er sich.

Kurze Zeit später verließ sie klopfenden Herzens ihre Zelle und huschte durch den Kreuzgang Richtung Abteikirche. Sie lief barfuß, um zu vermeiden, dass das Klatschen der Sandalen sie verriet.

Bei der Kirche angelangt, öffnete sie eine der beiden Türen, die zur Nordgalerie hin lagen, einen Spaltbreit und drang in den Kirchenraum ein. Im Mittelschiff angekommen, holte sie Blendlaterne und Feuerzeugbeutel, die sie unter der Kutte verborgen gehalten hatte, hervor und machte Licht. Der Schein der Lampe verlor sich im Dunkel des Kirchenschiffs, das sie schier zu erdrücken drohte. Ungeachtet des Schauderns, das sie befiel, lief sie weiter und hatte bald die im südlichen Querhaus gelegene Seitenkapelle erreicht. Kaum dass sie die Tür, die dumpf in den Angeln knarrte, aufgezogen hatte, sah sie ihn auch schon. Der Armarius ruhte in einem offenen Sarg auf einem hölzernen Gestell. Adriana trat näher. Links und rechts des Sarges brannte jeweils eine Kerze. Offenbar hatte man den Leichnam, bald nachdem er geborgen worden war, gewaschen und aufgebahrt. Ob es überhaupt noch sinnvoll war, ihn sich näher anzusehen?

Adriana nahm ihren ganzen Mut zusammen. Ihre Hände zitterten, als sie die Laterne abstellte und den Leichnam vorsichtig zu untersuchen begann. Behutsam drehte sie ihn auf die Seite, griff unter seine Kutte, tastete seinen Körper ab, fand jedoch nichts.

Dann aber, als sie den Toten wieder zurück in die Rückenlage drehen wollte, stieß sie überraschend auf etwas Festes im Saum seiner Kutte. Beim genaueren Hinsehen bemerkte sie, dass die Saumnaht an einer Stelle aufgetrennt war und der Saum hier eine Art Tasche bildete. Hastig griff sie hinein – und spürte, wie ihr Herz wild zu hämmern begann. Sie förderte das Fragment eines Pergamentbogens zutage, auf dem eine Zeichnung zu sehen war. Der obere Teil war abgerissen worden. Die unregelmäßig gezackte Abrisskante ließ den Schluss zu, dass dies unabsichtlich geschehen war.

Sie sah sich die Zeichnung genauer an und spürte, wie sich ihr Pulsschlag noch weiter beschleunigte. Sie erkannte fünf Quadrate, angeordnet in Kreuzform, in jedem der vier äußeren ein griechischer Buchstabe, das innere war leer.

Zusammen und richtig gelesen ergaben sie das griechische Wort ὅμοι – *homoi*.

Adriana kannte die Signatur. Der Mönch aus Oybin, der gemäß den Nachforschungen Albert von Kantens vor zwanzig Jahren nach Ennswalden aufgebrochen war, hatte sie für seine Aufzeichnungen benutzt. Auch auf der von ihm verfassten Notiz, die sich in Alberts Besitz befand, war sie zu sehen gewesen. Wenn auch nur verwischt und rudimentär.

Wie war der Armarius zu der Zeichnung gekommen? Ein Schauer rieselte über Adrianas Rücken, als sie die wahrscheinlich einzig mögliche Antwort erwog. Seine Worte fielen ihr ein: *Wenn Euch Euer Leben lieb ist, fragt nie wieder nach ihm!* Sie solle aufhören, die Schimären der Vergangenheit heraufzubeschwören, hatte er gesagt.

Hastig faltete sie das Pergament wieder zusammen und steckte es unter ihre Kutte. Sie fröstelte.

Ein Rascheln. Adriana fuhr zusammen, unwillkürlich duckte sie sich hinter den aufgebahrten Sarg und hielt den Atem an. Doch es war nur eine Maus, die ängstlich fiepend vorbeihuschte. Adriana atmete auf. Kurz vergewisserte sie sich, dass der Leichnam so lag, wie sie ihn im Sarg vorgefunden hatte, dann verließ sie mit hastigen Schritten die Kapelle. Es war Zeit, in ihre Zelle zurückzukehren.

Kapitel 15
Nach Terz

In Begleitung Bruder Bertrams betrat Adriana das Abthaus. Sie fühlte sich wie gerädert. Noch bis vor wenigen Stunden war sie sich nicht sicher gewesen, ob sie dem Ansinnen des Abtes, in der Mordsache zu ermitteln, überhaupt stattgeben sollte. War der Mord an dem Armarius tatsächlich eine an sie gerichtete Warnung – würde sie den Mörder dann nicht umso mehr herausfordern, wenn dieser den Eindruck gewann, dass sie sich an seine Fersen heftete? Dass sie die Konfrontation mit ihm suchte? Dann aber, am frühen Morgen, als die ersten Strahlen der Sonne sie geweckt hatten, waren ihre Zweifel gewichen. Vielleicht barg der Vertrauensbeweis des Abtes – denn als solches sah sie seine Bitte an – ja zusätzliche Möglichkeiten, um nach der verschollenen griechischen Handschrift zu forschen.

Die Stiegen knarrten unter ihren Füßen, als sie gemeinsam die Treppe zum Arbeitszimmer Abt Florians emporstiegen. Oben angekommen, bat Bruder Bertram Adriana, kurz zu warten, und verschwand hinter einer großen Eichentür. Gleich darauf öffnete sie sich wieder, und der Mönch bedeutete ihr einzutreten, während er selbst sich diskret zurückzog.

»*Deus tecum*, Euer Hochwürden«, grüßte Adriana mit einer knappen Verneigung des Hauptes.

»Ah, da seid Ihr ja, verehrter *doctor*. *Deus tecum*«, erwiderte der Abt den Gruß und erhob sich ächzend hinter seinem Schreibpult. Adriana sah in ein blasses, erschöpftes Gesicht, dessen Züge nichtsdestotrotz eine unruhige Spannung verrieten.

Er kam unverzüglich zur Sache. »Was mein Anliegen angeht, nehme ich an, Ihr habt Euch entschieden. Kann ich auf Eure Unterstützung rechnen?«

»Ja, ich habe mich entschieden. Ihr habt mich gastfreundlich in Eurer Abtei aufgenommen und mir Eure ungeteilte Unterstützung bei meinen Forschungen zugesichert. Also werde auch ich Euch beistehen, wo immer Ihr meiner bedürft.«

Über die feiste Miene des Abtes glitt ein erleichtertes Lächeln. »Ich danke Euch, Bruder Adrian. Ihr glaubt gar nicht, wie froh ich darüber bin.«

»Ob der Stadtrichter zu Steyr auch so denkt? Eigentlich wäre er ja für die Untersuchungen zuständig.«

»Eigentlich schon, da habt Ihr recht. Aber es ist nicht gut, wenn der weltliche Arm der Gerechtigkeit in einem Kloster herumstochert. Zumal man uns in Steyr zurzeit nicht unbedingt wohlgesinnt ist. Hinzu kommt, dass Stadtrichter und Burggraf wieder einmal ihre Kräfte damit vergeuden, miteinander zu streiten, statt sich der notwendigen Amtsgeschäfte anzunehmen. Ich werde heute noch einen Kurier nach Passau senden, um dem Bischof die Kunde von dem schrecklichen Geschehen zu überbringen. Gleichzeitig werde ich ihm mitteilen, dass wir durchaus selbst in der Lage sind, die Dinge aufzuklären. Ich werde ihn bitten, er möge seinen Einfluss beim Landesherrn geltend machen, um den Stadtrichter aus der Sache herauszuhalten, sollte das Verbrechen dort ruchbar werden, was der HERR verhindern möge. Der Bischof verfügt über sehr gute Kontakte nach Wien.«

Daher also weht der Wind, schoss es Adriana durch den Sinn, und unwillkürlich fragte sie sich, ob der Abt etwas zu verbergen hatte, was besser nicht nach außen dringen sollte.

»Gestattet mir in diesem Zusammenhang noch eine dringende Bitte zu äußern, Eure Erhabenheit«, bat Adriana.

»Sprecht!«

»Die Untersuchung wird nur dann erfolgreich sein, wenn man mir absolutes Vertrauen entgegenbringt. Ich bitte deshalb, Euch beim Konvent in diesem Sinne für mich zu verwenden. Es wird unumgänglich sein, Fragen zu stellen, die ... nun, sagen wir ... der eine oder andere als ... unangenehm empfindet. Dennoch bin ich darauf angewiesen, klare und wahrheitsgemäße Antworten zu bekommen – auch wenn diese für die Betreffenden peinlich sein mögen. Ich denke, Ihr wisst, was ich meine, ehrwürdiger Vater.«

Der Abt sah sie eine ganze Weile nachdenklich an.

»Natürlich weiß ich, was Ihr meint«, entgegnete er schließlich mit einem dünnen Lächeln. »Aber darüber macht Euch keine Gedanken. Ich werde dafür Sorge tragen, dass man Euch mit dem nötigen Respekt und der notwendigen Offenheit begegnet. Allerdings«, er hielt kurz inne, als suchte er nach geeigneten Worten, »allerdings bitte ich Euch, gewisse ... sagen wir ... menschliche Schwächen – so Ihr davon erfahren solltet – diskret zu behandeln und sie nicht überzubewerten. Wie sagt doch die Heilige Schrift im Buch *Ecclesiastes*: ›*haec quoque vidi in diebus vanitatis meae iustus perit in iustitia sua et impius multo vivit tempore in malitia sua* – Sei nicht allzu gerecht und nicht allzu weise, damit du dich nicht zugrunde richtest.‹ Im Übrigen sind es gerade diese ... delikaten Angelegenheiten, weshalb ich Euch und nicht den Stadtrichter mit den Untersuchungen beauftragt sehen möchte.«

Adriana verschlug es ob dieser unverblümten Offenheit fast die Sprache. »Aber, Eure Erhabenheit, was ist, wenn sich herausstellen sollte, dass gerade diese ... ›delikaten Angelegenheiten‹ den Schlüssel zu dem furchtbaren Verbrechen bilden? Wie sollte das diskret behandelt werden können?«

»Nun, Ihr werdet mir regelmäßig über die Ergebnisse Eurer Nachforschungen Bericht erstatten«, entgegnete der Abt leicht verschnupft. »Wie sie zu bewerten sind und was zu geschehen hat, werde ich entscheiden. Und außerdem sollten wir nicht über Dinge räsonieren, die momentan nicht von Bedeutung sind, findet Ihr nicht auch?«

Sie nahm ihn fest in den Blick. »Verzeiht, ehrwürdiger Vater, ich will Euch nicht verärgern. Aber ich denke, da es um Mord geht, sollte man alles in Erwägung ziehen dürfen, was auch nur andeutungsweise mit einem Motiv zu tun haben könnte. Nur so kommen wir weiter. Darf ich diesbezügliche Fragen gar nicht erst stellen, sehe ich mich außerstande, Euch bei der Aufklärung zu helfen.«

Ächzend ließ sich Florian auf einem der wuchtigen Stühle nieder, die den großen Tisch in der Mitte des Raumes flankierten.

»Ihr habt ja recht, ich verstehe Eure Argumente.« Er seufzte, und ein Schatten legte sich auf sein Gesicht. »Ihr sollt Eure Fragen selbstredend stellen dürfen, schließlich muss die Tat aufgeklärt und der Täter gefasst werden. Wie sollen wir den inneren Frieden, den der HERR seinen Dienern gewährt, bewahren, wenn der äußere gefährdet ist. Aber versteht auch mich. Ich will offen zu Euch sein. Lasst es mich so erklären: Die Regel unseres Ordensgründers ist in vielen Dingen überholt. Die Zeiten ändern sich. Und auch ein Abt muss mit der Zeit gehen, was es erforderlich macht, eine bestimmte ... Milde walten zu lassen. Besonders«, der Abt sah zur Decke und hob ergeben die Arme, »was die Schwächen und Fehler der Menschen angeht. Wie ich schon sagte: Man muss sie nicht überbetonen, und noch weniger muss man sie vor jedermann ausbreiten.«

Adriana hob die Hand vors Gesicht, um den spöttischen Zug zu verbergen, der unwillkürlich über ihre Miene huschte. In den Tagen, die sie nun im Kloster weilte, hatte sie in der Tat einiges von des Abtes Milde mitbekommen. Und auch so manches von den »Fehlern und Schwächen der Menschen«, denen er überaus großes Verständnis entgegenbrachte. Abgesehen vom Armarius, der sie ständig mit einer bedrohlich lüsternen Glut in den Augen gemustert hatte, gab es noch zwei weitere, die ein sündiges Gefallen an »Bruder Adrian« zu finden schienen. Einen jüngeren, außerordentlich musikalischen und mit einer glockenklaren Stimme ausgestatteten Mönch namens Andreas. Und einen älteren, Bruder Zacharias, Rubrikator im Skriptorium der Abtei. Zwar sprachen auch die Blicke dieser beiden gelegentlich Bände, doch auf eine Weise, die sie nie als zudringlich empfand. Sie wahrten Abstand und verhielten sich ihr gegenüber sehr zuvorkommend. Vor ihnen brauchte sie sich nicht zu fürchten.

Bruder Andreas' Nähe empfand sie sogar als außerordentlich angenehm, verbreitete er doch das, was sie hier im Kloster am meisten vermisste: menschliche Wärme sowie ein gewisses Maß an Humor. Was sie ebenfalls schätzte, war seine Hilfsbereitschaft. Nicht nur einmal war er ihr, gerade in den ersten Tagen, dabei behilflich gewesen, sich in Ennswalden zurechtzufinden.

Was die Milde des Abtes anging, war diese mit der stillschweigenden Duldung solcher – wie Albert von Kanten zu sagen pflegte – »wider die Natur gerichteten Neigungen« nicht erschöpft. So mancher der zum Konvent Gehörenden pflegte der Fleischeslust nämlich auch auf herkömmlicher Weise zu frönen. Was sich mithilfe einiger Hübschlerinnen, die in ihrem Haus in Steyr ein gutes Auskommen fanden, leicht bewerkstelligen ließ. Natürlich geschah auch dies nur unter der Hand. So zumindest hatte Bruder Bertram Adriana berichtet, und sie hatte keinen Grund, an dieser Darstellung zu zweifeln. Überhaupt spiegelte die Abtei im Kleinen jenen Zustand wider, wie er im Großen der römischen Kirche zu eigen war. Warum sollte es auch bei den Kindern gesitteter zugehen als bei der Mutter? Einerseits geißelte man in scharfen Worten die Seuche der Unzucht und definierte jedes Detail davon akribisch genau in den Bußbüchern. Andererseits grassierte diese nicht nur in so manchem Kloster, sondern auch in den Palästen des hohen Klerus, und dies in einer Weise, dass sogar dem Teufel in der Hölle davon heiß werden mochte.

»Ich sehe, Ihr denkt nach? Worüber?«

Adriana zuckte zusammen. »Ja, ja ... Ich denke nach. Über

die … Milde, die Ihr bekunden müsst. Und was sie für die Abtei bedeutet.«

»Oh, ich sehe, Ihr versteht meine Situation, das freut mich«, entgegnete der Abt, der Adrianas Feststellung falsch interpretierte, selbstgefällig. »Ich denke – und ich sage dies in aller Bescheidenheit –, dass sie unserem Konvent bisher sehr nützlich war. Und ich bin sicher, dass unser heiliger Ordensgründer, würde er heute unter uns weilen, meine Einschätzung teilen würde, gilt es doch, die Klöster zu stärken. Seht Euch im Reich um: Viele unserer Gemeinschaften liegen danieder, so mancher Konvent ist erbärmlich geschrumpft. Die Freude an der monastischen Tradition kann in Zeiten wie diesen nur durch ein größtmögliches Maß an Verständnis und Entgegenkommen sowie Milde gewährleistet werden.«

Ja, und dadurch, dass man hehre Grundsätze einer doppelzüngigen Moral opfert, dachte Adriana und mühte sich, den sarkastischen Kommentar, der ihr auf der Zunge lag, zu unterdrücken.

Sie wechselte das Thema. »Eine Auskunft erbitte ich noch, Eure Erhabenheit. Glaubt Ihr, dass der Armarius Feinde besaß?«

Der Abt wiegte das Haupt. »Ich wüsste nicht, welche … *Feinde* unser Bruder gehabt haben könnte. Zumindest nicht im Kloster und schon gar nicht im Innern des Konvents. Ich persönlich glaube nicht, dass der Täter innerhalb der Klostermauern zu suchen ist. Vielleicht solltet Ihr Eure Aufmerksamkeit auf diejenigen richten, die in der Abtei regelmäßig ein und aus gehen. Bruder Firmin, unser Pförtner, könnte Euch diesbezüglich eine Hilfe sein.«

»Heißt das, dass Ihr Euch vorstellen könnt, dass er *außerhalb* Feinde besaß?«, bohrte Adriana weiter.

Dar Abt zuckte hilflos mit den Schultern. »Zumindest halte ich diese Theorie für wahrscheinlicher. Schon allein, weil ... nun ja, sagen wir, weil einige der Grundholden, die der Abtei verpflichtet sind, die Meinung vertreten, dass wir zu viele Abgaben von ihnen verlangen«, fuhr er zögernd fort. »Aber der HERR weiß, dass dies böse Unterstellungen sind«, beeilte er sich hinzuzufügen.

»In diesem Fall müsste der Hass aber sehr groß sein. Und würde es dann nicht eher den Cellerar als Verwalter treffen als den Bibliothekar?«

»Was, wenn der Hass auf den Konvent so groß ist, dass der Mörder keinen Unterschied zwischen den Amtsträgern macht?«

»Habt Ihr konkrete Hinweise auf eine Person, die sich so sehr geschädigt fühlt, dass sie deswegen töten würde?«

Der Abt schüttelte das Haupt. »Das nun auch wieder nicht«, erwiderte er zögernd und erhob sich aus seinem Stuhl.

»Gibt es Dinge in der Vergangenheit des Armarius, die Ihr als ungewöhnlich einstufen würdet?«

Er stützte sich mit den Handknöcheln auf den Tisch und sah sie aus zusammengekniffenen Augen an. »Nicht dass ich wüsste. Warum fragt Ihr?«

»Nun, wie ich schon gestern sagte, spricht alles für einen Racheakt. Also muss es etwas geben, wofür sich der Mörder an dem Armarius rächen wollte. Vielleicht liegt das Motiv irgendwo in seiner Vergangenheit verborgen.«

»Ah ja, ich verstehe.« Der Abt legte die Stirn in Falten und sah nachdenklich vor sich hin.

»Diese Bemerkung über das ›Rad des Lebens‹ und dieses lateinische Sprichwort: Sind sie Euch schon einmal in irgendeinem anderen Zusammenhang begegnet?«

»Nein. Ich kann mit nichts von dem, was auf diesen seltsamen Pergamenten steht, etwas anfangen.«

»Auch nicht mit diesem griechischen Wort? *Homoousios*?«

»Nein. Könnten wir es vielleicht mit einem Verrückten zu tun haben? Einem Wahnsinnigen mit einem Hang zu morbider Poesie?«

Adriana zuckte die Schultern. »Fällt Euch jemand ein, auf den das zutreffen könnte?«

Erneut schüttelte Abt Florian den Kopf. »Nein, nicht im Entferntesten. Aber wie gesagt, vielleicht war es ja ein völlig Fremder.«

»Der Konvent zählt achtundzwanzig Mönche«, resümierte Adriana nachdenklich. »Wenn ich Euch recht verstehe, hatte der Armarius also mit niemandem Streit. Keiner der Konventualen hasste ihn oder neidete ihm etwas, richtig?«

»Alles richtig«, bestätigte er, »bis auf eines: Der Konvent zählt neunundzwanzig Mönche.«

Adriana sah ihn verblüfft an. »Neunundzwanzig? Ich kenne und sehe aber immer nur achtundzwanzig.«

»Ihr kennt Bruder Rochus noch nicht. Ihr könnt ihn nicht kennen. Ich habe ihn vor sechs Wochen ins Infirmarium geschickt; seitdem hat er es nicht mehr verlassen. Er ist sehr alt, er zählt bereits siebenundachtzig Jahre. Eine Tatsache, die man ihm allerdings nicht ansieht. Er sieht gut aus und ist eigentlich für sein Alter rüstig.«

Auf der Miene Adrianas zeichnete sich Befremden ab. »So? Weshalb befindet er sich dann auf der Krankenstation?«

»Nun, Bruder Rochus ist seit vielen Jahren etwas verwirrt. Hin und wieder verfällt er in einen Anfall von Starre, und Schaum tritt ihm vor den Mund. Normalerweise traten diese Anfälle in längeren Abständen auf, aber zuletzt folgten sie kurz aufeinander, sodass ich vor sechs Wochen beschloss, ihn auf die Station bringen zu lassen. Die Anfälle kommen seitdem jeden Tag. Zwar erholt er sich immer recht schnell davon, aber es ist besser, ihn ständig im Auge zu behalten. Zumal er des Öfteren wirres Zeug redet.«

Adriana nickte nachdenklich, um gleich darauf mit ihrer Befragung fortzufahren. »Verzeiht, hochwürdigster Abt, aber ich muss diese Frage einfach stellen: Wenn der Täter nun doch aus dem Konvent kommen sollte – wem würdet Ihr am ehesten eine solche Tat zutrauen?«

Der Abt sah sie fast empört an. »Welche Frage! Ich sagte es doch schon: Es gibt niemanden, dem ich es zutraue!«

»Wie steht es mit den Konversen und anderen Bediensteten der Abtei? Welches Verhältnis hatte der Armarius zu ihnen?«, bohrte Adriana unbeirrt weiter.

»Ein normales, wie jeder andere Konventuale auch. Ich kann mich nicht entsinnen, dass es jemals Spannungen zwischen ihm und ihnen gegeben hätte. Ich wiederhole es noch einmal: Ich bin davon überzeugt, dass es jemand von außerhalb gewesen sein muss.«

»So? Weshalb? Was macht Euch so sicher? Denkt daran, dass der Mörder ein gutes Latein beherrscht.«

»Weshalb, weshalb! Ihr könnt vielleicht Fragen stellen!«, blaffte der Abt plötzlich und schlug mit der Faust auf den Tisch. »Bedenkt doch: Tag für Tag kommen und gehen unzählige Personen in diese Abtei. Bauern, Handwerker, Kaufleute, Menschen aus der benachbarten Stadt und eine große Anzahl Gäste. Darunter auch Personen, die durchaus des Lateinischen mächtig sind. Vielleicht haben wir es mit einem Verrückten zu tun, wie ich schon sagte. Der in einem Anfall von Wahnsinn getötet hat und längst über alle Berge ist.« Er starrte sie grimmig an. »Ja, ich glaube, so war es. Ihr hackt zu sehr auf meiner Abtei herum. Stellt unverschämte Fragen und verdächtigt diejenigen, die seit vielen Jahren ihre heilige Pflicht für den HERRN tun!« Erneut hieb die Faust des Abtes auf die Tischplatte. Heftig nach Luft japsend ließ er sich wieder auf den hinter ihm befindlichen Stuhl fallen; rote Flecken begannen sich auf seinem feisten Gesicht auszubreiten.

Verblüfft starre Adriana den Abt an. War das noch dieselbe Person, die sie höflichst darum gebeten hatte, die Suche nach dem Mörder aufzunehmen? Der Mann widersprach sich. Wenn er davon überzeugt war, dass der Täter von außerhalb gekommen und vielleicht schon über alle Berge war, weshalb forderte er sie dann auf, den Mord an dem Armarius zu untersuchen?

Adriana trat nah an den Tisch heran. »Verzeiht, Eure Erhabenheit, aber eines sollten wir klarstellen«, entgegnete sie mit harter Stimme. »Ihr wart es, der mich bat, Untersuchungen in dieser entsetzlichen Angelegenheit anzustellen. Und gerade eben noch habt Ihr mir versichert, dass Ihr Verständnis aufbringt für meine Fragen. Wenn es Euch leidtut, mich um Hilfe gebeten zu haben, fühlt Euch so frei, es mir zu sagen. Ich beabsichtige nicht, mich Euch aufzudrängen. In diesem Fall solltet Ihr vielleicht doch den Stadtrichter herbitten. Erlaubt, dass ich mich entferne.«

Adriana wandte sich zum Gehen. Doch noch hatte sie die Tür nicht erreicht, als der Abt ihr nachrief: »Bruder Adrian!«

Adriana drehte sich um.

»Wartet, *doctor*!« Der Mönch eilte auf sie zu und nahm sie beim Arm. »Entschuldigt ... aber ... Aber ich bin nun einmal sehr erregt. Es ... Es tut mir leid, es war nicht so gemeint. Bitte bleibt! Ich brauche Eure Hilfe. Kommt, setzt Euch doch.«

Er zog sie zum Tisch und rückte einen Stuhl zurecht.

»Bitte verzeiht mein unwirsches Verhalten. Ich ... Ich bin einfach zu erregt«, wiederholte er sich. »Oftmals ist der Wunsch der Vater des Gedankens. Und so wünschte ich eben, es wäre ein Fremder, der die Tat begangen hat. So müsste man niemanden verdächtigen, der in der Abtei seinen Dienst tut. Allein, ich sehe, dass Ihr anders denkt, nicht wahr?« Der Abt war wie umgewandelt. Der unbeherrschte Zorn war einer geradezu kläglichen Verzweiflung gewichen. An den Gedanken, dass es nur ein Fremder war, der die Tat begangen hatte, schien er sich zu klammern wie ein Ertrinkender an einen Strohhalm.

Adriana beschloss, sich versöhnlich zu zeigen und ihm den Strohhalm hinzuhalten. »Nehmen wir an, Eure Theorie stimmt, hochwürdigster Abt, dann muss es jemand gewesen sein, der sich auf dem Gelände der Abtei sehr gut auskannte«, entgegnete sie ruhig und fuhr fort: »Nur er konnte schließlich von dem verfallenen Schuppen wissen. Dass er den Armarius dort erwartet und getötet hat, steht wohl außer Frage. Ebenso, dass er nicht ohne Vorsatz gehandelt hat. Das Ganze war ein Racheakt, wie die Botschaften beweisen. Das heißt, der Mord war im Voraus geplant. Der Täter kannte Bruder Markward. Aus einem uns noch unbekannten Grund wollte er sich an ihm rächen und hat ihn an den abgelegensten Ort gelockt, den es in dieser Abtei gibt, um ihn dort zu töten. Ich denke, Ihr stimmt mir zu?« Adriana hielt kurz inne.

»Aber ja, fahrt fort«, drängte sie der Abt, während sich ein Hoffnungsschimmer auf seinem Gesicht abzeichnete.

»Gehen wir also davon aus, dass der Täter tatsächlich jemand von außerhalb war, dann macht dies die Untersuchungen nicht gerade einfacher. Wen, konkret, soll man verdächtigen? Die Suche nach dem Mörder gleicht in diesem Fall der Suche nach der berühmten Nadel im Heuhaufen.«

Der Abt schwieg zunächst und starrte mit gefurchter Stirn auf die Tischplatte.

»Ihr habt recht«, räumte er schließlich seufzend ein. »Was also können wir tun? Die Nachricht von dem Mord wird sich in Windeseile herumsprechen. Sollte es nicht gelingen, die Sache schleunigst aufzuklären, gerät der Ruf der Abtei in Gefahr. Was ratet Ihr?«

»Ich denke, dass wir uns zunächst mit den Personen beschäftigen sollten, mit denen der Armarius in letzter Zeit Kontakt pflegte; vor allem mit solchen, mit denen er außerhalb des Klosters verkehrte. Es würde sicher auch nicht schaden, ein wenig in seiner Vergangenheit zu forschen.«

Florian nickte. »Ich erteile Euch hiermit sämtliche Vollmachten, dies zu tun. Wenn Ihr anderweitig Hilfe benötigt, sagt es mir. Ich werde Anweisung geben, Euch jederzeit zu mir vorzulassen, und den Konvent noch heute informieren, dass Ihr von mir beauftragt seid, die furchtbare Angelegenheit zu untersuchen. Ich gehe davon aus, dass Ihr unverzüglich mit den Befragungen beginnen werdet?«

Adriana schüttelte den Kopf. »Nein, Eure Erhabenheit, noch nicht. Lasst mich erst einmal beobachten, es scheint mir sinnvoll, die Untersuchungen vorerst *secreto* vorzunehmen. Ich lasse Euch wissen, wenn ich so weit bin, die Befragungen offiziell und in Eurem Namen durchzuführen. Vorerst sollte niemand davon wissen.«

Der Abt nickte und erhob sich. »Wie Ihr wollt, *doctor*. Nun aber verzeiht, ich habe noch einige Dokumente zu sichten, wie Ihr seht.« Er deutete auf seinen Schreibtisch, auf dem ein dicker Stapel Pergamente lag, und geleitete Adriana zur Tür.

»Ich weiß, dass Ihr alles tun werdet, die Sache aufzuklären, nicht wahr, Bruder Adrian?« Wieder glaubte Adriana, in seiner Stimme einen Anflug von Verzweiflung wahrzunehmen. »Ich habe es Euch versprochen, und ich werde mich an dieses Versprechen halten, Eure Erhabenheit«, erwiderte sie und verließ mit einem devoten Nicken den Raum.

Kapitel 16
Zwischen Sext und Non

Gleißendes Licht fiel durch die Butzenscheiben des Fensters über Adrianas Schreibplatz und überzog die auf einem großen Tisch ausgebreiteten Pergamentfragmente mit einem matten Glanz.

Glockenschläge verkündeten den baldigen Beginn der Sext. Leise seufzend legte Adriana die Feder beiseite, lehnte sich in ihrem Schreibstuhl zurück und wischte sich mit dem Kuttenärmel den Schweiß von der Stirn. Im Raum war es heiß und stickig. Deshalb erhob sie sich, ging zum Fenster und öffnete beide Flügel. Sie schaute zum Kreuzgang hinab und bemerkte, wie sich die Mönche in einer langen Reihe in die Kirche zum Gottesdienst begaben. Danach stand das Mittagsmahl an. Adriana wartete noch eine Weile, dann schloss sie das Fenster wieder und kehrte zum Tisch zurück. Fein säuberlich ordnete sie Schreibutensilien und Pergamente. Anschließend, nachdem sie den Stuhl ordentlich zurechtgerückt und noch einen letzten prüfenden Blick auf ihren Arbeitsplatz geworfen hatte, verließ sie die Bibliothek.

Es war an der Zeit, ihr Vorhaben auszuführen.

Drückende Schwüle schlug ihr entgegen, als sie aus dem Südflügel ins Freie hinaustrat, und erneut fuhr sie sich mit dem Ärmel über die Stirn. Sie hatte beschlossen, sich noch einmal gründlich den alten Schuppen anzusehen, in dem man die Leiche des Armarius entdeckt hatte.

Wie sonst war die Abtei von regem Leben erfüllt. Vom Osthof kommend, rumpelte ein Ochsenkarren an ihr vorüber; der Bauer, der sich mit den beiden Zugtieren abmühte, war derselbe, dem sie schon vor einigen Tagen begegnet war.

Adriana strebte zum südöstlichen Teil der Klosteranlage hinüber in Richtung Blutacker. Je näher sie ihrem Ziel kam, desto mehr verebbten die Geräusche, die vom Westhof herüberklangen.

Bei der Judasmauer angekommen, sah sich Adriana erst einmal um. Niemand zu sehen. Kein Mensch, kein Tier. Das gesamte Gelände wirkte mit einem Mal wie ausgestorben. Selbst die Vögel schienen Reißaus genommen zu haben.

Zögernd trat Adriana durch die halb verfallene Pforte in den verwaisten Hof. Obwohl von gleißendem Sonnenlicht erfüllt, lastete etwas bedrückend Morbides auf ihm, das sie beinahe körperlich berührte. Nicht einmal das Zirpen der Grillen, die im hohen Gras um die Wette musizierten, vermochte dem einsamen Ort Leben einzuhauchen. Wie in gläserner Starre verharrte der Platz in der Glut der Mittagssonne. Nur knapp über dem Boden tanzte die Luft in der flirrenden Hitze.

Rasch ging Adriana zum Schuppen hinüber. Vielleicht würden sich noch weitere Spuren finden lassen, die gestern unter dem unmittelbaren Eindruck des entsetzlichen Geschehens und des damit einhergehenden Durcheinanders verborgen geblieben waren.

Sie hatte sich dem Schuppen bereits ein gutes Stück genähert, als sie stutzte und stehen blieb. Zufällig war ihr Blick auf eine schwarz verkohlte Stelle zwischen zwei Steintrümmern gefallen. Hier hatte ein Feuer gebrannt. Erstaunt musterte sie ein Häufchen flockiger Asche, das dort lag. Sie bückte sich, griff hinein und zerbröselte ein wenig davon mit den Fingern. Sofort erkannte sie, dass die Asche nicht älter als einige wenige Tage war. Wenn überhaupt. Noch einmal griff sie hinein – und stutzte erneut. Mit spitzen Fingern zog sie einen mit wenigen Schriftzeichen beschriebenen Fetzen aus dem Aschehäufchen. Er mochte etwa zwei Fingerbreit im Quadrat messen und war an den Rändern angekohlt. Offenbar hatte irgendjemand ein Stück Pergament in Flammen aufgehen lassen, das jedoch, aus welchem Grund auch immer, nicht zur Gänze verbrannt war. Eigenartigerweise zeigte ein Teil des am Rand angekokelten Pergamentfetzens einen schwarzen Fleck, wobei es sich nicht um einen Brandfleck, sondern um Farbe handeln musste. In dem Fleck befand sich eine fragmentarische Zeichnung, die den hellen Untergrund des Pergaments durchschimmern ließ, ganz so, als ob der Zeichner die Zeichnung innerhalb der schwarzen Farbe ausgespart hätte. Zu sehen war die Spitze eines leicht gebogenen Dreiecks sowie der obere Teil eines Rings, außerdem vier krakelige strahlenartige Linien, die von irgendeinem Mittelpunkt ausgingen, der auf dem abgetrennten unteren Teil des Pergamentes vorhanden gewesen sein musste. Vermutlich enthielt das fehlende Teil vier weitere strahlenförmige Linien und den Rest des Motivs. Eventuell ein Sonnensymbol? Gleich darauf fand Adriana ihre Vermutung bestätigt. Ihr prüfender Blick hatte ganz oben auf dem Pergamentschnipsel das Fragment eines Wortes erfasst, das mit der Buchstabenfolge »nne« endete. Unwillkürlich ergänzte sie das Wort um die Buchstaben »So« zu »Sonne«.

Adriana steckte den Pergamentfetzen in einen Beutel, den sie unter dem Mönchsgewand um den Hals trug, und ging weiter. Beim Schuppen angekommen, verharrte sie, spürte, wie Furcht in ihr aufzuglimmen drohte. Entschlossen zog sie die schwere Tür auf, schlüpfte hinein und ließ die Tür hinter sich zufallen.

Dämmerung umfing sie, allerdings deutlich gemildert durch die hellen Sonnenstrahlen, die durch die Ritzen der Bohlen und die Löcher des verfallenen Daches fielen. So bedurfte es wenigstens keines künstlichen Lichtes, um den Schuppen zu inspizieren.

Ein Schwarm Schmeißfliegen stob aufgeregt summend empor, als Adriana, über das chaotische Gerümpel hinwegsteigend, den hinteren Teil erreichte, wo sie die Leiche vorgefunden hatten.

Das Rad. Dort lag es. Im Gegensatz zu gestern war seine Position deutlich verändert, was jedoch nicht weiter verwunderlich war. Um den Leichnam des Armarius bergen zu können, hatten die Knechte es zur Seite rücken müssen.

Adriana bückte sich und versuchte ihrerseits, das Rad etwas anzuheben. Es gelang ihr nur mühsam. Der Mörder, so er ein kräftiger Mann war, dürfte damit jedoch keine Probleme gehabt haben, stellte sie bei sich fest.

Sie ging kurz in die Hocke und musterte die Stelle, wo der Armarius gelegen hatte. Das Blut auf der mächtigen Steinplatte war eingetrocknet, ungeachtet dessen fanden die penetrant umherschwirrenden Schmeißfliegen dort immer noch Nahrung.

Adriana erhob sich wieder und sah sich weiter um. Aufmerksam tasteten ihre Augen die unmittelbare Umgebung ab.

Dabei streifte ihr Blick zum ersten Mal bewusst das herumliegende Gerümpel: mehrere verrottete Holzkisten, eine an der Wand lehnende Heugabel, deren hölzerne Spitzen abgebrochen waren, einen Stapel übereinanderliegender löchriger Säcke und den Stiel einer Axt, der am Boden lag. Eine ganze Menge verrosteter Eisenteile, darunter auch einige lange Nägel, ein Holzeimer, ein hüfthoher irdener Scherbenhaufen sowie ein ausgedienter Pflug vervollständigten das Tohuwabohu. Und natürlich die im ganzen Schuppen kreuz und quer herumliegenden Bretter, Bohlen und Schindeln. Ansonsten war da nichts. Nichts zumindest, was Aufschluss über das schreckliche Verbrechen hätte geben können, das hier geschehen war.

Enttäuscht von dem Ergebnis ihrer Suche, beschloss Adriana, den Rückweg anzutreten. Gerade wollte sie den Schuppen wieder verlassen, als ihr Blick durch eine breite Ritze in der Bretterwand fiel. Was sie sah, ließ sie mitten in der Bewegung innehalten. Über den von gleißender Helle erfüllten Hof schritt eine einsame Gestalt. Trotz der Hitze hatte sie die Kapuze weit nach vorne gezogen, sodass ihr Antlitz im Dunkeln blieb – eine gesichtslos durch das hohe Gras wandelnde Figur, dunkel wie der Schatten, den sie warf.

Adriana spürte ihr Herz bis zum Halse schlagen. Hastig ließ sie ihre Blicke durch den Schuppen schweifen auf der Suche nach einem Versteck. Sie fand es hinter einigen Brettern, die schräg an der Schuppenwand lehnten. Hinter die Bretter geduckt, versuchte sie die aufsteigende Panik in den Griff zu bekommen. Ruhe! Bewahre die Ruhe; reiß dich gefälligst zusammen, disziplinierte sie sich in Gedanken. Ihre Hand fuhr unter die Kutte und umfasste das Messer, das in ihrem Gürtel steckte. Wie bereits in der Nacht, in der sie den Armarius getroffen hatte, übte der kalte Stahl auch jetzt wieder eine beruhigende Wirkung auf sie aus.

Voll banger Spannung wartete sie darauf, dass die Schuppentür aufging und der Mönch hereintrat. Ohne auch nur die geringste Vorstellung zu besitzen, wie sie sich verhalten sollte. Ihn überraschen und mit gezücktem Messer hinter den Brettern hervorspringen? Sich weiterhin versteckt halten in der Hoffnung, nicht von ihm entdeckt zu werden? Oder sich ihm erkennen geben und so tun, als wäre es das Selbstverständlichste der Welt, dass sie sich hier im Schuppen aufhielt? Schließlich konnte sie sich auf den Auftrag des Abtes berufen, den Mord an dem Armarius aufzuklären.

Der Franziskaner kam näher, Adriana hielt den Atem an. Was, zum Henker, sollte sie tun? Dann aber enthob sie ein Blick durch eine Bretterritze der Antwort. Der Mönch schritt nah an dem Schuppen vorbei, schlug einen Haken nach rechts, ging zu dem verfallenen Stallgebäude und verschwand hinter den dort aufragenden Mauerresten.

Wer war der Mann, und was hatte er auf dem Gelände zu suchen? Adriana beschloss, die verfallenen Gebäudereste in Augenschein zu nehmen, sobald der Unbekannte den Blutacker wieder verlassen hatte. Allerdings wurde ihre Geduld auf eine harte Probe gestellt. Es dauerte geraume Zeit, bis der Franziskaner sich wieder blicken ließ, mit schnellen Schritten das verlassene Gelände querte und durch die Pforte in der Judasmauer verschwand. Was, zum Kuckuck, bargen die Überreste des alten Stalls, was die Aufmerksamkeit des Mannes die ganze Zeit über beansprucht hatte?

Sie wartete noch eine Weile, bevor sie den Schuppen verließ und zur Stallruine hinüberhastete. Dort sah sie sich einigen etwas mehr als mannshoch aufragenden Mauerresten gegenüber sowie einem Haufen Geröll und einer am Boden liegenden mächtigen Granitplatte. Teilweise überwuchert von Sträuchern, Büschen und dem Rankwerk diverser Kletterpflanzen. Ergänzt wurde das trostlose Durcheinander noch von ein paar herumliegenden morschen Balken und Brettern. Nachdenklich stieg sie über die Trümmer hinweg, stocherte in ein paar Mauernischen herum und suchte am Boden und an den vor sich hin modernden Wandresten nach irgendwelchen Hinweisen, die sie hätten weiterbringen können. Nichts!

Sie setzte sich auf einen der herumliegenden Steinbrocken und dachte nach. Bruder Bertram hatte ihr mitgeteilt, dass außer einigen Knechten, die hier hin und wieder unbrauchbares Zeug, insbesondere Geröll und Bauschutt, entsorgten, so gut wie niemand das schon seit Jahrzehnten brachliegende Gelände aufsuchte. Es gab einfach keinen schlüssigen Grund dafür. Was aber hatte der Mönch dann hier zu suchen gehabt?

Adriana erhob sich und klopfte den Staub von der Kutte. Ein entschlossener Zug grub sich um ihren Mund. Sie würde es herausbekommen. Denn sie war überzeugt, dass es zwischen dem Mord an dem Armarius und dem Mönch, den sie soeben beobachtet hatte, eine Verbindung gab. Geben musste! Das sagte ihr die Intuition. Und die hatte sie bisher nur selten im Stich gelassen.

Vorsichtig spähte Adriana um eine Mauerecke. Nach wie vor döste das verwahrloste Gelände in der Mittagshitze vor sich hin. Niemand zu sehen. Einsam und verlassen lag der Blutacker vor ihr. Erleichtert nickte sie; Zeit, endlich zu verschwinden.

BRUDER MATTHIAS

TAG 11
Freitag, 19. Juni Anno Domini 1405

Kapitel 17
Vor Vesper

Missgelaunt, mit verbissener Miene und Stufe um Stufe einen Fluch vom Stapel lassend, kämpfte sich Bruder Matthias die Treppe zum Kellergewölbe hinab. Mit der linken Hand hielt er sich an einem wackligen Geländer fest, in seiner rechten pendelte eine Unschlittlampe. Schon jetzt, bei dem steilen Abstieg, schnaufte er wie ein Zugochse. Für den Aufstieg würde er viermal so lange benötigen. Was nicht so sehr an seinem fortgeschrittenen Alter lag – es gab Mitbrüder, die älter als zweiundsechzig und agiler waren als er –, sondern an dem Schmerbauch, den er in Form einer mächtigen Kugel vor sich herschob. Im Lauf der Jahrzehnte hatte es der für den Weinkeller zuständige Vertreter des Cellerars zu einem beachtlichen Leibesumfang gebracht. Womit er einerseits der gängigen Vorstellung eines klösterlichen Kellermeisters entsprach – ein Amt, auf das er stolz war –, andererseits nicht umhin kam, die damit verbundenen Unannehmlichkeiten auf sich nehmen zu müssen. Im Gegensatz zu früher machten sie ihm in den letzten Monaten immer mehr zu schaffen. Doch all das war nichts im Vergleich zu den Sorgen, die neu hinzugekommen waren und ihm seit drei Tagen den Schlaf raubten – die Vorstellung, dass *sie* zurückgekehrt sein könnte. Anfangs hatte er den Gedanken weit von sich gewiesen. Doch je mehr er in den vergangenen Tagen über alles nachgedacht hatte, hatte sich das, was zuerst ein flüchtiger Gedanke gewesen war, zur Gewissheit verdichtet.

Er dachte an das nach Mitternacht anberaumte geheime Treffen, dem er in einigen Stunden beiwohnen würde. Beiwohnen *musste*. Und an den getöteten Bruder Markward, dessentwegen das Treffen stattfand. Drei Tage waren vergangen, seit man den Armarius in seinem Blut liegend gefunden hatte. Und noch immer steckte der Anblick, den er abgegeben hatte, Bruder Matthias in den Knochen wie ein mit Widerhaken versehener Pfeil in einer schwärenden Wunde. Er wusste, dass es den anderen drei genauso erging. Es konnte keinen Zweifel geben: Jenes zwanzig Jahre zurückliegende Geschehen stand im Begriff, sie einzuholen, um mit kapitaler Wucht ihr Leben zu zerstören. Ihr *aller* Leben! Und dass *sie* es war, die ihre Finger im Spiel hatte, konnte ebenfalls nicht bezweifelt werden. Auch dass dieser verdammte *doctor* aus Wien die Dinge ins Rollen gebracht hatte.

Ein Fiepen zu seinen Füßen. Ein Schatten flitzte an ihm vorbei die Treppe hinunter, eine Ratte. Bruder Matthias erschrak sich fast zu Tode, um ein Haar wäre er gestolpert.

»Zur Hölle mit dir«, schimpfte er dem Nager hinterher. Mochte der Teufel wissen, wo das Viech auf einmal hergekommen war. Seine Laune sank weiter. Nicht einmal die Aussicht, gleich von dem ausgezeichneten Wein kosten zu können, der nur dem Abt vorbehalten war, vermochte sie zu heben. Jetzt, zur Zeit der Vesper, hätte er sich eigentlich mit seinen Mitbrüdern zum Gottesdienst und anschließend zum Abendbrot versammeln müssen. Doch als Vertreter des Cellerars brauchte er sich nicht in jedem Fall an die vorgeschriebenen Stundengebete zu halten, wenn dringend erforderliche Angelegenheiten seine Anwesenheit anderweitig erforderten.

Und das war heute der Fall. Sein Aufenthalt im Weinkeller hier und jetzt war nämlich einem Befehl des Abtes geschuldet. Der erwartete, pünktlich nach der Vesper ein kleines Fässchen besten Weines ins Abthaus geliefert zu bekommen. Hoher Besuch stand an: der Generalvikar des Bischofs, der sich auf der Durchreise befand und eine Nacht in der Abtei verbringen würde. Ihn galt es in besonders zuvorkommender Weise zu bewirten. Bruder Matthias seufzte. Blieb zu hoffen, dass der bärtige Ludolf, einer der Laienbrüder, die erst vor wenigen Tagen ihren Dienst im Kloster angetreten hatten, pünktlich kommen würde, um ihm zur Hand zu gehen. Er hatte ihn in den Keller bestellt, damit er dem Abt das Fässchen brächte. Er, Bruder Matthias, sah sich dazu außerstande, hatte er doch genug damit zu tun, sein eigenes Gewicht die Treppe hochzuschleppen.

»Na endlich«, murmelte der Mönch, als er die letzte Stufe hinter sich gebracht hatte. Schwerfällig schlurfte er einen langen Gang entlang, vorbei an mächtigen, auf niedrigen Tragegestellen ruhenden Weinfässern, die sich zur Linken und zur Rechten über die ganze Länge des Gewölbes erstreckten. Die Unschlittlampe leuchtete ihm. Leicht modriger Geruch erfüllte das Gewölbe. Schwarz und grünlich schimmernde Schlieren überzogen das Mauerwerk, Wasser tropfte hie und da von der Gewölbedecke und bildete kleine Pfützen auf dem rutschigen, mit Steinplatten gefliesten Boden. Aus einigen der

Pfeiler, die das Deckengewölbe trugen, ragten eiserne Halter, in denen Kienspäne oder Pechfackeln steckten.

Von Säule zu Säule schreitend, blieb der Mönch alle paar Schritte stehen und entzündete sie an der Kerze der Unschlittlampe. Er hasste es, sich im Dunkeln aufhalten zu müssen. Bald erhellte ein spärlicher, unruhig zuckender Feuerschein den riesigen Weinkeller.

Bruder Matthias' Ziel waren zwei kleinere Fässer, die sich an der Stirnseite des Gewölbes befanden. Sie bargen den besonders kostbaren Jahrgangstropfen, der nur dem Abt vorbehalten war.

»Na, dann wollen wir mal«, grummelte der Mönch. Er war bei der Stirnwand angekommen und entzündete zwei weitere Kienspäne, die im Mauerwerk steckten. Die Unschlittlampe stellte er auf einem Tisch zwischen den beiden Fässern ab, auf dem mehrere mit Leintüchern und Holzdeckeln abgedeckte Krüge unterschiedlicher Größe standen. Er nahm einen von ihnen zur Hand und hielt ihn unter den Zapfhahn. Gurgelnd ergoss sich der Wein in den Krug, rot funkelnd im flackernden Licht des warmen Feuerscheins, den die Lampe und die Kienspäne abgaben. Ein wunderbarer Duft stieg Bruder Matthias in die Nase, er spürte, wie sich trotz aller belastenden Gedanken seine Laune zu heben begann.

»*Nunc est bibendum*«, murmelte er genießerisch. Wenngleich auch sein Latein nicht über das eines Novizen im ersten Lateinschuljahr hinauskam und die Aussprache oft peinlich holprig war – den Spruch »Jetzt muss getrunken werden« hätte er selbst dann fehlerfrei herausgebracht, wenn er mitten in der Nacht aus dem Schlaf gerissen worden wäre.

Er drehte den Zapfhahn zu, lehnte sich gegen die Tischkante und kostete mit Kennermiene einen ersten Schluck.

In der Tat ein hervorragender Tropfen. Zusammen mit dem Cellerar und den an der Weinlese und am Keltern beteiligten Laienbrüdern hatte er ganze Arbeit geleistet; er konnte stolz auf sich sein.

Gerade wollte er den Humpen erneut ansetzen, als seine Rechte mit dem Krug innehielt. Täuschte er sich? Oder hatte sein Blick soeben eine Bewegung erfasst? Dort, wo die Fassreihe endete, zwischen dem letzten Fass und der dahinter liegenden Mauer.

»Ludolf?«, rief Bruder Matthias irritiert. »Bist du es?«

Keine Antwort. Dafür eine erneute Bewegung: ein huschender Schatten.

»Ludolf?«

Wieder blieb eine Antwort aus.

Ein mulmiges Gefühl beschlich den Kellermeister. Er stellte den Humpen neben sich ab, ließ sich von der Tischkante gleiten und nahm die Unschlittlampe zur Hand. Schlurfte zu dem Fass hinüber, um den dunklen Spalt zwischen der Fassrückseite und der Gewölbewand zu inspizieren – und hielt gleich darauf wie versteinert inne.

In dem Spalt kauerte eine Gestalt in einer dunklen Kutte. Ihr Gesicht verbarg sich unter der tief in die Stirn gezogenen Kapuze, die harte Schatten über ihre Züge warf. Der mächtige Bart, wie ihn viele Laienbrüder trugen, war nicht zu verkennen.

»Was soll das, Ludolf? Bist du von allen guten Geistern verlassen?«, fuhr der Kellermeister ihn an.

Dann aber lief ein Schauer über seinen Rücken, als der Konverse zu ihm aufsah. Der Schein der Lampe spiegelte sich in seinen Augen und ließ sie unnatürlich glühen. Noch bevor Bruder Matthias auch nur einen Mucks von sich geben konnte, schnellte die Mönchsgestalt aus der Hocke empor und blieb, die Arme über der Brust gekreuzt, für die Dauer mehrerer Wimpernschläge reglos vor ihm stehen. Es war nicht Ludolf. Der Laienbruder, der da vor ihm stand, sah ihm ähnlich, aber es war ein Fremder.

Dann breitete der Fremde ganz langsam die Arme aus. Wie gelähmt starrte Bruder Matthias auf das weiße, mit Kreide aufgemalte Signum, das in Brusthöhe auf der Kutte prangte: acht strahlenförmige krakelige Linien, die vom Zentrum einer seltsamen Zeichnung ausgingen: einer Triqueta, dem Symbol der Heiligen Dreifaltigkeit.

Das Signum der Weißen Spinne.

TOD IM WEINKELLER

TAG 12
SAMSTAG, 20. JUNI ANNO DOMINI 1405

Kapitel 18
Nach Mitternacht, vor Matutin

Die Ratte witterte die Gefahr, als die Männer noch weit entfernt waren. Sie stellte sich auf die Hinterbeine und spitzte die Ohren, während ihre Barthaare erregt zu vibrieren begannen. Der stechende Geruch von brennendem Pech war in ihre Nase gedrungen. Gleichzeitig hatte sie ein eigenartiges Geräusch wahrgenommen: ein schweres, klatschendes Stapfen, das sich unaufhaltsam näherte. Instinktiv wusste sie, dass gleich ein seltsamer Lichtschein die feuchte Wand entlanghuschen und das schützende Dunkel ihres Reiches zerstören würde. Doch die Ratte war alt und klug und hatte gelernt, sich der Gefahr zu entziehen. Ein einziger Satz genügte ihr, um durch eine unscheinbare Spalte im Boden in die Geborgenheit des darunter liegenden Labyrinths aus Gängen und Höhlen zu verschwinden. Dorthin, wo das Dunkel noch jene Macht besaß, über die das Licht niemals würde triumphieren können. Einzig die blutigen Tappen, die die Pfoten auf dem steinigen Boden hinterlassen hatten, würden von ihrem Aufenthalt in der Grotte zeugen.

Kurz nach Mitternacht waren sie aufgebrochen, um ins Reich der Ratte hinabzusteigen. Doch erst jetzt – knapp die Hälfte einer Stunde mochte seitdem vergangen sein – hatten die drei in Kutte und Kapuze gehüllten Gestalten ihr Ziel erreicht: ein unter der Abtei befindliches, zur Enns hin gelegenes Gewölbe, das einer Grotte ähnelte; ein absolut verschwiegener Ort.

Die Männer steckten ihre Fackeln in eiserne Halter, die schon seit Generationen in der modrig-feuchten Ziegelwand vor sich hin rosteten, und setzten sich auf die roh zubehauenen Steine, die sich an der Gewölbewand entlangreihten. Schweigend hing jeder seinen Gedanken nach. Offensichtlich warteten sie auf jemanden.

»Wann kommt Bruder Matthias endlich? Mir ist kalt«, brach einer der drei, ein korpulenter Mittfünfziger mit schlampig rasierter Tonsur und schwarz gelocktem Haarkranz, das Schweigen. Er war der Sakristan des Klosters, Bruder Ortolph.

»Er wird schon kommen. Gedulde dich gefälligst«, maßregelte ihn ein Hüne, der mit dem Rücken lässig an der Gewölbewand lehnte. Sein Haarkranz war schlohweiß. Es handelte sich um Bruder Nathanael, der das Amt des Botanicus und Apothekers in der Abtei wahrnahm.

»Er hat angekündigt, dass er sich verspäten könnte, hast du das vergessen? Er hatte es ja auch schon zur Vesper nicht geschafft«, wandte sich Bruder Valentin, der Vestiarius, an den Dicken. Der dritte der Männer war ein mittelgroßer knochiger Mensch mit schnarrender Stimme.

»Mussten wir uns unbedingt hier unten treffen? Ich hasse es, in diese verfluchte Grotte hinabsteigen zu müssen. Diese vielen Treppen, die unzähligen Stufen. Und das mit

Gicht in den Knochen«, insistierte Bruder Ortolph von Neuem.

»Ich fasse es nicht! Es geht um unseren Hals, und du sorgst dich um deine lächerliche Gicht und fragst, weshalb wir hier sind?!« Bruder Valentin schnaubte. »Wir müssen Vorsorge treffen. Bruder Matthias kennt jeden Winkel hier im Kloster. Er weiß, wie wir am schnellsten und sichersten von hier wegkommen, sollten wir vor *ihr* fliehen müssen.«

»Noch ist es nicht sicher, dass *sie* uns im Visier hat. Ich glaube, wir sorgen uns umsonst.«

»Mein Gott, wie kann man so naiv sein.« Bruder Valentin schlug sich vor die Stirn. »Nach dem, was geschehen ist, haben wir sehr wohl Grund, uns zu sorgen. Der Armarius hat als Erster dran glauben müssen, wir werden folgen, wenn wir nicht auf der Hut sind. Er hat unsere Sache verraten und uns damit in Gefahr gebracht.«

»So ist es«, bekräftigte Bruder Nathanael. »Wir müssen einerseits auf der Hut sein. Vorsorge treffen, wie du sagst. Andererseits sehe ich in der Botschaft, die *sie* zurückließ, noch kein Todesurteil für uns. Sondern eine Aufforderung, unserer Aufgabe gerecht zu werden. Bruder Markward hat unsere Sache zwar verraten, aber ...«

»Ich kann nicht glauben, dass der Armarius unsere Sache verraten haben soll«, unterbrach ihn der Dicke. Es gibt sicher einen anderen Grund, warum er sterben musste.«

»Er *hat* unsere Sache verraten, glaube mir.«

»Wie kannst du das behaupten?«

»›Wie kannst du das behaupten‹«, äffte Bruder Nathanael ihn nach. »Wie sollte es denn anders gewesen sein? Hast du nicht bemerkt, wie er die ganze Zeit um diesen jungen *doctor* herumscharwenzelte? Die Stielaugen, die er bekam, kaum dass er ihm über den Weg lief?«

»Wundert dich das? Abt Florian hat ihn dem *doctor* zur Seite gestellt, um ihm zu helfen. Außerdem denk an die Neigung, die er hatte.«

»Es war nicht seine Neigung, die Bruder Markward das Leben kostete. Es mag sein, dass er in dem jungen Mönch ein Objekt der Begierde sah, ja. Aber ich sage dir, da war noch etwas anderes. Er beabsichtigte, diesem Bruder Adrian zu helfen, an das Versteck heranzukommen. Da bin ich mir sicher.«

»Und was macht dich so sicher?«

»Ich hab ein Gespräch zwischen den beiden mitbekommen. Im Skriptorium. Zufällig stand ich hinter einem der frei stehenden Regale, als Bruder Markward hereinkam und, ohne mich zu bemerken, nach nebenan in den Lagerraum ging. Gleich darauf erschien der junge *doctor* und ging ebenfalls ins Lager. Da die Tür einen Spalt weit offen stand, konnte ich hören, über was sie sprachen, wenn auch nur teilweise. Es ging um ein spezielles Dokument, das der *doctor* sucht. Ein Dokument, das ganz und gar nicht dem entspricht, nach dem er angeblich forscht. Ganz im Gegenteil.«

»Und das willst du aus einem Gespräch schließen, das du belauschen konntest, von dem du aber, wie du selbst sagst, nicht viel mitbekommen hast?«

Bruder Nathanael sprang von seinem steinernen Sitz, stemmte die Arme in die Hüften und stellte sich vor seine Gesprächspartner hin. »Es fielen die Worte ›Brief‹ und ›Grundfesten des Christentums erschüttern‹«, zischte er erregt. »›Grundfesten des Christentums erschüttern‹! Ich bitte euch! Was sagt uns das? Dafür kann es nur eine Erklärung ge-

ben: Bruder Markward stand im Begriff, das Versteck, das wir bewachen sollten, aufzubrechen, um dem *doctor* aus Wien die griechische Handschrift, das verdammte Testament, zu überlassen. Die Spinne hat es herausbekommen und ihn dann ...«
Er vollendete den Satz, indem er die Handkante an den Hals legte.

»Er hat recht«, bekräftigte Bruder Valentin die Worte des Botanicus dumpf.

»Was, wenn es nicht die Spinne war, die den Armarius getötet hat? Vielleicht gibt es sie nicht mehr. Vielleicht ist sie damals bei dem großen Feuer ums Leben gekommen.« Bruder Ortolph war hartnäckig, er ließ sich noch immer nicht überzeugen.

»Kam sie nicht«, wandte Bruder Valentin ein. »Sie ist so lebendig wie du und ich. Sie war es. Wer sonst sollte es gewesen sein?«

»Aber sie hat sich doch schon seit einer halben Ewigkeit nicht mehr blicken lassen.«

»Warum sollte sie?« Nun war die Reihe an Bruder Nathanael. »Sie hatte keinen Grund dazu, nachdem wir damals alles zur Zufriedenheit des Inquisitors erledigt hatten. Aber erinnert ihr euch nicht, was sie damals sagte? ›Ihr werdet mich nur dann wiedersehen, wenn unserer Sache Gefahr droht. Nur dann. Dann aber gnade euch Gott. Denn dann habt ihr eure Pflicht vernachlässigt‹. Jetzt drohte der Sache Gefahr. Und sie hat gehandelt. Bruder Matthias ist der gleichen Meinung. Er meint, Beweise dafür zu haben. Er wollte uns heute nicht nur den anderen Stollen zeigen, sondern uns auch diese Beweise vorlegen.«

»Beweise? Die würden mich wirklich interessieren«, meinte Bruder Ortolph.

Der Vestiarius schnaubte. »So ist es aber! Mag der Teufel wissen, wie sie es geschafft hat, vom Vorhaben des Armarius zu erfahren.«

»Allzu schwer dürfte es für sie nicht gewesen sein«, wandte Bruder Nathanael ein. »Sie agierte schon damals stets aus der Anonymität heraus. Keiner von uns kennt ihre Identität.« Er sah in die Runde. »Auch Bruder Markward kannte sie nicht. Wenn es notwendig erschien, war sie zur Stelle. Wie auch immer ihr dies gelungen war, vielleicht verfügte sie im Kloster über Spitzel. Vielleicht auch jetzt noch, nach zwanzig Jahren. Nachdem wir versagt haben, hat sie die Vollstreckung übernommen und den Verräter gerichtet. Es wäre unsere Aufgabe als Wächter gewesen. Wir waren zu nachlässig. *Gnade euch Gott, wenn ich wiederkommen muss.* So hat sie es angekündigt, als wir sie zum letzten Mal sahen, ich sagte es bereits. Wir haben allen Grund, uns vor ihr in Acht zu nehmen.«

»Das haben wir«, stimmte Bruder Valentin ihm zu und nickte bekräftigend. »Wenn ich an die Botschaft denke, die sie hinterließ, läuft es mir kalt den Rücken hinunter. Allein das griechische Wort, das sie Bruder Markward in die Stirn geritzt hat. Dann die Signatur auf dem Pergament: ›*Parati estote. Instrumentum Dei.* – Seid bereit. Das Werkzeug Gottes‹. Es ist wohl eindeutig, was sie uns damit sagen will.«

»Was denn?«, fragte Bruder Ortolph.

»Mein Gott, bist du schwer von Begriff!« Bruder Nathanael, der Botanicus, wirkte zunehmend ungehalten. »Sie will uns an damals erinnern. Als wir diesen häretischen Mönch aus Oybin seiner gerechten Bestimmung übergaben und die entwendete Handschrift zurückgeholt haben: War es nicht Bruder Markward, der ihm das griechische Wort in die Stirn geritzt hat? Sie fordert uns auf, bereit zu sein, so wie damals.

Sie betrachtet sich als Werkzeug Gottes und hat den zur Rechenschaft gezogen, der unsere Sache verraten hat. Ich sagte es schon: Es wäre unsere Aufgabe gewesen. Wir haben uns verpflichtet, einander zu überwachen. Wir waren nachlässig.«

»Wohl wahr«, bekräftigte Bruder Valentin.

Die Runde versank in düsteres Grübeln.

»Und was sollen wir jetzt tun?« Erneut war es Bruder Ortolph, der das Schweigen brach.

»Diesen verdammten *doctor* im Auge behalten«, schlug Bruder Nathanael vor. »Der Spinne zeigen, dass wir bereit sind und unsere Aufgabe als Wächter wahrnehmen. Vielleicht besänftigt sie das.«

»Du willst ihn beobachten?«

»Hast du einen besseren Vorschlag?«

Bruder Ortolph schwieg, was einem Nein gleichkam.

»Lasst uns in den nächsten Tagen überlegen, wie wir weiter vorgehen wollen«, empfahl Bruder Nathanael. »Jetzt ist es Zeit, uns in unsere Zellen zurückzubegeben. Die Matutin naht. Ich denke nicht, dass Bruder Matthias noch kommt, aber er wird bestimmt zum Gottesdienst anwesend sein. Nach dem Schlussgebet müsste ich ihn im Kapitelsaal antreffen. Dann sehe ich zu, dass ich mit ihm rede. Und nun lasst uns gehen.«

Die Männer erhoben sich und nahmen ihre Fackeln aus den Halterungen. Sie standen gerade im Begriff, sich auf den Rückweg zu machen, als Bruder Nathanael plötzlich ein lautes »Zum Henker, was ist das?« ausstieß. In die Hocke gehend, leuchtete er mit der Fackel den Boden ab.

»Was gibt's?«, fragte Bruder Ortolph.

»Hier, seht euch das an«, murmelte der Botanicus.

»Eine Blutspur!«, bemerkte Bruder Valentin verblüfft und

ging ebenfalls in die Hocke, während der füllige Sakristan sich lediglich ächzend nach vorne beugte, um die Spur zu beäugen.

Tatsächlich zeigten sich auf dem Boden nah an der Ziegelwand regelmäßige blutige Pfotenabdrücke eines Tieres, das hier entlanggehuscht war.

»Dürften von einer Maus oder einer Ratte stammen«, bemerkte Bruder Ortolph.

»Für eine Ratte sind sie zu klein«, meinte Bruder Nathanael nachdenklich.

»Maus, Ratte. Was ist das für ein Unterschied? Hier unten dürfte es von diesen Viechern nur so wimmeln«, entgegnete Bruder Ortolph geringschätzig.

»Das Blut stammt garantiert von einem Beutevieh«, spekulierte Bruder Valentin. »Vielleicht von einem verirrten Vogel oder einem anderen Tier. Ich hab mal gesehen, wie eine Ratte ein kleines Kaninchen anfiel. Manchmal kämpfen die Männchen miteinander, hin und wieder fressen sie sich sogar gegenseitig auf.«

Den Blick zu Boden gerichtet, gingen sie weiter und kamen zu einer ehemaligen aus dicken Eichenbohlen bestehenden Tür, die zu ihrer Rechten in die Ziegelmauer eingelassen war. Dahinter befand sich, wie sie wussten, der Weinkeller. Ihre Funktion hatte die Tür mit den rostigen Beschlägen schon vor Jahrzehnten eingebüßt. Das Schloss war herausgeschlagen und durch einen Holzblock ersetzt worden. Zwischen der Unterkante der Tür und dem Boden klaffte ein etwa handbreiter Spalt. Hier endeten die blutigen Tappen.

»Von hier muss sie gekommen sein«, bemerkte Bruder Nathanael nachdenklich, nachdem er sich die Fährte genauer angesehen hatte.

»Na und? Was du nur hast«, echauffierte sich der Sakristan. »Wir haben weiß Gott andere Sorgen, als uns um ein verdammtes Rattenviech zu kümmern.«

»Unser Sakristan hat richtig gesprochen, Bruder Nathanael«, beendete der Vestiarius die Diskussion. »Wir können nichts tun als beten, hoffen und abwarten. Und jetzt lasst uns endlich gehen.«

Kapitel 19
Zwischen Terz und Sext

Kurz nach Terz war Adriana an diesem Morgen zur Arbeit erschienen. Die Vormittagssonne sandte ihre Strahlen durch das Butzenfenster und flutete den Raum mit goldgelbem Licht. Bereits auf dem Weg hierher hatte sie sich mit einem Blick zum Himmel davon überzeugt, dass auch heute ein sonniger und warmer Tag bevorstand. Dass die Heiterkeit dieses Tages im völligen Gegensatz zu den Ereignissen stehen würde, die sehr bald die klösterliche Ruhe aufs Neue stören sollten, konnte sie zu diesem Zeitpunkt noch nicht wissen.

Seufzend musterte Adriana das Regal, das sich an der Wand gegenüber dem Eingang befand. Die Regalbretter bogen sich unter der Last des Materials, das auf ihnen ruhte: ganze Stapel pergamentener Bögen, teils chaotisch lose über- und nebeneinanderliegend, teils in Bündeln zusammengeschnürt, desgleichen zahlreiche Rollen sowie unterschiedlichste Briefe, Listen und andere Aufzeichnungen. Sie alle harrten der Durchsicht. Auch einige Bücher hatte Bruder Ansgar, ein junger Mönch mit verpickeltem Gesicht, aus dem verstaubten Archiv herangeschafft. Ihm oblag die Bereitstellung des Materials für das Skriptorium, außerdem ging er den Schreibern und dem Bibliothekar zur Hand, etwa bei der Verwaltung des Archivs. Etliches von dem, was er angeschleppt hatte, stammte aus den Beständen, die man damals notdürftig vor dem großen Feuer gerettet hatte. Vieles davon war provisorisch an unterschiedlichsten Plätzen in der Abtei untergebracht worden, teils in den Kellergewölben, teils auf den Dachböden des östlichen Gebäudetraktes.

Schon vom ersten Tag an hatte Adriana festgestellt, dass es mit der Ordnung in der klösterlichen Bibliothek nicht zum Besten stand. Es herrschte ein unglaubliches Chaos. Bücher und Dokumente waren teils in Holzkisten gestopft worden, teils gammelten sie in schlampigem Durcheinander auf den Regalen inmitten von Staub und Dreck vor sich hin. Manche Blätter fand sie achtlos zwischen die Bücher gesteckt vor. Erst die systematische Inaugenscheinnahme und das Katalogisieren des Bibliotheksbestandes bot die Voraussetzung, an das brisante Dokument zu gelangen, nach dem sie suchte. So kam ihre Arbeit durchaus dem Kloster zugute. Was sowohl vom Abt als auch von Bruder Hartwig, dem Subprior, der interimsmäßig die Aufsicht über Bibliothek und Skriptorium übernommen hatte, wohlwollend zur Kenntnis genommen wurde.

Rechter Hand, auf einem Tisch neben dem Schreibpult, befand sich ein kleiner Stapel unbeschriebener Pergamentbögen, durchweg Palimpseste, deren ursprüngliche Texte mit Bimsstein entfernt worden waren. Mit Kreide mürbe gemacht und mit einem Eisen geglättet, konnten sie aufs Neue beschriftet werden und für ihre Notizen dienen. Daneben lagen sauber aufgereiht einige Federkiele, ein Tintenhorn steckte in einer dafür vorgesehenen Öffnung, wie sie auch das Schreibpult aufwies, außerdem befanden sich auf dem Tisch eine hölzerne Dose mit feinem Löschsand sowie ein kleines scharfes Messer. Darüber hinaus mehrere sehr alte Pergamentrollen, brüchig und mit angedunkeltem Rand, die vor Jahrhunderten beschriftet worden sein mochten: Texte, die Adriana prüfen würde, um das Ergebnis gewissenhaft festzuhalten. Einige der Texte waren in Latein, andere in Griechisch gehalten. Adriana würde anhand verschiedener Kriterien wie Wortwahl und Schriftcharakter versuchen, ihr Alter zu schätzen, und war gespannt auf den Inhalt. Auch wusste sie, dass die feinen Linien, die man zog, um die Arbeit des Schreibers zu erleichtern, viel darüber verraten konnten, welcher Epoche die einzelnen Schriften zuzuordnen waren. Zeichnete sich doch jede dieser Epochen durch ihre eigene Besonderheit aus, was das Ziehen dieser Linien betraf und das Werkzeug, das man dafür benutzte.

Adriana legte ihre Schreibutensilien zurecht und entnahm dem Stapel mit den Palimpsesten ein unbeschriebenes Blatt. Es maß etwa drei Handbreit im Quadrat. Sie hatte von Anfang an beschlossen, für ihre Notizen Palimpseste statt teures Vellum zu benutzen, dieses quasi »jungfräuliche« Material, die neuen hochwertigen Pergamente, die noch keine Tinte gesehen und mit keiner Feder Bekanntschaft geschlossen hatten.

Mit zwei Fingern erfühlte Adriana die Stärke des Blattes, das sie vom Stapel genommen hatte, und runzelte die Stirn. Es schien ihr sehr dünn. Sie prüfte es im Licht der einfallenden Sonne und stellte fest, dass es bereits viele Male mit Bimsstein abgeschabt und neu beschriftet worden sein musste.

Mit dem nächsten und den folgenden Bögen verhielt es sich noch schlimmer. Sie waren nicht nur dünn, sondern teils auch löchrig.

Adriana ärgerte sich. Bruder Ansgar hatte versprochen, ihr nur erstklassige Palimpseste zur Verfügung zu stellen – und nun das? Immerhin erforderte es ihre Arbeit, dass sie akribische, teils mit Skizzen versehene Aufzeichnungen machte: handschriftliche Notizen, mittels derer sie festhielt, welche Bücher und Dokumente von wem wann geschrieben und wo sie hergestellt worden waren. Immer in der Hoffnung, irgendwann auf jene Schrift zu stoßen, derentwegen sie ein hohes Risiko auf sich genommen hatte – auf das Testament des Athanasius.

Sie nahm einen weiteren Bogen zur Hand und spürte, wie ihr Ärger weiter wuchs. Er zeigte im rechten unteren Bereich einen dunklen, mit schwarzen Punkten gesprenkelten Bereich, wahrscheinlich Schimmelflecken. Auch dieses Palimpsest war völlig unbrauchbar.

»Verdammt!«, murmelte sie und schlug sich augenblicklich auf den Mund.

Sie wollte auch dieses Blatt zur Seite legen, hielt dann jedoch mitten in der Bewegung inne. Ihr Blick hatte eine Stelle über dem dunklen Fleck erfasst, auf der der zuvor geschriebene Text nur oberflächlich entfernt worden war. Hie und da waren noch einige Buchstaben erkennbar. Allerdings so rudimentär und lückenhaft, dass sich keine Wörter daraus bilden ließen.

Als sie sich die Stelle genauer ansah, bemerkte sie innerhalb des dunklen Flecks eine Zeichnung, die heller, aber nur schwach vor dem dunklen Hintergrund abstach. Da durchzuckte es sie wie ein Blitz. Das Motiv war eindeutig als Triqueta mit eingeflochtenem Ring zu erkennen – ein altes Symbol der Dreifaltigkeit –, zudem erinnerte es sie an ihren Fund auf dem Blutacker.

Sie öffnete den Beutel, den sie unter der Kutte verborgen um den Hals trug, entnahm ihm das angekokelte Pergament-Fitzelchen, das sie im Aschehaufen entdeckt hatte, und verglich die fragmentarische Zeichnung darauf mit der vollständig erhaltenen auf dem Palimpsest. Ohne Zweifel handelte es sich um dasselbe Motiv. Bemerkenswert war an der unbeschädigten Zeichnung: Von der Triqueta gingen strahlenförmig acht krakelige Linien aus. Das Motiv erinnerte stark an eine Spinne. Den Leib bildete die mit einem Ring versehene Triqueta selbst, während die acht strahlenförmigen Linien die Beine darstellten. Jetzt vermochte sie auch der Buchstabenfolge »nne«, auf dem angekohlten Pergamentfitzelchen, die sie zunächst als einen Teil des Wortes »Sonne« interpretiert hatte, die richtige Bedeutung zuzuordnen. Um »Spi« ergänzt, lautete das Wort »Spinne«.

In tiefes Nachdenken versunken, ließ Adriana das Pergament sinken und starrte auf die durch das Fenster einfallenden Sonnenstrahlen: transparente goldene Flächen, geformt aus Licht und Myriaden Staubpartikeln. Sie rekapitulierte die Ereignisse der vergangenen Tage. Das Gespräch mit dem Armarius, seine Ermordung, die seltsame Botschaft, mit der der Mörder seine Tat angekündigt hatte, der Arm der hölzernen Puppe, die bei dem Leichnam gefunden worden war, das auf die Stirn eingeritzte griechische Wort *homoousios*. Dann der Tag danach: Der Franziskanermönch, den sie in der Stunde der Mittagshitze auf dem Blutacker beobachtet hatte. Sein rätselhaftes Verschwinden und sein Wiederauftauchen. Und die Spinnenzeichnung mit der Triqueta.

Erneut fielen ihr vom Sonnenlicht geformten Strahlen ins Auge, in denen Myriaden Staubteilchen tanzten. So wie es des Sonnenlichts bedurfte, um die unsichtbaren Partikel aufscheinen zu lassen, bedurfte es einer Lichtquelle, die das Rätsel um die Zusammenhänge zwischen dem Mord an dem Armarius, dem rätselhaften Mönch und der Spinnenzeichnung sichtbar machen konnte. Denn dass das Zusammentreffen dieser seltsamen Umstände kein Zufall war und es einen Zusammenhang gab, davon war sie überzeugt. Sie war entschlossen, diese Lichtquelle zu finden.

Adriana legte das Pergamentblatt auf den Tisch. Woher stammte es? Sie würde Bruder Ansgar danach fragen müssen. Die andere Frage war eher technischer Natur. Wie war es dem, der die Zeichnung angefertigt hatte, gelungen, sie hell vor dem dunklen Fleck abzusetzen?

Vorsichtig schabte sie mit dem Skalpell über den schwarz gesprenkelten dunklen Fleck. Einige der schwarzen Punkte lösten sich – Überbleibsel schwarzer Farbe –, doch das Material darunter blieb dunkel. Zwar war die ursprüngliche Farbe weitgehend entfernt worden, doch sie hatte einen bleibenden dunklen Fleck hinterlassen, in dessen Mitte die helle Zeichnung saß. Die Farbe musste über einen Bestandteil verfügt haben, der in den Beschreibstoff eindringen konnte und die Stelle eingedunkelt hatte. Adriana kratzte mit dem Skalpell an der Triqueta. Diesmal löste sich ein weißlich gelber Krümel – ein winziges Wachsstückchen. Der Schreiber hatte die Zeichnung zuerst mit flüssigem Wachs auf das Pergament aufgebracht und anschließend mit schwarzer Farbe übermalt. Das Wachs hatte die Tinte abgestoßen, nach dem Trocknen stach die Zeichnung hell vor dem einst schwarzen Hintergrund, der zu einem verwaschenen grauen Fleck geworden war, ab. Offenbar hatte der anonyme Schreiber, der das Pergament beschriftet hatte, das sie aus dem Aschehaufen gezogen hatte, dieselbe Technik angewandt. Sie verglich beides miteinander. Auf dem angekokelten Pergamentfetzen war die Farbe noch tiefschwarz. Was immer es mit dem verbrannten Pergament auf sich gehabt haben mochte, es war erst vor Kurzem beschriftet worden.

Blieb die Frage, wer der Verfasser war, welchem Zweck das Schreiben diente, wer es verbrannt hatte und weshalb.

Und was es mit der Spinnenzeichnung auf sich hatte, die auf beiden Pergamenten identisch war.

Adriana goss sich einen Becher mit Wasser vermischtem Wein ein und nahm einen großen Schluck. Kaum hatte sie das Gefäß wieder auf dem Tisch abgestellt, wummerte jemand laut gegen die Tür. Ohne ein »Herein« abzuwarten, wurde die Tür aufgerissen, und Bruder Bertram, der Camerarius des Cellerars und gelegentlicher Sekretär des Abtes, stürzte herein.

»Bist du des Wahnsinns?«, rief Adriana, die erschrocken vom Schreibpult aufgesprungen war.

»Ver... verzeih, Bruder Adrian, aber ... Aber der Abt will dich sprechen. Er erwartet dich im Abthaus. Es ... Es gibt eine neue Botschaft des Mörders!«, rief der Mönch völlig außer Atem.

Adriana stand wie zur Salzsäule erstarrt.

»Eine Botschaft des Mörders?«, vergewisserte sie sich mühsam.

Er nickte nur, während sein übergroßer Adamsapfel vor Aufregung auf- und niederhüpfte.

»Schnell! Gehen wir!« Entschlossen das Kinn vorgeschoben, machte Adriana sich auf den Weg.

Kapitel 20
Nach Sext

»Der Vater Abt erwartet dich«, flüsterte Bruder Bertram Adriana zu. Soeben hatte er dem Abt die Anwesenheit ›Bruder Adrians‹ gemeldet. Er hielt ihr die Tür auf, um gleich darauf diskret zu verschwinden.

Adriana trat ein. Die Hände hinter dem Rücken verschränkt, stand Abt Florian vor dem Fenster seines Arbeitszimmers. Gedankenverloren richtete er seinen Blick über den Hof und die Umfassungsmauer hinweg auf die weiten Felder und Wiesen und das wogende Grün der Wälder. Ein wolkenloser blauer Himmel vervollständigte das heitere Panorama. Der Abt schien dafür keinen Sinn zu haben. Seine innere Verfassung strafte den friedlichen Anblick Lügen, wie das Zittern seiner Hände und die gekrümmte Haltung verrieten. Als er sich umwandte, erschrak Adriana. Sie sah in ein aufgedunsenes, graues Gesicht; die Brauen zuckten, im Blick des Abtes lag blanke Furcht.

»Da seid Ihr ja endlich, *doctor*! Kommt, seht Euch das an. Der HERR schlägt mich mit Unglück wie weiland den gerechten Hiob.« Seine Stimme klang brüchig. Er trat an seinen Schreibtisch und nahm ein zusammengerolltes Pergament auf, das er ihr mit zitternder Hand reichte.

Als sie es entrollte, verstand sie.

»*Sanguis vitis sanguinem innocentium ulciscitur. Parati estote. Instrumentum Dei* – Das Blut des Weinstocks rächt das Blut der Unschuldigen. Seid bereit. Das Werkzeug Gottes«, las sie murmelnd. Unterzeichnet war die Botschaft – wie auch im Fall des ermordeten Armarius – mit dem in griechischen Buchstaben geschriebenen Wort *homoousios*.

Sie ließ das Blatt sinken. »Damit kündigt er wohl einen weiteren Mord an«, sagte sie tonlos. »Und ich vermute, dass er uns wieder auf die Stelle aufmerksam machen will, an der wir das nächste Opfer finden werden. *Das Blut des Weinstocks* – besitzt das Kloster einen Weinberg?«

»Wir haben welche gepachtet, aber die befinden sich in der Nähe von Kremsmünster, etwa eine Tagesreise von hier.«

»Wann habt Ihr die Nachricht erhalten?«

Der Abt zuckte die Schultern. »Ich kann es nicht genau sagen. Ich fand das Blatt vorhin in meiner Privatbibliothek, dort habe ich gestern Abend mit dem Generalvikar des Bischofs gespeist.«

»Ihr verfügt über eine private Bibliothek?«

»Ja. Es ist der repräsentativste Raum im Abthaus, in dem ich hochrangige Gäste empfange und mit ihnen zu speisen pflege.«

»Wie seid Ihr auf die Nachricht gestoßen? Wo hatte der mutmaßliche Mörder sie abgelegt?«

»Das Pergament lag zusammengerollt auf dem runden Tisch neben dem Eingang, verborgen hinter der Armillasphäre. Darum habe ich es erst jetzt entdeckt.«

»Ihr besitzt eine Armillasphäre?« Adriana war beeindruckt. Das komplizierte Gerät, mit dem die Himmelskreise dreidimensional dargestellt und die Koordinaten der Himmelskörper bestimmt werden konnten, war eine Erfindung islamischer Gelehrter und im Abendland weitgehend unbekannt.

»Ja, das Geschenk eines Fernhandelskaufmanns aus Steyr, dem ich einst einen Gefallen erweisen konnte.«

»Verstehe. Das Pergament lag also hinter dieser Armillasphäre. Ihr habt keine Vorstellung, wie es dort hingelangt ist?

Es könnte immerhin bedeuten, dass der Mörder Zutritt zu Euren Gemächern hatte.«

»Das ist es ja. Ich weiß nicht, wie er hineinkam. Der Raum ist stets verschlossen. Nur ich habe den Schlüssel, ich bewahre dort auch wichtige Dokumente auf.« Er schnaufte. »Das geht nicht mit rechten Dingen zu. Es muss der Teufel sein, der dem Mörder beisteht. Er verleiht ihm übernatürliche Kräfte. Jetzt ist auch noch mein Leben in Gefahr, was können wir nur tun?«, jammerte er.

Adriana hätte um ein Haar laut aufgelacht. Sie hatte Mühe, sich nicht anmerken zu lassen, was sie empfand.

»Ich bitte Euch, Eure Erhabenheit, denkt nach. Lassen wir den Teufel aus dem Spiel, es muss eine natürliche Erklärung geben. Ihr sagtet, Ihr hättet gestern Abend den Generalvikar des Bischofs hier im Abthaus empfangen?«

»Ja, in meiner Bibliothek, nach der Vesper, wie gesagt. Den Gottesdienst ließ ich diesmal ausnahmsweise den Subprior leiten, weil ich mit den Vorbereitungen zum Empfang des Generalvikars beschäftigt war. Es galt einige Dokumente zu studieren.«

»Sonst gab es niemanden, der Zutritt zu diesem Raum hatte?«

»Nein.«

»Hm. Das ist in der Tat seltsam.« Sie dachte nach. »Lasst mich zusammenfassen: Ihr habt also nach der Vesper mit dem Generalvikar zusammen gespeist. Haltet Ihr es für möglich, dass ...«

»Nein, wo denkt Ihr hin. Der Generalvikar des Bischofs? Ich bitte Euch!« Der Abt klang ehrlich empört. Adriana fragte sich, für wie dämlich er sie hielt.

»Lasst mich ausreden, Eure Erhabenheit. Dass es der Generalvikar nicht gewesen sein konnte, ist mir klar. Aber Ihr seid doch sicher bedient worden. Irgendjemand wird Euch die Speisen gebracht haben.«

»Zwei Novizen, die aber sofort wieder gingen, nachdem alles auf dem Tisch stand.«

»Sonst also hat niemand Eure Bibliothek betreten?«

»Nein, außer einem Konversen namens Ludolf, der erst seit zwei Wochen bei uns ist und mir im Auftrag des Kellermeisters ein Fässchen Rotwein brachte. Ich war im Raum, als er es hereintrug.«

Adriana horchte auf.

»Ein Konverse, der erst seit zwei Wochen bei Euch ist, hat den Wein bei Euch abgeliefert? Könnt Ihr ihn beschreiben?«

»Groß und kräftig. Mit Bart, wie fast alle Konversen.«

»Wie kam es dazu, dass ausgerechnet er mit dem Wein kam?«

»Gestern hatte ich Bruder Matthias, den Kellermeister, gebeten, mir ein Fässchen von dem besonders guten Roten ins Abthaus zu liefern. Noch vor Vesper.«

»Ihr habt ihn vor Vesper um ein Fässchen Wein gebeten?«

Der Abt winkte unwirsch ab. »Nein, ich hatte ihn bereits morgens darum gebeten, nach dem Primgottesdienst«, korrigierte er sie. »Er sollte ihn mir kurz vor Vesper *bringen*, der Wein sollte kühl sein.«

»Gut, er brachte Euch also um Vesper den Wein ...«

»Nein, nein!«, unterbrach sie der Abt, er wirkte fahrig. »Er beauftragte einen Laienbruder damit, eben diesen Ludolf. Wie gesagt, einen der Konversen, die erst seit Kurzem bei uns beschäftigt sind. Er kann es nicht gewesen sein. Ich hätte es mitbekommen. Ich sagte doch, ich war anwesend, als er mit dem Fässchen kam.«

»Er lieferte es direkt in Eurer Bibliothek ab?«

»Ja.«

»Kann ich mir den Raum einmal ansehen?«

»Kommt!«

Die rechte Hand des Abtes fuhr unter die Kutte und förderte einen Schlüssel zutage. Dann trat er durch die Tür und strebte mit weit ausgreifenden Schritten den Gang entlang, an dessen Ende die Bibliothek lag. Ein großer, heller Raum, ausgestattet mit erlesenen Teppichen, die den Boden bedeckten. An zwei Wänden reihten sich Regale, angefüllt mit Büchern. Durch ein großes Fenster mit Butzenglasscheiben fiel gleißendes Sonnenlicht.

»Hier«, sagte er und wies auf ein rundes Tischchen neben der Tür, auf dem die metallene Konstruktion einer Armillasphäre glänzte. »Hier wurde das Pergament abgelegt.«

Adriana musterte das Tischchen, dann wanderte ihr Blick zu dem großen Tisch in der Mitte des Raumes, auf dem zwei gläserne Kelche und ein kleines Fässchen standen: der Wein, den Ludolf gestern gebracht hatte.

»Lasst uns die zeitliche Komponente einmal näher ins Auge fassen, Eure Erhabenheit. Gestern vor Vesper bringt Euch der Konverse den Wein hierher in die Bibliothek. Ihr sagtet, Ihr seid anwesend gewesen?«

»So ist es. Ich saß am Schreibtisch und war gerade mit dem Lesen eines Dokuments beschäftigt, das ich mit dem Generalvikar besprechen wollte. Ich habe diesen ... diesen Ludolf gebeten, den Wein auf dem Tisch abzustellen.«

Adriana musterte den Platz unter dem Fenster, wo sich der Schreibtisch und ein davor stehender Stuhl befanden. Wenn der Abt dabei gewesen war, ein Dokument zu studieren, musste er mit dem Rücken zur Tür gesessen haben.

»Lasst uns das Ganze einmal durchspielen. Ihr sitzt am Schreibtisch, es klopft – ich nehme doch an, dass der Konverse angeklopft hat?«

»Ja, natürlich.«

»Gut. Ihr fordert den, der klopft, auf, einzutreten, wendet Euch um – oder seid Ihr aufgestanden?«

»Ich habe mich kurz umgewandt und ihn hereingebeten. Der Konverse kam in den Raum, ich habe ihn aufgefordert, den Wein auf dem Tisch abzustellen, und mich wieder meinem Dokument zugewandt. Er tat wie geheißen und verließ die Bibliothek wieder.«

»Verstehe ich Euch richtig: Noch während der Konverse dabei war, das Fässchen auf dem Tisch abzustellen, habt Ihr Euch wieder Eurem Dokument zugewandt?«

Abt Florian nickte. »So war es.«

»Habt Ihr *gesehen*, wie der Konverse das Fässchen auf dem Tisch abgestellt hat?«

Kurz überlegte der Abt. »Ich habe es *gehört. Gesehen* habe ich es nicht, ich war ja wieder mit dem Dokument beschäftigt.«

»Könnte sonst noch jemand gestern Abend oder auch heute den Raum betreten haben?«

»Nein. Unmöglich. Wie ich schon sagte, ich schließe die Bibliothek stets ab. Niemand kommt ohne mein Wissen hinein. Nur ich habe einen Schlüssel.«

Abermals sah sich Adriana in dem Raum um. Das Tischchen mit der Armillasphäre befand sich unmittelbar neben der Tür. Der Tisch, an dem getafelt und auf dem der Wein abgestellt worden war, war etwa fünf, sechs Schritte von der Tür entfernt.

»Rekapitulieren wir die Situation von gestern Abend, Eure Erhabenheit. Der Konverse, dieser Ludolf, betritt Eure

Bibliothek, nachdem Ihr ihn auf sein Klopfen hin aufgefordert habt einzutreten. Ihr seht euch kurz um, gebt die Anweisung, das Fässchen auf dem Tisch abzustellen, und wendet Euch wieder Eurem Dokument zu. Ihr hört, wie der Mann das Fässchen abstellt, sehen könnt Ihr es nicht, Ihr seid ja mit Lesen beschäftigt. Der Konverse zieht blitzschnell das zusammengerollte Pergament unter der Kutte hervor und legt es, unbemerkt von Euch, auf das Tischchen, auf dem sich die Armillasphäre befindet, und verlässt den Raum.«

Der Abt musterte sie mit einem Blick aus Verblüffung und verhaltener Hoffnung. »Natürlich, so könnte es gewesen sein. Das heißt, wir kennen den Mörder?«

»Lasst es mich vorsichtiger formulieren: Wir kennen den, der vermutlich das Pergament mit der Botschaft des Mörders in Eurer Bibliothek deponiert hat, diesen Ludolf. Noch aber haben wir keine Leiche. Wir wissen noch nicht einmal, wen der Mörder als neues Opfer ins Auge gefasst hat. Außerdem: Wie sollte ein einfacher Mensch, der Ludolf ja zweifelsohne ist, Botschaften in Latein verfassen können? Viele der Laienbrüder vermögen nicht einmal zu lesen und zu schreiben. Es sei denn, er handelt im Auftrag von jemand anderem.«

Der Abt musterte sie mit einem unwilligen Blick. »Ich merke schon, ihr sät wieder mal Zweifel. Warum müsst Ihr immer alles so verkomplizieren? Nein, ich bin mir sicher: Er ist es! Wir müssen ihn ergreifen. Bevor er seine Tat ausführen kann.«

»Was, wenn er seine Tat bereits ausgeführt hätte?«

Entgeistert starrte der Abt Adriana an.

»Glaubt Ihr etwa, dass …? Bei allen Heiligen, ich werde sofort nach diesem Teufel suchen lassen. Unverzüglich! Die Pforte muss sofort geschl…«

Geschrei, entsetzte Rufe. Der Lärm drang vom Westhof her durch das geöffnete Fenster der Bibliothek und unterbrach jäh ihre Unterhaltung.

Der Abt wechselte die Farbe. »Was ist das?«, murmelte er. Er ging zum Fenster. Auf dem Platz vor dem Abthaus hatten sich, aufgeregt durcheinanderschreiend und wild gestikulierend, Mitglieder des Konvents und einige Laienbrüder eingefunden.

Polternde Schritte und erregte Stimmen draußen auf dem Gang verdichteten die bange Ahnung, die Adriana und den Abt ergriffen hatte. Heftiges Pochen gegen die Tür, dann wurde sie unvermittelt so heftig aufgerissen, dass sie gegen die Wand knallte.

Fassungslos, mit kalkweißem Gesicht, stürzte Bruder Gottschalk, der Cellerar, in Begleitung zweier Laienbrüder in den Raum.

»Vater Abt ... Schnell, kommt! ... Der Kellermeister ... Bruder Matthias ... Er ist ... Er wurde ermordet. Im Weinkeller.«

Kapitel 21

Noch während Adriana und der Abt zusammen mit dem Cellerar und gefolgt von weiteren Mitgliedern des Konvents und einigen Laienbrüdern die Wendeltreppe in den Keller hinabeilten, drang ein chaotisches Gewirr teils klagender, teils wütender Stimmen an ihr Ohr, das von Aufruhr und Entsetzen zeugte. Übertönt wurde es hin und wieder von Ausrufen wie »Furchtbar!«, »Gott straft uns!« und »Das Ende ist nahe«. »Der Antichrist ist erschienen!«, mahnte gar Bruder Gregor mit unverkennbar heiserer Stimme; er zählte zu den ältesten Mitgliedern der Ennswaldener Mönchsgemeinschaft.

Das Ausmaß des Lärms ließ Adriana vermuten, dass sich eine größere Menschenmenge im Keller versammelt hatte. Die Nachricht von Bruder Matthias' Tod musste sich in Windeseile innerhalb des Klosters verbreitet haben.

Überrascht war sie von der Helligkeit, die sie hier unten empfing. Unzählige Fackeln und Kienspäne brannten an den Wänden und Säulen und leuchteten das Gewölbe bis auf wenige Winkel, die im Dunkeln lagen, aus. Ganz hinten, vor der Stirnwand, die das Ende des Gewölbes markierte, erblickte sie eine Anzahl heftig diskutierender und wild gestikulierender Gestalten, die ihnen den Rücken zuwandten. Wie sie bereits vermutet hatte, handelte es sich sowohl um Angehörige des Konvents als auch um Konversen; Letztere waren an ihren Bärten und der bäuerlichen Kleidung zu erkennen. Adriana schätzte die Gesamtzahl der Anwesenden auf vierzig bis fünfzig Personen. Sie standen im Kreis um etwas herum, was sie nicht erkennen konnte. Allerdings brauchte es nicht viel Fantasie, um zu vermuten, dass es sich um Bruder Matthias' Leichnam handelte.

Der Abt, Adriana und der Cellerar eilten, im Schlepptau weitere Begleiter, den Gang entlang. Er teilte das Gewölbe in zwei Hälften und wurde links und rechts von jeweils einer Reihe mächtiger Fässer gesäumt. Das Klatschen der Sandalen, das im Kellergewölbe widerhallte, veranlasste die Anwesenden, sich umzudrehen. Schlagartig wich das Gewirr der Stimmen einsetzender Stille, während sich die Reihe der Umstehenden öffnete, um den Abt und Adriana in den Kreis treten zu lassen. Der Cellerar verharrte am Rand.

Erschüttert von dem bizarren Anblick, der sich ihnen bot, blieben der Abt und Adriana wie angewurzelt stehen.

Unmittelbar neben einem Weinfass lag Bruder Matthias mit dem Rücken am Boden, Arme und Beine gefesselt, den Kopf direkt unter dem Zapfhahn. Die Augen, weit aufgerissen, starrten ins Leere. Und doch hatte es den Anschein, als ob sein Blick die Qualen, die er vor seinem Tod durchlebt hatte, eingefroren hätte. Um seinen Hals zog sich eine klaffende Wunde. Seine Stirn bot den gleichen Anblick wie schon vor wenigen Tagen die des getöteten Armarius: das eingeritzte griechische Wort, blutig und teils schon verkrustet, war nicht zu übersehen. Sein Kopf lag in einer Blutlache. Mehrere Rinnsale zogen sich auf dem leicht abschüssigen Steinboden bis zu einer alten Bohlentür in der Mauer, die aber keinerlei Funktion mehr besaß, und hatten dort eine weitere Lache gebildet. Das Erschreckendste jedoch war der Trichter, der in seinem Mund steckte; so wie es aussah, hatte ihn der Mörder ihm tief in den Hals getrieben. Er war noch zur Hälfte gefüllt mit Wein. Der Zapfhahn über dem Trichter ließ erahnen, welch schrecklichen Todes der Mönch gestorben war.

Adriana hatte entsetzt die Hand vor den Mund geschlagen. Das Gesicht weiß wie die Wand, starrte der Abt auf den Leichnam hinunter.

Dann hob er sein Haupt. »Sind der Botanicus und der Infirmarius anwesend?«, fragte er mit vor Empörung zitternder Stimme in die Runde.

Ein Mönch mit schlohweißem Haarkranz trat in den Kreis. »Der Infirmarius ist nicht anwesend, Vater Abt. Kann ich etwas für Euch tun?«

»Ja, Bruder Botanicus. Auch du verfügst ja über bestimmte Kenntnisse der menschlichen und tierischen Anatomie und

Physis. Kannst du uns vielleicht verraten, wann Bruder Matthias getötet wurde.«

»Mit Verlaub, Vater Abt, ich habe ihn bereits untersucht, kurz bevor Ihr hier angelangt seid. Und ich bin zu der Überzeugung gelangt, dass es noch keine vierundzwanzig Stunden her ist, dass ihn der Lebensodem verlassen hat. Die Leichenstarre ist noch vorhanden. Sie setzt etwa ein bis zwei Stunden nach dem Tod ein und beginnt sich erst nach vierundzwanzig Stunden wieder zu lösen.«

»Keine vierundzwanzig Stunden, sagst du?« Der Abt überlegte.

»Verzeiht, Vater Abt, vielleicht kann ich etwas beitragen, was die Sache erhellt«, meldete sich ein kleinerer älterer Mönch mit strengen Gesichtszügen und verkniffenem Mund zu Wort. Bruder Notker war es, der Novizenmeister, der zugleich auch die Äußere und Innere Schule des Klosters leitete. Seine keifend schimpfende Stimme hatte Adriana gelegentlich vernommen, als sie an der Klosterschule vorbeigegangen war.

»Du, Bruder Notker?«

»Ja, Vater Abt. Ich bin Bruder Matthias gestern vor Vesper begegnet, als er auf dem Weg zum Weinkeller war.«

»Gestern vor Vesper, sagst du. Da war er also noch am Leben«, sinnierte der Abt vor sich hin.

Adriana trat nah an ihn heran. »Das bedeutet, Eure Erhabenheit, dass Bruder Matthias höchstwahrscheinlich kurz bevor Ludolf Euch den Wein brachte getötet wurde«, murmelte sie ihm ins Ohr.

»Aber warum, um aller Heiligen willen, schneidet er ihm, nachdem er ihn ersäuft hat, auch noch die Kehle durch?«

»Denkt an die eigenartige Botschaft, die er Euch schickte. ›Das Blut des Weinstocks rächt das Blut der Unschuldigen.‹

Um dem Spruch zu entsprechen, musste Blut fließen, so verrückt und ungeheuerlich es klingt.«

»Ein Wahnsinniger, ein Ausbund von Tücke und Wahnsinn«, räsonierte der Abt fassungslos. »Würdet Ihr den Leichnam näher in Augenschein nehmen? Vielleicht fällt Euch ja noch etwas Wichtiges auf.«

Adriana musste sich überwinden, bevor sie sich wortlos an der Seite des Getöteten niederließ. Tatsächlich entdeckte sie ein Detail, das sie bereits bei dem ermordeten Armarius wahrgenommen hatte. Unter dem Hals des Opfers lugte, auf den ersten Blick nicht sichtbar, das Ende einer kleinen Schnur hervor. Adriana zog daran und förderte ein blutgetränktes kleines Leinensäckchen zutage. Noch während sie es in die Hand nahm, wusste sie, was es enthalten würde. Unter den entsetzten Blicken des Abtes und der anderen Umstehenden öffnete sie es und zog mit spitzen Fingern den Arm einer hölzernen Puppe hervor. Diesmal war es der linke Arm. Der skurrile Gegenstand schien den Leichnam regelrecht zu verhöhnen.

Ein tiefes Puterrot überzog das Gesicht des Abts, das davon zeugte, dass sich sein Entsetzen in ohnmächtige Wut verwandelt hatte. Er wirkte wie ein waidwund geschossener Eber, dem der Pfeil ins Blatt gedrungen war, ohne ihn zu töten.

»Dieser Teufel«, zischte er. »Will er uns schon wieder zum Narren halten?«

Er wandte sich um. Sein Blick suchte den des Konversenmeisters Bruder Erasmus, der hinter ihm stand. »Wo ist Ludolf?«, fragte er ihn mit zornbebender Stimme.

Seine Frage löste Verwirrung aus, erstauntes Raunen erhob sich ringsum. Natürlich wusste keiner der Umstehenden mit der Frage etwas anzufangen, auch der Konversenmeister nicht. Er sah den Abt mit hochgezogenen Brauen fragend an.

»Ich will wissen, wo dieser Ludolf steckt«, wiederholte er barsch seine Frage. »Ich sehe ihn nicht. Willst du nicht antworten?«

»I... Ich weiß es nicht, Va... Vater Abt. So... Soll ich ihn suchen lassen?«

»Du hast die Aufsicht über die Konversen und weißt nicht, wo sie sich aufhalten?«, bellte der Abt ihn an.

Bruder Erasmus kniff den Mund zusammen, seine Wangenmuskeln zuckten. Der Mann tat Adriana fast leid.

Wären ihre und die Aufmerksamkeit der übrigen Anwesenden vom Anblick des auf furchtbare Weise Hingemordeten nicht so sehr gefangen genommen und von ungläubigem Entsetzen geprägt gewesen – vielleicht hätten sie den Mann bemerkt, der, hinter einer Säule in der Nähe der Treppe verborgen, völlig fassungslos die Fragen des Abtes zur Kenntnis genommen hatte. Kaum dass sein Name dem Abt über die Lippen gekommen war, rannte er panikartig die Stufen hinauf in die Eingangshalle und eilte weiter in Richtung der Pferdeställe.

»Wer hat den Leichnam entdeckt und wann?«, fragte der Abt unterdessen in die Runde.

Der Cellerar trat vor. »Ich, Vater Abt. Ich wollte es Euch schon vorhin sagen, aber Ihr zogt es vor, sofort hierher an den Ort der Tat zu eilen.«

»Dann berichte mir jetzt!«, knurrte der Abt.

»Ich wollte mir kurz nach Sext zusammen mit dem Subprior und einigen Konversen den Platz ansehen, an dem wir die alte Weinpresse abstellen wollten; die neue dürfte bald fertig sein, wie Ihr wisst. Da«, dem Cellerar versagte kurz die Stimme, »da entdeckten wir ihn.«

»Bruder Hartwig war also auch zugegen, als ihr den Leichnam entdeckt habt? Wo ist er eigentlich?«

»Ich bin hier, Vater Abt«, ertönte eine Stimme. Der Subprior trat herzu, begleitet von Bruder Konrad, dem Hospitarius. »Gleich nachdem wir den Toten entdeckten, bin ich zu Bruder Konrad geeilt, während der Cellerar Euch aufsuchte. Es hätte ja sein können, dass auch diesmal wieder eine schriftliche Botschaft des Mörders an die Tür zum Hospitium genagelt war. Ihr erinnert Euch: Im Falle Bruder Markwards war der Tat eine Ankündigung in Form einer schriftlichen Botschaft vorausgegangen. Der Mörder hatte sie an die Tür des Gästehauses genagelt. Dem war diesmal aber nicht so.«

»Verstehe.« Der Abt nickte. Um gleich darauf mit grimmiger Ironie fortzufahren: »Diesmal hat er sich nicht das Gästehaus für die Ankündigung seiner Tat ausgesucht, sondern gleich das Abthaus.«

»Ihr selbst seid diesmal der Empfänger der Botschaft?« Der Subprior schien bestürzt.

»Ja, aber ich weiß inzwischen, von wem sie stammt.«

Verblüfft musterte Bruder Hartwig ihn. »Ihr wisst es? Dann konntet Ihr den Mörder identifizieren?«

»In der Tat ist es mir nach intensivem Nachdenken und scharfsinnigem Schlussfolgern gelungen, die Identität des Mörders zu lüften«, informierte er die Umstehenden, so laut er es mit seiner dünnen Stimme vermochte. »Es ist Ludolf, deswegen habe ich nach ihm gefragt. Er hat sowohl Bruder Markward als auch Bruder Matthias getötet. Wenngleich ...«

Ungläubiges Raunen unterbrach den Abt, einige ließen sich zu wütendem Geschrei hinreißen, andere, bestürzt und zugleich erleichtert, dass der Mörder entlarvt war, bekreuzigten sich, wieder anderen verschlug es vor lauter Überraschung die Sprache.

»Silentium!«, rief der Abt. »Männer, Brüder, bewahrt die Ruhe. So furchtbar die Erkenntnis ist, dass es tatsächlich jemand aus unserem Kloster war, der die schändlichen Morde beging, ist es doch eine Erleichterung, feststellen zu können, dass er demaskiert wurde. Sucht und findet ihn! Bruder Subprior, du wirst zusammen mit dem Bruder Cellerar die Suche organisieren. Kämmt das gesamte Gelände durch, jeden Winkel, jedes Gebäude.«

»Jawohl, Vater Abt!«

»Alle Mitglieder des Konvents und sämtliche Laienbrüder in den Hof!«, befahl der Cellerar mit lauter Stimme.

»Halt! Auf ein Wort noch, Brüder!«, rief der Abt erneut in die Runde, die sich bereits anschickte, der Aufforderung des Cellerars Folge zu leisten.

»Der HERR hat uns durch mich erleuchtet und uns von einem teuflischen Übel befreit«, hob er salbungsvoll an und fuhr fort: »Wir werden heute mit der Vesper ausnahmsweise einen Dankgottesdienst verbinden und anschließend im Refektorium den Erfolg feiern, der uns beschert wurde. Die Komplet fällt aus. Auch die Laienbrüder und Knechte sollen heute ein zusätzliches Mahl, bestehend aus Fleisch, Gemüse und Wein, bekommen. Zu Matutin werden wir dann wieder wie gewohnt den neuen Tag beginnen. Und nun folgt den Anweisungen Bruder Hartwigs. Bruder Ortolph«, er wandte sich zum Sakristan um, »du wirst Sorge tragen, dass der Leichnam unseres verstorbenen Bruders bis zum Begräbnis in der Seitenkapelle aufbewahrt wird.«

Ein zufriedenes Raunen wogte durch die Reihen der Anwesenden, die zur Treppe drängten, um dem Cellerar in den Hof zu folgen.

Adriana war den Ausführungen des Abtes mit einem Ausdruck ungläubigen Spotts gefolgt. Sie traute ihren Ohren nicht, Ärger wallte in ihr hoch. *Es ist mir gelungen, die Identität des Mörders zu lüften.* Da nahm der Abt doch tatsächlich die Entlarvung des Täters komplett für sich in Anspruch, obwohl sie es war, die ihn mit der Nase auf die Tatsachen stoßen musste. Abgesehen davon, dass sich noch gar nicht mit Sicherheit sagen ließ, ob der Konverse tatsächlich der Mörder war. Je länger sie über die Argumente nachdachte, die gegen seine Täterschaft sprachen – wie sie es ja auch dem Abt gegenüber dargelegt hatte –, desto sicherer war sie, dass dies sehr unwahrscheinlich war.

Ihre Überlegungen wurden durch erregtes Rufen unterbrochen.

»Vater Abt, Vater Abt!«, tönte es von der Treppe her. Bruder Firmin, der Pförtner, rannte in Windeseile mit stakkatoartig hämmernden Schritten die Stufen hinab.

»Vater Abt ... Er ist ... Er ist geflohen!«, brach es atemlos aus ihm heraus.

»Wer ist geflohen? Von wem ... Oh mein Gott, jetzt verstehe ich. Berichte, was ist geschehen?« Bestürzung malte sich auf dem Gesicht des Abtes.

Adriana hatte sofort begriffen.

»Ludolf ... Er ... hat eines der Pferde gestohlen. Wir ... Wir hatten uns alle auf Anweisung des Bruder Cellerars im Hof eingefunden, da ... Da sahen wir ihn aus Richtung der Ställe heranpreschen. Ich ... Ich und ein paar von den Brüdern wollten uns ihm in den Weg stellen. Vergeblich! Wir mussten zur Seite springen, er ... Er hätte uns sonst über den Haufen geritten. Es ... Es ging alles rasend schnell. Er ritt wie der Teufel und war, bevor wir's uns versahen, zum Tor hinaus.«

»Dieser Satan!«, stieß der Abt wutentbrannt hervor. »Hör zu, du wirst mit Bruder Bertram unverzüglich nach Steyr reiten und dem Stadtrichter ein von mir gesiegeltes Schreiben überbringen. Ich werde ihn unterrichten und ihn bitten, nach Ludolf suchen zu lassen. Und nun geh, sattle zwei Pferde und warte an der Pforte. Bruder Bertram wird gleich bei dir sein. Für die Dauer deiner Abwesenheit soll Bruder Cosmas deinen Platz im Pförtnerhaus einnehmen.«

»Jawohl, Vater Abt.« Eilig entfernte sich der Pförtner.

Beinahe triumphierend wandte sich der Abt an Adriana. »Er ist geflohen. Einen stärkeren Beweis seiner Schuld kann es kaum geben. Ich denke, damit dürften Eure Zweifel an seiner Täterschaft endgültig zerstreut sein, nicht wahr, *doctor*?«

Sie verzichtete auf eine Antwort, was der Abt fälschlicherweise als Eingeständnis wertete.

Ein selbstgefälliges Lächeln spielte um seinen Mund. »Sagt, wollt Ihr heute die Abendmahlzeit nicht mit mir im Abthaus einnehmen? Wir könnten das eine oder andere noch besprechen.« Er klang besonders zuvorkommend.

Drängt dich etwa dein schlechtes Gewissen, du selbstgefälliger opportunistischer Egomane?, räsonierte sie wütend in Gedanken. Doch sie stimmte zu.

»Dann bis heute Abend, *doctor*.«

Kapitel 22
Nach Komplet

Die Dämmerung hatte eingesetzt, als Adriana das Abthaus verließ. Die Abendmahlzeit mit dem Abt war erwartungsgemäß recht üppig ausgefallen, ganz im Gegensatz zu dem mageren Inhalt des Gesprächs, das sie geführt hatten. Tatsächlich hatte Adriana den Eindruck, dass die Einladung des Abtes dessen schlechtem Gewissen geschuldet war. Ganz im Gegensatz zu seinem Verhalten um Mittag herum im Weinkeller hatte er sich bei ihr ausdrücklich für ihren »scharfen Verstand« und ihre »wertvollen Hinweise« bedankt, die dazu beigetragen hätten, den Mörder zu entlarven.

Doch als sie konkret auf ihre Zweifel an Ludolfs Täterschaft und auf einige der noch offenen Fragen eingehen wollte, hatte er nur müde abgewinkt. Warum solle man sich noch mit »Marginalien« beschäftigen, da der Fall doch abgeschlossen sei und man sich in der glücklichen Lage befinde, feststellen zu können, dass nichts mehr befürchtet werden müsse; die Gefahr sei vorbei, alles habe sich in Wohlgefallen aufgelöst – er hatte es tatsächlich so formuliert –, und was den verruchten Mörder angehe, sei er sicher, dass dieser bald gefasst und seiner gerechten Strafe zugeführt werde. Verärgert und innerlich mit dem Kopf schüttelnd über so viel Ignoranz, hatte Adriana es aufgegeben, ihn weiter mit den ungelösten Fragen zu konfrontieren.

Es war ein angenehm warmer Abend. Adriana beschloss, ihn noch ein wenig zu genießen, bevor sie ihre Zelle aufsuchte. Die laue, würzige Luft tat nicht nur der Lunge, sondern auch der Seele gut. Und sie beflügelte das Denken. Sie betrat den Klostergarten durch die Gartenpforte; das schmiedeeiserne Tor stand weit auf. Auf den schmalen Kieswegen, die das Areal der ausgedehnten Gartenanlage durchzogen, ließ es sich aufs Trefflichste flanieren. Noch konkurrierte das Restlicht des zur Neige gehenden Tages mit dem silbernen Glanz des Halbmondes. Nicht mehr lange, dann würde es der Nacht weichen.

Grübelnd schritt sie den Weg entlang. Der Kies unter ihren Sandalen knirschte dumpf. Je intensiver sie über das Geschehen der vergangenen Tage nachdachte, desto deutlicher wurde sie sich des Knäuels an Rätseln und Ungereimtheiten bewusst, das darauf wartete, entwirrt zu werden. Der einsame Mönch, der in der Mittagshitze auf dem Blutacker unterwegs gewesen war, das verkohlte Pergament und das Palimpsest mit der Spinnenzeichnung, die beiden rätselhaften Botschaften des Mörders, das auf der Stirn der Opfer eingeritzte griechische Wort *homoousios* – ein Umstand, der ihr angesichts der gefährlichen Mission, die sie zu erfüllen hatte, ganz besonders zusetzte – sowie das Rätsel um die Arme der hölzernen Puppe, die bei den beiden Mordopfern gefunden worden waren: All das harrte einer logischen Erklärung. Adriana konnte sich des Gefühls nicht erwehren, dass den düsteren Wolken, die über die Abtei hinweggezogen waren, neue, dunklere folgen würden. Denn auch wenn ein Unwetter vorbei war und sich der Himmel vorläufig aufgeklart hatte – bestimmte Wetterlagen erzeugten zwangsläufig neue Unwetter. Und so wuchs in ihr die Überzeugung, dass der Albtraum noch längst nicht vorüber war.

Zwei Mönche kamen ihr entgegen und grüßten ehrerbietig. Da auf Weisung des Abtes die heutige Komplet entfiel, war es den Angehörigen des Konvents ausnahmsweise gestattet, die verbleibende Zeit bis zur Matutin frei zu nutzen. Auch wenn es geraten war, davor wenigstens eine Kapuze voll Schlaf zu bekommen – die Matutin konnte für einen matten Körper und einen ermüdeten Geist eine Folter sein –, wunderte es Adriana nicht, ihnen zu begegnen. Ungläubig und amüsiert zugleich nahm sie zur Kenntnis, dass einer der beiden wohl auch einen über den Durst getrunken hatte. Der Mönch aus Melk, der sich über die Sitten in Ennswalden entsetzt gezeigt hatte, fiel ihr ein. Bei dem Gedanken, was für ein Gesicht er machen würde, wäre er den beiden begegnet, musste sie schmunzeln.

Sie schritt an einer Gruppe hoher Haselnusssträucher entlang, die den Weg zu ihrer Rechten säumten. Gleich würde sie an der Wegbiegung vorbeikommen, wo die Buche stand, unter der sie sich mit dem Armarius getroffen hatte. Ein Schauer rieselte über ihren Rücken, als sie daran dachte, dass noch keine Woche seitdem vergangen war. Plötzlich – sie hatte die Biegung zur Hälfte passiert, der Baum warf bereits seinen dunklen Schatten über den Weg – drang scharfes Wispern an ihr Ohr. Es kam aus Richtung der Buche. Erstaunt hielt sie inne, verließ den gekiesten Pfad und trat hinter die Haselnusssträucher. Vorsichtig schritt sie weiter, wobei sie darauf achtete, das schleifende Geräusch, das ihre Schritte im hohen Gras verursachten, möglichst zu unterdrücken. Als das Wispern lauter wurde, blieb sie stehen und lauschte mit angehaltenem Atem. Vorsichtig bog sie das Astwerk des Strauchs zur Seite und äugte durch die Lücke.

Im schwindenden Dämmerlicht erkannte sie die Silhouetten zweier Mönche, die auf der gegenüberliegenden Seite des Wegs unter der Buche standen und sich unterhielten. Weder konnte Adriana verstehen, was sie sprachen, noch erkennen, um wen es sich handelte. Doch das an- und abschwellende Wispern sowie das lebhafte Gestikulieren der beiden ließ vermuten, dass das Gespräch sehr leidenschaftlich geführt wurde. Plötzlich wandelte sich das Wispern in lautes Murmeln. Satzfetzen drangen an Adrianas Ohr.

»... noch nicht vorbei ... weiß der Teufel ... die verdammte Spinne ... nicht selbst ... in ihrem Auftrag ...«

Dann aber stockte die Unterhaltung. Der Grund war ein Mönch, der sich vom anderen Ende des Weges näherte, was die beiden unter der Buche unverzüglich veranlasste, sich hinter den Stamm zu verdrücken. Anscheinend hatten noch andere aus dem Konvent die Idee gehabt, an diesem Abend durch den Klostergarten zu flanieren.

Erst nachdem der Mönch verschwunden war und sie noch ein Weilchen gewartet hatten, traten die zwei hinter der Buche hervor und verschwanden in Richtung Gartenpforte.

Fassungslos verharrte Adriana hinter den Sträuchern.

Die verdammte Spinne. Der Satz war in ihren Kopf eingeschlagen wie der Blitz in eine Eiche.

Sie trat hinter den Sträuchern hervor und beschloss, umzudrehen und in ihre Zelle zurückzukehren. Mit einem Mal fühlte sich müde und zerschlagen. Ob sie nach all dem, was sie heute erlebt hatte, schlafen würde, stand allerdings auf einem anderen Blatt.

DER EINDRINGLING

TAG 14
MONTAG, 22. JUNI ANNO DOMINI 1405

Kapitel 23
Vesper

Adriana hielt sich die Hand vor den Mund und gähnte. Sie stand von ihrem Schreibtisch auf und streckte Arme und Oberkörper, um die Müdigkeit zu verscheuchen, die von ihr Besitz ergriffen hatte. Dabei fiel ihr Blick auf das Türschloss und erinnerte sie an die unangenehme Überraschung, die sie heute Morgen erlebt hatte. Als sie aufsperren wollte, hatte sich der Schlüssel nur schwer drehen lassen. Bei genauerem Hinsehen hatte sie bemerkt, dass der Schlosskasten leicht verbogen war und frische Kratzer aufwies. Offenbar hatte jemand versucht, in ihre Schreibstube einzudringen. Und erneut fragte sie sich das, was sie sich bereits heute Morgen gefragt hatte: Wer, um alles in der Welt, konnte ein Interesse daran haben, sich ungefragt und heimlich hier Zugang zu verschaffen? Falls es dem Betreffenden tatsächlich gelungen war – wonach hatte er gesucht?

Helles Geläut drang durch das geöffnete Fenster. Die Glocke rief die Mönchsgemeinschaft zum Vespergottesdienst.

Danach würde sich der Konvent im Refektorium einfinden, um das Abendbrot einzunehmen. Sie selbst würde heute darauf verzichten. Neben der Sache mit dem Schloss geisterten all die ungeklärten Fragen in ihrem Kopf herum.

Ein Klopfen an der Tür unterbrach ihre Überlegungen. Bruder Bertram trat herein.

»Verzeih, Bruder Adrian. Aber ich ... ich ... «, er schluckte und hielt inne, als traute er sich nicht weiterzusprechen.

»Was gibt's, Bruder Bertram? Sprich ruhig«, forderte Adriana ihn freundlich auf. Offenbar brannte ihm etwas auf den Nägeln, aber es schien ihm schwerzufallen, es auszusprechen.

»Ich weiß nicht, ob es wichtig ist ... Ich mag mich täuschen. Aber ... ich dachte mir ... Du solltest es wissen.«

Der Mönch hielt seine Hände in Brusthöhe und knetete sie.

»Nur zu. Sag, was dir auf dem Herzen liegt. Ich höre.«

»Vor ... Vor fünf Tagen bist du vom Abt gebeten worden, bei der Aufklärung des Mordes an Bruder Markward behilflich zu sein. Du besitzt sämtliche Vollmachten, der Konvent soll vorerst aber nichts davon wissen. Nicht wahr?«

Adriana hob die Brauen. »Das ist richtig. Woher weißt du das?«

»Ich fand eine Notiz auf dem Schreibtisch des Abtes, aus der es hervorging. Ich bin gelegentlich sein Sekretär, wie du weißt.«

»Verstehe«, murmelte Adriana. Und ärgerte sich gleichzeitig über die Gedankenlosigkeit des Abtes. Wie hatte er nur so leichtsinnig sein können!

»Und?«, fragte sie.

»Nun ... Ich habe eine Beobachtung gemacht, die ... die vielleicht von Bedeutung sein könnte. Ich ... wollte sie dir nicht vorenthalten.«

»Tatsächlich? Sprich!«

»Heute Morgen, vor Laudes, bin ich zum Skriptorium rüber. Ich hatte im Auftrag des Abtes eine wichtige Abschrift zu fertigen. Er wollte sie noch vor der morgendlichen Kapitelversammlung haben und hatte mich von der Laudes freigestellt. Der Morgen war frisch, die Sonne noch nicht aufgegangen. Ich wollte die Gelegenheit nutzen, um frische Luft zu bekommen. Im Dormitorium war es die Nacht über recht stickig gewesen, und es stank erbärmlich. Es muss ... an dem Bohnengericht gelegen haben, das uns Bruder Zeno gestern zur Vesper servieren ließ, wenn du verstehst, was ich meine.«

Adriana verstand durchaus, sie schmunzelte. Ein Segen, dass sie das Privileg genoss, im Gästehaus über eine eigene Zelle zu verfügen. Die Regel des Benedikt von Nursia sah zur Vesper lediglich ein kaltes Abendbrot vor. Eine üppige Speise, wie sie der Abt angeordnet hatte zur Feier des Umstandes, dass es ihm gelungen war, den Mörder zu entlarven, als letzte Mahlzeit des Tages, noch dazu warm, widersprach den Vorschriften eklatant.

»Sprich weiter. Wenn ich dich recht verstehe, hast du die Gelegenheit zu einem kurzen Spaziergang genutzt? Bevor du ins Skriptorium gegangen bist?«

Der Mönch nickte. »Ich beschloss, den Blutacker aufzusuchen. Er liegt abgeschieden. Es gibt dort ein paar Steintrümmer hinter einigen hohen Büschen. Dorthin ziehe ich mich hin und wieder zurück.«

Sieh an, dachte Adriana nur. »Fahr fort!«, forderte sie ihn auf.

»Ich hatte mich noch nicht lange dort niedergelassen, als ich einen Schatten an der zur Enns gelegenen Umfassungsmauer wahrnahm, auf der Mauerkrone. Bei der Buche, die nahe an der Mauer steht. Es war noch ziemlich dunkel, anfangs dachte ich, mich getäuscht zu haben. Aber dann hörte ich es auch noch rascheln und hab genauer hingesehen.«

»Du hörtest ein Rascheln?«

»Ja, es war still, kein Lüftchen wehte, deswegen war es ungewöhnlich, dieses Geräusch zu hören. Als ich, wie gesagt, genauer hinsah, bemerkte ich ihn.«

»Wen?«

»Einen Mönch, einen Franziskaner. Er kam mit geschürzter Kutte über die Mauer gestiegen – ich konnte seine nackten Beine erkennen – und hangelte sich an einem Ast der Buche entlang, der über die Mauer ragte. Er verschwand kurz in der Laubkrone und sprang gleich darauf zur Erde. Er ...«

»Moment! Woher willst du wissen, dass es ein Franziskaner war?«

»An der Farbe seines Habits. Franziskaner tragen eine braune Kutte.«

»Und das konntest du erkennen? Es war doch noch dunkel. Es habe gerade angefangen zu dämmern, sagtest du das nicht?«

»Das ist richtig. Aber es *muss* eine braune Kutte gewesen sein, der Mann trug ein weißes Zingulum, es war gut zu sehen, es leuchtete ziemlich hell, ich konnte sogar die drei Knoten erkennen. Nur Franziskaner tragen ein weißes Zingulum.«

Adriana nickte ihm anerkennend zu. Nur Franziskaner gürteten sich mit dem weißen Strick mit den drei Knoten. Sie symbolisierten die Gelübde Armut, Keuschheit und Gehorsam. Der Camerarius war ein hervorragender Beobachter und verfügte über ein scharfes Augenpaar. Seine Schlussfolgerung war stringent und logisch nachzuvollziehen.

»Was geschah weiter? Erzähl!«

»Etwas sehr Seltsames. Er lief ein Stück die Umfassungsmauer entlang, hinüber zu dem ehemaligen Stall oder besser gesagt zu dem, was davon noch steht – und war plötzlich in den Trümmern verschwunden. Wie vom Erdboden verschluckt.«

Adriana nickte nachdenklich. Die gleiche Beobachtung hatte auch sie an jenem Nachmittag gemacht. Auch bei »ihrem« Mönch hatte es sich um einen Franziskaner gehandelt.

»Hast du versucht, ihm zu folgen?«

»Aber nein, da sei Gott vor, wo denkst du hin?« Bruder Bertram sah sie entsetzt an. »Ich hatte schon genug Angst, dass er mich entdecken könnte.«

»Du hattest Angst vor ihm?«

»Natürlich! Wer im Dunkeln über eine Mauer steigt, führt nichts Gutes im Schilde. Also verhielt ich mich mucksmäuschenstill. Ich wartete, bis es heller war; erst dann traute ich mich aus der Deckung und sah zu, dass ich endlich ins Skriptorium kam.«

»Eine Frage noch, Bruder Bertram. Könntest du die Person beschreiben? Wie sah sie aus? Ich meine nicht das Gesicht, das konntest du im Dunkeln nicht erkennen, das ist mir klar. Aber fiel dir sonst etwas an dem Eindringling auf? Was hatte er für eine Statur? War er besonders groß oder eher klein? War etwas an seinem Gang bemerkenswert oder dergleichen?«

Bruder Bertram dachte nach, dann schüttelte er den Kopf. »Nein, da gab es nichts. Tut mir leid, ich hätte dir gern weitergeholfen.«

Adriana musterte ihn mit einem nachdenklichen ernsten Blick. »Das hast du bereits. Ich danke dir, dass du mir von deiner Beobachtung berichtet hast. Sie könnte noch wichtig werden. Allerdings hätte ich eine Bitte.«

Bruder Bertram sah sie fragend an.

»Ich wäre dir sehr verbunden, wenn du mit niemandem über das, was du gesehen habt, sprechen würdest.«

»Auch nicht mit dem Abt?«

»Auch nicht mit ihm. Ich möchte ihn selbst über deine Beobachtung unterrichten. Im Übrigen: je weniger darüber Bescheid wissen, desto besser.«

»Keine Sorge, ich werde mich daran halten.«

»Ich danke dir. Und scheu dich nicht, mich in Kenntnis zu setzen, solltest du weitere Beobachtungen machen.«

Der Mönch nickte.

Kapitel 24

Wer im Dunkeln über eine Mauer steigt, führt nichts Gutes im Schilde. Bruder Bertrams Worte hallten in Adriana nach und erinnerten sie an ihren Vorsatz, noch einmal den Blutacker aufzusuchen. Aber dann fiel ihr ein, dass noch ein weiterer offener Punkt der Erledigung harrte: Sie musste mit Bruder Ansgar, dem jungen Mönch, der erst kürzlich die zeitliche Profess abgelegt hatte und im Skriptorium den Schreibern zur Hand ging, über die Palimpseste sprechen, die er für sie beschafft hatte. Sie würde ihn herbeizitieren müssen.

»Das ist nicht das Material, das ich mir vorgestellt habe, Bruder Ansgar«, sagte sie tadelnd und hielt dem jungen Mönch das Palimpsest unter die Nase. »Sieh her!«, sie deutete auf eine Stelle, im unteren Bereich des Blattes, die besonders in Mitleidenschaft gezogen war, »nicht nur unsauber, sondern auch löchrig. Und die anderen Blätter sind auch nicht viel besser.«

Bruder Ansgar sah verlegen drein. Er war soeben erst in Adrianas Schreibstube getreten.

»Aber ... Aber Palimpseste sind nun mal nicht vollkommen beschaffen«, versuchte er sich zu rechtfertigen.

»Natürlich sind sie nicht mit dem teuren Vellum zu vergleichen, dennoch gibt es auch bei Palimpsesten deutlich besseres Material. Damit jedenfalls«, Adriana wedelte ärgerlich mit dem Blatt herum, »vermag ich nichts anzufangen.«

»Ich ... Ich besorge neue, bessere, Bruder Adrian, gleich morgen«, versprach Bruder Ansgar zerknirscht.

»Gut, ich verlasse mich darauf. Eines möchte ich noch gern wissen, Bruder Ansgar.«

»Ja, Bruder Adrian?«

»Wer stellt die Palimpseste für das Kloster her?«

»Ein Pergamenter aus Steyr. Zumindest die meisten. Er verkauft uns sowohl teures Vellum als auch eben die Palimpseste. Wir liefern ihm das Material – alte Listen und dergleichen –, er bereitet es für uns auf, damit wir es wiederverwerten können, und wird dafür gut bezahlt. Andere Klöster bedienen sich seiner Dienste in derselben Weise.«

»Das heißt, die Bögen stammen alle von diesem Steyrer Pergamenter?«

Bruder Ansgar strich sich mit der Hand über das Kinn. Er wirkte noch verlegener. »Nun ... ähm ... also nicht alle.«

Adriana fasste ihn scharf ins Auge. Wenn sie etwas nicht ausstehen konnte, dann, wenn jemand herumdruckste und nicht mit der ganzen Wahrheit herausrücken wollte.

»Was denn nun, Bruder Ansgar?«, fuhr sie ihn ungeduldig an. »Woher sind die Palimpseste, die du mir hingelegt hast?«

»Einige Bögen, die ich Euch gab, habe ich von einem Stapel genommen, den die Nonne Adelheid uns zukommen ließ.«

»Die Nonne Adelheid?«

»Ja, die Inkluse auf dem Kapellenberg, nicht weit von hier.«

Auf weiteres Nachfragen hin erfuhr Adriana, dass die Nonne, die das Habit der Benediktinerinnen trug, schon seit vielen Jahren eingemauert in ihrer Klause lebte. Sie genoss hohes Ansehen, nicht nur bei den in den umliegenden Höfen hausenden Grundholden, die im Dienst der Abtei standen, sondern weit über die Gegend hinaus. Hin und wieder fertigte sie im Auftrag des Cellerars Kopien von Dokumenten, etwa Listen, auf denen Abgaben der Grundholden verzeichnet waren. Ihre Behausung war geräumig genug und mit allem eingerichtet, was sie für ihre Schreibtätigkeit benötigte.

»Und was hat es mit diesen Bögen auf sich, die sie uns zukommen ließ?«

»Ab und zu nimmt Adelheid ausgediente Listen oder dergleichen, von denen sie die Texte selbst entfernt. Es kommt vor, dass diese unbeschriebenen Bögen hin und wieder zwischen die aktuellen Listen geraten, die sie im Auftrag des Cellerars fertigt. Manchmal nimmt sie sie auch als Trennbögen her. Sie sind meist von sehr geringer Qualität. Der Cellerar oder wer immer die Listen bekommt sortiert sie aus und gibt sie mir. Ich lege sie dann zu den anderen unbeschriebenen Palimpsesten.«

»Das heißt, es ist möglich, dass unter den von dir gelieferten Pergamenten welche sind, die von der Inkluse selbst wiederaufbereitet wurden? Bögen, die einst von ihr beschriftet wurden, deren Texte sie dann wieder löschte, um sie entweder neu zu beschriften oder sie als Trennbögen herzunehmen?«

»So ist es.«

Adriana dachte nach.

»Gut, Bruder Ansgar, ich danke dir für deine Auskunft«, sagte sie schließlich. »Aber ich bitte dich, künftig genauer darauf zu achten, was du mir lieferst. Ich müsste mich sonst beim Abt beschweren.«

»Das werde ich, *doctor*, das werde ich«, beeilte sich Bruder Ansgar zu versichern und strich sich erneut über das Kinn. »Es gäbe vielleicht noch eine andere Möglichkeit, derer Ihr Euch bedienen könntet«, meinte er.

»Und welche wäre das?«

»Morgen erhalten wir eine Probelieferung von diesem neuen Beschreibstoff, Papier genannt. Eine Lieferung aus Nürnberg. Er soll sich leichter beschreiben und besser archivieren lassen. Ich halte nicht viel davon, und Bruder Markward, der Armarius – Gott sei seiner Seele gnädig –, dachte ähnlich. Dieses sogenannte Papier ist längst nicht so lange haltbar wie unser bewährtes Pergament. Aber zum kurzfristigen Festhalten von Notizen, wie Ihr es praktiziert, eignet es sich bestimmt hervorragend.«

»Ich werde darüber nachdenken, Bruder Ansgar, danke für den Hinweis.« Adriana hatte von dem neuartigen Beschreibstoff gehört. Angeblich gab es das eine oder andere deutsche Büchlein, das bereits auf Papier geschrieben war. In Italien war es schon seit Jahrzehnten in Gebrauch, in den deutschen Landen hörte man nur selten davon. Vielleicht sollte sie das Material tatsächlich einmal ausprobieren.

GUILLERMO VON TOLEDO

TAG 17
DONNERSTAG, 25. JUNI ANNO DOMINI 1405

Kapitel 25
Um Terz

Fünf Tage waren vergangen, seit Bruder Matthias tot aufgefunden worden war, vier seit der Beisetzung des Leichnams. Die Angststarre, die die Abtei in den letzten Tagen umklammert gehalten hatte, löste sich nach und nach. Der Mörder war geflohen, nach ihm wurde gesucht. Würde man seiner habhaft, erwarte ihn der Galgen, hatte der Abt verkündet, und man glaubte ihm nur allzu gerne. Das Leben in der Abtei, geprägt von alltäglichen weltlichen Verrichtungen und den üblichen geistlichen Verpflichtungen, hatte seinen gewohnten Gang wieder aufgenommen.

Es war an diesem siebzehnten Tag von Adrianas Aufenthalt in der Abtei zu Ennswalden, kurz vor dem Gottesdienst zu Terz, als ein fremder Mönch, dessen Habit ihn als Benediktiner auswies, im Begriff stand, die Klosterpforte zu passieren. Sie war stark frequentiert, das Tor stand weit offen. Die meisten, die im Kloster regelmäßig ein- und ausgingen, einige täglich, andere wöchentlich, manche auch nur einmal im Monat, waren Bruder Firmin, dem Pförtner, persönlich bekannt. In der Regel Handwerker und Bauern, die als Grundholden dem Kloster verpflichtet waren und ihre Waren und Erzeugnisse ablieferten oder solche vom Kloster erwarben. Ihnen wurde, ohne groß aufgehalten zu werden, Durchlass gewährt. Fremde auf der Durchreise oder auch Pilger hingegen hatten zu warten, bis sie ordentlich abgefertigt und eingelassen wurden.

»*Deus tecum*, Bruder. Darf ich nach Eurem Begehr fragen?« Bruder Firmin war auf den fremden Mönch zugeeilt. Sein Pferd am Zügel führend, war dieser stehen geblieben und sah sich neugierig um. Als guter Menschenkenner und aufmerksam, wie er war, hatte der Pförtner gleich erkannt, dass der Fremde wohl einer jener Gäste sein würde, die einen längeren Aufenthalt in der Abtei anstrebten, so er ihm gewährt würde.

»*Deus tecum*, Bruder Pförtner«, erwiderte der Benediktiner lächelnd mit sonorer Stimme und musterte den Pförtner aus wachen eisblauen Augen.

»Mein Begehr ist in diesem Schreiben festgehalten, verfasst und gesiegelt vom Abt meiner Abtei, des Klosters Sant Pere de Rodes. Meine Heimat ist die Grafschaft Ampurien, ich bin Katalane, mein Name lautet Guillermo von Toledo. Ich denke, dass man mich erwartet.« Der Katalane hatte in fließendem Deutsch geantwortet, beinahe ohne jeden Akzent. Die formvollendete Ausdrucksweise, derer er sich bediente, ließ auf eine exzellente Erziehung und eine hohe Bildung schließen.

Jetzt breitete sich auch auf dem gutmütigen Vollmondgesicht Bruder Firmins ein freundliches Lächeln aus.

»Oh ja, wenn Ihr wüsstest, wie sehnsüchtig Bruder Adrian Euch schon erwartet. Er ist seit mehr als zwei Wochen Gast bei uns und wird unserer Abtei durch seine Arbeit sicherlich noch zu viel Ruhm und Ehre verhelfen.«

Der Katalane streifte den Pförtner mit einem amüsierten Blick. »Ruhm und Ehre?«, fragte er mit einem Lächeln, das Fältchen in seine Augenwinkel grub.

»Ja. Er ist auf der Suche nach Schriften, die im Bestand unseres Klosters verborgen sind und die Erhabenheit unseres allerheiligsten katholischen Glaubens aufs Wunderbarste erstrahlen lassen werden. Wenn ich nicht irre, werdet Ihr ihm dabei behilflich sein, nicht wahr?«

»Nun, ich werde mir Mühe geben, Bruder Pförtner. Aber könntet Ihr dafür sorgen, dass ich zunächst dem Abt vorgestellt werde? Ich möchte ihm mein Empfehlungsschreiben überreichen.«

»Aber selbstverständlich, Bruder.«

Der Pförtner rief einen Stallknecht, der gerade zu den Ställen unterwegs war, und wies ihn an, das Pferd des neu angekommenen Gastes im Gästestall unterzubringen.

Eine alte Pergamentrolle in Augenschein nehmend, stand Adriana über das Schreibpult gebeugt, als es an der Tür ihrer Schreibstube klopfte. Gleich darauf trat der Subprior zusammen mit dem neu angekommenen Gast über die Schwelle. Ihnen folgte der schwergewichtige Bruder Konrad, als Hospitarius zuständig für die Unterbringung der Gäste.

»Bruder Adrian? Bruder Guillermo von Toledo ist eingetroffen! Er freut sich, Euch bei Eurer Arbeit unterstützen zu können«, stellte der Subprior den hünenhaften Benediktiner Adriana vor.

Hochgewachsen, das sorgfältig von sämtlichen Bartstoppeln befreite Gesicht, dessen regelmäßige Züge wie von einem

Bildhauer gemeißelt wirkten, das markante Kinn energisch geformt, die Nase schmal und kühn gebogen sowie die etwas dunklere Haut und die dichten, elegant geschwungenen Augenbrauen, unter denen ein Augenpaar von eisblauer Farbe hervorblickte, und nicht zuletzt der schwarze, mit einem Schimmer ins Bläuliche versehene Haarkranz, der die Tonsur umgab, verliehen ihm das Aussehen eines Aristokraten. Dass sich unter dem Habit eine kräftige und dennoch schlanke Statur verbergen musste, war unverkennbar.

Adriana spürte, wie ihr Herz wild zu klopfen begann. Hitze schoss ihr ins Gesicht, sie hatte Mühe, sich von den eisblauen Augen des Katalanen zu lösen. Für die Dauer eines Wimpernschlags musterte sie den Subprior und den Hospitarius aus dem Augenwinkel, hoffend, dass das, was gerade mit ihr geschah, sich deren Wahrnehmung entzog.

»*Deus tecum*. Seid ... seid ... Seid mir willkommen, Guillermo von Toledo. Der ... Der HERR segne Euch. Ich ... Ich freue mich ... über Eure Unterstützung«, sagte sie steif.

Was, um Himmels willen, war bloß in sie gefahren? Hatte sie den Verstand verloren? Am liebsten hätte sie sich für ihr Gestammel geohrfeigt.

»*Deus tecum*, Bruder Adrian«, erwiderte der Katalane mit dunkler Stimme. »Ich freue mich ebenfalls. Und ich bin sicher, dass der HERR unseren gemeinsamen Bemühungen Erfolg bescheren wird.«

»Ihr werdet Euch jetzt sicher besprechen wollen«, meinte der Subprior mit unverbindlichem Lächeln. »Wir sehen uns beim Mittagsmahl im Refektorium.« Gemeinsam mit dem Hospitarius verließ er den Raum.

Mit einem Mal spürte Adriana, wie sie ruhiger wurde und der Aufruhr in ihrem Inneren sich legte. Die Hitze, die ihr ins

Gesicht geschossen war, flaute so plötzlich ab, wie sie aufgeflammt war. Dafür breitete sich, während sie einander weiter musterten, ein angespanntes Schweigen zwischen ihnen aus, fast so, als belauerten sie sich gegenseitig. Bis Adriana es mit einem Wort beendete, auf das der Katalane gespannt gewartet zu haben schien.

»*Homo-ousios* – wesens-gleich?«, flüsterte sie, wobei sie das griechische Wort so aussprach, als wären es zwei.

Über die Züge des hochgewachsenen Mönchs glitt ein feines Lächeln. Den Kopf schüttelnd, antwortete er, ebenfalls im Flüsterton: »*Homoi-ousios*! – wesens-ähnlich!«

Adrianas Züge entspannten sich. Kein Zweifel, er war es. Das Losungswort, mittels dessen sie sich gegenseitig zu erkennen geben sollten, bestätigte die Identität des Mannes.

Sie schob die Pergamente und Schreibutensilien, die den Tisch bedeckten, vorsichtig zur Seite und wies mit einer einladenden Geste auf einen der beiden Schemel, die davorstanden.

»Nimm Platz, Bruder. Hattest du eine gute Reise?« Im Gegensatz zu vorhin bediente sich Adriana nun ganz natürlich des Du. Schließlich waren sie Gesinnungsgenossen und geeint durch ihren gefährlichen Auftrag.

Der Hüne setzte sich. Adriana bemerkte amüsiert, dass er Mühe hatte, mit seinen langen Beinen zurechtzukommen.

»Sagen wir so: Sie war anstrengend, aber es gab keine besonderen Vorkommnisse. Einmal wäre ich beinahe in einen Hinterhalt von Strauchdieben geraten; ich erkannte die Gefahr rechtzeitig und nahm einen Umweg.«

»Dem HERRN sei Dank«, murmelte Adriana.

Sie entnahm dem Regal neben dem Schreibpult zwei Becher sowie einen mit einem Leintuch abgedeckten Krug und stellte beides auf den Tisch. Dann nahm sie das Linnen vom

Krug, schenkte beide Becher fast randvoll und setzte sich ebenfalls.

»Ein Willkommenstrunk, Bruder. Lass ihn dir schmecken.« Adriana hob den Becher.

»Wein?«, fragte der Katalane verwundert. »Um diese Zeit?«

»Wein mit Wasser vermischt. In der Abtei pflegt man – wie soll ich sagen – eine etwas entspannteres Verhältnis zu den *Regula Benedicti,* wenn du verstehst, was ich meine.«

Der Katalane nickte. »Wie in so manch anderem Kloster auch, dessen Gastfreundschaft ich während meiner Reise in Anspruch nahm. Mit der Disziplin steht es vielerorts nicht zum Besten. Aber ist das nicht zu erwarten? Wenn ich daran denke, was in Avignon, Rom und anderswo geschieht – warum sollte es bei den Kindern gesitteter zugehen als bei der Mutter?« Ironisch verzog er den Mund.

Adriana hob überrascht die Brauen. »Ja, das hat Albert von Kanten auch gesagt.«

»Der, in dessen Auftrag du hier bist?«

»In dessen Auftrag *ich* hier bin? In dessen Auftrag *wir* hier sind, Bruder«, stellte Adriana richtig.

»Natürlich, du hast recht«, korrigierte sich Guillermo umgehend. »Er war es, der meinen Abt überreden konnte, mich ziehen zu lassen. Der Vorwand, den er ihm nannte, war übrigens ein Geniestreich – dich dabei zu unterstützen, ein häretisches Dokument zu finden, um es vor den Feinden der Kirche in Sicherheit zu bringen. Wenn er wüsste, weswegen wir wirklich hier sind ...«

»Hoffen wir, dass er es nicht herausfindet. Zumindest, solange wir hier sind«, murmelte Adriana sibyllinisch.

Der Katalane sah sie an. »Das hört sich an, als ob du Probleme erwartest, Bruder?«

»Ich erwarte sie nicht erst, ich fürchte, die haben wir bereits.«

Auf seinen überraschten Blick hin berichtete Adriana ihm ausführlich von den Geschehnissen der vergangenen Tage.

Der Katalane zeigte sich sichtlich erschüttert. »Ein Mörder an diesem Ort? Und du sollst herausfinden, wer es ist? Ein ungeheuerliches Anliegen, das der Abt da an dich richtet!«

»Und dennoch bin ich gewillt, ihm zu entsprechen. Vergiss nicht, dass alles mit dem Mord an dem Armarius begann. Und zwar nachdem er sich mit mir in jener Nacht getroffen und mir seine Unterstützung angeboten hatte. Ich bin fest davon überzeugt, dass die Morde im Zusammenhang mit meiner Person stehen und mit meinem Auftrag – besser gesagt: mit *unserem* Auftrag –, das verschollene Dokument zu beschaffen: das Testament des Athanasius. Die griechischen Buchstaben, eingeritzt auf der Stirn der Opfer, sind der Beweis. Vor zwanzig Jahren hat dieser Mönch aus Oybin versucht, diese Schrift zu finden – und seine Courage vermutlich mit dem Leben bezahlt. Meine Intention war und ist, die Autorität, die der Abt mir in Verbindung mit dem Ermittlungsauftrag verlieh, nicht nur zur Aufklärung der Morde zu nutzen, sondern auch, um schneller und effektiver mehr über dieses Dokument zu erfahren.«

»Auch jetzt noch, nachdem der Mörder vor aller Augen als entlarvt gilt und geflohen ist?«

»Du hast es soeben richtig formuliert: Er *gilt* als entlarvt, aber er ist es nicht, davon bin ich überzeugt. Abt Florian ignoriert die diesbezügliche *onus probandi*. Leider! Er steckt den Kopf in den Sand.«

»Mit anderen Worten: Du siehst die Gefahr, dass der Täter weitermordet?«

»Das lässt sich nicht sicher sagen. Aber ich werde das Gefühl nicht los, als stünden weitere Personen auf seiner Todesliste.«

»Das heißt, er hat es auf einem bestimmten Personenkreis abgesehen?«

Adriana nickte. »Die Frage ist, auf welchen. Das eben ist es, was ich herausfinden will. Bisher weiß ich nur, dass es einen Zusammenhang geben muss zwischen dem verschollenen Dokument, nach dem wir suchen, und den zwei Opfern. Wenn ich wüsste, welche Gemeinsamkeiten es darüber hinaus zwischen ihnen beiden gibt, wäre ich einen entscheidenden Schritt weiter.«

»Darüber hinaus?«

»Ja. Etwas, was die ermordeten Personen nicht nur mit dem Dokument, sondern auch miteinander verbindet. Ein Hinweis könnte das Rachemotiv sein, das der Mörder in seinen Botschaften anklingen lässt.«

»Was die Frage nahelegt, wofür er sich rächen will.«

»Du sagst es. Eigentlich kann es darauf nur zwei Antworten geben. Entweder er erlitt selbst Unrecht vonseiten derer, die er tötete, oder er rächt jemand anderen, von dem er glaubt, dass ihm Unrecht widerfuhr.«

»Was, wenn sich seine Botschaft nur auf die beiden bisherigen Opfer beziehen würde und er gar keine weiteren im Visier hätte?«

»Auch das ist möglich, dennoch bleiben Ungereimtheiten und offene Fragen. Der Konverse, den der Abt für den Täter hält, ist ungebildet, er dürfte sich vermutlich schwertun im Schreiben und Lesen, geschweige denn, dass er des Lateinischen mächtig ist. Hinzu kommt, dass die Worte des Mörders wohlgesetzt sind; trotz des toxischen Sarkasmus, der ihnen innewohnt, offenbart er einen gewissen Sinn für Poesie. Du siehst also, Bruder, auch wenn es danach aussieht, als hätte er nach dem zweiten Mord Hals über Kopf das Kloster verlassen – Ludolf kann nicht der Mörder sein, dazu fehlt es ihm an Verstandeskraft. Es sei denn – und diese Option will ich nicht ausschließen –, er handelte im Auftrag eines anderen.«

»Du meinst also eine Art *spiritus rector*, der ursächlich für die Morde verantwortlich ist? Er schreibt die Botschaften und bedient sich des Konversen, der die Morde in seinem Auftrag begeht?«

»Ja. Eine Theorie, wie gesagt. Aber sei es, wie es will: Der Täter ist noch mitten unter uns, davon bin ich überzeugt, er könnte jederzeit wieder zuschlagen. Und – das bereitet mir Sorge, um nicht zu sagen, es macht mir Angst – ich befürchte, dass er auch uns ins Visier nehmen könnte.«

»Wie kommst du darauf?«

»Ich sagte es bereits: Vieles spricht dafür, dass die Morde mit dem Testament des Athanasius zusammenhängen, nach dem wir suchen. Und denk an die Warnung, die der Armarius an mich richtete, am Tag bevor er starb.«

Bruder Guillermo hatte die Unterarme auf die Tischplatte gestützt, starrte vor sich hin und knetete gedankenverloren seine Finger. Dann hob er das Haupt, ein entschlossener Zug hatte sich in seine Mundwinkel gekerbt.

»Wir werden es herausfinden, Bruder. Gemeinsam! Wir werden ihm das Handwerk legen.«

Ein befreites Lächeln überzog Adrianas Miene. »Ich hatte gehofft, dass du mir auch dabei helfen würdest. Ich wagte es nur nicht, dich direkt danach zu fragen, Bruder. Immerhin besteht unsere vornehmste und wichtigste Aufgabe darin, gemeinsam nach dem verschollenen Dokument des Athanasius zu forschen und nicht die Taten eines verrückten Meuchelmörders aufzuklären.«

»In diesem Fall, scheint es mir, kommen wir wohl nicht umhin, uns des einen sowie des anderen anzunehmen.«

Adriana schmunzelte. »Trefflich ausgedrückt, Bruder. Ich bin froh, dich an meiner Seite zu wissen – sowohl wegen des einen als auch des anderen.«

Das warme Leuchten in seinen Augen sandte aufs Neue einen angenehmen Schauer über ihren Rücken. Erneut ärgerte sie sich darüber und schalt sich in Gedanken eine törichte Gans.

»Ich denke, es ist an der Zeit, dich mit deinen Aufgaben vertraut zu machen, Bruder«, meinte sie betont gleichmütig, während ein Schatten über ihre Miene huschte. Sie versuchte die plötzliche Stimmungsschwankung zu kaschieren, indem sie sich jäh vom Tisch erhob.

Hätte sie auch nur geahnt, dass dem Katalanen die Veränderung in ihrem Gebaren nicht entgangen war und dass auch ihn eine Regung befiel, derer er sich nicht erwehren konnte – ein Umstand, der ihn gleichermaßen verwirrte wie bestürzte –, vielleicht wäre manches anders gekommen.

»Das hier ist künftig dein Arbeitsplatz.« Adriana war an das zweite Schreibpult getreten, das sich neben dem ihren befand. »Wie du siehst, ist das Fenster, unter dem wir arbeiten, gen Norden gelegen, so lässt sich das Tageslicht besser nutzen. Dort in den Regalen rechts neben der Tür«, sie wies mit der Hand auf die gegenüberliegende Wand, »findest du die zu prüfenden Pergamente; wundere dich nicht über das chaotische Durcheinander, aber hier in Ennswalden scheint Themis, die griechische Göttin der Ordnung, keinen Zutritt bekommen zu haben, wenn du diesen heidnischen Vergleich gestattest«, fügte Adriana ironisch an.

»Der Vergleich passt zu diesem Ort, Bruder«, gab der Katalane nicht weniger ironisch zur Antwort. »Wie zu jedem anderen der Christenheit, an dem heidnisches Gedankengut die reine Lehre unseres HṚṚṚṚ verdrängt hat.« Auch er hatte sich vom Tisch erhoben.

Adriana hob belustigt die Brauen. »Du hast recht, von dieser Warte aus habe ich das noch gar nicht betrachtet.« Die Irritation von vorhin war völlig verschwunden. »Dort links neben der Tür findest du die Pergamentbögen und Schriftrollen, die gestern und heute von mir geprüft und in eine logische Ordnung gebracht worden sind«, fuhr sie fort. »Mitsamt den Verzeichnissen und Listen, die ich angefertigt habe.«

Der Mönch grinste sie an. »Dann wurde Themis also doch noch Zutritt in Ennswalden gewährt?«

Adriana musste lachen. »Könnte man sagen. Aber irgendwo musste ich beginnen, dieses Tohuwabohu zu ordnen. *Quod ordinem habet, bene reminiscibile est* – was eine Ordnung hat, lässt sich gut erinnern, wie du sicher weißt. Ich muss mir zuerst eine Übersicht verschaffen, um zu wissen, wo genau ich suchen muss.«

Guillermo nickte. »Verstehe.« Er trat an das Schreibpult heran, auf dem das aufgerollte Pergament lag. Um es zu prüfen, hatte Adriana es an allen vier Ecken mit dünnen Nägeln auf dem Brett befestigt. Das Blatt entlockte ihm einen überraschten Ausruf.

»Sieh an, ein Dokument auf Griechisch und sehr alt«, stellte er mit Kennerblick fest und fuhr, nachdem er es sich genauer angesehen hatte, fort: »Diese Schriftart des Griechischen war in den ersten Jahrhunderten nach der Geburt unseres HERRN gebräuchlich. Auch das Bekenntnis von Nizäa wurde in dieser Schrift verfasst. Interessant zwar, aber was den Inhalt angeht, sicher nicht das, wonach du suchst: ›Der Fuchs und die Trauben‹, eine Fabel von Äsop«, meinte er lächelnd.

»Das ist richtig; allein, es beweist, dass hier Handschriften herumliegen, die fast tausend Jahre alt sind. Ich bin zuversichtlich, auch auf die Schrift zu stoßen, nach der wir suchen: das Testament des Athanasius.«

»Ich teile deine Zuversicht, Bruder, sonst wäre ich nicht hier. Ein Dokument aufzuspüren, mittels dessen wir die ketzerische Lehre von der Trinität aus den Angeln heben – welcher Ansporn könnte größer sein? Zumal es dem Kloster entstammt, dem ich angehöre.«

»Wie konnte es eigentlich hierher nach Ennswalden gelangen?«

Guillermo zuckte die Schultern. »Das mag der Himmel wissen. Welche verborgenen Wege diese alten Schriften mitunter nehmen, entzieht sich unserer Kenntnis.«

»Da magst du recht haben.«

»Was ich allerdings nicht begreife: Wie konnte ein solch altes Dokument«, Guillermo deutete mit dem Kopf auf das Pergament auf Adrianas Schreibpult, »zwischen all die anderen, die viel jüngeren Datums sind, geraten? Eine unsagbare Schlamperei, wenn du mich fragst.«

»Es hängt wohl mit dem Brand zusammen, den es hier vor vielen Jahren in der Bibliothek gab. Hals über Kopf wurde versucht zu retten, was zu retten war. Später, als man die Bestände, die vor dem Feuer in Sicherheit gebracht werden konnten, wieder ins Kloster zurückverfrachtet hatte, hielt man es offenbar nicht für nötig, sie gewissenhaft zu registrieren und zu ordnen. Der Bibliotheksbestand geriet wild durcheinander. Du siehst also, wie wichtig es ist, dieses Chaos systematisch anzugehen.«

»Gut, dann sage mir, was ich tun kann.«

»Da muss ich nicht lange überlegen. Nimm dir die Pergamentrollen im untersten Fach im Regal rechts neben der Tür vor. Anschließend die Palimpseste im Fach darüber. Damit dürftest du die nächsten beiden Tage beschäftigt sein.«

SECHS NAMEN

TAG 19
SAMSTAG, 27. JUNI ANNO DOMINI 1405

Kapitel 26
Komplet

Der dritte Tag ihrer Zusammenarbeit neigte sich dem Ende zu, die Abenddämmerung zog herauf. In ihrer Schreibstube bereiteten Adriana und Guillermo die Arbeiten für den nächsten Tag vor. Bald würde die Glocke den Beginn der Komplet ankündigen, die Mönche würden sich in die Kirche begeben und das letzte Gotteslob des Tages erschallen lassen. Die Ellenbogen auf das Schreibpult gestützt, sinnierte Adriana gedankenversonnen vor sich hin. Ein Kerzenständer sowie mehrere Öllampen auf den Tischen und den beiden Schreibpulten unterstützten das scheidende Licht des Tages dabei, Helligkeit in den Raum zu bringen. Guillermo war damit beschäftigt, aus dem Regal, in dem die zu prüfenden Pergamente untergebracht waren, Material zusammenzustellen, das er morgen sichten würde. Adriana beobachtete aus den Augenwinkeln, wie er sich stoßweise Pergamente in die linke Armbeuge lud, um sie an seinen Arbeitsplatz zu verfrachten, und ließ die vergangenen beiden Tage gedanklich vor ihrem geistigen Auge vorüberziehen.

Schon vom ersten Tag an hatte sich ein enges Vertrauensverhältnis zwischen ihnen herausgebildet. Mittlerweile spiegelte sich dies auch in der gegenseitigen Anrede: Das förmliche »Bruder« entfiel, es genügte, sich beim Vornamen zu nennen. Doch zugleich hatte Guillermos Nähe in Adriana ein Begehren ausgelöst, wie sie es so noch nie zuvor in Gegenwart eines Mannes verspürt hatte. Eine Erfahrung, die sie verwirrte und mit der sie nicht umzugehen vermochte. Obwohl ihr klar war, dass dies der Natur entsprach – denn wurde das, was Mann und Frau zusammenbrachte und sich zunächst in einem zarten Flämmchen manifestierte, um schließlich zu einer hoch auflodernden, alles verzehrenden Lohe zu werden, nicht auch in der Heiligen Schrift gepriesen?

Das eine oder andere Mal fragte sie sich, ob Guillermo ähnlich empfand. Um erschrocken festzustellen, dass der Gedanke, der da durch ihren Kopf geisterte, zutiefst verstörend war, würde es doch bedeuten, dass der Mönch in diesem Fall eine sündige Neigung wider die Natur verspürte, schließlich war sie in seinen Augen ein Mann. Umso mehr irritierten sie die schwärmerischen Blicke, mit denen er sie hin und wieder verstohlen musterte. Fühlte er sich dabei ertappt, zuckte er regelrecht zurück. War er etwa ...? Nein, niemals! Oder etwa doch? War es letztlich nur ihr Wunsch, dass es nicht so sein möge? Weil in ihrem Universum einfach nicht sein konnte, was nicht sein durfte? Einem Universum, in dem klar gezogene Grenzen zwischen Gut und Böse, zwischen gottesfürchtig und gottlos dafür sorgten, dass sie ein reines Gewissen behielt? Grenzen, die, wenn sie überschritten wurden, den Zorn des Himmels erregten? Die Fragen machten ihr Angst.

Je länger dieser ambivalente Zustand andauerte, desto deutlicher wurde ihr bewusst, dass sie die Fantasien, die immer wieder in ihr aufblitzten, bändigen und ihre Gedanken entschieden in die Schranken weisen musste. Ob sie damit auch ihrer Empfindungen Herr werden würde, stand auf einem anderen Blatt. Waren Gefühle doch vielfach resistent gegen die von der Ratio vorgebrachten Argumente und der Kampf gegen die Versuchungen des Fleisches eine Herkulesaufgabe, der nur gewachsen war, wer sein Vertrauen auf den HERRN setzte – so hatte Albert von Kanten es ihr vor ihrem Aufbruch noch eingeschärft, fast als ob er gewusst hätte, welche Versuchungen sie erwarteten.

Eines aber war gewiss: In Anbetracht der Aufgabe, die sie zu erfüllen hatte und die angesichts der prekären Situation in der Abtei nicht gerade einfacher geworden war, konnte sie sich keine Ablenkung leisten.

Und so hoffte Adriana, inmitten dieses Wirbels aus konfusen Gedanken und irritierenden Empfindungen, den Kopf über Wasser behalten und allen Widernissen zum Trotz die ihr anvertraute Mission zu einem erfolgreichen Ende bringen zu können.

»Was ist das denn?«

Der Ausruf des Katalanen holte sie zurück in die Gegenwart. Er hatte das zu sichtende Material auf dem Tisch neben seinem Schreibpult abgelegt und ein Pergamentblatt entrollt.

»Was gibt's?« Adriana trat an seine Seite – und blickte mindestens ebenso überrascht auf das, was er in Händen hielt.

Es war eine Liste mit sechs Namen, die sich, was das Schriftbild anging, in Duktus und Schreibweise deutlich voneinander unterschieden – ein Hinweis, dass jeder Name von dem, der ihn trug, geschrieben worden war. Unter dem letzten Namen saß eine Zeichnung, die Adriana bereits kannte und die ihr einen Schauer über den Rücken jagte: das Spinnenmotiv!

Die Darstellung der Triqueta mit dem hineingeflochtenen Ring und den acht strahlenförmigen krakeligen Linien. Darunter ein Satz, auf den sie bisher noch nicht gestoßen war:

Hoc testatur aranea alba – Dies bezeugt die Weiße Spinne.

Adrianas Puls beschleunigte sich, sie sah auf. Ihr verblüffter Blick traf auf den des Katalanen, der nicht minder überrascht wirkte.

»Sieh an«, murmelte Guillermo. »Die mysteriöse Weiße Spinne. Die Namen auf diesem Pergament scheinen mir nicht weniger mysteriös zu sein.«

Guillermo nahm den aufgerollten Bogen und befestigte ihn an den vier Ecken mit dünnen Nägeln auf dem Schreibpult. Adriana griff sich eine Öllampe und stellte sie daneben.

»Ossius, Eustathios, Makarios, Alexander, Nikolaus, Paphnutius«, las Guillermo. »Ziemlich ungewöhnliche Namen für Ordensleute. Findest du nicht?«

»Zumindest für Ordensmänner in unseren Breiten«, stimmte sie zu, »bis auf die Namen Alexander und Nikolaus. Aber es muss sich dabei ja nicht um Ordensleute handeln. Die Namen kommen mir irgendwie bekannt vor.«

Aufmerksam das Pergament in Augenschein nehmend, wiederholte sie leise murmelnd die Namen, wobei sie zwischen jeden eine längere Pause setzte.

»Es will mir einfach nicht einfallen. Ich bin nah dran – aber ...« Sie schüttelte den Kopf.

Guillermo nickte. »Das Gefühl kenne ich.«

»Lass uns versuchen, das Ganze zu analysieren«, schlug Adriana vor. »Wir haben sechs Namen, wer sich dahinter verbirgt, wissen wir nicht. Was das Schriftbild angeht, unterscheiden sie sich deutlich in Form und Duktus voneinander, was heißt, dass jeder der sechs Unterzeichner eigenhändig seinen Namen auf dieses Dokument gesetzt haben muss. Frage: Warum schreiben sechs Männer ihre Namen auf ein Blatt?«

»Die logischste Antwort scheint mir: um mit ihrer Unterschrift etwas zu bestätigen, zu bezeugen oder zu dokumentieren. Einen Vertrag vielleicht oder eine Urkunde, was weiß ich.«

Adriana nickte. »Wenn es so ist, könnte das, was wir vor uns haben, das Schlussblatt eines solchen Dokumentes sein. Was noch für diese Annahme spricht ...«

»... ist die Signatur ganz am Ende«, fiel Guillermo Adriana ins Wort. »Diese eigenartige Zeichnung. Der Satz: ›Dies bezeugt die Weiße Spinne‹, womit sich dieses allerliebste Tierchen auf etwas beziehen könnte, was von den sechs Unterzeichnern zur Kenntnis genommen und per Signatur von ihnen bestätigt wurde. Die Spinne setzt sozusagen als Zeugin ihre Schlussbestätigung unter das Dokument.«

Adriana legte den Kopf schief und sah den Katalanen schelmisch an. »Bravo!« Sie applaudierte.

Guillermo grinste. »Der Applaus gebührt dir«, sagte er und fuhr, sachlicher werdend, fort: »Die Frage ist, womit haben wir es bei dem Dokument zu tun? Und wer verbirgt sich hinter den eigenartigen Namen?«

»Auf das Womit könnte uns das hier eine Antwort geben.« Adriana wies mit einem Federkiel auf die Zeichnung.

»Die Triqueta, das Symbol der Trinität?«

Adriana nickte. »Sehen wir uns das Ganze im Kontext an. Wir ...«, sie unterbrach sich mitten im Satz und schlug sich mit der flachen Hand gegen die Stirn. »Mein Gott! Ich hab's! Dass ich nicht gleich darauf gekommen bin!«

»Was ist? Was meinst du?«

»Die Namen!«, rief sie aufgeregt. »Die Namen der Unterzeichner! Das sind Namen herausragender Vertreter der Trinitätsfraktion, die auf dem Konzil zu Nizäa gegen Arius und für Athanasius gestimmt haben.«

Guillermo hob verdutzt die Brauen. »Du willst ... Du willst doch nicht etwa behaupten, dass dieses Dokument über tausend Jahre alt ist und auf dem Konzil zu Nizäa ... «

»Nein, natürlich nicht, wo denkst du hin, die Schrift ist lateinisch. Die Dokumente des Konzils sind auf Griechisch verfasst«, unterbrach sie ihn. »Aber erinnerst du dich an die Bemerkung des Armarius, die er mir gegenüber machte, in der Nacht, als ich ihn traf; die Nacht, bevor er getötet wurde? Ich habe dir davon erzählt.«

Guillermo schüttelte den Kopf. »Hilf mir auf die Sprünge.«

»Der Inquisitor, dieser Heinrich von Olmütz, der damals das Testament des Athanasius verstecken ließ, verpflichtete eine Gruppe junger Männer, über das Versteck zu wachen. Er redete ihnen ein, es könne keine vornehmere Aufgabe geben, als die Lehre von der *trinitas* zu verteidigen. Ihre Identität hielt er vor jedermann geheim. Um mit ihnen in Verbindung zu treten, habe er ihnen Decknamen verpasst, Decknamen, mit denen sie auch untereinander kommunizieren sollten, so der Armarius. Decknamen, verstehst du? Welche Decknamen könnten besser zu einer Gruppe obskurer Geheimbündler passen, die sich die Verteidigung der Trinitätslehre auf die Fahnen geschrieben haben, als die Namen derer, die seinerzeit auf dem nizäischen Konzil Stellung für die Argumente bezogen, die später die Grundlage des Trinitätsdogmas bildeten?«

Adriana spürte, wie ihre Wangen glühten.

Guillermo hob die Brauen. »Ich glaube, jetzt verstehe ich, was du meinst. Die Namen auf dem Pergament«, er deutet mit dem Kopf zum Schreibpult, »du glaubst, dass sie mit diesem Konzil zu tun haben?«

»Aber ja doch, sieh dir die Namen an. Ossius, Eustathios, Makarios, Alexander, Nikolaus, Paphnutius – Ossius von Córdoba, Eustathios von Antiochia, Makarios von Jerusalem, Alexander von Alexandria, Nikolaus von Myra und Paphnutius von Ägypten; neben Athanasius, nach dessen Brief wir suchen, und natürlich dem Kaiser höchstselbst haben diese Männer die Entscheidungen des Konzils maßgeblich geprägt.«

Guillermo kratzte sich am Kopf. »Ich weiß natürlich, um was es damals in Nizäa ging. Aber was den Hintergrund der einzelnen Personen angeht ... nun ja ...« Der Katalane zuckte verlegen mit der Schulter.

»Fangen wir mit Nikolaus an, Nikolaus von Myra«, dozierte Adriana. »Das war der, der Arius, als dieser einmal aufstand, um zu sprechen, mitten ins Gesicht schlug. Ossius von Córdoba war wesentlich daran beteiligt, die Glaubensformel von der Wesensgleichheit Gottes des Vaters und des Sohnes zu formulieren. Makarios von Jerusalem stieß einen Anhänger des Arius, mit dem er stritt, mit seinem Bischofsstab zu Boden, Alexander von Alexandria und Eustathios von Antiochia sollen zu denen gehört haben, die voller Wut einen Bekenntnisentwurf der Arianer unter großem Tumult vor den Anwesenden zerrissen. Auch Paphnutius von Ägypten verurteilte Arius aufs Äußerste. Wenn Vertreter der Arianer sprachen, hielten sie sich die Ohren zu und rannten hinaus – die Schandtaten aufzuzählen, die auf diesem Konzil begangen wurden, würde Bände füllen.«

»Ich stimme dir zu. Aber wenn ich es richtig sehe, besteht die Herausforderung darin, die Identität der Personen zu enthüllen, die ihre Namen, besser gesagt ihre Decknamen, auf dieses Pergament gesetzt haben.«

»So ist es. Wenn uns das gelänge, würde uns das bei der Suche nach dem Athanasius-Brief ein gutes Stück voranbringen – und damit vielleicht auch nach dem Mörder.«

Angespannt musterten sie das Pergament, das im Licht der Öllampen matt schimmerte.

»Lass uns das Material sichten, aus dem du die Rolle herausgezogen hast«, schlug Adriana schließlich vor. »Vielleicht finden wir ja weitere Seiten, die sich dem Schlussblatt zuordnen lassen, womöglich gar das komplette Dokument.«

Sie wandten sich dem über und über mit Pergamentrollen und -bögen bedeckten Tisch neben dem Schreibpult Guillermos zu. Wie so oft handelte es sich vorwiegend um das gewohnte Durcheinander aus Stapeln von Pergamenten, bestehend aus Listen, Inventaren, Protokollen, aber auch Handschriften, auf denen sich Gebete, Bibelsprüche und dergleichen fanden. Sogar ein Auszug aus den *Regula Benedicti*, ein reichlich schmutziges und verstaubtes Blatt, war darunter.

Sie hatten nahezu das gesamte Material durchforstet, als Guillermo einen überraschten Laut ausstieß. Er war auf einen Pergamentfetzen gestoßen, der von einem Bogen oder einer Rolle abgerissen worden sein mochte und einen Text enthielt, der nur aus zwei rudimentären, in Latein gehaltenen Sätzen bestand und sich auf zwei Zeilen verteilte. Offensichtlich das Fragment eines Briefes.

»... *quae cogitatio, Domine severe, occurrit mihi hodie cum Paphnutio colloquenti de venenum haeresis. Lupis meis custoditum nemo* ...«, las er laut vor. Er sah Adriana verdattert an. »Der Schreiber erwähnt einen gewissen Paphnutius! Könnte es sein, dass wir auf eine Verbindung zu diesem Schlussblatt gestoßen sind?« Er reichte ihr das Fragment.

»… der Gedanke, gestrenger Herr, kam mir heute, als ich mit Paphnutius über das Gift der Häresie sprach. Von meinen Wölfen bewacht, niemand …«, übersetzte Adriana den Text murmelnd. Sie hob den Blick. »Zwei Sätze. Vom ersten fehlt der Anfang, vom zweiten der Schluss. Du hast recht, der Text schafft tatsächlich eine Verbindung.« Verblüfft nickte sie ihm zu. »Wenn ich recht überlege, könnte ich mir sogar einen Reim darauf machen.«

»Und welchen?«

»Bruder Gallus, der Eremit. Ich habe dir von ihm berichtet. Der Einsiedler, der auf so scheußliche Weise ums Leben kam. Erinnerst du dich?«

»Der, der von seinen Wölfen gefre…? Mein Gott, ja, jetzt verstehe ich!« Guillermo schlug sich gegen die Stirn. »*Lupis meis custoditum nemo* – Von meinen Wölfen bewacht, niemand …«, zitierte er den bruchstückhaften zweiten Satz und folgerte: »Das ist … Das kann kein Zufall sein!«

»Das *ist* auch kein Zufall!«

»Wen könnte der Schreiber mit ›gestrenger Herr‹ gemeint haben.«

»Manchmal werden Inquisitoren so angeredet. Ich vermute, wir sind auf das Fragment eines Briefes gestoßen, der an einen Inquisitor gerichtet war.«

»Geschrieben von diesem … Eremiten?«

»Anscheinend. Die Formulierung, die der Autor gebraucht, lässt darauf schließen: ›Von meinen Wölfen bewacht‹.«

»Das heißt, es gibt eine Verbindung zwischen Paphnutius … der Weißen Spinne … und dem ums Leben gekommenen Eremiten, diesem Bruder Gallus?«

»So würde ich das deuten, ja. Aber lass uns noch mal rekapitulieren. Vor elf Tagen, am 16. Juni, wird der Armarius ermordet, am zweiten Tag nachdem ich ihn getroffen habe und er mir seine Kooperation bei der Suche nach dem Brief des Athanasius angeboten hat. Am Nachmittag des Folgetages entdecke ich in der Nähe des Schuppens, in dem sein Leichnam gefunden wurde, einen Aschehaufen. Ich durchsuche ihn und finde ein verkohltes Stückchen Pergament. Darauf die Reste einer Zeichnung, bei der es sich um die abstrahierte Darstellung einer Spinne in Verbindung mit dem Symbol der Triqueta handelt. Tage später stoße ich durch Zufall auf ein schlecht abgeschabtes Palimpsest mit derselben Abbildung, ergänzt durch die Worte ›Die Weiße Spinne‹. Heute finden wir ein Pergament, auf dem sechs Namen verzeichnet sind – offenbar das Schlussblatt eines Dokumentes, eines Vertrags, einer Urkunde oder dergleichen –, von denen wir annehmen, dass es sich um Decknamen handelt: Decknamen, die identisch sind mit den Namen von sechs führenden Vertretern des Trinitätsdogmas, die auf dem nizäischen Konzil eine tragende Rolle gespielt haben. Am Schluss finden sich wieder die Spinnenzeichnung und der Satz ›Dies bezeugt die Weiße Spinne‹. Und soeben sind wir auf das Fragment eines Briefes gestoßen, auf dem einer dieser seltsamen Namen auftaucht, die auch auf diesem Schlussblatt stehen. Weißt du, was ich mich frage?«

Dar Katalane kaute nachdenklich auf seiner Unterlippe. »Ich kann es mir denken. Lass es mich so vergleichen: Wir haben mehrere Rinnsale, die einen gemeinsamen Ursprung haben. Die Frage lautet: Wie gelangen wir zur Quelle?«

»So ist es. Bruder Ansgar hat mir versichert, dass einige der im Umlauf befindlichen Palimpseste aus dem Vorrat der Inkluse vom Kapellenberg stammen. Vielleicht weiß sie etwas,

was uns nützt; wir werden sie befragen. Aber zuerst will ich mir die Klause ansehen, in der Bruder Gallus hauste, immerhin scheint das Brieffragment, in dem von Wölfen die Rede ist, von ihm zu sein.«

»Wann willst du zur Klause aufbrechen?«

»Gleich morgen am Sonntag. Du bist dabei?«

Guillermos Augen funkelten vor Tatendrang. »Ich bin dabei.« Seine Worte klangen fast fröhlich.

DIE WOLFSKLAUSE

TAG 20
SONNTAG, 28. JUNI ANNO DOMINI 1405

Kapitel 27
Zwischen Prim und Terz

Das Pferd gesattelt, einen Regenumhang um die Schultern, wartete Adriana bei den Ställen. Besorgt sah sie zum Himmel. Ein drohend dunkles Wolkengebirge hatte sich im Westen aufgebaut und schickte sich an, seinen Weg gen Osten zu nehmen. Bald würde sein wild zerfranster Rand die Sonne erreicht haben und nur wenig später der noch strahlend blaue Himmel ein düsteres Regengewand übergestreift bekommen. Der Weg hinauf zur Wolfsklause würde nicht einfach werden. Bislang hatte sie noch keine Gelegenheit gehabt, jenen Teil der Gegend zu erkunden, in dem die verlassene Ruine lag, die Bruder Gallus einst zu seiner Behausung erkoren hatte. Wozu bis jetzt auch keine Notwendigkeit bestanden hatte. Aus Gesprächen mit Bruder Bertram wusste sie, dass der Weg entlang der Enns und dann durch dichten Bergwald zur Klause hinauf bei Regen besonders beschwerlich war.

»Du kennst den Weg dorthin?«, hatte sie ihn gefragt.

»Nur aus den Beschreibungen anderer. Ich selbst bin noch nie dort gewesen. Ich fürchte mich vor Wölfen.«

Sie verließ sich auf Guillermo; er hatte versprochen, sich nach dem genauen Verlauf der Strecke zu erkundigen.

»Ich sehe, du bist bereit«, ertönte plötzlich seine Stimme. Erschrocken drehte sie sich um. Der Katalane stand, sein Pferd am Zügel, hinter ihr und grinste.

»Ich hab dich gar nicht kommen hören.«

»Dazu warst du zu sehr auf den Himmel konzentriert«, meinte er und fuhr fort: »Du siehst besorgt aus.«

»Ich fürchte, wir werden ordentlich Regen bekommen.«

Er zuckte gleichgültig die Schultern. »Wie heißt es so schön? *Post nubila phoebus.*«

»Nach den Wolken kommt die Sonne? Wenn es nur so einfach wäre. Der Weg zur Klause soll bei Regen sehr schwierig sein.«

»Dann lass uns aufbrechen. Etwa eine Wegstunde liegt vor uns. Vielleicht schaffen wir es noch vor dem Regen dorthin.«

»Du hast dich nach dem Weg erkundigt?«

Guillermo nickte. »Gerade eben. Bei Bruder Firmin, dem Pförtner.«

Der Regen erwies sich dann doch als schneller. Plötzlich aufkommender Wind trieb die Wolken vor sich her wie der Wolf eine Herde schwarzer Schafe, während sich der Himmel zusehends verdüsterte. Flussaufwärts reitend, hatten sie inzwischen einen sandigen Wegabschnitt erreicht, der nah am Ufer der Enns vorbeiführte, die links und rechts von hoch aufragenden Waldbergen gesäumt wurde. Etwa ein Viertel der Strecke bis zum Aufstieg lag noch vor ihnen, als die ersten schweren Tropfen fielen. Gleich darauf setzte prasselnder

Niederschlag ein und verwandelte den Streckenabschnitt in eine einzige große Schlammpfütze.

»Wir hätten den Ritt verschieben sollen!«, rief Adriana ihrem Begleiter zu. Die Kapuze tief ins Gesicht gezogen, ritt sie eine Pferdelänge hinter ihm, ihr Umhang triefte vor Nässe.

Der Katalane wandte sich um. »Aber jetzt sind wir nun mal unterwegs. Vor uns liegt nur noch ein Viertel der Strecke, dann sind wir am Ziel.« Auch er war völlig durchnässt, trotz der Kapuze liefen feine Rinnsale über sein Gesicht.

Den Pferden hingegen schienen Nässe und Regen nichts auszumachen. Stoisch stapften sie schlammspritzend durch den Morast, der ihnen bis zu den Fesseln reichte.

An einer Stelle des Ufers angelangt, wo der Fluss an einer mächtigen Felsbarriere entlangfloss, die schroff aus dem Waldberg heraustrat, hielt Guillermo inne. Mit der ausgestreckten Rechten wies er auf das marode Gemäuer eines Turms, der sich ein Stück weiter vorne auf einer bewaldeten Anhöhe erhob. Verwaschen stach seine Kontur durch den grauen Regenvorhang.

»Siehst du den Turm dort oben? Und die Trauerweide da vorne, nah am Fluss? Wir reiten an der Weide vorbei und biegen etwa dreihundert Schritt weiter auf einen Pfad ein, der vom Ufer weg durch den Wald und zum Turm hinaufführt.«

»Dafür, dass du nicht aus der Gegend bist, kennst du dich ziemlich gut aus.«

»Ich habe ein gutes Gedächtnis und vermag mir ortsbezogene Hinweise gut zu merken. Und Bruder Firmin hat mir die Strecke genau beschrieben.«

»Scheint ziemlich steil zu sein, schaffen das die Pferde?«

»Das werden sie, glaub mir. Sogar der Schinder kommt mit seinem Karren da hoch. Sagtest du das nicht?«

»Aber bestimmt nicht bei diesem Sauwetter«, gab sie skeptisch zurück.

Die durch den Regen bedingten Hindernisse waren dann doch weniger schlimm als befürchtet. Was an den unterschiedlichen Streckenabschnitten lag, die sie passierten. Dort, wo der Weg eng zwischen den Bäumen hindurchführte und sich die Laubkronen zu einem dichten Dach schlossen, war es verhältnismäßig trocken; lediglich an den Stellen, wo die Stämme zurücktraten und man den Himmel sehen konnte, schlug die Nässe erbarmungslos zu und verwandelte ihn in eine morastige Rutschbahn. Dennoch meisterten die Pferde den Aufstieg ohne größere Probleme.

Dann aber hörte es schlagartig zu regnen auf. Als sie wieder einmal aus einem von dichten Wipfeln überdachten längeren Wegabschnitt in einen kürzeren helleren wechselten, der den Blick nach oben freigab, stellten sie fest, dass es aufzuklaren begann. Die Wolken hatten sich ihrer Last entledigt, stellenweise war bereits das verwaschene Blau des Himmels zu sehen.

Sie hatten die Kuppe fast erreicht, als sich der Wald lichtete. Guillermo brachte sein Pferd zum Stehen und wies mit der Rechten auf die weitgehend baumfreie Lichtung, die vor ihnen lag. Sie erstreckte sich über einen großen Teil der Kuppe.

»Unser Ziel!«, sagte er.

Inmitten vor sich hin dämmernder Mauerreste erhob sich der Turm. Vom Licht der Sonne beschienen, die sich ihren Platz am Himmel vollständig zurückerobert hatte, leuchtete der Anblick des maroden Gemäuers zwischen den licht stehenden Stämmen hindurch. Obwohl ihm vor ewigen Zeiten das Dach abhandengekommen und große Stücke des Mauerwerks heruntergebrochen waren, schien er trotz des morbiden Eindrucks auf einen Rest von Stolz nicht verzichten zu wollen.

Guillermo schwang sich aus dem Sattel. »Wir leinen die Pferde an und gehen zu Fuß weiter. So vermeiden wir es, dass sie scheu werden, sollten sich die Wölfe bemerkbar machen.« Er machte den Rappen an einem Ast fest. Adriana folgte seinem Beispiel.

Sie traten aus dem Wald auf die Lichtung. Sie war übersät mit Stein- und Mauertrümmern und der typischen Vegetation einer vor vielen Jahren gerodeten Fläche, Totholz, wild wucherndes Strauchwerk, Baumstümpfe, aus denen Schösslinge trieben, aber auch Farnkraut, Gräser sowie Blumen und Blüten, Astwerk und Laub. An der einen oder anderen Stelle trat auch nackter Fels zutage. Das gesamte Areal triefte vor Nässe und glitzerte im Sonnenlicht. Schweigen hatte sich über die Lichtung gebreitet, der vorangegangene Regenguss hatte sogar die Grillen vertrieben, die normalerweise um diese Jahreszeit nicht laut genug zirpen konnten. Lediglich das ärgerliche Krächzen eines Raben, den sie aufgescheucht hatten, unterbrach die Stille.

Das Bemerkenswerteste jedoch war zweifelsohne der Graben, der fast kreisförmig um den Turm herumlief, sowie der zweigeteilte Steg, der darüberführte und über den man den Eingang erreichte. Der erste Teil endete, auf Stützen ruhend, in der Mitte des etwa fünfzehn Fuß breiten Grabens. Die Fortsetzung der hölzernen Konstruktion bildete eine Art heruntergelassene Zugbrücke, die an den auf Stützen ruhenden Teil anschloss und so, wie es aussah, vom Turm aus bedient werden konnte. Rechts unmittelbar neben dem Graben erhob sich, wie von einer Riesenhand hingeschleudert, ein mehr als doppelt mannshoher Felsbrocken. An seinem Fuß trat eine winzige Quelle zutage, die ein Rinnsal entließ, das sich in den

Graben ergoss und gleich darauf im Boden versickerte. Es versorgte die Wölfe mit Wasser.

»Das also ist der Wolfsgraben«, sinnierte Adriana vor sich hin, während sie sich ihm näherten.

»Ja. Genauso hat Bruder Firmin mir den Platz beschrieben«, meinte der Katalane.

Ringsum die Gegend musternd, begannen sie den Graben zu umrunden und kamen an eine Stelle, an der, etwa dreißig Fuß entfernt, die flache Kuppe steil ins Tal abfiel. Dem Blick eröffnete sich ein weites Panorama auf bewaldete Hügel, Wiesen und Felder. In der Ferne gleißte weiß das Band der Enns. Auf einem steilen Hügel erhob sich – winzig anzusehen auf die Entfernung – eine Kapelle mit einem seltsamen Anbau.

»Was das wohl sein mag?«, fragte Adriana und wies mit der Hand auf das seltsame Bauwerk.

»Das ist das Inklusorium der Nonne Adelheid auf dem Kapellenberg«, antwortete Guillermo.

»Woher weißt du das?«

»Bruder Firmin beschrieb mir die Gegend, als ich ihn heute Morgen um nähere Auskünfte bat.«

Sie gingen weiter. Doch schon nach wenigen Schritten hob Guillermo die Hand und blieb stehen.

»Was gibt's?«, fragte Adriana.

»Nichts, ich will nur vorsichtig sein. Es ist mir zu ruhig. Eigentlich müssten jetzt die Wölfe anschlagen.«

»Woher willst du das wissen?«

»Ich kenne mich aus mit Wölfen, glaub mir. In meiner Heimat gibt es unzählige dieser Tiere.«

Er trat hart an den Rand des Grabens heran, drehte sich um und gab ihr mit einem Wink zu verstehen, an seine Seite zu kommen.

»Um Himmels willen«, stieß sie hervor. Nicht ein einziger Wolf war im Graben zu sehen. Dafür blickte sie auf eine ekelerregende Ansammlung abgenagter Knochen und blutiger Fleischfetzen, die wild zerstreut den Grabenboden bedeckten. Der Anblick eines Schafskadavers, dem die Wölfe den Leib aufgerissen hatten und aus dessen Bauchraum die Gedärme quollen, sowie eines Schweinetorsos, dem Kopf und Beine fehlten, aber auch der Gestank, der an dieser Stelle aus dem Graben quoll, waren jedoch nicht das Schlimmste. Was sie weitaus mehr entsetze, waren eine blutbesudelte, hölzerne Beinprothese sowie die Überreste eines männlichen Leichnams, dem ein Arm und ein Bein fehlte. Gesicht und Kopf waren fast nicht mehr zu erkennen, Teile des Schädels schimmerten weiß inmitten einer formlosen Masse, aus der mehrere Rippen hervorragten. Die sterblichen Überreste des Eremiten.

Jäh wandte sie sich um, ging ein paar Schritte zurück in die Richtung, aus der sie gekommen waren, blieb stehen und atmete erst einmal tief durch.

»Kein schöner Anblick, ich weiß«, murmelte Guillermo, der ihr gefolgt war.

»Das habe ich auch nicht erwartet nach dem, was ich gehört habe«, entgegnete sie mit tonloser Stimme. Sie war blass geworden, sogar ihre Lippen hatten die Farbe verloren. »Ich frage mich nur, wo die Tiere sind.«

»Vermutlich auf Höhe der hinteren Seite des Turms. Dort soll es eine Art Unterschlupf geben, eine künstliche Höhle, in die sie sich zurückziehen können. Wenn sie satt sind, wollen sie ihre Ruhe haben und sind verhältnismäßig träge. Ich vermute, sie haben sich an den Kadavern satt gefressen, die der Schinder ihnen gebracht hat. Bruder Gallus hatte eine Vereinbarung mit ihm, er soll ihn ja regelmäßig beliefert haben, wie du weißt. Gefährlich für den Menschen werden Wölfe nur, wenn sie sich von ihm bedroht fühlen, insbesondere nachts. Oder wenn sie hungrig sind.«

»Woher weißt du das mit dem Unterschlupf?«

»Ich habe es zufällig mitbekommen, als Bruder Norbert darüber mit einem Konversen sprach. Er ist vom Cellerar beauftragt, sich um einen Teil des Forstes zu kümmern, der zur Abtei gehört.«

»Dann lass uns nachsehen«, schlug sie vor.

Auf Höhe der Rückseite des Turms angekommen, fanden sie die Angaben Bruder Norberts bestätigt. Sie blickten auf einen künstlich geschaffenen höhlenartigen Unterschlupf aus Steinen, Bohlen und Brettern, die Bruder Gallus vor zwanzig Jahren, als er seine Einsiedelei errichtete, in den Graben hineingebaut hatte. Da keines der Tiere zu sehen war, musste sich das Rudel in den Bau zurückgezogen haben.

Adriana schüttelte zweifelnd den Kopf. »Das soll er alles selbst geschaffen haben, nur um seiner Wolfsleidenschaft zu frönen?«

»Seltsam, ja. Aber es wird wohl stimmen, niemand hier in der Gegend zweifelt daran.«

»*Lupis meis custoditum nemo...*«, zitierte Adriana den bruchstückhaften Satz, auf den sie gestern gestoßen waren, während ihr Blick nachdenklich zwischen dem Turmgemäuer und dem Graben hin- und herwechselte.

»Was, verflixt, könnte er damit nur gemeint haben?«, wandte sie sich an den Katalanen. »Wen sollten seine Wölfe bewachen?«

»Sagtest du nicht, dass der Satz Teil eines Schreibens gewesen sein könnte, das an einen Inquisitor gerichtet war?

An diesen – wie hieß er doch gleich – Heinrich von Olmütz, beispielsweise?«

»Ja.«

»Dann könnte es doch jemand gewesen sein, den der Inquisitor in Gewahrsam nehmen ließ. Oder in Gewahrsam nehmen lassen wollte. Einen Ketzer zum Beispiel; der Hinweis auf das ›Gift der Häresie‹, den die Zeile enthält, lässt es mich vermuten. Der Inquisitor vertraut ihn der Obhut – oder besser gesagt der Wachsamkeit Bruder Gallus' an. Der sperrt den Betreffenden, wo auch immer, ein und sorgt dafür, dass der Zugang auf die denkbar sicherste Art bewacht wird – indem er seine Wölfe als Wächter einsetzt.«

»Gut möglich – auch wenn uns diese Theorie momentan nicht einen Schritt weiterbringt. Vielleicht finden wir etwas in seiner Behausung.« Sie deutete mit dem Kopf zum Turm hin.

Just in diesem Augenblick trat ein Wolf aus dem Bau, querte den Graben bis zu der Stelle, wo sie standen, und blickte zu ihnen hoch.

Sie erstarrten. Nicht aus Furcht, das Tier könnte sie angreifen, dazu war die Grabenwand zu hoch und zu steil. Es war die Farbe seines Fells und seiner Augen, was sie faszinierte.

»Ein Fell, weiß wie Schnee«, flüsterte Adriana. »Und sieh dir diese Augen an! Sind die Augen eines Wolfs nicht gelb?«

»Sie können gelb, braun oder auch grün sein, in allen Schattierungen, das weiß ich von den Wölfen aus meiner Heimat«, wisperte Guillermo. »Aber dieses Blau – das habe ich noch nie gesehen. Eine Laune der Natur, wie auch die Farbe seines Fells.« Wie versteinert erwiderten sie den Blick des Tieres, das stumm auf dem Grund des Grabens verharrte.

Da hob der Wolf sein Hinterteil, streckte die Vorderläufe

von sich und gähnte, wobei er das Maul weit aufriss und ein leises Knurren hören ließ. Dann wandte er sich wieder um und tappte langsam und bedächtig, wie er gekommen war, zurück in seine Höhle.

»Der alte Knabe ist müde und faul vom Fressen, sonst hätte er uns anders empfangen«, kommentierte Guillermo das Verhalten des Tieres. »Ich vermute, er ist der Anführer des Rudels.«

»Da magst du recht haben. Komm, sehen wir uns endlich das Refugium dieses seltsamen Eremiten von innen an.«

Sie liefen die restliche Strecke um den Graben herum und querten den Steg, um auf das Areal des Turms zu gelangen. Beim Eingang angekommen, zogen sie die grob gezimmerte Bohlentür, die nur angelehnt war, auf und traten in einen von Halbdunkel erfüllten kreisrunden Raum, der nur über eine kleine nach Norden gelegene Fensteröffnung verfügte, durch die Tageslicht fiel.

Ihre Augen hatten sich schnell an die schummrigen Lichtverhältnisse gewöhnt. Die Überreste einer verfallenen Treppe nahe dem Eingang, die einst in das obere Turmgemach führte, stachen ihnen als Erstes ins Auge: Steintrümmer, zerborstene Ziegel, Bohlen- und Bretterreste. Dort nachzusehen, erübrigte sich; so wie es aussah, war die Treppe schon vor Jahrzehnten eingestürzt. Die ziegelgemauerten Wände bröckelten vor sich hin, genauso wie der teilweise mit Ziegelfliesen bedeckte Boden, in dem riesige Löcher einen Blick auf den lehmigen, erdigen Untergrund freigaben.

Adriana sah sich zweifelnd um. Der kärglich eingerichtete Bereich des Raums, den Gallus sich als Behausung hergerichtet hatte, bot wenig Anlass, auf spektakuläre Entdeckungen zu hoffen.

Das Interieur war spartanisch: eine grob zusammengehauene Bettstatt, auf der ein flacher mit Laub und Heu gefüllter Sack und eine löchrige Wolldecke ruhten. Ein Tisch aus einem abgesägten Baumstamm mit darauf genagelten Brettern. Zwei Holzklötze als Schemel. An einer Wand ein Regal, das einen irdenen Krug mit abgebrochenem Henkel, zwei Holzbecher sowie einen hölzernen Teller beherbergte. Daneben – und das schien der einzige Luxus zu sein – zwei gut angespitzte Federkiele, eine kleine, blanke Messerklinge sowie ein aus Horn kunstvoll geschnitztes Tintenfässchen mit eingetrocknetem Inhalt. Auf dem Regalbrett darüber mehrere unbeschriebene Pergamentblätter und Utensilien zum Feuermachen: ein Päckchen Zunder, Feuerstein und Schlageisen. An den Wänden mehrere abgebrannte Kienspäne, die in Haltern steckten, lediglich zwei waren ungenutzt.

»Was meinst du, eigentlich könnten wir mehr Licht gebrauchen. Wollen wir uns nicht der beiden Kienspäne bedienen?« Adriana hatte kaum ausgesprochen, als Guillermo sie auch schon entzündete und ihr einen davon reichte.

Akribisch jeden Winkel ausleuchtend, sahen sie sich weiter um.

»Nanu, was ist das denn?«

Der verwunderte Ausruf Adrianas, die vor der Mauer unter dem Fenster am Boden kniete, galt einer Truhe mit zurückgeschlagenem Deckel. Sie stand neben einem Haufen altem Sackleinen und war leer. Den brennenden Kienspan in der Rechten, leuchtete Adriana den Platz um die Truhe herum aus.

»Wahrscheinlich wurde sie erst vor Kurzem geöffnet«, schlussfolgerte sie. Sie erhob sich, um eine bequemere Position einzunehmen, und stieß dabei aus Versehen mit dem

Kienspan gegen die Mauer. Mörtelbrösel lösten sich, ein Ziegel brach aus der Wand und fiel mit dumpf hallendem Aufschlag zu Boden.

»Gib Acht!«, rief Guillermo.

»Verflixt«, murmelte sie und wischte sich Staub und Brösel von der Kutte.

Guillermo ließ sich an ihrer Seite nieder. »Wie kommst du darauf, dass sie erst vor Kurzem geöffnet wurde?«

»Sieh dir das Schloss an. Es ist verrostet. Aber«, sie hielt ihren Kienspan dicht über das Schloss, »es gibt ein paar frische Kratzer. Das Metall schimmert hell unter dem Rost durch. Außerdem«, sie leuchtete das Innere der Truhe aus, »stünde der Deckel schon länger auf, würde sich mehr Staub und Schmutz in der Truhe abgelagert haben, das ist nicht der Fall.«

Der Katalane nickte geistesabwesend und biss sich auf die Unterlippe.

Als Adriana den Deckel zuklappte, präsentierte sich ihnen eine kunstvoll aus Eisen geschmiedete Triqueta mit einem hineingeflochtenen Ring, die mit Nieten auf dem Deckel befestigt war.

»Sieh an, das Symbol der Trinität«, murmelte sie. »Bruder Gallus hatte mit dem Verschwinden des Oybiner Mönchs zu tun. Da bin ich mir sicher.«

Guillermo nickte. »So sieht es wohl aus, ja. Sag, wann hast du vom Tod des Eremiten erfahren?«

Adriana überschlug im Kopf die Ereignisse der letzten Tage. »Das dürfte ungefähr zwei Wochen her sein – oder länger? Lass mich überlegen ... an einem Freitag ... nein, einem Samstag, es war ... Es war der 13. des Monats, also vor sechzehn Tagen. Zwölf Tage bevor du hier ankamst.«

»Das heißt, es gibt zwei Möglichkeiten. Die erste: Bruder Gallus selbst hat die Truhe kurz vor seinem Tod geöffnet. Die zweite: Jemand war hier, *nachdem* Bruder Gallus seinen schrecklichen Unfall hatte, und hat sich an der Truhe zu schaffen gemacht.«

»Eine Truhe öffne ich nur, wenn ich etwas entnehmen oder hineinlegen will. In aller Regel verschließe ich sie dann auch wieder. Wenn Bruder Gallus die Truhe geöffnet hat – warum hat er sie nicht wieder verschlossen? Mir scheint die zweite Hypothese logischer. Es war nicht Bruder Gallus, der die Truhe geöffnet hat. Der, der sie öffnete, hatte es eilig. Er nimmt das, was sie enthält, an sich und verschwindet überstürzt, ohne den Deckel wieder zuzuklappen. Zwei Fragen allerdings bleiben. Erstens: Das Schloss ist unversehrt, es wurde nicht aufgebrochen. Wer immer die Truhe geöffnet hat, hatte einen Schlüssel. Der aber hätte sich im Besitz von Bruder Gallus befinden müssen. Wie also kam er an ihn heran? Und die zweite Frage: Was enthielt die Truhe?«

»Beides lässt sich momentan nicht beantworten«, brummte der Katalane. »Also schauen wir uns besser weiter um.«

Sie erhoben sich und leuchteten mehrere Nischen aus, die sich in den dick gemauerten Wänden befanden. Ohne Ergebnis. Erstaunt nahmen sie jedoch zwei lehmige getrocknete Stiefelabdrücke zur Kenntnis, die sich dort, wo die Überreste der eingestürzten Treppe herumlagen, auf einer glatten zerborstenen Steinplatte befanden. Im Umfeld verlor sich die Spur, die Abdrücke wurden, je weiter sie sich von der Platte entfernten, immer undeutlicher und lösten sich schließlich ganz auf.

Adriana ging in die Hocke, um zwei bemerkenswert gut erhaltene Abdrücke genauer in Augenschein zu nehmen. Sie stammten unzweideutig vom selben Stiefelpaar, wobei die Sohle des rechten Stiefels eine z-förmige Kerbe aufwies.

»Ich vermute, die Spur ist noch nicht sehr alt. Was meinst du?«, sinnierte Adriana murmelnd.

»Das mag der Teufel wissen.« Guillermo beugte sich nach vorne und stützte die Hände auf die Knie. »Mir scheint, wir stolpern von einem verfluchten Labyrinth ins nächste, verdammter Mist«, fluchte er ärgerlich, als spräche er zu sich selbst. Um sich gleich darauf zu entschuldigen, als er den vorwurfsvollen Blick seiner Begleiterin bemerkte.

»Verzeih, Adrian, aber manchmal bricht der alte Guillermo in mir durch.« Verlegen kratzte er sich an der Stirn.

»Der *alte* Guillermo?« Adriana sah ihn mit hochgezogenen Brauen an.

Der Katalane zwang ein Grinsen in seine Miene. »Nun ja, der, der ich war, bevor ich … ein Anhänger unserer Sache wurde – du verstehst, Bruder? Es ist manchmal nicht einfach, Gewohnheiten abzulegen, die tiefer in einem liegen, als man sich eingestehen mag. Da rutschen einem auch mal Wörter über die Lippen, die besser ungesagt blieben.« Kameradschaftlich legte er seine Rechte auf ihren Arm. Schlagartig schoss es wieder in ihr hoch – dieses Gefühl, das ihr Gesicht glühen und die Schmetterlinge in ihrem Bauch flattern ließ.

Hastig wischte sie seine Hand beiseite und sprang auf.

»Ich denke, wir sollten uns draußen noch mal umsehen. Komm!«, forderte sie ihn barsch auf. Wieder einmal ärgerte sie sich über sich selbst. Eine einfache Berührung, ein warmer Blick aus den Augen des Katalanen hatten genügt, ihr Inneres in Aufruhr zu versetzen.

Sie traten ins Freie und gingen ein zweites Mal um den Turm herum. Doch auch diese erneute Inaugenscheinnahme förderte nichts zutage, was sie weitergebracht hätte. Die Wölfe waren immer noch nicht zu sehen. Offensichtlich hielten sie sich nach wie vor in ihrem Bau auf. Nachdenklich musterte Adriana das künstliche Gebilde aus Balken, Steinen und den aufgeschütteten, mit Ästen und Brettern befestigten Erdhügel im Graben hinter dem Turm. Es nahm ein Drittel der Höhe des vier Klafter hohen Grabens ein. Sie richtete ihren Blick auf das Areal jenseits des Grabens. Etwa dreißig Schritt entfernt fiel die Lichtung steil in einen Wald ab. Nur ein paar Baumwipfel waren von ihrem Standpunkt aus zu sehen.

Von meinen Wölfen bewacht, niemand ... Der fragmentarische Satz, auf den sie gestern gestoßen waren, hatte sich in ihr festgefressen, als wäre er mit einem glühenden Stempel in ihr Gehirn gebrannt worden. Er wollte sie einfach nicht loslassen. Waren die Wölfe ...?

Wie ein greller Blitz schlug der Gedanke in ihren Kopf ein.

»Was, wenn gar keine Tiere gemeint sind?«, wandte sie sich aufgeregt an Guillermo. Die Irritation über sein vorheriges Verhalten war plötzlich wie weggeblasen.

Der Katalane hob die Brauen. »Wie ... gar keine Tiere ... Was meinst du ...?«

»Was, wenn der Schreiber dieser Zeilen den Ausdruck ›Wölfe‹ in übertragenem Sinn, also symbolisch verstanden wissen wollte?«

»Symbolisch?«

»*Domini canes* – die Hunde des HERRN. Dominikaner, die im Dienst der Inquisition stehen, werden so genannt, wie du sicher weißt.«

Der Katalane war sichtlich irritiert. »Das ... Das stimmt. Aber wen hat der Verfasser dann mit ›gestrenger Herr‹ gemeint? Wohl kaum sich selbst.«

»Einen Bischof eventuell? Für ihn kann dieselbe Anrede gelten. Vielleicht war der Verfasser des Schreibens der Inquisitor und sein Adressat der Bischof?«

Guillermo strich sich übers Kinn. »Das würde in der Tat ein anderes Licht auf die Sache werfen. Es gäbe dann gar keinen Bezug zu Bruder Gallus. Andererseits«, Guillermo stockte, »andererseits glaube ich kaum, dass ein Inquisitor sich und seinesgleichen als Wölfe bezeichnen würde. Außenstehende, meistens solche, die mit den Inquisitoren auf Kriegsfuß stehen, verwenden diesen Ausdruck.«

»Stimmt auch wieder. Vergessen wir diese Hypothese. Lass uns gehen.«

»Womit unsere Mission hier oben fürs Erste beendet wäre?«

»Ja. Ich denke, es ist Zeit zurückzukehren.«

Adriana war müde und abgespannt. Sie hatte gehofft, in der Klause des ums Leben gekommenen Eremiten etwas zu finden, was sie sowohl bei der Suche nach dem verschollenen Testament des Athanasius als auch nach den wahren Hintergründen der Morde weiterbringen würde. Diese Erwartung hatte sich zerschlagen, die Spur sich als nicht relevant erwiesen. Sie konnte sich nicht des Eindrucks erwehren, dass, je mehr sie in Erfahrung brachten und je mehr Hinweisen sie nachgingen, die Ungewissheiten und Rätsel zunahmen.

Schweigend querten sie den Steg, um zu den Pferden zu gelangen.

»Deinem verkniffenen Gesicht ist die Unzufriedenheit über unseren erfolglos verlaufenen Erkundungsritt mehr als deutlich anzumerken«, zog Guillermo sie schließlich auf.

Adriana schnaubte ärgerlich. Dann aber blieb sie unvermittelt stehen. »Ich muss noch mal zurück«, murmelte sie.

»Warum das denn, um Himmels willen, was gibt's?«

Ohne zu antworten, machte sie jäh kehrt und eilte zurück zum Turmeingang. Sie schob die knarrende Tür auf und schritt zielstrebig zu der Truhe.

»Würdest du für mich noch mal einen Kienspan anzünden?«, bat sie Guillermo, der ihr kopfschüttelnd gefolgt war.

»Wenn's weiter nichts ist«, brummte er verhalten.

Während er ihrer Bitte nachkam, sah er, wie sie den Ziegel aufnahm, der vorhin aus der Wand gefallen war, und damit den Boden rings um die Truhe abzuklopfen begann.

»Was tust du da?« Befremdet über ihr Verhalten, reichte er ihr den brennenden Kienspan.

»Erinnerst du dich an vorhin? Als ich aus Versehen an die morsche Mauer stieß und dieser Ziegel aus der Wand fiel?«

Er sah sie fragend an.

»Das Geräusch, das er verursachte, als er auf dem Boden auftraf, klang hohl. Irgendwie ist es mir gerade erst aufgefallen.«

Den Kienspan in der Linken, in der Rechten den Stein, klopfte sie weiter. Tatsächlich klang das Geräusch, das der Stein dabei verursachte, ein Stück weit von der Truhe entfernt, stumpf und ohne Hall. Näherte sie sich der Truhe, veränderte sich der Ton.

»Lass uns die Truhe beiseiteschieben«, forderte sie Guillermo auf.

Sie rückten sie von der Wand ab; erneut schlug Adriana mit dem Ziegel auf den Boden. »Hier, hörst du?«

Das Klopfgeräusch klang nun deutlich hohl.

»Da unten muss es einen Hohlraum geben«, konstatierte sie und nahm den gefliesten Boden genauer in Augenschein. Um zwei Ziegelfliesen herum waren die mit Erde und Sand ausgefüllten Fugen deutlich breiter als zwischen den übrigen.

Sie bat den Katalanen um sein Messer und kratzte mit der Klinge vorsichtig das Füllmaterial heraus. Es dauerte einige Zeit, bis sie die betroffenen Fugen davon befreit hatte. Dann packte sie nacheinander die beiden Fliesen, ruckelte einige Male kräftig daran – und hob sie aus dem Boden. Zum Vorschein kam ein dünnes Brett, das sich ebenfalls mühelos herausheben ließ; darunter verbarg sich ein in die Erde gegrabenes Loch.

»Sieh an«, murmelte Guillermo anerkennend und sichtlich überrascht.

»Ich wusste es.« Sie reichte ihm den brennenden Kienspan.

Sie griff in die Öffnung und zog einen in weiches Hirschleder eingewickelten Gegenstand heraus, den sie vorsichtig auf dem Boden ablegte.

»Ein Buch?«, orakelte Guillermo.

»Eher ein Büchlein«, bestätigte Adriana, nachdem sie es ausgewickelt hatte. Tatsächlich maß das schmale, in Leder gebundene Buch – der Buchdeckel war ohne Text und lediglich mit einem floralen Muster versehen – etwa anderthalb Handbreit in der Höhe sowie eine Handbreit in der Breite.

Sie schlug es in der Mitte auf.

»*In manus tuas, Domine, commendo spiritum meum*«, las sie halblaut vor und sah auf.

»Ein Auszug aus dem *Responsorium breve*. Bei dem Büchlein handelt es sich um ein Brevier.« Sie runzelte die Stirn und blätterte einige Seiten weiter. Tatsächlich hielt sie ein Stunden- oder Gebetbuch in Händen, wie Mönche und Nonnen es nutzten.

»Ein sehr einfaches Exemplar eines Breviers. Nur Schrift, sparsamst ergänzt durch wenige schwarz-rote Illustrationen«, bemerkte Guillermo, der Adriana über die Schulter schaute.

»Aber weshalb hat er es versteckt?«

»Gute Frage«, murmelte Guillermo. »Blättere mal zurück.«

Sie blätterte zum Frontispiz, der zweiten Seite des Buches, auf dem die Illustration einer Kreuzigungsszene zu sehen war. Ganz unten am Rand ein Name, offensichtlich der des Besitzers, sowie eine Ortsangabe und ein Datum. Als ihr bewusst wurde, wer da seinen Namen auf die Seite gesetzt hatte, begannen ihr Hände vor Aufregung zu zittern.

»Mein Gott!«, sagte sie leise und reichte Guillermo das Buch. Ihr Blick verriet Fassungslosigkeit und Erschütterung.

»*Anselmus. Oybin, Anno Domini 1385*«, las er halblaut vor. Verblüfft sah er auf. »Anselmus? Das Brevier gehörte diesem Mönch, der vor zwanzig Jahren nach Ennswalden kam? Aus demselben Grund wie wir?«

»Du sagst es! Bruder Gallus muss etwas mit Anselmus' Verschwinden zu tun gehabt haben.«

»Und damit auch mit dem Athanasius-Dokument, den sechs Unterzeichnern des Schlussblattes und mit dieser ominösen Weißen Spinne«, folgerte Guillermo.

»Ja. Hoffen wir, dass uns diese Erkenntnis ein gutes Stück voranbringt«, meinte Adriana und erhob sich aus der Hocke.

Der Katalane tat es ihr gleich, doch er schwieg. Seine Miene wirkte finster. Die Lippen zusammengepresst, das zugeklappte Brevier in der Hand, sah er gedankenverloren zum Fenster hoch, durch das mageres Tageslicht fiel.

»Guillermo?«

Keine Reaktion.

»Guillermo!«, rief sie.

Der Katalane schreckte hoch. »Verzeih, Adrian, ich ... Ich war gerade in Gedanken.«

»Das habe ich bemerkt. Dieses Brevier – es scheint dich ziemlich zu beschäftigen.« Forschend sah sie ihn an.

»Das tut es. Ich ...« Sichtlich bemüht um eine Antwort, geriet er ins Stocken.

»Ja?«, hakte Adriana nach.

»Als ich vor Wochen aus meinem Kloster aufbrach, da ... Da wurde ich unterwegs Zeuge einer Hinrichtung auf dem Scheiterhaufen. Dem Delinquenten hatte man sein Brevier um den Hals gebunden. Es ... Es sah aus ... wie dieses. Manchmal sind es einfache Gegenstände, die auf eindrückliche Weise schlimme Erinnerungen in uns wachrufen.«

»Das stimmt«, meinte sie leise.

Guillermo reichte ihr das Buch. »Nimm du es. Wir sollten es uns in unserer Schreibstube genauer anschauen.«

»Das werden wir. Aber jetzt lass uns aufbrechen.«

NEUE BEDROHUNG

TAG 21
MONTAG, 29. JUNI ANNO DOMINI 1405

Kapitel 28
Nach Sext

Adriana durchschritt den Westhof, der auch heute wieder von geschäftigem Treiben erfüllt war. Ihr Ziel war die Klosterschmiede, die von Bruder Heribert, einem Konversen und dessen Gehilfen betrieben wurde. Sie hatte beschlossen, an einer Schatulle, die sie sich besorgt hatte, ein Schloss anbringen zu lassen, und sich dafür schon tags zuvor die Einwilligung des Cellerars geholt.

Guillermo war in Steyr unterwegs. Sie hatten ausgemacht, dass er beim dortigen Pergamenter Erkundigungen einholen sollte, was die Lieferung von Material an die Abtei betraf. Darüber hinaus galt es einige Angaben, die Bruder Ansgar gemacht hatte, zu überprüfen. Anschließend plante er einen Ritt zum Kapellenberg, wo er die Inkluse Adelheid treffen wollte. Der Bruder Cellerar hatte von seiner Absicht, nach Steyr zu reiten, erfahren und ihn gebeten, bei ihr vorbeizuschauen und ihr einige Listen zu überbringen, mit der Bitte, diese zu kopieren. Guillermo und Adriana waren sich einig, dass dies eine willkommene Gelegenheit bot, sich über ihre Schreibtätigkeit und die in ihrem Besitz befindlichen Palimpseste zu erkundigen. Natürlich ohne Verdacht zu erregen oder gar den Grund zu erwähnen.

»Wohin des Wegs, Bruder Adrian?«, ertönte plötzlich die Stimme Bruder Bertrams in ihrem Rücken.

Adriana blieb stehen und wandte sich um. »Zum Schmied«, antwortete sie.

»Du willst zum Schmied?«

»Ja, ich brauche ein Schloss für meine neue Schatulle. Und du, wohin bist du des Wegs?«

»Zu den Ställen. Der Abt wünscht, dass ich nach Steyr reite und ein Schreiben überbringe. Er will Stadtrichter, Burggraf und den Pfarrer von Steyr bitten, an dem Treffen mit dem päpstlichen Nuntius teilzunehmen, der in den nächsten Wochen bei uns eintreffen soll.«

»Der päpstliche Nuntius wird Ennswalden visitieren? Warum ausgerechnet Ennswalden?« Adriana war hellhörig geworden und schlug in Gedanken augenblicklich einen Bogen zu ihrer Mission. War man an höchster kirchlicher Stelle etwa auf sie aufmerksam geworden? *In diesem Kloster sind eine ganze Reihe wissender Augenpaare auf Euch gerichtet, die genau beobachten, was Ihr tut.* Bekam der Satz des getöteten Armarius mit einem Mal eine völlig neue Dimension?

»Warum, weiß ich nicht. Er ist auf der Durchreise von Wien nach Passau zum dortigen Bischof und beabsichtigt, hier in Ennswalden eine mehrtägige Rast einzulegen. Bei dieser Gelegenheit will er mit dem Abt dringende Angelegenheiten besprechen. Ein Bote aus Melk war gestern hier und überbrachte die Nachricht.«

»Dringende Angelegenheiten? Welche dringenden Angelegenheiten?«

»Wie schon gesagt, über die Einzelheiten weiß ich nichts. Nur dass die Anwesenheit des Stadtrichters, des Burggrafen und des Pfarrers von Steyr erwünscht ist.«

Adriana war blass geworden. Ein Kälteschauer rieselte über ihren Rücken.

»Was ist, Bruder? Du scheinst bedrückt? Hat dich die Nachricht so betroffen gemacht?«

»Bewahre, nein, was kümmert mich der päpstliche Nuntius. Ich ... Ich habe nur seit zwei Tagen hin und wieder ziemliche Kopfschmerzen.«

»Ich würde dir raten, Bruder Nathanael, unseren Botanicus und Apothecarius, aufzusuchen. Er wird dir bestimmt helfen.«

»Danke für den Hinweis, Bruder Bertram. Ich warte noch bis morgen, sollte es nicht besser werden, werde ich ihn konsultieren.«

Auf dem Weg von der Schmiede zurück in ihre Schreibstube traf sie auf Bruder Ansgar. Der junge Mönch machte einen gehetzten Eindruck.

»Endlich treffe ich Euch, Bruder Adrian, ich habe schon nach Euch gesucht, der Vater Abt verlangt nach Euch.«

»Der Abt? Worum geht's?«

»Das hat er mir nicht anvertraut. Ich soll Euch nur schnellstens zu ihm bringen.«

»Wie kommt es, dass er dich schickt?«

»Bruder Bertram befindet sich auf dem Weg in die Stadt. Ich war gerade beim Vater Abt, um ihm beim Einräumen einiger Bücher behilflich zu sein, die ich ihm aus der Bibliothek bringen musste. Deshalb sandte er mich.«

Der Abt erwartete sie bereits. Die Tür zu seinem Arbeitszimmer stand weit offen. Er empfing sie im Türrahmen stehend und bat sie, sich auf dem Stuhl vor seinem Schreibtisch niederzulassen, er selbst nahm dahinter Platz. Seine Stirn war schweißbedeckt, auf seiner Miene lag ein Zug, als ob ihn Zahnschmerzen plagten. Mittlerweile kannte Adriana diesen larmoyanten Gesichtsausdruck zur Genüge, er verhieß nichts Gutes.

»Verzeiht, *doctor*, dass ich Euch wieder einmal überraschend rufen ließ«, begann er und spielte nervös mit einem Federkiel, den er zwischen den Fingern wendete und drehte. »Aber ich muss mich mit Euch über einen Umstand unterhalten, der mir seit zwei Tagen Kopfzerbrechen bereitet. Ich wurde gestern über den Besuch eines hohen Beamten des päpstlichen Hofes in Kenntnis gesetzt, der in etwa zwei Wochen bei uns in Ennswalden eintreffen wird. Der päpstliche Nuntius wird unserem Kloster einen Besuch abstatten. Einerseits ein Zeichen, welch hohe Wertschätzung Ennswalden und meine Person in Rom genießen«, Abt Florian hüstelte betont verlegen, als wäre ihm der Umstand, dass er in Rom »hohe Wertschätzung« genösse, geradezu unangenehm, »andererseits gibt es in Verbindung damit ein Problem, bei dessen Lösung Ihr mir zur Seite stehen müsst.«

»Ihr wisst, Eure Erhabenheit, dass Ihr auf mich zählen könnt. Ihr habt meine Mission bisher unterstützt, also unterstütze ich auch Euch nach Kräften. Außerdem«, unvermittelt war ihr eine Idee gekommen, »böte sich sicher eine gute Gelegenheit, dem Nuntius zu schildern, welch wichtige Rolle Eure Abtei und Ihr als Abt bei der Verteidigung der reinen Lehre unserer Mutter Kirche wahrnehmt. Etwa in Verbindung mit der Suche nach jenem wichtigen Dokument, die Guillermo von Toledo und meine Wenigkeit vorantreiben.

Schließlich wäre unsere Mission ohne Eure engagierte Hilfe zum Scheitern verurteilt.«

Die Bezugnahme auf »ihre Mission« hatte sie ganz bewusst gewählt. Sollte der Besuch des päpstlichen Nuntius etwas mit ihr zu tun haben, wäre jetzt der Moment, in dem der Abt Farbe bekennen müsste. Doch nichts dergleichen geschah.

Dafür blitzte in seiner Miene ein vergnügtes Leuchten auf. »Ja, Ihr habt recht, das wäre durchaus in meinem Sinne, daran habe ich noch gar nicht gedacht«, stimmte er selbstgefällig zu. Doch das Leuchten in seiner Miene verschwand so schnell, wie es erschienen war, und wich erneut einem kummervollen Ausdruck. »Aber lasst mich nun auf besagtes ... Problem zu sprechen kommen. Es ... Es geht um die furchtbaren Morde, die unsere Abtei erschüttert haben. Ich wünsche, dass dem Nuntius nichts darüber zu Ohren kommt. Es gibt bestimmte Dinge, die in der ›Familie‹ bleiben sollten und niemanden etwas angehen. Ich habe heute während der morgendlichen Versammlung im Kapitelsaal strengste Anweisung gegeben, ab sofort nicht mehr über die entsetzliche Angelegenheit zu sprechen. Sollte der Nuntius dennoch davon erfahren – man kann ja nie wissen – und sollte er weitere Aufklärung verlangen, werde ich ihm diese natürlich nicht verweigern können. Für diesen Fall, verehrter *doctor*, werde ich Euch als Zeugen benennen, dass die Sache von mir aufgeklärt wurde und ad acta gelegt werden konnte. Mittlerweile weiß schließlich jedermann hier im Kloster, dass Ihr mich bei der Aufklärung unterstützt habt. Ich muss Euch also dringend bitten, Euch, was die Beurteilung des Falls angeht, meiner Version anzuschließen, auch wenn Ihr, wie ich weiß, damit noch immer nicht einiggeht.«

Der Abt schwieg und sah Adriana fordernd an.

Du erbärmlicher Opportunist, schoss es ihr durch den Kopf. Gesicht und Renommee nach außen wahren, koste es, was es wolle, und sei es auch um den Preis der Wahrheit – der Abt blieb seinen Prinzipien treu. Getrieben von seinem Ego hatte er bis jetzt sämtliche Beweise, die seine Version der Aufklärung der Morde nicht stützten, missachtet und bestand nun darauf, dass sie sich seiner Wertung anschlösse, käme es zu der Situation, von der er hoffte, dass sie nicht eintraf. Was aber blieb ihr anderes übrig?

Sie seufzte. »Wie Ihr wünscht, Eure Erhabenheit.«

»Gut. Aus Eurer Antwort höre ich zwar keinerlei Begeisterung heraus, dennoch gehe ich davon aus, dass Ihr Euch loyal verhalten werdet. Dafür danke ich Euch.«

Er erhob sich, was Adriana als Hinweis verstand, dass die Unterredung beendet war, und sie veranlasste, ebenfalls aufzustehen.

Er begleitete sie zur Tür. »Übrigens: Wie kommt Ihr mit Euren Nachforschungen voran, Bruder Adrian?« Er war ganz offensichtlich bemüht, seiner Stimme einen herzlichen Beiklang zu verleihen, was nicht ganz gelingen wollte. »Man berichtete mir, dass Ihr hervorragende Arbeit leistet beim Ordnen und Archivieren der Dokumente. Insbesondere derjenigen, die vor vielen Jahren dem Feuer entrissen werden konnten und in einem chaotischen Durcheinander auf dem Dachboden über der Bibliothek und an anderen Orten provisorisch eingelagert wurden.«

»Danke der Nachfrage, Ehrwürdiger Abt. Die Arbeiten gestalten sich etwas zäh, aber wir kommen voran. Bruder Guillermo ist mir eine wertvolle Hilfe.«

»Das freut mich. Ihr werdet mich sicher informieren, sobald Ihr auf das gesuchte Dokument gestoßen seid. Es wird mir eine Ehre sein, seine Magnifizenz Nikolaus von Dinkelsbühl, den Rektor der Universität zu Wien, in einem Schreiben, das ich Euch mitzugeben gedenke, darüber zu informieren.«

Und darüber, dass angeblich du es bist, dem die Ehre dafür gebührt, du Heuchler. Adriana musste an sich halten, um die patzige Antwort, die ihr auf der Zunge lag, nicht unüberlegt herausschnellen zu lassen.

Stattdessen übte sie sich wieder einmal in Selbstbeherrschung. »Ja, das würde ihn bestimmt sehr freuen«, brachte sie mühsam heraus und verabschiedete sich.

DER BOTE DER ANGST

TAG 22
DIENSTAG, 30. JUNI ANNO DOMINI 1405

Kapitel 29
Nach Mitternacht, vor Matutin

Starr wie die Säule, in deren Schatten er sich verbarg, verharrte der Mönch im Kreuzgang. Seine schwarze Gestalt verschmolz mit dem Dunkel der Nacht. Über das Geviert des von Arkaden umschlossenen Innenhofs hinweg musterte er die gegenüberliegende östliche Seite des Bogengangs. Stand der Mond am Himmel, leuchteten die mit kunstvollen Kapitellen geschmückten weißen Säulen, welche die gemauerten Bögen der Galerie stützten, hell in seinem Licht. In Nächten wie dieser brachten sie es gerade mal zu einem kaum wahrnehmbaren fahlen Schimmern. Dahinter lauerte undurchdringliche nächtliche Schwärze.

Die Nacht ist ein Raubtier, bereit, jeden mit ihren dunklen Pranken zu umfangen, der es wagt, in ihre Gefilde einzudringen. Der Mönch vermochte nicht zu sagen, weshalb ihm dieser Vergleich plötzlich durch den Kopf geschossen war, jedenfalls gefiel er ihm und rang ihm ein zynisches Lächeln ab. Jedem anderen hätte er einen Angstschauer über den Rücken gejagt, ihn selbst ließ er kalt. Angst vor dem Dunkel kannte er nicht. Im Gegenteil: War er doch in dieser Nacht höchstpersönlich als Bote der Angst unterwegs. Und würde er sich in der kommenden Nacht nicht auch wieder als Bote des Todes erweisen? Als Herr über Leben und Tod? Der Gedanke vertiefte sein zynisches Lächeln.

Etwa eine Stunde vor Mitternacht hatte er sich zum Blutacker aufgemacht und war über den geheimen Zugang, der sich zwischen den Steintrümmern im Boden verbarg, in den unterirdischen Gang hinabgestiegen, der sich zur Enns hin öffnete. Die Flussauen und ein kleines Wäldchen querend, hatte er schließlich sein Ziel erreicht: die nicht weit vom Kloster entfernte, aus ein paar halb verfallenen Gebäuden bestehende Grangie, die vor vielen Jahren aufgegeben worden war. Lediglich das an einem Balken befestigte Stück Holz, auf dem – grob hineingeschnitzt – das Ennswaldener Wappen prangte, zeugte davon, dass der Hof einst zum Kloster gehört hatte. Sein eigentliches Interesse hatte jedoch dem versandeten Brunnen gegolten, auf den er schon vor Tagen gestoßen war. Es hatte nur weniger Handgriffe bedurft, ihn für sein Vorhaben herzurichten.

Zurückgekehrt von seinem nächtlichen Streifzug, war er kurz in seine Zelle geeilt, um die beiden Schreiben zu holen, die er vor wenigen Stunden verfasst hatte. Unwillkürlich tastete er nach der leinenen Umhängetasche unter der Kutte, in der sie steckten. Die Berührung fühlte sich gut an, verdammt gut! Ein wohliger Schauer durchrieselte ihn, als er sich vergegenwärtigte, was sie bei denen auslösen würden, an die sie gerichtet waren.

»Und jetzt mach voran!«, raunte er vor sich hin. Es war an

der Zeit, den letzten Teil der Unternehmung, den er in dieser Nacht geplant hatte, zu Ende zu bringen.

Barfuß – seine Stiefel hatte er in der Zelle abgelegt, als er die Schreiben geholt hatte – eilte er lautlos die Südgalerie des Kreuzgangs entlang, bog, nachdem er die Ostgalerie erreicht hatte, kurz nach Norden ab und stand gleich darauf vor dem Eingang zum Ostflügel des Konventstraktes. Hier lag im Erdgeschoss der Kapitelsaal und darüber, im ersten Stock, das Dormitorium, in dem der Großteil der Mönche schlief. Sein Ziel war der Trakt im zweiten Obergeschoss, der jenen Mönchen vorbehalten war, die das Privileg genossen, über eine eigene Zelle zu verfügen. In Ennswalden waren das vor allem die Älteren und einige von denen, die mit besonderer Verantwortung betraut waren.

Die schwere Tür knarrte, als der Mönch sie öffnete und in die Vorhalle trat; er hielt inne und lauschte. Nichts regte sich, alles blieb ruhig. Jetzt folgte der kritischste Teil des für diese Nacht anberaumten Vorhabens. Der Mönch nahm die kleine Rohhautlaterne, die er am Gürtel eingehakt bei sich trug, zur Hand, klaubte seine Feuerzeugutensilien aus der Umhängetasche unter der Kutte und entzündete die Kerze. Magerer Lichtschein huschte vor ihm her, als er leise, mit vor Anspannung klopfendem Herzen, die erste der beiden durch einen Absatz getrennten Treppen zum ersten Stock hinaufschlich. Manchmal nahm er zwei Stufen auf einmal, um die Stiegen, von denen er wusste, dass sie laut knarrten und die er sich zuvor gut eingeprägt hatte, zu meiden. Es gelang ihm nicht immer. Mal durchbrach ein Knarren, mal ein Ächzen oder Knacken die Stille, was ihn jedes Mal atemlos innehalten und einen leise gehauchten Fluch ausstoßen ließ, der so gar nicht zu seiner mönchischen Erscheinung passen wollte.

Plötzlich – er hatte soeben den Treppenabsatz erreicht – hörte er Schritte. Augenblicklich verschwand er im Dunkel einer tiefen Nische, die sich in der Wand auftat. Gleich darauf näherte sich flackernder Lichtschein, der einen langen Schatten vor sich herschob. Einer der Brüder stieg mit einem Öllicht die Treppe hinab, wahrscheinlich um die Latrine aufzusuchen. Eng drückte sich der Mönch in die Geborgenheit der Nische und hielt den Atem an. Der Schatten glitt an ihm vorbei.

Erst als er die Tür im Erdgeschoss gehen hörte, schlich er die restlichen Stufen zum ersten Stock hinauf und hatte kurz darauf den Korridor des zweiten Geschosses erreicht. Links gingen die Türen zu den Einzelzellen ab, rechts befanden sich ein großer Raum und einige Kammern, in denen Betten, Bettzeug und anderes aufbewahrt wurde. Die Vorstellung, was geschehen mochte, sollte sich eine der Zellentüren zur Linken plötzlich öffnen, trieb ihm den Schweiß auf die Stirn. Er verdrängte den Gedanken.

Hastig schritt er weiter. Am Ende des Korridors angelangt, musterte er die beiden letzten nebeneinanderliegenden Zellentüren und ging in die Hocke. Das magere Licht der Rohhautlaterne genügte ihm, um an jeder der beiden Türen den Abstand zwischen der unteren Kante der Tür und dem Boden in Augenschein zu nehmen. Befriedigt nickte er. Der Spalt war schmal, aber doch so breit, dass er die beiden versiegelten Briefe, die er vorbereitet hatte, bequem hindurchschieben konnte. Er stellte sich die Gesichter der Adressaten vor, wenn sie ihrer ansichtig würden. Spätestens wenn der Bruder Vigilant, das gewohnte »*Benedicamus Domino*« rufend, den Korridor entlangschritt und die Mönche zur Matutin weckte, würden sie darauf aufmerksam werden.

Erneut glitt ein zynisches Lächeln über sein Gesicht – die erste Phase seines Vorhabens war vollbracht. Zeit, sich unverzüglich auf den Weg zu seiner Zelle zu machen. Nicht mehr lange, dann würde die Glocke zum ersten Gottesdienst des neuen Tages rufen.

Im Netz der weissen Spinne

Tag 23
Mittwoch, 1. Juli Anno Domini 1405

Kapitel 30
Matutin

Angstschweiß netzte Bruder Nathanael die Stirn. Ein Ohr an die Tür gedrückt, lauschte er dem Öffnen und Schließen der Zellentüren und den schlurfenden Schritten seiner Mitbrüder. Der Aufforderung der Glocke folgend, deren Klang zur Matutin rief, schritten sie gehorsam zur Kirche, um den ersten Gottesdienst des neuen Tages zu begehen. Er würde heute nicht daran teilnehmen. Zur letzten Hore des vergangenen Tages, der abendlichen Komplet, hatte er sich, wie auch zu den vorangegangenen, regelrecht zwingen müssen.

Bruder Nathanael setzte sich aufs Lager und nahm das Schreiben zur Hand, das er auf die Stunde genau vor einem Tag auf dem Boden seiner Zelle vorgefunden hatte. Sein Puls hämmerte, ihm war schwindlig. Die Buchstaben tanzten vor seinen Augen, während er zum wiederholten Mal die Zeilen las, die sein beschauliches Leben von einem Augenblick zum anderen zunichte gemacht hatten. Jemand musste den Brief, während er schlief, unter der Tür hindurchgeschoben haben.

Die Frage, wer es gewesen war, erübrigte sich. Noch bevor er mit zitternden Händen das Siegel erbrochen und seinen Inhalt zur Kenntnis genommen hatte, hatte der Name, der auf dem Schreiben stand, helles Entsetzen in ihm ausgelöst: *An Eustathios.* Der Inhalt war nicht weniger entsetzlich.

Die Schatten der Vergangenheit ziehen herauf. Die tatenlosen Zeiten sind vorbei, der Tag des Handelns hat sich genaht. Komm morgen nach Beginn der Matutin zu der alten Grangie an der Enns und empfange dort meine Befehle. Mit dem letzten Glockenschlag, wenn alle Brüder im Chorraum versammelt und die Türen der Kirche verschlossen sind, wirst du aufbrechen. Nimm den Weg über den Blutacker und den unterirdischen Stollen, der zur Enns führt.

Halte dich genau an diese Anweisungen und bewahre absolutes Stillschweigen. Erzähle niemandem von diesem Schreiben. Gehorche, und du wirst leben. Verweigere dich, und du wirst sterben. Mögen die Verräter Ossius und Nikolaus dir ein warnendes Beispiel sein. Sei pünktlich und zögere nicht. Verbrenne diesen Brief, noch bevor du aufbrichst. Dies befiehlt: Die Weiße Spinne

Seit gestern hatte Bruder Nathanael die Zeilen schon unzählige Male gelesen, mittlerweile kannte er den Text fast auswendig. Und doch löste er immer, wenn er ihn las, aufs Neue Erschrecken in ihm aus. Nun war die Weiße Spinne mit ihren haarigen Beinen also doch über sie hergefallen, um ihr klebriges Gespinst um sie zu weben. Wie schon vor zwanzig Jahren. Der Verdacht, der ihn und die beiden anderen beschlichen hatte, mit denen er sich vor einiger Zeit in dem unterirdischen Stollen getroffen hatte, hatte sich bestätigt.

Dann aber richtete sich der Botanicus kerzengerade von seinem Lager auf. Er hatte sich der Worte erinnert, die er bei dem Treffen geäußert hatte. *Andererseits sehe ich in der Botschaft, die sie zurückließ, noch kein Todesurteil für uns. Sondern eine Aufforderung, unserer Aufgabe gerecht zu werden.* So war es! Die Aktivitäten der Spinne und die Tatsache, dass sie ihn in dieser Nacht zu sich befahl, bedeutete nicht zwangsläufig, dass für ihn das Ende gekommen war. Mit einem Mal überkam den Botanicus eine Art frostige Ruhe.

Der letzte Glockenschlag verklang. Gleich würde der Sakristan die Tür zur Kirche schließen und zusammen mit den anderen im Chorraum versammelten Mönchen seine Stimme zum Invitatorium erheben und das *Domine, labia mea aperies* singen. Die Zeit war gekommen. Der Botanicus erhob sich vom Lager, nahm das Schreiben, hielt es mit zitternden Fingern an die Kerzenflamme und zertrat wenig später das Aschehäufchen, das sich auf dem Boden gebildet hatte. Er schleuderte die Sandalen von den Füßen, nahm den Regenumhang vom Haken, schlüpfte in die bereitstehenden Stiefel und gürtete sich zum vor ihm liegenden Gang – den vielleicht schwersten seines Lebens?

Ein verhaltenes Klopfen an der Tür unterbrach seine Überlegungen. Erschrocken hielt er den Atem an und spürte, wie ihm der Schweiß ausbrach.

Erneut klopfte es. Lauter diesmal, vehementer. Ein dumpfes Wispern drang durch die geschlossene Tür, verbunden mit einem gänzlich unchristlichen Fluch.

»Hier ist Bruder Valentin, mach auf, verdammt!«

Der Botanicus stand wie versteinert. Bruder Valentin! Sein Bundesgenosse, der seinerzeit den Decknamen Makarios trug. Was, zum Teufel, führte ihn ausgerechnet jetzt zu ihm. Etwa …?

Unwillkürlich erinnerte er sich an die eigenartigen Blicke, die sie gestern auf dem Weg zur Matutin miteinander gewechselt hatten. Als ob jeder in den Augen des anderen etwas gelesen hatte, was ihn zutiefst beunruhigte, mehr noch: entsetzte. Mit einem Schlag wurde dem Botanicus bewusst, dass es dafür nur eine Erklärung geben konnte: Der Vestiarius hatte gestern Nacht die gleiche Aufforderung erhalten wie er.

»Verflucht, Bruder Nathanael, öffne endlich!«, drang die Stimme des Vestiarius erneut an sein Ohr, das Klopfen wurde fordernder.

Zorn brandete in Bruder Nathanael hoch. Er sprang zur Tür, riss sie auf, packte den Vestiarius bei der Kutte, zog ihn in die Zelle, schloss die Tür und stieß ihn aufs Lager.

»Bist du des Wahnsinns, solch einen Lärm zu veranstalten, du Narr?!«, zischte er ihn an. Jetzt erst bemerkte er den Brief in dessen Hand.

Im flackernden Blick Bruder Valentins lag blanke Angst. Er streckte Bruder Nathanael die Hand mit dem Brief entgegen. Sie zitterte. »Da, lies! Auch du musst ihre Nachricht erhalten haben. Ich sah es gestern in deinem Blick. Während der Matutin.«

»Du also auch, ahnte ich's doch«, murmelte der Botanicus, kalkweiß im Gesicht, und wandte sich dem Brief zu.

Der Inhalt war fast der gleiche, wie auch er ihn erhalten hatte. Bis auf die Anrede – sie lautete Makarios – und ein Detail, das in dem an ihn, Eustathios, gerichteten Schreiben fehlte.

Mit dem letzten Glockenschlag, wenn alle Brüder im Chorraum versammelt und die Türen der Kirche verschlossen sind, wirst du dich bereit machen. Doch brich erst auf, nachdem du in Gedanken fünfmal den vierundneunzigsten Psalm, das Venite laudemus, *rezitiert hast.*

Der Botanicus ließ die Hand mit dem Brief sinken. »Die Spinne hat dir die gleichen Anweisungen erteilt wie mir. Schweigen bewahren. Mit niemandem über den Brief reden. Außerdem hättest du ihn verbrennen müssen. Weshalb hältst du nicht daran?«

»Das ... Das wollte ich ja. Aber ... ich ... Ich habe es nicht mehr ausgehalten. Ich bin fast verrückt geworden. Und jetzt, wo die Zeit herbeigekommen ist ... glaubte ich ... Da kam mir der Gedanke ... Wir könnten doch zusammen ...«

»*Zusammen?* Du willst, dass wir *zusammen* zur alten Grangie aufbrechen?« Der Botanicus verzog sein Gesicht zu einer wütenden Grimasse. »Du bist wohl des Teufels!«, schnaubte er. »Hast du nicht gelesen, wie der Befehl lautet? Wir dürfen nicht mal miteinander darüber reden. Was glaubst du, weshalb die Spinne will, dass du erst aufbrichst, nachdem du fünfmal den vierundneunzigsten Psalm aufgesagt hast? Sie möchte um jeden Preis vermeiden, dass wir zusammen aufbrechen. Halte dich an ihre Anweisungen, verflucht, und bringe uns nicht in Gefahr.«

»Aber sie bekommt es doch gar nicht mit. Sie wartet bei der alten Grangie. Außerdem dachte ich mir ...«

»Still! Sprich leiser! *Du* redest von Denken? Nichts hast du gedacht, gar nichts. Dein Kopf ist hohl wie der Totenschädel eines Esels. Hast du schon mal überlegt, dass Wände Ohren und Augen haben können? Wir haben es mit der Weißen Spinne zu tun, vergiss das nicht! Sie hat nach eigenem Bekunden Ossius und Nikolaus getötet. Sie hat sie als Verräter bezeichnet. *Verräter!* Weißt du, was das bedeutet? Die Spinne weiß alles, sieht alles, registriert alles. Es gibt nichts, was ihr entgeht, uns bleibt nur, ihr zu gehorchen. Das zu tun, was sie verlangt, unserem Schwur getreu, den wir vor zwanzig Jahren geleistet haben. Sie spricht vom Tag des Handelns, der gekommen sei. Sie meint uns. Uns beide. Sie fordert uns auf zu handeln und will uns mitteilen, was sie von uns erwartet. Deshalb will sie, dass wir zur alten Grangie kommen.«

»Was ist mit Bruder Ortolph, unserem Sakristan? Hat er kein Schreiben bekommen? Außer uns beiden ist er der Einzige, der von uns fünfen noch am Leben ist.«

»Nenne ihn nicht Bruder Ortolph, nenne ihn Alexander. Das ist der Name, den er als Bruder des Bundes trug. Erinnere dich an damals: Die Spinne wünscht, dass wir uns der Namen bedienen, die sie uns damals zuwies. Was Alexander angeht, wird sie ihre Gründe haben, wenn sie ihn nicht ruft. Das braucht uns aber nicht zu kümmern. *Wir* sind aufgefordert, unser Leben zu retten, *wir*, verstanden?« Bruder Nathanael beugte sich ganz nah zum Ohr seines Mitbruders hinab. »Also werden wir ihre Anweisungen befolgen, nicht wahr ... *Makarios*?«, flüsterte er.

Bruder Valentins Lippen bebten, doch er schwieg und nickte nur.

»Und nun lass uns den Brief verbrennen.«

Der Botanicus hielt das Schreiben an die Kerze. Gierig fraß die Flamme das Pergament und ließ es schrumpfen. Übrig blieb auch jetzt wieder nur ein Häufchen Asche auf dem Boden, das Bruder Nathanael mit dem Stiefelabsatz zertrat.

»Jetzt geh auf deine Zelle, rezitiere in Gedanken fünfmal das *Venite laudemus*, dann folge mir. Ich mach mich jetzt auf den Weg.«

Kapitel 31
Zwischen Terz und Non

War das Böse nach Ennswalden zurückgekehrt? Noch fehlte die endgültige Gewissheit. Doch war die Ungewissheit, die sich aus düsteren Ahnungen speiste und gleich einer Bestie um die Abtei schlich und den gesamten Konvent in Angst und Schrecken versetzte, nicht schon Beweis genug? Immerhin waren der Botanicus und der Vestiarius weder zur Matutin noch zu den folgenden Gottesdiensten erschienen. Die letzte Hore, der sie beigewohnt hatten, war die abendliche Komplet des gestrigen Tages gewesen. Noch lastete die bleierne, von Furcht und Bangen geprägte Atmosphäre nur auf dem Bereich des Klosters, der den Konventualen vorbehalten war.

Während der morgendlichen Kapitelversammlung war man übereingekommen, gegenüber jedermann außerhalb der Klausur striktes Stillschweigen zu bewahren. Selbst den Laienbrüdern gegenüber. Zusammen mit den Knechten gingen sie wie gewohnt ihrer Tätigkeit innerhalb und außerhalb der Mauern nach. Und so schien das Leben im Kloster zu Ennswalden, oberflächlich betrachtet, seinen normalen Gang zu nehmen. Gäste kamen und gingen, Handwerker, Bauern, Kaufleute, Pilger, sogar einige Waffenknechte prägten wie jeden Tag das Bild der von prosperierender Geschäftigkeit erfüllten Abtei.

Ganz anders die Stimmung innerhalb des Konvents. Die Atmosphäre im Refektorium, beispielsweise während des Mittagsmahls, glich einer Totenmesse. Schweigend, verstohlen, als scheute man sich, sein Entsetzen durch entsprechende

Blicke zu verraten, starrte man auf die beiden leeren Plätze, an denen die Vermissten gesessen hatten. Dem Mönch auf dem Podium, der während des Mahls mit zitternder Stimme aus einem Kommentar des Augustinus vorlas, stockte hin und wieder die Stimme. Dass er nicht bei Sache war, war unüberhörbar.

Auch Adriana und Guillermo hatte die Nachricht vom Verschwinden der beiden Mönche kalt erwischt. Da sie von der Teilnahme an den Horen befreit waren und bereits in aller Frühe im Skriptorium ihrer Tätigkeit nachgingen, hatten sie erst um Terz herum davon erfahren und gespannt auf eine Reaktion des Abtes gewartet. Doch zunächst geschah nichts. Dann aber, nach Sext – sie waren gerade damit beschäftigt, zwei griechische Abschriften eines Kommentars zum Johannesevangelium zu vergleichen –, klopfte es an der Tür, und Bruder Bertram betrat den Raum.

»Ihr beide wisst es bestimmt schon, nicht wahr?« Seine Stimme klang gepresst, in seiner Miene spiegelte sich die Vermutung, dass im Verlauf der nächsten Stunden wohl weitere Hiobsbotschaften die Abtei erreichen würden.

Adriana nickte.

»Der Abt wünscht dich zu sprechen, Bruder Adrian. Er bittet unverzüglich um dein Erscheinen. Ich soll dich zu ihm geleiten.«

Adriana legte die Feder beiseite. »Es kann dauern«, wandte sie sich an Guillermo. »Willst du allein weitermachen?«

Der verneinte mit einem Kopfschütteln. »Ich reite derweil in die Stadt zum Pergamenter. Vielleicht erwische ich ihn diesmal.«

Wie neulich erwartete sie der Abt auch diesmal wieder vor seinem Arbeitszimmer im Türrahmen stehend.

»Danke, dass Ihr gekommen seid, *doctor*. Nehmt Platz.« Er wies auf den Stuhl vor seinem Schreibtisch. »Bruder Bertram, du kannst gehen«, wandte er sich an seinen Sekretär. »Und denke an das Schreiben an den Stadtrichter.«

Der Abt schloss die Tür, verschränkte die Arme hinter dem Rücken und begann vor dem Fenster nervös hin und her zu gehen.

»Ich brauche Euch sicher nicht zu sagen, weshalb ich Euch rufen ließ, Bruder Adrian«, begann er mit tonloser Stimme. »Ich … Ich fürchte, Ihr habt recht behalten, ich … Ich habe mich getäuscht. Der Mörder dürfte noch unter uns weilen. Noch fehlt uns zwar der letzte Beweis, allerdings …«, der Abt hielt kurz inne, »… allerdings dürfte es nur eine Frage der Zeit sein, bis wir mit dem Entsetzlichen konfrontiert werden.«

Adriana merkte, wie schwer es ihm fiel, seinen Irrtum zuzugeben.

»Wie weit seid Ihr eigentlich mit Euren Ermittlungen gekommen?«, fragte er weiter.

»Die habe ich auf Eis gelegt, Eure Erhabenheit. Schließlich steht es mir nicht zu, Euer Urteil infrage zu stellen, auch wenn ich Eure Meinung nicht teile. Ihr habt unter den Fall einen Schlussstrich gezogen, warum also hätte ich weiterermitteln sollen?« Das entsprach zwar nicht der Wahrheit, aber es würde dem Abt vor Augen führen, dass er gut daran tat, »Bruder Adrian« künftig nicht mehr zu gängeln wie bisher. Wegen seines Verhaltens hatte Adriana beschlossen, die Ergebnisse ihrer jüngsten Nachforschungen für sich zu behalten.

Über die Miene des Abtes huschte ein verdrießlicher Schatten. »Ich weiß, ich war zu voreilig in meinem Urteil«, räumte er ungehalten ein. »Ich sagte ja auch schon, dass Ihr recht hattet. Was könnt Ihr mehr von mir erwarten, schließlich bin ich ...« Er unterbrach sich, anscheinend merkte er, dass er erneut dabei war, in einen unangemessenen Ton zu verfallen. Ein paarmal atmete er tief ein und aus, bevor er weitersprach: »Ich ... Ich verspreche, Euch von nun an nicht mehr in Eure Ermittlungen dreinzureden. Ich bitte Euch, macht weiter, *doctor*. Ich befürchte«, er stockte, seine Stimme zitterte, »die Lage in der Abtei wird sich bald zuspitzen.«

»Ich kann es nur wiederholen, Eure Erhabenheit. Ich habe Euch unterstützt, und das werde ich weiterhin tun. In diesem Zusammenhang erlaubt mir eine Frage.«

»Nur zu, *doctor*, nur zu.«

»Dieser Bruder Gallus, der Einsiedler, der neulich durch diesen schrecklichen Unfall ums Leben kam – was ist Euch über ihn bekannt?«

»Gallus? Schrecklich, sein Tod, entsetzlich. Weshalb fragt Ihr nach ihm? Ihr werdet ihn doch nicht etwa mit diesen ... unseligen Morden in Verbindung bringen wollen?«

»Keinesfalls, aber ...« Adriana musste umsichtig antworten. »Aber ich muss allen Hinweisen nachgehen, die einen ... sagen wir ... außergewöhnlichen Charakter haben, Euer Hochwürden. Bruder Gallus' Tod, insbesondere die Art und Weise, wie er ums Leben kam, *ist* ungewöhnlich. Was bedeutet, dass ich das gesamte Umfeld der Abtei durchleuchten muss. Und sei es nur, um bestimmte Dinge oder Zusammenhänge ausschließen zu können, die nur dem Zufall geschuldet sind. Darum wäre ich Euch sehr dankbar, wenn Ihr mir Auskunft geben könntet.«

»Nun, Bruder Gallus hielt nur sporadisch Kontakt zum Kloster. Er sollte seiner Bestimmung als Eremit entsprechend leben und ungestört und ohne Ablenkung sein Dasein dem H̲ERRN̲ widmen können. In der freien Natur sei sein Platz, mitten in der Schöpfung Gottes, so sein Credo. Daher rührte auch seine Liebe zu den Wölfen. Hin und wieder tauchte er bei uns auf, entweder um ein Stück Wildbret oder eine Kräutertinktur abzuliefern. Lediglich an den hohen Festtagen kam er ins Kloster, um mit uns in den Lobpreis des H̲ERRN̲ einzustimmen.«

»Man sagt, er sei früher Mitglied des Konvents zu Ennswalden gewesen?«

»Das ist richtig. Bis vor zwanzig Jahren, als er mit dem Segen des Bischofs zu Passau und dem des Inquisitors Heinrich von Olmütz seine Klause gründete. Das war lange vor meiner Zeit. Ich habe erst seit sechs Jahren das Privileg, Abt dieses Klosters zu sein.«

»Vor zwanzig Jahren? Gab es einen Grund, weshalb er vom Kloster in die Einsiedelei wechselte?«

»Ich sagte es schon. Er sah seine Bestimmung darin, den H̲ERRN̲ inmitten der Natur zu preisen. Der Wald sei seine Kirche, Felder und Wiesen sein Altar, so seine Aussage. Sein großes Vorbild war der Heilige Hubertus.«

»Der Heilige Hubertus?«

»Ja. Dessen Wahlspruch lautete, den Schöpfer im Geschöpf zu ehren. Auch Hubertus zog sich eine Zeit lang als Einsiedler in die Wälder zurück. Nachdem er die Erscheinung mit dem weißen Hirsch hatte, der ein Kreuz zwischen seinem Geweih trug, beschloss er, sein Leben ganz dem H̲ERRN̲ zu weihen. Aus dem einst wilden Jäger, der wahllos dem Wild nachsetzte, wurde ein besonnener, gottesfürchtiger Mann und waidgerechter Jäger.«

Adriana nickte nachdenklich. Sie kannte die Legende, die um die Person des Heiligen gewoben worden war.

»Sonst gab es keinen Grund?«

Der Abt sah sie indigniert an. »Ich verstehe Eure Frage nicht. Welchen Grund sollte es sonst gegeben haben?«

»Schon gut, nur so ein Gedanke. Es ist schließlich ungewöhnlich, dass ein Bischof und ein Inquisitor sich dafür einsetzen, dass ein Mönch, der einem bestimmten Konvent angehört, diesen Platz aufgibt, um sich in die Einsamkeit einer Klause zurückzuziehen.«

»Zwischen Himmel und Erde gibt es nichts, was es nicht gibt.« Abt Florian sah ergeben nach oben. Die Arme ausbreitend, setzte er betont salbungsvoll hinzu: »Die Wege des HERRN sind unergründlich, so sagt es die Schrift.«

Ein spöttisches Lächeln glitt über Adrianas Gesicht. Die Wege des HERRN schon, dachte sie ironisch, aber ob seine Wege mit denen eines Inquisitors korrespondieren, der seine Tatkraft darauf richtet, Schriften, die eine Irrlehre bloßstellen, vor den Augen der Öffentlichkeit zu verbergen, wage ich zu bezweifeln.

»Ihr amüsiert Euch über mich?« Der Abt wirkte eingeschnappt.

»Keineswegs, Eure Erhabenheit«, antwortete sie rasch. Sie verbannte den spöttischen Zug aus ihrem Gesicht und schalt sich im Stillen eine Närrin. »Eine Frage noch, hochwürdiger Abt. Gab es Personen, die Bruder Gallus besonders nahestanden, Personen, mit denen er regelmäßig näheren Kontakt pflegte?«

»Nicht dass ich wüsste. Aber schlagt Euch das aus dem Kopf, *doctor*.«

»Was soll ich mir aus dem Kopf schlagen?«

»Na, das mit Bruder Gallus. Dass es einen Zusammenhang zwischen seinem Tod und den unseligen Ereignissen hier in der Abtei gibt. Findet Ihr nicht, dass Eure Hypothese sehr gewagt ist?«

Adriana spürte, wie Zorn in ihr aufstieg. Du lernst nichts dazu, du Hornochse. Eben noch beteuerst du, dich nicht in meine Ermittlungen einmischen zu wollen, und dann dieser Kommentar.

Doch sie beschloss, sich nichts anmerken zu lassen. Es wäre der Sache nicht dienlich gewesen. »Ihr mögt recht haben, hochwürdiger Abt«, antwortete sie ruhig. »Meine Hypothese mag gewagt sein. Aber ist es oft nicht gerade das Unerwartete und Gewagte oder sogar das Undenkbare, das uns weiterbringt?«

Der Abt sah sie nachdenklich an. Dann erhob er sich. »Vielleicht, mag sein«, murmelte er. »Gibt es sonst noch etwas, was ich Euch wissen lassen sollte? Oder was Ihr mir mitteilen wollt?«

»Ich denke, vorerst nicht, Eure Erhabenheit. Sollte es Neues geben, unterrichte ich Euch.«

Sie erhob sich und schritt in Begleitung des Abtes zur Tür.

Plötzlich verhielt sie ihren Schritt und blieb stehen. »Verzeiht, Euer Hochwürden, aber es gibt durchaus noch etwas, worin Ihr mich unterstützen könntet.«

Der Abt hob die Brauen. »So? Dann sprecht, Bruder Adrian.«

»Erlaubt mir, die Zellen der beiden anzusehen. Vielleicht findet sich dort etwas, was uns weiterbringt. Und ich würde gern die Brüder befragen, die die angrenzenden Räume bewohnen.«

Der Abt nickte. »Seht Euch die Zellen an, sie sind nicht verschlossen. Was die unmittelbaren Zellennachbarn der beiden angeht: Es sind Bruder Rhabanus und Bruder Manfred.«

Bruder Rhabanus kannte sie flüchtig, er war einer der beiden Illustratoren, die im Skriptorium arbeiteten, ein stiller, in sich gekehrter Mönch um die sechzig, der nur für seine Kunst lebte und mit dem schwer ins Gespräch zu kommen war. Einmal hatte sie es versucht, es dann aber aufgegeben. Sie hatte den Eindruck, dass auch seine Mitbrüder ihn wegen seiner Insichgekehrtheit mieden.

Mit Bruder Manfred, dem Aufseher der Fischteiche und zuständig für die Imkerei, hatte sie hin und wieder einen Gruß ausgetauscht, mehr nicht. Vielleicht lohnte es sich, ihn zu befragen. Er war, so hatte sie neulich von Bruder Bertram erfahren, schon sehr lange im Kloster und vereinte in seiner Person handwerkliches Geschick, ökonomischen Verstand, gute Beobachtungsgabe sowie große Gelehrsamkeit. Letzteres bewies er durch eine umfassende Kenntnis der Heiligen Schrift, aber mehr noch brillierte er mit seinem Wissen um die Kirchenväter und die klassischen Dichter der Antike. Obwohl er einst ein Theologiestudium absolviert hatte und sein eigentlicher Platz im Skriptorium oder in der Bibliothek gewesen wäre, hatte er sich dort mit Erlaubnis des Abtes rar gemacht. Er fühle sich in Gottes freier Natur wohler, hatte er gemeint. Und so war ihm schon vor vielen Jahren die Obhut über die Fischteiche und die Imkerei übertragen worden.

»Mit den beiden werde ich auch sprechen. Doch zuvor werde ich mir die Zellen des Botanicus und des Vestiarius anschauen.«

»Wünscht Ihr Begleitung?«

»Vielleicht Bruder Bertram, Euren Sekretär? Er scheint mit den Gepflogenheiten im Kloster recht gut vertraut zu sein.«

Der Abt nickte. »Er ist in meiner Schreibstube. Sucht ihn dort auf.«

Kapitel 32
Nachmittag, nach Non

»Du möchtest die Zellen mit mir in Augenschein nehmen? Aber ja doch, lass mich nur noch schnell den Brief des Abtes siegeln.«

Bruder Bertram goss geschmolzenes Wachs auf ein gefaltetes Pergament, nahm ein Petschaft zur Hand, drückte es auf den Wachsklecks und legte den Brief zum Trocknen beiseite.

»Wir können«, verkündete er.

Sie verließen die Schreibstube. Bertram schloss die Tür ab, hängte sich den an einem Band befindlichen Schlüssel um den Hals und nahm eine Rohhautleuchte mit.

Adriana hob verwundert die Brauen. »Du besitzt einen Schlüssel zum Arbeitszimmer des Abtes?«, erkundigte sie sich. »Er sagte mir, dass nur er einen Schlüssel besitze, den er niemals aus der Hand gebe.«

»Du verwechselst da etwas. Den Schlüssel zu seiner *Bibliothek* gibt er nicht aus der Hand. Die schließt er immer eigenhändig ab. Viele wichtigen Dokumente bewahrt er dort auf. Für das Arbeitszimmer hat er mir einen Zweitschlüssel zur Verfügung gestellt.«

Jetzt, bei Tag, war es im Korridor des Stockwerks, in dem die Zellen lagen, etwas heller als in der Nacht. Adriana bemerkte, dass unter den Türritzen der Zellen zu ihrer Linken Tageslicht in den Gang sickerte. Trotzdem leistete Bruder Bertrams Rohhautleuchte in dem dunklen Gang gute Dienste.

»Mit welchem Raum willst du beginnen?«, fragte Bertram.

»Ich würde sagen, mit dem letzten.«

»Also mit der Zelle Bruder Valentins.«

Sie betraten die von der Nachmittagssonne erhellte Zelle. Ihre Strahlen fluteten durch ein kleines vergittertes Fenster, das nach Westen lag, und warfen den verzerrten Schatten des Gitters auf den Boden und die gegenüberliegende Wand. Was Adriana als Erstes ins Auge fiel, waren die von der Sonne beschienenen Sandalen, die ordentlich nebeneinander seitlich der Tür abgestellt waren.

»Seltsam! Er trug keine Sandalen, als er verschwand. Entweder er zog es vor, barfuß zu gehen, oder er hat anderes Schuhwerk angelegt.«

»Seine Stiefel wahrscheinlich. Jeder von uns hat ein Paar Stiefel für die Reise, für draußen oder wenn Hochwasser durch die Enns droht. Es würde zu dem fehlenden Regenumhang passen, der normalerweise dort am Haken hängt.« Er deutete mit der Hand auf einen eisernen Stift in der Wand neben dem kleinen Fenster.

»Das heißt, er verschwand in Stiefeln und in einer Kleidung, die es ihm gestattete, sich auch bei schlechtem Wetter im Freien aufzuhalten?«

»Anscheinend.«

Adriana sah sich weiter um. Wie zu erwarten, war die Zelle äußerst spartanisch eingerichtet. Eine Bettstatt – ein niedriger Holzrahmen, gefüllt mit einem dicken Strohsack, darauf zwei Wolldecken –, ein Stuhl, ein Tischchen, beides grob gezimmert. Am Fußende der Bettstatt ein zweiarmiger, etwa schulterhoher hölzerner Kerzenständer ohne Kerzen. An der Wand ein Regal, darauf ein Brevier und ein Buch über das Leben des Heiligen Meinrad. Bruder Valentin mochte es sich aus der Bibliothek ausgeliehen haben, vielleicht weil er Passagen daraus zum Lesen während des Mittagsmahls oder auch während der Kapitelversammlung zugeteilt bekommen hatte. Adrianas Blick kreiste durch den Raum auf der Suche nach einem potenziellen Versteck und heftete sich auf die Bettstatt.

»Lass uns unter dem Strohsack nachsehen«, bat sie Bertram.

Zusammen hoben sie den Strohsack aus dem Holzrahmen, in der vagen Hoffnung, etwas zu finden. Erfolglos.

Sie gingen nach nebenan, um sich die Zelle Bruder Nathanaels vorzunehmen. Das gleiche Interieur: Bettstatt, Stuhl, Tischchen, Regal und Kerzenständer. Und auch hier waren es die Sandalen, die Adriana als Erstes ins Auge fielen. Nicht ordentlich nebeneinander abgestellt wie in Bruder Valentins Zelle, sondern im Raum verteilt: die eine Sandale neben der Bettstatt, die andere unter dem Fenster mit der Sohle nach oben liegend. Es erweckte den Anschein, als ob der Botanicus sie achtlos und in Eile von den Füßen geschleudert hätte.

»Auch er hat seinen Regenumhang mitgenommen. Sie scheinen sich beide auf einen Ausflug ins Freie eingerichtet zu haben.« Bertram runzelte die Stirn und wies auf den leeren Haken neben dem Fenster.

»Ich werde das penetrante Gefühl nicht los, dass sie darauf vorbereitet *wurden*«, murmelte Adriana.

Sie untersuchten auch hier die Bettstatt nach verborgenen Gegenständen, ohne jedoch fündig zu werden.

Dann aber stutzte Adriana. Zu Füßen des Kerzenständers,

am Ende der Bettstatt, bedeckte ein breit getretenes Häufchen Asche den Boden. Jetzt erst bemerkte sie auch die zur Hälfte heruntergebrannte Kerze, die im Ständer steckte.

Sie ging in die Hocke. Im Licht der Sonnenstrahlen, die durch das Fenster fielen, griff sie vorsichtig in die Asche und ließ sie sich durch die Hände rieseln. Die Flocken zerfielen zwischen ihren Fingern zu feinem Staub. Doch im Gegensatz zu dem Aschehäufchen, auf das sie vor Tagen auf dem Blutacker gestoßen war, fand sich hier nicht das geringste Überbleibsel eines pergamentenen Fitzelchens.

Sie erhob sich. »Eigenartig«, murmelte sie.

»Die Asche? Inwiefern?«

»An dem Tag nach dem Mord am Armarius bin ich bei dem Schuppen, in dem wir seine Leiche fanden, ebenfalls auf ein Aschehäufchen gestoßen.«

»Und du denkst, es gibt eine Verbindung?«

»Möglich!«, lautete die lakonische Antwort. Dass sie dort den Pergamentfetzen mit der fragmentarischen Spinnenzeichnung gefunden hatte, verschwieg sie. Außer Guillermo brauchte vorerst niemand davon zu wissen, nicht einmal dem Abt hatte sie davon erzählt.

»Und nun?«, fragte Bertram weiter.

»Ich will mit den Zellennachbarn der beiden sprechen. Sie fragen, ob ihnen in der Nacht, in der die beiden verschwanden, irgendetwas auffällig vorkam. Vielleicht haben sie ja was gehört.«

»Mit Bruder Rhabanus und Bruder Manfred?«

»Ja.«

»Heute noch?«

»Natürlich heute noch. Wir müssen wissen, woran wir sind. Noch fehlt die Ankündigung des Täters, wenngleich wir davon ausgehen müssen, dass sie bald folgen wird. Doch so lange sie aussteht, besteht die Möglichkeit, dass die beiden noch leben. Und umso mehr wir wissen, umso größer die Wahrscheinlichkeit, ihr Verschwinden gegen jede Erwartung doch noch rekonstruieren und ihren Aufenthaltsort herausfinden zu können. Zumindest teilweise.«

Bertram nickte. »Die Hoffnung stirbt zuletzt.«

»Ich sehe, du hast verstanden.«

Als sie aus der Zelle traten, wäre Adriana beinahe über eine Diele im Fußboden gestolpert, die leicht hochstand.

Sie verließen den östlichen Flügel des Ensembles, das den Kreuzgang umschloss. Kaum dass sie in den Wandelgang getreten waren, sahen sie hinter den Säulen, die die Arkaden der Südgalerie stützten, Bruder Firmin mit wehender Kutte den Gang entlangeilen, im Schlepptau zwei weitere Brüder. Noch bevor der Pförtner in den östlichen Gang einbog und mit entsetzter Miene auf sie zueilte, wusste Adriana, was die Stunde geschlagen hatte.

Bruder Bertram erging es nicht anders. »*Deus adiuva nos*«, murmelte er, »Gott stehe uns bei!«

Nach Luft ringend blieb der Pförtner vor Adriana stehen. Die ihm folgenden Mönche wirkten nicht weniger erschöpft.

»Bru... Bruder Adrian... die... die Nachricht...«, japste Bruder Firmin, das schweißglänzende Gesicht dunkelviolett vor Anstrengung.

»Die Ankündigung des Mörders, nehme ich an.« Es war eher eine Feststellung als eine Frage.

Der Pförtner nickte: »Der... Vater Abt... wünscht... wünscht...«

»Wo ist er?«

»Bei ... beim Pförtner...häuschen.«

»Komm!«, forderte Adriana Bertram auf, ohne weiter auf den Pförtner und die ihn begleitenden Mönche zu achten. Mit weit ausgreifenden Schritten und wehender Kutte eilte sie in Richtung Nordgalerie, nahm den Zugang zur Kirche und verließ diese gleich darauf durch das im Westen gelegene Hauptportal. Schon als sie die Treppe vom Hauptportal hinunterlief, sah sie von Weitem einige Mönche in aufgeregter Bewegung beim Haus des Pförtners stehen. Im Näherkommen erkannte sie unter ihnen den Abt, der mit dem Subprior, Bruder Hartwig, zusammenstand. Die Aufmerksamkeit der Herumstehenden richtete sich auf die dem Hof zugewandte Mauer des Pförtnerhäuschens. Noch konnte Adriana nicht erkennen, um was es sich handelte. Erst als sie die Gruppe erreicht hatte, sah sie es. Zwei kleine Strohpuppen, Rücken an Rücken mit einem Strick zusammengebunden, baumelten am Ast eines etwa mannshohen Strauchs, unmittelbar vor der Mauer des Pförtnerhäuschens. Adriana erschauerte.

»Dieser Satan! Es ist so weit, er hat es wieder getan. Seht Euch das an. Diesmal verhöhnt er uns zusätzlich mit seiner diabolischen Fantasie.« Die Stimme des Abts bebte vor Verzweiflung und Empörung.

»Gibt es denn eine Botschaft dazu?«, fragte Adriana.

»Hier!« Der Abt reichte ihr ein Pergament. »Das war an dieser ... Scheußlichkeit befestigt.« Er nickte mit einem Ausdruck von Abscheu in Richtung der Strohpuppen.

Ubi aqua arescit, mors duplex opperitur lautete diesmal die kryptische Botschaft. Vervollständigt war das Schreiben wieder mit dem griechischen Wort *ὁμοούσιος* sowie den beiden obligatorischen in Latein gehaltenen Sätzen *Parati estote. Instrumentum Dei.*

Adriana ließ die Hand mit dem Pergament sinken. *Wo die Wasser versiegen, lauert doppelt der Tod.* Kein Zweifel, das war die Botschaft, die sie alle erwartet und gefürchtet hatten. Es war dieselbe Handschrift wie bei den beiden anderen, die sie erhalten hatten. Diesmal mit dem deutlichen Hinweis, dass der Mörder zwei Opfer auf einmal ins Visier genommen hatte. Wo und in welchem Zustand würden sie diesmal auf sie stoßen?

Vorerst jedoch stellte sich eine ganz andere Frage. »Wann und von wem wurde die Botschaft gefunden?«, wollte sie vom Abt wissen.

»Vom Pförtner. Bruder Firmin überbrachte mir die Nachricht über den abscheulichen Fund persönlich, kaum dass Ihr und ich unsere Unterredung beendet hatten. Ich bin mit ihm und dem Subprior sofort hierhergeeilt und habe ihn aufgefordert, Euch zu holen. Ich wusste ja, dass Ihr mit der Durchsuchung der Zellen beschäftigt wart.«

Adriana wandte sich an Bruder Firmin. »Ihr habt die Botschaft also erst vor Kurzem bemerkt?«

»So ist es. Zum Glück noch rechtzeitig, was allerdings dem Zufall geschuldet war.«

»Könnt Ihr Euch näher erklären?«

»Ich verließ meinen Platz hinter dem Fenster, um kurz die Latrine aufzusuchen, da sah ich ihn auch schon.«

»Wen?«

»Odo, einen der Knechte, er kümmert sich um die Schweine und Hühner. Er ist nicht ganz richtig im Kopf. Er hatte sich an dem Haselnussstrauch zu schaffen gemacht, das hatte ich gerade noch mitbekommen, und war dabei davonzulaufen. Es kam mir komisch vor. Ich bin ihm hinterhergerannt, um ihn zur Rede zu stellen, aber er ist mir entwischt.«

Odo! Adriana war dem Knecht mit dem schlichten Gemüt, der für die Schweine und Hühner zuständig war, das eine oder andere Mal im Hof und einmal auch außerhalb der Abtei begegnet. Bei dieser Gelegenheit hatte sie sich sogar kurz mit ihm unterhalten. Er hatte ihr von saftigen roten Äpfeln vorgeschwärmt, die er so gerne esse. Adriana hatte zufällig einen zur Hand gehabt, den sie nach dem Mittagsmahl verspeisen wollte, und hatte ihm diesen überlassen. Vor lauter Freude waren ihm die Tränen gekommen.

»Erzählt weiter, Bruder Pförtner. Wann ungefähr war das?«

»Ist noch nicht lange her. Ich erinnere mich, dass der Schatten auf der Sonnenuhr dort nur noch einen Strich von der Non-Kerbe entfernt war.«

Der Mönch wies auf die Südwand des dem Pförtnerhaus gegenüberliegenden Werkstattgebäudes, auf dem ein in Stein geritzter Halbkreis prangte. Dem Kreisbogen folgend, waren darauf die Stundeneinteilungen von Prim bis Vesper eingekerbt. Gemäß dem Schatten, den der im Zentrum auf der Radiuslinie angebrachte Stab aktuell warf, war es jetzt kurz nach Non.

»Erzählt weiter. Er ist Euch also entwischt?«

»Ja. Als ich mich umdrehte und wieder zur Pforte zurückkehrte, sah ich es dann.«

»Ihr sprecht von der Botschaft und den Strohpuppen, die am Strauch hingen?«

»Ja. Ich dachte, Odo hätte sich wieder einen seiner dummen Scherze erlaubt, und hab nachgesehen. Bis ich dann das Pergament entrollte und die Nachricht las. Ich habe sofort den Vater Abt informiert, wir eilten gemeinsam mit Bruder Hartwig zur Pforte zurück. Der Vater Abt schickte nach Bruder Zeno und befahl ihm, Odo hierherzubringen. Wir haben ihn dann vernommen – und, na ja, da hat er alles gestanden.«

»Was hat er gestanden?«

»Was ich Euch schon sagte, *doctor*«, mischte sich der Abt ins Gespräch, der mittlerweile hinzugetreten war. Er wirkte gereizt. »Er behauptete, er habe von einem Bruder den Auftrag erhalten, diese luziferischen Paraphernalien an den Strauch zu heften, in der Art und Weise, wie wir es vorfanden. Auf meine Frage, wer dieser Bruder gewesen sei, behauptete er, das könne er nicht sagen, er sei ihm fremd gewesen und habe sein Gesicht hinter der Kapuze verborgen. Außerdem sei es noch dunkel gewesen. Als Belohnung habe der Fremde ihm einen schönen roten Apfel versprochen.«

Adriana stutzte. Einen schönen roten Apfel! Das bedeutete, dass der Fremde mit den Gewohnheiten der Abtei und auch mit einigen ihrer Bewohner vertraut war. Für sie ein weiterer Hinweis, dass der Täter unter den Angehörigen der Abtei zu suchen war.

»Wo ist Odo eigentlich?«, wollte sie wissen.

Der Abt sah sich um. »Ja, wo ist er nur?« Es klang gereizt.

Der Subprior, der bis jetzt noch nichts gesagt hatte, ergriff das Wort: »Dort neben dem rechten Torflügel, Vater Abt. Ich habe Bruder Zeno befohlen, ihn dort hinzubegleiten und auf ihn achtzugeben.«

Er deutete auf den kleinwüchsigen ergrauten Knecht mit dem flachen Mondgesicht und den schrägen Augen. Er stand etwa fünfzehn Schritte entfernt von der kleinen Gruppe wie ein Häufchen Elend, neben ihm ein kräftiger Konverse, der ihn am Arm gepackt hielt.

Adriana ging zu ihm. Ungeachtet der neugierigen Blicke

der anderen ging sie vor ihm in die Hocke und sprach ihn freundlich an.

»Odo. Du weißt, wer ich bin, nicht wahr? Ich hab dir neulich einen Apfel geschenkt, erinnerst du dich?«

Ein Leuchten glitt über Odos Gesicht, er nickte eifrig. »Ja, der Apfel. Ein saftiger Apfel. Ein süßer Apfel. Du warst sehr gut zu mir, Bruder.«

»Hör zu, Odo, Wann hat der fremde Bruder dir die Strohpuppen gegeben und wo?«

»Heute Morgen ganz früh, vor Laudes. Es war noch dunkel. Er stand vor dem Schweinestall.«

»Vor dem Schweinestall?«

Odo nickte. »Um diese Zeit tu ich immer die Schweine füttern.«

»Magst du mir den fremden Bruder beschreiben, Odo?«

»Das … Das kann ich nicht. Hab nix gesehen von seim Gesicht.«

»War er eher größer oder kleiner?«

Odo wiegte den Kopf hin und her. »Größer.«

»Kannst du seine Hände beschreiben? Welche Schuhe trug er? Ist dir sonst irgendwas an ihm aufgefallen?«

Odo schüttelte betrübt den Kopf. »Kann nix sagen.«

»Wie war seine Stimme?«

»Schöne Stimme, schöne Stimme.«

Adriana seufzte.

»Was gebt Ihr Euch mit ihm so viel Mühe, er ist schwachsinnig, das seht Ihr doch«, monierte der Abt, der hinzugetreten war, unwirsch.

Adriana kümmerte es nicht.

»Was genau hat der fremde Bruder zu dir gesagt, Odo?«

»Er gab mir das da«, Odo zeigte auf die Strohpuppen, »und

sagte, ich soll es an den Strauch hängen. Aber erst am Nachmittag.«

»Du solltest die Strohpuppen erst nachmittags an den Strauch hängen? Was hast du mit ihnen so lange gemacht?«

»Hab sie im Schweinestall versteckt.«

»Kannst du sagen, wohin der fremde Bruder ging, nachdem er dir den Auftrag erteilt hatte?«

Odo zuckte bekümmert die Schulter. »Weiß ich nicht mehr.«

»Und, hast du den Apfel bekommen, Odo?«

Statt einer Antwort holte Odo einen rotwangigen Apfel aus der Tasche seines Arbeitskittels, den er Adriana voller Stolz präsentierte.

»Es ist gut, Odo, ich danke dir für deine Auskunft.« Adriana erhob sich. »Ich würde mir diese Strohpuppen gerne näher ansehen, Eure Erhabenheit. Würdet Ihr sie in meine Schreibstube schaffen lassen?«

Abt Florian nickte. »Du hast es gehört, sorge dafür, dass es geschieht«, wies er den Pförtner an und wandte sich an Adriana. »Ich denke, es gibt noch einiges Entscheidendes zu bereden. Lasst uns das Gespräch im Abthaus fortsetzen, Bruder Adrian.«

Die jüngste Ankündigung des Mörders verbreitete sich wie ein Lauffeuer in der Abtei. Die Bestie Angst schlich nicht mehr nur um die Abtei herum, sie war bis ins Zentrum vorgedrungen.

Das Gespräch, um das der Abt Adriana gleich nach dem Auffinden der Botschaft gebeten hatte, war ohne nennenswertes Resultat geblieben. Entgegen seiner Behauptung gab es nämlich nichts »Entscheidendes« zu bereden. Was hätte dies auch sein können? Sie hatten nichts in der Hand. Und so hatte der Abt in sicherer Erwartung des Furchtbaren und der bitteren Gewissheit, all dem, was folgen würde, hilflos ausgeliefert zu sein, befohlen, statt der abendlichen Komplet einen Bittgottesdienst abzuhalten und den Himmel für die nächsten Stunden um besonderen Beistand anzuflehen. Auch Adriana und Guillermo waren eingeladen worden, daran teilzunehmen, schützten aber vor, des Abends noch »wichtige Dinge« erledigen zu müssen, schließlich seien sie aufgrund der aktuellen Entwicklung mit ihrer Arbeit in Verzug geraten.

Gleich nach dem Gespräch mit dem Abt hatte Adriana nacheinander Bruder Rhabanus und Bruder Manfred befragt. Bruder Rhabanus fand sie im Skriptorium, Bruder Manfred auf einer Wiese hinter dem Klosterfriedhof, auf der er einige seiner Bienenkörbe aufgestellt hatte. Doch was das nächtliche Verschwinden des Botanicus und des Vestiarius anging, förderte die Befragung nichts Erhellendes zutage. Sie hatten nichts mitbekommen, obwohl sie unmittelbare Zellennachbarn der beiden waren.

Dafür hatte Bruder Manfred sich ungewöhnlich direkt über die seiner Meinung »stümperhafte« Vorgehensweise des Abtes ausgelassen, was die Suche nach dem Täter anging.

»Ihr haltet seine Vorgehensweise für stümperhaft?«, hatte Adriana, verblüfft über seine Offenheit, nachgefragt.

»Ja, stümperhaft und unfähig«, bestätigte er mit Nachdruck, während er aus einem geflochtenen Bienenkorb die Waben herausklopfte. »Ich weiß, dass er Euch bat, ihm bei der Suche nach dem Mörder zur Seite zu stehen, das ist kein Geheimnis. Aber mit Verlaub, *doctor*: Ohne an Eurem zweifellos scharfen Verstand zweifeln zu wollen – glaubt Ihr nicht, dass die Ermittlung eher Sache der weltlichen Obrigkeit zu Steyr wäre?«

Adriana schwieg überrascht. Eigentlich hatte der Mann recht, schließlich hatte sie dem Abt gegenüber ähnlich argumentiert.

»Gibt es weitere Gründe, die Euch veranlassen, an seinen ... Fähigkeiten zu zweifeln?«, fragte sie, ohne auf seinen Einwand näher einzugehen. »Ihr dürft offen reden, ich bin für jeden Hinweis in dieser Sache dankbar.«

»Nun, habt Ihr schon einmal darüber nachgedacht, welch schlichten Geistes dieser Ludolf war?«

Adriana verstand augenblicklich. Auch dieses Argument hatte sie dem Abt gegenüber bereits genannt. »Ich glaube, ich weiß, was Ihr meint. Er konnte kaum lesen und schreiben, geschweige denn Latein, wie also hätte er die Botschaften formulieren können, mit denen er die Morde angekündigt hat. Hinzu kommt, dass der Täter sich durch hohe *maleficia* gepaart mit diabolischer Intelligenz auszeichnet.«

Verdutzt sah Bruder Manfred sie an. »Das habt Ihr treffend ausgedrückt. Ja, so ist es. Ludolf verfügt weder über das eine noch das andere. Er kann nicht der Täter sein.«

»So ist es. Das habe ich dem Abt auch gesagt.«

»Und dennoch beharrt er weiterhin darauf, den Täter ohne obrigkeitliche Hilfe aufspüren zu wollen?«

»Leider! Darum meine Frage an Euch: Gibt es jemanden, den Ihr für fähig haltet, solche Botschaften zu verfassen? Jemanden, dem Ihr die krankhaft-morbide Poesie zutraut, die sich darin offenbart?«

»Nein.« Der Mönch schüttelte den Kopf und fuhr mit einer Frage fort: »Werdet Ihr die Untersuchungen weiterführen, Bruder Adrian?«

»Das werde ich. Ich versprach dem Abt, ihm nach Kräften dabei zu helfen, daran muss ich mich halten. Und ich denke, unter den gegebenen Umständen – mögen sie noch so ungünstig sein – sollte jeder, der es vermag, seinen Teil dazu beitragen, diese Bestie unschädlich zu machen, findet Ihr nicht auch?«

Bruder Manfred schwieg mit zusammengekniffenen Lippen, offenbar ging er damit nicht ganz einig.

»Eines würde mich interessieren, Bruder Manfred? Ihr gehört schon seit vielen Jahren zum Konvent. Man sagt, Ihr wärt schon als Novize hier gewesen. Und man preist Euer Wissen, immerhin habt Ihr Theologie studiert. Es heißt, Ihr gehörtet eher ins Skriptorium und in die Bibliothek als an den Fischteich und zu Euren Bienen. Vor dem Hintergrund, dass Ihr schon lange in diesem Kloster seid, erlaubt mir eine Frage: Gibt es irgendetwas an diesem Ort, was Ihr als eigenartig, fragwürdig oder mysteriös einordnen würdet? Oder gar etwas, vor dem man sich in Acht nehmen müsste und über das man besser nicht spricht?«

Der Mönch ließ die Wabe sinken, die er in der Hand hielt, und sah sie seltsam lauernd an.

»Es gibt Dinge in dieser Abtei, an die man besser nicht rührt, wenn man nicht befugt ist. Dinge, die mit Machenschaften zusammenhängen, die schon lange zurückliegen, aber bis heute nachwirken.«

»Eure Bemerkung wirft gleich die nächste Frage auf. Wer ist Eurer Meinung nach ›befugt‹?«

»Die weltliche Obrigkeit. Ich sagte es schon, ich plädiere für eine offizielle Untersuchung der Angelegenheit durch den Stadtrichter von Steyr. Soll er herausfinden, wer der Täter und was sein Motiv ist. Er würde seine Untersuchungen unabhängig und unparteiisch führen, außerdem besitzt er die nötige Autorität und Erfahrung in solchen Dingen.«

»Ihr spracht von ›Machenschaften, die bis heute nachwirkten‹. Was meint Ihr damit?«

»Fragt mich nicht, Genaues kann ich nicht sagen. Ich weiß nur, dass damals etwas vorgefallen sein muss, was bis in die Gegenwart hineinwirkt.«

»Dann müsste doch der Abt davon wissen. Er ist zwar erst seit sechs Jahren im Kloster, wie er mir verriet, aber sein Vorgänger hätte ihn doch bestimmt darüber in Kenntnis gesetzt. Er hat aber nichts dergleichen gesagt, als er mich bat, mich der Aufklärung der Morde anzunehmen.«

»Abt Florian ist zu ignorant, als dass er sich für irgendwelche Vorfälle aus der Vergangenheit interessieren würde. Er ahnt nichts von diesen Machenschaften. Sie bleiben ihm verborgen, weil die, die dafür verantwortlich waren und es vielleicht noch sind, sie vor ihm geheim halten.«

»Ihr sprecht in Rätseln, redet von Machenschaften, die Ihr nicht näher benennen könnt oder wollt, von Personen im Konvent, die dafür verantwortlich waren beziehungsweise noch sind, die Ihr ebenfalls nicht benennt. Noch dazu verwendet Ihr Begriffe wie ›wahrscheinlich‹ und ›vielleicht‹ und macht damit das Ganze noch nebulöser. Reichlich kryptisch, Eure Aussage, findet Ihr nicht auch? Klingt fast nach einer Verschwörung.«

Adriana wollte ihn mit dieser Bemerkung bewusst provozieren. Solcherart angegriffen, würde er vielleicht eher mit Tatsachen herausrücken, um sich von dem Verdacht zu befreien, er sei ein Fabulierer.

Doch sie hatte sich getäuscht. Bruder Manfreds Miene verschattete sich. »Glaubt mir oder glaubt mir nicht, es ist mir gleichgültig«, fuhr er sie an. »Und nun lasst mich endlich meine Arbeit machen, Ihr seht doch, ich habe zu tun.«

Adriana beschloss, noch einen Versuch zu wagen.

»Erlaubt mir nur noch eine Frage, Bruder Manfred. Hat es mit diesen Dingen, an die man nicht rühren sollte, und auch mit einem Mönch zu tun, der vor zwanzig Jahren nach Ennswalden kam? Und mit einem Inquisitor, der zur selben Zeit hier weilte?«

War es diese Frage, die Bruder Manfred so aus der Fassung brachte, dass ihm die Wabe aus der Hand glitt und zu Boden fiel? Jedenfalls malte sich Bestürzung in seiner Miene. »Woher ... Woher wisst Ihr davon?«

»Ich habe gewisse Nachforschungen angestellt. An Eurer Miene sehe ich, dass Ihr mehr darüber wisst. Warum wollt Ihr es mir nicht sagen?«

Der Mönch rang sichtlich mit sich, öffnete dann aber doch den Mund und begann endlich weitere Einzelheiten herauszurücken.

»Ich ... Ich weiß nicht viel darüber. Ja, es gab einen Mönch, er stammte aus dem Kloster zu Oybin und beabsichtigte wohl, unseren Konvent zu verstärken. Aber er verschwand wenig später von einem Tag zum anderen. Niemand wusste, warum und wohin. Einige Wochen danach verstarb der damalige Cellerar unter seltsamen Umständen. Zu diesem Zeitpunkt visitierte der Inquisitor Heinrich von Olmütz die Gegend, um Ketzer aufzuspüren.«

»Ihr bringt das Verschwinden des Oybiner Mönchs und den Tod des Cellerars mit dem Inquisitor in Verbindung?«

»Zumindest mit dem Verschwinden des Oybiners. Es gab da ein bestimmtes Gerücht, das in der Abtei umging.«

»Was für ein Gerücht?«

»Angeblich hätte der Inquisitor einige wenige Personen mit besonderen Aufgaben betraut. Kurz darauf verschwand der Oybiner. Aber niemand vermochte Genaueres zu sagen.«

»Auch nicht, *wen* der Inquisitor mit diesen ... ›besonderen Aufgaben‹ betraute?«

»Nein! Wen er rekrutierte, wurde nie bekannt. Nicht zuletzt auch deshalb, weil sich niemand getraute, genauer nachzuforschen. Der Inquisitor segnete nach nicht allzu langem Aufenthalt das Zeitliche, und irgendwann verliefen sich die Gerüchte.«

»Dieser Cellerar, der unter seltsamen Umständen starb – könnt Ihr Euch an seinen Namen erinnern? Und könnt Ihr Genaueres über die Umstände seines Todes sagen?«

»Er wurde Bruder Ignatius genannt. Man fand ihn eines Morgens tot in einer der Latrinen. Das war irgendwann nach dem Verschwinden des Oybiner Mönchs. Er war wohl mit dem Kopf auf die Kante des steinernen Sitzes aufgeschlagen. Man fand Blutspuren, die das nahelegten.«

»Ein Unfall? Ein plötzlicher Herzstillstand? Ein Schlag, der ihn getroffen haben könnte?«

»Es gab damals mehrere solcher Erklärungen. Aber keine konnte den Schrei erklären, den er kurz zuvor ausgestoßen hatte. Verschiedene Personen berichteten übereinstimmend, einen solchen gehört zu haben.«

»Ein Schrei kann auch jemand von sich geben, wenn er einen Herzanfall erleidet.«

»Mag sein. Sein Tod wurde jedenfalls nie restlos aufgeklärt.«

»Sagt, Bruder Manfred, wer von den Mitgliedern des Konvents war vor zwanzig Jahren schon in diesem Kloster?«

»Eine ganze Reihe. Die beiden, die vor wenigen Tagen ermordet wurden, sprich Bruder Markward, der Armarius, und Bruder Matthias, der Kellermeister. Des weiteren Bruder Hartwig, der Subprior, Bruder Paul, Bruder Peter, Bruder

Cosmas, Bruder Firmin, der Pförtner, Bruder Nathanael, der Botanicus, Bruder Valentin, der Vestiarius, Bruder Ortolph, der Sakristan, der betagte Bruder Rochus, der vor einigen Tagen an Altersschwäche starb, und meine Wenigkeit. Ach ja, nicht zu vergessen Bruder Gallus, der vor wenigen Wochen von seinen Wölfen getötet wurde. Er verließ den Konvent sehr bald nachdem der Inquisitor in Ennswalden eingetroffen war, um mit dessen Einverständnis seine Klause zu gründen.«

»Das heißt, von den Personen, die Ihr soeben erwähnt habt, haben innerhalb der letzten Wochen vier das Zeitliche gesegnet.«

»Sechs!«, korrigierte der Mönch. »Auch wenn der Botanicus und der Vestiarius noch nicht gefunden wurden: Dass auch sie Opfer des Mörders wurden, dürfte angesichts der neuesten Botschaft klar sein. Wen wundert es da, dass es im Konvent gärt? Inzwischen fragt sich jeder, wer wohl der Nächste ist.«

»Verstehe. Noch eine Frage zu diesem Mönch aus Oybin. Kanntet Ihr seinen Namen.«

»Anselmus.«

»Ihr sagtet, Bruder Anselmus sollte den Konvent verstärken, eine sehr allgemeine Aussage. Lässt sich nichts Genaueres über ihn sagen?« Adriana verzichtete bewusst drauf, dem Mönch mitzuteilen, was sie bereits wusste.

»Mir ist nichts weiter bekannt.«

»Nun gut, ich danke Euch jedenfalls für Eure Auskünfte.«

»Ihr werdet weitere Untersuchungen anstellen?«

»Das werde ich. Ich sagte es bereits: Ich habe dem Abt versprochen, ihn zu unterstützen, so gut ich es vermag. Aber ich werde bei Gelegenheit noch einmal insistieren, ob er sich nicht besser des weltlichen Arms in dieser Angelegenheit bedient.«

Sie verabschiedete sich und beschloss sich in ihrer Schreibstube an die Arbeit zu machen. Guillermo würde sie erwarten und wissen wollen, wie das Gespräch, das sie soeben geführt hatte, verlaufen war.

IN DER ALTEN GRANGIE

TAG 24
Donnerstag, 2. Juli Anno Domini 1405

Kapitel 33
Zwischen Matutin und Laudes

Leise eine Melodie vor sich hin summend, legte der alte Schäfer ein Bündel Reisig in die verbliebene Glut und klopfte dem Hund neben ihm den Hals. Gerade erst war er wach geworden; manchmal floh ihn der Schlaf noch vor Beginn der Morgendämmerung, was wohl seinem Alter geschuldet war. Obwohl es kühl war und er vermutete, dass es bald regnen würde, war er mit sich und der Welt zufrieden.

Knisternd leckten erste Flämmchen an dem Reisig, die der Schäfer mit ein paar Ästen und Zweigen weiter fütterte. Das flackernde Leuchten sowie das Knacken, Prasseln und Zischen, das gleich darauf vom Feuer ausging, hatte etwas Anheimelndes und wärmte ihm Körper und Seele. Er hatte für sich und seine Tiere ein gutes Plätzchen ausgesucht.

Gestern mit der Abenddämmerung war er hier eingetroffen und hatte beschlossen, zusammen mit seiner Herde an dieser Stelle die Nacht zu verbringen. Hinter ihm das lichte Wäldchen, über ihm die dicht belaubte Krone einer Eiche, die ihm und dem Feuer Schutz vor Regen bot, vor ihm die saftig grüne Wiese, auf der seine Herde lagerte und auf der, von saftigem Klee bis zu würzigen Kräutern, alles gedieh, was ein Schafsherz höherschlagen ließ – was hätte er sich Besseres wünschen können? Zumal er bald von seinem Herrn bezahlt würde, bei dem er in Lohn und Brot stand und in dessen Auftrag er dem schönsten Beruf nachging, den er sich denken konnte: dem des Schäfers. Obgleich sein Berufsstand als »unehrlich« galt und er sich der Verfemung ausgesetzt sah, wie jeder, der den Stempel der *macula infamiae* trug.

Ein Rascheln unmittelbar hinter ihm. Ein eigenartiger Laut. Der Hund spitzte die Ohren, sprang auf und ließ ein Knurren hören.

»Was gibt's, Zerberus?« Der Schäfer griff nach seinem Stab, der neben ihm lag, erhob sich mit einem Ruck und sah sich wachsam nach allen Seiten um. Zerberus war schon seit Jahren sein treuer Begleiter. Den Namen hatte er ihm verpasst, als er als Welpe zu ihm gekommen war. Er hatte den fremd klingenden Namen irgendwo in einem Kloster aufgeschnappt, er gefiel ihm. Erst später hatte er erfahren, dass so der Höllenhund in einer alten Sage hieß, aber da war es schon zu spät gewesen. Zu diesem Zeitpunkt hatte sich Zerberus längst an seinen Namen gewöhnt.

Da! Wieder dieser eigenartige Laut. Deutlicher diesmal. Ein Hund, der bellte? Ein Fuchs, der schrie?

Kein Fuchs, kein Hund. Der Schatten, der mit durchdringendem Schrei aus dem Wald heraus auf die schlafende Herde zuschnellte, entpuppte sich als das gewaltige Exemplar eines Luchses. Im Schein des Feuers waren sein schwarz-gelb gefärbtes Fell und die hoch aufgestellten Pinselohren deutlich zu erkennen.

»Verdammt, Zerberus! Pack den Teufel!«, brüllte der Schäfer, während er der Raubkatze hinterhersprang. Der Hund hetzte auf den Luchs zu, der stehen blieb, herumfuhr, angriffslustig den Rachen aufriss und fauchte. Einige Schafe, ob des Lärms aus dem Schlaf gerissen, begannen panisch zu blöken. Mittlerweile war auch der Schäfer herangekommen. Schon hob er den Stock, um Zerberus zu unterstützen und zuzuschlagen, als der Luchs es sich anders überlegte. Er machte kehrt und jagte unter protestierendem Schreien in weiten Sätzen in den Wald zurück.

»Gut gemacht, mein Braver«, murmelte der Schäfer und klopfte dem Hund anerkennend den Hals, was dieser mit einem dankbaren Bellen quittierte. »Komm, lass uns diesen Dämon vertreiben, nicht dass er uns ein zweites Mal überrascht.«

Er griff sich einen dicken Ast aus dem Feuer, an dessen Ende eine kräftige Flamme loderte und drang mit dem Hund in den schmalen Waldstreifen ein. Tatsächlich stöberte er gleich darauf die Raubkatze unter einem Wurzelstock auf. Solcherart aufgeschreckt, jagte sie aufs freie Feld hinaus, das sich hinter dem Wäldchen erstreckte, und verschwand in Richtung eines alten Gemäuers.

Ganz außer Puste blieb der Schäfer stehen, den brennenden Ast in den Händen.

»Das hätten wir geschafft, Zerberus. Das Mistvieh wird uns nicht mehr belästigen.« Er musterte das Gelände, das vor ihm lag. Langsam schritt er weiter. Im spärlichen Licht der beginnenden Morgendämmerung präsentierten sich ihm die maroden Überreste eines landwirtschaftlichen Anwesens als dunkle Silhouette – das halb verfallene Gemäuer eines Kornspeichers mit dem schwarzen Gerippe eines ehemaligen Dachstuhls, ein Ziehbrunnen, eine schulterhohe, zum

Teil eingestürzte Umfassungsmauer, ein verrotteter Zaun und eine morsche hölzerne Konstruktion, an der schief ein aus Holz geschnitztes Wappen hing, das den ehemaligen Besitzer verriet. Der Schäfer hielt die Fackel an das Wappen. Mit der hineingeschnitzten Schrift konnte er nichts anfangen, er hatte nie Lesen und Schreiben gelernt, aber der Hut und der Krummstab verrieten ihm, dass sich das Gelände im Besitz eines Klosters befinden musste. Und in der Nähe gab es nur ein Kloster: das zu Ennswalden. Eine Weile blieb der Schäfer noch stehen, ließ seinen Blick über die Umgebung schweifen und lauschte. Nichts zu hören, nichts bewegte sich. Anscheinend hatte der Luchs endgültig den Rückweg angetreten.

»Er hat die Nase voll von uns, Zerberus, er hat sich verzogen. Komm, lass es uns ihm gleichtun und zur Herde zurückkehren.« Der Schäfer bückte sich, kraulte den Hund liebevoll zwischen den Ohren, musterte ein letztes Mal das verlassene Anwesen – und stutzte. Es war der Ziehbrunnen, der seine Aufmerksamkeit erneut anzog. Warum waren ihm die Umrisse der beiden seltsamen Gegenstände, die vom Rundholz hingen, nicht schon vorhin aufgefallen? Es waren keine Eimer, die man in den Brunnen hinabließ, um Wasser zutage zu fördern, dafür waren sie zu klobig und zu unförmig. Und so alt, wie der Brunnen war, führte er längst kein Wasser mehr. Eine Ahnung keimte in dem Schäfer auf, eine Ahnung von etwas Furchtbarem.

»Komm, Zerberus, das sehen wir uns an«, murmelte er. Gefolgt von seinem Hund bewegte er sich auf den Brunnen zu. Je näher er ihm kam, desto hastiger wurde sein Gang, desto härter und schneller sein Pulsschlag. Die letzten Schritte rannte er, bis er mit entsetzensstarrer Miene vor dem Brunnen stehen blieb.

»Oh, mein Gott, oh, Heilige Jungfrau Maria, oh, ihr Heiligen!« Er fiel auf die Knie, schlug ein Kreuz und übergab sich.

Dann richtete er sich wieder auf.

»Zerberus, ich muss die Mönche im Kloster benachrichtigen. Es ist nicht weit. Lauf zur Herde zurück und komm deiner Pflicht nach, hörst du?« Seine Stimme zitterte.

Kapitel 34
Vor Laudes

Erschrocken fuhr Adriana aus dem Schlaf. Der karge Schimmer der Morgendämmerung drang in ihre Zelle und ließ sie benommen zum Fenster starren. Mit angehaltenem Atem lauschte sie in die Stille. Was, zum Henker, hatte sie so unsanft geweckt?

Ein Klopfen! Hart und unmissverständlich!

Nackt, wie sie war, schnellte sie vom Lager hoch und war mit zwei Sätzen bei der Tür.

»Wer da?«, rief sie in scharfem Ton.

»Ich bin's: Bruder Bertram. Ich hab schon ein paarmal geklopft. Öffne, Bruder Adrian, schnell!«

»Warte, ich zieh mich nur rasch an!«, rief sie und schalt sich gleich darauf eine dumme Gans. Wie hatte ihr bloß diese törichte Bemerkung über die Lippen kommen können? Wo sie doch wusste, dass Mönche, der Benediktinerregel folgend, stets angekleidet zu schlafen hatten.

Hastig schlüpfte sie in Bruche und Hemd, zog sich Kutte und Skapulier über, schnürte das darunter befindliche Zingulum und schlüpfte in die Sandalen. Jetzt erst öffnete sie die

Tür. Eine Laterne in der Rechten, stand Bruder Bertram vor ihr. Sein Gesicht sprach Bände.

»Man hat sie gefunden?«, fragte sie mit tonloser Stimme.

»Ja. Der Abt schickt mich. Er erwartet dich. An der Pforte. Zieh dich um! Beinkleider und Stiefel. Und nimm den Umhang mit. Es dürfte bald regnen. Wir reiten zur alten Grangie. Sie liegt nicht weit von hier an der Enns. Ein Schäfer hat dort die beiden Leichen entdeckt. In einem stillgelegten Brunnen.« Die atemlose, abgehackte Redeweise korrespondierte mit dem Entsetzen, das sich in seiner Miene spiegelte.

»Ein Schäfer hat sie entdeckt? Um diese Zeit?«

Bruder Bertram erklärte ihr in kurzen Zügen die Sachlage. »Übrigens, der Abt wünscht, dass Bruder Guillermo mitkommt«, fügte er hinzu. »Er ist groß und kräftig. Vielleicht bedürfen wir seiner.«

Die Zelle des Katalanen lag vier Türen weiter am Ende des Ganges.

»Geh ihn wecken. Ich komme gleich, ich zieh mich schnell um.«

Als sie unmittelbar darauf auf den Korridor hinaustrat, schritten Bruder Bertram und der Katalane bereits mit weit ausgreifenden Schritten vor ihr den Gang entlang.

»Wartet!«, rief sie und eilte an ihre Seite.

Bruder Bertram hatte recht behalten. Dunkle Wolkenbänke waren von Westen heraufgezogen, es regnete. Unhörbar, aber in dünnen Fäden, die wie fein gesponnen vom Himmel fielen. Fackelschein erhellte den Platz vor der Pforte und wob zusammen mit der Nässe einen rötlich leuchtenden Schleier in die Morgendämmerung.

Es war kühl. Adriana fror; trotz Umhang und Kapuze rieselte ein Schauer über ihren Rücken, während sie sich zusammen mit Guillermo und Bruder Bertram der Pforte näherte.

Im Näherkommen nahm sie drei Mönche wahr, die sich vor dem Eingang zum Pförtnerhäuschen aufgeregt miteinander unterhielten. Es waren der Abt, der Subprior und der Cellerar. Sechs Pferde, die nervös hin und her tänzelten, wurden von drei Stallknechten in Schach gehalten, von denen jeder zwei Tiere am Zügel hielt. Sie würden also zu sechst zur alten Grangie aufbrechen. Auch ein zweirädriger Karren mit einem davor geschirrten Ochsen stand bereit; auf dem Kutschbock, eng nebeneinandergekauert, vier Fuhrknechte, Konversen des Klosters, die ebenfalls aus dem Bett geholt worden waren. *Der Totenkarren* schoss es Adriana durch den Kopf, als ihr bewusst wurde, welche Aufgabe den Männern, die auf dem Kutschbock hockten, oblag.

»Endlich, da seid Ihr ja!«, rief der Abt ungeduldig. »Mein Sekretär hat Euch bereits in Kenntnis gesetzt?« Seine Stimme zitterte, im flackernden Licht der Fackeln schien jeder Muskel in dem Gesicht, das sich unter der Kapuze verbarg, mitzuzittern.

»Ja, Eure Erhabenheit.«

»Dann lasst uns reiten.«

Kapitel 35

Grauen spiegelte sich in den Mienen der Männer, während sie sich dem Ziehbrunnen näherten.

Rücken an Rücken, jeder mit einem Strick um den Hals, hingen der Botanicus und der Vestiarius an einem walzenförmigen

Rundholz über dem Brunnen. Das Haupt schräg zur Seite geneigt, den Mund geöffnet, aus dem die schwarz angelaufene Zunge quoll, starrten ihre Augen weit aufgerissen ins Leere; selbst der Schein der Fackeln vermochte ihnen keinen Glanz einzuhauchen. Auf der Stirn eingeritzt, prangte das Wort *homoousios* in griechischen Lettern – das Signum des Mörders!

Das Seil, das einst um die Walze lief, um Wasser aus der Tiefe zu holen, war längst entfernt, der Brunnen schon seit ewigen Zeiten ausgetrocknet. Um zu vermeiden, dass die Körper seiner Opfer auf den Grund hinabsanken, hatte der Mörder die Kurbel der Walze festgezurrt; so konnten sich die beiden um das Rundholz gewickelten Stricke, an denen die Opfer hingen, nicht abwickeln.

Ubi aqua arescit, mors duplex opperitur – Wo die Wasser versiegen, lauert doppelt der Tod. So hatte der Mörder es angekündigt und seine Botschaft auf grausige Weise wahr gemacht.

Der Abt nickte in Richtung der Knechte. »Nehmt sie herunter, aber vorsichtig«, befahl er mit rauer Stimme.

Anfangs wollte die Bergung nicht gelingen. Die Körper waren massig, die von Nässe getränkten Kutten machten sie noch schwerer. Hinzu kam, dass der Regen den lehmigen Grund um den Brunnen herum aufgeweicht und in eine ziemlich morastige Angelegenheit verwandelt hatte. Bei dem Versuch, die erste der beiden Leichen, den Vestiarius, loszuschneiden, drohte dieser gar in den Brunnen zu stürzen. Nur dem beherzten Eingreifen Guillermos war es zu verdanken, dass ein größeres Missgeschick ausblieb. Mit seiner Hilfe gelang es schließlich, die sterblichen Überreste zu bergen und sie auf die mit Laub und Decken ausgepolsterte Ladefläche des Karrens zu hieven.

»Da ist etwas, Eure Erhabenheit!«, rief Wido, einer der Knechte, überrascht. Er nestelte an der Kutte des Botanicus herum und löste von dessen Zingulum ein kleines Säckchen aus grobem Stoff.

»Gib es mir«, forderte Adriana ihn auf. »Die Beigabe des Mörders, es hätte mich gewundert, wenn sie diesmal gefehlt hätte«, murmelte sie sarkastisch, nachdem sie das Säckchen geöffnet und hineingeschaut hatte. Diesmal waren es die beiden Beine der holzgeschnitzten Puppe, die sie mit spitzen Fingern herausholte und dem Abt zeigte.

Der wich erschrocken einen Schritt zurück.

»Schon gut, schon gut, lasst das, *doctor*«, murmelte er.

Adriana steckte den Fund wieder in das Säckchen zurück, wickelte es in ein Tuch und schob es unter ihre Kutte. Sie würde es zu den andren beiden legen, die sie in ihrer Zelle aufbewahrte. Bei dem Gedanken, ob sie wohl noch weitere solcher Säckchen öffnen würde, rann ein Schauer über ihren Rücken. Diesmal war er nicht der Kälte geschuldet.

Keine Stunde später kehrte der Trupp in die Abtei zurück. Aus dem Kircheninneren drang verhalten der dunkle Gesang der Mönche in die regengeschwängerte Nacht. Längst schon hatte die Laudes begonnen, geleitet vom Hospitarius, den der Abt für die Dauer seiner Abwesenheit zu seinem Vertreter bestimmt hatte. Und während Adriana zusammen mit Guillermo schweigend ins Gästehaus zurückkehrte, spürte sie, wie der monotone, düstere Klang wie ein eisiger Hauch in ihr nachhallte. Unwillkürlich fielen ihr die Worte Albert von Kantens ein. Seine Bemerkung über die Klöster und Abteien. Einerseits seien sie Horte des Wissens, bärgen sie doch neben den Erkenntnissen überragend kluger Köpfe aus vielen

Jahrhunderten unzählige Abschriften der kostbaren heiligen Schriften, die sie hüteten und aufbewahrten. Andererseits seien es Schlangennester, in denen die Brut des Antichristen gedeihe, gehegt und genährt von der römischen Kirche, die Albert als die große Hure Babylon aus der Apokalypse des Johannes ansah. Aufs Neue wurde ihr bewusst, wie kostbar das war, was sie bei ihm gefunden hatte: Wärme, Licht und vor allem – Wahrheit. Ihre Gedanken gerieten ins Wandern. Alberts letzte Ermahnung kam ihr den Sinn, als er den von ihm so geschätzten Jan Hus zitiert hatte. Etwas, was dieser über die Wahrheit gesagt hatte:

Suche die Wahrheit, höre die Wahrheit, lerne die Wahrheit, sprich die Wahrheit, halte die Wahrheit, verteidige die Wahrheit bis zum Tod.

Dann aber stieg eine andere Frage in ihr hoch, über die sie sich noch nie ernsthaft Gedanken gemacht hatte. Die berühmte Frage: *Quid est veritas?* Was ist Wahrheit? War es nicht Pilatus, der Jesus von Nazareth diese Frage gestellt hatte? War Wahrheit absolut oder relativ? Und konnte sich jemand tatsächlich im *alleinigen* Besitz dieser Wahrheit wähnen? Für Albert von Kanten gab es darauf nur eine Antwort: Die Wahrheit findet sich einzig und allein in der Heiligen Schrift, so sein Credo. Was sich mit ihr nicht vereinbaren lässt, ist keine Wahrheit, sondern zu verwerfen.

Wie aber würde Jan Hus wohl reagieren, wenn er erführe, was ihr Mentor vom Trinitätsdogma hielt? Er selbst rüttelte schließlich nicht im Entferntesten daran, wie Adriana von Albert wusste. Und doch war auch Hus davon überzeugt, die Wahrheit zu vertreten und sich dabei an die Schrift zu halten. Warum war er nicht zur gleichen Erkenntnis wie Albert gelangt, wenn doch die Wahrheit über die wahre

Natur Gottes so eindeutig und klar in der Schrift präsent war?

Wahrheit – eine Ware, die sich beliebig austauschen und mit der sich vortrefflich handeln ließ? Etwas, was man zerlegen und beliebig wieder zusammensetzen konnte? Ein entsetzlicher Gedanke.

Halt! Sie erschrak vor sich selbst. Hör auf!, maßregelte sie sich. Verbanne die Zweifel, bevor sie dich schwächen. Gleiche nicht der Meereswoge, die, vom Wind hin und her gepeitscht, gegen den Fels brandet. Sei der Fels, nicht die Woge. Was Albert dich über die wahre Natur Gottes gelehrt hat, *ist* die Wahrheit. Um dieser Wahrheit Geltung zu verschaffen, um das Licht über die Finsternis siegen zu lassen, sowohl über die des Geistes als auch des Herzens, bist du hier. Und es kann nur eine Wahrheit geben. Was wäre der Mensch, was die Welt, wenn dem nicht so wäre? Wenn es keine festgefügten, endgültigen Gewissheiten gäbe, an denen man sich orientieren konnte?

Aber gab es nicht auch eine trügerische Gewissheit? Geschaffen vom Antichristen im Verein mit dem Teufel, dem Erzbetrüger und Vater der Lüge, wie Albert sie gelehrt hatte? Sie erschauerte.

»Was ist, Bruder Adrian?«

Adriana schrak zusammen. Die Frage des Katalanen, der an ihrer Seite einherschritt, hatte sie aus der Gedankenferne ihrer philosophischen Betrachtungen zurück in die Gegenwart katapultiert.

»Nichts, was soll sein?« Sie hörte selbst, dass es mürrisch klang.

»Dein Mienenspiel. Du solltest dich mal sehen, Bruder. Du scheinst nicht mit dir im Reinen. Man möchte meinen, ein Gewitter tobt in dir.«

»Es ist ... Es ist nichts. Ich bin nur müde.«

»Das sind wir wohl alle.«

Sie waren inzwischen beim Gästehaus angekommen und wenig später, ohne ein weiteres Wort miteinander zu wechseln, in ihren Zellen verschwunden.

Kapitel 36
Nachmittag, um Non

Wer würde der Nächste sein?

Wie ein Damoklesschwert hing die Frage seit dem frühen Morgen über der Abtei. Angesichts der zugespitzten Lage hatte der Abt zu Non eine außerordentliche Kapitelversammlung einberufen und die Bitte geäußert, dass auch Adriana und Guillermo daran teilnahmen. Lediglich der Sakristan und Bruder Bertram fehlten. Der Sekretär war heute nach dem Mittagsmahl im Auftrag des Abtes in einer wichtigen Angelegenheit, die sich nicht hatte verschieben lassen, nach Steyr aufgebrochen und würde erst vor Vesper wieder zurück sein. Bruder Ortolph hatte sich schon in aller Frühe, um Laudes herum, zur Abtei von Kremsmünster aufgemacht, die eine Tagesreise entfernt lag. Sein Besuch sollte der Vorbereitung eines Übereinkommens zwischen den beiden Klöstern dienen, die seit vielen Jahren darum stritten, wem der linke kleine Finger Johannes des Täufers rechtmäßig zustand. Bot eine solch bedeutende Reliquie doch die Möglichkeit, mittels Wallfahrten viel Geld in die Kassen dessen zu schleusen, der sie besaß. Der Sakristan hatte sich gut auf seine Mission vorbereitet und wurde erst in zwei Tagen zurückerwartet. Ansonsten hatte sich der gesamte Konvent im Kapitelsaal eingefunden, und das eine gute Weile vor dem Läuten der Glocke, die den Beginn der Debatte einleitete.

Der eigentliche Grund, weshalb Abt Florian die Versammlung einberufen hatte – davon war Adriana überzeugt –, galt jedoch nicht dem Bemühen, seinen Brüdern in Christi Trost und Beistand zu spenden. Vielmehr war er darauf aus, seine Position zu stärken, galt es doch seine Autorität, die in Schieflage geraten war, wieder aufzurichten.

Denn unter den Mönchen hatte sich an diesem Vormittag nicht nur Angst und Verzweiflung, sondern auch verhaltene Wut breitgemacht. Die Schafe murrten gegen ihren Hirten, dem sie vorwarfen, sich nicht in gebührender Weise um sie zu kümmern. Stattdessen frönte er seinem Ego. Das mürrische Raunen im Saal verriet, wie sehr es in den Anwesenden brodelte und kochte. Und unwillkürlich fragte sich Adriana, ob und mit welchen Konsequenzen sich der Unmut während der Kapitelversammlung Bahn brechen würde. Heute nach der Prim hatte sie bereits bemerkt, dass eine Anzahl Mönche auf den Abt nicht gut zu sprechen war.

Bruder Bertram hatte ihr verraten, wie sie dachten. »Vier Morde in der Abtei, und das in nur wenigen Tagen. Viele aus dem Konvent fühlen sich alleingelassen mit ihrer Angst. Jeder befürchtet, das nächste Opfer des Mörders zu werden. Sie glauben, dass der Abt seine Pflicht sträflich vernachlässigt. Er habe sehr wohl gewusst, dass der Mörder nicht geflohen war, wie er allen weismachen wollte. Indem er ihn vor Tagen für entlarvt erklärte, und das nur, um seinem Ego zu frönen, hätte er ihn zu weiteren Taten ermutigt. Er hätte ganz andere Schritte einleiten müssen, sagen sie. Zum Beispiel die Obrigkeit in Steyr informieren.«

Sämtliche Geräusche im Saal verstummten, als Abt und Subprior den Saal betraten. Die Atmosphäre war aufgeladen, die Stimmung glich einer gespannten Bogensehne. Die Frage war nicht, ob, sondern, wann der Pfeil von der Sehne schnellen würde.

Der Abt spürte dies sehr wohl, als er sich vor seinem Sitz in Positur stellte und seine Ansprache begann. Und so mühte er sich, seiner Stimme einen festen, entschlossenen Beiklang zu verleihen. Die pastorale Zuwendung, die man in dieser Situation von einem Hirten erwarten konnte, erschöpfte sich in inhaltsleeren Worten und einem nichtssagenden, salbungsvoll triefendem Ton.

»Brüder, der HERR hat uns eine große Prüfung geschickt, um unseren Glauben zu erproben, auf dass dieser im Schmelzofen des Schmerzes und der Qual geläutert und für gut befunden werde. Und so sind wir entschlossen, aus dieser Prüfung siegreich hervorzugehen, und das«, er machte eine rhetorische Pause, »ohne zu murren und ohne zu klagen.« Kaum dass die Worte heraußen waren, registrierte Adriana, wie sich auf den Steinbänken entlang der Wände verhaltener Widerstand regte. Tatsächlich schoss einer der Mönche, das Gesicht puterrot, vom Sitz hoch und fiel dem Abt ins Wort. Es war Bruder Werner, der Gärtner.

»Hochwürdiger Vater Abt, verzeiht, aber ist es nicht so, dass der HERR uns diese Prüfung schickt, sondern ... sondern dass Eure ... Eure ...« Der Mönch brach ab, als hätte ihm der giftige Blick des Abtes, der ihn traf, bewusst gemacht, dass er dabei war, etwas zu sagen, was er besser für sich behielt. Adriana hatte mit ihm so gut wie noch nie zu tun gehabt, aber sie wusste, dass Bruder Werner für seine impulsiven Ausbrüche bekannt war. Was ihm schon zweimal eine Züchtigung vor dem versammelten Konvent eingebracht hatten: Schläge mit der Rute auf den entblößten Rücken.

»Sondern? Sprich ruhig weiter, Bruder Werner«, forderte ihn der Abt mit scharfer Stimme auf. Die Hände auf dem Rücken verschränkt, schritt er drohend auf ihn zu, blieb vor ihm stehen und wippte auf den Zehenballen auf und ab.

»Ähm, ich ... Ich wollte sagen, dass ... dass es vielleicht an etwas anderem liegen könnte ... als ... als am HERRN?«

»An etwas *anderem* als dem HERRN! Sieh an, sieh an, an was denn dann?« Die Stimme des Abtes klang gefährlich ruhig. Er wandte sich kurz um und nickte mit dem Kopf in Richtung zweier Mönche von hoher, kräftiger Statur, die ihren Platz links neben dem seinem hatten. Sie traten an seine Seite. Bruder Peter und Bruder Paul waren bekannt für ihre besonders ergebene Haltung dem Abt gegenüber – und für die Mittel, die sie einsetzten, um ihn zu verteidigen, wenn es denn sein musste, was allerdings selten vorkam, wie Bruder Bertram ihr berichtet hatte. Heute jedoch glaubte der Abt anscheinend, sich ihrer Hilfe versichern zu müssen.

Tatsächlich zeigte sein Auftritt Wirkung. Eingeschüchtert zog Bruder Werner den Kopf zwischen die hochgezogenen Schultern und schwieg.

»Nun, Bruder, willst du uns nicht verraten, woran es deiner Meinung nach liegt, dass wir derart heimgesucht werden?«, hakte der Abt gefährlich sanft nach.

»Ich ... Ich glaube – Ihr ... Ihr habt recht, Vater Abt. Gott will uns prüfen. Ich ... Ich habe mich geirrt und bitte demütig um Vergebung.«

Aus den Augenwinkeln bemerkte Adriana, wie angesichts dieser subtilen Machtdemonstration des Abtes der Trotz in den Gesichtern der anderen einer duckmäuserischen Ergebenheit Platz machte.

Bis auf einen: Der Aufseher der Fischteiche und »Herr der Bienen«, wie er auch genannt wurde, erhob sich nun ebenfalls. »Mit Verlaub, Vater Abt, gestattet mir, Stellung zu beziehen in dieser für uns alle sehr bedrückenden Angelegenheit, mit der uns der HERR zu Recht schlägt.«

Der Abt sah ihn überrascht an. »Sprich, Bruder Manfred!«, forderte er ihn auf.

»Wie Ihr in Eurer Weisheit schon festgestellt habt, ist die schwere Bürde, die uns der HERR auferlegt, in der Tat dazu angetan, unseren Glauben durch das Feuer der Erprobung auf Echtheit zu prüfen. Und sie lehrt uns Demut. Allein, so fordern es der Verstand und die Schrift, sollten wir alles prüfen und das Gute behalten, wie der Heilige Paulus es sagt. Und so wäre vielleicht zu prüfen, ob wir alle – ich betone, *wir alle* – nicht gewissen ... Umständen hätten anders begegnen sollen.«

»Der Einzige unter seinen Brüdern, der Mut besitzt, etwas anzusprechen, und sich dabei auch noch vorzüglich auszudrücken vermag«, flüsterte Adriana Guillermo ins Ohr.

»Was willst du damit sagen, Bruder? Von welchen Umständen sprichst du?« Der Abt sah ihn durchdringend an.

»Da gibt zwei Dinge, die unstimmig scheinen, ehrwürdiger Vater. Als wir vor einiger Zeit Bruder Matthias – der HERR sei seiner Seele gnädig – im Weinkeller tot auffanden und Ludolf der Tat verdächtigten –, hätten wir da nicht daran denken sollen, dass Ludolf zum Verfassen einer Schrift, wie sie der Mörder uns schickte, gar nicht fähig war? Er war kaum des Lesens und Schreibens mächtig, geschweige denn des Lateinischen. Dennoch wart Ihr gewiss, hochwürdigster Vater Abt, dass er es war. Euer Verdacht gründete sich vor allem auf das Indiz seiner Flucht. Aber er könnte auch Hals über Kopf geflohen sein, weil er sich eben diesem Verdacht ausgesetzt sah, nicht weil er wirklich schuldig war. Ist im Übrigen nicht auch Bruder Adrian, der als Gast in unserer Mitte weilt und den Ihr in Eurer Weisheit darum batet, bei der Aufklärung der Morde behilflich zu sein, dieser Meinung? Ich bin von ihm befragt worden, daher weiß ich es.« Er unterbrach sich und sah zu Adriana und Guillermo hinüber.

Indigniert musterte der Abt abwechselnd Bruder Manfred und Adriana. Sie rechnete mit einer erbosten Reaktion, doch die blieb aus.

»Sprich weiter«, hob er schließlich an, »sprachst du nicht von zwei Dingen, die irritieren?«

»Ja, ehrwürdiger Vater. Hinzu kommt noch ein anderer Umstand. Ludolf war an dem Tag, an dem Bruder Matthias ermordet wurde, gar nicht im Kloster. Am Tag des Mordes hielt Ludolf sich in Steyr auf. Ihr erinnert Euch, dass Bruder Notker sagte, er habe den Kellermeister an diesem Tag noch vor Vesper lebend gesehen. Ludolf kam erst am folgenden Tag zurück, dem Tag, an dem die Leiche unseres Bruders kurz nach Sext im Weinkeller entdeckt wurde. Als wir ihn fanden, waren seit seinem Ableben nach Aussage Bruder Nathanaels – auch seiner Seele sei Gott gnädig – mehrere Stunden, aber noch kein Tag vergangen. Also kann Ludolf nicht der Mörder gewesen sein. Kaum dass er zurückgekehrt war, muss er erfahren haben, dass man ihn des Mordes verdächtigt, und ist sofort wieder geflohen.«

Adriana und Guillermo waren den Ausführungen des Mönchs mit wachsendem Erstaunen gefolgt. Die Ungereimtheiten im Fall des toten Kellermeisters nahmen immer bizarrer werdende Ausmaße an. Adriana fragte sich, was den Mönch bewogen hatte, ihr zu verschweigen, dass Ludolf ein Alibi hatte. Doch diese Frage sollte sich gleich klären.

Auch der Abt war verdutzt. »Ludolf war also in Steyr, als der Mord geschah? Was hatte er dort zu suchen? Du musst es doch wissen, Bruder Erasmus.« Er wandte sich an den Konversenmeister.

Der erhob sich. »Das kann ich Euch nicht sagen, Vater. Ich teile den Konversen in Absprache mit dem Bruder Cellerar ihre Arbeit zu, manchmal nicht nur für einen, sondern für mehrere Tage, und gehe davon aus, dass diese erledigt wird. Was in aller Regel der Fall ist.«

»Aber dir kann doch nicht entgehen, wenn einer der Konversen mir nichts, dir nichts am Nachmittag verschwindet und erst am Folgetag gegen Sext wieder auftaucht!«, bellte er ihn vorwurfsvoll an.

Bruder Erasmus sah schuldbewusst zu Boden.

»Diese Schlamperei wird ein Nachspiel haben, das verspreche ich dir«, drohte der Abt wütend und wandte sich wieder an Bruder Manfred.

»Wann hast du diese Information erhalten und von wem?«

»Heute Vormittag war ich in Steyr und bin einer gewissen Marie Volland begegnet, hochwürdiger Vater. Sie behauptet, Ihr würdet sie kennen.«

Eine Mischung aus Entsetzen und Verlegenheit trat in die Miene des Abtes, er wurde krebsrot im Gesicht.

»Ma... Marie Volland?«, krächzte er. »Ich ... Ich kenne keine Marie Volland«

»Nicht? Das hat sie aber behauptet. Sie ist Vorsteherin im Hübschlerinnenhaus zu Steyr. Ihr habt ...«

»Genug, genug!«, rief der Abt und fuhr mit der Hand unwirsch durch die Luft, als wollte er eine penetrante Fliege verscheuchen. »Ich erinnere mich wieder. Ja, ich kenne sie. Oberflächlich. Ich ... ähm ... Ich habe ihr bei einer Gelegenheit die Beichte abgenommen, als in Steyr die Stelle des Stadtpfarrers vakant war. Aber das ist alles lange her.«

»Gewiss, ehrwürdiger Vater.« Bruder Manfred verbeugte sich. Tiefer als sonst, wahrscheinlich um das Zucken seiner Mundwinkel zu verbergen.

Die Beichte abgenommen! Adriana verbarg die untere Hälfte ihres Gesichts hinter vorgehaltener Hand.

»Erzähl weiter, Bruder Manfred. Diese ... Marie behauptete also, Ludolf sei an jenem entscheidenden Tag in Steyr gewesen? Wo genau?«

»Nun, in ihrem Haus. Er nahm die unkeuschen Dienste einer gewissen ... Wie war doch gleich ihr Name? ... in Anspruch.« Bruder Manfred tat, als fiele er ihm nicht ein, doch das spöttische Zug in seinem Gesicht ließ auf das Gegenteil schließen.

Erneut winkte der Abt nervös ab. »Lassen wir das, egal wie ihr Name lautet, man kann Ludolf für sein«, er räusperte sich, »unkeusches und sündhaftes Verhalten nicht zur Rechenschaft ziehen, schließlich hat er sich der Jurisdiktion unserer Abtei durch die Flucht entzogen. Aber wenn er sich zum Zeitpunkt der Tat in Steyr aufgehalten hat, kann er nicht der Mörder gewesen sein, das ist ebenso sicher. Die Frage ist dann allerdings, wer ... wer ...« Der Abt verstummte, auf seinem Gesicht malte sich Bestürzung. Offenbar hatte er etwas sagen wollen, es sich dann aber anders überlegt.

Adriana konnte sich denken, was es war: Wenn nicht Ludolf es war, der ihm an besagtem Abend den Wein gebracht hatte, wer dann?

Bruder Manfred unterbrach ihre Überlegungen, er nutzte die entstandene Pause, um den Gesprächsfaden wieder aufzunehmen. »Mit Verlaub, ehrwürdiger Vater, wäre es nicht besser, wenn Ihr von Eurer vorausschauenden Weisheit, die Euch der HERR verliehen hat, Gebrauch machen und den Stadtrichter mit den Untersuchungen betrauen würdet? Die weltliche Obrigkeit in Steyr ist auch dafür zuständig, die Abtei zu schützen. Und es würde Euch helfen, Eurer schweren Verantwortung, der Ihr bis jetzt auf vortreffliche Weise nachgekommen seid, weiter gerecht zu werden.«

Zustimmendes Gemurmel erhob sich. Was, wie Adriana vermutete, dem Vorschlag galt, den Stadtrichter mit der Untersuchung zu beauftragen – und nicht den lobhudlerischen Bemerkungen Bruder Manfreds, die offensichtlich rein taktischer Natur waren.

Der Abt hob die Hand. »Wir werden sehen. Ich werde mir deinen Vorschlag durch den Kopf gehen lassen, Bruder. Lasst uns denn weiter auf die Gnade des HERRN hoffen und darauf, dass er uns bald von dem Übel, das über uns hereingebrochen ist, befreit. Und lasst uns immer wieder dafür beten. Ach ja, noch eine Frage, Bruder Manfred«, ein Ausdruck von Süffisanz legte sich auf die Miene des Abtes, »wie kamst *du* eigentlich dazu, mit dieser ... Marie ... Wie war doch gleich ihr Nachname? ... zu sprechen?«

»Ob er sich damit revanchieren will?«, flüsterte Guillermo Adriana ins Ohr.

»Steht zu vermuten«, raunte sie zurück.

Der »Herr der Bienen« war um eine Antwort nicht verlegen. »Volland, ehrwürdiger Vater, Marie Volland lautet ihr Name. Ihr wollt wissen, wie es dazu kam, dass ich mit ihr sprach? Nun, Marie Volland ist nicht nur Vorsteherin des

Hübschlerinnenhauses zu Steyr, sie verkauft auch Honig auf den Märkten in der Umgebung. Ich habe mit ihr künftige Lieferungen besprochen. Übrigens mit Einverständnis des Bruders Cellerar. Er ist wie ich der Meinung, dass wir unsere Absatzmöglichkeiten erweitern sollten.« Der Mönch blickte in Richtung Bruder Gottschalks.

»Das ist richtig«, bestätigte der und nickte.

Der Abt wirkte sichtlich überrascht, fast ein wenig verärgert, ging jedoch nicht weiter auf die Antwort ein. »Ich denke, wir beenden jetzt die außerordentliche Kapitelversammlung. Möge nun jeder an seine Arbeit gehen, in Verantwortung gegenüber seinem Gelübde, im Vertrauen auf den HERRN und«, erneut eine rhetorische Pause, »im Gehorsam gegenüber der Führung, die der HERR auch diesem Kloster in seiner Liebe hat angedeihen lassen. Er segne euch.«

Kapitel 37
Nachmittag, nach Non

»Ein schlauer Fuchs, dieser Abt«, meinte Guillermo kauend. Er lehnte lässig an seinem Schreibpult in ihrer Schreibstube und verzehrte einen Apfel. »Er sieht Gefahr für sein Ego und reagiert entsprechend, indem er eine Versammlung einberuft, die angeblich dem Wohl der Seele seiner Schäfchen gilt. In Wirklichkeit soll sie eben diesen Schäfchen vor Augen führen, dass sie gut daran tun, sich seiner Autorität zu beugen und auf Kritik zu verzichten. Die Drohung mit den beiden Hünen wurde verstanden. Umso mutiger von Bruder Manfred, sich gegen ihn zu stellen und ihn an seine Fehler zu erinnern.«

»Wobei er es sehr geschickt angestellt hat.« Adriana lehnte an der Wand neben dem Fenster, ihre Hände umschlossen einen Becher Wasser. »Er wählt Formulierungen, die dem Ego des Abtes schmeicheln, gleichzeitig wagt er es, ihn mit einer Angelegenheit zu konfrontieren, die ihm sichtlich unangenehm ist. Mich würde interessieren, was hinter dieser Geschichte mit Marie Volland steckt. Die Anspielung war deutlich.«

»Nun ja, man braucht kein Prophet zu sein, um es zu erraten«, meinte Guillermo süffisant.

»Das stimmt allerdings. Aber jetzt sollten wir uns den Dingen widmen, derentwegen wir hier sind. Ich konnte nicht schlafen und bin heute Morgen früher als sonst in die Schreibstube gekommen. Ich hab es dir noch nicht gesagt, aber ich bin auf einen seltsamen, um nicht zu sagen, spektakulären Vorgang gestoßen.«

»Spektakulär?«

»Spektakulär!«

»Auf einen Vorgang oder auf ein Dokument?«

»Auf einen Vorgang, der in einem Dokument erwähnt wird.«

»Du machst mich neugierig. Spann mich nicht länger auf die Folter.«

Adriana zog eine dünne Kladde hervor, die einst bedeutend dicker gewesen sein musste. Sie enthielt gerade mal zweiundzwanzig Blätter, der Rest war irgendwann herausgetrennt worden.

»Das hier befand sich in dem neuen Stapel, den Bruder Ansgar gestern zum Sichten gebracht hat, eine Art Rapportliste. Es handelt sich um größtenteils unbedeutende Notizen zu irgendwelchen Haushaltsvorgängen in der Abtei, die vor über zwanzig Jahren getätigt wurden. Jede ist mit Datum versehen, aber eine davon hat es in sich.«

Adriana öffnete das schmale Bändchen an einer eingemerkten Stelle. »Hier, lies selbst!« Sie wies auf eine Notiz, die an den Rand der Seite gequetscht war.

»Heute früh das Dokument aus dem Ersten Mysterium ins Dritte Mysterium verbracht und sämtliche Notizen des frevlerischen Oybiners verbrannt. Danken wir dem HERRN für die Rückkehr des blasphemischen Dokuments in die Obhut unseres Klosters am Tag der Heiligen Magdalena. Gegen Abend das Erste Mysterium repariert. Den Aufsatz auf dem Glockenjoch befestigt und das versiegelte Schreiben mit dem Hinweis auf das Zweite Mysterium dort deponiert. Vorher noch rasch den Lageplan ins Zweite Mysterium geschafft. Dabei den Deckel leicht beschädigt. Möge der Heilige Bernhard uns verzeihen, und mögen die Augen der Cherubim über ihm wachen. Notiert am Tag des Heiligen Kassian, Anno Domini 1385«, las Guillermo murmelnd.

Verblüfft sah er auf. »Ich fasse es nicht. Der Oybiner! Du bist auf die Spur jenes Mönchs gestoßen, der vor zwanzig Jahren hinter demselben Dokument her war wie wir?«

»So ist es. Bruder Anselmus war sein Name. Aber diese Zeilen verraten mehr. Ich werte sie als weiteren Hinweis auf jene konspirative Bruderschaft, von der mir der Armarius berichtete. Bis auf einen, der auf tragische Weise starb, seien alle noch am Leben, behauptete er. Es erinnert mich an die gestrige Aussage Bruder Manfreds. Als ich ihn fragte, wer von den gegenwärtigen Mitgliedern des Konvents vor zwanzig Jahren schon in diesem Kloster war, nannte er mir eine Reihe von Personen, die vor vier Wochen alle noch am Leben waren. Inzwischen sind fünf von ihnen tot. Im Gespräch erwähnte er auch einen Cellerar, der vor zwanzig Jahren unter ungeklärten Umständen starb. Es könnte sich bei ihm um den handeln, den der Armarius erwähnte.«

»Bruder Ignatius? Du glaubst, er könnte der Verfasser dieser Notiz sein?«

»Eine Hypothese. Inhalt und Stil der Notiz deuten für mich auf einen Cellerar oder ein sonstiges mit der Verwaltung befasstes Mitglied des Konvents hin.«

»Wäre vielleicht gut zu wissen, ob deine Hypothese mit dem Cellerar stimmt. Du könntest den Abt fragen.«

Adriana schüttelte den Kopf. »Er braucht von unserer Entdeckung nichts zu wissen. Mit den Verhältnissen in der Abtei vor zwanzig Jahren ist er ohnehin nicht vertraut. Vielleicht finden wir es heraus, ohne jemandem auf die Nase zu binden, dass es diese kryptische Notiz gibt. Eventuell steht sie in Verbindung zu dem Blatt mit den sechs Namen, auf das wir gestoßen sind.«

»Inwiefern?«

»Es könnte doch sein, dass es sich bei den sechs Namen um die Mitglieder der Vereinigung handelt, die der Inquisitor ins Leben rief und von der mir der Armarius erzählt hat. Wenn ja – gehörte Bruder Ignatius, der damalige Cellerar, zu ihnen? Der schon bald darauf auf ungeklärte Weise das Zeitliche segnete?«

»Dann blieben fünf übrig – außer der Weißen Spinne, die das Dokument unterzeichnet hat.« Nachdenklich sah der Katalane Adriana an. »Wie viele Personen der Inquisitor damals beauftragt hatte, hat der Armarius dir seinerzeit nicht verraten?«, vergewisserte er sich.

»Nein, hat er nicht. Er sagte lediglich, dass bis auf einen alle noch am Leben seien.«

Guillermo sah eine Weile gedankenverloren zum Fenster.

»Was, glaubst du, hat es mit dieser Notiz auf sich?«, wandte er sich schließlich an Adriana.

»Ich denke, sie verrät uns einiges. Halten wir fest: Geschrieben wurde sie am Tag des Heiligen Kassian, also am 13. August. Bemerkenswert erscheinen mir vier Punkte. *Punkt eins:* Dem Mönch aus Oybin, Bruder Anselmus, gelang es irgendwann, sich einer blasphemischen Schrift zu bemächtigen, die in einem Versteck lagerte. Es kann sich nur um das Testament des Athanasius handeln. Am Tag der Heiligen Magdalena, das heißt am 22. Juli, etwa drei Wochen bevor die Notiz gefertigt wurde, gelangte die Handschrift zurück in den Besitz der Abtei. Frage: Was geschah mit dem Dokument, nachdem man es dem Oybiner wieder abgenommen hatte? Logische Antwort: Es wurde erneut versteckt. Damit bin ich bei *Punkt zwei:* In der Notiz ist die Rede von drei Mysterien, wobei es sich um drei Verstecke handeln muss. Das *Erste Mysterium*, sprich Versteck Numero eins, muss sich im Glockenturm befinden – konkret: auf dem Glockenjoch. Es handelt sich offenbar um einen Aufsatz, der reparaturbedürftig war. Jedenfalls barg dieser Aufsatz ein Dokument, das in das *Dritte Mysterium*, also in das dritte von drei Verstecken geschafft wurde. Nachdem das Dokument aus Versteck Numero eins ins Versteck Numero drei gewandert war, wurde im Versteck Numero eins noch am selben Tag ein versiegeltes Schreiben deponiert. Es enthielt einen Hinweis auf das *Zweite Mysterium*, sprich, auf Versteck Numero zwei. *Punkt drei:* Davor wurde ›noch rasch‹ ein Lageplan in Versteck Numero zwei geschafft. Bei dieser Gelegenheit wurde ein Deckel leicht beschädigt. *Punkt vier:* Es handelt sich bei diesem *Zweiten Mysterium* um ein Versteck, das mit dem Heiligen Bernhard in Verbindung stehen muss. Und das sich in dieser Abtei befindet. Was sich aus der Formulierung ›noch rasch‹ ergibt – das Versteck war nämlich schnell erreichbar.«

Der Katalane sah sie aus so großen Augen an, dass sie laut auflachen musste. »Was starrst du mich an wie ein Kalb?«

»Weil ich von dem, was du sagst, so viel verstehe wie ein Kalb von den Mysterien der Apokalypse«, brummte er mit gespielter Verzweiflung. »Hört sich alles ziemlich labyrinthisch an.«

»Ist es auch. Nichtsdestotrotz sind es wichtige Hinweise. Lass uns das Ganze weiter analysieren. Dass es sich um Verstecke handelt, dürfte also klar sein. Beim *Ersten Mysterium*, also bei Versteck Numero eins, handelt es sich, wie gesagt, zweifelsfrei um ein Versteck im Glockenturm. Die Identität von Numero drei, in das die Handschrift geschafft wurde, ist uns nicht bekannt. Zu Numero zwei habe ich eine Hypothese.«

»Das Versteck, das du mit dem Heiligen Bernhard in Verbindung bringst? Das sich innerhalb der Mauern der Abtei befinden müsste?«

»So ist es«, bekräftigte sie.

»Dieser Heilige Bernhard – gehörte er nicht zu den Äbten des Klosters? Bruder Bertram sagte es mir bei einer Gelegenheit.«

»Er war *der* Abt schlechthin. Der erste in der langen Reihe der Äbte von Ennswalden. Seine Ruhestätte befindet sich hier in der Abtei. In einem Sarkophag in der Krypta unter dem Mönchschor. Ein perfektes Versteck.«

»Und was könnte der Schreiber mit dem Hinweis ›Möge der Heilige Bernhard uns verzeihen‹ gemeint haben?«

»Überleg doch. Eine Krypta mit einem Sarkophag, in dem die sterblichen Überreste eines Heiligen ruhen – ein geweihter Ort! Welch ein Frevel wäre es, dort unbefugt einzudringen, den Sarkophag zu öffnen und damit die Totenruhe zu stören. Ein Sakrileg geradezu. Es sei denn ...« Adriana brach ab und funkelte Guillermo verschwörerisch an.

Der Katalane verstand. »Es sei denn«, wiederholte er langsam, »es gäbe einen gewichtigen Grund. Nämlich diesen Sarkophag auf eine Weise zu nutzen, die der Verteidigung des allein selig machenden Glaubens und der Allerheiligsten Mutter Kirche dient. Jetzt verstehe ich auch, weshalb in der Notiz von einem Deckel die Rede ist – gemeint ist der Sarkophagdeckel.«

Adriana lächelte ihm zu. »Und so würde der Abt noch Jahrhunderte nach seinem Tod der Kirche einen unschätzbaren Dienst erweisen, man müsste ihn eigentlich doppelt heiligsprechen«, spottete sie.

»Eigentlich wäre die Krypta – also Versteck Numero zwei – ein absolut sicherer Ort. Warum wurde die Handschrift dann in das Versteck Numero drei geschafft?«

»Weil in den Augen derer, die für das Dokument verantwortlich waren, allen voran der Inquisitor, ein anderes geeigneter erschien? Wahrscheinlich ein Ort außerhalb der Abtei. Ich denke, wir sollten uns auf jeden Fall die Krypta ansehen.«

»Dazu bräuchten wir die Erlaubnis des Abtes. Und wir müssen ihm einen plausiblen Grund dafür nennen.«

»Er würde uns die Erlaubnis vielleicht sogar geben. Aber ich will sie mir ansehen, ohne dass er davon weiß.«

»Du willst unerlaubt dort eindringen?«

»Ja, ich sehe keine andere Möglichkeit. Es wäre allerdings gut zu wissen, wie man dort hingelangt. Vielleicht gibt es einen geheimen Zugang. Einen unterirdischen Gang zum Beispiel.«

»Vielleicht würde uns ein Plan weiterhelfen? Ein Bauplan des Klosters?«

Adriana blinzelte ihm listig zu. »Ich sehe, du hast verstanden. Unsere nächste Aufgabe besteht darin, unter einem plausiblen, aber unverfänglichen Vorwand an diesen Plan zu gelangen.«

Er zwinkerte verständnisinnig zurück, und plötzlich spürte Adriana, wie erneut jenes Empfinden in ihr hochstieg, das sie einerseits genoss, andererseits verfluchte. Sie schloss die Kladde und verstaute sie unter ihrem Schreibpult.

»Genug geredet, lass uns weitermachen«, sagte sie brüsk. »Ich wäre dir dankbar, wenn du die beiden Stapel hier auf meinem Tisch durchsehen würdest, es handelt sich um Palimpseste, irgendwelche Listen. Sieh sie dir insbesondere auf Restspuren alter Texte an.«

»In Ordnung. Was wirst du tun?«

»Ich werde mich nebenan in der Bibliothek noch etwas umsehen.«

IN DER KRYPTA

TAG 25
Freitag, 3. Juli Anno Domini 1405

Kapitel 38
Mittag, nach Sext

Adriana hatte sich für diesen Tag vorgenommen, noch mal zur alten Grangie zu reiten. Insbesondere den ausgetrockneten Brunnen wollte sie sich genauer ansehen. Weil ihr Rappe sich einen Dorn eingetreten hatte, hatte sie sich aus dem klösterlichen Stall ein anderes Pferd besorgen müssen und einen Fuchs ausgesucht. Sie hoffte auf irgendeine Spur zu stoßen, die sie weiterbrächte. Sowohl im Hinblick auf die Identität des Mörders als auch auf das Versteck, in dem die verschollene Handschrift lagerte. Nach wie vor war sie davon überzeugt, dass es zwischen den Morden und dem Athanasius-Dokument einen Zusammenhang gab. Was durch das griechische Wort, das der Täter auf die Stirn seiner Opfer geritzt hatte, hinlänglich bewiesen wurde.

Doch den Ausflug zur Grangie hätte sie sich sparen können. Außer der abgebrochenen Spitze eines Messers, die in einer eingetrockneten Schlammpfütze neben dem Brunnen steckte, fand sie nichts.

Es war ein heißer Tag. Da der Rückweg sie an einem abgelegenen Weiher vorbeiführte, der sich nahe der Enns hinter einem Schilfgürtel verbarg, beschloss sie, die Gelegenheit zu nutzen und sich zu erfrischen.

Sie tätschelte dem Pferd den Hals. »Komm, Brauner, lass uns ein wenig ausruhen, auf zum Weiher.«

Sie bog vom Hauptweg ab, ritt über einen Wiesenstreifen und gelangte zu einer Gruppe Schwarzerlen, wo sie den Fuchs an einer Wurzel festmachte, die aus dem feuchten Erdreich ragte. Nachdem sie die Sandalen abgelegt hatte, lüpfte sie die Kutte und drang in den Schilfgürtel ein. Am Rand des Weihers angekommen, streifte sie ihre Kleidung komplett ab. Es war völlig windstill. Glatt wie ein Spiegel, gleißend im Licht der Sonne, lag die Wasserfläche vor ihr. Libellen schwirrten umher, verharrten in der Luft, taumelten, jagten weiter; ein Mückenschwarm stand über dem hinteren, von großen Blättern bedeckten Teil des Weihers und zog, von jagenden Libellen aufgeschreckt, blitzschnell zur nächsten Stelle.

Adriana trat nah ans Wasser heran. Versonnen betrachtete sie ihren Körper, der sich auf der glatten Wasseroberfläche spiegelte – der voll erblühte Körper einer Frau, der das Schicksal vorübergehend die Rolle eines Mönchs zugedacht hatte. Ein Körper, der, so er sich nicht hinter einer schwarzen Kutte verbarg, in so manch männlichem Betrachter ungezügeltes Begehren und heimliche Fantasien zu wecken vermochte. Ein Lächeln glitt über ihre Lippen, ihre Gedanken begannen zu wandern, und Guillermo schob sich vor ihr geistiges Auge: sein ebenmäßiges Gesicht, der volle Mund mit den markant gezeichneten Lippen, seine eisblauen Augen, seine kräftige Statur. Welches Bild er wohl abgeben würde, wenn er jetzt neben ihr stünde wie einst Adam neben Eva ...

Sie erschrak ob des heißen Verlangens, das sie plötzlich ergriff. »Herr, führe mich nicht in Versuchung«, stieß sie flüsternd hervor. Sie watete weiter bis zu der Stelle, an der ihr das Wasser bis knapp unter die Arme reichte. Stieß sich vom Grund ab und schwamm mit kräftigen Zügen mehrmals bis zum Ende des kleinen Gewässers und zurück. Prustend erreichte sie wieder das Ufer, schüttelte die Nässe ab und legte sich ins hohe Gras. Erfrischt schloss sie die Augen und überließ sich entspannt den Eindrücken, die sie umgaben: dem Sirren der Insekten, dem Tirilieren der Vögel, den wärmenden Strahlen der Sonne und dem wunderbar würzigen Duft eines friedlichen Sommernachmittags.

Erschrocken richtete sich auf. Sie musste wohl eingenickt sein. Wie lange, vermochte sie nicht zu sagen, dem Sonnenstand nach wahrscheinlich nur vorübergehend.

Eine andere Frage beunruhigte sie weitaus mehr. Was hatte sie geweckt?

Plötzlich ein Rascheln. Ein sich bewegender dunkler Schatten hinter dem dichten Schilfvorhang zu ihrer Linken.

Unvermittelt sprang sie auf. Reglos, mit angehaltenem Atem und jagendem Puls, starrte sie auf das Schilfröhricht, bis ihr bewusst wurde, welche Wirkung ihr nackter Körper auf einen eventuellen Betrachter haben musste.

Rasch bückte sie sich, griff nach ihrer Kutte und hielt sie sich vor den Leib, um Brüste und Scham zu verdecken.

»Ist da wer? Dann zeigt Euch!«, rief sie.

Ein Grunzen antwortete ihr, dem ein neuerliches Rascheln folgte, das sich rasch entfernte. Der Schatten verschwand.

Erleichtert und ärgerlich zugleich atmete Adriana auf. Nur ein Tier, beruhigte sie sich. Ihr fiel ein, dass es in der Gegend massenhaft Wildsauen gab. Trotzdem schalt sie sich eine dumme Gans, fragte sich, wie sie nur so leichtfertig hatte sein können. Was, wenn …? Sie verscheuchte den Gedanken, die Einzelheiten mochte sie sich lieber nicht ausmalen.

Die Vorstellung, was und wen sie alles mit ihrem leichtsinnigen Verhalten hätte gefährden können, jagte noch Stunden nachdem sie in die Abtei zurückgekehrt war, einen Schauer über ihren Rücken. Obgleich sie sicher war, lediglich eine Begegnung mit einem Wildschwein gehabt zu haben. Noch ahnte sie nicht, wie weit sie mit dieser Annahme von der Wirklichkeit entfernt war.

Kapitel 39
Nachmittag, nach Non

Als Adriana am späten Nachmittag in die Schreibstube kam, empfing Guillermo sie mit dem Hinweis, dass Bruder Bertram nach ihr gefragt habe. Er selbst sah gerade einen Stoß Palimpseste durch, um sie mit anderen zu vergleichen, die Bruder Ansgar tags zuvor vom Dachboden über der Bibliothek geholt hatte.

»Wann? Hat er gesagt, was er will?«

»Ist noch nicht lange her. Ich bin auch gerade erst gekommen. Keine Ahnung, worum es geht. Er wollte noch mal vorbeikommen. Du müsstest ihm begegnet sein.«

»Ich bin ihm nicht begegnet. Wo warst du?«

»Ich habe mir unter anderem erlaubt, den Klosterbauplan zu studieren.«

»Ah, sieh an! Wie bist du an ihn herangekommen?«

»Ganz einfach. Ich hab mich durchgefragt und erfahren, dass Bruder Rhabanus, der Illustrator, für die Aufbewahrung der Bau- und Lagepläne in der Bibliothek verantwortlich ist. Er hat ihn mir überlassen. Allerdings bat er mich, den Plan im Skriptorium neben der Bibliothek anzusehen. Ihn mitzunehmen, erlaubte er mir nicht.«

Adriana sah ihn mit hochgezogenen Brauen an. »Was ist mit dem Zugang zur Krypta, bist du fündig geworden?«

»Ja. Unter der Chorapsis existiert ein Ossarium. Von dort aus scheint es einen Zugang zur Krypta unter dem Chor zu geben; laut Plan handelt es sich um einen breiten Gang.«

»Ein Beinhaus? Und wie kommt man hinein?«

»Das muss ich noch erkunden. In habe mir die Mauer der Chorapsis von außen angeschaut. Es gibt eine kleine Öffnung, eine Art Luke, nicht mal hüfthoch, in die eine starke eisenbeschlagene und mit einem Schloss versehene Bohlentür eingelassen ist. Wenn es gelänge, an den Schlüssel zu kommen, wäre alles andere vermutlich ein Kinderspiel.«

»Eine Tür in der Chorapsis? Sehr ungewöhnlich.« Nachdenklich musterte sie ihn.

»Du hast recht, es ist ungewöhnlich. Aber wenn man bedenkt, dass der Abteifriedhof nur einen Steinwurf entfernt hinter der Kirche liegt, ergibt das Ganze Sinn. Ossarien bestehen unter anderem deswegen, weil über die Jahrhunderte hinweg immer mal wieder Gräber frei gemacht werden mussten, um frisch Verstorbenen Platz zu machen.«

»Verstehe! Man hätte die Gebeine durch diese Öffnung ins Ossarium schaffen können, ohne sie durch die ganze Kirche schleppen zu müssen.«

»Die Frage ist, wie kommen wir an den Schlüssel heran?«

»Theoretisch müsste er sich im Besitz des Abtes befinden, vielleicht besitzt auch der Sakristan einen. Die einzige Möglichkeit, die ich sehe, ist, Bruder Bertram zu bitten, ihn für uns zu besorgen.«

»Du willst jemand anderen in die Suche nach dem Dokument einweihen? Ist das nicht zu gefährlich? Was willst du ihm sagen?«

»Ich werde ihm einen anderen Grund nennen. Der ganze Konvent weiß mittlerweile, dass mich der Abt gebeten hat, ihn bei der Suche nach dem Mörder zu unterstützen. Ich werde ihm sagen, dass ich auf seine Unterstützung angewiesen bin. Das wird ihm schmeicheln. Wir haben ein vertrautes Verhältnis miteinander. Ich werde ihn aber auch darauf hinweisen, dass ich auf seine Verschwiegenheit bauen können muss. Das hat schon mal funktioniert, als ich ihn bat, eine Beobachtung für sich zu behalten, die er mir geschildert hat.«

»Verstehe! Du sprichst von diesem mysteriösen Kletterer. Nun gut, wahrscheinlich ist es die einzige Möglichkeit. Dann steht der nächste Schritt also schon fest – wir werden uns die Krypta vornehmen, genauer gesagt den Sarkophag des Heiligen Bernhard.«

»Das werden wir«, bestätigte Adriana entschlossen.

»Was glaubst du, wann ...«

Ein Klopfen an der Tür unterbrach Guillermo.

Bruder Bertram trat ein und grüßte mit einem freundlichen Lächeln und Nicken.

»Verzeiht, Brüder, ich wollte nicht stören«, entschuldigte er sich und wandte sich an Adriana. »Ich hätte eine dringende Angelegenheit mit dir zu besprechen, Bruder Adrian. Wenn möglich ... ähm«, sein Blick wanderte verlegen zwischen ihr und Guillermo hin und her, »wenn möglich ... unter vier Augen? Es geht um den ...« Er verstummte.

Adriana schmunzelte. »Sprich ruhig, Bruder Bertram. Bruder Guillermo und ich haben keine Geheimnisse voreinander. Ich nehme an, es geht um unseren ominösen Eindringling. Den, der über die Klostermauer stieg. Du hast ihn erneut dabei beobachtet?«

»Ja.«

»Wann? Heute am frühen Morgen, wie bisher?«

»Ja. Aber heute ... Heute bin ich ihm gefolgt. Diesmal wollte ich ... wollte ich es wissen.«

»Du hattest keine Furcht?«

»Doch, natürlich fürchtete ich mich. Aber ... ich hatte vorgesorgt.«

»Vorgesorgt?«

»Ja. Ich hatte ein Tuch dabei, in das ich Schweinekot eingewickelt hatte. Würde der Eindringling mich bedrohen, wollte ich ihm das Tuch ins Gesicht schleudern. Ich bin mir sicher, dass ihn das aufgehalten hätte.«

Adriana starrte ihn an. Im ersten Moment wusste sie nicht, was sie sagen sollte. Dann brach ein laut schallendes Lachen aus ihr heraus, in das Guillermo nicht weniger laut einstimmte.

Auch um Bruder Bertrams Mundwinkel zuckte es verdächtig.

Adriana wischte sich die Lachtränen aus dem Gesicht. »Du bist ihm also gefolgt. Mit welchem Ergebnis?«

»Wie schon gesagt, ich folgte dem Eindringling in einigem Abstand. Er lief quer über den Blutacker zur Stallruine und verschwand im Gebüsch zwischen den Trümmern. Ich wartete kurz, nahm all meinen Mut zusammen und lief hinterher. Bei den Mauerresten angekommen, versteckte ich mich hinter dem Gebüsch. Auf einmal streifte er seine Kapuze ab – dann sah ich es.«

»Was sahst du?«

»Bei dem Eindringling handelte es sich um eine Frau.«

Die Stimmung im Raum veränderte sich schlagartig.

»Eine Frau?«

»Ja, um eine Frau im Habit eines Mönchs. Sie hatte langes blondes Haar.«

»Was war das für ein Habit? Eine Franziskanerkutte, wie sie der trug, den du vor einiger Zeit über die Mauer steigen sahst?«

Bertram schüttelte den Kopf. »Nein, eben nicht. Es war ein Benediktinerhabit. Das ist es, was mich irritiert.«

»Und du bist sicher, dass es eine Frau war? Manchmal tragen auch Männer ihr Haar schulterlang oder sogar noch länger«, wandte Adriana ein.

»Glaub mir, Bruder Adrian, solches Haar hat nur eine Frau. Außerdem sah ich einen Augenblick ihre Gesichtszüge. Dazu war es hell genug. Es war eine Frau, ohne jeglichen Zweifel.«

»Gut, berichte weiter. Was geschah dann?«

»Ich sah, wie sie sich bückte und so etwas wie ein Brett zur Seite schob. Auf einmal begann sie Stück für Stück in einem Loch im Boden zu verschwinden. Das Letzte, was ich von ihr sah, waren ihre Hände, die aus dem Loch heraus nach diesem Brett griffen und es wieder über die Öffnung schoben. Da begriff ich, dass sie in einen Schacht hinabgestiegen war. Ich lief zu der Stelle, um nachzusehen, und da entdeckte ich ein dickes Brett, mit dem der Zugang zum Schacht verschlossen ist. Es ist gut getarnt, mit Ästen und Wurzeln, die daran festgemacht sind. Man muss schon genau hinschauen, um zu sehen, dass es sich dabei um einen Gegenstand handelt, der eigentlich gar nicht dort hingehört.«

Adriana erinnerte sich an ihre Exkursion auf das Gelände des Blutackers. Ihr war nun klar, wohin der Mönch, den sie an jenem Nachmittag beobachtet hatte, verschwunden war. Und auch weshalb ihr der Zugang zu dem Schacht, den Bruder Bertram entdeckt hatte, entgangen war.

»Wohin könnte dieser Schacht führen?«, fragte sie ihn.

»Man munkelt, es gebe ein geheimes unterirdisches Ganglabyrinth, das sich unter der Abtei erstreckt. Nach dem, was ich heute Morgen beobachtet habe, glaube ich das inzwischen auch.«

»Wer könnte Näheres darüber wissen?«

»Vermutlich einige der älteren Mönche.«

»Vielleicht Bruder Manfred? Er ist schon seit seiner Jugend hier im Kloster«, schlug Guillermo vor.

Bruder Bertram wiegte den Kopf zweifelnd hin und her. »Mein Vorschlag wäre, den Pförtner zu befragen. Er hat die Örtlichkeiten am besten im Kopf und kennt jeden Winkel.«

»Dann versuchen wir es mit ihm«, beschloss Adriana. »Ach ja, Bruder Bertram, noch zwei Dinge. Zum einen bitte ich dich, absolutes Stillschweigen über das, was wir hier besprechen, zu bewahren. Zusammen mit Guillermo bist du jetzt in die Untersuchungen, mit denen mich der Abt beauftragt hat, vollständig eingebunden. Ich muss mich diesbezüglich auf dich absolut verlassen können, verstehst du?«

»Ich hab dich sehr wohl verstanden, Bruder. Ich werde schweigen wie ein Grab.« Bruder Bertrams Augen funkelten vor Vergnügen und Tatendrang.

»Zum anderen: Es gibt Hinweise, dass der Mörder sich im Ossarium und in der Krypta aufgehalten haben könnte.

Ich will beides einer Inspektion unterziehen. Wie dir sicher bekannt ist, gibt es von außen einen Zugang, der sich in der Chorapsis befindet. Er ist mit einer kleinen eisenbeschlagenen Tür gesichert. Und mit einem Schloss. Weißt du, wer den Schlüssel dazu hat und wie man an ihn herankommen könnte? Ich will da hinein, ohne dass der Abt davon weiß.«

Bruder Bertram zuckte zurück, als hätte er ein glühendes Stück Eisen angefasst. »Bei allen Heiligen, du willst *heimlich* in das Gewölbe da unten eindringen?«, rief er aus.

Adriana bereute schon, die Frage gestellt zu haben. Sie wechselte einen besorgten Blick mit Guillermo.

Dann aber glitt ein schelmisches Leuchten über Bruder Bertrams Züge. »Aber gut, ich besorge dir die Schlüssel, du brauchst nämlich zwei; einen für den äußeren Zugang zum Ossarium und einen für die Tür, die vom Ossarium in die Krypta führt.«

»Besitzt außer dem Abt noch jemand die Schlüssel?«

»Nur noch der Sakristan.«

»Bis wann, glaubst du, sie besorgen zu können?«

»Ich muss eine günstige Gelegenheit abwarten, die dürfte sich aber bald ergeben. Ich denke, noch heute. Es handelt sich um einen Schlüsselbund.«

»Wohlgemerkt, ohne dass der Abt Verdacht schöpft!«, erinnerte sie ihn noch mal mit Nachdruck.

»Natürlich. Ich werde den Schlüsselbund durch einen anderen, ähnlich aussehenden ersetzen. Der Vater Abt kommt höchst selten in die Gewölbe unter der Kirche und wird den Tausch nicht bemerken.«

Adriana nickte zufrieden. Sie kamen überein, dass Bertram, sobald er sich im Besitz des Schlüsselbunds befände, vorbeikäme. Wenn alles glattginge, noch heute.

Kapitel 40
Zwischen Non und Vesper

Bruder Firmin, so wusste Adriana inzwischen, war ein Mönch, der nicht nur in der Abtei, sondern auch im weiteren Umkreis für seine Freundlichkeit und Hilfsbereitschaft bekannt war. Ein gelassener Mensch, ausgestattet mit einer gesunden Portion Humor. Was ihn für das Amt eines Pförtners, der es täglich mit unterschiedlichsten Personen von nah und fern zu tun bekam, geradezu prädestinierte.

Den Klausurbereich hinter sich lassend, querte Adriana den Klosterhof, auf dem wie jeden Tag lebhafte Betriebsamkeit herrschte, und schritt auf die Hauptpforte zu. Noch waren beide Torflügel geöffnet, spätestens vor Komplet würden sie geschlossen.

Soeben passierte quietschend und rumpelnd ein von drei Knechten und einem Laienbruder begleiteter, hoch mit geschnittenem Gras beladener Ochsenwagen das Tor.

Die Tür zum Pförtnerhaus – es befand sich unmittelbar neben dem Tor und war direkt an die Umfassungsmauer gebaut – stand offen. Bruder Firmin, trat über die Schwelle und ging auf den Karren zu.

»Die letzte Fuhre für heute, Bruder Josef?«, hörte Adriana ihn sagen.

»Für heute schon, bin nur gespannt, wie es morgen weitergehen soll«, brummte der Konverse. Er war sichtlich schlecht gelaunt.

»Warum? Was meinst du?«

»Na, morgen steht doch der Abriss des Brunnens auf dem

Gelände der alten Grangie an. Drei meiner Leute sind krank geworden, ich weiß nicht, wie ich das schaffen soll.«

»Der Brunnen, wo die beiden ...«

»Genau.« Bruder Josef nickte.

»Wer hat das angeordnet?«

»Der Abt höchstpersönlich. Der Brunnen sei zu einem Besitzstück des Teufels geworden und müsse hinweggetilgt werden.«

»Aha! Eine Art Exorzismus also. Nun, da bleibt mir nur, dir den Segen des HERRN zu wünschen. Ach ja, noch etwas.«

»Noch etwas? Was denn?«

Der Bruder Pförtner brachte seinen Mund nahe an das Ohr des Konversen und flüsterte ihm etwas zu.

Daraufhin tat Bruder Josef einen Satz zur Seite und bekreuzigte sich. »Möge mir das erspart bleiben!«, schrie er und sah zu, dass er mitsamt dem Ochsenkarren und den drei Knechten weiterkam.

Adriana schmunzelte. Sie war inzwischen so nahe herangekommen, dass sie das gesamte Gespräch mitbekommen hatte.

»Aber, aber, Bruder Firmin, was habt Ihr ihm denn ins Ohr gesäuselt?«, fragte sie den Pförtner, dem hin und wieder der Schalk im Nacken saß.

Er grinste. »Na ja, Ihr habt es ja mitbekommen. Er soll den Brunnen auf der alten Grangie schleifen. Ich habe ihm gesagt, dass er aufpassen soll. In so manchem Brunnen verbärgen sich gefährliche mehrköpfige Schimären. Wenn man die Brunnenmauer einreiße, wehrten sie sich, stiegen vom Grund auf und verschlängen die Ruhestörer.«

»Und das hat er dir geglaubt?«

»Offensichtlich. Was führt Euch zu mir, Bruder Adrian?«

»Eine Frage, die Ihr mir sicher beantworten könnt. Ihr seid

mit den Örtlichkeiten der Abtei am besten vertraut. Könnt Ihr mir etwas zu dem unterirdischen Gangsystem sagen, das sich unter der Abtei erstreckt?«

Der Bruder Pförtner wirkte sichtlich überrascht. »Zu den unterirdischen Gängen? Wozu?«

»Ihr wisst, dass der Abt mich beauftragt hat, bei der Aufklärung der Morde mitzuwirken. In diesem Zusammenhang muss ich einem Hinweis nachgehen.«

»Nun gut – was wollt Ihr wissen?«, rang sich der Pförtner zu einer Antwort durch; Adriana sah ihm an, dass es ihm unangenehm war, danach befragt zu werden.

»Gibt es einen Plan zu diesem Gangsystem?«

»Es gab einen, aber der ist seit Jahren verschollen. Das System wurde meines Wissens auch nie vollständig erfasst.«

»Mit anderen Worten, es könnte da unten unbekanntes Terrain geben? So eine Art Maulwurfslabyrinth?«

»Durchaus. Aber ich wüsste nicht, wer ein Interesse daran haben sollte, in dieses Labyrinth hinabzusteigen.«

Ich schon, widersprach ihm Adriana, allerdings nur in Gedanken.

»Kennt Ihr wenigsten einen Teil dieses ... unterirdischen Reiches?«

»Es ist schon einige Jahre her, seit ich da unten war. Ein unübersichtliches System von Gängen und Grotten, viele davon eingestürzt. Kurz nachdem Abt Florian sein Amt in Ennswalden antrat, sollte ich auf seinen Befehl hin einen Stollen inspizieren, der vom Abthaus zur Enns führte, musste aber feststellen, dass auch dieser unpassierbar geworden war. Seitdem war ich nicht mehr dort unten.«

»Hatte Abt Florian Euch einen Grund genannt, weshalb Ihr den Stollen inspizieren solltet?«

Der Bruder Pförtner zögerte kurz. »Nein. Warum fragt Ihr?«

»Nur so, der Vollständigkeit halber«, murmelte Adriana. Für sie bedurfte es keines weiteren Beweises, dass Marie Volland und der Abt sich hin und wieder ein Stelldichein gaben. Da es offensichtlich vom Fluss aus keinen unterirdischen Zugang mehr zum Haus des Abtes gab, war die Hübschlerin über die Mauer gestiegen, um vom Blutacker aus über einen anderen geheimen Gang zum Abt zu gelangen. Das Wissen darüber konnte sie nur vom Abt selbst haben. Was bedeutete, dass dieser über bestimmte Erkenntnisse verfügte, die er wohlweislich für sich behielt.

»Ich danke Euch für die Auskunft, Bruder Pförtner. Damit ist das Bild von der hiesigen Örtlichkeit für mich etwas klarer geworden.«

»Gerne, *doctor*.« Bruder Firmin sah sich kurz um, trat nah an sie heran und flüsterte: »Sagt, Bruder Adrian, glaubt Ihr denn die furchtbaren Geschehnisse bald aufklären zu können? Wir alle bangen mittlerweile um unser Leben. Jeder befürchtet, bald das nächste Opfer dieses Verrückten zu werden.« Im Blick des Pförtners flackerte auf einmal die Angst.

»Das kann ich nicht sagen. Hoffen wir das Beste, und beten wir darum. Aber sagt, Bruder Firmin«, der Gedanke war ihr blitzartig durch den Kopf geschossen, »gibt es etwas, was *Euch* in letzter Zeit aufgefallen ist, etwas Ungewöhnliches, etwas, von dem Ihr sagen würdet, dass es nicht dem Gewohnten entspricht?«

Der Mönch überlegte. »Wenn Ihr mich schon danach fragt; da gibt es eine Sache, die mir auffiel, aber ob sie Euch dienlich ist, vermag ich nicht zu sagen.«

»Sprecht! Auch Beobachtungen, die auf den ersten Blick gering oder unbedeutend scheinen, können wichtig sein.«

»Es war an dem Tag, an dem ich ins Infirmarium eingeliefert wurde. Ich hatte furchtbare Kopfschmerzen, war erkältet und nicht fähig, meinen Dienst zu verrichten. Da hörte ich, wie Bruder Rochus – er lag neben mir und hatte hohes Fieber – im Delirium etwas Seltsames von sich gab.«

»Und was war das?«

»Er murmelte etwas ganz Konfuses, was er ständig wiederholte. Man konnte es nur verstehen, wenn man das Ohr an seinen Mund legte. ›Achtet auf die Spinne. Einer war, zwei sind gefallen, drei werden folgen. Achtet auf die Spinne. Einer war, zwei sind gefallen, drei werden folgen‹, sagte er immerfort. Irgendwie unheimlich kam mir das vor. Zu jenem Zeitpunkt hatte wir ja tatsächlich zwei Tote zu beklagen, die von Mörderhand gefallen waren, den Armarius und den Kellermeister. Dann sah ich plötzlich, wie sich eine riesige Spinne von der Decke abseilte, direkt über seinem Kopf. Ich wich angeekelt zurück. Und da glaubte ich verstanden zu haben, dass es sich lediglich um die wirren Fantasien eines sterbenden Greises handelte. Er hatte die Spinne über seinem Kopf wahrgenommen und begann zu delirieren. Davon bin ich immer noch überzeugt. Ich erzähle Euch das auch nur, weil Ihr sagtet, alles, selbst Unbedeutendes, könnte wichtig sein.«

Adriana war seinen Ausführungen mit wachsender innerer Erregung gefolgt. Wenn du wüsstest, *wie* wichtig es ist, dachte sie.

»Wann, sagtet Ihr, war das?«

»Vergangenen Sonntag, das war der ... Lasst mich überlegen ... der 28. Morgens vor Prim wurde ich eingeliefert. Ich lag neben Bruder Rochus. Zwei Tage später, am Dienstag, starb er. Ich konnte das Infirmarium bereits einen Tag früher vor Sext wieder verlassen.«

»Bruder Rochus – ist das nicht der Siebenundachtzigjährige, dessen Geist manchmal etwas verwirrt ist?«

»*War*, Bruder Adrian, *war*. Er weilt nicht mehr unter uns.«

»Natürlich, verzeiht. Jetzt erinnere ich mich auch wieder an das Läuten der Totenglocke an jenem Morgen. Nochmals vielen Dank, Bruder Pförtner. Habt noch einen angenehmen Tag.«

Adriana ging in ihre Schreibstube, wo Guillermo sie erwartete. Als sie mit ihm mögliche Kandidaten für die Befragung durchgegangen war, hatten sie den ältesten unter den Mönchen völlig übersehen. Was hatte der Siebenundachtzigjährige gewusst? Diese Frage würden sie wohl nie beantwortet bekommen. Ohnehin war das, was Bruder Firmin ihr eröffnet hatte, ein spektakulär neues Indiz, wenngleich es, wie so oft, neue Fragen aufwarf. *Achtet auf die Spinne!* Hatte Bruder Rochus etwas über die Morde gewusst, was ihnen weitergeholfen hätte? Überhaupt: Handelte es sich um eine ernst zu nehmende Bemerkung oder um die im Delirium hervorgestoßene Äußerung eines im Sterben begriffenen Greises? Doch allein schon die Tatsache, dass Rochus die Spinne sowie *zwei* Opfer explizit erwähnt hatte, legte nahe, dass seine Äußerung mehr war als das Fantasieprodukt eines kranken Hirns.

Doch noch etwas störte sie. Das fatale Empfinden, dass sich noch etwas Wesentliches in der Aussage des Pförtners verbarg, ohne dass sie in der Lage gewesen wäre, es zu benennen. So sehr sie auch grübelte und in Gedanken das oberste zuunterst und das unterste nach oben kehrte – das bohrende Gefühl, dass da noch etwas Wichtiges war, das durch das Labyrinth ihrer Gedanken geisterte und sich nicht fassen ließ, wollte sie einfach nicht loslassen.

»Das ist in der Tat eine ungeheuerliche Neuigkeit«, pflichtete Guillermo Adriana bei, nachdem sie ihn über die Aussage des Pförtners unterrichtet hatte. »Dumm nur, dass wir nicht daran gedacht haben, diesen Rochus zu befragen. Er soll immerhin den einen oder anderen lichten Moment gehabt haben, der uns vielleicht von Nutzen hätte sein können.«

»Durchaus, ich ärgere mich auch darüber«, gestand sie.

»Er wusste also um die Spinne, und er wusste auch einiges über die Opfer. Aber hatte er auch Kenntnis von der Handschrift? Vom Brief des Athanasius? Von dem Versteck?«, insistierte der Katalane. Er wirkte verärgert. Das Versäumnis, den alten Mönch befragt zu haben, schien auch an ihm zu nagen.

»Ich frage mich vor allem, ob das, was in seinen letzten Stunden über seine Lippen gekommen war, vielleicht eine Art unbeabsichtigtes Vermächtnis gewesen sein könnte. Ein Hinweis darauf, dass nach dem Zeitpunkt, als er diese scheinbar wirren Worte von sich gegeben hatte, drei weitere Mordopfer zu beklagen sein würden.«

Guillermo nickte. »Du meinst, er hat es vorausgesehen? Ist es so, dann wären von den dreien, die folgen sollen, bereits zwei durch Mörderhand ums Leben gekommen: Bruder Nathanael, der Botanicus, und Bruder Valentin, der Vestiarius. Sie wurden getötet, *nachdem* Bruder Rochus das Zeitliche gesegnet hatte. Da stellt sich durchaus die Frage, wer der dritte sein wird.«

»Mir stellt sich noch eine weitere Frage. *Einer war, zwei sind gefallen, drei werden folgen.* Zwei plus drei ergibt fünf. Zählen wir den, der war, hinzu, sind es sechs. Sechs Namen finden sich auch auf dem ominösen zwanzig Jahre alten

Schlussblatt des Dokuments, das wir gefunden haben. Gehen wir mal davon aus, dass der Mörder es auf sie abgesehen hat. Dann würde das bedeuten, dass vier dieser Personen nicht mehr am Leben sind. Wir kennen zwar ihre wahre Identität, also ihre Klarnamen, können sie aber nicht den Decknamen zuordnen. Wüssten wir, wer sich dahinter verbirgt, wüssten wir auch, wer das nächste potenzielle Opfer sein wird.«

»Und könnten es warnen«, ergänzte der Katalane.

»Vielleicht bräuchten wir das gar nicht. Ich könnte mir vorstellen, dass nach dem Mord an dem Armarius und dem Kellermeister den verbliebenen drei Personen klar gewesen sein muss, dass sie sich in Gefahr befinden.«

»Du glaubst tatsächlich, sie wussten, dass der Mörder sie im Visier hatte?«

»Zumindest dürften sie es geahnt haben.«

»Wie willst du weiter vorgehen?«

»Wir werden uns heute noch die Krypta vornehmen. Noch vor Mitternacht. Ich hoffe, Bruder Bertram bringt uns bald die Schlüssel vorbei.«

»Oh, das tat er bereits. Ich vergaß, es dir zu sagen.«

Er wies auf einen Schlüsselbund, der auf seinem Tisch lag, an dem sich zwei Schlüssel befanden.

»Der kleinere ist für die Tür in der Apsis für den Zugang zum Ossarium, der größere für die Tür zur Krypta.«

Kapitel 41
Zwischen Komplet und Mitternacht

Soeben waren sie vor die Tür des westlichen Konventsflügels getreten. Sie verharrten kurz in dem mit nächtlicher Schwärze ausgegossenen Portal und sahen sich vorsichtig um. Niemand war zu sehen. Wie ausgestorben lag der Westhof vor ihnen. Adriana sah prüfend zum Himmel. Umgeben von einem diffus schimmernden Hof, spendete das Halbrund des Mondes bleiches, spärliches Licht. Es würde ausreichen, um sie den Weg um die Kirche herum zur Hauptapsis finden zu lassen. Noch benötigten sie kein eigenes Licht. Das würde sich ändern, sobald sie in das Gewölbe des Ossariums und die unter dem Chor befindliche Krypta eindringen würden. Doch sie hatten vorgesorgt. Guillermo hatte einen breiten Ledergürtel angelegt, in dem vier Fackeln steckten. Darüber hinaus führte er einen Beutel mit sich, der alles enthielt, was sie benötigten, um Feuer zu schlagen. Auch an ein armlanges Stemmeisen und eine Rohrstange, die ihm vom Gürtel baumelten, hatte er gedacht.

Schweigend schritten sie über den Westhof in Richtung Norden, bogen, sich eng im Schatten der Kirche haltend, in Richtung Osthof ab und folgten dem schmalen Hofstreifen, der sich zwischen dem Langhaus und der schulterhohen Friedhofsmauer zu ihrer Linken erstreckte. Auf dem Friedhof erhoben sich unzählige Kreuze und Grabmäler, die von der Vergänglichkeit irdischen Seins zeugten. Adriana fror ob des Anblicks der dunklen, vom Licht des Mondes umfloren Silhouetten, die gespenstisch aus der Erde ragten. Sie umrundeten den Nordflügel des Querhauses, hatten gleich darauf die Chorapsis erreicht und verharrten vor einer niedrigen, mit einem schweren Schloss und verrosteten Eisenbeschlägen versehenen Eichentür.

Adriana zog einen Schlüsselbund aus ihrer Kutte und steckte den kleineren der beiden Schlüssel ins Schloss.

»Er lässt sich nicht bewegen, das vermaledeite Schloss ist eingerostet«, schimpfte sie wispernd.

»Lass mich!« Guillermo holte einen kleinen Tiegel aus seiner Gürteltasche und entnahm ihm mit dem Zeigefinger einen Klecks weißgraue Paste, die er in das Schlüsselloch strich.

Adriana schnupperte.

»Sieh an, Schweinefett. Jetzt verstehe ich. Du denkst an alles«, flüsterte sie anerkennend.

Guillermo grinste. »Glaub mir, ich weiß, wie man eingerostete Schlösser öffnet.« Adriana reichte ihm den Schlüsselbund. Gleich darauf bestätigte ein metallisches Klacken seine Aussage.

Unter Knarzen und Quietschen zogen sie die schwere Bohlentür auf.

»Lass uns die Fackeln entzünden«, murmelte Guillermo, »wir brauchen Licht.«

Das Erste, was sie im rötlichen Feuerschein wahrnahmen, waren mehrere großflächige, dicht in die Einstiegsluke gewobene Spinnennetze. Aufgescheucht durch die Störung, wuselten ein gutes Dutzend größerer und kleinerer Spinnenleiber durcheinander.

Der Katalane durchstieß das Gespinst mit der Fackel und leuchtete in die Öffnung.

Ein niedriges Gewölbe tat sich vor ihnen auf. Das Bodenniveau lag etwa zwei Ellen unter der Kante der Einstiegsöffnung.

»Ich geh voran, du folgst mir«, wisperte er Adriana zu und durchstieg die Luke. Sie folgte ihm und schloss die Tür hinter sich.

Gebückt bewegten sie sich weiter und stießen auf eine Steintreppe, die in mehreren Windungen und Absätzen steil nach unten führte. Unterschiedlich hohe Stufen erschwerten das Vorwärtskommen, zudem waren einige von ihnen beschädigt und bröselten teilweise vor sich hin. Sie mochten etwa vier Klafter in die Tiefe vorgedrungen sein, als die Treppe eine letzte Kehre beschrieb und sie in einen Gang entließ, dessen Anblick Adriana einen Schauder über den Rücken jagte. Hunderte und Aberhunderte teils bleicher, teils bräunlich verfärbter Knochen und Totenschädel leuchteten gespenstisch im flackernden Licht der Fackeln. Viele der knöchernen Überreste waren in die Wände eingemauert, die den Gang flankierten, und bildeten groteske Muster. Einige ruhten in Nischen oder auf steinernen Bänken, andere wiederum hinter eisernen Gittern, wo sie zu kunstvollen Pyramiden aufgeschichtet waren.

»Noch nie ein Ossarium gesehen?« Guillermos Stimme hallte dumpf zwischen den Gangwänden.

»Sieht man mir das etwa an?«

Da legte er den Arm um ihre Schultern und lächelte sie an. »Ein wenig«, sagte er leise.

Es brauchte nur dieses eine Lächeln, diesen einen Satz und diese eine Berührung, um sie völlig aus der Fassung zu bringen. Sie wollte sich ihm sanft entziehen, aber sie vermochte es nicht. Im Gegenteil, sie genoss es, seinen Arm auf ihren Schultern zu spüren, genoss sein Lächeln, nur eine Handbreit von ihrem Gesicht entfernt, sowie den Glanz seiner Augen im Licht der Fackeln …

Sie entzog sich dem Zauber des Augenblicks, indem sie mit einem Blitzen im Blick und einem leise gezischten »Was fällt dir ein!« grob seinen Arm von ihrer Schulter streifte. Doch im Nu fing sie sich wieder. »Gehen wir weiter«, sagte sie beherrscht, als hätte es diesen Augenblick nicht gegeben.

Er tat es ihr gleich. »Übrigens, was diese Ossarien angeht: Die Klöster und Kirchen in meiner Heimat sind voll von solchen Räumen«, sagte er leichthin, seine Stimme klang etwas rau. »In ihnen ruhen die Gebeine zahlloser im Laufe von Jahrhunderten Verstorbener, sogar die Reliquien von Heiligen sollen an solchen Orten schon gefunden worden sein.«

»Na, wenn das hier auch so ist, dann befinden wir ja uns in illustrer Gesellschaft«, spöttelte Adriana sarkastisch.

Sie schritten weiter. Der Schein der unruhig zuckenden Flammen und die tanzenden Schatten, die durch den Gang huschten, erweckten den Eindruck, als würden sich die Gebeine bewegen. Unwillkürlich schoss Adriana die Vision des Propheten Ezechiel aus dem Alten Testament durch den Kopf:

Und siehe, es lagen sehr viele Gebeine über das Feld hin, und siehe, sie waren ganz verdorrt ... Und siehe, es regte sich, und die Gebeine rückten zusammen, Gebein zu Gebein. Und ich sah, und siehe, es wuchsen Sehnen und Fleisch darauf ... Da kam der Odem in sie, und sie wurden wieder lebendig und stellten sich auf ihre Füße, ein überaus großes Heer ...

Kurz bevor sie das Ende des Ganges erreicht hatten – die Gittertür, die sich zur Krypta hin öffnete, war nur wenige Schritte entfernt –, ließ der Anblick zweier besonders grotesk aussehender Gebilde, die mit Eisenzargen an der Wand befestigt waren, sie unvermittelt innehalten. Es handelte sich um zwei aus beinernen Resten gefertigte Cherubim mit Flügeln aus Rippenbögen, das Haupt bildete jeweils ein Schädel. In der knöchernen Rechten hielt jeder einen Unterschenkelknochen, der wohl ein Schwert darstellen sollte.

»Welch gottloser Fantasie bedarf es, um so etwas zu schaffen«, wisperte Adriana, die ein Frösteln überkam.

»Cherubim des Todes. Sie passen an diesen bizarren Ort«, murmelte Guillermo.

Sie gingen weiter. Im Gegensatz zu vorhin ließ sich das Schloss in der Gittertür problemlos öffnen.

Sie betraten einen quadratischen schmucklosen Raum, dessen Kreuzgewölbe auf vier einfachen Säulen ruhte. In der Mitte, auf einem gemauerten Sockel, befand sich der Sarkophag des Heiligen Bernhard. Die schwere Steinplatte, mit der er verschlossen war, trug eine von geschickter Bildhauerhand gefertigte Plastik, die das Liegebild des verstorbenen Abtes zeigte.

Adriana kamen bei dem Anblick erste Zweifel.

»Also ich weiß nicht; diesen Deckel ohne mechanische Hilfe oder zumindest ohne die massive Unterstützung vieler starker Arme beiseitezuschieben, dürfte ein Ding der Unmöglichkeit sein. Ich frage mich, ob wir richtigliegen mit unserer Vermutung.«

»Du zweifelst an dem Versteck?«

»Nicht an dem Versteck als solchem. Aber ich frage mich, ob wir es dabei tatsächlich mit dem Sarkophag zu tun haben. Vielleicht sollten wir andere Möglichkeiten in Betracht ziehen.«

»Lass ihn uns einfach mal genauer ansehen.«

Im Nähertreten bemerkten sie weißen Staub und Grus von körnig bröseliger Konsistenz, die den Boden um den Sarkophag herum bedeckten; sogar einige Steinsplitter lagen herum.

»Sieh an, Grus und Steinstaub«, murmelte Adriana.

»Und noch ganz frisch.« Guillermo ging in die Hocke und zerrieb etwas von dem Material zwischen den Fingern.

Langsam umkreisten sie den Sarkophag, wobei sie insbesondere den Fugenbereich zwischen Deckel und Korpus in Augenschein nahmen.

»Ober- und unterhalb der Fuge finden sich frische Abschürfungen und Kratzspuren«, stellte Guillermo fest.

Die Schlussfolgerung, die sich daraus ergab, traf sie wie der Tritt eines Pferdes.

»Jemand war vor uns hier«, stellte Adriana so verblüfft wie bestürzt fest. »Erst kürzlich.«

Wortlos nahm Guillermo das mitgebrachte Stemmeisen zur Hand, das er mit der Rohrstange verlängerte, und versuchte es an verschiedenen Stellen in die Fuge zu pressen. Ohne Erfolg.

»Weißt du, was ich mich frage?« Nachdenklich musterte Guillermo den Sarkophagdeckel. »Ob der, der hier war, es geschafft hat, den Deckel zu bewegen. Mir will es einfach nicht gelingen.«

»Das frage ich mich auch. Aber ist es nicht so, dass es in manchen Räumen gewisse Vorrichtungen gibt, die bei Berührung eines bestimmten Gegenstandes einen geheimen Mechanismus in Gang setzen, der die schwersten Platten und sogar Wände mühelos zur Seite gleiten lässt?«

»Ja. In dem Kloster, aus dem ich komme, gibt es zwei solcher Räume. Aber einmal angenommen, das wäre hier der Fall, wie willst du diese Stelle finden? Uns fehlt jeglicher Hinweis, wo wir suchen sollen.«

»Einen Versuch wäre es allemal wert. Vielleicht haben wir Glück.«

»Wenn du meinst«, knurrte Guillermo. Er blickte sich ratlos um, dann schüttelte er unwillig den Kopf. »Hör zu,

Adrian, wir können nicht alle Wände abklopfen und in sämtlichen Winkeln und Ecken herumstochern. Wenn wir das machen, sind wir bis zum Sankt-Nimmerleins-Tag hier unten beschäftigt.«

Adriana starrte geistesabwesend vor sich hin.

Guillermo vermutete, dass irgendetwas in »Bruder Adrians« Kopf vorging. »Was ist?«, fragte er.

Sie hob den Blick. »Die Engel«, sagte sie nur.

Guillermo runzelte die Stirn. »Die Engel?«

»Die Engel!«, wiederholte sie mit nachdrücklichem Nicken und fuhr fort: »Erinnerst du dich an die Notiz aus der Kladde, die wir gefunden haben?«

»Natürlich, sie hat uns schließlich hierhergeführt. ›Möge der Heilige Bernhard uns verzeihen‹: *der* Satz, der uns den Hinweis auf die Krypta erst geliefert hat.«

»Richtig! ›Möge der Heilige Bernhard uns verzeihen.‹ Das war der eine Satz. Der andere lautete: ›Und mögen die Engel über ihn wachen.‹ Die Engel, Guillermo, die Engel! Verstehst du denn nicht?«

Er sah sie befremdet an. »Ich weiß nicht, was ... « Er brach ab, jetzt hatte er verstanden. »Du meinst, die beiden Figuren da draußen?« Mit der Rechten deutete er in Richtung Ossarium.

Sie nickte, ihre Augen funkelten. »Genau die meine ich. Komm, schauen wir sie uns mal an.«

Wenige Schritte brachten sie zur Gittertür, hinter der sich das Ossarium erstreckte. Gleich darauf standen sie vor den knöchernen Engelsfiguren, deren Totenschädel sie von oben aus schwarzen Augenhöhlen angrinsten.

»*Und mögen die Engel über ihn wachen*«, wiederholte sie leise, mehr zu sich selbst. Gänsehaut kroch ihr über den

Nacken. Unwillkürlich fiel ihr eine Textstelle aus der Offenbarung des Johannes ein. *Und es wurde hinausgeworfen der große Drache, die alte Schlange, die da heißt: Teufel und Satan, der die ganze Welt verführt. Er wurde auf die Erden geworfen, und seine Engel wurden mit ihm dahin geworfen.*

»Und nun?«, unterbrach Guillermo ihren Gedankenflug.

»Und nun was?«

»Na, nach was sollen wir suchen?«

Adriana überlegte kurz. »Nach etwas, was nicht hierhergehört.«

»Aha! Nach etwas, was nicht hierhergehört. Ein bisschen kryptisch dein Satz, findest du nicht?«, entgegnete er ironisch.

Aufmerksam wanderten ihre Blicke über die bizarren Gebilde. Plötzlich hob Guillermo die Fackel, hielt sie nah an den Totenschädel des rechten Engels und wies auf einen Gegenstand, der in der rechten Augenhöhle steckte. Man konnte ihn nur erkennen, weil er im Feuerschein matt blinkte.

»So wie das hier vielleicht?«, murmelte er.

Adriana stellte sich auf die Zehenspitzen, um besser sehen zu können.

»So wie das hier«, flüsterte sie erregt. »Berühre es, du bist größer, du kommst leichter heran! Vielleicht tut sich etwas.«

Guillermo zögerte kurz, ließ die Fackel, die er in der Rechten hielt, in die Linke wandern, griff in die rechte Augenhöhle und berührte mit zitterndem Zeigefinger den Gegenstand.

Nichts tat sich.

»Drück fest zu!«, ermunterte sie ihn.

Beherzt folgte er der Aufforderung. Als sich noch immer nichts rührte, griff er mit Daumen, Zeige- und Mittelfinger hinein und versuchte den Gegenstand zu ertasten. Dabei stellte er fest, dass der Schädel eine geschlossene Schale bildete, was durch die runde Holzplatte gewährleistet wurde, auf der er befestigt war. Die wiederum ruhte auf der aus Knochen zusammengefügten Konstruktion, die den Körper des Engels darstellte.

»Sag schon, was ist es?«, drängte Adriana.

»Es ist eine ... nein ... Es sind ... drei Metallkugeln. Ziemlich schwer.« Er tastete weiter und förderte nacheinander drei kastaniengroße Kugeln zutage, die er Adriana übergab. Sie waren aus Blei und wogen entsprechend.

Kaum hatte er die dritte Kugel herausgeholt, ertönte ein lautes Klacken, der Schädel bewegte sich einige Male vor und rückwärts, und ein dumpfes Rollen ertönte, das den Boden, auf dem sie standen, erzittern ließ.

Sie fuhren zurück und wechselten einen erschrockenen Blick.

»Die Mechanik!«, rief Guillermo aufgeregt. »Das Entfernen der Bleikugeln muss sie ausgelöst haben.«

Plötzlich erstarb das rollende Geräusch, und ihre Aufmerksamkeit richtete sich ganz auf die nur wenige Schritte entfernte Krypta, aus der weitere Geräusche an ihr Ohr drangen: ein dumpfes Knirschen und kreischendes Schürfen. Verblüfft sahen sie, wie der Deckel des Sarkophags ganz langsam, wie von Geisterhand bewegt, ein Stück weit zur Seite schwang und in einem Winkel von etwa dreißig Grad stehen blieb. Mit der linken Ecke der kurzen unteren Seite ruhte er auf der linken Sarkophagwand, mit der rechten langen Seite auf der rechten.

»Wusste ich's doch, welch ausgeklügelte Konstruktion!«, rief Adriana. Rasch legte sie die Bleikugeln auf dem Boden in einer Rinne ab und lief zur Krypta. Guillermo folgte ihr.

Dann aber ließ ein Blick in den geöffneten Sarkophag beide in eisigem Schrecken erstarren. Während der einbalsamierte Abt in seinem purpurnen Messgewand und umgeben von den Insignien seiner Abtswürde einen durchaus erlauchten Eindruck abgab, stand dem Leichnam, der in eine einfache Mönchskutte gekleidet schräg über ihm ausgestreckt war und mit toten Augen ins Leere starrte, das pure Entsetzten ins Gesicht geschrieben.

Vor ihnen lag, die Miene grässlich verzerrt und mit aufgerissenem Mund, aus dem eine schwarz angelaufene Zunge quoll, Bruder Ortolph, der Sakristan. Er war erwürgt worden.

DÜSTERE AHNUNGEN

TAG 26
SAMSTAG, 4. JULI ANNO DOMINI 1405

Kapitel 42
Vesper

»*Audi Deus iustum intende deprecationem meam auribus percipe orationem meam absque labiis mendacii* ... – HERR, höre die gerechte Sache, merke auf mein Schreien, vernimm mein Gebet von Lippen ohne Falsch ...«

Schon als er den ersten Vers aus dem sechzehnten Psalm zu lesen begann, zitterten Bruder Cyprian nicht nur die Stimme, sondern auch die Hände, die den Folianten hielten, aus dem er las. Er hatte allen Grund dazu. Der Platz des Sakristans auf der Bank im Refektorium war leer. Gewiss, er war in dienstlichen Angelegenheiten unterwegs und hatte vergangenen Donnerstag um Laudes herum die schon lange geplante Reise nach Kremsmünster angetreten. Allerdings hätte er heute zu Sext zurück sein müssen, doch Sext und Non und auch der gerade zu Ende gegangene Vespergottesdienst waren verstrichen, ohne dass er erschienen war. Eigenartig war auch, dass niemand zu den Umständen seines Aufbruchs nach Kremsmünster Genaueres sagen konnte. Bruder Firmin hatte die schmale Klosterpforte neben dem großen Tor in der Mauer noch vor Laudes für Bruder Ortolph geöffnet und sich dann in den Chor zu den anderen begeben, aber niemand hatte beobachtet, wie der Sakristan die Abtei verlassen hatte. Der Letzte, der ihn gesehen hatte, so hatten Adriana und Guillermo noch vor Vesper erfahren, war ein Konverse, Bruder Zeno. Er habe den Sakristan am vergangenen Mittwoch kurz vor Mitternacht im Glockenturm verschwinden sehen, hatte er berichtet. Ungewöhnlich sei gewesen, dass er ein Stemmeisen mit sich geführt habe.

Abt Florian allerdings, so war zu hören, maß dem Fehlen Bruder Ortolphs noch keine dramatische Bedeutung bei. Schließlich, so seine Überzeugung, gebe es Umstände, die einem das Reisen erschweren konnten; ein Unwetter, ein Unfall oder dergleichen war in den Zeiten, in denen man lebte, nicht auszuschließen.

Doch man konnte nicht vorsichtig genug sein. Und da die bohrende Ungewissheit sich erneut anschickte, ihre Krallen in die Hirne und Herzen seiner Mönche zu schlagen, hatte der Abt angeordnet, dass heute während der abendlichen Mahlzeit nach dem Vespergottesdienst schon mal prophylaktisch aus dem sechzehnten Psalm vorgelesen wurde.

Auch Adriana und Guillermo hatten sich im Refektorium eingefunden. Ein mulmiges Gefühl beschlich beide, als sie sich am Tisch niederließen und der Mienen gewahr wurden, in denen sich gleichermaßen Hoffnung, Verzagtheit und Entsetzen spiegelten. Denn während die gesamte Abtei noch über das Schicksal des Sakristans rätselte und in einem Zustand zwischen Bangen und Hoffen schwebte, waren sie die Einzigen, die wussten, was geschehen war.

Dass Bruder Ortolph wenige Stunden vor seinem Aufbruch nach Kremsmünster um Mitternacht in den Glockenturm gestiegen sei, war allerdings neu und hatte sie aufhorchen lassen. Der Sakristan war also in den Turm eingedrungen und hatte sich des Hinweises bemächtigt – vorausgesetzt, dieser hatte sich trotz der vielen Jahre, die vergangen waren, noch immer im Glockenturmversteck, sprich im Ersten Mysterium, befunden –, der ihn zum Zweiten Mysterium, sprich in die Krypta, hatte eilen lassen, wo er das Opfer seines Mörders geworden war.

Adriana ließ sich das Resultat ihrer gemeinsamen Exkursion in die Krypta noch einmal durch den Kopf gehen. Nachdem der erste Schreck abgeklungen war, hatten sie sowohl den Sarkophag als auch die Kutte des Sakristans nach irgendwelchen Hinweisen abgesucht, ohne jedoch fündig zu werden. Weder hatten sie den in der Notiz erwähnten Lageplan entdeckt noch einen Hinweis auf das Dritte Mysterium, in dem sich angeblich das Testament des Athanasius verbarg. Eine Weile noch hatten sie einfach dagestanden und in den Sarkophag gestarrt. Als ob dieses permanente Hineinstarren ihnen noch die eine oder andere zusätzliche Erkenntnis hätte bringen können.

»Zwei sind gefallen, drei werden folgen«, hatte Adriana zum wiederholten Mal die kryptische Äußerung des greisen Mönchs zitiert, die dieser auf dem Sterbebett geäußert hatte. Und Guillermo gefragt, ob er glaube, dass es sich bei ihm um den »Dritten« handele.

»Er *ist* der Dritte!« Die Antwort Guillermos war heftig und mit unverhohlenem Grimm gekommen.

Sie hatte ihn erstaunt angesehen und angemerkt: »Wenn es so ist, dann hat das Morden hoffentlich ein Ende.«

»Irgendwann findet alles ein Ende«, hatte er düster gemurmelt.

Ein letztes Mal hatten sie alles gründlich in Augenschein genommen und danach die Krypta auf demselben Weg verlassen, auf dem sie gekommen waren. Nicht ohne zuvor den Mechanismus in Gang gesetzt zu haben, der den Sarkophagdeckel wieder in seine ursprüngliche Position gleiten ließ – Guillermo hatte dafür lediglich die Bleikugeln wieder in den Totenschädel zurücklegen müssen. Nach eingehender Beratung beschlossen sie, absolutes Stillschweigen zu bewahren, auch dem Abt gegenüber.

Adriana musterte verstohlen die Gesichter der am Tisch versammelten Mönche. Im Gegensatz zu sonst wurde während der Mahlzeit kaum gesprochen. Was nicht der Einsicht geschuldet war, das Schweigegebot der *Regula Benedicti* einhalten zu müssen. Sondern der Grabesstimmung, die sich im Refektorium breitgemacht hatte.

»... *a facie impiorum vastantium me inimici mei animam meam circumdederunt* ... – ... vor den Gottlosen, die mir Gewalt antun, vor meinen Feinden, die mich ringsum bedrängen«, rezitierte Bruder Cyprian einen weiteren Vers aus dem sechzehnten Psalm.

Mit steinerner Miene hörte die versammelte Gemeinschaft die Worte des Vorlesers, die einst König David in größter Not an seinen Gott gerichtet hatte. Spätestens seit der außerordentlichen Kapitelversammlung vor zwei Tagen wusste Adriana um die Zweifel der meisten, ob der HERR auch dem Konvent zu Ennswalden seinen Beistand gewähren würde. Hätte er Interesse an seinen hiesigen Dienern, so meinten nicht wenige, hätte er sich beizeiten um ihre Hilferufe gekümmert und nicht zugelassen, dass vier von ihnen durch Mörderhand aus ihrem irdischen Dasein gerissen wurden. Oder er hätte den Hirten abberufen, der sich lieber selbst weidete und nicht willens war, alles in seiner Macht Stehende zu tun, seine Schafe vor dem Wolf zu schützen.

Und vielleicht hatten die, die so dachten, sogar recht. Schon längst glaubte Adriana zu wissen, dass Glaube und Vertrauen in den HERRN nicht unbedingt zu den herausragenden Tugenden zählten, denen man in Ennswalden begegnete. Wie übrigens in vielen Klöstern. Schließlich ging wahrer Glaube mit entsprechenden Taten einher. Wie oft hatte sie mit Albert von Kanten über diesen Punkt diskutiert. Was der HERR in Ennswalden beobachtete, davon war sie fest überzeugt, war Unglaube.

Ein Unglaube, der sich auch in dem geheimen sündigen Treiben manifestierte, dem man in der Abtei frönte. Adriana dachte an die lüsternen Blicke, denen sie sich immer wieder ausgesetzt sah. An die Bemerkung Bruder Manfreds über eine gewisse Marie Volland. Und an die Beobachtung Bruder Bertrams, der in dem Eindringling, der über die Mauer gestiegen war, eine Frau erkannt hatte. Der Hinweis Bruder Firmins auf das unterirdische Gangsystem hatte ihr die Augen geöffnet. Und so glaubte sie zu wissen, wohin die Frau verschwunden war. Nichts erzürnte den HERRN mehr als heuchlerische Diener, das hatte auch Jan Hus immer wieder von seiner Kanzel gepredigt. Warum also sollte es verwundern, wenn ER in seinem Zorn seinen gütigen Blick von Ennswalden abwandte und die Abtei dem Bösen überließ?

Spätestens morgen, davon war Adriana überzeugt, würde dieses Böse erneut seine hässliche Fratze entblößen. Denn spätestens morgen würde der Abt nicht mehr umhinkommen, einen Boten nach Kremsmünster zu schicken, um sich nach dem Verbleib Bruder Ortolphs zu erkundigen. Dass dieser mit der bestürzenden Nachricht zurückkehren würde, der Sakristan sei dort nie angekommen, war so sicher wie das Amen in der Kirche.

Kapitel 43
Vor Mitternacht

Den Kopf auf die Arme gestützt, die auf den angezogenen Knien ruhten, saß Adriana auf ihrem Lager. Seit Stunden schon floh sie der Schlaf. Fetzen wirrer Träume wechselten mit Phasen schreckhaften Erwachens, in denen die Ereignisse der letzten Tage an ihrem geistigen Auge vorbeitaumelten. Mal schemenhaft und verschwommen, dann wieder klar und scharf rumorten eine ganze Reihe offener Fragen in ihrem Kopf.

Sie versuchte zusammenzufassen, Resümee zu ziehen. Dass es einen Zusammenhang zwischen dem verschollenen Testament des Athanasius und den Morden gab, konnte inzwischen als gesichert angesehen werden. Auch die Identität von vier der sechs Personen, die sich mit ihren Decknamen auf dem von der Spinne signierten Schlussblatt verewigt hatten, glaubte sie inzwischen herausgefunden zu haben. Zwar ließen sie sich nicht den einzelnen Decknamen zuordnen – doch dass es sich bei ihnen um Bruder Markward, den Armarius, Bruder Matthias, den Kellermeister, sowie den Vestiarius Bruder Valentin und den Botanicus Bruder Nathanael handelte, die allesamt Opfer des Mörders geworden waren, davon war sie überzeugt. Sie tendierte dazu, auch den getöteten Sakristan als einen der fünf anzusehen, auch wenn bei ihm die »Insignien«, die der Mörder bei den anderen Opfern hinterlassen hatte – das in die Stirn eingeritzte *homoousios* und die in morbider Poesie gehaltene Botschaft –, fehlten. In dem sechsten schließlich vermutete sie den ehemaligen Cellerar der Abtei, der vermutlich die Notiz geschrieben hatte, auf die sie in der Kladde gestoßen waren. Bruder Manfred hatte ausgesagt, dass dieser vor zwanzig Jahren ebenfalls eines rätselhaften Todes gestorben sei.

Auch was die genaue Rolle des Einsiedlers Bruder Gallus anging, tappten sie teilweise noch im Dunkeln. Und es gab noch eine Reihe weiterer ungeklärter Fragen. Was hatte es mit der rätselhaften Stiefelspur im Wolfsturm auf sich? Wer verbarg sich hinter der »Spinne«? Welche Rolle spielte die hölzerne Puppe?

Was ihr ebenfalls immer noch im Kopf herumging, war das Gespräch mit Bruder Firmin, in dem er ihr von dem System der unterirdischen Gänge und der kryptischen Aussage des sterbenden Bruder Rochus' berichtet hatte. Der Pförtner hatte ein Detail genannt, das trotz allen Grübelns in den Tiefen ihres Verstandes verharrte wie ein Felsbrocken auf dem Grund eines Sees. Ein Splitter, der in ihren Kopf gedrungen war und sich einfach nicht entfernen ließ. Eine ganz bestimmte Aussage, unscharf, verschwommen, aber außerordentlich wichtig, die sie nicht zu greifen vermochte. So sehr sie sich das Hirn zermarterte, es wollte ihr einfach nicht einfallen.

Sie seufzte auf, weil sie plötzlich daran denken musste, wie Guillermo während ihres nächtlichen Besuchs im Ossarium in einer zärtlichen Geste und mit einem warmen Lächeln ihre Schulter umfasst und sie mit einem Blick angesehen hatte, der sie in der Erinnerung erneut erschauern ließ, ein Blick, der mehr verraten hatte als bloße Sympathie. So sehr sie die Situation im ersten Augenblick auch genossen hatte, so deutlich und unmissverständlich hatte sie ihm ziemlich brüsk zu verstehen gegeben, was sie davon hielt. Er hatte nichts weiter gesagt, doch sie hatte den Eindruck gewonnen, dass er sichtlich verlegen war. Die Ereignisse, die folgten, und der fürchterliche Anblick, mit dem sie gleich darauf in der Krypta konfrontiert wurden, hatte die kurze Episode völlig in den Hintergrund gedrängt. Auch danach hatte keiner von ihnen auch nur ein Wort über die Angelegenheit verloren, die gewohnt vertraute Zusammenarbeit hatte darunter nicht gelitten. Adriana hoffte, dass es dabei blieb.

Doch jetzt, da sie nicht schlafen konnte und Zeit zum Grübeln hatte, kam ihr die Szene umso eindrücklicher vor. Was war mit dem Katalanen? Teilte er etwa die gleiche Begehrlichkeit wie andere hier in der Abtei, deren lüsterne Blicke und Verhalten verrieten, dass sie jener Leidenschaft frönten, derentwegen der HERR einst Sodom und Gomorrha vom Erdboden hatte verschwinden lassen? Und wie sie in vielen Klöstern geflissentlich übersehen, ja sogar geduldet wurde? Sie erinnerte sich an die Worte des Abtes, als er sie darum gebeten hatte, die Ermordung des Armarius zu untersuchen. Ein Abt müsse mit der Zeit gehen, was es erforderlich mache, eine bestimmte Milde walten zu lassen. Besonders was die Schwächen und Fehler der Menschen angehe. Man müsse sie nicht überbetonen, noch weniger, sie vor jedermann ausbreiten. Und sie erinnerte sich der Gespräche mit Albert von Kanten, der nach einer Erklärung für ein solcherart, wie er sagte, »wider den göttlichen Plan« gerichtetes Begehren suchte. Es sei die durch nichts zu rechtfertigende Bürde des

Keuschheitsgelübdes, die auf den armen Seelen dieser Menschen laste, die es ihnen nicht erlaube, dem natürlichen Begehren gegenüber dem anderen Geschlecht stattzugeben, und sie in die Fänge der Unzucht treibe, hatte er behauptet.

Traf dies auch auf Guillermo zu? Sie mochte, sie konnte es sich einfach nicht vorstellen. Andererseits schloss sie den Gedanken, dass er Gefallen an ihr als Frau gefunden hatte, aus. Wie hätte er um ihre wahre Identität wissen können?

Oder etwa doch?

Wie von einer Viper gebissen, schreckte sie vom Lager hoch. Siedend heiß war ihr der Ausflug zum Weiher eingefallen. Das kühle Nass, das sie genossen hatte. Das Sonnenbad. Das Rascheln im Schilf, das sie, nackt wie sie war, hatte aufspringen lassen. Der Schatten, der sich als Wildschwein entpuppt hatte ...

Wildschwein? Konnte man den Laut eines Tieres nicht imitieren?

»Nein«, flüsterte sie, »nein!«

Und wenn doch?

Die Frage bohrte noch in ihrem Kopf, als sie erneut in einen unruhigen Schlaf wegdämmerte.

VERHÄNGNISVOLLE KUNDE

TAG 27
SONNTAG, 5. JULI ANNO DOMINI 1405

Kapitel 44
Nach Terz

Auch der Vormittag dieses Sonntags gehörte der Arbeit in der Schreibstube. Nach dem Mittagsmahl beschloss Adriana, das abgeschiedene, an einem kleinen Seitenarm der Enns gelegene Plätzchen aufzusuchen, das sie bereits kannte, um sich ein paar Stunden Ruhe zu gönnen. Guillermo hatte sich für einen längeren Ausritt entschieden, um die weitere Umgebung kennenzulernen. So hatte er seine Entscheidung begründet. Am Abend wollte er wieder zurück sein.

Zwei Stunden mochten vergangen sein, als sich Adriana wieder auf den Rückweg machte. Schon bald vernahm sie das dumpfe Schlagen von Hufen in ihrem Rücken und wandte sich um. In halsbrecherischem Tempo näherte sich ein Reiter. Rasch trat sie an den Wegrand, um ihn vorbeizulassen. Ihr Puls beschleunigte sich, als sie ihn ihm Bruder Quirin erkannte, den der Abt nach Kremsmünster geschickt hatte, damit er sich nach dem Verbleib des Sakristans erkundigte. In eine Staubwolke gehüllt, jagte der Mönch an ihr vorbei, wahrscheinlich hatte er sie gar nicht wahrgenommen. Es bedurfte keiner prophetischen Gabe, um sich vorzustellen, welches Entsetzen seine Nachricht im Konvent auslösen würde.

Als sie wenig später das Haupttor der Abtei passierte, sah sie Angehörige des Konvents und Konversen in einzelnen Grüppchen beieinanderstehen. Ihre Mienen sowie das aufgeregte Raunen, in das sich sogar der eine oder andere aufgebrachte Ruf mischte, sprachen Bände. Die niederschmetternde Nachricht, die Bruder Quirin überbracht hatte, musste sich wie ein Lauffeuer in der Abtei verbreitet haben. Sie sah Bruder Bertram über den Hof eilen. Ihre Blicke trafen sich. Er änderte die Richtung und lief mit schnellen Schritten auf sie zu.

»Ich hab dich schon gesucht.« Sein Atem flog.

»Der Abt erwartet mich, richtig?«

»Sieh an, du kannst Gedanken lesen?«, antwortete er mit einem Anflug von Ironie.

»Gedanken nicht. Aber ich habe Augen im Kopf und verstehe das, was ich sehe, zu deuten. Und ich habe ein untrügliches Gespür für nahende Katastrophen.« Und fügte hinzu: »Es ist also wahr?« Schließlich musste sie den Schein wahren.

»Ja.« Er nickte. »Er ist gar nicht in Kremsmünster angekommen. Der Vater Abt weigert sich zu glauben, dass er ein Opfer des Mörders geworden sein könnte. Es fehle schließlich die Leiche, und es habe auch keine Botschaft des Mörders gegeben, wie in den anderen Fällen. Ein weiterer Umstand bestärkt ihn in seiner Meinung.«

»Welcher Umstand?«

»Der päpstliche Nuntius, der unsere Abtei visitieren sollte, ist in der Nähe von Weyer von Räubern überfallen worden. Aber der Abt soll dir das alles selbst sagen. Ich bring dich zu ihm, er ist im Abthaus.«

»Da seid Ihr ja endlich, *doctor*, Ihr habt es schon vernommen?« Die Arme hinter dem Rücken verschränkt, schritt der Abt nervös vor dem Fenster auf und ab.

»Ihr sprecht vom ungeklärten Verbleib des Sakristans, Bruder Ortolph?«

Schlagartig blieb der Abt stehen und sah sie mit hochgezogenen Brauen an. »Ah, ich sehe, dass Ihr meine Sicht der Dinge teilt.«

»Wie meinen, Eure Erhabenheit?«

»Ihr sprecht von seinem ›ungeklärten Verbleib‹, nicht von seinem Tod oder gar seiner Ermordung. Daraus schließe ich, dass Ihr, wie ich, davon überzeugt seid, dass er noch lebt. Es gibt eindeutige Indizien, die dafür sprechen. Zum einen fehlt seine Leiche, zum anderen wurde keine Botschaft des Mörders gefunden, wie in den bisherigen Fällen. Und es sind immerhin vier Tage seit dem Verschwinden Bruder Ortolphs vergangen. Ich verstehe die Aufgeregtheit nicht, die sich im Konvent breitgemacht hat; ich denke, ich werde ein Machtwort sprechen müssen, damit dieses unsinnige Gerede, mit dem sich die Brüder gegenseitig Angst machen, endlich aufhört.«

Adriana kaute nachdenklich auf der Unterlippe und sah betreten zu Boden. Wenn du wüsstest, dachte sie.

»Nun, ist es nicht so?«, insistierte der Abt.

Adriana hob den Blick. »Gehe ich richtig in der Annahme, dass Ihr eine Hypothese zu seinem ... Verschwinden habt, Eure Erhabenheit?«, erwiderte sie, ohne direkt auf seine Frage einzugehen.

»Natürlich habe ich die. Erinnert Ihr Euch unseres Gesprächs vor einigen Tagen über den bevorstehenden Besuch des päpstlichen Nuntius?«

Adriana nickte.

Der Abt stützte die Hände auf dem Tisch und beugte sich über die Tischplatte.

»Er wurde von Wegelagerern überfallen und ausgeraubt und dabei zusammen mit einigen anderen aus seiner Entourage verletzt. Der Überfall geschah auf Ennswaldener Gebiet, in der Nähe von Weyer. Ich mag gar nicht daran denken, welchen Ärger uns das von päpstlicher Seite einbringen wird, man wird von uns Genugtuung und Schadenersatz verlangen«, sagte er mit bebender Stimme.

»Woher wisst Ihr, dass der Nuntius überfallen wurde?«

»Ich erhielt vorhin Nachricht, ein Bote aus Weyer überbrachte sie mir. Der Nuntius kuriert sich derzeit in einer Herberge aus. Er bat mich durch den Boten, ihm zwei frische Pferde und ordentlich Proviant zukommen zu lassen, anscheinend ist er mit dem, was man ihm in Weyer zur Verfügung gestellt hat, nicht zufrieden. Und nun meine Theorie: Was liegt näher, als dass unseren Sakristan das gleiche Schicksal ereilte?«

»Aber liegt Weyer denn nicht eine gute Tagesreise südöstlich von Ennswalden, während Kremsmünster gerade mal eine halbe Tagereise entfernt in westlicher Richtung liegt?«

»Nun, solche Banden treiben mal hier, mal dort ihr Unwesen.«

»Das mag sein. Aber glaubt Ihr wirklich, dass ein Mönch wie Bruder Ortolph ein lohnendes Ziel für eine Räuberbande abgegeben hätte?«

»Ob lohnend oder nicht. Geht einfach davon aus, dass es so war. Der Ärmste wurde überfallen, getötet und sein Leichnam irgendwo verscharrt. Punktum.«

Adriana verzichtete auf einen Kommentar. Die penetrante Ignoranz des Abtes war nicht zu überbieten.

»Aber kommen wir zu dem Punkt, der mich veranlasst, mit Euch zu sprechen, *doctor*«, führte er weiter aus. »Von dem Boten erfuhr ich nämlich den Grund für die Visitation des päpstlichen Nuntius. Der Nuntius ist«, die Stimme des Abtes war in ein verschwörerisches Flüstern abgesunken, als fürchtete er unbefugte Zuhörer, »er ist gewissermaßen in geheimer Mission unterwegs. Er behauptet, man habe in der Kurie von gewissen ketzerischen Umtrieben in Ennswalden gehört. Der Nuntius soll nach dem Rechten sehen. Stellt Euch das vor. Ketzerei in meiner Abtei, ein fürchterlicher Gedan...« Die Stimme des Abtes brach, er schüttelte das Haupt, faltete die Hände vor der Brust und hielt für einige Augenblicke in fassungslosem Schweigen inne.

Adriana war seinen Ausführungen mit zunehmendem Entsetzen gefolgt. War man an höchster kirchlicher Stelle tatsächlich auf sie und Guillermo aufmerksam geworden? Sie wusste, dass die Inquisition einen langen Arm besaß, selbst der letzte Winkel des Reiches war vor ihr nicht sicher. Zudem verfügte sie über ein engmaschiges Netz an Zuträgern, Kundschaftern und Denunzianten sowie eine Unzahl geheimer Dokumente und Listen mit Tausenden von Namen, die in zahlreichen Archiven lagerten. War sie in den Dunstkreis dieser Institution geraten, die alles, was auch nur nach Häresie roch, gnadenlos verfolgte?

»Der HERR scheint uns in diesen Tagen eine Prüfung nach der anderen aufzuerlegen. Unglaublich: Häresie an diesem Ort der Kontemplation und des Lobpreises des HERRN«, fuhr der Abt larmoyant fort. Er hatte sich wieder etwas gefangen. »Dieser Verdacht, den man da in Rom äußerst, ist völlig haltlos. Zum Glück seid Ihr hier, Bruder Adrian, ein geachteter *doctor* der Theologie, entsandt von keinem Geringeren als seiner Magnifizenz Nikolaus von Dinkelsbühl in Wien. Ich bitte Euch, Bruder, wenn der Nuntius uns visitiert – und das wird er, sobald er wieder genesen ist –, macht ihm klar, dass wir beide derzeit am genauen Gegenteil dessen arbeiten, was man in Rom glaubt. Nämlich daran, jenes blasphemische Fünfte Evangelium aufzuspüren, das der Kirche immens schaden kann, um es in ihren Besitz zu überführen und so zur Verteidigung des wahren Glaubens beizutragen. So wie das ja auch in dem Beglaubigungsschreiben steht, das Eure Mission beschreibt. Versprecht Ihr mir das?«

Ketzerische Umtriebe! Die Worte des Abtes hallten in ihr nach. Ihre Gedanken überschlugen sich. Das Ansinnen, das er gegen Schluss seiner Ausführungen geäußert hatte, hatte sie nur mit halbem Ohr wahrgenommen.

»Natürlich, Eure Erhabenheit«, murmelte sie geistesabwesend.

Zum ersten Mal verspürte sie nackte Angst. Zwar hatten die Ereignisse der vergangenen Tage und Wochen an ihr gezehrt und ihr so manche schlaflose Nacht bereitet, doch die Zuversicht war ihr nie abhandengekommen.

Bis jetzt. Bis zu diesem Augenblick, in dem sie hier im Haus des Abtes saß, von einem Tag auf den anderen konfrontiert mit der hässlichen Fratze der Inquisition und der Gefahr des Scheiterns ihrer Mission.

»Hrrrmm.«

Das Räuspern des Abtes riss sie aus ihrem Grübeln.

»Nun denn, *doctor*, ich baue auf Euch«, sagte er. »Seht zu, dass Ihr bald jene Schriften findet, nach denen Ihr sucht. Habt Ihr und Euer katalanischer Helfer denn schon Fortschritte erzielt?« Er versuchte gar nicht erst die drängende Ungeduld, die in seiner Frage anklang, zu verbergen.

Adriana unterdrückte die patzige Antwort, die ihr auf der Zunge lag. Es war zu offensichtlich, weshalb sich der Abt zum ersten Mal mehr für den Fortschritt ihrer Arbeit interessierte als für die Ergebnisse ihrer Ermittlungen.

»In gewisser Weise«, antwortete Adriana. »Aber vergesst nicht, dass in Eurer Bibliothek seit jenem großen Brand vor zwanzig Jahren ein unglaubliches Chaos herrscht. Es zu durchforsten, ist eine Herkulesaufgabe.«

»Sagt, wenn Ihr Hilfe benötigt. Ich stelle Euch alle Kräfte zur Verfügung, die Ihr benötigt.«

»Danke, Eure Erhabenheit, die Arbeit ist zu speziell, als dass jedermann darin eingebunden werden könnte.«

Mit einem abwesend gemurmelten »Ja, da habt Ihr wohl recht« stand der Abt auf.

Auch Adriana erhob sich.

»Haltet mich auf Laufenden, *doctor*. Und seid versichert, ich bin froh, Euch an meiner Seite zu wissen.«

Ich bin froh, Euch an meiner Seite zu wissen. Das unverbindliche Lächeln, das Adriana in ihre Miene zwang, verbarg, wie sie über diese Bemerkung dachte.

DAS PHANTOM IM GLOCKENTURM

TAG 28
MONTAG, 6. JULI ANNO DOMINI 1405

Kapitel 45
Nach Terz

Das Wetter war umgeschlagen. Waren insbesondere die vergangenen drei Tage von einem beständig wolkenlosen Himmel und strahlendem Sonnenschein bestimmt gewesen, regnete es seit den frühen Morgenstunden Bindfäden.

Adriana schritt über den matschigen Westhof zur Werkstatt Bruder Joachims, des Schusters, den sie um einen kleinen Gefallen bitten wollte. Eines der Löcher in dem breiten Ledergürtel, den sie bei Ausritten immer trug, war ausgerissen. Der Schuster sollte ihr einen neuen fertigen. Dazu einen festen Lederköcher, den sie um die Schultern hängen konnte. Sollte das Testament des Athanasius aus mehreren zusammenrollbaren Pergamentbögen bestehen, und davon ging sie aus, würde ein Lederköcher die praktikabelste Möglichkeit bieten, das Dokument sicher verwahrt aus der Abtei zu schmuggeln.

Während sie den Hof querte, rekapitulierte sie in Gedanken die Geschehnisse des gestrigen Sonntags. Und das Gespräch, das sich aufgrund der Ereignisse mit Abt Florian ergeben hatte.

Die Tür zur Werkstatt stand auf.

Der Bruder Schuster war, wie andere Handwerker in der Abtei auch, ein Laienbruder. Er saß neben einem Tisch auf einem Schemel und hatte einen Dreifuß zwischen die Schenkel geklemmt, auf dem er gerade eine Stiefelsohle bearbeitete. Auf dem Tisch lagen diverse Werkzeuge.

»*Deus tecum*, Bruder Schuster«, grüßte Adriana, als sie hereintrat.

»*Et cum spiritu tuo, doctor*. Seid mir willkommen«, grüßte der Mönch zurück. »Was führt Euch zu mir?«

»Ein defekter Gürtel, Bruder. Und ich benötige einen Lederköcher für die Reise. Einen, den man umhängen kann.« Adriana entrollte den Gürtel.

Der Schuster, ein kleiner, beleibter Mann, legte Dreifuß und Stiefel auf dem Boden ab, erhob sich von seinem Schemel und klopfte den Staub von seinem dicken Lederschurz.

»Lasst sehen!« Er nahm den Gürtel entgegen. »Nun, damit lässt sich wirklich kein Staat mehr machen. Ich werde Euch einen neuen fertigen. Soll er schwarz sein wie dieser alte, oder bevorzugt Ihr eine andere Farbe? Und welche Schließe möchtet Ihr haben?«

»Zeig mir, was du dahast«, bat sie.

Er wies auf einen bockartigen Ständer mit einer hölzernen Stange, an der gut zwei Dutzend Riemen unterschiedlicher Breite hingen, sowohl in Brauntönen als auch in Schwarz. In einer flachen Kiste lagen einige Schließen.

Sie entschied sich für einen mittelbraunen Riemen und eine einfache Schließe ohne große Verzierungen und fragte, wann sie den fertigen Gürtel abholen könne. Und wann den Lederköcher.

Der Bruder Schuster kratzte sich die Stirn. »Ich hab vorher

noch zwei Paar Stiefel zu besohlen. Am besten, Ihr kommt kurz vor Vesper, dann müsste ich den Gürtel fertighaben. Für den Lederköcher müsst Ihr mir zwei Tage Zeit geben.«

Adriana bedankte sich und versprach, zum genannten Zeitpunkt wieder vorbeizuschauen.

Sie stand gerade im Begriff, die Werkstatt zu verlassen, als sie beim Anblick eines Stiefels jäh innehielt. Er lag nahe beim Eingang auf der Seite, sodass ihr Blick auf die Sohle fiel. Sie ging in die Hocke und besah sie sich genauer – besser gesagt die eigenartige Kerbe, die sie aufwies – und spürte, wie ihr Puls beschleunigte. Sie entsprach exakt dem Abdruck, den sie im Wolfsturm entdeckt hatte.

Noch während sie ungläubig auf die Sohle starrte, verdunkelte ein Schatten den Eingang, und Bruder Bertram trat herein.

»Oh, Bruder Adrian, du auch hier? Und du interessierst dich für meine Stiefel?« Er lächelte.

»*Deine* Stiefel? Das sind ... *deine* Stiefel?«, fragte sie gedehnt.

»Aber ja doch. Gefallen sie dir? Ich wollte gerade nachfragen, ob sie fertig sind. Sie müssen neu besohlt werden. Aber«, er wandte sich an Bruder Joachim, »wie ich sehe, ist der Bruder Schuster noch nicht dazu gekommen. Obwohl du mich um diese Zeit herbestellt hattest.«

Der Schuster zuckte die Schulter. »Ich musste einen anderen Auftrag vorziehen. Die Reitstiefel für den Vater Abt. Es eilte. Du verstehst, dass ich ihn nicht warten lassen konnte.«

»Na, das verstehe ich. Aber wann bekomme ich nun meine Stiefel?«

»Komm um Non herum wieder.«

Kapitel 46
Vor Sext

Völlig perplex ob ihrer neuesten Entdeckung, begab Adriana sich in ihre Schreibstube zurück. Sie konnte es immer noch nicht fassen: Entgegen seiner Behauptung, er sei noch nie dort gewesen, er fürchte sich vor Wölfen, hatte Bruder Bertram vor noch nicht langer Zeit die Wolfsklause aufgesucht! Was war der Grund für diese Lüge?

Sie versuchte den Tag zu rekapitulieren, an dem sie mit Guillermo in der Wolfsklause gewesen war und die Stiefelspur entdeckt hatte. Das war Sonntag vor einer Woche gewesen. Bruder Bertram musste sich kurz zuvor dort oben aufgehalten haben.

Der gleichaltrige sympathische Sekretär des Abtes, zu dem sie ein enges, freundschaftliches Verhältnis pflegte – ein Mörder? Ihr schwindelte ob dieses ungeheuerlichen Verdachts. War er es tatsächlich – welchen Bezug gab es dann zwischen ihm, dem verschollenen Dokument und all den anderen Rätseln und offenen Fragen? Immerhin lag die Ursache dessen, was die Abtei gegenwärtig in Furcht und Schrecken hielt, zwanzig Jahre, vielleicht auch länger zurück. Was verband den jungen Mönch mit jenen weit in die Vergangenheit reichenden Vorkommnissen? Was mit dem Inquisitor, der Spinne, dem Einsiedler Gallus und dem Mönch aus Oybin?

Mit einem Mal hatte sie das Gefühl, als ob sich ein eiserner Ring um ihre Brust schlösse, der ihr das Atmen schwer machte. Zudem empfand sie eine so tiefe innere Einsamkeit wie noch nie zuvor in ihrem Leben. Sie hatte Bruder Bertram vertraut, ihn weitgehend in ihre Ermittlungen eingeweiht, er hatte sich außerordentlich kooperativ gezeigt – und nun das?

Und was, wenn er sie nicht nur bezüglich der Wolfsklause, sondern auch anderer Dinge belogen hatte? Etwa, was den Eindringling betraf, den er beobachtet haben wollte, bei dem es sich angeblich um eine Frau handelte? Angestrengt überlegte sie, suchte nach einer alternativen Erklärung. Doch sie konnte es drehen und wenden, wie sie wollte, sie kam immer wieder zum selben Schluss: Die Stiefelspur auf dem Wolfsturm, verursacht von einer markanten Kerbe in der Sohle, stammte von Bruder Bertrams Stiefeln. Das ließ sich genauso wenig leugnen wie die Tatsache, dass er sie belogen hatte. Aber reichte dieses Indiz aus, um einen solch schwerwiegenden Verdacht zu rechtfertigen?

Sie war gespannt, wie Guillermo die Sache sehen würde.

Kapitel 47
Nach Sext

Der Regen hatte aufgehört. Adriana hatte sich mit Guillermo auf einem zu einer Bank umfunktionierten, zur Hälfte gespaltenen Baumstamm am Ufer des Klosterteichs niedergelassen. Ein idyllisches, von der Sonne verwöhntes Plätzchen, an dem es sich vortrefflich entspannen und ungestört unterhalten ließ.

»Wenn Bruder Bertram der Mörder sein soll, hätte er, zeitlich gesehen, die Möglichkeit haben müssen, die Taten in aller Ruhe zu planen und umzusetzen«, überlegte der Katalane. Er hatte die Neuigkeit mit Verwunderung, um nicht zu sagen mit Bestürzung, aufgenommen.

»Das wäre ihm durchaus möglich gewesen«, entgegnete Adriana. »Als Sekretär des Abtes, der ihn sogar von der Teilnahme an den Horen freigestellt hat, genießt er jede Menge Freiheiten. Er hätte ungestört sämtliche Vorbereitungen treffen können, um seine perfiden Mordpläne zu realisieren.«

»Lass uns das Ganze rekapitulieren. Der Mord am Sakristan muss am vergangenen Donnerstag noch vor Laudes begangen worden sein, kurz bevor dieser seine lange geplante Reise nach Kremsmünster antreten wollte.«

»Richtig. Zeitlich betrachtet, wäre es kein Problem für ihn gewesen.«

Guillermo schüttelte fassungslos den Kopf. »Man stelle sich das vor. Du verrätst ihm, dass wir auf der Suche nach dem Mörder einer Spur nachgehen müssen, die ins Ossarium und in die Krypta weist. Also fragst du ihn, ob er uns die dazu erforderlichen Schlüssel liefern kann. Dein Ansinnen, in die Krypta einzudringen, hätte ihn eigentlich hellhörig machen müssen. Wäre ich an seiner Stelle gewesen, hätten bei mir sämtliche Sturmglocken geläutet. Schließlich hatte er tags zuvor den Sakristan getötet und ihn in den Sarkophag verfrachtet. Trotzdem liefert er uns die Schlüssel und scheint sich um seine Sicherheit nicht im Geringsten zu sorgen.«

»Weil er nicht im Entferntesten auf den Gedanken kommt, dass wir den Mechanismus kennen, mittels dessen der Sarkophagdeckel zur Seite schwingt.«

»Angenommen, es ist so – ob er das, was im Sarkophag war, vor uns in Sicherheit bringen wollte?«

»Möglich – vorausgesetzt, die Handschrift hat sich tatsächlich noch dort befunden. Vergiss nicht: Der Hinweis, dass sie dort lagert, ist zwanzig Jahre alt. Wer weiß, was inzwischen alles geschehen ist. Kopfzerbrechen bereitet mir die Frage, *warum* er den Sakristan getötet hat. Was seine Ermordung angeht, gibt es im Gegensatz zu den ersten vier Opfern nämlich einen markanten Unterschied.«

Guillermo nickte. »Wir hatten das schon mal erörtert. Es fehlt die Botschaft des Mörders. Es fehlt das *homoousios*, das er den anderen Opfern in die Stirn geritzt hat. Und es fehlt der Bezug zur hölzernen Puppe.«

»So ist es. Gehen wir von den bisherigen Opfern aus, spielen diese drei Faktoren eine zentrale Rolle. Sie bilden den Dreh- und Angelpunkt unserer Ermittlungen. Nicht vergessen dürfen wir das Rachemotiv, das zumindest in den ersten beiden Botschaften, mit denen er auf den Fundort der Leichen verweist, eine Rolle spielt. Was weiterhin Rätsel aufgibt, ist diese verflixte Puppe.«

»Wie sollen wir uns ihm gegenüber verhalten?«, fragte Guillermo nach einigen Augenblicken nachdenklichen Schweigens.

»Wir geben uns völlig unbefangen, so als wüssten wir nichts, auch wenn's schwerfällt. Bruder Bertram darf keineswegs erfahren, dass wir Verdacht geschöpft haben. Denk an die Warnung des Armarius. In dieser Abtei seien mehrere Augenpaare auf mich gerichtet.«

»Du glaubst, er gehört zu denen, vor denen dich der Armarius warnte?«

Adriana hob kurz beide Arme und ließ sie verzagt fallen.

»Ehrlich gesagt weiß ich nicht, was ich glauben soll. All diese Indizien und Spuren sind wie ein Dornengestrüpp, das die Wahrheit über das, was hier wirklich geschieht, überwuchert.«

»Dann wird uns nichts anderes übrig bleiben, als das Gestrüpp zu entfernen, um die Wahrheit freizulegen. Es müsste mit dem Teufel zugehen, wenn uns das nicht gelingt.«

»Du hast recht. Ich bin froh, dich an meiner Seite zu wissen.« Dankbar lächelnd sah sie ihn an. Die Irritation über sein Verhalten vor wenigen Tagen im Ossarium hatte sie in den hintersten Winkel ihres Verstandes verbannt.

Kapitel 48
Um Non

Nicht oft, dafür in regelmäßigen Abständen attackierten Kopfschmerzen Adriana. Auch an diesem späten Nachmittag. Grund genug, ihren Lieblingsplatz an der Enns aufzusuchen, vielleicht würde ihr die frische Luft, wie schon so manches Mal, Erleichterung verschaffen. Während sie die Schleife entlangging, die der Seitenarm des Flusses beschrieb, bemerkte sie einen kunstvoll aus Ästen, Zweigen und Schlamm aufgeschichteten Haufen, der neben dem Ufer aus dem Wasser ragte: eine Biberburg. Versonnen lächelnd besah sie das Werk, welches das Tier sich zu seinem Schutz gebaut hatte. Sie wusste, dass der Eingang zu einer Biberburg, unerreichbar für etwaige Feinde, unter Wasser lag; so fühlte sich der geschickte Schwimmer sicher.

Von meinen Wölfen bewacht...

Schlagartig schoss ihr das Satzfragment des Briefes durch den Kopf, den Gallus an den Inquisitor geschrieben hatte. Eignete sich eine Höhle oder ein Bau, der von Wölfen bewohnt wurde, nicht auch hervorragend zur sicheren Aufbewahrung sensibler Dokumente, die es vor anderen zu verbergen galt?

Das Dritte Mysterium – verbarg es sich in der Wolfsklause?

Umso länger sie darüber nachdachte, umso mehr überzeugte sie der Gedanke. Gewiss, noch war es nur eine Hypothese, dennoch schien es ihr lohnend, noch einmal zur Wolfsklause aufzubrechen. Sie würde mit Guillermo darüber sprechen.

»Du glaubst, Gallus hat die Handschrift in dem Bau versteckt, den er für seine Wölfe errichtet hat?«, fragte der Katalane verblüfft.

»Könnte doch sein, oder? Ich will es nicht steif und fest behaupten, aber lass uns diese Hypothese diskutieren.« Ihre Augen funkelten, während sie ihre Argumente darlegte. »Ein Versteck in dieser ... Wolfsfestung, wie ich die seltsame Konstruktion mal nennen will, wäre eine plausible Erklärung für den Brief, den er an den Inquisitor schrieb.« Sie entnahm dem Regal unter ihrem Schreibpult eine Schatulle, holte das Brieffragment heraus und zitierte den kompletten Text: »›Der Gedanke, gestrenger Herr, kam mir heute, als ich mit Paphnutius über das Gift der Häresie sprach. Von meinen Wölfen bewacht, niemand ...‹ Hier endet der Text abrupt, mitten im Satz. Wir gingen immer von einer oder mehreren Personen aus, die bewacht werden sollten. Etwa von irgendwelchen Ketzern, was ja naheliegt. Wir haben noch nie überlegt, wie man den Satz weiterführen könnte. Wie wäre es mit ›Von meinen Wölfen bewacht, kommt niemand an das Dokument heran‹? Gallus spricht von einem Gedanken, der ihm kam, einer Idee, die er mit diesem Paphnutius erörterte und den er dem Inquisitor unterbreitet.«

Guillermo nickte sinnend. »Das Testament des Athanasius in einem speziell dafür hergerichteten Versteck von seinen Wölfen bewachen zu lassen«, ergänzte er. »Fürwahr eine geniale Idee.«

»Das sehe ich auch so. Wir sollten der Hypothese nachgehen.«

»Du willst in den Wolfsbau hinein?«

»Warum nicht?«

»Wie willst du da reinkommen, ohne Schaden zu nehmen?«

»Über einen unterirdischen Gang, könnte ich mir vorstellen. Wir sollten uns das Gelände dort noch mal vornehmen. Vielleicht finden wir den Zugang zu einem Stollen, einem Gang oder was auch immer, der uns in das Innere dieses Baus bringt. Alte Gemäuer und verlassene Ruinen verfügen meist auch über unterirdische Gänge.«

»Fürchtest du nicht, von den Tieren angefallen zu werden?«

»Dem, der sich das Versteck ausgedacht hat, muss an größtmöglicher Sicherheit gelegen gewesen sein. Für den Fall, an die Handschrift herankommen zu müssen, wird er Vorkehrungen getroffen haben, um gar nicht erst in diese Gefahr zu kommen. Also mache ich mir darüber erst Gedanken, wenn wir vor Ort sind.«

Der Katalane starrte gedankenversonnen zum Fenster. »Einmal angenommen, das Dokument befindet sich tatsächlich in diesem Bau – dann wäre es dir gelungen, ohne den Lageplan oder irgendwelche anderen Hilfsmittel das Versteck zu finden.« Er wandte sich ihr zu. »Du bist ein Genie, was das Schlussfolgern angeht, weißt du das?«, sagte er mit unverhohlener Bewunderung.

Wieder einmal musste sie sich zwingen, den Blick, der seine Worte begleitete, nicht zu erwidern. Hastig erhob sie sich vom Tisch. »Ich muss gehen. Den neuen Gürtel beim Schuster abholen.«

Kapitel 49
Vor Vesper

»Perfekte Arbeit, du verstehst dich auf dein Handwerk«, lobte Adriana Bruder Joachim, nachdem sie den Gürtel begutachtet hatte.

Der Konverse lächelte geschmeichelt. »Gelernt ist gelernt, *doctor*. Was für Euch Pergament, Federkiel und Bücher sind für mich Leder, Ahle und Hammer.«

Adriana schmunzelte. »Gut, dass der HERR jedem von uns sein Talent mitgegeben hat. Hab noch einen schönen Tag.«

Adriana wollte gerade gehen, als sie auf der Schwelle fast mit Odo zusammenstieß. Unter den rechten Arm geklemmt, trug der kleinwüchsige Klosterknecht mit den schrägen Augen und dem Mondgesicht ein Stiefelpaar, das eindeutig schon bessere Tage gesehen hatte.

»Oh«, sagte er nur mit einer krummbuckeligen Verbeugung und grinste.

Adriana schmunzelte. »Na, Odo, willst du dir die Stiefel richten lassen?«

Odo nickte nachdrücklich. »Schöne Stiefel, sehr schöne Stiefel. Hab sie auf dem Schuttplatz hinter dem Kornspeicher gefunden. Müssen nur ein bisschen geflickt werden.«

Adriana kannte den von einer schulterhohen Mauer umgebenen Müllplatz. Hin und wieder fanden sich dort Gegenstände, die noch einigermaßen zum Gebrauch taugten. Konverse, aber auch zum Konvent gehörenden Mönche besorgten sich dort das eine oder andere, besserten es selbst aus oder ließen es instand setzen und vergrößerten so ihre magere Habe, auch wenn dies gegen die Regel verstieß. Ein Jünger des Benedikt von Nursia hatte schließlich neben Keuschheit auch Armut gelobt. Ein weiteres Indiz dafür, wie sehr Moral und monastische Disziplin zu Ennswalden unter der Ägide Abt Florians litten.

»Du hast sie auf dem Schuttplatz gefunden?«

»Ja!«, bekräftigte Odo erneut und ergänzte: »Diesmal hat sie mir niemand vor der Nase weggeschnappt.«

»Warum? Hat dir schon mal jemand was vor der Nase weggeschnappt, Odo?«

Wieder nickte der Konverse mit Nachdruck. »Ja. Hab vor paar Tagen schon mal ein Paar Stiefel entdeckt, wollte sie haben. War bloß schnell die Hühner füttern, und als ich kam, waren sie fort, die Stiefel von dem Franziskaner.« Odos Mondgesicht verdüstere sich.

Adriana wurde hellhörig. »Die Stiefel gehörten einem Franziskaner?«

»Ja. Er hat sie auf den Abfall geschmissen. Ich hab's gesehen.«

»Es war also ein Fremder, ein Gast?«

»Nein, nein, kein Fremder.«

Adriana verdrehte die Augen und schüttelte den Kopf. »Odo, wir sind in einer Benediktinerabtei. Wenn es hier Franziskaner gibt, dann können es nur Gäste des Klosters sein. Gäste auf der Durchreise, die für einige Tage die Gastfreundschaft der Abtei genießen.«

Odo wiegte den Kopf hin und her. »Ah so ... ja ... ja dann ... war es vielleicht doch ein Fremder. Ein ... bekannter Fremder.«

»Ein bekannter Fremder? Der Mann kam dir bekannt vor?«

Odo nickte heftig. »Irgendwie.«

»Kannst du ihn beschreiben, wie sah er aus?«

»Weiß nicht mehr.«

»Aber wie willst du dann wissen, dass es kein Fremder war?«

Odo hob hilflos die Achseln. »Einfach so halt.«

»Sein Gesicht. Hast du sein Gesicht gesehen?«

»Nein. Zu dunkel.«

»Aber wie konntest du dann sehen, dass es ein Franziskaner war?«

»Am Gürtel, am Zingulum, es war weiß. Und die Kutte war nicht schwarz wie ... wie Eure.«

Adriana seufzte. Aus dem Knecht war einfach nicht mehr herauszuholen.

»Du sagst, die Stiefel von diesem ... Franziskaner hätte dir jemand vor der Nase weggeschnappt? Wer?«

»Na, der junge Bruder, der für den Vater Abt arbeitet.«

»Bruder Bertram?«, hakte Adriana verblüfft nach.

»Ja, ja, Bruder Bertram! Aber die hier«, Odo deutete mit der Linken auf das Stiefelpaar, das er unter den rechten Arm geklemmt hatte, »hat er nicht gesehen. Sonst hätte er die mir auch weggeschnappt.«

»Er spricht dummes Zeug, *doctor*, er ist nicht ganz richtig im Kopf, das wissen doch alle hier«, wandte sich Bruder Joachim an Adriana; er war zu den beiden in den Türeingang getreten. »Was willst du?«, herrschte er Odo an.

Der zuckte eingeschüchtert zusammen. »Du ... Du sollst mir die Stiefel herrichten. Hier!« Odo streckte dem Schuster das Paar Stiefel hin.

Seufzend nahm der Schuster das Schuhwerk entgegen und sah es sich an. Der Schaft des linken Stiefels war eingerissen, beide Sohlen waren komplett abgelaufen. »Also meinetwegen, ich mach dir neue Sohlen drauf und näh einen Flicken auf den Schaft. Und nun geh wieder zu deinen Hühnern und Schweinen, Odo. Komm morgen wieder.«

»Halt, Odo!«, bat Adriana. »Bevor du gehst, sag mir doch, an welchem Tag der Franziskanermönch die Stiefel weggeworfen hat.«

Augen und Lippen zusammengekniffen, sah Odo mit düsterem Blick zu Boden. Die Frage zu beantworten, bereitete ihm sichtlich Mühe.

Dann hob er den Blick, seine Miene hellte sich auf. »An dem Tag vor dem Tag, an dem ich die Strohpuppen an den Strauch gehängt hab, die mir der Fremde gegeben hat.« Dann schüttelte er den Kopf. »Vielleicht auch an dem Tag vor dem Tag vor dem Tag.«

Adriana seufzte. »Der Fremde, von dem du den Apfel erhieltest?«, hakte sie nach.

»Ja, ja. Der Franziskaner.«

»Der ... Franziskaner?«, fragte Adriana verblüfft. »War es derselbe, der die Stiefel auf den Abfall warf?«

»Weiß nicht ... glaub schon.«

»Dass es ein Franziskaner war, hast du aber nicht erwähnt, als wir dich an jenem Tag befragt haben. Warum nicht, Odo?«

Wieder zog Odo eine bekümmerte Grimasse. »Hab's vergessen«, murmelte er.

Vertieft in Gedanken und noch völlig überrascht von der abermaligen Wendung der Dinge, strebte Adriana zum Klausurbereich hinüber. Sie würde sich unverzüglich mit Bruder Bertram in Verbindung setzen, um ihn zu den Stiefeln zu befragen. Entsprach das, was Odo gesagt hatte, der Wahrheit – und davon ging sie aus –, entbehrte der Verdacht gegen den

Sekretär des Abtes jeglicher Grundlage. Odo hatte die Stiefel vermutlich am 29. oder 30. Juni auf dem Müll entdeckt. Und Bruder Bertram hatte sie noch an jenem Tag an sich genommen, bevor Odo es tun konnte. Am 28. Juni, einem Sonntag, war sie mit Guillermo auf der Wolfsklause gewesen. Der, dem das Stiefelpaar gehört hatte, musste irgendwann davor im Wolfsturm gewesen sein, dort seine Spur hinterlassen und die Stiefel, warum auch immer, danach entsorgt haben. Das machte Adriana einerseits froh, andererseits waren sie, was die Suche nach dem Täter anging, keinen einzigen Schritt vorangekommen. Stattdessen hatte sich das Rätsel um den mysteriösen Franziskaner vergrößert. Vermutlich der, den Adriana an jenem Nachmittag vor bald drei Wochen auf dem Blutacker beobachtet und den Bruder Bertram vor vierzehn Tagen zum ersten Mal über die Mauer hatte steigen sehen. Aber was war dann mit der Frau im Benediktinerhabit? Auch dazu würde sie ihn nochmals befragen.

Guillermo hatte den Bericht über die neuerliche Wendung des Falls fast ein wenig mürrisch und ohne ihn groß zu kommentieren zur Kenntnis genommen. Was Adriana einer gewissen Müdigkeit zuschrieb, die den Katalanen ergriffen hatte. Im Gegensatz zu sonst wirkte er an diesem Tag in sich gekehrt und klagte schon seit dem Morgen über Kopfschmerzen.

»Vielleicht solltest du Bruder Quirin nach einer Arznei fragen, er war der Gehilfe des Botanicus und kennt sich mit Krankheiten und Kräutern bestens aus«, empfahl sie ihm.

Er winkte ab. »Es wird schon wieder«, grummelte er. »Vielleicht sollte ich mich einfach nur hinlegen und ein wenig schlafen. Ich geh in meine Zelle.«

»Du hast nach mir rufen lassen? Was gibt's?« Mit gewohnt fröhlicher Miene trat Bruder Bertram in die Schreibstube.

»Wir müssen reden. Setz dich!« Adriana deutete auf einen der beiden Hocker am Tisch und nahm selbst auf dem anderen Platz.

»Oh, das klingt recht ernst«, meinte der Mönch.

»Das ist es auch, Bruder Bertram. Sag, diese Stiefel, die du dem Schuster gebracht hast, damit er sie neu besohlt, woher hast du die?«

Der junge Mönch sah sie verblüfft an.

»Du interessierst dich immer noch für meine Stiefel, wie neulich in der Werkstatt des Schusters? Warum das denn, um alles in der Welt?«

»Beantworte einfach meine Frage, Bruder Bertram. Es ist wichtig.«

»Ich ... Ich hab sie auf dem Abfallhaufen hinter dem Kornspeicher entdeckt. Du weißt, dort liegen manchmal Dinge herum, die, so man sie instand setzt, noch gut zu gebrauchen sind. Das geschieht im Übrigen mit Einwilligung des Abtes.«

»Ich weiß. Und dieses Stiefelpaar – das war also auch noch gut zu gebrauchen?«

»Aber ja, sonst hätte ich es nicht an mich genommen. Die Stiefel mussten nur neu besohlt werden.«

»Es gab noch einen weiteren Interessenten, wusstest du das?«

»Ach, und wer?«

»Der Knecht Odo.«

Bertram hob belustigt die Brauen. »Odo? Der für die Schweine und Hühner zuständig ist? Er hatte doch die Strohpuppen beim Pförtnerhaus aufgeknüpft und die Botschaft des Mörders daran gehängt.«

»So ist es.«

»Du wünschst, dass ich ihm die Schuhe überlasse?«

»Nein, ich wollte nur wissen, ob seine Aussage stimmt. Er hat mir dasselbe gesagt wie du. Dass die Schuhe vom Müllplatz hinter dem Kornspeicher stammen.«

»Das war der Grund, warum du mich herbestellt hast? Was hat es mit diesen Stiefeln auf sich?«

»Sie könnten eine wichtige Spur sein, die uns zum Mörder führt.«

Bruder Bertram sah sie entsetzt an. »Zum Mörder? Um Himmels willen! Das heißt, ich kann sie nicht behalten?«

»Doch, das kannst du. Eine Frage noch: Weißt du, wer die Stiefel auf den Müll geworfen hat?«

»Nein.«

»Odo behauptet, es sei ein Franziskaner gewesen.«

»Ein Franziskaner, sieh an. Wie der Mönch, den ich weiland über die Mauer steigen sah.«

Adriana nickte. »Womit wir bei der nächsten Frage wären.« Sie holte eine Notiz aus der Schatulle unter dem Schreibpult. »Vergangenen Freitag, am 3. Juli, also vor drei Tagen, hast du diese Frau beobachtet, die über die Mauer kletterte und dann einen Schacht hinabstieg. Wem sie einen Besuch abstattete und warum, ist uns beiden klar. Ich wollte dich nur noch mal fragen, ob du dir ganz sicher bist, dass sie ein Benediktiner- und kein Franziskanerhabit trug.«

»Ich bin mir absolut sicher. Das erste Mal trug die Frau eine Franziskanerkutte, das zweite Mal das Habit eines Benediktiners. Sie benutzt anscheinend unterschiedliche Verkleidungen, wahrscheinlich um sich zu tarnen.«

»Könnten wir es nicht auch mit zwei unterschiedlichen Personen zu tun haben?«

Einen Moment lang schwieg Bruder Bertram verblüfft. »Nun«, meinte er zögerlich, »der Gedanke kam mir zwar noch nicht, aber jetzt, wo du es sagst ... Ja, das könnte sein.«

Adriana erhob sich. »Ich danke dir, Bruder Bertram, du hast mir ein gutes Stück weitergeholfen.«

»Bist du ... seid Ihr mit Euren Ermittlungen vorangekommen?«

»Nicht sonderlich.«

»Sag Bescheid, wenn ich noch etwas tun kann.«

»Das werde ich, Bruder Bertram. Hab Dank.«

Kapitel 50
Nacht

Es war die achtundzwanzigste Nacht ihres Aufenthalts in der Abtei. Eine jener Nächte, in denen sie sich unruhig auf ihrem Lager hin und her wälzte, während die offenen Fragen in ihrem Kopf auf und ab wogten und sich zu Hypothesen verdichteten, die sie um den Schlaf brachten.

Immer wieder kehrten ihre Gedanken zum Glockenturm zurück. Der Turm auf dem Westhof, in dem Bruder Ortolph, der Sakristan, am vergangenen Mittwoch kurz vor Mitternacht verschwunden war. Stunden bevor er nach Kremsmünster hätte aufbrechen sollen. Nur wenig später, in den frühen Morgenstunden des Donnerstags, war er in der Krypta des Heiligen Bernhard auf seinen Mörder getroffen. Wie lange er dort wohl unentdeckt ruhen würde? Monate, Jahre? Oder möglicherweise Jahrzehnte? Schließlich war ein Sarkophag nicht dafür gemacht, ständig geöffnet zu werden, sondern dem, der darin zur ewigen Ruhe gebettet war, diese auch zu gewähren. Was hatte der Sakristan kurz vor seinem Tod im Glockenturm, der abseits der Kirche als frei stehendes Gebäude errichtet worden war, zu suchen gehabt?

Sie sprang auf.

Plötzlich schien es ihr unabdingbar, ihm augenblicklich einen Besuch abzustatten. Sie sah aus dem Fenster. Nebel umhüllte die Abtei gleich einem Tuch aus weißem durchschimmerndem Leinen. Der Mond am Nachthimmel war kaum zu erkennen – ein unscharfer fahler Fleck mit einer verschwommenen milchigen Aura, die an den Rändern zerfloss und in das Dunkel der Nacht überging.

Entschlossen kleidete sie sich an, band ihre Stiefel zusammen und hängte sie sich um den Hals. Barfuß würde sie, zumindest bis sie den Hof erreicht hatte, besser und leiser unterwegs sein. Sie griff sich ihr Messer, steckte es in den Gürtel und entzündete die Laterne: eine Rohhautlampe, die sie sich schon zu Beginn ihres Aufenthalts in der Abtei hatte geben lassen. Sie deckte sie mit einem Tuch ab, um den Lichtschein zu verringern, öffnete einen Spalt weit die Zellentür und spähte in den Gang.

Es war vollkommen ruhig. Adriana trat leise auf den Flur hinaus und zog die Tür hinter sich zu, die leise klackend ins Schloss fiel. Für die Dauer eines Wimpernschlags überlegte sie, ob sie Guillermo – er bewohnte die Zelle am Ende des Gangs – wecken sollte, um ihn zu fragen, ob er sie begleiten wolle, ließ den Gedanken jedoch fallen. Der Katalane war heute in keiner guten Verfassung gewesen und hatte sich wegen bohrender Kopfschmerzen bereits am Nachmittag in seine Zelle zurückgezogen.

Rasch lief sie die beiden Treppen zum Erdgeschoss hinab

in die Vorhalle, ließ sich kurz auf dem Boden nieder und schlüpfte in ihre Stiefel. Öffnete die Tür, die auf den Westhof führte, trat aus dem Schatten des Portals und sah sich vorsichtig um.

Als dunkelgraue verwaschene Schemen erhoben sich die Klostergebäude inmitten des Nebels. Geduckt die kleinen, in der Nordwestecke der Umfassungsmauer gelegenen Werkstätten der Handwerker, höher aufragend die vor der Nordmauer befindlichen Bauten wie der Kornspeicher und die Scheune sowie der Wohnbereich der Konversen und Knechte.

Vor ihr, zu ihrer Rechten, strebte dunkel und drohend der frei stehende Glockenturm in die Höhe. Er hatte einen quadratischen Grundriss und mündete in einen ganz aus Holz errichteten Glockenstuhl, auf dem ein spitz zulaufender Dachreiter saß, den der Nebel schluckte.

Die mit dem Tuch abgedeckte Laterne in der Linken, schritt Adriana auf den Eingang zu, blieb erneut stehen, um sich umzusehen, und horchte in die Nacht.

Der Hof lag wie ausgestorben. Nichts regte sich, es herrschte absolute Stille. Befriedigt nickte sie, drückte die Klinke der schmalen Eingangstür und zog sie vorsichtig auf. Ein Quietschen und Knarren ließ sie erschrocken innehalten; alle Sinne angespannt, stand sie wie erstarrt und lauschte.

Alles blieb still.

Sie betrat den Turm, entfernte das Tuch von der Lampe und leuchtete die Umgebung aus. Sie stand im Eingangsbereich eines Treppenhauses, das die gesamte Breite des Turms einnahm. Selbst hier im Innern war es leicht neblig. Eine steinerne Wendeltreppe zog sich nach oben, linker Hand war ein eiserner Handlauf in die Wand eingelassen. An den gemauerten Wänden zeugten Schlieren und Schimmelflecken von der

Feuchtigkeit, die im Gebäude herrschte. Sie trat an den Fuß der Treppe heran, hielt die Laterne hoch und blickte nach oben. Der Schein reichte nicht weit. Die Stufen verloren sich rasch im rabenschwarzen Dunkel.

Langsam stieg sie nach oben. Wenn es etwas zu entdecken gab, dann in dem kastenartigen Glockenstuhl, der an allen vier Seiten über die Grundfläche des Turms hinausragte. Der Satz aus der Notiz, die sie in der Kladde entdeckt hatten, schoss ihr in den Sinn: *Den Aufsatz auf dem Glockenjoch befestigt und das versiegelte Schreiben mit dem Hinweis auf das Zweite Mysterium dort deponiert.* Nach einer Anzahl Stufen tat sich zu ihrer Linken ein schmales Spitzbogenfenster in der Wand auf, durch das der dunkle Schimmer der Nacht fiel. Jetzt begriff sie auch, wie es zu der nebligen Atmosphäre im Turminnern kam. Im Licht der Laterne tanzten weißliche, halb durchsichtige Schwaden gespensterhaft durch die Öffnung. Nach einer Reihe weiterer Stufen entdeckte sie ein zweites Spitzbogenfenster, diesmal zu ihrer Rechten.

Sie wusste nicht, wie viele Stufen sie erklommen hatte, als sie endlich den unter dem Glockenstuhl befindlichen Raum erreicht hatte, der über vier Fenster verfügte, die sich zu den vier Himmelsrichtungen hin öffneten. Von hier aus hatte ein Turmwächter im Falle von Gefahr einen freien Blick über die gesamte Umgebung. Über sich erblickte sie den aus dicken Bohlen bestehenden Fehlboden, in den eine mit einer Falltür versehene Luke eingelassen war, die – und das wunderte sie – offen stand. Eine Leiter lehnte in der Öffnung. Sie erklomm auch diese und stand gleich darauf im Glockenstuhl.

Angestrengt schnaufend hielt sie inne. Der steile Aufstieg und die teils unterschiedlich hohen Stufen, die zu erklimmen ihre ganze Aufmerksamkeit erforderten, hatten sie ganz schön Kraft gekostet. Sie blickte sich um. Das Durcheinander aus Balken und Brettern, das sich kreuz und quer durch den Raum zog, erschien ihr auf den ersten Blick willkürlich und chaotisch. Doch schon auf den zweiten Blick erkannte sie, dass es sich um eine wohldurchdachte massive Konstruktion handelte, in deren Mitte die erzene Glocke saß. Das Metall schimmerte matt im Licht der Laterne. Ein starkes Tau hing vom Glockenjoch und verschwand durch ein rundes Loch im Fehlboden in den darunter befindlichen Raum. Adriana wusste, dass diese Glocke nur im Fall von Gefahr geläutet wurde. Oder als Totenglocke, wenn ein Angehöriger des Konvents das Zeitliche gesegnet hatte.

Sie schnüffelte. Eigenartig! Der rauchige Geruch einer nicht lange zuvor erloschenen Fackel lag in der Luft. Der Gedanke, dass vor Kurzem jemand hier gewesen war, ließ ihren Puls jäh in die Höhe schnellen. Wer war der Betreffende, und wohin war er verschwunden?

»Ruhig! Reiß dich zusammen«, zischte sie vor sich hin, um sich Mut zu machen. Sie widerstand der Versuchung, den Turm sogleich wieder zu verlassen, doch sie musste sich regelrecht dazu zwingen, sich im Raum genauer umzusehen.

An allen vier Seiten des kastenförmigen Glockenstuhls saßen jeweils zwei mit Lamellen versehene Fenster. Sie erlaubten, dass der Klang der Glocke nach draußen dringen konnte, schützten den Raum aber zugleich vor Witterungseinflüssen.

Adriana hob die Laterne und schwenkte sie vorsichtig hin und her, um den Raum auszuleuchten. Sie wusste, dass sie vorsichtig agieren musste; in dieser Umgebung konnte der unbedachtsame Umgang mit Feuer schnell eine Katastrophe auslösen.

Den Aufsatz auf dem Glockenjoch befestigt und das versiegelte Schreiben mit dem Hinweis auf das Zweite Mysterium dort deponiert ... Kaum dass sie erneut den Satz aus der Kladde vor sich hin zitiert hatte, fiel ihr der Aufsatz auch schon ins Auge. Keine Truhe, wie sie angenommen hatten, sondern eine schwere eichene Bohle, die direkt auf das Glockenjoch – den beweglich gelagerten Tragbalken, der die Glocke trug – aufmontiert worden war. Man hatte eine große Öffnung aus ihr herausgestemmt: ein Fach, etwa zwei Handbreit tief, eine Elle lang und drei Handbreit hoch. Am Boden lagen ein dickes Brett und mehrere lange Nägel. Es war unschwer zu erkennen, dass damit die Öffnung verschlossen gewesen war.

Das Versteck! Das Erste Mysterium! Eindeutig! Und es war leer! Jemand war hier gewesen und hatte es geöffnet! Der Sakristan kurz vor seinem Tod? Oder jemand vor ihm? Oder nach ihm? Etwa der mit der Fackel, deren Geruch noch in der Luft lag? Aufs Neue drohte sich Angst in ihr breitzumachen, erneut rief sie sich mit einem gezischten »Reiß dich zusammen!« zur Ordnung.

Sie hielt die Laterne nah an das Bohlenfach. In geschlossenem Zustand musste es gut getarnt gewesen sein; jemand, der nicht wusste, dass es existierte, hätte in diesem Balken niemals in Versteck vermutet. Dass Adriana darauf gestoßen war, hatte sie der Tatsache zu verdanken, dass das Brett, das die Öffnung verschloss, entfernt worden war und am Boden lag. Aber dann fiel ihr noch etwas ins Auge. Neben einem der Nägel lag ein Pergamentfetzen. Sie bückte sich, hob ihn auf und betrachtete ihn im Licht der Laterne. Das daumengroße Fragment wies an zwei Kanten Reißspuren auf und enthielt fünf geschriebene Buchstaben in schnell dahingeworfener Handschrift, die Adriana als »elmus« identifizierte.

Es bedurfte keiner besonders geistigen Anstrengung, um ein »Anselmus« daraus zu machen! Der Vermerk auf der Notiz, die sie in der Kladde gefunden hatte, fiel ihr ein: ... *sämtliche Notizen des frevlerischen Oybiners verbrannt.*

War sie auf ein Überbleibsel dieser Notizen gestoßen? Sie betrachtete die Rückseite, die ebenfalls Schrift enthalten haben musste. Doch was davon noch da war, war verwischt. Adriana steckte das Fragment in ihren Brustbeutel unter der Kutte. Sie würde sich das Ganze in ihrer Zelle in Ruhe noch mal ansehen.

Ein Knarzen direkt hinter ihr riss sie aus ihren Überlegungen. Sie fuhr herum, hob die Laterne und erstarrte.

Hinter einem Balken war ein Mönch hervorgetreten. Im schwankenden Licht der Laterne warf seine Gestalt zuckende Schatten. In der Hand hielt er eine erloschene Fackel. Von einem breiten Gürtel baumelte ein Stemmeisen.

Langsam trat er näher. Sein Gesicht verbarg sich unter einem schwarzen Tuch, in dem ein Paar Augenschlitze saßen.

»Wer ... Wer seid Ihr, was wollt Ihr?«, stieß Adriana hervor, während ihre linke Hand zum Gürtel zuckte, in dem das Messer steckte.

»Eure Laterne, gebt sie mir. Bitte!«, forderte er sie flüsternd auf.

Sie zögerte.

»Ich bat Euch um Eure Laterne. Gebt sie mir. Ihr bekommt sie gleich wieder.«

Sie tat wie geheißen.

Der Mönch entzündete seine Fackel an der Flamme und stellte die Laterne auf dem Boden ab.

»Und jetzt tretet von der Luke zurück!«, befahl er mit ruhigem Flüstern.

Sie verharrte auf der Stelle, unfähig, sich zu regen.

»Ich sagte, tretet von der Luke zurück!«, zischte er. Um seiner Forderung Nachdruck zu verleihen, zog er ein langes Messer unter der Kutte hervor.

Sie gehorchte.

Langsam trat der Mönch an die Öffnung heran und stieg, die Fackel in der Hand und Adriana im Auge behaltend, rückwärts die Leiter hinab in den unter dem Glockenstuhl befindlichen Raum. Unmittelbar darauf hörte sie am schnellen Stakkato seiner Schritte, wie er die Treppe hinuntereilte und kurz darauf unten die Tür knarrend öffnete, die gleich darauf wieder ins Schloss fiel.

Am ganzen Leib zitternd, setzte sie sich auf einen Balken und stellte die Laterne neben sich ab. War sie soeben dem Mörder begegnet? Sie entschied, so schnell wie möglich den Turm zu verlassen und in ihre Zelle zurückzukehren. Rasch kletterte sie die Leiter hinunter.

Kaum dass sie den Fuß auf die letzte Sprosse gesetzt hatte, hörte sie erneut unten die Tür gehen. Das dumpfe Tappen von Schritten hallte durchs Treppenhaus. Unverzüglich kletterte sie wieder in den Glockenstuhl hinauf und suchte panisch nach einem Versteck. Entdeckte eine Nische unter den beiden östlich gelegenen Fenstern, kroch hinein und löschte das Licht.

Das Geräusch der im Treppenhaus hallenden Schritte kam näher. Sie wartete mit angehaltenem Atem. Hörte, wie jemand den unter dem Glockenstuhl befindlichen Raum erreichte und die Leiter zur Einstiegsluke erklomm. Gleich darauf erhellte ein unsteter Lichtschimmer das Dunkel des Glockenstuhls und warf gespenstische Schatten. Der Oberkörper eines Mönchs schob sich durch die Luke, die weit nach vorne gezogene Kapuze warf Schatten auf sein Gesicht. Eine Laterne über dem Kopf haltend, leuchtete er den Glockenstuhl aus, als sondierte er die Umgebung, wobei er langsam das Haupt von links nach rechts wandern ließ.

In diesem Moment huschte der Lichtschein über sein Gesicht – und Adriana schnellte aus dem Schatten des Verstecks auf die Luke zu.

»Guillermo!«, rief sie, halb ärgerlich, halb erleichtert. »Wo, zum Henker, kommst du denn her?«

Der Katalane stellte die Laterne in aller Ruhe auf dem Fehlboden ab, schwang sich vollends durch die Luke und legte den Finger an die Lippen.

»Psst, leise! Es muss nicht jeder hören, dass sich jemand um diese Zeit hier aufhält. Das Gleiche könnte ich übrigens dich fragen. Du hast mir Angst eingejagt.«

»Angst?«

»Ja. Ich hatte dich in deiner Zelle aufgesucht. Du warst nicht da. Ich konnte mir ausrechnen, wo du steckst, und bin hierhergeeilt. Da sah ich, wie jemand den Turm verließ, allerdings nur schemenhaft, der Nebel ist ziemlich dicht. Seid ihr aufeinandergetroffen?«

»Er war vor mir da. Hielt sich versteckt und trat plötzlich aus einer dunklen Ecke. Er hat mich zu Tode erschreckt.« Sie schilderte die Begegnung.

»Hm, er hatte also ein Stemmeisen dabei. Wie der Sakristan, als er jener Nacht auf den Turm stieg. Eine Vermutung, wer es gewesen sein könnte?«

»Nein, er hatte sein Gesicht mit einem Tuch verhüllt.«

»Hast du gefunden, nach was du gesucht hast?«

»Das Versteck? Ja. Aber es war natürlich leer.« Sie wies auf das Fach in der Eichenbohle.

»Nehmen wir an, es war der Mörder, was wollte er hier oben?«

»Vielleicht hat er nachträglich nach etwas gesucht, was mit dem Sakristan in Verbindung steht, den er in der Krypta getötet hat. Etwas, an das er nur mit dem Stemmeisen herankommen konnte. Und wurde gestört, weil ich auf einmal aufgetaucht bin.«

»Ein weiteres Fach, so wie das hier?« Guillermo deutete auf den Balkenaufsatz.

Adriana zuckte mit der Schulter. »Möglich.«

»Hm.« Der Katalane begann die Rückseite des Balkens und andere Ecken und Winkel zu untersuchen. Erfolglos.

Adriana schüttelte den Kopf. »Ziellos zu suchen, ist sinnlos, Guillermo. Lass uns von hier verschwinden.«

»Wahrscheinlich hast du recht, gehen wir!«

Er stieg als Erster hinunter, unmittelbar gefolgt von Adriana. Kaum dass er unten angekommen war, übersah sie eine Sprosse und trat ins Leere. Die Laterne in der Rechten, gelang es ihm, sie gerade noch mit der Linken aufzufangen, indem er sie beherzt um die Taille fasste, während sie instinktiv die Arme um seinen Hals schlang. Sofort stellte er die Lampe auf dem Boden ab und riss sie in einer heftigen Aufwallung von Leidenschaft ungestüm an sich. Adriana spürte, wie das, was sie die ganze Zeit über vor ihm zu verbergen trachtete, sich eng an ihn schmiegte. Plötzliche Hitze durchflutete sie, Begehren kämpfte mit Entsetzen. Doch anstatt sich umgehend aus seinem Griff zu befreien, verharrte sie darin und genoss das Gefühl, von seinen Armen umfangen zu sein. Sie sträubte sich auch nicht, als sich sein Gesicht dem ihren näherte und er fordernd seinen Mund auf ihre Lippen presste. Mit einem Schlag versank alles um sie herum in Bedeutungslosigkeit, und Bilder von betörender Sinnlichkeit taumelten an ihrem inneren Auge vorbei, während der Verfasser des *Canticum Canticorum*, des Hohen Liedes, das sie während ihrer Studien oft gelesen und kommentiert hatte, ihr die Worte der schönen Sulamith auf eine Weise zuflüsterte, wie er es in der Abgeschiedenheit der Gelehrtenstube zu Wien niemals hätte tun können.

Schön bist du, mein Geliebter, verlockend ... Mein Geliebter ist mein und ich bin sein ..., schoss es ihr durch den Kopf.

Als hätte er ihre Gedanken erraten, murmelte der Katalane ihr die Worte ins Ohr: »*Wie ein purpurrotes Band sind deine Lippen ... Wie eine Palme ist dein Wuchs; deine Brüste sind wie Trauben ...*«

Die Worte erwischten sie wie ein kalter Guss. Mit einem Ruck befreite sie sich aus seiner Umklammerung und stieß ihn mit beiden Fäusten so heftig vor die Brust, dass er einige Schritte rückwärts taumelte.

»Woher ... weißt du ...?«, stammelte sie fassungslos, ohne die Frage zu Ende zu bringen.

»Ich sah dich an jenem Nachmittag am Weiher«, entgegnete er heiser.

Der Schatten! Der im Schilf verborgene Beobachter!

»Und anstatt dass du dich abgewandt hättest und geflohen wärst wie einst Joseph in Ägypten, als ihn die Versuchung durch Potiphars Weib ereilen wollte, hast du mich genüsslich angestarrt wie König David, als er das Weib Urias beim Bade betrachtete?«, fuhr sie ihn empört an.

»Ich gebe zu, in jenem Augenblick war David mir näher als Joseph. Und glaube mir, nicht erst seit jenem Nachmittag am Weiher empfand ich so. Schon als ich dich das erste Mal sah, wecktest du etwas in mir, was ich mir nicht erklären konnte, mehr noch: was mich ängstigte. Ich war verstört, schalt mich einen Narren, loderte doch plötzlich eine Begierde in mir auf, wie sie mir ferner nicht sein konnte. Einen jungen Mönch mit Augen zu betrachten, als wäre er ein begehrenswertes Weib – ich konnte es nicht fassen! Nächtelang habe ich mich auf meinem Lager hin und her gewälzt, du raubtest mir den Schlaf, ich verzehrte mich nach dir, ahnte, dass du nicht die Person warst, für die du dich ausgabst. Und las ich in *deinen* Augen denn nicht das gleiche Begehren? Was ich für dich empfinde, empfandest du für mich, leugne es nicht, ich weiß, dass es so ist! Also spiel nicht die Unschuld vom Lande! Was sich zwischen uns entwickelte, auch wenn es lange unausgesprochen blieb, machte es mir immer schwerer, meine Mi...« Er unterbrach sich. In seiner Leidenschaft hatte er sich immer mehr in Begeisterung geredet. Als wäre ihm plötzlich bewusst geworden, dass er im Begriff stand, etwas zu sagen, was besser ungesagt bliebe, hielt er sich erschrocken die Hand vor den Mund.

Adriana war hellhörig geworden.

»Was wolltest du sagen? Von was sprichst du?«

Statt zu antworten, trat er, ergriffen von einer nicht mehr zu bändigenden Leidenschaft, erneut an sie heran und riss sie an sich.

Sie spürte seine Erregung und erbebte vor lauter Verlangen aufs Neue.

»Hör zu! Ich weiß nicht, wer du bist, und ich weiß nicht, wie ich dich nennen soll«, fuhr er fort. »Ich weiß nur eines: dass das, was wir füreinander empfinden, keine Sünde ist. Hat unser beider Leben sich denn nicht verändert, seit wir uns kennen? Lass es uns künftig zusammen verbringen. Und lass uns dies heute Nacht noch besiegeln. Lass uns verglühen in den Flammen der Liebe.«

»Du musst wahnsinnig sein, Guillermo von Toledo, du verstehst immer noch nicht, oder du willst es nicht verstehen«, zischte sie wütend, während Tränen über ihr Gesicht rannen. »Das sind nicht die Flammen der Liebe – es ist der Dämon der Lust, der nach uns greift. Hast du denn vergessen, weswegen wir hier sind? Welchen Grundsätzen wir verpflichtet sind? Verlotterte Sitten und verdorbene Gelüste gehören nach Rom oder Avignon. Vielleicht auch in diese verdammte Abtei. Aber nicht in dein Herz und nicht in meines. Und nun lass mich!«

Mit aller Kraft stieß sie ihn von sich, griff nach der Lampe, die er neben sich abgestellt hatte, und lief, so schnell sie konnte, die Treppe hinab. Er rief ihr etwas hinterher, doch sie wollte es nicht wissen. Sie wollte nur noch eines: zurück in ihre Zelle.

Dort angekommen, löschte sie die Lampe, ließ sich schluchzend aufs Lager fallen und weinte sich in einen tiefen, traumlosen Schlaf.

EIN VERRÄTERISCHES PALIMPSEST

TAG 29
Dienstag, 7. Juli Anno Domini 1405

Kapitel 51
Zwischen Prim und Terz

Als sie am darauffolgenden Morgen erwachte, fühlte sie sich wie gerädert. Dennoch vermochte sie in ihrem Kopf, in dem einiges durcheinandergeraten war, wieder klare Verhältnisse zu schaffen. Die Erfahrung der vergangenen Nacht hatte sämtliche Gefühle, die sie dem Katalanen gegenüber empfand, ersterben lassen. Der Vorfall hatte eine Facette seiner Persönlichkeit aufblitzen lassen, die sie erschreckte. Doch hatte sie ihn denn nicht in gewisser Weise provoziert? Trotz allem – es galt einen kühlen Kopf zu bewahren, der Erfolg ihrer gemeinsamen Mission hing stark davon ab, dass sie nüchtern und sachlich und vor allem besonnen agierten. Und dass sie zusammenstanden. Nachher in der Schreibstube würde sie über den Vorfall kein Wort verlieren. Auch wenn davon auszugehen war, dass das Verhältnis zwischen ihnen ab jetzt sehr gespannt war, musste dieser Umstand nicht zwangsläufig ihre Mission gefährden. Zumindest hoffte sie es.

Obwohl der Tag noch jung war, war es bereits ungewöhnlich heiß. Raschen Schrittes überquerte Adriana den Westhof, auf dem der frühe Vormittag eines von emsiger Geschäftigkeit erfüllten Arbeitstages Einzug gehalten hatte. Sie kehrte von einem Besuch beim Schuster zurück. Dort hatte sie sich nach der Lederköcher erkundigt, die sie bei ihm in Auftrag gegeben hatte. Er sei noch nicht dazu gekommen, sich um ihr Anliegen zu kümmern, er habe einfach zu viel um die Ohren, hatte er ihr mitgeteilt und ihr beschieden, sie solle in zwei Tagen noch einmal vorbeischauen.

Hammerschläge drangen an ihr Ohr. Sie näherte sich der Schmiede. Funken stoben durch die offen stehende Tür in den Hof hinaus. Bruder Heribert, der Schmied, war damit beschäftigt, auf dem Amboss ein glühendes Eisen zu bearbeiten. Als sie an der Werkstatt vorbeischritt, hörte sie ihn lauthals fluchen und musste schmunzeln. Der Konverse war dafür bekannt, dass er seinem Ärger immer mal wieder polternd Luft verschaffte, wenn es sein musste, auch mit geharnischten Verwünschungen. Doch das nahm ihm niemand übel. Bedienten sich doch sogar Angehörige des Konvents, die in der Pflicht standen, auf ein Vokabular zu achten, das den HERRN ehrte, hin und wieder dieses Ventils. Was nicht verwunderte, vermochte es doch nachhaltig die verärgerte Seele von Verdruss zu befreien.

»Na, Bruder Heribert, was ist es denn heute, was dich so in Rage bringt?«, fragte sie den Schmied, als sie an der offenen Werkstatttür vorbeischritt.

»Diese verteufelte Hitze so früh am Morgen«, maulte er. »Und immer diese Unzuverlässigkeit.«

»Unzuverlässigkeit? Was meinst du?«

»Wenn man etwas ausleiht, bringt man es rechtzeitig wieder zurück. So wie man es versprochen hat.«

»Du hast jemandem etwas ausgeliehen und es nicht wieder zurückbekommen?«

Der Schmied nickte mürrisch. »Mein Stemmeisen. Er hätte es mir heute früh zurückbringen sollen, gleich nach der Prim, hat er aber nicht.«

Adriana war augenblicklich hellhörig geworden. Sie trat über die Türschwelle.

»Du hast dein Stemmeisen ausgeliehen? Wem?«

»Dem Bruder Camerarius. Gestern vor Komplet.«

Adriana stand wie vom Donner gerührt. »Du hast das Werkzeug Bruder Bertram gegeben?«

Das unwirsche Brummen sollte wohl »Ja« bedeuten.

»Sollte ich ihm begegnen, werde ich ihm ausrichten, dass er es dir zurückbringen soll, in Ordnung?«

»Wenn Ihr das tun würdet, wäre ich Euch dankbar.«

Noch ganz unter dem Eindruck der unglaublichen Neuigkeit ging Adriana benommen weiter. Bruder Bertram! Erst gestern war er in Verbindung mit dem ominösen Stiefel in ein dubioses Zwielicht geraten, wenn auch nur für wenige Stunden. In der vergangenen Nacht nun war sie ihm im Glockenturm begegnet.

Bruder Bertram – der Mörder?

»Bruder Adrian? Ich habe Euch schon gesucht«, ertönte es in ihrem Rücken.

Erschrocken wandte sie sich um. Bruder Ansgar, der seinen Dienst als Adlatus im Skriptorium verrichtete, hatte sie angesprochen.

»Was gibt's, Bruder Ansgar?«

»Der Vater Abt schickt mich. Ich soll Euch ausrichten, Ihr mögt unverzüglich zu ihm kommen. Er erwartet Euch im Abthaus.«

»Unverzüglich, sagtest du?«

»Ja, *doctor*. Der Vater Abt sagte, es sei dringend.«

Dass der Abt den pickeligen Jüngling nach ihr geschickt hatte, wunderte sie. Normalerweise war es Bruder Bertram, den er damit beauftragte. Doch angesichts dessen, unter welchen Umständen sie ihm vor wenigen Stunden im Glockenturm begegnet war, sowie des ungeheuerlichen Verdachtes, den sie gegen ihn hegte, war sie nicht gerade unglücklich darüber.

Wie so oft, wenn sie bei ihm vorstellig wurde, schritt Abt Florian mit auf dem Rücken verschränkten Armen vor seinem Fenster auf und ab. Die Tür stand offen. Sie trat über die Schwelle und schloss sie hinter sich.

»*Deus tecum*, Eure Erhabenheit«, grüßte sie und blieb stehen.

»*Et cum spiritu tuo, doctor*«, murmelte der Abt. Er wies auf den Stuhl vor dem Schreibtisch und nahm selbst dahinter Platz.

»Sagt, *doctor*, wie steht es um Eure Forschungen?«, begann er unvermittelt. »Gibt es denn endlich Fortschritte zu verzeichnen, was die Suche nach dieser apokryphen Schrift, diesem Fünften Evangelium angeht?«

Adriana horchte auf, der Abt hatte die Frage bestimmt nicht ohne Grund gestellt. Ein lauernder Ton lag darin.

»Durchaus gibt es die, Eure Erhabenheit«, log sie drauflos, »wir haben Hinweise auf das eine oder andere Versteck gefunden, in dem es lagern könnte. Allerdings bedarf es noch weiterer Nachforschungen, um sie konkret verorten zu können.«

»Und wann ... werdet Ihr sie verortet haben?«

Adriana hob die Hände zu einer unbestimmten Geste. »Das lässt sich nicht so einfach sagen.«

Der Abt schüttelte ärgerlich den Kopf. »Was heißt, es lässt sich nicht so einfach sagen? Ihr müsst doch eine genauere Vorstellung von dem Ganzen haben.«

Sie beschloss, in die Offensive zu gehen. »Euer Interesse an unseren Nachforschungen ehrt uns, Eure Erhabenheit. Gibt es einen bestimmten Grund, weshalb Ihr heute so nachdrücklich auf ein Ergebnis drängt?«

»Den gibt es in der Tat. Der päpstliche Nuntius könnte nun bald eintreffen. Wenn er uns visitiert, möchte ich ihm, wenn irgend möglich, das Resultat Eurer Nachforschungen präsentieren. Das wird ihn erneut davon überzeugen, dass in meiner Abtei alles mit rechten Dingen zugeht und der Vorwurf, es gebe ketzerische Umtriebe, völlig haltlos ist.«

Sie schluckte und umkrampfte ihre linke Hand mit der rechten. »Ihr habt schon bei unserem letzten Gespräch angedeutet, dass der Vorwurf der Häresie im Raum steht. Und dass dies Gegenstand des Besuchs des Nuntius sein könnte.«

Der Abt nickte. »Hinzu kommt das Problem mit dem Sakristan, der ein Opfer dieser Räuberbande wurde, wie ich Euch bereits sagte. Ich habe versucht, diese Tatsache den Angehörigen des Konvents zu vermitteln, leider ohne Erfolg. Im Konvent und auch in den Reihen der Konversen gärt es. Der Mörder, der hier sein Unwesen trieb, sei immer noch nicht gefasst, so argumentiert man und mutmaßt, dass der Sakristan sein Opfer geworden sein könnte. Obwohl das natürlich Unsinn ist. Weder gibt es eine Nachricht des Mörders wie in den anderen Fällen, noch wurde die Leiche Bruder Ortolphs gefunden. Dennoch hat sich die Angst, der Täter könnte wieder zuschlagen, in den Köpfen festgesetzt, auch wenn dies jeder Grundlage entbehrt. Aber unter diesen Umständen lässt sich das, was in den letzten Wochen innerhalb der Mauer dieser Abtei geschah, einfach nicht mehr verheimlichen. Ketzerei und ein Serienmörder – wie der Nuntius über diese Kombination denken könnte, vermögt Ihr Euch sicher vorzustellen. Es könnte sich fatal auf den Bericht auswirken, den er fraglos der Kurie präsentieren wird. Was das für mich und die Abtei bedeutet – ich mag gar nicht daran denken.«

Der Abt zog ein Tuch hervor, um sich den Schweiß von der Stirn zu wischen.

»Wenn ich Euch richtig verstehe, wünscht Ihr, dem päpstlichen Nuntius klarzumachen, dass diese Abtei ein Bollwerk gegen die Häresie ist. Und als Bestätigung gedenkt Ihr, ihm dieses apokryphe Evangelium zu präsentieren. Gleichsam als Beweis, dass man in Ennswalden jegliche Form von Blasphemie aufzuspüren in der Lage ist, um sie in Gewahrsam zu nehmen, wie man einen Häretiker in Gewahrsam nimmt. Nicht wahr?«

Der Abt sah sie an, als wäre soeben der Stern von Bethlehem über ihm aufgegangen.

»So ist es, ich hätte es nicht trefflicher formulieren können, lieber Bruder Adrian!«, rief er begeistert. »Ihr müsst unbedingt dabei sein, wenn Seine Exzellenz eintrifft.«

Aus der unverbindlichen Miene »Bruder Adrians« ließ sich glücklicherweise nicht schließen, was gerade hinter ihrer Stirn vor sich ging.

»Die Sache ist nur die, Eure Erhabenheit«, entgegnete Adriana, »Ihr wisst, dass unsere Mission der absoluten Verschwiegenheit unterliegt. Das geht aus dem an Euer Hochwürden gerichteten Schreiben Nikolaus' von Dinkelsbühl hervor.

Wir können und werden diese Anweisung nicht missachten. Der Inhalt dieser apokryphen Schrift ist von solch hoher Brisanz, dass wir zuerst ...«

Ein donnerndes Krachen unterbrach sie mitten im Satz. Der Abt hatte seine Faust auf den Schreibtisch knallen lassen. Sein Gesicht war rot angelaufen, er zitterte vor Wut.

»In diesem Fall hat diese Anweisung keine Gültigkeit!«, brüllte er unbeherrscht los. »Wie könnt Ihr es wagen, dem päpstlichen Nuntius die Resultate Eurer Untersuchungen vorzuenthalten? Er hat ein Recht darauf.«

Adriana sprang auf. »Das Recht, darüber zu entscheiden, wer Einsicht bekommt und wer nicht, obliegt denen, die mir den Auftrag erteilt haben«, zischte sie ihn an und schlug ihrerseits mit der Faust auf den Tisch. »Außerdem: Auch dem Nuntius muss daran liegen, dass Disziplin und Ordnung gewahrt werden, gerade wenn es um Angelegenheiten des Glaubens und die Autorität der Kirche geht. Welchen Eindruck würde er wohl gewinnen, wenn er erführe, dass Ihr mich aufgefordert habt, meinen Eid zu brechen?«

Ohne ein weiteres Wort wandte sie sich um und stürmte aus dem Raum.

Kapitel 52
Vor Vesper

Obwohl bereits Stunden vergangen waren, hallte die Begegnung mit dem Abt in ihr nach. *Der Nuntius könnte nun bald eintreffen.* Es war dieser Satz, der an ihr nagte und sie nicht zur Ruhe kommen ließ. Hinzu kamen Gewissensbisse; sie hatte sich gefragt, ob es richtig gewesen war, sich dem Abt gegenüber dermaßen brüsk zu verhalten, immerhin war sie um einiges jünger als er. Aber dann war ihr klar geworden, dass, würden sie oder Guillermo vom Nuntius der Ketzerei beschuldigt, sie vonseiten des Abtes keinerlei Rückendeckung zu erwarten hätten. Und dass es völlig richtig gewesen war, sich ihm, wie sie es getan hatte, zu widersetzen.

Zum ersten Mal fragte sie sich, ob es nicht vernünftiger wäre, die Mission verloren zu geben und ohne das gewünschte Ergebnis zu Albert von Kanten nach Wien zurückzukehren. Gewissermaßen in einer Nacht-und-Nebel-Aktion. Als sie seinerzeit aufgebrochen war, hatte er ihr nahegelegt, das zu tun, sobald sie ihr Leben in Gefahr sähe. Die Auseinandersetzung mit Abt Florian, der Vorfall vergangene Nacht in Verbindung mit Guillermo, die Suche nach dem Testament des Athanasius, die sich zunehmend gefährlicher gestaltete, das seltsame Zusammentreffen mit Bruder Bertram im Glockenturm sowie der Verdacht, den sie ihm gegenüber hegte, und nun die drohende Visitation des Nuntius – die dunklen Wolken, die am Horizont dräuten, zogen sich immer dichter über ihr zusammen.

Überhaupt: Guillermo! Als sie heute nach dem Gespräch mit dem Abt in die Studierstube gekommen war, hatte sie überrascht feststellen müssen, dass er nicht wie gewohnt zugegen war. Den ganzen Tag über hatte er sich nicht blicken lassen. Weshalb? Hatte er wegen seines Verhaltens ein schlechtes Gewissen?

Adriana seufzte leise. Sie holte aus einem der Regale einen neuen Stoß zu prüfender Pergamentblätter – lauter beschriebene Palimpseste – und legte sie auf dem Tisch neben ihrem

Schreibpult ab. Als sie das erste Blatt aufnahm, stutzte sie. Diesmal waren es keine verwaschenen Textstrukturen, die ihr ins Auge fielen. Das Blatt enthielt eine in Latein gehaltene Auflistung diverser Werkzeuge, die anscheinend für den Cellerar gefertigt worden war. Es handelte sich um eine Aufstellung für verschiedene auf dem Gelände der Abtei betriebene Werkstätten. Die schnell dahineilende Handschrift besaß einen Duktus, der Adriana bekannt vorkam. Es war vor allem ein Wort, das wiederholt in der Liste auftauchte, das ihre ganze Aufmerksamkeit beanspruchte. Sie rollte das Blatt zusammen, steckte es in den Brustlatz unter ihrer Kutte und entschloss sich, den Abt aufzusuchen.

Sie verließ die Schreibstube. Als sie aus der Kühle des Konventstraktes nach draußen trat, um zum Abthaus hinüberzugehen, schlug ihr ein Schwall heißer Luft wie aus einem Backofen entgegen. Obwohl es bereits auf den Abend zuging, hatte sie den Eindruck, dass die Luft vor Hitze stand. Es war völlig windstill, nicht der geringste Hauch war zu spüren. Zwar herrschte immer noch Betrieb innerhalb der Abteimauern, doch es war unübersehbar, dass die Schwüle Mensch und Tier zu schaffen machte.

Sie platzte mitten in eine Besprechung hinein, die der Abt mit dem Cellerar, Bruder Gottschalk, in seiner Privatbibliothek führte.

»*Doctor*! Ihr hier um diese Zeit?«, empfing Abt Florian sie überrascht. Seine Stimme klang frostig.

Adriana legte unter Andeutung einer Verneigung die Hand aufs Herz. »Verzeiht, Eure Erhabenheit – Bruder Cellerar –, aber es handelt sich um eine dringende Angelegenheit. Hättet Ihr die Güte, mir für heute Abend die Pergamente zu überlassen, auf denen der Mörder seine Botschaften niedergeschrieben hat?«

»Ihr ...?«, hob der Abt zu einer Frage an, ohne sie zu vollenden; er war sichtlich erstaunt.

»Ja, Eure Erhabenheit, Eure Bitte lautete, Euch bei der Suche nach dem Mörder zu unterstützen, ich habe sie über all dem anderen nicht vergessen. Und nun bitte ich Euch um die Schreiben, die der Mörder hinterließ.«

Aus dem Blick des Abtes schloss sie, dass er sehr wohl verstand, was sie mit *über all dem anderen* meinte; er räusperte sich kurz, stand auf, ging zu einem Schrank und holte mehrere zusammengerollte Pergamente hervor, die er Adriana überreichte.

»Hier, Ihr könnt alle haben. Sagt mir unverzüglich Bescheid, sobald es Neues gibt.«

»Natürlich, habt Dank, Eure Erhabenheit. Ach ja, Bruder Gottschalk«, wandte sie sich an den Cellerar, »da Ihr schon mal hier seid, erlaubt eine Frage.« Sie zog das Blatt mit der Liste aus ihrer Kutte, entrollte es und zeigte es ihm. »Könnt Ihr mir sagen, wer diese Liste geschrieben hat?«

»Die Nonne Adelheid«, antwortete er nach einem kurzen Blick auf das Pergament. »Sie unterstützt mich hin und wieder, wenn es gilt, Listen oder Aufstellungen zu fertigen.«

Die Inkluse auf dem Kapellenberg! Sie erinnerte sich an das Gespräch mit Bruder Ansgar, in dem es um die Herkunft einiger Palimpseste gegangen war. Hin und wieder habe die Einsiedlerin Adelheid höchstselbst aus gebrauchtem Schriftmaterial Palimpseste hergestellt, die anschließend von ihr neu beschriftet worden seien. Den von ihr geschriebenen Texten hatten allerdings weder Guillermo noch sie nähere Aufmerksamkeit geschenkt. War es doch immer nur darum gegangen, die wiederaufbereiteten Pergamente auf alte verwaschene Textspuren hin zu überprüfen.

Adriana steckte die Schriftrollen, die der Abt ihr überlassen hatte, unter die Kutte und eilte in ihre Schreibstube zurück. Als sie sie mit der Werkzeugliste verglich, die die Inkluse gefertigt hatte, gefror ihr das Blut in den Adern. Ihr Eindruck hatte sie nicht getrogen. Sie verglich insbesondere die Wörter *instrumentum und instrumenta* – Werkzeug und Werkzeuge – auf der Liste mit dem Begriff *Instrumentum Dei* – Werkzeug Gottes – auf den Botschaften des Mörders. Kein Zweifel! Es war dieselbe Handschrift. Die Inkluse auf dem Kapellenberg hatte die Botschaften des Mörders geschrieben! Die Frage war, auf wessen Veranlassung. Etwa im Auftrag Bruder Bertrams?

Sie setzte sich auf die Tischkante und dachte nach, bedauernd, dass Guillermo nicht zugegen war. Wie gern hätte sie mit ihm die neueste Erkenntnis geteilt, dass sie auf der Suche nach dem Mörder – vielleicht auch nach dem Testament des Athanasius? – entscheidend vorangekommen waren.

Doch nun galt es vor allem Ruhe zu bewahren und die nächsten Schritte zu planen. Als Erstes würde sie Adelheid aufsuchen. Zusammen mit Guillermo. Gleich morgen. Dann würde man weitersehen.

Ein fest entschlossener Zug grub sich in ihre Mundwinkel. Sie trat ans Fenster und sah zum Kreuzgang hinunter. Der Novizenmeister befand sich mit seinen Zöglingen auf dem Weg zum Vespergottesdienst; die zum Konvent gehörenden Mönche hatten sich bereits im Chor versammelt. Danach würden sich alle im Refektorium einfinden, um die Abendmahlzeit einzunehmen. Sie selbst würde heute darauf verzichten und stattdessen lieber durch den weiträumigen Klostergarten flanieren, um zu meditieren. Hoffend, dass sie unter dem Schutz der Bäume trotz der ungewöhnlichen Schwüle vielleicht Schatten und zumindest ein wenig Erfrischung finden würde.

ENTLARVT

TAG 30
Mittwoch, 8. Juli Anno Domini 1405

Kapitel 53
Mitternacht

Um Mitternacht wurde Adriana von einem gewaltigen Krachen aus dem Schlaf gerissen. Sie sprang aus dem Bett und begab sich ans Fenster, durch das gespenstisches Wetterleuchten in die Zelle drang. Dicke Wolkenbänke hatten sich vor den Mond geschoben. Ein heftiger Wind schickte heulend seine Böen durch den Kreuzgang und peitschte das von den Wandelgängen umschlossene Gartengeviert. Abgerissene Blätter und Zweige wirbelten durch die Luft.

Auf einen grellen Blitz folgte erneut ein gewaltiger Donnerschlag, der in einem langen dumpfen Grollen verebbte. Auf einmal drang aufgeregtes schrilles Geläut an Adrianas Ohr und mischte sich in das Heulen des Windes. Jemand läutete die Sturmglocke, ein Zeichen höchster Gefahr. Rasch schlüpfte sie in Kutte und Stiefel und warf sich einen Regenumhang um die Schultern. Kaum dass sie angekleidet war, hörte sie, wie im gesamten Gästetrakt die Zellentüren aufgingen und lautes Rufen durch die Gänge hallte.

In den Lärm mischte sich die kräftige Stimme des Hospitarius. »Ruhe! Bewahrt Ruhe. Alle in den Hof!«

Sie trat auf den Gang und lief mit den anderen einfach mit. Sofort fiel ihr auf, dass einer fehlte: Guillermo. Er bewohnte die Zelle am Ende des Ganges.

Im Kreuzgang traf sie die volle Wucht der Böen, sie brauchte, wie die anderen auch, ihre ganze Kraft, um sich gegen die Gewalt des Windes zu stemmen. Im Hof hatten sich, teils mit Fackeln und Rohhautlampen ausgestattet, die Angehörigen des Konvents und die meisten Konversen und Knechte eingefunden. Blitz und Donner folgten inzwischen im Abstand von wenigen Wimpernschlägen. In das Bimmeln der Sturmglocke und den Lärm der durcheinander wogenden Menge hinein ertönten Rufe.

»Feuer!« – »Es brennt!« – »Wo?« – »Na, dort auf dem Kapellenberg, hast du denn keine Augen im Kopf?«

Tatsächlich war auf einem der umliegenden Hügel, etwa eine halbe Gehstunde entfernt, ein unheimlich zuckendes rötliches Leuchten zu sehen. Noch regnete es nicht, was die Gefahr, dass sich das Feuer ausbreitete, ansteigen ließ.

»Ist das nicht das Inklusorium der Nonne Adelheid?«, fragte Adriana einen neben ihr stehenden Mönch.

»Ja, die Ärmste. Sie wird verbrennen!«, antwortete er dumpf.

Pferdewiehern und das Geräusch galoppierender Hufe drangen in die Nacht. Abt und Cellerar sprengten auf den Hof.

»Eimer!«, brüllte der Abt. »Jeder holt sich einen Eimer oder ein sonstiges Behältnis. Ihr bekommt sie im Lagerhaus neben dem Kornspeicher. Dann auf zum Kapellenberg. Schnell, macht voran!«

Die Menge wogte über den Westhof zum Gebäude, das Lagerhaus und Kornspeicher barg. Laienbrüder standen bereit und verteilten Ledereimer. Auch Adriana bekam einen in die Hand gedrückt. Plötzlich bemerkte sie Bruder Bertram in der Menge und erstarrte.

»Bruder Adrian?«, rief er. »Kommt, ich besorge uns Pferde. Wir reiten.« Er drängte durch die Menge auf sie zu, ergriff sie beim Arm und strebte mit ihr zu den Ställen. Wenig später jagten sie im Verein mit dem Abt, dem Cellerar und einigen anderen zum Tor hinaus in Richtung Kapellenberg, vorbei an anderen Angehörigen der Abtei, die zu Fuß zum Brandort eilten. Unter dem Gebrüll des Donners und dem Heulen des Sturms hatten die Reiter bald den Fuß der Anhöhe erreicht. Adriana sah zum Hügel hinauf. Das Inklusorium stand hell in Flammen, wahrscheinlich hatte ein Blitz eingeschlagen. Funken flogen, Glutwolken stoben in die Nacht, rötlich gelber Qualm stieg in den schwarzen Himmel, an dem nach wie vor Blitze zuckten.

Schon von Weitem hatte Adriana Dutzende von Personen ausgemacht, die, mit Eimern bewaffnet, die Anhöhe hinaufeilten. Es waren Grundholden des Klosters, die von den umliegenden Höfen stammten.

Sie hieb dem Pferd die Fersen in die Flanken und sprengte den schmalen Pfad zur Kuppe hinauf. Inzwischen hatte das Feuer auch auf die Kapelle übergegriffen. Die wild lodernden Flammen brüllten und fauchten mit Donner und Sturm um die Wette. Bei einem Brunnen unweit des Brandortes hatte sich eine aus zwei Reihen bestehende Menschenkette gebildet, die bis zu dem brennenden Gebäude reichte. Mehrere Männer waren damit beschäftigt, Wasser aus dem Brunnen zu fördern und die ihnen gereichten Eimer zu befüllen, die innerhalb der Kette weitergereicht und an mehreren Stellen ins Feuer gegossen wurden. Die leeren Behältnisse wanderten zurück, um erneut befüllt zu werden, und der Kreislauf begann aufs Neue.

Auch Adriana, Bruder Bertram und der Cellerar reihten sich in die Kette ein. Doch sämtliche Bemühungen, dem Feuer Einhalt zu gebieten, waren zum Scheitern verurteilt. Selbst der ersehnte Regen, der endlich einsetzte, vermochte nichts zu bewirken, er kam einfach zu spät.

Kaum zwei Stunden später, das Gewitter war inzwischen weitergezogen, zeugten nur noch eingestürzte Mauern und Rauchschwaden, die in den Himmel stiegen, sowie rußgeschwärzte Balken und Bretter, die skelettartig aus den Trümmern ragten, von der kleinen Kapelle und dem ehemaligen Reich der Inkluse Adelheid. Es sollte noch bis zum nächsten Morgen dauern, bis die Hitze so weit heruntergekühlt war, dass man ihren verkohlten Leichnam bergen konnte.

Kapitel 54
Vor Laudes

Mit wachen Augen lag Adriana auf ihrem Lager. Durch das Fenster drang das monotone Rauschen des Regens. Seit der frühmorgendlichen Rückkehr in die Abtei hatte sie, wie so manch anderer in dieser furchtbaren Brandnacht, kein Auge zugemacht. Ein Gefühl äußerster Niedergeschlagenheit hatte sie ergriffen. Stunden zuvor hatte sie aufgrund des Durchbruchs, den sie in den Untersuchungen erzielt hatte, tiefe Genugtuung verspürt, war es ihr doch gelungen, die Handschrift auf den Botschaften des Mörders eindeutig der Inkluse auf dem Kapellenberg zuzuordnen. Jetzt war sie tot: Ein durch Blitzschlag verursachter Brand hatte ihrem Leben ein Ende gesetzt. Das Geheimnis um die Identität des Mörders hatte sie mit ins Grab genommen. Adriana war, als würde das Böse, das vor Wochen in der Abtei Einzug gehalten hatte, sie verhöhnen.

Wäre doch nur Guillermo hier, mit dem sie sich über die Lage sowie die nächsten Schritte hätte austauschen können. Nachdem sie ins Gästehaus zurückgekehrt war, hatte sie seine Zelle aufgesucht und leer vorgefunden. Der Katalane war und blieb verschwunden.

Es war nicht die einzige Irritation dieses Tages. Da war noch Bruder Bertram, über dessen Verhalten sie rätselte.

In der Brandnacht hatte er sich ihr gegenüber völlig normal verhalten, so als hätte es den Vorfall im Glockenturm nie gegeben. Wahrscheinlich nur, weil er nicht wusste, dass sie hinter seine Identität gekommen war.

Der Pergamentfetzen fiel ihr ein, den sie im Glockenturm gefunden hatte. Der Schnipsel, der neben dem Brett lag, mit dem das Fach in dem Aufsatz auf dem Glockenjoch verschlossen gewesen war. Sie beschloss, ihn sich genauer anzusehen. Er war zwar unbeschriftet, aber auf eventuelle verwaschene Textstrukturen, wie sie das eine oder andere Palimpsest aufgewiesen hatte, hatte sie ihn bisher nicht untersucht.

Sie stand auf und entnahm ihrer Gürteltasche die zum Feuermachen notwendigen Utensilien, um die Rohhautlampe auf dem Tischchen neben dem Bett zu entzünden. Es war Guillermos Lampe; sie hatte sie an sich genommen, als sie fluchtartig den Glockenturm verlassen hatte. Der Anflug eines schlechten Gewissens überkam sie, und sie fragte sich, wie er wohl mit dem Dunkel zurechtgekommen war, als er ohne Licht die Treppe hinuntersteigen musste. Doch der Gedanke verflüchtigte sich so schnell, wie er gekommen war.

Sie entzündete einen Kienspan. Als sie ihn an den Docht halten wollte, um die Lampe zu entzünden, bemerkte sie auf dem metallenen Lampenboden einen mit erstarrtem Wachs überzogenen Gegenstand, der ihr bisher verborgen geblieben war. Sie griff hinein, löste ihn vorsichtig von der Bodenplatte, zog in heraus und legte ihn auf dem Tischchen ab. Es war ein Schlüssel, der in der Lampe versteckt und mit dicken Wachsklecksen auf der Bodenplatte fixiert worden war. Sie entzündete den Kerzendocht, warmes Licht flutete aus der Lampe. Vorsichtig entfernte sie mit den Fingernägeln die dicke Wachsschicht, die den Schlüsselgriff wie ein Klumpen umgab – um ungläubig und fassungslos zur Kenntnis zu nehmen, dass das, was sich ihr im Lichtkegel der Lampe schließlich darbot, nicht irgendein Schlüssel war.

Es war DER Schlüssel!

Adriana hatte das Empfinden, als ob ihr Herzschlag aussetzte. Schwindel überfiel sie, und sie begann zu zittern. So entsetzlich das Fazit war, das sie aus der eben gewonnenen Erkenntnis ziehen musste, so folgerichtig war die Konsequenz, die sich daraus ergeben würde. Auch wenn es noch ungeklärte Fragen gab. Vor allem die nach dem Warum.

Sie ging zum Fenster und richtete ihren Blick gen Himmel. »Oh HERR, bitte gewähre mir Schutz und lass mich das Richtige tun!«, stieß sie unter Tränen hervor und versuchte der inneren Erregung Herr zu werden. Was sie jetzt brauchte, war ein kühler Kopf. Sie atmete ein paarmal tief ein und aus. Die würzige Regenluft tat gut. Kalte Wut machte sich in ihr breit. Aber auch Entschlossenheit.

Und der feste Wille, noch heute den Mann zur Strecke zu bringen, der sie die ganze Zeit über auf tödliche Weise an der Nase herumgeführt hatte.

Kapitel 55
Morgendämmerung bis Sonnenaufgang

»*O aeterne Deus et pater unigeniti filii tui Jesu Christi, adiuva me in hora mortis mei!* – Oh du alleiniger ewiger Gott und Vater deines einzig gezeugten Sohnes Jesus Christus, sei mit mir in der Stunde meines Todes!«

Die inbrünstig gemurmelten Worte des Mönchs, der an diesem eisigen Januarmorgen im Jahr des HERRN 1405 inmitten eines guten Dutzends Soldaten einherschreitet, dringen in die raue Winterluft. Das Murmeln mischt sich in das trockene Knacken der verharschten Schneedecke, die die schweren Stiefel der Bewaffneten durchstoßen, um mit jedem Schritt knirschend in den darunter befindlichen Pulverschnee einzusinken. Der schlanke hochgewachsene Benediktiner zittert vor Kälte. Man hat ihm die Hände auf den Rücken gefesselt und ihm ein sackartiges, aus kratzigem Ziegenhaar gefertigtes Gewand übergestreift, das ihm bis zu den Knien reicht. An den nackten Füßen trägt er lediglich Sandalen. Dort, wo sich der Abdruck seiner Tritte in die harte kristallgitzernde Kruste prägt, färbt sich der Schnee rot von seinem Blut. Verursacht von den vereisten scharfzackigen Rändern der Trittspuren, die er hinterlässt und die in die dünne empfindliche Haut über seinen Knöcheln einschneiden.

Den Soldaten mit dem Gefangenen folgt eine Anzahl weiterer Mönche. Bis auf einen handelt es sich um Angehörige des Konvents der hoch über der Bucht von Roses gelegenen Benediktinerabtei Sant Pere de Rodes, die sich eng in den Hang der Verdera-Berge schmiegt. Einer der Mönche, er geht neben dem Abt Estéban de Maderano, trägt einen Stab vor sich her, dessen oberes Ende in ein Kreuz mündet. Auch er murmelt Gebete vor sich hin, leiser allerdings und kaum hörbar. Ihnen voraus schreitet der hochwürdige Don Bartolomé da Silva, ein bärtiger Dominikanerpater, erkennbar an dem schwarzen Chormantel über dem weißen Habit und der weißen Kapuze, die er weit in Stirn gezogen trägt. Ihm verdankt der Delinquent in dem härenen Büßerhemd seinen letzten Gang. Vor vier Tagen war Don Bartolomé im Auftrag des Bischofs von Girona, Kardinal Berenguer d'Anglesola, im Kloster Sant Pere de Rodes eingetroffen, um das Amt des Inquisitors in einem besonders schweren Fall von Ketzerei wahrzunehmen. Einer der Brüder des Klosters, Guillermo von Toledo, war der Zugehörigkeit zu einer gefährlichen Vereinigung überführt worden. Einem konspirativen Geheimbund, der das heiligste Dogma der Kirche, die Lehre von der einen Gottheit in drei Personen, als ketzerisch verwarf. Eine ungeheuerliche Blasphemie, die nur mit dem Tod geahndet werden konnte.

Links des Weges, den die Prozession bisher genommen hat, fällt ein Abgrund in die Tiefe. Rechts wächst das Felsmassiv in die Höhe, auf dem sich die Mauern der Abtei erheben. Ihr Anblick wird von zwei mächtigen viereckigen Türmen dominiert, die wuchtig und drohend in den kalten, eisblauen Himmel ragen. Schon von Weitem künden sie davon, dass sich hier eine Trutzburg der Christenheit erhebt, der die Verteidigung der reinen Lehre der allein selig machenden Kirche obliegt.

Inzwischen ist die Prozession an einer Stelle des Weges angekommen, an dessen linkem Rand eine schneebedeckte Krüppelkiefer ihre Wurzeln in den Fels krallt. Trotzig ragt ihr Astwerk teils über den Abgrund, teils in den verschneiten Weg hinein, als ob sie jedem, der auf ihm einherschreitet, daran hindern wollte weiterzugehen.

»Halt!«

Die befehlsgewohnte Stimme gehört Pedro Borgo, dem Capitán des aus der nahen Stadt Girona stammenden Soldatentrupps. Die Bewaffneten bleiben stehen, die ihnen folgenden Mönche ebenso. Das Geräusch der in die verharschte Schneedecke einbrechenden Tritte erstirbt kurz, setzt aber gleich darauf wieder ein, als der Dominikaner sowie der Abt und der Benediktiner, der das Kreuz trägt, auf den mit dem Büßerhemd bekleideten Mönch zugehen. Zwei Schritte vor ihm bleiben sie stehen.

Der Abt entrollt ein Pergament, sieht in die Runde, räuspert sich kurz, dann beginnt er vorzulesen, was das Tribunal dem Delinquenten vorwirft und welcher blasphemischen Verbrechen man ihn für schuldig befunden hat. Am Ende der Verlesung angelangt, bedeutet der Abt dem Inquisitor mit einem Blick, das Wort zu ergreifen.

»Guillermo von Toledo«, klingt die dunkle Stimme des Dominikaners in die Runde, während sein Atem an der kalten Luft zu weißen Dampfwölkchen kondensiert, »ich frage dich ein letztes Mal: Willst du bereuen und der Häresie entsagen? Dann ergreife die Hand, die dir unser HERR entgegenstreckt, widerrufe deine blasphemischen Thesen hier und jetzt und tritt reuevoll vor deinen höchsten Richter!«

Der Dominikaner fordert den Mönch, der das Kreuz trägt, auf, es dem Verurteilten entgegenzustrecken, damit er es zum Zeichen der Reue küsse.

Der Delinquent, der die Vorhaltungen, die man ihm gemacht hat, bisher mit gesenktem Kopf angehört hat, hebt ruckartig das Haupt und reckt dem Inquisitor entschlossen das Kinn entgegen.

»Widerrufen? Niemals!«, ruft er. »Niemals werde ich die Wahrheit zugunsten der Lüge widerrufen! Ihr und Euresgleichen seid es, die die Wahrheit verraten haben. Mit der blasphemischen Lüge über die wahre Natur Gottes und seines Sohnes Jesus Christus. Sie seien wesensgleich, behauptet Ihr. Doch Gott ist der Ewige und Allmächtige, der keinen Anfang hat; Jesus ist sein einzig gezeugter Sohn, der erste der Schöpfung, und er hat einen Anfang. Was die Lehre über die Natur Gottes angeht, lautet mein Credo: *homoi-ousios*, nicht *homo-ousios* – wesensähnlich, nicht wesensgleich. So lehren es auch die Schrift und die alten Väter. Und wenn ...«

»Schluss jetzt, Unseliger!«, unterbricht ihn die donnernde Stimme des Inquisitors, »mit deinen Behauptungen rüttelst du an den Grundfesten der Heiligen Dreifaltigkeit; mehr noch, du versuchst sie zu zerstören. Und indem du nicht abschwörst, erweist du dich weiterhin als unbußfertiger, starrköpfiger Häretiker. Das Tribunal hat dich der Blasphemie, der Verschwörung gegen unsere Allerheiligste Mutter Kirche und des Verrats an der reinen Lehre unseres Herrn Jesus Christus für schuldig befunden. Du wirst den Tod sterben, den du verdienst – den Tod eines Ketzers und Verräters, den Tod, den Judas einst starb, indem er, wie die Schrift sagt, sich zu erhängen suchte, dann aber kopfüber in den Abgrund stürzte und entzwei barst. Hiermit übergebe ich dich dem weltlichen Arm, auf dass das Urteil an dir vollzogen werde.« Er wendet sich an den Hauptmann. »Capitán Borgo, waltet Eures Amtes.«

»Zu Befehl, Euer Hochwürden.« Der Capitán tritt vor und weist die beiden Soldaten, die den Mönch am Arm gepackt halten, an, diesen nahe an die Wegkante heranzuführen, wo der Fels abbricht und in die Schlucht stürzt. Zwei andere legen die Schlinge eines Seils um seinen Hals und versuchen das andere Ende an einem dürren Ast der Krüppelkiefer festzumachen, der knapp über den Abgrund ragt. Sie haben ihre liebe Not damit. Der vom Frost steif gewordene Strick erweist sich als ziemlich widerspenstig.

»Juan, tu deine Pflicht«, wendet sich Borgo schließlich an einen stämmigen, muskulösen Soldaten, den das Los zum Exekutor bestimmt hat.

Der Soldat nickt und nimmt seinen Speer zur Hand. Er dreht ihn um, sodass nicht die spitze Klinge, sondern das stumpfe Ende nach vorne weist, und stellt sich hinter den Delinquenten. Die Schlinge um den Hals, das Gesicht dem Himmel zugewandt und die Augen geschlossen, steht Guillermo an der Kante zum Abgrund, während sich seine Lippen im stummen Gebet bewegen.

Der Capitán stellt sich neben seinen Soldaten, zieht sein Schwert und reckt es nach oben. Dann fährt die Hand mit einem Ruck nach unten. Ein letztes, laut hervorgestoßenes »HERR erbarme dich meiner« des Todgeweihten, ein kräftiger Stoß des Vollstreckers mit dem stumpfen Ende des Speers in den Rücken des Verurteilten.

Kurz nur baumelt der Delinquent über dem Abgrund, strampelt in Todesangst. Dann bricht der Ast mit trockenem Knacken.

Geraldo Cabrera fiel und fiel und fiel.

»Nein! Nicht! Nein!«, schrie er panisch, während er wild um sich schlagend immer weiter in den Abgrund stürzte. Unmittelbar vor dem Aufschlagen schreckte er schweißgebadet hoch, schlug die zerschlissene Wolldecke, mit der er sich zugedeckt hatte, zur Seite und erhob sich vom Lager. Verstört sah er sich um. Er musste sich einen Augenblick lang sammeln, bis er wieder wusste, wo er war. Geraldo Cabrera atmete tief durch und versuchte die soeben durchlebten Schreckensbilder loszuwerden. In letzter Zeit hatte er immer wieder von der Hinrichtung geträumt, doch so gepeinigt wie in dieser Nacht hatte ihn der Traum noch nie. Wahrscheinlich weil er in dem Delinquenten zum ersten Mal sich selbst gesehen hatte.

Rasch kleidete er sich in Untergewand und Kutte; er wollte angezogen sein, wenn sie erschien. Dass sie erscheinen würde, war so sicher wie das Amen in der Kirche, die Frage war nur, wann. Geraldo trat er durch die offen stehende Tür aus dem Dunkel des Turms hinaus in die beginnende Morgendämmerung. Zögerlich erwachten die frühen Stimmen des Waldes, der sich um die Lichtung zog, ansonsten herrschte Stille. Er legte den Kopf in den Nacken. Noch glitzerten verhalten ein paar Sterne am Himmel, die bleiche Mondscheibe spendete milchiges Licht. Im Osten kündete ein fahler Streifen über den Wipfeln vom Erwachen des neuen Tages, doch bis die aschfarbene Dämmerung wich, würde es noch eine gute Weile dauern.

Er dachte an Adelheid. Besser gesagt an Hildegard, seine Schwester, mit der zusammen er ein neues Leben hatte beginnen wollen. Nun war sie nicht mehr. Ein Brand, verursacht durch einen Blitzschlag, hatte ihrem Dasein ein so plötzliches wie furchtbares Ende gesetzt.

Vergangene Nacht, während des Gewitters, hatte er von hier oben aus den hellen Feuerschein auf dem Kapellenberg wahrgenommen und augenblicklich begriffen, in welcher Gefahr seine Schwester schwebte. Voller Panik hatte er sich trotz des Unwetters zum Inklusorium aufgemacht, das auf halbem Weg zwischen der Abtei und der Wolfsklause lag.

Am Fuß des Kapellenberges angekommen, wusste er, dass er zu spät kam. Das Feuer hatte sich rasend schnell ausgebreitet. Die Kapuze tief über die Stirn gezogen, damit man ihn nicht erkannte, die Lippen in unsäglichem Schmerz zusammengepresst, den tränenverschleierten Blick auf die gierig lodernden Flammen gerichtet, um sich herum das Schreien und Rufen der zu Hilfe geeilten Menschen, die den steilen Hügel hinauf- und hinuntereilten, musste er mitansehen, wie das Inklusorium seiner Schwester mit jedem Wimpernschlag mehr in Schutt und Asche sank. Den Bemerkungen der Leute entnahm er, dass keine Rettung mehr möglich gewesen war; ihren Leichnam würde man jedoch erst bergen können, wenn der Brandherd sich abgekühlt habe.

Dem Rappen die Fersen gebend, hatte er sich ins Unvermeidliche gefügt und mit einem Schrei, in dem Wut, Trauer und Schmerz lagen, auf den Rückweg zur Wolfsklause gemacht.

Er trat an den Wolfsgraben heran. Die Tiere hatten sich in ihren Bau verzogen, noch schliefen sie. Offenbar hatten sie sich an seine Gegenwart so weit gewöhnt, dass sie nicht sofort in lautes Geheul ausbrachen, wenn sie ihn bemerkten.

Geraldo ging zu dem hölzernen Verschlag auf der Rückseite des Turms, um nach seinem Pferd zu sehen, das er dort untergestellt hatte. Der Rappe stupste ihn freundschaftlich mit dem Maul gegen die Schulter, Geraldo lächelte versonnen und klopfte ihm den Hals. Als er vorgestern Nacht hier angekommen war und mit dem Pferd den Steg hatte überqueren wollen, der über den Graben führte, hatte sich das Tier zunächst panisch verweigert, was der natürlichen Furcht vor den Wölfen geschuldet war. Mittlerweile hatten sich Rappe und Wölfe aneinander gewöhnt.

»Lass es dir schmecken, alter Junge«, murmelte Geraldo und hängte dem Rappen einen Hafersack um den Hals. Eine Weile sah er ihm beim Fressen zu, dann nahm er ihm den Hafersack vom Hals, band ihn los, strich noch einmal über seine Nüstern und führte ihn zum Steg.

»Und jetzt mach's gut, Alter, geh!«, murmelte er ihm liebevoll zu. »Geh zurück zum Kloster. Dort wirst du eine neue Bleibe finden. Warst mir ein guter Kamerad.« Er ließ seine Hand auf die Kruppe des Tieres klatschen. »Geh, mach dich von dannen!«, rief er.

Das Pferd schnaubte und sah ihn an.

Noch einmal klatschte seine Hand auf die Kruppe, fester diesmal. Der Rappe wieherte und setzte sich in Bewegung. Mitten auf dem Steg verharrte er und sah sich um.

»Ich sagte: Geh!«, rief der Katalane ihm zu. Er hob einen kleinen Stein auf und warf ihn mit aller Kraft dem Pferd an den Hals. »Los, verschwinde endlich, verdammter Klepper!«, schrie er.

Da wieherte der Rappe empört auf und galoppierte über den Steg auf den Wald zu, der die Lichtung umgab.

Geraldo Cabrera verfolgte ihn mit tränenverhangenem Blick, bis er zwischen den Bäumen verschwunden war. Dann wischte er sich mit dem Ärmel über die Augen und ging zurück in den Turm – es war Zeit, sich um die letzten Dinge zu kümmern. Den abschließenden Akt vorzubereiten, vor dem es kein Entrinnen gab.

Für sein Vorhaben benötigte er Licht. Er ging zu seinem Lager und wickelte aus einem mit Sackleinen umhüllten Bündel mehrere Pechfackeln, die er in die eisernen Wandhalter in der Mauer steckte und entzündete. Nahm einen zusammengerollten Strick von einem Haken an der Wand und ging zu der halb eingestürzten Treppe, die einst in die oberen Turmstockwerke geführt hatte. Dort war er zuvor unter Schutt und Trümmern auf eine Nische gestoßen, die eine Falltür barg. Er hatte die Trümmer beiseitegeräumt, bis sie weitgehend frei lag. Sie bildete den Zugang zu einem Schacht, der senkrecht nach unten führte.

Er klappte die Falltür zurück, ging neben der Schachtöffnung in die Hocke und nahm das Seil von der Schulter. Knüpfte das eine Ende zu einer Schlinge und befestigte das andere an einem der eisernen Krampen, die in regelmäßigen Abständen als Steighilfen in die Wand eingelassen waren. Rollte es zusammen und legte es neben der Schachtöffnung ab. Kurz sah er sich prüfend um, dann verließ den Turm, setzte sich vor den Eingang auf den zur Hälfte gespaltenen Baumstamm und wartete.

Kapitel 56

Sie kam nur wenig später. Er war kurz eingenickt und schreckte hoch, als er jemanden über den Steg gehen hörte: »Bruder Adrian«, die Frau, deren Namen er immer noch nicht kannte und die er in Gedanken ironisch *die Mönchin* nannte. Anscheinend hatte sie ihr Pferd der Wölfe wegen am Waldrand zurückgelassen.

Er erhob sich.

Als sie sich ihm bis auf wenige Schritte genähert hatte, blieb sie stehen.

Wortlos musterten sie einander.

»Du hast ihn gefunden?«, brach er mit leiser Stimme das Schweigen.

Sie griff sich mit beiden Händen in den Nacken und streifte ein schmales Band über den Kopf, an dem ein Schlüssel hing.

»In jener Nacht im Glockenturm, als ich deine Lampe kurzerhand an mich nahm, bemerkte ich noch nicht, dass du ihn mithilfe einiger Wachskleckse auf dem Lampenboden befestigt hattest, offenbar um ihn dort zu verstecken«, antwortete sie mit spröder Stimme. »Erst nach dem Brand vergangene Nacht fiel es mir auf.« Sie hob das Band in die Höhe und ließ den Schlüssel vor seinen Augen hin und her baumeln.

»Eine wundervolle Arbeit. Der Schmied, der ihn vor vielen Jahren fertigte, hat sich alle Mühe gegeben.« Ihre Stimme hatte einen sarkastischen Beiklang angenommen. »Die Triqueta mit dem Ring als Schlüsselgriff – eine einzigartige Idee! Das gleiche kunstvoll geschmiedete Motiv wie auf dem Deckel der Truhe, die wir seinerzeit im Turm vorfanden. Du erinnerst dich? Der Deckel stand auf, die Truhe war leer.«

Er antwortete nicht.

»Es gab noch etwas, was mich über Tage hinweg irritierte. Ich bin nicht darauf gekommen, was es war, es wollte mir nicht einfallen. Heute Morgen, als ich kurz vor Beginn der Dämmerung aufbrach, fiel es mir dann wie Schuppen von den Augen. An jenem Sonntag, als wir beide uns hierher zur Wolfsklause aufmachten, das war der 28. Juni, hattest du behauptet, den Pförtner, Bruder Firmin, nach dem Weg gefragt zu haben. Das war eine Lüge. An jenem Tag wurde

Bruder Firmin noch vor Prim ins Infirmarium eingeliefert – du konntest ihn also gar nicht befragt haben. Tage später, als er mir das von Bruder Rochus erzählte, hat er es mir gesagt.«

Der Katalane schwieg noch immer.

Sie machte einen weiteren Schritt auf ihn zu. »Wer bist du, Guillermo von Toledo?«, flüsterte sie. »Wie konntest du zum Mörder werden?« Sie fühlte, wie eine seltsame Mischung aus Zuneigung und Abscheu in ihr hochkroch.

Er musterte sie mit jenem warmen Blick, mit dem er sie in den vergangenen Wochen immer wieder angesehen hatte und der einen Sturm nie gekannter Gefühle in ihr ausgelöst hatte.

»Du willst meinen Namen wissen? Seit meinem neunten Lebensjahr heiße ich Geraldo, Geraldo Cabrera«, antwortete er mit rauer Stimme. »Cabrera war der Nachname meines Pflegevaters, der mich als Oblate in ein katalanisches Kloster gab. Davor war ich Gerald. Gerald Liebstätter aus Rottenmann.«

Er ließ sich auf die Bank fallen, forderte sie auf, sich ebenfalls zu setzen, und begann sein Schicksal vor ihr auszubreiten. Ein Bericht, der immer mehr den Charakter einer Beichte annahm. Schonungslos und nüchtern vorgetragen, aber ohne jegliches Anzeichen von Reue. Ein Bekenntnis, dem sie schockiert und fassungslos und mit zunehmendem Schaudern folgte.

Vor einem halben Jahr sei ein Mitbruder von ihm, Guillermo von Toledo, der Ketzerei überführt und hingerichtet worden. Man habe ihm eine besonders verwerfliche Häresie nachgewiesen – den blasphemischen Versuch, die Lehre von der Trinität als Irrlehre darzustellen. Unter der Folter gestand er, zu diesem Zweck eine Reise in ein fernes Kloster geplant zu haben, um dort mit einem weiteren Häretiker, der eingeschleust worden sei, nach einem verschollenen Dokument zu forschen, das diese ungeheuerliche Behauptung beweisen solle – ein Dokument, das, fiele es in die Hände der Feinde der Kirche, eine große Verheerung in der Christenheit anrichten könne. Als der Gepeinigte den Namen des Klosters, die an der Enns gelegene Abtei zu Ennswalden, nannte, habe man sich sofort an ihn, Gerald erinnert. Er stammte schließlich aus der Gegend.

Nach der Hinrichtung des Ketzers habe man an höchster kirchlicher Stelle den Plan gefasst, sowohl an das verschollene Testament des Athanasius zu gelangen, als auch jenes gelehrten Mönchs aus Wien habhaft zu werden, der im Auftrag einer im Geheimen tätigen Vereinigung gegen die Kirche intrigiere. So wolle man Schaden von der Heiligen Mutter Kirche und der reinen katholischen Lehre abwenden. Zum anderen hoffe man an weitere Informationen über die konspirative Vereinigung heranzukommen, die wie ein Krake ihre giftigen Tentakel in sämtliche Länder der Christenheit ausgestreckt habe.

Er, Gerald, sei ausgewählt worden, um der Mutter Kirche diesen großen Dienst zu erweisen. Ausgestattet mit einem entsprechenden Brief sollte er in die Rolle des hingerichteten Guillermo von Toledo schlüpfen, den häretischen Mönch aus Wien bei der Suche nach dem verschollenen Dokument unterstützen und ihn gleichzeitig ausforschen. Die theologische Ausbildung, seine hervorragenden Kenntnisse der lateinischen und griechischen Sprache, hätten ihn für diese Mission geradezu prädestiniert.

Adriana musterte ihn ungläubig. »Deine Zugehörigkeit zu unserer Gruppe war also die ganze Zeit über nur vorgetäuscht? Ein Lügengespinst zum Zwecke der Zerschlagung unserer Vereinigung, die nur ein Ziel hat: Die wahre Lehre unseres Erlösers wieder herzustellen?«

»Nenne es, wie du willst, meinetwegen auch Lügengespinst. Ich nenne es Mittel zum Zweck. Als ich von Girona aufbrach, hatte ich geglaubt, der Kirche im Kampf gegen die Ketzer beistehen zu müssen. Ich sah es als Privileg an. Deswegen habe ich geheuchelt und gelogen. Aber hast du nicht das Gleiche getan? So wie du von deiner Sache überzeugt bist, war ich anfangs von meiner überzeugt. Beide haben wir geglaubt, die jeweils andere Seite täuschen zu dürfen.«

»Aber warum hast du die Mitglieder dieser obskuren Bruderschaft getötet? Schließlich waren sie auf deiner Seite – Verteidiger der Lehre von der Dreifaltigkeit, Schergen im Dienst der Inquisition wie du. Und was meinst du mit ›anfangs‹?«

»Weil während der Reise hierher etwas geschah, was mich davon überzeugte, eine gänzlich andere Mission wahrnehmen zu müssen und dieser Vorrang einzuräumen. Die Verpflichtung dazu hatte sich in mir eingebrannt, als ich noch ein kleiner Junge war.«

Und mit tonloser Stimme erzählte Geraldo ihr von einem Jungen namens Gerald, der, zum Mann gereift und besessen von dem Gedanken an Vergeltung, selbst zum Mörder wurde. Sein Leben war bei einem Überfall völlig aus der Bahn geworfen worden, bei dem vor zwanzig Jahren seine Eltern sowie ein Mönch, der in ihrer Gesellschaft reiste, ums Leben kamen. Er, der damals Achtjährige, hatte alles mitansehen müssen und war anschließend zwei Tage lang durch die Gegend geirrt. Am Abend des zweiten Tages sei er auf eine Karawane des katalanischen Fernhandelskaufmanns Miguel Cabrera gestoßen, der ihn in seine Obhut genommen habe.

Im fernen Katalonien in der zur Krone Aragon gehörenden Stadt Girona angekommen, sei er als Oblate an ein Kloster gegeben und als Mönch erzogen worden. Als aufgeweckten und lernbegierigen Jungen habe man ihn in vielen Fächern unterwiesen. Später absolvierte er ein Theologiestudium und widmete sich neben Latein auch intensiv der griechischen Sprache. Sein Stiefvater sei stolz auf ihn gewesen, später habe er ihn sogar adoptiert. So sei aus Gerald ein Gelehrter geworden: Geraldo Cabrera, im Kloster San Pere de Rhodes Frater Geraldo genannt. Fest entschlossen, die in ihn gesetzten Erwartungen zu erfüllen, hatte er sich auf den langen Weg von Girona ins Ennstal gemacht.

Dann aber, kurz bevor er in der Abtei eintraf, sei er auf einen Hinweis gestoßen, der ihn unmittelbar mit dem unauslöschlichen Geschehen konfrontiert habe, das er vor zwanzig Jahren als Achtjähriger erlitten hatte.

An dieser Stelle brach die Erzählung des Katalanen vorübergehend ab, seine Stimme war brüchig geworden, die Erinnerung setzte ihm sichtlich zu.

»Ich glaube, ich beginne zu begreifen«, murmelte Adriana in die entstandene Pause hinein. »Ein Hinweis, der dein Leben veränderte.«

»Hätte er es nicht, wäre ich meiner heiligen Verpflichtung nicht gerecht geworden«, antwortete er düster.

Adriana beschloss, auf die krude Einschätzung nicht näher einzugehen. »Was war das für ein Hinweis?«

»Ich wurde Ohrenzeuge eines Gesprächs zwischen zwei Männern, in dem es um eine Nonne namens Adelheid ging. Eine Benediktinerin mit missgestalteten Händen. Sie lebte angeblich in einem Inklusorium nahe dem Kloster, das mein Ziel bildete. Ich suchte sie auf und erkannte in ihr meine ältere Schwester Hildegard. Als ich behauptete, ihr Bruder zu sein, wollte sie mir zuerst nicht glauben. Dann präsentierte ich ihr das hier.« Der Katalane zog den Rumpf einer hölzernen Puppe aus der Kutte; Kopf, Arme und Beine fehlten. »Damals war sie noch ganz«, fügte er fast ironisch hinzu und legte den Puppentorso neben sich auf der Bank ab.

Adriana musterte den Gegenstand mit einem deutlichen Anflug von Abscheu.

»Für die Arne und Beine hattest du ja Verwendung«, sagte sie sarkastisch. »Was ist mit dem Kopf?«

»Für den hatte ich auch Verwendung. Aber lass mich der Reihe nach erzählen. Meine Schwester konnte zuerst nicht fassen, was sie sah. Sie glaubte mir schließlich. Sie habe lange auf diesen Tag gewartet, sagte sie mir. Endlich seien ihre Gebete um Vergeltung und Gerechtigkeit erhört wurden.«

»Sie konnte dem Überfall entkommen?«

»Nicht nur das, es gelang ihr auch verhältnismäßig schnell, die Identität der Mörder festzustellen. Wenige Tage nach der Mordnacht hatte sie die sechs jungen Männer, die das Massaker anrichteten, in einer Herberge wiedererkannt und sie anhand gestohlener Gegenstände, die sie den Opfern entwendet hatten, eindeutig identifiziert. Vom Herbergswirt erfuhr sie ihre Namen und ihren Stand. Es handelte sich um dem Konvent zu Ennswalden angehörende junge Mönche.«

»Die vor wenigen Wochen alle noch unter uns weilten. Bis auf einen, Bruder Ignatius, den ehemaligen Cellerar, der die Notiz schrieb, die wir fanden, und bereits vor zwanzig Jahren bei einem Sturz in der Latrine ums Leben kam«, ergänzte Adriana.

Gerald nickte. Bald danach, so fuhr er fort, nahm Hildegard den Schleier und änderte ihren Namen in Adelheid.

Jahre später ließ sie sich neben der zum Kloster Ennswalden gehörenden Kapelle freiwillig als Inkluse einmauern. Hier erfuhr sie, dass die sechs einst im Dienst des Inquisitors Heinrich von Olmütz gestanden hatten. Da sie täglich Kontakt mit den Menschen aus der Gegend gehabt habe, habe sie im Laufe der Jahre weitere Details erfahren, unter anderem von dem besonderen Verhältnis, das zwischen dem Inquisitor und Bruder Gallus bestand, einem Einsiedler, der ursprünglich zum Konvent der Abtei Ennswalden gehörte.

Über all das habe ihn seine Schwester bereits bei ihrem ersten Treffen unterrichtet. In den folgenden Wochen, noch bevor er als Guillermo von Toledo in die Abtei gekommen sei, habe er sie wiederholt getroffen und mit ihr zusammen einen Plan ausgeheckt, wie man die Ermordung der Eltern rächen könne. Gemeinsam hätten sie die Botschaften formuliert, mit denen er seine Taten ankündigte, und auch die Briefe, die er den Mitgliedern des obskuren Bundes habe zukommen lassen, bevor er sie tötete. Geschrieben habe sie Adelheid. Er habe sich für die Planungen bewusst viel Zeit gelassen. In Absprache mit seiner Schwester habe er sogar einige Tage in Rottenmann, dem Ort ihrer gemeinsamen Kindheit, verbracht. Hier habe er sich den Erinnerungen überlassen, was seinen Entschluss, den Opfern der verbrecherischen Mönche Gerechtigkeit widerfahren zu lassen, verfestigt habe.

»Du sagtest, deine Schwester habe auch von dem besonderen Verhältnis zwischen Bruder Gallus und dem Inquisitor gewusst. Dann hast du also auch Gallus getötet?«, wollte Adriana wissen.

»Ich stellte ihm eine Falle. Er war zwar nicht unmittelbar an dem Überfall beteiligt, aber er hatte ihn angeordnet, er war der Kopf der Verbrecher. Als ich auf ihn traf, sprach ich ihn auf den Mönch aus Oybin an, der sich in der Nacht, als das Massaker an meiner Familie geschah, zur Reisegesellschaft meines Vaters gesellt hatte. Seine Reaktion war eindeutig und verriet ihn. Ich tötete ihn und warf seinen Leichnam in den Graben. Und glaub mir, er wusste, weshalb er sterben musste. Als ich die Truhe im Turm durchsuchte, fand ich tatsächlich Dokumente, die den Hintergrund dessen, was vor zwanzig Jahren geschehen war, erhellten. Unter anderem Informationen zu einem geheimen Bund, dessen Gründung der Inquisitor initiiert hatte. Genannt *Foedus Servorum Trinitatis*.«

Adriana riss entrüstet die Augen auf. »*Foedus Servorum Trinitatis* – Bund der Diener der Dreifaltigkeit? Das heißt, du wusstest bereits zu jenem Zeitpunkt, dass es einen Geheimbund dieses Namens gab?«

»Ja. Die Truhe enthielt das komplette Dokument – die Urkunde über die Gründung des Bundes mit den Namen derer, die dazugehörten, sowie ihren Decknamen.«

»Die identisch waren mit denen, die auf dem Schlussblatt genannt wurden, auf das wir gestoßen sind, nehme ich an.«

»Wahrscheinlich gab es mehrere Kopien dieser Urkunde. Zu einer gehörte das Schlussblatt, das wir fanden. Die Urkunde war eine zusätzliche Bestätigung dessen, was ich bereits von meiner Schwester wusste. Die Namen darauf waren identisch mit den Personen, die sie mir als Mörder genannt hatte.«

»Deine Überraschung, als wir auf dieses Blatt mit den Namen und der Signatur der Spinne stießen, war also nur gespielt?«

»Ich hätte ja schlecht zugeben können, dass ich es bereits kannte. Also stellte ich mich unwissend, tat so, als ob ich es zum ersten Mal sehen würde. Abgesehen davon – was die

Decknamen betrifft: Dass es sich dabei um Teilnehmer am Konzil zu Nizäa handelte, wusste ich nicht. Das war mir neu.«

»Gehe ich richtig in der Annahme, dass in diesen Aufzeichnungen auch von der Weißen Spinne die Rede war?«

»Die Hinweise darauf waren eher spärlich. Aber sie genügten, um mich erkennen zu lassen, dass Gallus als Weiße Spinne aus der Anonymität heraus die zum Bund Gehörenden überwachte und bei ihnen eine Atmosphäre der Angst erzeugt hatte. Er war, ich sagte es schon, der Kopf der Bande, eingesetzt vom Inquisitor höchstpersönlich, wie ich den Aufzeichnungen entnehmen konnte. Als ich seinen Leichnam in den Graben stieß, warf ich den Kopf der Puppe hinterher. Die Mitglieder des Bundes wussten nicht, wer die Spinne war, auch das ging aus den Notizen hervor. Ich nutzte diesen Umstand, indem ich mich als Weiße Spinne ausgab und die einzelnen Mitglieder aufforderte, zu den von mit genannten Treffpunkten zu erscheinen. Es funktionierte. Den Rest kannst du dir denken.«

»Die Morde am Armarius und am Kellermeister geschahen in der Abtei. Und zwar bevor du als Guillermo von Toledo hier aufgetaucht bist. Wie hast du das bewerkstelligt?«

»Ich nutzte zwei Möglichkeiten. Zunächst versuchte ich mir einen Überblick über das Gelände der Abtei zu verschaffen. Dazu kletterte ich eines Morgens bei Beginn der Dämmerung über die Mauer auf den Blutacker; er wird nur selten aufgesucht, wie ich von meiner Schwester wusste. Das war übrigens an jenem Sonntag, als du dich des Nachts mit dem Armarius im Klostergarten getroffen hast. Ich wollte das Areal inspizieren, um herauszufinden, ob es für mein Vorhaben geeignet ist.«

»Und das war es ja wohl, es war bestens geeignet, oder?«, merkte Adriana sarkastisch an.

Über seine Züge huschte ein zynisches Lächeln. »Ja, das stimmt. Aber es gab noch einen anderen Grund, weshalb ich mich für den Blutacker interessiert habe.«

Adriana horchte auf. »Und welchen?«, hakte sie nach.

»Unter den Aufzeichnungen Bruder Gallus' stieß ich auf einen Hinweis auf das unterirdische Gangsystem. Aufgrund dessen wusste ich, dass sich der Einstieg auf dem Blutacker befand. Einmal hast du mich dort gesehen. Du erinnerst dich bestimmt noch an jenen Nachmittag, als du mich über den Platz schreiten sahst, du hast mir davon erzählt.«

Adriana schüttelte fassungslos den Kopf. »Was wolltest du da unten?«

»Ich war auf der Suche nach einer unterirdischen Verbindung zur Enns; ein Gang, von dem in Gallus' Aufzeichnungen die Rede war und den anscheinend nur die Mitglieder des Bundes kannten. Ich entdeckte ihn allerdings erst, nachdem ich das zweite Mal über die Mauer gestiegen war, drei Tage bevor ich als Guillermo offiziell in die Abtei kam. Ich wollte einen Ort finden, der meinen Ansprüchen an wirkungsvolle Inszenierungen genügte. Ich folgte dem Gang, der mich ans Ennsufer in die Nähe der alten Grangie führte, und fand so den Platz, nach dem ich suchte. Der versandete Brunnen – du erinnerst dich? Ein idealer Platz!«

Bei den letzten Worten glaubte Adriana ein seltsames glühendes Flackern in seinen Augen entdeckt zu haben. Sie schluckte. Er ist wahnsinnig, er *muss* wahnsinnig sein, schoss es ihr durch den Kopf.

»Hast ... Hast du nicht von ... *zwei* Möglichkeiten gesprochen, die du nutzen wolltest?«, krächzte sie.

»Ja. Am Abend jenes Sonntags, als ich zum ersten Mal über die Mauer stieg, erfuhr ich von meiner Schwester, dass der Cellerar händeringend nach Arbeitskräften suchte. Also verdingte ich mich bereits am nächsten Tag in der Abtei als Tagelöhner. Wie du sicher weißt, werden diese Arbeitskräfte jeweils für den Tag verpflichtet, an dem sie gebraucht werden, und noch am selben Tag entlohnt. Das ist hier in Ennswalden nicht anders. Im Gegensatz zu Konversen und Knechten wohnen Tagelöhner nicht innerhalb der Klostermauern. Am nächsten Tag kommt man wieder, so es erwünscht ist. Die Vorkehrung erwies sich als sehr praktisch für mich. So hatte ich, noch bevor ich offiziell als dein Gehilfe ins Kloster kam, Zutritt zu bestimmten Bereichen, die mir ebenfalls interessant erschienen.«

»Du hast also die ganze Zeit über, bevor du im Kloster aufgetaucht bist, als Tagelöhner gearbeitet?«

Gerald schüttelte den Kopf. »Nur an fünf Tagen. An dem Tag, an dem ich dem Armarius den Brief zusteckte, mit dem ich ihn auf den Blutacker lockte – das war der Montag, an dem mich der Cellerar eingestellt hatte –, dann am darauffolgenden, als ich ihn im Schuppen tötete, schließlich an dem Tag, als du mich auf dem Blutacker gesehen hast, sowie an den beiden folgenden, an denen ich Vorbereitungen traf, um den Kellermeister, Bruder Matthias, im Weinkeller seiner gerechten Bestimmung zuzuführen.«

Seiner gerechten Bestimmung zuzuführen. Adriana verzog angewidert den Mund.

»Was ich nicht verstehe: Warum musstest du an dem Tag, als du den unterirdischen Zugang zur Enns entdeckt hattest, wieder über die Mauer einsteigen? Dabei wurdest du von Bertram beobachtet. Als Tagelöhner wäre es doch viel einfacher gewesen.«

»Meine Dienste und die der anderen Tagelöhner wurden nicht mehr benötigt. Also musste ich erneut zu dieser Alternative greifen.«

Adriana nickte verstehend. »Inwieweit kam dir die Tätigkeit als Tagelöhner zupass, als du den Kellermeister getötet hast?«

»Das ließ sich relativ einfach bewerkstelligen. Als Konversen und Tagelöhner im Klosterhof versammelt waren, um vom Cellerar und seinem Kellermeister ihre Arbeitszuteilungen zu erhalten, bekam ich mit, wie der Kellermeister Ludolf befahl, ihn zu Vesper im Weinkeller aufzusuchen, wo er ihm ein Fässchen Wein für den Abt anvertrauen wollte, das er unverzüglich ins Abthaus bringen sollte. Ich konnte Ludolf mittels eines hübschen Sümmchens davon überzeugen, mir seine Konversenkutte zu überlassen und einen freien Tag in Steyr zu verbringen, damit ich in seine Rolle schlüpfen konnte. Ich brachte dem Abt den Wein in die Bibliothek und deponierte dort auch die Botschaft. Da sich das Abthaus außerhalb der Klausur befindet, gelang mir das ohne Schwierigkeiten. Wenige Tage nachdem ich den Kellermeister beseitigt hatte, kam ich offiziell als Guillermo von Toledo ins Kloster. Als Nächstes nahm ich mir den Botanicus und den Vestiarius vor.«

»Was war mit dem Sakristan? Was sich mir nicht erschließt, ist die Art und Weise, wie du ihn getötet hast. Irgendetwas passt da für mich nicht zusammen. Keine Botschaft, kein Hinweis in Verbindung mit der hölzernen Puppe wie bei den anderen. Warum?«

»Ihn habe ich nicht getötet. Ich hatte es zwar vor. Aber jemand anderes war schneller.«

Adriana sah ihn mit einer Mischung aus Verblüffung und Entsetzen an.

»Mein Gott«, flüsterte sie. »Das heißt ... es gibt ...?«

Gerald Liebstätter nickte. »So ist es! Es muss noch jemand anderen geben, der mit ihm eine Rechnung offenhatte.«

»Eines würde mich interessieren. Hattest du wirklich die Absicht, mich auffliegen zu lassen und der Inquisition zu überantworten?«

»Zu Anfang ja. Mit diesem Vorsatz machte ich mich auf die Reise. Es war beschlossene Sache, die Vereinigung, der Guillermo von Toledo und du angehören, zu zerschlagen. Ich sollte mithelfen, das ›blasphemische, frevlerische Nest‹ auszuräuchern. Aber dann«, er hielt kurz inne, »lenkte das Schicksal meine Schritte in eine andere Richtung. Ich fand meine Schwester wieder und erkannte meine Verpflichtung, Rache zu nehmen für den furchtbaren Tod unserer Eltern. Und es änderte meinen Blick auf meinen Auftrag, das verschollene Dokument betreffend.«

»Die Begegnung mit deiner Schwester hat nicht nur dein Leben, sondern auch deine Einstellung zu deinem ursprünglichen Auftrag verändert?«

»So ist es. Nachdem ich Hildegard wiedergefunden hatte, veränderte sich mein Leben vollständig. Der Gedanke an Rache verbrannte viele meiner bis dahin festgefügten Überzeugungen. Glaube mir, Rache ist etwas Furchtbares, aber wenn sie richtig brennt, vermag sie zu befreien ...«

»Schweig, Guillermo, hör auf! Wie tief bist du nur gesunken. Rache kann wie ein verzehrendes Feuer sein, das ist richtig. Aber wenn Menschen sich rächen, hinterlässt dies nur Asche und Verwüstung.«

»Aus dieser Asche kann aber auch Neues entstehen. Wie bei mir. In meinem Kopf und in meiner Seele *ist* Neues entstanden. Ich war nicht mehr der, der ich war, als ich von Girona aufbrach. Nachdem ich Hildegard wiedergefunden hatte und mir meiner heiligen Pflicht bewusst wurde, die Mörder zur Rechenschaft ziehen zu müssen, änderte sich meine Einstellung der Kirche gegenüber. Mit fiel es wie Schuppen von den Augen. Waren es doch ihre Schergen, die den Überfall verübt hatten und zu Mördern geworden waren. Ich beschloss, nicht nur die Schuldigen der Gerechtigkeit zuzuführen, sondern auch die Jagd nach dem athanasianischen Dokument fortzusetzen, allerdings nicht mehr um der Kirche, sondern um meiner selbst willen. Und diesen Entschluss fasste ich, *bevor* ich hierher nach Ennswalden kam.«

Adrianas Brauen zuckten nach oben. »Um deiner selbst willen? Wie soll ich das verstehen?«

»Sollte dieses Dokument veröffentlich werden, könnte es die Kirche bis in ihre Grundfesten erschüttern. Das ist ja auch der Grund, warum du und die Mitglieder der Bewegung, der du angehörst, hinter ihm her seid. Wer das Testament des Athanasius besitzt, hält vielleicht das Schicksal der Kirche in Händen. Schließlich vermag dieses Dokument die wichtigste ihrer Lehren, das Dogma der Trinität, bloßzustellen und als Lüge zu entlarven. Die Kirche hat zahllose Gegner, die sich um euch sammeln und sich euch im Kampf anschließen würden, weil ihr mit dieser Handschrift die Macht in Händen hättet, sie in die Knie zu zwingen. Schließlich gibt es genug Mächtige, Fürsten wie Könige, die es satthaben, von Kurie und Kirche gegängelt zu werden. Das gemeine Volk würde sich seines Glaubens beraubt fühlen, denn gäbe es keine Trinität – an was hätten die Menschen all die vielen Jahrhunderte über geglaubt? Darum, glaub mir, würde man im Vatikan oder in Avignon eine hohe Summe Geldes bezahlen, um dieses sogenannten Testaments habhaft zu werden.«

Adriana starrte ihn an. »Verstehe ich dich richtig? Du verweigerst der Inquisition, in deren Auftrag du hierherkamst, den Gehorsam und willst sie erpressen? Du willst die Handschrift an die Kurie verhökern? Gegen Geld?«

»Das wollte ich bis vor Kurzem. Ich beabsichtigte damit ein neues Leben beginnen, zusammen mit meiner Schwester. Geblendet, wie ich war, glaubte ich sogar eine Zeit lang, dich daran teilhaben lassen zu können. Du und ich, wir beide«, der Katalane geriet kurz ins Stocken, seine Stimme schwankte, »du weißt, was ich meine. Es war ein Irrtum. Ich habe meine Pläne erneut geändert.«

Adriana schwieg. Ein Kloß im Hals drohte ihr die Kehle zu verschließen.

»Was ... Was meinst du mit ›geändert‹?«, krächzte sie.

»Du wirst deine Mission ohne mich erfüllen und die Handschrift allein bergen müssen.«

»Ich ... Ich verstehe nicht. Was ...«

»Komm mit in den Turm!«, unterbrach er sie und ging voraus.

Sie folgte ihm ins Turminnere, das von mehreren brennenden Fackeln erhellt wurde, und sah sich um. Nichts hatte sich verändert, seit sie vor zwei Wochen hier gewesen waren. Bis auf die an der Wand neben der grob gezimmerten Bettstatt aufgeschichteten Reisigbündel. Wahrscheinlich hatte er sie zum Feuermachen genutzt, um der Kälte zu trotzen, die aus dem alten Mauerwerk kroch. Guillermo nahm eine der Fackeln aus der Halterung und steuerte unmittelbar auf die teilweise eingestürzte Treppe zu. An einer Stelle unter dem Treppenaufgang waren die Trümmer beiseitegeräumt worden. Dahinter verbarg sich eine dunkle Nische, in die er mit der Fackel hineinleuchtete.

»Hier!«, sagte er nur und wies auf die geöffnete Falltür und die Öffnung im Boden.

»Mein Gott, das Versteck!«, murmelte sie.

Er nickte. »Dein Hinweis, beim Dritten Mysterium könnte es sich um ein Versteck in der Wolfsklause handeln, hatte mir keine Ruhe gelassen. Also habe ich mich auf die Suche gemacht. Erfolgreich, wie du siehst.« Er hielt die Fackel in den Schacht.

Sie trat an den Rand der Öffnung und sah vorsichtig hinunter.

»Wie bist du darauf gestoßen?«, wollte sie wissen.

»Ich beschloss, dort nachzusehen, wo wir es noch nicht getan hatten – hier, unter den Trümmern und dem Schutt der halb eingestürzten Treppe. Ich entdeckte die Falltür und den Schacht, der senkrecht nach unten führt. Wie du siehst, sind eiserne Krampen in die Schachtwand eingelassen, an denen man hinuntersteigen kann. Der Stollen muss schon vor unendlichen Zeiten gemauert worden sein. Ich ließ eine Laterne hinab, die ich an einem Strick befestigt hatte, und konnte auf dem Grund des Schachts eine Steinplatte ausmachen, aus der zwei eiserne Haken ragten. Allerdings war alles von einer dicken Schicht Kot bedeckt. Ich stieg hinunter und stellte fest, dass der Grund des Schachts ein Zentrum bildet, von dem zwei sich gegenüberliegende Gänge ausgehen. Mir war augenblicklich klar, dass sie am westlichen und östlichen Ende in den um den Turm laufenden Wolfsgraben münden. Man muss sie vom Graben her bis unter den Turm getrieben haben.«

»Was ist mit dieser Steinplatte?«

»Ich war mir sofort sicher, dass sich darunter das Versteck verbarg, und hätte jubeln mögen. Aber das Jubeln verging mir, als ich auf einmal die Wölfe knurren hörte. Ich sah zu, dass ich so schnell wie möglich wieder nach oben kam, und überlegte, wie ich nach unten gelangen könnte, ohne von dem verdammten Rudel angegriffen zu werden. Ich machte mir einige Reisigbündel zurecht. Bevor ich das zweite Mal hinunterstieg, ließ ich mehrere davon hinunter. Wenn ich sie entzündete, so die Idee, würde ich die Wölfe fernhalten können. Es klappte tatsächlich. Beim zweiten Versuch gelang es mir schließlich, die Steinplatte zur Seite zu wuchten und an das Versteck heranzukommen.«

Adriana war seiner Schilderung mit zunehmender Erregung gefolgt.

»Was ist mit dem Dokument, wo ist es? Weshalb sagtest du vorhin, ich müsse es allein bergen?«

»Ich fand nicht das, wonach wir suchen.«

»Das Versteck war leer?«

»Nein.« Guillermo, besser gesagt Geraldo, ging zum Lager und zog unter der durchlöcherten Wolldecke eine in Wachstuch eingeschlagene Rolle hervor. Er öffnete sie und entnahm ihr ein Pergament, das er Adriana reichte.

»Es enthielt das hier.«

Sie entrollte das Schriftstück. »Ein weiterer Plan? Sonst nichts?«, fragte sie erstaunt.

»Der Lageplan für das endgültige Versteck, in dem sich die verschollenen Schriften befinden. Sieh ihn dir genau an. Er ist akribisch genau gezeichnet und enthält alle notwendigen Angaben.«

»Wir haben es mit einem vierten Versteck zu tun?«

»Offensichtlich.«

Unter ungläubigem Kopfschütteln studierte Adriana das Schriftstück. Dann hob sie den Blick.

»Wenn ich diesen Plan richtig lese, befindet sich das Versteck in einer Felshöhle unmittelbar an der Enns. Etwa eine Reitstunde von hier entfernt. Laut diesem Plan eine ziemlich gefährliche Stelle in einer Steilwand am Ufer des Flusses?«

»So ist es. Sie zu bergen, könnte gefährlich werden ...«

»Erspart Euch die Mühe, verfluchtes Ketzerpack, Ihr kommt zu spät«, dröhnte eine dunkle Stimme in ihrem Rücken.

Erschrocken fuhren sie herum. Ihre Blicke flogen zum Eingang, der sich schlagartig verdunkelt hatte.

Kapitel 57

Eine Gestalt stand im Türrahmen. Eindeutig ein Mönch, allerdings bot er einen seltsamen Anblick. Auf seinem Rücken trug er einen Ledertornister, im Gürtel steckten ein zusammengerollter Strick und ein Kurzschwert, in den Händen hielt er eine gespannte Armbrust. Er warf einen langen Schatten in den vom Fackelschein erhellten Raum.

Adriana und Guillermo standen wie angewurzelt.

Langsam trat er näher.

»Die blasphemischen Schriften haben ihr Versteck längst verlassen und werden bald dort sein, wo sie hingehören: in den Händen der Heiligen Mutter Kirche.« Die Häme in dem Satz war unüberhörbar. Die Stimme kam Adriana bekannt vor.

Dann ging alles rasend schnell. Die rechte Hand des Mönchs fuhr blitzschnell unter die Kutte und förderte einen Armbrustbolzen zutage. Guillermo machte Anstalten, auf ihn zuzustürzen, doch der Mönch hatte in einer einzigen fließenden Bewegung den Bolzen aufgelegt und den Abzugshebel betätigt.

Wie von einer mächtigen Faust gestoppt, brach der Katalane zusammen und schlug rückwärts auf dem Boden auf. Ungläubig starrte er auf den gefiederten Bolzen, der aus seiner Brust ragte, während ihm das Blut als dünnes Rinnsal aus dem Mundwinkel sickerte.

»Guillermo!« Mit einem Aufschrei stürzte Adriana an seine Seite und bettete sein Haupt in ihren Schoß. »Guillermo!«, schluchzte sie und küsste ihn auf die Stirn. Mit einem Mal war es wieder da, dieses heiße, innige Begehren. Ungeachtet dessen, dass er sich ihr gegenüber soeben noch als skrupelloser Mörder und habgieriger Opportunist offenbart hatte.

Langsam trat der Mönch näher. »Wie rührend«, spottete er. »Ahnte ich's doch, dass euch mehr verbindet als nur die Suche nach dem Dokument. Ein hübsches Mönchlein und ein stattlicher Mönch. Fleischeslust wider die Natur. Welch lockende Versuchung.«

Adriana achtete nicht auf ihn. Stattdessen konzentrierte sie sich verzweifelt auf das Haupt des Mannes in ihrem Schoß.

Da huschte über das wachsbleiche Gesicht des Katalanen ein sarkastisches Lächeln. »Eigentlich ... Eigentlich wollte ich es ... selbst tun«, kam es flüsternd über seine Lippen. »Gott ... Gott hat gewollt, ... dass er mir ... zuvorkommt. Vielleicht ... aber auch der Teufel«, stieß er hervor. Mit einer letzten Kraftanstrengung drehte er den Kopf in Richtung des Schachteingangs. Adriana folgte seinem Blick. Jetzt erst nahm sie den zusammengerollten Strick mit der Schlinge bewusst wahr.

»Du wolltest dich ...?«, fragte sie entsetzt.

Ein kaum wahrnehmbares Nicken, dann leise, kaum zu verstehende letzte Worte: »Hildegard ... ist tot. Und du ... Du warst ... Mein Leben ist ...«

Der Rest blieb ungesagt, es verebbte in einem letzten Zittern der Lippen. Dann brach sein Blick.

Der Mönch war inzwischen näher gekommen.

»Eine aufschlussreiche Beichte, die Euer sodomitischer Spießgeselle vorhin abgelegt hat. Allmählich beginnen sich mir die letzten Rätsel Eures ketzerischen Vorhabens zu erschließen«, sagte er hämisch.

Eine seltsam eisige Ruhe überkam Adriana, während ihr gleichzeitig Tränen die Wangen hinunterrannen. Langsam erhob sie sich und trat auf den Mönch zu, der die Armbrust von sich geworfen und sein Kurzschwert gezückt hatte.

»Bastard! Wer seid Ihr?«, zischte sie.

»Ein treuer Diener der Kirche und ein Verteidiger der Lehre der Heiligen Dreifaltigkeit. Im Gegensatz zu Euch, der Ihr ein Diener des Teufels und auf der Suche nach einem blasphemischen Dokument seid, das der Kirche Chaos und Verdruss bringen soll.«

Bei diesen Worten streifte er die Kapuze ab, und Adriana erkannte Bruder Hartwig. Schlagartig fiel ihr ein, dass ihr der Subprior seinerzeit beim Auffinden von Bruder Markwards Leiche kurz verdächtig erschienen war, sie das dann aber wieder aus den Augen verloren hatte.

Sie funkelte ihn an. »Oh! Verstehe! Ihr gehört also auch zu dieser teuflischen Vereinigung, die sich *Foedus Servorum Trinitatis* nennt?«

Aus den Augen des Mönchs schoss ein hasserfüllter Blick. »Ich sehe, Ihr wisst Bescheid über den Bund, der zur Verteidigung der wahren Lehre unseres HERRN gegründet wurde.

Ich habe Eure ketzerischen Umtriebe durchschaut. Und deshalb habe ich das, wonach Ihr forscht, in Sicherheit gebracht. Der Plan, den Euer Katalane fand, ist nichts mehr wert. Euer häretisches Treiben ist zu Ende.«

»Ihr wusstet also, nach was ich suche. Seit wann?«

»Von Anfang an – seit jener Nacht, als Ihr Euch mit dem Armarius traft. Ihr erinnert Euch?«

»Wie habt Ihr davon erfahren?«

»Mir fiel schon die ganze Zeit über auf, dass er mit Euch sehr intensiven Kontakt unterhielt. Das kam mir verdächtig vor, insbesondere da er Euch ja bei Euren Forschungen in der Bibliothek unterstützte. Ich observierte ihn und Euch. So beobachtete ich Euer beider Treffen in jener Nacht aus der Ferne, und auch wenn ich nichts von dem verstand, was gesagt wurde – dazu war ich zu weit entfernt –, war mir klar, was er und Ihr vorhattet.«

»Und Ihr habt nichts unternommen, um – wie sagtet Ihr? – mein häretisches Treiben zu unterbinden?«, hakte Adriana mühsam nach.

»Ich beabsichtigte es, wollte jedoch sichergehen und wartete ab. Zwei Tage später fiel der Armarius einem Mord zum Opfer. Die Umstände seines Todes – das eingeritzte Wort auf seiner Stirn und die Botschaft des Mörders, mit der er die Tat angekündigt hatte – lösten in meinem Kopf ein Alarmgeläut aus. Meine Unruhe steigerte sich, als ich über den Tod Bruder Gallus' nachdachte, dessen Leichnam man drei Tage zuvor aufgefunden hatte. Anfangs glaubte ich, dass er einem selbst verschuldeten Unglück zum Opfer fiel, aber dann wurde mir klar, dass auch er ein Opfer des Mörders geworden war. Eine äußerst bestürzende Erkenntnis, denn er gehörte wie auch ich zu den Verteidigern der Heiligen Mutter Kirche. Mir dämmerte schnell, dass der Mörder nur jemand sein konnte, der von der Existenz des *Foedus Servorum Trinitatis* wusste.«

»Welche Rolle kam Euch innerhalb des Bundes zu?«

»Eine Schlüsselrolle. Vor zwanzig Jahren, anno 1385, betraute mich der Inquisitor Heinrich von Olmütz mit der ehrenvollen Aufgabe, als sein Vertrauter die Mitglieder des Bundes, den er gegründet hatte, im Auge zu behalten und über ein altes Dokument zu wachen, das die Kirche in Schwierigkeiten bringen könnte – das Testament des Athanasius. Die Existenz dieser Handschrift sollte absolut geheim bleiben.«

»Ihr wart der Vertraute des Inquisitors? War das nicht Bruder Gallus, die Weiße Spinne?«

»Er war einer seiner Vertrauten, der Anführer der zum Bund Gehörenden. Doch Ihr müsst wissen, dass der Inquisitor es für wichtig erachtete, außer ihm noch eine weitere Person einzusetzen, die über die Mitglieder des Bundes und die häretische Schrift wachen sollte. Einen *occultator*, einen Verberger, der heimlich ein Auge auf das zu Verbergende haben sollte. Jemanden, dem die wahre Lehre über die Trinität so sehr am Herzen liegt, dass er bereit ist, dafür getötet zu werden oder selbst zu töten. Und das war ich.«

»Wie kam es zur Bildung des Bundes?«

»Anno 1384 wurde in unserer Abtei ein mehrseitiges antikes Dokument entdeckt. Im darauffolgenden Jahr, Anfang Juni 1385, kam der Inquisitor Heinrich von Olmütz in die Abtei, studierte die Schrift und stellte fest, dass sie brisant und gefährlich für die Kirche ist. Sie stammte ursprünglich aus jenem Kloster, aus dem auch Euer Katalane kam. Der Inquisitor beabsichtigte, die Blätter nach Rom schaffen zu lassen. Bis eine sichere Transportmöglichkeit gefunden und eine bewaffnete Entourage organisiert wäre, sollte das Dokument in einem Versteck im Glockenturm untergebracht werden. Zu diesem Zeitpunkt wurde gerade das Glockenjoch erneuert. Ich kam auf die Idee, einen Aufsatz für das Joch zu fertigen; einen Balken, in dem ein Fach ausgestemmt wurde, das genügend Platz bot und mit einem Brett zugenagelt wurde.«

»Ein Versteck, das nicht nach einem Versteck aussah.«

»Ihr sagt es.« Der Ton des Subpriors wurde immer selbstgefälliger, er gefiel sich in der Rolle des überlegenen Allwissenden. »Bevor der Inquisitor zu einer mehrwöchigen Reise aufbrach – er sollte einen Prozess gegen einen Waldenser-Häresiarchen führen –, kam er zu einer geheimem Besprechung mit mir zusammen. Zweck: die Gründung eines ›Stoßtrupps des HERRN‹, wie er sich ausdrückte, der sich der Bewachung der Handschrift widmen sollte. Wir beschlossen, Bruder Gallus als Kopf der noch zu bildenden Gruppe einzusetzen. Er sollte aus der Anonymität heraus Autorität aufbauen und ein unsichtbares Netz um das häretische Dokument und die, die es bewachen sollten, weben. Zu den Aufgaben der Gruppe gehörte aber auch, dem Inquisitor im Kampf gegen die Ketzerei beizustehen. Sie sollten Waldenser für ihn aufspüren. Und so gründete der Inquisitor einen Bund, den er *Foedus Servorum Trinitatis* nannte und dem sechs ausgewählte Mönche angehören sollten. Zum Zeichen ihres Gehorsams und ihrer absoluten Loyalität unterzeichneten sie ein Dokument, einen Vertrag. Mir wies er, wie ich bereits sagte, die Rolle des anonymen *occultator* zu. Und betraute mich mit der Oberaufsicht über Gallus und die anderen Angehörigen des Bundes. Woraus Ihr wieder einmal erkennen könnt, welch wichtige Rolle mir in der ganzen Angelegenheit zukam.«

Wieder einmal ein Hinweis auf deine verbrecherische Vergangenheit, du eitler Pfau, schoss es Adriana durch den Kopf.

»Bruder Gallus wusste also gar nichts von Eurer Existenz als *occultator*?«, bohrte sie nach.

»Anfangs nicht, erst später machte der Inquisitor ihn mit meiner Funktion innerhalb des Bundes bekannt. Es geschah aus der Notwendigkeit heraus, gemeinsam eine neue Lösung für die Aufbewahrung der Handschrift finden zu müssen.«

»Eine ... neue Lösung? Weshalb?«

»Kurz nach der Abreise des Inquisitors, Anfang Juli 1385, traf ein Mönch aus Oybin im Kloster ein. Angeblich um den Konvent zu verstärken. Sein eigentliches Interesse galt jedoch etwas ganz anderem – dem Testament des Athanasius. Jenem häretischen Dokument, in dem dieser Unselige, den man später ›den Großen‹ nennen sollte, Dinge preisgab, die niemals gesagt, geschweige denn hätten niedergeschrieben werden dürfen. Er muss den Brief in einem Anfall von geistiger Umnachtung verfasst haben. Der Oybiner bemächtigte sich der Handschrift und floh. Bis heute weiß ich nicht, wie es dem Bastard gelang, das Versteck ausfindig zu machen. Doch die Angehörigen des Bundes jagten ihm nach, töteten ihn und nahmen ihm das kostbare Schriftstück wieder ab.«

»Wobei sie nicht davor zurückschreckten, das Blut Unschuldiger zu vergießen. Sie wurden bestialisch hingemeuchelt.«

»Ein unbedeutender Zwischenfall im Dienst der wahren Lehre, mehr nicht. Nur schade, dass es diesem Bastard und seiner Schwester gelang zu fliehen.«

»Ein unbedeutender Zwischenfall? Statt mich mit Eurem abartigen Verständnis über die wahre Lehre zu langweilen, sagt mir lieber, wie es zu dieser ... neuen Lösung für die Aufbewahrung kam. Dabei dürftet Ihr doch eine wichtige Rolle gespielt haben, nicht wahr?« Offensichtlich entging dem eitlen Mönch der spöttische Ton, der in der Frage lag.

»Durchaus!«, pflichtete er Adriana wichtigtuerisch bei. »Als der Inquisitor Anfang August schwer krank von seiner Reise zurückkehrte, wusste er, dass ihm nicht mehr viel Zeit für sein Vorhaben blieb, die Schrift nach Rom zu überführen. Nachdem er von dem gescheiterten Versuch des Oybiners, sie an sich zu bringen, erfahren hatte, beschloss er, die Aufbewahrung des Dokuments neu zu organisieren. Dazu musste er sich meiner und Bruder Gallus' Hilfe versichern. Von nun an operierten wir gemeinsam. Die Blätter wurden an einem geheimen Ort außerhalb der Abtei untergebracht und der Zutritt zu dem Versteck erschwert. Ich war es, der ein System vorschlug, das ich ›Sanctum Secretum – heiliges Geheimnis‹ nannte. Ihr mögt zwar durch Zufall auf den Schacht hier im Turm gestoßen sein, aber glaubt nicht ...«

»*Sanctum Secretum*, sieh an!«, unterbrach Adriana ihn spöttisch. »Welch klangvolle Bezeichnung! Aber wenn Ihr glaubt, es sei ein Zufall gewesen, der uns auf den Schacht stoßen ließ, täuscht Ihr Euch. Dieses sogenannte heilige Geheimnis wurde von uns schnell entschlüsselt. Verbargen sich dahinter denn nicht drei Verstecke? Das Erste, das Zweite und das Dritte Mysterium? Das erste im Glockenturm, das zweite im Sarkophag des Abtes Bernhard und das dritte hier auf der Wolfsklause?«

Der Subprior stand wie vom Donner gerührt.

»Woher ... Woher wisst Ihr das mit ... mit den drei Mysterien?«, stammelte er.

»Ich weiß nicht nur um die drei Verstecke, die Ihr ›Mysterien‹ nennt. Sondern auch um das Geheimnis, das sich um das Zweite Mysterium, also um das Versteck in der Krypta rankt. Ich weiß, dass der Sakristan dort ermordet wurde. Und zwar von Euch. Ihr habt ihn erwürgt und anschließend in den Sarkophag verfrachtet.«

Der Subprior wurde aschfahl im Gesicht. »Das ... Das muss Euch der Teufel eingegeben haben, Ihr dreimal verfluchter Ketzer«, flüsterte er entsetzt.

»Glaubt mir, um hinter dieses Geheimnis zu kommen, bedurfte es nicht des Teufels«, entgegnete sie trocken. »Es gibt dazu eine zwanzig Jahre alte ausführliche Notiz des ehemaligen Cellerars, der zu Eurem Bund gehörte.«

»Was sagt Ihr da? Es existiert eine Notiz darüber? Diese verdammte Ausgeburt der Hölle!«, fluchte der Subprior, während ihm schier die Augen aus den Höhlen quollen.

Adriana fuhr fort: »Ich kann zwei und zwei zusammenzählen. Es war nicht allzu schwer herauszubekommen, dass es sich bei den drei Mysterien um drei unterschiedliche Verstecke handelte. Soll ich Euch sagen, wie es war? Der Sakristan beabsichtigt, an die Handschrift heranzukommen, wie vorher auch der Armarius. Er begibt sich in den Glockenturm, stößt im dortigen Versteck, dem Ersten Mysterium, auf einen Hinweis, der ihn zum zweiten Versteck, sprich zum Zweiten Mysterium, eilen lässt, nämlich in die Krypta. Er kommt nicht mehr dazu, dem dortigen Hinweis zu folgen, der ihn bestimmt in die Wolfsklause, sprich zum Dritten Mysterium, geführt hätte. Vorher wird er das Opfer seines Mörders – des Subpriors der Abtei zu Ennswalden. War es nicht so?«

Ein diabolisches Lächeln huschte über das Gesicht des Mönchs. »Kompliment! Ich sehe, ich habe Euch keinesfalls unterschätzt. Ja, ich habe ihn seiner gerechten Strafe zugeführt. Wie Ihr bereits bemerkt habt, war er das letzte Mitglied des *Foedus Servorum Trinitatis*. Er musste befürchten, das nächste Opfer des Mörders zu werden. Nachdem die anderen getötet worden waren, beschloss ich, ihn im Auge zu behalten in der Hoffnung, über ihn endlich auf den Mörder zu treffen. Und damit auf den, der in das Geheimnis des Bundes eingedrungen war. Mir war klar, dass er beabsichtigte, auch den Letzten der zum Bund Gehörenden zu beseitigen.«

»Was Ihr dann für ihn übernommen habt. Weshalb eigentlich?«

»Ich fand heraus, dass er fliehen wollte. Das war an dem Tag, an dem man die Leichen des Botanicus und des Vestiarius entdeckte.«

»Wie das?«

»Ich sah zufällig, wie er insgeheim ein gut verschnürtes Paket in der Nähe der Ställe versteckte. Wahrscheinlich seine wenigen Habseligkeiten. Das hatte nichts mehr mit seiner geplanten Reise nach Kremsmünster zu tun. Er beabsichtigte, das Weite zu suchen. Ich war mir sicher, dass er sich nicht ohne das Testament des Athanasius davonmachen würde. Das er gegen einen Judaslohn eintauschen würde, um sich ein bequemes Leben außerhalb des Klosters sichern zu können. So wie es der Armarius schon vor ihm geplant hatte.«

»Wenn ich Euch richtig verstehe, war den sechs zum Bund Gehörenden, die den Vertrag unterzeichnet hatten, zwar das Versteck im Glockenturm bekannt, aber nicht das in der Krypta, geschweige denn das hier in der Wolfsklause?«

Der Subprior nickte. »Genauso wenig wie ihnen bekannt war, *was* die Verstecke enthielten. Das Konzept des *Sanctum Secretum* sah vor, dass nur der Inquisitor, Bruder Gallus und ich über die drei Mysterien und die damit verbundenen Einzelheiten Bescheid wussten.«

»Wieso hatte dann der damalige Cellerar, Bruder Ignatius,

Kenntnis von all dem? Er hat immerhin eine Notiz hinterlassen, die sein Wissen dokumentiert.«

»Nach dem Zwischenfall mit dem Oybiner Mönch und der Wiederbeschaffung des Dokuments stellte sich heraus, dass wir seiner fachkundigen Hilfe bedurften beim Errichten und Sichern der drei Mysterien. Deswegen kamen der Inquisitor, Bruder Gallus und ich überein, ihn als einzigen der sechs in alles einzuweihen. Wir verpflichteten ihn gegenüber jedermann zu absolutem Schweigen.«

»Eine Vereinbarung, an die er sich offensichtlich nicht hielt, wie seine Notiz beweist. Verratet mir noch eins: Warum war immer von drei Mysterien die Rede und nicht von vier? Schließlich lagerten die Schriften doch in einem vierten Versteck, eine Reitstunde von hier entfernt.«

»Wer auf das vierte stieße, würde auf das Dokument treffen – das Geheimnis um die verborgene Schrift wäre gelüftet, es wäre kein Mysterium mehr.«

»Ihr sagtet, den Mitgliedern des Bundes sei es bei Strafe verboten gewesen, das Versteck im Glockenturm zu öffnen. Sie sollten es also lediglich bewachen?«

»So ist es. Den Sakristan ereilte die gerechte Strafe dafür, dass er dieses Verbot übertrat.«

»Woher wusstet Ihr, dass er ausgerechnet in jener Nacht sein Vorhaben ausführen würde?«

»Er sollte am nächsten Morgen nach Kremsmünster aufbrechen. Es konnte für ihn keinen günstigeren Zeitpunkt geben, um sich abzusetzen. Also beschattete ich ihn. Und behielt recht. Er eilte in jener Nacht in den Glockenturm, drang in das Versteck ein und erbrach das Siegel des Schriftstücks, das den entscheidenden Hinweis auf das Zweite Mysterium, auf die Krypta, enthielt.«

»Was hätte eigentlich gemäß dem Willen des Inquisitors mit dem Dokument geschehen sollen?«, fragte Adriana.

»Er beabsichtigte, es nach Rom schaffen zu lassen. Nur in den vatikanischen Archiven wäre es vor den Feinden der Kirche sicher. Leider kam es nicht mehr dazu. Ich sagte schon, er kehrte damals schwer krank von seiner Reise zurück. Kurz nachdem wir die Verstecke für das Dokument neu organisiert hatten, fühlte er seinen Tod nahen und sandte zwei Eilboten mit versiegelten Schreiben aus, in denen er den Empfänger sowohl über das Auffinden der blasphemischen Schrift informierte als auch das Losungswort nannte, mittels dessen ihm der Zutritt zu den Drei Mysterien gewährt werden sollte.«

»Und wer war der Empfänger?«

»Der zuständige Archivar des *Archivum Apostolicum Vaticanum* in Rom. So wäre nach dem Tod des Inquisitors gewährleistet, dass nur autorisierte Personen an das blasphemische Material herankämen. Nur gegen Vorlage eines Ausweisschreibens und unter Nennung der Losung würde ihm der Zutritt zum Versteck im Glockenturm gewährt werden. Für den Fall, dass Bruder Gallus oder ich nicht zugegen wären oder uns etwas zustoßen würde, waren die Angehörigen des Bundes angewiesen, jemandem, der sich entsprechend auswies, den Zutritt zum Ersten Mysterium, sprich zum Versteck im Glockenturm, zu gewähren, auch wenn es ihnen bei Strafe verwehrt blieb, selbst das Geheimnis zu lüften.«

»Wenn ich mir überlege, dass das Ganze vor zwanzig Jahren geschah, scheint man im Vatikan wenig Interesse an den Schriften bekundet zu haben. Wie erklärt Ihr Euch das?«

Auf der selbstgefälligen Miene des Mönchs zeigte sich ein Ausdruck deutlichen Missfallens. »Es war ein Fehler des Inquisitors, nur zwei Boten ausgesandt zu haben. Sie könnten überfallen und getötet oder sonst wie ums Leben gekommen sein. Andererseits ist bekannt, dass man in Rom oftmals eher damit beschäftigt ist, sich neben der geistlichen auch der weltlichen Macht zu versichern. Hinzu kommt das leidige Schisma, das dazu führte, dass seit Jahrzehnten zwei Päpste miteinander konkurrieren. Ein Heiliger Vater in Rom, einer in Avignon, das kann sich nur verheerend auf die Kirche auswirken. Die Nachricht des Inquisitors könnte in all diesen Wirren untergegangen sein. Inzwischen bin ich der Einzige, der noch zum Wohl der Kirche darüber wacht, dass dieses Dokument nicht in unrechte Hände gelangt.«

»Mit anderen Worten: Ihr seid es, der bis heute das Vermächtnis des Inquisitors verwaltet hat?«

»*Vermächtnis*! In der Tat, das trifft es. Ein heiliges Privileg, das mir der HERR zuteilwerden ließ. Und bei Gott, ich werde mich dessen würdig erweisen, und sei es um den Einsatz meines eigenen Lebens. Seit wenigen Stunden ist das Testament des Athanasius wieder in meinem Besitz.«

Mit überheblichem Lächeln deutete er mit dem Daumen über seine Schulter hinweg auf den Tornister. »Heute werde ich es ins Kloster zurückbringen. Es wird in den nächsten Tagen seine Reise dorthin antreten, wo schon immer sein Bestimmungsort war – ins vatikanische Archiv nach Rom.«

Die Augen des Subpriors glänzten, das »heilige Privileg« hatte es ihm angetan. Wahrscheinlich der Grund, weshalb er vor ihr alles minutiös und mit prahlerischem Gestus ausbreitete. Adrianas Blick streifte den Tornister. Befand sich das, wonach sie mit Guillermo die ganze Zeit über gesucht hatte, tatsächlich in dieser unscheinbaren Ledertasche, die der Mönch bei sich trug?

»Ihr wollt die Handschrift ins vatikanische Archiv schaffen lassen? Wie wollt Ihr das bewerkstelligen?«

Ein perfides Lächeln breitete sich auf dem Gesicht des Mönchs aus. »Bis vor Kurzem weilte der päpstliche Nuntius im Kloster zu Melk. Ich habe ihm vor zwei Wochen eine Botschaft zukommen lassen. Über häretische Umtriebe in Ennswalden und eine blasphemische Schrift, die seit Jahrzehnten hier lagert. Er wird unsere Abtei in den nächsten Tagen visitieren und sie dort hinbringen, wo sie hingehört. Eine bewaffnete Eskorte, für die der Bischof von Passau gesorgt hat, wird den Transport ab Ennswalden begleiten.«

»Der Nuntius? Wurde er nicht überfallen?«

»Das wurde er. Aber seine Mission wurde lediglich hinausgeschoben. In den nächsten Tagen wird er in der Abtei eintreffen. Und dann gnade dir Gott, du ketzerischer Satan! Dich wird das gleiche Schicksal ereilen wie deinen Katalanen. Ihn musste ich hier an Ort und Stelle töten. Zu zweit hättet ihr mir gefährlich werden können. Doch im Gegensatz zu ihm wirst du brennen, der Nuntius kommt auch als Inquisitor nach Ennswalden. Ich werde dich ihm übergeben. Abt Florian, der zu einfältig war, dein häretisches Treiben zu durchschauen, wird abgesetzt werden. Ich denke, dass ich als sein Nachfolger eine würdigere Figur abgeben werde.«

Der Subprior war einen weiteren Schritt auf sie zugetreten.

Aus dem Augenwinkel suchte Adriana die Umgebung nach einer Möglichkeit ab, wie sie sich wehren könnte. Käme es zu einer Auseinandersetzung, wäre sie dem groß gewachsenen Mönch körperlich deutlich unterlegen.

»Eines würde mich noch interessieren. Wie gelang es Euch, Guillermo als Täter zu identifizieren?«, fragte sie, nicht nur um Zeit zu gewinnen.

»Ihr habt mich auf seine Fährte gesetzt.«

»Ich? Wie das?«

»Erinnert Ihr Euch an den Tag, als Ihr zum Abt kamt und darum batet, die Botschaften des Mörders einer Prüfung unterziehen zu dürfen? Der Cellerar war an jenem Abend bei ihm, wie Ihr wisst. Er hat mir alles erzählt. Ihr würdet sie für einen Vergleich benötigen, sagtet Ihr. Ihr hattet ein Palimpsest dabei, das Ihr dem Cellerar präsentiert habt. Er erkannte darin eine Liste, angefertigt von der Inkluse auf dem Kapellenberg. Mir war sogleich klar, was Ihr vergleichen wolltet. Also tat ich das Gleiche. Und so fiel mir das auf, was auch Euch ins Auge stach: Die Handschrift auf den Listen der Inkluse vom Kapellenberg war dieselbe wie auf den Botschaften des Mörders. Der Mörder hatte nicht nur Kontakt zur Nonne Adelheid, sie schrieb für ihn sogar die Botschaften. Und der, der immer wieder auf dem Kapellenberg vorbeischaute, war Euer Katalane. Den Rest konnte ich mir zusammenreimen. Als ich die Inkluse, diese verräterische Braut des Satans, aufsuchte, bestätigte sie mir, was ich ahnte – wenn auch nicht ganz freiwillig. Sie verriet mir auch, dass Euer Spießgeselle in der Vergangenheit regelmäßig die Wolfsklause aufgesucht hatte. Mir war sofort klar, dass Ihr Euch hier mit ihm treffen würdet.«

»Ihr wart bei der Nonne Adelheid? Wann?«

»Gleich nachdem ich den Schriftvergleich angestellt hatte. Ich wollte mich vergewissern und suchte sie noch in der Nacht in ihrem Inklusorium auf.«

»Letzte Nacht, als das Unwetter wütete? Als ein Blitz auf dem Kapellenberg einschlug?«

Über das Gesicht des Mönchs glitt ein hämisches Grinsen. »Ich musste wiederholt an den Laden des Sprechfensters hämmern, bevor sie reagierte. Sie fragte, wer da sei. ›Guillermo von Toledo‹, antwortete ich mit verstellter Stimme. Sie darauf: ›Lass das, Gerald. Mit seiner älteren Schwester macht man keine solchen Späße.‹ Dann ging der Laden auf – und mir ein Licht, wie Ihr Euch vorstellen könnt.«

»Sie hat Euch seine wahre Identität verraten«, murmelte Adriana.

»Ja. Und die ihre gleich mit. Nur zwei kurze Sätze, und ich war im Bilde. Natürlich wollte ich alles erfahren. Was bedeutete, dass ich sie ... ein wenig überreden musste, mir zu sagen, was sie wusste. In einer ganz speziellen Weise. Sie war schließlich eine Frau.« Über das Gesicht des Mönchs glitt ein süffisantes Lächeln.

»Ihr seid in das Inklusorium eingedrungen und habt sie ... Mein Gott, Ihr seid ein Benediktinermönch!« In ihrer Fassungslosigkeit hatte Adriana ihn regelrecht angeschrien.

»Was spielt das für eine Rolle, wenn es eine Ketzerin zu bestrafen gilt? Ich habe jedenfalls alles über Euren verdammten Ketzer-Katalanen und auch einiges über Euch erfahren. Jetzt verstand ich endlich auch, was es mit der Puppe auf sich hatte.«

»Ihr seid eine Bestie«, zischte sie voller Abscheu. »Eine abscheuliche Kreatur, die einer Kirche dient, die sich heilig nennt. Hätte Euch der Blitz doch nur gleich mit erschlagen.«

»Wer sagt Euch denn, dass es ein Blitz war, der die verdammte Ketzerhütte in Brand gesteckt hat, verehrter Bruder Adrian?«, höhnte er mit sichtlichem Vergnügen.

Adriana stockte der Atem. »Ihr ... Ihr wart es also?«

»Nachdem ich mit ihr fertig war, überlegte ich, was zu tun sei. Auf der Rückseite des Inklusoriums gab es einen wettergeschützten Platz, auf dem trockenes Heu und Holz in Bündeln lagerte: Es war für die Inkluse gedacht, man reichte es ihr durchs Fenster, damit sie regelmäßig ihr Lager auffrischen und damit heizen konnte. Ich holte einige Bündel, schichtete sie um den Leib der Ketzerin, die ich vorher gefesselt hatte, und entzündete sie.«

Verstört schlug Adriana die Hand vor den Mund. »Ihr habt sie bei lebendigem Leib verbrannt?«

Der Mönch trat einen weiteren Schritt auf sie zu. »Sie war eine Ketzerin, entschlossen, die Heilige Mutter Kirche zu verraten. Ketzer verdienen den Tod. So wie du, du ketzerischer Bastard«, zischte er. »Ich wiederhole es: Du wirst sterben wie einst dieser von Gott verfluchte Oybiner Mönch. Und dein sodomitischer Liebhaber und Mithäretiker, dieser Gerald Liebstätter, der sich Guillermo von Toledo nannte und eigentlich auf der Seite der Wahrheit und der Heiligen Mutter Kirche hätte stehen sollen. Dazu war er von seinem Kloster ausgesandt worden. Stattdessen machte er sich zu einer Kreatur Satans.« Er war mittlerweile ganz nah herangekommen.

Adriana horchte auf. *Dein sodomitischer Liebhaber.* Dass »Bruder Adrian« eine Frau war, hatte er von der Inkluse offenbar nicht erfahren. Vielleicht aber hatte Gerald es seiner Schwester auch gar nicht verraten.

Mit gezücktem Kurzschwert trat der Mönch ganz nah an sie heran.

»Genug der Worte, Ketzer. Du wirst jetzt rückwärts bis zur Wand gehen, ganz langsam, Schritt für Schritt«, befahl er. Die nur wenige Fingerbreit entfernte Schwertspitze vor Augen, gehorchte Adriana, während ihr Blick panisch hin und her schnellte und sie das von den Fackeln erleuchtete Turmrund nach einer Fluchtmöglichkeit absuchte.

»Umdrehen! Gesicht zur Wand und die Hände auf dem Rücken kreuzen!«, gebot er weiter und löste mit der Linken den zusammengerollten Strick vom Gürtel. In ihrem Kopf wirbelten die Gedanken durcheinander wie ein aufgeschreckter Mückenschwarm. Offenbar beabsichtigte er, sie zu fesseln. Doch dazu würde er beide Hände benötigen, das Schwert würde er vorübergehend in den Gürtel zurückstecken müssen. Sie drehte sich zur Wand und beobachtete den Schatten, der sich im Schein der Fackeln darauf abzeichnete. Dann verriet ihr eine Bewegung des Schattens und ein schabendes Geräusch, dass er das Schwert tatsächlich im Gürtel verstaut hatte.

Mit einer blitzschnellen Drehung fuhr sie herum, stützte sich mit den Handflächen an der Wand ab und trat ihm mit voller Kraft ins Gemächt.

Der Mönch schrie auf und griff sich zwischen die Beine. Sie machte einen Sprung zur Seite und rannte durch die offen stehende Tür in den Morgen hinaus. Doch schon als sie die Türschwelle passierte, hörte sie, wie der Subprior ihr mit einem grässlichen Fluch nachsetzte.

Sie hetzte in Richtung des Stegs, der über den Graben führte. Ihr Ziel war der Wald, der die Lichtung umgab, dort wartete ihr Pferd. Doch noch bevor sie den Steg erreichte, beging sie einen verhängnisvollen Fehler. Sie riskierte einen Blick über die Schulter, stolperte über einen Stein, stürzte und schlug bäuchlings mit ausgebreiteten Armen und dem Gesicht nach vorne direkt neben dem Graben auf den Boden auf.

Mit einem grimmigen Aufbrüllen und dem ganzen Gewicht seines Körpers warf sich der Subprior auf sie, packte ihren linken Arm und drehte ihn ihr auf den Rücken. Heißer Schmerz flutete durch ihre Schulter, und sie schrie auf, während ihre rechte Hand sich unwillkürlich in den Sand krampfte.

»Du glaubst doch nicht ernsthaft, dass du mir entkommen kannst, du häretischer Bastard!«, keuchte der Mönch und versuchte den Strick um Adrianas Handgelenk zu winden.

Plötzlich setzte ein infernalischer Lärm im Graben ein. Angelockt von dem Geschrei, vielleicht auch weil sie die Ausdünstungen der Zweibeiner witterten, die Angst, die Wut, das Entsetzen rochen, jagten heulend und jaulend die Wölfe heran. Aufs Höchste erregt starrten sie auf die zuckenden Schatten oberhalb des Grabens.

»Warte, du verdammter Ketzer, dann stirb nicht durchs Feuer, sondern durch die Wölfe, wie einst ...« Der Rest ging in einem Aufschrei des Mönchs unter, der nach links wegkippte und sich vor Schmerz brüllend die Hand vors rechte Auge schlug. Adriana hatte mit den Fingern ein spitz zulaufendes Holzscheit im Sand erfühlt, es ergriffen und damit über ihren Kopf hinweg blind nach hinten zugestoßen. Eine Attacke, die den Mönch kalt über dem rechten Auge erwischt hatte.

Von der Last seines Körpers befreit, rollte sie blitzschnell unter ihm hinweg und schnellte mit der Behändigkeit einer Katze vom Boden hoch. Zwar gelang es dem Mönch, sie bei der Kutte zu packen, doch sie entzog sich seinem Griff mit einem heftigen Ruck, woraufhin der grobe Baumwollstoff geräuschvoll einriss. Keuchend jagte sie weiter in Richtung Steg. Hörte, wie der Mönch ihr fluchend folgte, und registrierte gleichzeitig mit Erleichterung, wie sich der Abstand zu ihm vergrößerte.

Das Verhängnis lauerte halb verborgen im Sand, diesmal in Gestalt einer Holzlatte. Sie strauchelte abermals. Ein stechender Schmerz fuhr in ihren Knöchel, ließ sie jäh innehalten und laut aufstöhnen. Der Mönch, den sie gerade noch ein gutes Stück hinter sich gewähnt hatte, stieß einen Triumphschrei aus.

Die Vorstellung, ihm hilflos ausgeliefert zu sein, sowie das gierig jaulende hin und her springende Wolfsrudel, das aus Dutzenden glühender Augen aus dem Graben zu ihr emporstarrte, beförderte ihre Angst, setzte aber auch wütende Entschlossenheit in ihr frei. In die Enge getrieben wie ein Reh, das sich dem Jäger gegenübersieht, suchte sie ihr Heil in einer Verzweiflungstat. Statt ihren Fluchtversuch fortzusetzen, riss sie sich einfach die zerfetzte Kutte vom Leib, entledigte sich mit wenigen Handgriffen ihrer Unterkleider und ließ sich in die Hocke fallen. Ergriff mit beiden Händen blitzschnell die Holzlatte, die ihr zum Verhängnis geworden war, schnellte wieder hoch, fuhr herum – und stand vor dem Mönch wie eine griechische Göttin!

Der Anblick ihres nackten Leibes traf ihn wie ein Keulenschlag. »Bei allen Teufeln ... Ihr seid ... ein Weib?«, murmelte er fassungslos. Das linke Auge ungläubig aufgerissen, das rechte geschwollen und blutunterlaufen, starrte er sie an wie ein Gespenst.

Auf diesen Augenblick hatte Adriana gesetzt. Mit einem wilden Schrei sprang sie auf den vor Überraschung starren Gegner zu und stieß ihm mit der Kraft der Verzweiflung die Latte vor die Brust. Ein ungläubiger Blick aus dem unverletzten Auge des Subpriors, ein in Todesangst hervorgestoßener schriller Schrei – dann kippte er nach hinten in den Graben.

Die Wölfe kamen über ihn wie die Furien aus Dantes Inferno. Ein wildes Knäuel hin und her schnellender Tiere, die sich unter Heulen, Jaulen und Knurren gierig über die willkommene Beute hermachten. Das grauenvolle Knacken der berstenden Knochen, das dumpfe Geräusch zerreißender Fleischfetzen, das gierige Schmatzen und der Anblick der blutigen Lefzen und tödlichen Fangzähne sollten noch Monate später in ihr nachhallen und entsetzliche Traumbilder in den Nächten heraufbeschwören. Und als ob der Leib des Mönchs nicht Beute genug gewesen wäre, machten sich die Tiere auch über den Ledertornister her. An ihn hatte Adriana während der vergangenen Augenblicke keinen einzigen Gedanken verschwendet. Tatenlos musste sie zusehen, wie das, was er enthielt, in die Fänge der Tiere geriet, zermalmt, in Fetzen gerissen und gefressen wurde. Was übrig blieb, wurde von Dutzenden Wolfspfoten in den feuchten Grund gestampft.

Tränen der Wut und Enttäuschung in den Augen, verfolgte Adriana das Geschehen mit einer eigentümlichen Mischung aus Faszination und Grauen. Das Testament des Athanasius, eines der brisantesten Dokumente der Christenheit, geeignet, das zentrale Dogma der Kirche, die Lehre von der Dreieinigkeit zu erschüttern und die »Wolfsnatur des Antichristen« zu entlarven, verschwand in den Rachen und Mägen eines knappen Dutzends hungriger Wölfe.

Eine ganze Weile stand sie einfach nur da, hadernd mit der Ironie des Schicksals, gedankenfern den Blick auf den Saum des Waldes gerichtet, der die Lichtung umgab, dorthin, wo das Gelände steil ins Tal abfiel und der Wald sich den Hang hinunterzog. Sie verharrte noch wie betäubt, als sich die Tiere längst wieder in ihren Bau verzogen hatten und Stille in der Wolfsklause eingekehrt war.

Die ersten Sonnenstrahlen, die über die Wipfel traten, holten sie aus ihrer Lethargie. Zeit, endlich das zu tun, was ihr als letzte traurige Pflicht oblag. Humpelnd – der verstauchte

Knöchel schmerzte höllisch – sammelte sie ihre Kleider ein und zog sich an.

Schweren Herzens begab sie sich in den Turm, wo sie sich neben dem Leichnam des Katalanen niederließ, die Hände faltete und unter Tränen ein stilles Gebet sprach. Zwiespältige Gefühle loderten in ihr auf, Empfindungen, die sie nur schwer einzuordnen vermochte. Ein Rest an Zuneigung? Wut? Enttäuschung? Abscheu? Oder gar Hass? Im Moment fand sie keine Antwort darauf. Es galt jetzt, das zu tun, was ihr Gewissen ihr diktierte: Gerald Liebstätter, der sich als Guillermo von Toledo unauslöschlich in ihr Innerstes gebrannt hatte, einigermaßen würdig in dem Schacht zu bestatten, der ihm als letzte Ruhestätte dienen würde.

Sie wickelte den Leichnam des Katalanen in die zerschlissene Wolldecke, nahm den Strick des Subpriors, schlang ihn um den Körper, verknotete ihn und schleifte den Toten zum Schacht. Prüfte die Länge des Seils, das Guillermo an der ersten Steighilfe befestigt hatte. Lockerte die Schlinge, die er geknüpft hatte, streifte sie ihm über die Schulter, befestigte sie unter seinen Armen und zurrte sie fest. Schob den Leichnam mit den Füßen voran in den Schacht, bis er fiel, hoffend, dass das Seil nicht riss. Es hielt. Ihre Hand zitterte, als sie den Schacht mit der Fackel ausleuchtete und erleichtert feststellte, dass die Füße etwa drei Klafter über dem Grund baumelten.

Den Wölfen würde es nicht gelingen, Gerald Liebstätters letzte Ruhe zu stören.

Kapitel 58
Sonnenaufgang

Wenig später schloss sich die Falltür über dem Grab des falschen Guillermo. Adriana häufte noch einiges von dem herumliegenden Schutt darauf, um den Schachtzugang zu tarnen, bevor sie aus der Dämmernis des Turmrunds in den lichterfüllten Morgen hinaustrat. Stetig an Strahlkraft zunehmend, hatte die Sonne den Horizont erklommen und sich mit satten Rotgoldtönen über die Baumwipfel im Osten geschoben. Es würde ein schöner Tag werden.

Adriana sank auf den zur Bank umfunktionierten Baumstamm neben dem Eingang. Sie fühlte sich wie gerädert, ihr ganzer Leib schmerzte; es schien ihr, als spürte sie jeden einzelnen Knochen. Die Auseinandersetzung mit dem Subprior und der anschließende Kraftakt, den Schacht als letzte Ruhestätte des Katalanen herzurichten, hatten sie völlig erschöpft.

Sie schloss die Augen und lehnte sich an die kühle Turmmauer. Eine ganze Weile saß sie nur da und überlegte. Am liebsten hätte sie unverzüglich die Heimreise nach Wien angetreten, doch angesichts ihres Zustandes und des desolaten Erscheinungsbildes, das sie abgab, konnte sie das vergessen. Sie bedurfte dringend eines Bades, frischer Kleidung und der Künste eines geschickten Infirmarius, der ihren verstauchten Knöchel und die diversen Prellungen und Abschürfungen, die sie erlitten hatte, behandelte. Doch ihre Gedanken kreisten noch um eine ganz andere Angelegenheit, um einen ganz bestimmten Plan. Und umso länger sie darüber nachdachte, umso deutlicher nahm er in ihrem Kopf Gestalt an.

Verschwommen zunächst, doch mit zunehmend schärfer werdenden Konturen.

Ein entschlossener Zug grub sich in ihre Miene. Und ein grimmiges Lächeln, als sie sich die Reaktion des Abtes ausmalte, wenn sie vor ihn treten würde.

Ächzend erhob sie sich und ließ ein letztes Mal ihren Blick über das Gelände streifen.

Da bemerkte sie im Licht eines Strahlenbündels, das die Sonne in den Graben sandte, an der gegenüberliegenden Grabenwand ein zusammengerolltes Pergament. Es steckte im Gewirr einer Luftwurzel fest, die etwa eine Armlänge unterhalb der Grabenkante aus der Wand ragte. Als die Wölfe den Tornister zerfetzt hatten und die darin enthaltenen Bögen und Schriftrollen durch die Luft gewirbelt waren, musste sich eines der Pergamente in der Wurzel verfangen haben. Den Atem anhaltend, starrte Adriana auf das zusammengerollte Schriftstück wie auf eine übernatürliche Vision. Sie humpelte zum Steg, überquerte ihn und eilte so schnell, wie der verstauchte Knöchel es zuließ, zu der Stelle, an der die Wurzel aus dem Erdreich ragte.

Sie ließ sich bäuchlings auf dem Boden nieder, schob ihren Oberkörper über die Grabenkante und langte hinunter. Doch der Versuch, die Rolle zwischen die Finger zu bekommen, misslang. Es fehlten gut zwei Handbreit.

»Verdammt!«, stieß sie hervor.

Sie erhob sich auf die Knie und sah sich nach einem Gegenstand um, der geeignet wäre, das Schriftstück zu bergen. Doch sie fand nichts.

Noch einmal legte sie sich bäuchlings auf den Boden, schob – weiter als vorhin – den Oberkörper über die Kante und langte nach der Rolle. Doch dieser Versuch scheiterte ebenfalls, auch wenn sich der Abstand bis auf etwas weniger als eine Handbreit verkürzt hatte. Weiter durfte sie sich nicht vorwagen, sie musste schon jetzt alle Geschicklichkeit aufbieten, um nicht das Gleichgewicht zu verlieren und in den Graben zu stürzen.

»Verdammt, HERR, bitte lass mich dieses Pergament bergen!«, zischte sie erneut.

Da tauchte wie aus dem Nichts der Anführer des Wolfsrudels auf, der Rüde mit dem weißen Fell. Sie erschrak bis ins Mark, unterdrückte jedoch das Bedürfnis, sich hastig zurückzuziehen. Da ihre ganze Aufmerksamkeit auf die Pergamentrolle gerichtet war, hatte sie ihn nicht kommen sehen. Unverwandt starrte sie auf das Tier, das wie eine Statue dastand und mit einem durchdringenden Blick seiner blauen Augen zu ihr emporsah.

Plötzlich stellte sich der Rüde auf die Hinterläufe, stützte sich mit den Vorderläufen an der Grabenwand ab und stupste die Pergamentrolle vorsichtig mit der Schnauze ein Stück weit nach oben. Adriana traute ihren Augen nicht; war das, was gerade geschah, etwa eine Antwort auf ihr Gebet? Ihre Hand zitterte wie Espenlaub, als sie die Rolle mit Daumen, Zeige- und Mittelfinger ergriff und sie langsam und vorsichtig Daumenbreite um Daumenbreite aus dem Wurzelgeflecht nach oben zog.

»Danke!«, flüsterte sie und lächelte dem Tier zu.

Sie humpelte zum Turm zurück, ließ sich auf die Bank fallen und entrollte das Schriftstück mit fliegenden Fingern. Ein uraltes auf Griechisch verfasstes Dokument. Zwar handelte es sich nicht um das Testament des Athanasius, das hatte sie auch nicht erwartet. Dennoch musste es, wie ihr fachkundiges Auge sogleich feststellte, mit dem nizäischen Konzil zu tun haben; offensichtlich war es im 4. Jahrhundert verfasst worden. Was dem Schreiben jedoch enorme Brisanz verlieh, war die Tatsache, dass es an keinen Geringeren als Kaiser Konstantin höchstpersönlich gerichtet war. An denjenigen, der de facto den Vorsitz auf dem Konzil innehatte und die Formulierung des Bekenntnisses, das später die Basis für das Dogma der Trinität bilden sollte, entscheidend geprägt hatte. Dadurch, dass er dem *Nicaenum* seinen Stempel in Form des Wortes *homo-ousios* – wesensgleich – aufgedrückt hatte. Geschrieben hatte den Brief Eusebius von Nikomedia, einer der etwa dreihundert Teilnehmer des Konzils. Obwohl er ursprünglich die Ansicht des Presbyters Arius teilte, dessen Ansicht über die Natur des Gottsohnes von dem griechischen *homoi-ousios* – wesensähnlich – geprägt war, hatte Eusebius das Bekenntnis ganz gegen seine ursprüngliche Überzeugung mitunterzeichnet. Nicht weil er überzeugt worden wäre, nein! Das Schriftstück, das sie in Händen hielt, bestätigte das, was schon immer Albert von Kantens Überzeugung gewesen war: dass das Ergebnis auf dem Konzil unter Zwang zustande kam. Auch wenn Konstantin seinerzeit den versammelten Teilnehmern weiszumachen versuchte, dass es der Wille Gottes sei.

Auf welch abenteuerlichen Wegen der Brief in ein katalanisches Kloster und schließlich hierher nach Ennswalden gelangt war, darüber konnte nur spekuliert werden. Es würde eines von vielen dunklen Rätseln bleiben, die den holprigen und oft blutigen Weg der Christenheit durch die Geschichte säumten. Doch der Gedanke, dass sie vielleicht das über tausend Jahre alte Original eines Briefes in Händen hielt, der von einem Teilnehmer des Konzils höchstpersönlich geschrieben worden war, ließ sie schwindeln. Immer und immer wieder las Adriana die entscheidende Passage des Dokuments – das an den Kaiser gerichtete Geständnis des Eusebius von Nikomedia, das aus einem einzigen Satz bestand.

Wir handelten sündig, oh Fürst, als wir aus Furcht vor Euch einer Blasphemie zustimmten.

Kapitel 59
Zwischen Non und Vesper

Am frühen Nachmittag dieses 8. Juli – gerade war der Gottesdienst zu Non zu Ende gegangen – passierte Adriana den schattigen Bogen des Torhauses, steuerte auf das Pförtnerhäuschen zu und saß ab. Mit offenem Mund stürzte Bruder Firmin heraus und schlug die Hände über dem Kopf zusammen.

»Bruder Adrian? Bei allen Heiligen! Wie kommt Ihr denn daher?« Mit aufgerissenen Augen starrte er sie an. »Seid Ihr unter die Wegelagerer geraten?«

Mit der zerfetzten Kutte, den blauen Flecken auf der Stirn und dem blutverkrusteten Gesicht hätte man sie tatsächlich für das Opfer eines räuberischen Überfalls halten können.

Adriana winkte lächelnd ab. »Nichts Ernstes, Bruder Pförtner. Ein kleiner Unfall. Sagt, wisst Ihr, ob der Abt zu sprechen ist?«

»Ich denke schon. Soll ich Euch avisieren?«

Sie runzelte die Stirn. »Gewöhnlich erledigt das doch Bruder Bertram?«

»Der ist im Auftrag des Vaters Abt unterwegs.«

»Gut, dann gehe ich direkt zu ihm. Wenn Ihr Euch nur meines Pferdes annehmen würdet.«

Abt Florian war nicht weniger bestürzt, als der gelehrte Mönch aus Wien humpelnd, aber mit entschlossenem Blick in sein Arbeitszimmer trat.

»Um Himmels willen, *doctor*, was ist geschehen?«, rief er und sprang von seinem Stuhl auf.

Statt einer Antwort griff Adriana unter ihre Kutte, zog einen hölzernen Gegenstand hervor und legte ihn auf den Schreibtisch des Abtes.

Dem Mönch drohten die Augen aus den Höhlen zu springen.

»Wie ... was ...?«, keuchte er und fasste sich an die Brust.

»Das hier konnte ich beim Mörder sicherstellen, Eure Erhabenheit. Er ist entlarvt. Es war Bruder Hartwig, Euer Subprior. Er hat die Morde begangen. Er wollte Euch diskreditieren. Wollte, dass Ihr eures Amtes enthoben werdet. Er strebt selbst nach der Abtswürde.«

Die kurzen harten Sätze trafen den Abt wie Tritte eines renitenten Gauls. In seiner Miene spiegelten sich unterschiedlichste Regungen: Verblüffung, ungläubiges Erstaunen, blankes Entsetzen.

»Was ... Was faselt Ihr da?«, flüsterte er heiser. »Seid Ihr ... Seid Ihr des Teufels?«

Adriana stützte die Arme auf den Schreibtisch, stöhnte kurz auf und beugte sich weit nach vorn.

»Keinesfalls, Euer Hochwürden: Nicht meiner hat sich der Teufel bemächtigt. Sondern Eures Subpriors. Ich stieß zufällig auf seine Spur.«

»Und worin besteht diese ... *Spur*?«

Adriana setzte die wohl geheimnisvollste Miene auf, in die der Abt je geblickt hatte, und beugte sich noch weiter über den Schreibtisch.

»Aus einer kurzen Notiz, die ich als vom Antichrist inspiriert ansehen würde«, flüsterte sie.

Der Abt glotzte sie an, als erwartete er jeden Augenblick, dass der Antichrist hereinspazierte.

»Eine Notiz, die wohl den Entwurf zu einem Brief darstellte, der an den päpstlichen Nuntius gerichtet war, an Monsignore Ricardo Morelli. Er enthielt eine Beschreibung der Zustände in diesem Kloster, sämtliche Einzelheiten über die Morde, den Hinweis auf ketzerische Umtriebe und«, Adriana hielt kurz inne, »die Behauptung, Ihr, Eure Erhabenheit, wärt verantwortlich für all das Ungemach, das dem Kloster bisher widerfuhr. Und Ihr würdet Ketzerei nicht nur dulden, sondern auch aktiv vertuschen. Der schlimmste Vorwurf: Jemand habe die Morde in Eurem Auftrag begangen. Ihr gehöret in den Kerker, die Abtswürde müsse unverzüglich auf jemand anderen übergehen. Wie gesagt, lediglich ein Entwurf, was ich an ein paar durchgestrichenen Worten und Randbemerkungen festmache. Ob ein Brief daraus entstanden ist, der dann auch abgesandt wurde, vermag ich nicht zu sagen. Tatsache ist, dass der Nuntius den Verdacht auf häretische Umtriebe ernst nimmt und in den nächsten Tagen hier erscheinen wird, wie Ihr mir ja selbst berichtet habt. Irgendwie muss er den Inhalt dieser Notiz erfahren haben. Vielleicht wurde er auch in einem persönlichen Gespräch davon in Kenntnis gesetzt. Ich sage Euch, Eure Erhabenheit: Der Subprior treibt ein teuflisches Spiel!«

Der Abt war kalkweiß geworden. »Das ist ungeheuerlich!«, krächzte er und ließ sich, nach Luft ringend, auf seinen Stuhl fallen. »Dieser Hund, dieser Verräter, ich ... Ich ahnte es schon immer, dass er es auf meine Position abgesehen hat.« Fahrig strich er sich mit dem Handrücken über die Stirn, auf der sich kalter Schweiß gebildet hatte.

Es funktioniert, er glaubt es tatsächlich, frohlockte Adriana innerlich. So wie es aussah, würde ihr Plan aufgehen.

»Wie ... Wie gelangtet Ihr an diese Notiz?«, wollte der Abt wissen.

»Durch Zufall. Vielleicht auch durch Fügung, wer weiß das schon. Als ich gestern Morgen zu den Ställen ging, um nach meinem Pferd zu sehen, sah ich einen Tornister. Er stand einsam und verlassen an einer Mauerecke, neben einer Stalltür. Ich dachte, jemand hätte ihn vergessen. Ich klappte den Deckel zurück, um hineinzusehen – ich wollte so den Besitzer ermitteln –, und stieß auf einen Namen, der auf der Innenseite in das Leder eingeritzt war; er gehörte Bruder Hartwig, dem Subprior. Dann fiel mir der Inhalt ins Auge. Es handelte sich um mehrere lose zusammengerollte Pergamente. Dokumente auf Griechisch, sehr alte Dokumente, wie ich sofort feststellen konnte. Ob das Fünfte Evangelium darunter war, kann ich nicht sagen. Ich sah mir eine Rolle genauer an. Schon beim Überfliegen des Textes erkannte ich, dass es sich um eine Schrift mit blasphemischem Inhalt handelte. Ein Inhalt von ungeheurer Sprengkraft, gelangte das Manuskript an die Öffentlichkeit. Es enthielt die These«, Adriana beugte sich erneut über den Tisch und flüsterte verschwörerisch: »die Lehre der Trinität sei eine Lüge und vom Teufel inspiriert.«

»Nein!«, hauchte der Abt und schlug entsetzt die Hand vor den Mund.

»Doch, Eure Erhabenheit. Ich hatte nicht die Zeit, die anderen Dokumente anzusehen. Dafür entdeckte ich zwei kleinere, mit schneller Hand beschriebene Blätter, die sich zwischen den Rollen befanden. Notizen mit brisantem Inhalt. Bei einer davon handelte es sich um die, deren Inhalt ich Euch bereits nannte. Die andere überzeugte mich davon, dass er der Mörder ist.«

»Inwiefern?«

»Sie enthielt insgesamt sechs Namen, fünf waren durchgestrichen! Es handelte sich um die Namen der fünf Opfer, die wir bisher zu beklagen haben.«

»Aber ... Aber bisher gibt es doch nur vier Opfer, keine fünf? Von Bruder Ortolph, dem Sakristan, fehlt bis jetzt nur jede Spur.«

»Nun, offenbar wurde auch er umgebracht. Auch wenn sein Leichnam bisher nirgendwo aufgetaucht ist.«

»Und der sechste? Wie lautet der sechste Name auf der Liste? Der, der nicht durchgestrichen war?«

»Es ist der Eurer, hochwürdigster Abt«, antwortete sie und wunderte sich wieder einmal, wie leicht auch diese Lüge über ihre Lippen kam.

Wie von einer Hornisse gestochen, fuhr Florian vom Stuhl hoch.

»Mein Gott, er will mich umbringen?«, schrie er entsetzt.

»Beruhigt Euch, Eure Erhabenheit. Er wird es nicht mehr tun können. Euer Subprior ist tot.«

»Tot?« Kopfschüttelnd ob der ungeheuerlichen Neuigkeiten, die wie ein Bienenschwarm in seinem Kopf herumsummten, ließ sich Florian wieder auf den Stuhl zurückfallen. »Es ist alles ... alles so verwirrend. Erklärt Euch genauer, wie kam er ums Leben?«, bat er.

Adriana konnte nicht fassen, dass der Abt völlig bedenkenlos alles glaubte, was sie ihm gerade auftischte. Dass es so einfach sein würde, ihn zu täuschen. Obwohl ihre Darstellung Lücken und Ungereimtheiten aufwies, funktionierte das Vermischen von Fakten, Lügen und Halbwahrheiten perfekt. Fast zu perfekt. Doch der Abt gehörte nun mal nicht zu jener Sorte Mensch, die in der Lage war, das Für und Wider von Argumenten abzuwägen, alles genau zu prüfen und die entsprechend logischen Schlüsse daraus zu ziehen.

»Die Antwort erfahrt Ihr gleich. Aber lasst mich zuvor einige Hintergründe erklären. Wenn Ihr mich fragt, Eure Erhabenheit, war er nicht nur ein Mörder, sondern auch ein durchtriebener Verräter und Betrüger. Wahrscheinlich wusste er um das Dokument, nach dem ich suchte, um das Fünfte Evangelium; wusste, wo es versteckt war, hielt es aber vor mir geheim. Und wie ich bereits sagte, müssen sich noch andere ketzerische Schriften in seinem Besitz befunden haben. Er beabsichtigte, sie dem Nuntius zu übergeben. Vielleicht weil er damit Eure angebliche Verwicklung in häretische Umtriebe vortäuschen wollte.«

»Aber wie das?«

»Nun, ich stelle folgende Theorie in den Raum. Der Subprior behauptet gegenüber dem Nuntius, Ihr hättet über Jahre hinweg von den Schriften gewusst und sie bewusst vor dem Zugriff der Kirche verborgen, um sie bei geeigneter Gelegenheit Ketzern in die Hände zu spielen.«

»Um aller Heiligen willen, da möge Gott vor sein.« Der Abt knirschte mit den Zähnen. »Aber ja, das hätte ich diesem verdammten Hund durchaus zugetraut!«, fluchte er. »Aber was war denn nun mit dem Tornister? Ich nehme an, er enthielt außer den Notizen auch das hier?« Er deutete mit dem Kopf auf den Rumpf der Holzpuppe.

»Um gleich auf Eure Frage zu antworten: Nein, die Schnitzerei befand sich nicht in dem Tornister, auf sie stieß ich erst später. Aber lasst mich der Reihe nach berichten. Nachdem ich den Inhalt des Tornisters geprüft hatte – ich musste mich beeilen –, klappte ich ihn wieder zu und stellte mich hinter ein Mauerstück, um zu beobachten, was geschähe. Tatsächlich kam bald darauf der Subprior in Gesellschaft eines Stallburschen und nahm den Tornister an sich. Er hatte ihn aus irgendeinem Grund nur kurz neben der Mauer abgestellt. Ich hörte, wie der Bursche ihn fragte, welches Pferd er für ihn morgen früh – also heute – satteln solle. Den Falben, antwortete der Subprior, der könne die Steigung zur Wolfsklause am besten bewältigen. Damit wusste ich, wo ich ihn treffen würde.«

»Ihr seid ihm heute früh zur Wolfsklause gefolgt?«

»Ja.«

»Was war Eure Absicht?«

»Ihn zur Rede zu stellen.«

»Allein? War das nicht zu gefährlich? Ihr musstet doch davon ausgehen, dass er vor nichts zurückschrecken würde.«

Eine der Lücken! Er hatte sie entdeckt!

»Es war gefährlich, was Ihr zweifelsohne daran erkennen könnt, wie ich vor Euch stehe. Ich wollte, Bruder Guillermo wäre zugegen gewesen, aber ich hatte ihn gestern gebeten, nach Admont in das dortige Kloster zu reiten, um dort einem Hinweis nachzugehen, auf den wir gestoßen waren. Also bin ich das Wagnis eingegangen und noch vor Anbruch der Dämmerung allein zur Wolfsklause geritten. Als ich die Lichtung erreichte, sah ich den Falben des Subpriors, er war an einem Baum am Waldrand festgebunden. Ich lief über den Steg und bemerkte, dass die Eingangstür zum Turm offen stand. Als ich über die Schwelle trat, fand ich den Subprior damit beschäftigt, den Boden abzusuchen. Er hatte den Tornister umgeschnallt, auf mich machte er den Eindruck, als hätte er eine längere Reise vor sich. Er wirkte sichtlich erschrocken, als er mich sah. Anscheinend ahnte er, welchen Verdacht ich hegte. Noch bevor ich ihn ansprechen konnte, zog er ein Kurzschwert und drang wütend auf mich ein. Ich rannte hinaus, er mir hinterher. Wir gerieten in eine Auseinandersetzung. Es gelang mir, ihm die Waffe mit einer Holzlatte aus der Hand zu schlagen. Es kam zu einem Handgemenge, in dessen Verlauf wir der Kante des Wolfgrabens immer näher kamen. Dabei fiel ihm etwas aus dem Brustbeutel, den er unter der Kutte trug.« Sie hielt kurz inne. »Er war zwar kräftiger als ich, dafür war ich wendiger. Ein Ast, halb verborgen im Sand, wurde ihm zum Verhängnis. Er trat darauf, strauchelte und fiel rückwärts in den Graben. Ich konnte gar nicht so schnell schauen, wie die Wölfe über ihm waren.«

»Allmächtiger! Er wurde ... gefressen?«

»Vor meinen Augen, Eure Erhabenheit. Nicht genug damit, machten sich die Wölfe auch über seinen Tornister und die Schriftrollen her. Sie landeten zwischen den Zähnen und in den Mägen der Tiere oder wurden zerfetzt und in den feuchten Grund gestampft. Nichts blieb übrig. Jetzt erst bemerkte ich auch den Gegenstand, der ihm aus der Kutte gefallen war: die Schnitzerei, der Rumpf der Holzpuppe. Sie lag wenige Handbreit von der Grabenkante entfernt im Dreck.«

»Verstehe! Das heißt, es gibt keine häretischen Dokumente mehr, wenn der päpstliche Nuntius uns visitiert?«

»Es gibt sie nicht mehr. Und die Aussagen des Subpriors, wie er sie gegenüber dem Nuntius getätigt hat, könntet Ihr nun gegen ihn verwenden.«

»Gegen ihn? Wie meint Ihr das?«

»Nun, Ihr könntet sagen, dass seine Aussagen allesamt Lügen waren. Zum einen dienten sie dazu, Eure Person und Eure Amtsführung zu diskreditieren. Zum anderen wollte er die Schriften in seinen Besitz bringen, um sie den Feinden der Kirche gegen schnöden Mammon anzubieten. Indem er Euch beschuldigte, versuchte er seine eigene verbrecherische Rolle zu vertuschen.«

Der Abt sah sie aus zusammengekniffenen Augen an. Ein lauernder Blick traf sie. »Dann stünde Aussage gegen Aussage.«

»Eure Aussage gegen die eines Toten. Und vergesst nicht meine Wenigkeit. Ich werde Eure Version schriftlich bestätigen, schließlich bin ich Augenzeuge.«

»Aber wird der Nuntius nicht Beweise verlangen?«

»Beweise sind die Überreste des Tornisters und der zerfetzten Schriften im Wolfsgraben. Besser gesagt, was davon noch übrig ist. Der Subprior beabsichtigte, mit den Dokumenten das Weite zu suchen, weswegen hätte er sie sonst bei sich führen sollen? Vorher hat er, aus welchen Gründen auch immer, die Wolfsklause aufgesucht. Ihr könntet den Nuntius auffordern, mit Euch dort hinzureiten; soll er sich das Ganze selbst ansehen – falls er sich darauf einlässt. Außerdem dürft Ihr Euch getrost auf mich berufen. Ich war Zeuge seines Todes, Zeuge davon, dass Gott ihn für seine ketzerischen und mörderischen Umtriebe gerichtet hat. Ich werde meine Aussage dazu schriftlich festhalten und unterzeichnen. Darüber hinaus werde ich bestätigen, dass Ihr mich bei meinen Nachforschungen, die ich im Auftrag der Universität zu Wien durchgeführt habe, loyal und kenntnisreich unterstützt habt. Ich werde darlegen, dass es mir erst mit Eurer Hilfe gelang, die verbrecherischen Aktivitäten des Subpriors aufzudecken. Das wird den Nuntius davon überzeugen, dass Euch die gesamte Christenheit zu großem Dank verpflichtet ist. Dass es nicht gelang, das Fünfte Evangelium zu finden und es dem Besitz der Kirche zuzuführen, lag ausschließlich an den verbrecherischen Intentionen des Subpriors. Es verschwand zusammen mit ihm in den Mägen der Wölfe.«

Dass der einzige Zweck des Bären, den Adriana dem Abt aufgebunden hatte, darin bestand, »Bruder Adrian«, den gelehrten *doctor* aus Wien, zu entlasten und ihn den Nachstellungen des päpstlichen Nuntius und damit der Inquisition zu entziehen, stand selbstverständlich auf einem anderen Blatt.

Der Abt jedenfalls war ihr mit zunehmender Begeisterung gefolgt. »Fantastisch, ganz fantastisch. Eine sehr gute Idee, *doctor*!«, stimmte er überschwänglich zu. »Eure Aussage, die Ihr schriftlich festhalten wollt, werdet Ihr doch sicherlich auch mündlich in Gegenwart des Nuntius bekräftigen, nicht wahr?«

»Nein, hochwürdigster Abt. Ich werde morgen früh nach Admont aufbrechen. Dort treffe ich mich mit Bruder Guillermo. Gemeinsam werden wir nach Wien reiten, wo sich unsere Wege trennen müssen. Meine Mission hier in Ennswalden ist beendet.« Mittlerweile fühlte sich das Lügen und Täuschen, zu dem Adriana Zuflucht genommen hatte, schon fast normal an.

Enttäuschung malte sich auf dem Gesicht des Abtes. »Nun, dann sei es so. Gestattet mir noch eine Bitte.«

»Ja?«

»Ich wäre Euch sehr verbunden, wenn Ihr Euren Bericht noch heute Abend aufsetzen würdet. Bruder Bertram wird

Euch zur Hand gehen. Ach ja, und überlasst mir wenigsten diese teuflische Schnitzerei. Ich will sie dem Nuntius als zusätzlichen Beweis präsentieren.«

»Wenn's weiter nichts ist, das lässt sich bewerkstelligen, Eure Erhabenheit. Euren Sekretär brauche ich dazu nicht.«

AUFBRUCH

TAG 31
DONNERSTAG, 9. JULI ANNO DOMINI 1405

Kapitel 60
Vor Prim

An diesem Tag – dem letzten ihres Aufenthalts in Ennswalden – war Adriana schon früh damit beschäftigt, ihr Bündel für die Abreise zu schnüren. Besondere Sorgfalt widmete sie dem Verpacken der Schriftrolle, auf die sie gestern gestoßen war.

Ein Klopfen an der Tür ließ sie zusammenzucken. Sie ahnte, wer es war, und verzichtete auf ein »Herein!«. Bruder Bertram betrat trotzdem den Raum.

»Ich hörte, du verlässt uns heute?« Er klang verzagt.

»Das tue ich«, bestätigte sie frostig, ohne aufzublicken.

»Ohne mir Bescheid gesagt zu haben?«

Jetzt erst sah sie auf. »Weshalb hätte ich das tun sollen?«

»Nun ja, ich dachte ... Ich dachte ... unter Freunden ...«, er stockte.

»Du dachtest, unter Freunden geht man vertraulicher miteinander um?«

Er nickte und biss sich auf die Lippen. Adriana interpretierte es als Anflug eines schlechten Gewissens.

»Freunde bedrohen aber einander auch nicht mit irgendwelchen Stemmeisen und Messern«, merkte sie brüsk an.

Bruder Bertram duckte sich wie unter einem Schlag. »Du weißt es also«, murmelte er.

»Natürlich! Warum, Bruder Bertram, sag mir, warum?«, forderte sie ihn auf, obwohl ihr die Antwort, die er geben würde, mittlerweile gleichgültig war. Auch wenn nicht alle Fragen bis in die letzten Einzelheiten geklärt waren: Sie interessierte sich nicht mehr für das, was geschehen war. Das wichtigste Ziel hatte sie vermutlich erreicht: Den Abt so zu präparieren, dass er der Befragung durch den Nuntius gewachsen war, wenn dieser, in der Meinung, auf ketzerische Aktivitäten zu treffen, die Abtei besuchte. Das Schreiben, das sie aufgesetzt hatte, würde zusammen mit den Aussagen des Abtes den vom Subprior erhobenen Vorwurf der Ketzerei gegen sie entkräften und sie hoffentlich vor weiteren Nachstellungen bewahren.

»Ich wollte dir bei den Ermittlungen helfen, mehr nicht«, behauptete Bruder Bertram. »Ich stellte mir vor, wie es wäre, wenn ich dich mit einem Ergebnis überraschen könnte, das dich in deinen Untersuchungen weiterbringt.«

Sie sah ihn fragend an.

»Wie du weißt, hatte einer der Konversen berichtet, den Sakristan dabei beobachtet zu haben, wie er mit einem Stemmeisen im Glockenturm verschwand«, führte er weiter aus. »Es musste einen Grund gegeben haben, dass er mit solch einem Werkzeug unterwegs war. Also, dachte ich, leihe ich mir beim Schmied ein Stemmeisen aus und sehe mal selbst da oben nach.«

»Dachtest du dir, sieh an! Warum dann die Maskierung? Und warum musstest du mich so hart angehen? Drohtest mir sogar mit einem Messer!«

»Ich ... Ich wollte nicht, dass man mich erkennt, würde mir jemand begegnen. Als ich wider Erwarten im Turm auf dich traf, hatte ich Angst, du würdest mein Eindringen missverstehen. Deshalb wollte ich ... wollte ich ... Na ja, ich hab mir einfach nicht mehr anders zu helfen gewusst, es war dumm von mir. Kannst du mir verzeihen? Bitte!«

Adriana sah ihn eine Weile schweigend an, dann spielte ein Lächeln um ihre Mundwinkel. »Schon vergessen.«

»Dann wünsche ich dir eine gute Reise. Pass auf dich auf.«

»Das werde ich, Bruder Bertram. Du auch auf dich.«

Die Sonne ging auf, zögernd erwachte das Leben in der Abtei, als Adriana, begleitet von den guten Wünschen des Pförtners, durch den Bogen des Torhauses ritt und sich auf den Weg machte. Auf den Weg Richtung Wien.

Sie würde nicht mit leeren Händen zu Albert von Kanten zurückkehren. Zwar war es ihr versagt geblieben, an das Testament des Athanasius heranzukommen, doch dafür war sie auf ein anderes historisch bedeutsames Dokument gestoßen, das sie, gut und sicher verpackt, mit sich führte. Eine gewichtige Stimme, die sich zum nizäischen Konzil kritisch geäußert und ihre Kritik sogar in Form eines bemerkenswerten Schuldbekenntnisses in einem an den Kaiser gerichteten Brief artikuliert hatte.

Wir handelten sündig, oh Fürst, als wir aus Furcht vor Euch einer Blasphemie zustimmten.

Ob die Schrift des Eusebius von Nikomedia ein solches Aufsehen erregen würde, wie es das Testament des Athanasius vermocht hätte, würde sich zeigen. Adriana oblag es, die kostbare Schrift sicher und unbeschädigt nach Wien zu Albert von Kanten zu bringen. Er würde den Wert richtig einzuschätzen wissen. Mochten er und die anderen darüber urteilen, die dem geheimen Zirkel angehörten, der sich der »Bloßstellung des Antichristen« widmete.

Auf dem Hügel, auf dem sie bereits an dem Tag, an dem sie hier angekommen war, innegehalten hatte, blieb sie stehen und ließ ihren Blick gedankenversonnen über die Abtei schweifen. Über die vom rosigen Morgendunst umhüllten Mauern, über die trägen Fluten der Enns, in denen sich das Rotgold der aufgehenden Sonne spiegelte – über dieses ganz und gar friedlich und entrückt wirkende Panorama, hinter dem sich so viel Ungeheuerliches, Grausames, Teuflisches abgespielt hatte.

Vorbei! Ein letzter Blick, ein Aufatmen. Adrianas Hand tätschelte sanft den Hals des Pferdes. »Komm, mein Starker, auf gen Süden! Wien erwartet uns!«

GLOSSAR

Apsis – Ein von einer Halbkuppel überwölbter Raum mit in der Regel halbkreisförmigem Grundriss, der einen Kirchenraum abschließt

Armillasphäre – Kunstvoll gearbeitetes astronomisches Gerät zur Veranschaulichung dreier geozentrischer Koordinatensysteme und zur Bestimmung der Position von Himmelskörpern. Basierend auf der mittelalterlichen Vorstellung über den Kosmos (geozentrisches Weltbild).

Artes liberales – Die »sieben freien Künste«; Bildungsweg im Mittelalter. Sieben Studienfächer bestehend aus *Trivium* (Dreiweg) und *Quadrivium* (Vierweg). Nach dem Elementarunterricht (Schreiben, Lesen, Rechnen und elementare Lateinkenntnisse) die Vorbereitung auf das Studium wissenschaftlicher Disziplinen wie Jurisprudenz und Theologie

Äußere und Innere Schule – Bildungseinrichtung an mittelalterlichen Klöstern. An der »Äußeren Schule« wurden Knaben unterrichtet, die keine geistige Laufbahn einschlagen wollten, die »Innere« war Schülern vorbehalten, die für den Kloster- bzw. Priesternachwuchs ausgebildet wurden.

Brevier – Gebetbuch

Bruche – Mittelalterliche Unterhose

Dormitorium – Gemeinsamer Schlafsaal der Mönche in einem Kloster

Grangie – Zu einem Kloster gehörendes landwirtschaftliches Gut mit entsprechenden Gebäuden; außerhalb des Klosters gelegen

Horen – Stundengebete im Kloster

Inklusen, Inklusorium – Frauen (auch Männer), die sich für bestimmte Zeit oder auf Lebenszeit einmauern ließen, um sich der Hingabe an Gott zu widmen. Ihre Behausung – Klause, auch Inklusorium genannt – war an eine Kirche, Kapelle, Stadtmauer angebaut. In der Regel waren sie einem Kloster zugeordnet, das für ihre Versorgung zuständig war.

Kapitel, Kapitelsaal – Versammlung der Mönche; Versammlungsstätte einer klösterlichen Gemeinschaft

Kienspan – Leuchtmittel; vierkantig oder auch flach gespaltene Scheite oder Späne aus harzreichem Holz (vorwiegend Kiefernholz)

Klausur – Abgeschlossener Bereich in einem Kloster, der Ordensangehörigen vorbehalten ist

Konvent – Gesamtheit der zum Orden gehörenden (stimmberechtigten) Mitglieder eines Klosters

Konverse – Laienbruder; Mönch niederen Ranges, der keine geistlichen Weihen empfing und Arbeiten auf den Feldern und in den Werkstätten verrichtete

Macula infamiae – Stigmatisierung gesellschaftlich geächteter Randgruppen im Mittelalter, denen insbesondere Angehörige bestimmter Berufe wie Schäfer, Scharfrichter, Abdecker, Spielleute, fahrendes Volk und andere ausgesetzt waren. Mit der *macula infamiae* behaftete Personen waren gewissermaßen die Parias der mittelalterlichen Gesellschaft.

Oblate – Ursprünglich Bezeichnung für Kinder, die von ihren Eltern ins Kloster gegeben wurden, um eine klösterliche/geistliche Laufbahn einzuschlagen

Ossarium – Überdachter Raum zur Aufbewahrung von Gebeinen, auch Beinhaus oder Karner genannt

Palimpsest – Antikes bzw. mittelalterliches Schriftstück (Pergament), von dem der ursprüngliche Text entfernt (abgeschabt) und das danach neu beschriftet wurde

Paraphernalien – Werkzeuge und Gegenstände, die bei magischen Praktiken eingesetzt werden

Pergamenter – Hersteller von Pergamenten; der Pergamenter übte seinen Beruf als anerkanntes Handwerk aus.

Refektorium – Speisesaal der Mönche im Kloster

Regula Benedicti – Ein von Benedikt von Nursia verfasstes Ordens- bzw. Klosterregularium

Rohhautlampe – Mit Tierhaut (Pergament) bespannte Laterne

Skriptorium – Schreibwerkstatt in einem Kloster

Triqueta – In der christlichen Ikonografie ein Symbol der Dreifaltigkeit, urspünglich hergeleitet aus dem keltischen oder germanischen Kultkreis. Die Figur findet sich vor allem an romanischen Kirchen.

Unschlitt, Unschlittlampe – Unverarbeitetes bzw. ungereinigtes Fett (Talg) von Schwein, Rind oder Hammel als Brennstoff für Lampen und Laternen

Zingulum – Zum Mönchshabit (Kleidung) gehörender Gürtel, meistens ein Strick

AUF EIN (NACH)WORT ...

Die Handlung des vorliegenden Romans um Adriana von Bronnen und Guillermo von Toledo ist fiktiv. Ebenso wie die Benediktinerabtei Ennswalden und die dort angesiedelten Personen und Charaktere sind Adriana und Guillermo gänzlich meiner Fantasie entsprungen. Für Ennswalden gibt es allerdings so etwas wie ein Vorbild – das bei Steyr am Ufer der Enns gelegene ehemalige Benediktinerstift Garsten. Allerdings nur, was die geografische Lage anbelangt, nicht, was die Baulichkeiten angeht; die Anlage der Abtei Ennswalden, wie ich sie entworfen habe (siehe Abbildung am Anfang des Buches), sollte dem von mir konzipierten Plot und den dramaturgischen Erfordernissen entsprechen und dürfte, wenn überhaupt, nur bedingt mit der Klosteranlage zu tun haben, wie sie sich im 13./14. Jahrhundert darstellte.

Dennoch gibt es auch in *Die Mönchin* einen historischen Kern, um den sich die Geschichte rankt: den sogenannten Arianischen Streit, der spätestens zu Beginn des 4. Jahrhunderts die Christengemeinden im Römischen Reich erschütterte, was schließlich sogar den römischen Kaiser Konstantin I. (später »der Große« genannt), auf den Plan rief. Stark reduziert ging es dabei um die theologische Frage: Ist Jesus, der Sohn, und Gott, der Vater, eine Person oder sind beide getrennt voneinander als zwei unterschiedliche Personen anzusehen? Ist Jesus »ungeschaffen«, dem Vater gleichgestellt und damit, wie dieser, schon ewig existent?

Arius, ein Presbyter der Gemeinde von Alexandrien, vertrat die Ansicht, nur Gott, der Vater, allein könne wahrer Gott sein, schließlich sei er nie geschaffen worden. In der Konsequenz ging er davon aus, der Sohn Gottes sei aus dem Nichts heraus gezeugt worden, habe einen Anfang gehabt und könne deshalb nicht »wesensgleich« (griechisch: *homoousios*) mit ihm sein; Jesus, der Sohn, sei dem Vater also untergeordnet. Es habe eine Zeit gegeben, in der der Sohn nicht existent gewesen sei. Arius gelangte zu dem Schluss, der Sohn sei dem Vater lediglich »wesensähnlich« (griechisch: *homoiousios*).

Dem widersprach vehement Alexander, der Bischof von Alexandrien. Gott und der Sohn seien einer Natur, beide damit »wesensgleich«. Der Streit eskalierte und drohte die damalige Christenheit zu spalten. Konstantin der Große, für den das dynamisch wachsende Christentum seiner Tage ein herrschaftsabsichernder Faktor geworden war, befürchtete ein Auseinanderbrechen des Reiches und berief 325 ein Konzil nach Nizäa in Kleinasien ein, um den Streit zu schlichten. Er selbst führte den Vorsitz. Sprecher der Fraktion der »Wesensähnlichkeit« war Arius, sein Kontrahent, der auf der »Wesensgleichheit« bestand, Bischof Alexander. In dessen Gefolge tat sich eine Person durch besonderen Eifer und Redegewandtheit hervor: der junge Archidiakon Athanasius. Der erbittert geführte Streit tobte hin und her; zu den verbalen Attacken gesellten sich bald auch handgreifliche. Konstantin schließlich war es, der eine Entscheidung zugunsten der Fraktion der »Wesensgleichheit« fällte und entschied, dass »der Sohn eines Wesens mit dem Vater sei«; Arius wurde verbannt, seine Schriften verbrannt. Die Beschlüsse des Konzils wurden danach noch öfter infrage gestellt, bis sie beim ersten Konzil von Konstantinopel im Jahr 381 mit der Formulierung des *Nicäno-Konstantinopolitanums* (Nizäischen Glaubensbekenntnis) endgültig besiegelt wurden. Die viele Jahrhunderte später entstandene, von der Kirche als Häretiker angesehene Gruppierung der *Passagini* – im Roman stößt Albert von Kanten auf sie – lehnte zwar die Trinität ab, hinterließ jedoch in der Geschichtsschreibung so gut wie keine Spuren.

Nennenswerte Kritik am Dogma der Dreieinigkeit wurde erst viel später wieder laut. Zu den prominentesten Antitrinitariern späterer Jahrhunderte gehörten der Bibelübersetzer Ludwig Hätzer, der Philosoph Giordano Bruno, der Arzt und Theologe Michael Servetus, der Jurist und Theologe Fausto Sozzini (alle Anfang bis Ende 16. Jahrhundert), des Weiteren John Locke, englischer Arzt und Philosoph, sowie Isaac Newton, der englische Physiker, Astronom und Mathematiker (beide 18. Jahrhundert). Und selbst im 21. Jahrhundert machte kein Geringerer als Hans Küng, einer der bekanntesten Theologen der Neuzeit, mit der Leugnung der Wesensgleichheit Jesu Christi mit Gottvater noch von sich reden.

Das im Roman genannte »Testament des Athanasius«, nach dem Adriana in Ennswalden forscht, ist natürlich fiktiv. Der an Kaiser Konstantin gerichtete Brief des Eusebius von Nikomedia, auf den sie am Schluss stößt, hingegen existiert tatsächlich, allerdings nicht im Original, sondern als Abschrift. Obwohl Eusebius anfangs an der Seite des Arius stritt, gehörte auch er zu den Unterzeichnern des Nizäischen Bekenntnisses. Der entscheidende Satz in seinem an den Kaiser gerichteten Brief lässt allerdings tief blicken: *Wir handelten sündig, oh Fürst, als wir aus Furcht vor Euch einer Blasphemie zustimmten.*

Dass Adriana glaubt, vielleicht das auf Griechisch verfasste Original des Briefes in Händen halten zu können, ist wiederum ein Produkt meiner Fantasie – doch schließlich ist *Die Mönchin* ein Roman und keine wissenschaftliche Abhandlung. Und wie bereits in meinen vorherigen historischen Romanen berufe ich mich augenzwinkernd auf den Ausspruch Plinius des Älteren: »Den Dichtern ist es gestattet zu lügen.« Möge mir jeder, der das anders sieht, verzeihen.

Zur Situation der Klöster im Mittelalter

Die allgemein vorherrschende Einstellung sah in den mittelalterlichen Klöstern eine überwiegend vom Glauben getragene Institution, geprägt vom monastischen Ideal der Hingabe an Gott sowie einem Leben in Stille und der frommen Befolgung des benediktinischen *Ora et labora* (Bete und arbeite). Doch die Realität sah vielerorts anders aus. Wie in jeder Gemeinschaft, in der Menschen unterschiedlicher Mentalitäten und Herkunft auf engem Raum zusammenleben müssen, war der Umgang miteinander nicht selten von sozialen Konflikten und Spannungen geprägt. Manche Ordensangehörige waren der eingeschränkten Lebensweise nach einiger Zeit überdrüssig, fühlten sich fehl am Platz, ungerecht behandelt und begehrten gegen die Regeln und die Machtbefugnisse des Abtes und seiner Stellvertreter auf. Missgunst, Korruption, Simonie und andere Zwistigkeiten und Rivalitäten, die mannigfache Ursachen haben konnten, waren die Folge. Zum Teil entluden sie sich in Gewalttätigkeiten, die in seltenen Fällen sogar bis hin zum Mord reichten. Des Öfteren suchten Mönche und Nonnen ihr Heil in der Flucht aus dem Kloster und brachen damit ihr Gelübde.

Der im Roman dargestellte Verfall der klösterlichen Disziplin in der Abtei zu Ennswalden war in unterschiedlicher Ausprägung in vielen Klöstern des Spätmittelalters zu beobachten, was immer wieder zu Reformbemühungen Anlass gab.

Frauen, die in die Identität von Männern schlüpfen – und das im Mittelalter?

Im vorliegenden Roman schlüpft die Hauptprotagonistin in die Rolle eines Mönchs, nachdem sie Jahre zuvor, als Mann verkleidet, eine universitäre Ausbildung genossen hat. Im Mittelalter unmöglich? Ungewöhnlich ja, aber nicht unmöglich. In ihrem Buch „Frauen und Männer in der Gesellschaft des Mittelalters" schreibt Cordula Nolte, Professorin für mittelalterliche Geschichte an der Universität Bremen: „Da Mädchen an den Universitäten nicht zugelassen waren, blieb ihnen dieser formale Weg zu höherer Bildung grundsätzlich verschlossen (auch wenn nach jüngeren Forschungen anzunehmen ist, dass einige Mädchen sich mehr oder weniger unbemerkt unter die Studierenden mischten)."

BEDANKEN ...

... möchte ich mich an dieser Stelle bei all jenen, die zum Gelingen dieses Romans beigetragen haben.

Bei den Mitarbeiterinnen und Mitarbeitern von HarperCollins, aber auch bei den vielen Buchhändlerinnen und Buchhändlern, die dafür sorgen, dass *Die Mönchin* einem breiten Lesepublikum zur Verfügung steht.

Bei meinem von mir seit vielen Jahren geschätzten Literaturagenten Thomas Montasser, der meine Ideen erfolgreich auf die Zielgerade und damit auf den Weg zum Verlag bringt.

Bei Pascalina Murrone, Programmleiterin bei HarperCollins, für die engagierte Betreuung und Begleitung des Projekts vom Einreichen des Exposés bis hin zum Erscheinungstermin. Überzeugt davon, dass das Schicksal der »Mönchin« das Interesse einer breiten Leserschaft verdient, hat sie mir ein weiteres Mal das Entree bei HarperCollins verschafft.

Bei meiner Lektorin Barbara Lauer, die *Die Mönchin* akribisch und höchst kompetent unter die Lupe genommen und mir geholfen hat, die eine oder andere Klippe erfolgreich zu umschiffen, um mit dem Text nicht auf Grund zu laufen.

Bei allen dreien bedanke ich mich für die sehr angenehme, partnerschaftliche und immer wieder motivierende Zusammenarbeit, die stets in einer freundlichen, herzlichen Atmosphäre stattfindet.

Ein Dankeschön auch der Heerschar professioneller Fachautoren, die ihr breit gefächertes Wissen im Internet auf zahlreichen Websites zur Verfügung stellen. Für mich als Autor stellen sie eine enorme Recherchehilfe dar. Es würde den Rahmen sprengen, sie alle einzeln aufzuzählen.

Last, but not least natürlich auch ein großes Dankeschön an meine Leser und solche, die es werden möchten. Also an alle diejenigen, ohne die es mich als Autor gar nicht gäbe …

2. Auflage 2024
Originalausgabe
© 2023 HarperCollins in der
Verlagsgruppe HarperCollins Deutschland GmbH, Hamburg
Umschlaggestaltung von Dominic Wilhelm, Schweiz
Umschlagabbildung von Ihor Bondarenko, Yulcha, jessicahyde / Shutterstock
Gesetzt aus der Stempel Garamond
von GGP Media GmbH, Pößneck
Druck und Bindung von GGP Media GmbH, Pößneck
Printed in Germany
ISBN 978-3-365-00441-8
www.harpercollins.de

 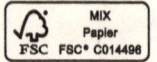